Nora Roberts est le plus grand auteur de littérature féminine contemporaine. Ses romans ont reçu de nombreuses récompenses et sont régulièrement classés parmi les meilleures ventes du *New York Times*. Des personnages forts, des intrigues originales, une plume vive et légère… Nora Roberts explore à merveille le champ des passions humaines et ravit le cœur de plus de quatre cents millions de lectrices à travers le monde. Du thriller psychologique à la romance, en passant par le roman fantastique, ses livres renouvellent chaque fois des histoires où, toujours, se mêlent suspense et émotions.

Obsession du crime

NORA ROBERTS

Lieutenant Eve Dallas – 40

Obsession du crime

Traduit de l'anglais (États-Unis)
par Guillaume Le Pennec

J'AI LU

Titre original
OBSESSION IN DEATH

Éditeur original
G.P. Putnam's Sons, published by the Penguin Group (USA) LLC, New York

Pour augurer d'un grand malheur,
Nul ennemi ne saurait égaler un ami.

Jonathan SWIFT

Mais le Mal dit au Bien : mon frère...

Algernon Charles SWINBURNE

Prologue

Tuer s'est révélé plus simple que je ne l'aurais cru, et beaucoup plus gratifiant. J'ai l'impression d'avoir enfin accompli quelque chose d'important, quelque chose qui mérite réellement l'attention. J'ai passé ma vie à me démener, à faire de mon mieux sans que jamais personne apprécie pleinement mes efforts. Sans qu'on me voie pour qui et pour ce que j'étais.

Honnêtement, objectivement, je crois pouvoir dire que mon travail sur ce nouveau projet a été sérieux et efficace. Du début à la fin.

Il y a eu des moments durant toutes ces semaines – ces mois, même – de planification, de sélection et de réglages des plus infimes détails où j'ai ressenti une certaine impatience, voire une sorte d'agacement envers moi-même.

J'ai eu des instants de doutes, j'ai failli me déconcentrer, perdre ma motivation. Il est si facile de se décourager quand personne ne reconnaît ni votre talent ni vos efforts.

Mais je vois désormais que tout ce temps que j'y ai consacré – à vrai dire, l'idée mûrissait sans doute en moi depuis des années – en valait la peine.

Et ce sera de nouveau le cas lorsque j'effectuerai mon travail de préparation et de planification pour chacun de ceux et celles qui suivront.

Parce que j'ai passé ces semaines à observer la cible, à étudier ses allées et venues, parce que j'ai fait l'effort de pénétrer dans son immeuble bien avant ce soir et parce que j'ai investi dans le meilleur équipement possible et répété chaque étape pendant des heures, j'ai remporté mon premier succès.

Le premier poids destiné à rééquilibrer la balance. Mon premier hommage, pourrait-on dire, envers mon amie et partenaire.

Cette garce blonde et hautaine méritait de mourir.

Shakespeare n'a-t-il pas dit qu'il fallait tuer tous les avocats ou quelque chose dans le même genre ? Il faudra que j'aille vérifier. Quoi qu'il en soit, celle-ci ne fera plus son beurre en défendant des ordures et, plus important encore, elle n'insultera ou n'humiliera plus jamais la personne que j'admire le plus. Une personne qui méritait son RESPECT !

J'ai l'honneur d'avoir pu participer à redresser un tort, à obtenir justice pour une femme qui, du fait des contraintes de son métier, ne peut se faire justice elle-même.

Je suis là pour la venger, pour la défendre contre ses ennemis.

Bientôt, elle comprendra que quelqu'un est prêt à se battre pour elle, à faire tout ce qui doit l'être. Et lorsqu'elle verra mon message, elle saura qu'une personne qui la comprend, l'admire et la respecte plus que tout autre est là pour la soutenir. Ce à quoi je n'ai jamais eu droit.

Notre lien est si puissant, si intense, que je peux souvent lire ses pensées. Je me demande si elle peut lire les miennes.

Parfois, tard le soir, je la sens auprès de moi, juste à côté. Comment expliquer autrement que je sache exactement quoi faire et par où commencer ?

Je chéris notre connexion spirituelle, forte et profonde, et qui remonte à si longtemps. Fondamentalement, nous sommes la même personne, les deux faces d'une même pièce.

La mort nous réunit.

J'ai montré de quoi j'étais capable. Il y a encore beaucoup à faire, car la liste est longue. Mais ce soir, je prends le temps de coucher mon ressenti par écrit, de fêter humblement la chose. Demain, je continuerai à rétablir la justice.

Un jour, quand le moment sera venu, nous nous rencontrerons. Et ce jour-là, elle reconnaîtra mon amitié comme étant la plus sincère qui soit.

Ce sera le plus beau jour de ma vie.

1

En cette belle et froide matinée des derniers jours de l'année 2060, le lieutenant Eve Dallas se tenait dans une somptueuse chambre à coucher mêlant audacieusement un pourpre flamboyant, des gris métalliques profonds et quelques touches de vert. À l'extérieur, les dirigeables publicitaires vantaient frénétiquement les SUPER SOLDES D'APRÈS-NOËL ! et les vendeurs de rue alignaient les contrefaçons de montres et de sacs à main de marque devant une foule de touristes venus envahir la ville pour les fêtes.

Au-dehors, la vie suivait son cours. À l'intérieur de cette chambre pleine de style et de couleurs, elle avait cessé.

L'énorme bouquet de lys et de roses violettes qui garnissait le vase réfléchissant posé sur le piédestal devant la grande fenêtre ne parvenait pas à masquer l'odeur de la mort. En fait, le parfum des fleurs s'y ajoutait pour former un arôme écœurant.

Sur un lit assez grand pour dix gisait le corps d'une femme autrefois sublime. Même à présent, son choix d'un pantalon d'appartement argenté associé à un haut en soie couleur lavande et ses ongles manucurés et pédicurés soigneusement vernis de violet foncé trahissaient le temps précieux qu'elle consacrait à son apparence.

Ses yeux aux cils épais regardaient droit vers le plafond, comme figés dans une légère perplexité.

Une blessure aussi fine qu'un rasoir mais profonde jusqu'à l'os faisait le tour de son cou. Du sang désormais coagulé s'en était écoulé pour souiller les draps gris clair et se mêler à sa masse de cheveux blond pâle.

Sa langue reposait dans un ramequin en verre facetté posé sur la table de nuit laquée à côté du lit.

Mais le hic, au moins pour Eve, tenait surtout au message inscrit au-dessus de la tête de lit capitonnée en lettres majuscules précises et noires sur le mur gris.

POUR LE LIEUTENANT EVE DALLAS,

AVEC BEAUCOUP D'ADMIRATION ET DE COMPRÉHENSION.

SA VIE ÉTAIT UN MENSONGE ; SA MORT NOTRE VÉRITÉ.

ELLE NE VOUS TÉMOIGNAIT AUCUN RESPECT, PARLAIT DE VOUS EN MAL, CHERCHAIT LE PROFIT EN DISCRÉDITANT TOUT CE POUR QUOI VOUS ŒUVREZ.

CE FUT UN HONNEUR ET UN PLAISIR POUR MOI DE RÉTABLIR L'ÉQUILIBRE.

JUSTICE A ÉTÉ RENDUE.

LOYALEMENT ET AMICALEMENT VÔTRE.

Debout près d'Eve, son équipière, l'inspecteur Peabody, laissa échapper un long soupir.

— Purée, Dallas !

Prenant soin de conserver un air impassible, Eve se tourna vers le policier en uniforme qui gardait le seuil de la chambre.

— Qui l'a trouvée ?

— Son assistant. La victime a raté un dîner professionnel hier soir et ne s'est pas présentée à son travail alors qu'elle avait une réunion matinale. Raison pour laquelle l'assistant, Cecil Haversham, s'est déplacé jusqu'ici. Personne n'arrivait à la joindre sur son communicateur, elle ne répondait pas à la porte. Il disposait de ses codes et d'une clé. D'après sa déclaration, il s'occupe d'arroser ses plantes et effectue d'autres petites tâches lorsqu'elle est en déplacement. Il est entré vers 9 h 15, a entendu que l'écran de la chambre était allumé et l'a découverte en arrivant ici. Son appel à police-secours a été enregistré à 9 h 19, donc ça colle.

— Où est-il ?

— L'appartement dispose d'une salle à manger dont les portes se ferment. On vous l'a mis au frais dedans.

— Gardez-le au frais. Je veux les disques de sécurité de l'immeuble, intérieurs et extérieurs. Et commencez à interroger les voisins, en commençant par cet étage.

— Bien, lieutenant.

Il indiqua du menton le texte écrit au mur.

— Vous connaissiez la victime ?

— J'avais déjà eu affaire à elle, répondit-elle avant de se détourner pour le dissuader de poser plus de questions.

Peabody et elle avaient passé leurs chaussures à la bombe Seal-It en arrivant dans l'appartement. Eve avait également allumé son enregistreur avant d'entrer dans la chambre. Elle resta immobile quelques instants, grande et fine silhouette féminine aux cheveux bruns ébouriffés coupés court et aux yeux marron pailletés d'or sertis dans un visage anguleux.

Oui, elles avaient souvent eu affaire l'une à l'autre, se remémora Eve, et elle n'avait jamais eu la moindre sympathie pour la victime. Pourtant, Peabody et elle allaient probablement passer les derniers jours de l'année à enquêter au nom de cette avocate de la défense influente dotée, aux yeux d'Eve, d'à peu près autant de sens moral qu'un serpent à sonnette.

— Vérifions son identité, Peabody, et assurons-nous de tout faire en suivant strictement la procédure.

Avec un hochement de tête, Peabody retira son manteau de cuir rose – cadeau de Noël de la part d'Eve – et le remisa soigneusement avant de sortir sa tablette d'identification de son kit de terrain. Elle s'approcha ensuite du corps, toujours affublée d'un bonnet rose rayé à pompon par-dessus sa chevelure brune.

— La victime est Leanore Bastwick, domiciliée à cette adresse.

— La cause du décès semble plutôt claire. Strangulation, sans doute à l'aide d'une corde à piano, mais ce sera au légiste de confirmer. Voyez l'heure du décès.

Peabody fouilla de nouveau dans son kit de terrain. Elle actionna ses appareils de mesure et, suivant les instructions silencieuses d'Eve, inclina l'écran afin que l'affichage apparaisse sur l'enregistrement.

— Heure du décès : 18 h 33.

— Aucun signe de lutte, pas de lésions défensives visibles ni aucune autre blessure. Au premier coup d'œil, aucun signe non plus d'effraction. La victime est entièrement habillée et beaucoup d'objets de valeur faciles à emporter sont toujours là. Ça ne ressemble ni à une agression sexuelle ni à un cambriolage. À première vue, tout semble indiquer un meurtre.

Peabody leva les yeux vers le message sur le mur.

— On nous explique même que c'est un meurtre.

— Oui. Les enregistrements de sécurité diront peut-être autre chose, mais il semblerait que la victime ait ouvert la porte. À quelqu'un qu'elle connaissait ou pensait connaître. Le tueur l'aura neutralisée ou forcée à revenir vers la chambre. Note pour le médecin légiste : priorité à l'analyse toxicologique et à la recherche de marques d'utilisation d'un pistolet paralysant ou d'une seringue sur la victime. Ce genre d'endroit est très bien insonorisé donc même si elle a appelé à l'aide ou poussé des cris, il est peu probable qu'on l'ait entendue. Les fenêtres sont traitées pour protéger l'intimité des occupants.

— Rien sur ses poignets ou ses chevilles qui laisse penser que le tueur l'a attachée.

Eve s'approcha du corps et examina la tête qu'elle souleva pour ausculter l'arrière du crâne.

— Aucune indication de traumatisme lié à un coup à la tête.

Elle récupéra ses microlunettes dans son kit pour y regarder de plus près.

— Éraflure, petite contusion. Elle a pu tomber en arrière et se cogner la tête. Neutralisée, droguée ou paralysée, soit quand elle a ouvert la porte soit une fois le tueur entré chez elle, si elle le connaissait. Il l'a ramenée jusqu'ici, en la portant ou en l'y forçant. Les draps ne sont même pas froissés, les oreillers toujours empilés derrière elle.

Elle leva l'une des mains pour regarder les doigts, les ongles, et sous les ongles.

— Aucune trace indiquant qu'elle ait pu griffer son assassin. Une victime qui peut encore bouger se débat forcément lors d'une strangulation. Donc elle n'a pas pu se débattre.

Ses microlunettes toujours en place, Eve se pencha sur le ramequin en cristal pour examiner la langue tranchée.

— C'est plutôt propre : pas de déchirure ni d'irrégularité dans la découpe. Sans doute une lame fine et acérée. Un scalpel, peut-être. Impossible de déblatérer quand on n'a plus de langue, ajouta-t-elle pour elle-même. Ni de défendre les criminels. Il s'agit d'un petit bonus, d'un symbole, d'un… cadeau.

— Pour vous.

Reléguant cette horrible pensée derrière sa froideur professionnelle, Eve reporta son attention sur le message.

— C'est ce qu'on peut y lire, dit-elle. Nous nous sommes affrontées à propos de Jess Barrow il y a deux ans, et aussi lorsque son associé a été tué, un peu avant. C'était un vrai pitbull, mais elle faisait surtout son travail. À sa manière.

Eve se détourna du corps pour s'aventurer à l'intérieur d'un vaste dressing parfaitement organisé.

— Elle avait sorti une tenue. Robe noire, chaussures élégantes, sous-vêtements et bijoux coordonnés qui ont l'air authentique. Rien n'a été dérangé. Sans doute les habits qu'elle comptait porter pour son dîner professionnel.

Eve ressortit pour se rendre dans la salle de bains principale, tout de blanc et d'argent. D'autres fleurs violettes – les favorites de la victime, semblait-il – garnissaient un vase cubique en verre transparent posé sur le long plan de travail blanc.

— Des serviettes sur le support chauffant, un peignoir accroché à côté de la cabine de douche, un verre de vin et une sorte de truc gluant pour le visage disposé sur le plan de travail.

— C'est un masque.

— Je ne vois pas de masque.

— Un soin du visage, expliqua Peabody en se tapotant les joues. Et d'une marque très haut de gamme. En l'absence d'autres produits, on peut penser qu'elle était sur le point de se faire un masque, de boire un peu de vin en attendant qu'il sèche avant de se doucher. Au lieu de quoi elle est allée répondre à la porte.

— Oui. Bien. Elle s'apprête à se faire belle pour sa réunion – pensons à aller voir ce qu'il y a dans le bureau – quand quelqu'un sonne à la porte.

Eve ressortit en poursuivant son raisonnement :

— Rien n'a été touché. L'écran de sa chambre était allumé : de quoi créer une présence ou se distraire tandis qu'elle se prépare pour le dîner. Elle se trouve ici, dans la salle de bains ou dans le dressing lorsqu'elle entend la sonnerie.

— Il y a un système de sécurité à l'entrée de l'immeuble, lui rappela Peabody. Elle aurait ouvert au tueur depuis l'interphone ?

— Les vidéos nous le diront. Quel que soit le moyen par lequel il a pénétré dans l'immeuble, elle répond à la porte.

Eve imagina la scène : Bastwick, vêtue de son élégante tenue d'intérieur, se dirigeant vers la porte. Avait-elle regardé d'abord par le judas ? Jeté un coup d'œil au moniteur ?

Pourquoi disposer de mesures de sécurité pour ne pas s'en servir ? Elle s'en était donc servie, estima Eve, et ne s'était pas sentie menacée. Elle avait ouvert la porte.

— Il la neutralise, poursuivit-elle. Puis la porte ou la tire dans le couloir.

— À moins qu'elle l'ait emmené vers la chambre ? suggéra Peabody. Un amant, peut-être ?

— Elle a un rendez-vous. Elle n'a pas le temps de se lancer dans des ébats. Les vêtements qu'elle porte n'ont rien de sexuel, elle n'est pas maquillée. Il aurait pu la forcer à reculer, mais je n'y crois pas trop. Pas le moindre désordre. Tout est à sa place.

Eve marqua un temps d'arrêt puis retourna examiner les pieds de Bastwick, toujours couverts de chaussons argentés.

— Pas d'égratignures sur les talons. Elle n'a pas été traînée.

— Donc il l'a portée.

Une expression concentrée sur son visage carré, Peabody estima la distance entre le séjour et la chambre à coucher.

— S'il l'a neutralisée ici, pourquoi faire tout le chemin jusqu'à la chambre ?

— Pourquoi, en effet ? Aucun signe évident d'agression sexuelle. Peut-être l'a-t-il rhabillée ensuite mais... Morris nous le dira. Le tueur la dépose sur le lit. Aucun signe non plus qu'elle ait été bâillonnée, mais ça aussi, le légiste s'en assurera. Il la tue alors qu'elle est toujours inconsciente ou paralysée. Rapidement, il lui tranche la langue pour souligner son propos, écrit son message afin que je sache quelle grande faveur il m'a faite puis ressort.

» Allons parler à l'assistant puis nous visionnerons les disques. Je veux passer les lieux au peigne fin avant d'appeler la police scientifique.

Cecil Haversham était tout ce que son nom semblait promettre, cérémonieux et pimpant à la fois. Il arborait une couronne de courts cheveux blancs à la César accompagnée d'un bouc impeccablement taillé, très classe. Les plis de son costume trois-pièces anthracite étaient si nets qu'on avait presque peur de s'y couper.

Installé sur une chaise au dossier incurvé près de la table rouge vif de la salle à manger, les mains jointes, il émanait de lui un sentiment de détresse navrée.

Eve congédia la femme flic en uniforme d'un hochement de tête puis s'installa en bout de table tandis que Peabody s'asseyait en face du témoin.

— Monsieur Haversham, je suis le lieutenant Dallas et voici l'inspecteur Peabody. Je comprends que ce moment soit difficile pour vous.

— C'est très perturbant.

Son accent rappelait celui des classes supérieures britanniques, même si la recherche préliminaire qu'Eve avait effectuée indiquait qu'il était né à Toledo, dans l'Ohio.

— Depuis combien de temps travailliez-vous pour Mme Bastwick ?

— Depuis presque deux ans en tant qu'assistant administratif. Auparavant, j'étais au service de M. Vance Collier, du cabinet Swan, Colbreck, Collier et Ives.

— Comment avez-vous obtenu ce poste auprès d'elle ?

— C'est elle qui me l'a proposé, avec une augmentation de salaire et d'autres avantages considérables à la clé. Et j'ai estimé que passer de la fiscalité et du droit des affaires au droit pénal serait… des plus stimulants.

— En tant qu'assistant, vous étiez dans le secret de ses affaires, de ses clients et de sa vie sociale.

— Oui, bien sûr. Mme Bastwick est… était une femme très occupée, à la fois professionnellement et personnellement. Une partie de mon travail consistait à organiser son emploi du temps, tenir son agenda à jour et m'assurer que son temps était bien géré.

— Savez-vous si quelqu'un avait des raisons de lui vouloir du mal ?

— Elle s'était fait des ennemis en tant qu'avocate de la défense, bien sûr. Certains procureurs, des clients qui estimaient qu'elle ne les avait pas défendus au mieux – à tort, bien sûr – et les personnes représentées par l'accusation. Certains policiers, également.

Il tourna vers Eve un regard franc où se lisait un certain désarroi.

— C'était inhérent à son travail, vous comprenez.

— Je vois. Un nom vous vient en particulier ?

— J'ai retourné la question dans ma tête pendant que j'attendais ici en essayant de digérer ce qui s'est passé. Il y a eu des menaces, évidemment. Nous conservons un dossier dont je vous ferai une copie avec plaisir si le cabinet l'autorise. Mais rien qui laissait présager un tel drame. Mme Bastwick disait toujours que si personne ne la menaçait ou ne la traitait… de noms d'oiseaux, cela voudrait dire qu'elle ne faisait pas son travail. J'imagine, lieutenant, inspecteur, que vous vous trouvez souvent dans la même position. Le métier que vous exercez vous vaut des ennemis. En particulier, j'en suis certain, si vous le faites bien.

— Je ne peux pas dire le contraire, répondit Eve en s'appuyant contre le dossier de sa chaise. Reprenez depuis le début. Quand avez-vous commencé à vous inquiéter pour Mme Bastwick et qu'avez-vous fait ?

— Je me suis inquiété, beaucoup même, ce matin. J'ai l'habitude d'arriver au bureau à 8 h 15. Cela me donne le temps de voir s'il y a des messages, de consulter l'emploi du temps de la journée et de préparer les notes ou les documents nécessaires aux rendez-vous de la matinée. Quand elle n'est pas au tribunal ou en rendez-vous de bonne heure à l'extérieur, Mme Bastwick se présente entre 8 h 30 et 8 h 40. Lors de mon arrivée ce matin, il y avait un message de la part de MM. Chance Warren et Zane Quirk. Mme Bastwick avait un repas d'affaires avec eux hier soir à 20 heures, chez *Monique*, sur Park Avenue. Le message datait de 21 h 03 hier soir. Les clients étaient quelque peu irrités que Mme Bastwick ne soit pas arrivée.

— Ils ont appelé votre bureau après l'heure de fermeture ?

— Oui, exactement. Dans son message, M. Warren spécifiait qu'ils avaient tenté de contacter Mme Bastwick sur son communicateur de poche, un numéro professionnel qu'elle leur avait donné, comme à tous ses clients. Ne pouvant la joindre, ils ont essayé le bureau et laissé un message.

Il marqua une pause et se racla la gorge.

— Comme tout cela ne ressemblait pas du tout à Mme Bastwick, j'ai décidé d'essayer de la joindre sur son communicateur. Mais je n'ai pu que laisser un message, ce que j'ai fait sur ses deux numéros.

J'ai ensuite contacté M. Warren pour découvrir que Mme Bastwick ne s'était jamais présentée au restaurant et que lui et M. Quirk avaient dîné puis patienté jusqu'à plus de 22 heures.

Comme il s'interrompait pour s'éclaircir de nouveau la voix, Peabody lui demanda :

— Voulez-vous un peu d'eau, monsieur Haversham ?

— Oh, je ne voudrais pas causer de dérangement.

— Aucun dérangement, répondit-elle en se levant. Nous apprécions votre coopération.

— C'est très aimable.

Il passa un doigt sur son nœud de cravate.

— Je m'attendais à voir Mme Bastwick arriver à 8 h 20 ce matin car j'avais organisé à sa demande un rendez-vous en début de matinée. Elle ne s'est pas présentée et j'ai reporté auprès du client avant d'appeler de nouveau son communicateur. Je dois vous avouer, lieutenant… Oh, merci, inspecteur ! dit-il à Peabody qui lui tendait un grand verre d'eau.

Il but délicatement puis laissa échapper un long soupir.

— Comme je vous le disais, je dois vous avouer qu'à ce stade j'étais profondément inquiet. Je craignais que Mme Bastwick ne soit tombée malade ou n'ait été victime d'un accident. J'ai pris la décision de venir jusqu'ici au cas où elle serait malade et incapable de décrocher son communicateur. Comme je l'ai dit à vos collègues, je dispose de ses codes car je m'occupe entre autres de ses plantes lorsqu'elle est en déplacement. Comme elle ne répondait pas à la sonnette, je me suis résolu à me servir des codes pour entrer dans l'appartement. Je comprends que cela puisse paraître cavalier, ou même que l'on considère cette intrusion comme une atteinte à la vie privée, mais j'étais sincèrement inquiet.

— Votre initiative me semble raisonnable.

— Merci, dit-il avant de boire une nouvelle gorgée. Je l'ai appelée et, comme j'entendais des voix – je n'ai compris qu'après qu'il s'agissait de l'écran dans sa chambre –, j'ai fait une deuxième tentative. Voyant qu'elle ne répondait toujours pas, je suis allé directement vers la chambre. J'ai lancé une nouvelle fois son nom, au cas où elle se serait trouvée indisposée, puis je me suis dirigé vers la porte.

— Était-elle ouverte ou fermée ?

— Oh, ouverte. Je l'ai vue immédiatement. J'ai vu… J'ai fait quelques pas vers elle, comme si je m'imaginais pouvoir l'aider. Puis je me suis immobilisé juste avant d'arriver au pied du lit car il était clair qu'on ne pouvait plus rien pour elle. J'étais très secoué. Je… J'ai peut-être poussé un cri, je n'en suis pas sûr. J'ai sorti mon communicateur. Mes mains tremblaient tellement que j'ai failli le lâcher. J'ai appelé police-secours. L'opératrice – qui était très apaisante et très aimable, je tiens à le préciser – m'a ordonné de ne toucher à rien et d'attendre la police. J'ai touché la porte d'entrée en arrivant et de nouveau en ouvrant aux policiers. Et j'ai peut-être touché le montant de la porte de la chambre. Je ne m'en souviens plus très bien.

— Ce n'est pas grave.

— J'ai vu ce qui était écrit sur le mur. Je ne pouvais pas ne pas le voir. Mais je n'ai pas compris.

— Dans le dossier de menaces dont vous disposez, vous souvenez-vous d'en avoir vu me concernant ? Quelqu'un qui l'aurait menacée en rapport avec l'affaire Jess Barrow ?

— Non. Je suis arrivé après l'affaire Barrow, même si je sais de quoi il s'agit.

— Afin de respecter la procédure, pouvez-vous nous dire où vous étiez hier soir entre 17 heures et 20 heures ?

— Mon Dieu…

Il but de nouveau, plus longuement cette fois.

— Oui, oui, bien sûr. J'ai quitté le bureau à 17 h 05. Ma femme avait prévu un dîner en ville avec sa sœur tandis que j'accueillais chez moi les membres de mon club d'échecs. Marion ne s'intéresse pas particulièrement aux échecs. Je suis arrivé à la maison vers 17 h 20 et j'ai commencé les préparatifs du repas. Marion est partie vers 17 h 45 pour prendre l'apéritif avec sa sœur et le premier membre du club est arrivé à 18 heures précises. Nous avons pris une petite collation puis avons joué jusqu'à... je dirais qu'il devait être 21 h 30 à peu près. Les derniers invités sont repartis juste avant 22 heures, peu de temps avant le retour de Marion. Nous étions huit en tout. Je peux vous fournir les noms.

— Nous vous en serions reconnaissantes. Vérifications de routine.

— Je comprends. Mme Bastwick était une patronne exigeante. Ce que je préfère car j'obtiens mes meilleurs résultats lorsque j'ai des tâches, des objectifs et des défis à relever. J'estime que nous nous accordions très bien l'un à l'autre. Je comprends aussi que d'autres la trouvaient peu commode. Pas moi.

Pour la première fois, il détourna le regard, les yeux humides. Eve ne dit rien tandis qu'il faisait de son mieux pour se ressaisir.

— Navré, dit-il. Je suis très ébranlé.

— Prenez votre temps.

— Oui, merci. Je ne trouvais pas Mme Bastwick difficile. Mais même si cela avait été le cas, je vous dirais la même chose : s'il y a quoi que ce soit que je puisse faire pour vous aider à trouver qui lui a ôté la vie, vous n'avez qu'à demander.

— Votre témoignage nous est déjà très utile, lui dit Peabody. Peut-être pourriez-vous nous donner une idée des relations que Mme Bastwick entretenait avec ses associés, ses collègues, les membres du cabinet ?

— Oh. Eh bien, il y avait des frictions de temps à autre, comme on peut s'y attendre. Beaucoup de compétition. Mais je dirais qu'elle était respectée et considérée comme une personne de valeur. Je... Ma propre assistante a tenté de me joindre à plusieurs reprises. Votre collègue m'a demandé de ne pas répondre à mon communicateur, donc je l'ai coupé. Mais il faudrait que je retourne au bureau dès que possible. Il y a beaucoup de choses à faire, à gérer.

— Une dernière question, lui dit Eve. Travaillait-elle sur un gros dossier en ce moment, une affaire sensible ?

— J'imagine que MM. Warren et Quirk entrent dans ce cadre. Ils sont accusés de fraude et de détournement de fonds au sein de leur propre entreprise de conseil financier. L'affaire doit passer devant les tribunaux la semaine prochaine. Mme Bastwick était très confiante dans sa capacité à disculper ses clients sur l'ensemble des chefs d'accusation. Elle plaidait avec beaucoup de pugnacité, comme vous le savez.

— Exact. Y a-t-il quelqu'un que nous puissions contacter pour vous, monsieur Haversham ?

— Pour moi ?

Il resta brièvement interloqué.

— Non, non, merci, dit-il. Je vais retourner au bureau gérer les retombées de ce drame.

— Nous aurons besoin des copies de ces menaces.

— Oui, j'en parlerai immédiatement à M. Stern.

— Nous pouvons demander à l'un des agents de vous raccompagner en voiture jusqu'au bureau, lui proposa Peabody.

— C'est très aimable. Mais ce n'est pas loin et je crois que marcher me fera du bien. Je pense qu'il serait préférable que j'y aille à pied, le temps de mettre un peu d'ordre dans mes pensées.

Il se leva en même temps qu'Eve.

— Sa famille. Je viens d'y penser… Elle a des parents et une sœur. Ses parents vivent à Palm Beach et sa sœur…

Il s'interrompit un instant en se frottant la tempe.

— Elle vit avec sa famille du côté de Washington. Dois-je les appeler ?

— Nous nous en occuperons, lui dit Eve. Si vous vous rappelez quoi que ce soit d'autre, faites-le-nous savoir.

— Je n'y manquerai pas. Je voudrais vous demander… pour ma propre tranquillité d'esprit. Est-ce que ça s'est passé rapidement ?

— Je pense que oui.

— J'espère qu'elle n'a pas souffert.

Tandis que Peabody le reconduisait jusqu'à la porte, Eve retourna dans le dressing.

— Beaucoup de sensibilité derrière son côté guindé, commenta Peabody à son retour. Et je crois qu'il l'appréciait beaucoup.

— C'est bien l'un des seuls, répondit Eve. C'était une peau de vache prétentieuse et sans pitié. Je doute que la liste de ses amis sincères soit très longue, mais nous aurons affaire à beaucoup de connaissances, de clients et de collègues. Comme je m'y attendais, elle disposait ici d'un coffre-fort. Rien n'indique une tentative d'effraction, mais faisons venir la DDE pour l'ouvrir et voir ce qu'il en est. Il faudra aussi interroger son assureur, vérifier la liste de ses objets de valeur. Assurez-vous qu'il ne manque rien, Peabody, au cas peu probable où le message serait de la flûte.

— Du pipeau, vous voulez dire ?

— Flûte, pipeau, quelle différence ? Encore une expression idiote.

Eve resta silencieuse quelques instants, les doigts posés sur ses paupières.

« Loyalement et amicalement vôtre. »

Les derniers mots du message ne cessaient de se répéter dans son esprit. Elle devait les écarter. Au moins pour le moment.

— Bon, il faut s'attendre à un beau merdier. Nous devons informer les proches en priorité car l'affaire va rapidement fuiter. Il va falloir demander au bureau du procureur de nous appuyer pour l'obtention des copies de tous les dossiers sur lesquels nous pourrons mettre la main. Les menaces, sa liste de clients, ses affaires. Son cabinet émettra les protestations attendues, peut-être avec un peu plus de véhémence que d'habitude. Les médias se mettront à saliver dès que cette histoire de message sera connue. Et ça ne tardera pas.

— Qui tuerait pour vous ? demanda Peabody.

Elle attendit qu'Eve abaisse les mains pour poursuivre :

— Je veux dire, qui tuerait sous prétexte que quelqu'un s'est montré grossier ou hautain avec vous ?

— Spontanément, je ne vois pas. J'ai tendance à éviter de nouer des liens avec des assassins.

— Je ne pensais pas à un nom particulier, Dallas. Plutôt à un type, une catégorie d'individus. Quelqu'un que vous avez aidé, par exemple, ou potentiellement sauvé ? Ou alors un proche de quelqu'un que vous auriez aidé ou sauvé. C'est une possibilité. Ou bien quelqu'un qui aurait suivi toute votre carrière. Quelqu'un qui rêverait de faire comme vous. On parle beaucoup de vous dans les médias, Dallas, que ça vous plaise ou non. Et c'est non, je le sais bien. Mais on parle beaucoup de vous. Vous avez résolu un paquet de grosses affaires.

— *Nous* les avons résolues.

— D'accord, mais moi, je ne suis pas mariée à un Irlandais canon à vous décoller la rétine et riche comme Crésus. Qui intéresse beaucoup les médias, lui aussi. Ajoutons à ça tout le buzz autour de l'affaire

Icove, le livre que Nadine a écrit sur le sujet et l'énorme succès du film.

Agacée, Eve se passa les doigts dans les cheveux. Elle sentait poindre la migraine.

— Bon sang, grogna-t-elle, ce truc va me poursuivre toute ma vie… Mais votre réflexion est juste et c'est le genre de piste que nous devons suivre. Quelqu'un qui estime avoir une dette envers moi. Un tordu qui s'imagine me défendre en faisant ce que je ne peux pas faire. Tuer mes ennemis ou ceux qui sont perçus comme tels. Parce que soyons claires, Peabody, je n'ai pas repensé une seconde à Bastwick depuis que Barrow a perdu en appel il y a plus d'un an.

Eve retourna dans la chambre pour relire le message.

— Elle m'a manqué de respect, murmura-t-elle. Espérons que ce n'est pas le mobile principal parce que si tous ceux qui m'ont manqué de respect se donnaient la main, ils pourraient faire le tour de la planète. Je suis flic, après tout. « Sa vie était un mensonge ; sa mort notre vérité. » Notre ? Il a un partenaire ? Est-ce qu'il parle de moi ? Lui et moi ?

— Tout cela suit une certaine logique, non ? Il agit en votre nom et au nom de la justice. Bastwick, l'avocate défendant les criminels, vous le flic. Par ailleurs, notre homme s'y connaît en grammaire et tout ça. Le point-virgule. Parmi tous les tueurs que nous avons croisés sur notre chemin, combien seraient susceptibles d'employer un point-virgule ?

— Hum. C'est juste. D'accord, nous allons devoir ratisser large autour des histoires de flics, de justice, de manque de respect. Mais concentrons-nous pour le moment sur la victime. Pourquoi elle en particulier ? Très en vue, riche, séduisante et dotée de nombreux ennemis.

— Un peu comme vous, dit Peabody à mi-voix.

L'inquiétude qui lui serrait la poitrine se lisait dans ses yeux sombres.

— Peut-être qu'il s'agit là d'un autre lien, ajouta-t-elle.

— Je ne suis pas riche. C'est Connors qui l'est. Et je ne m'apprête pas comme elle le faisait au quotidien.

— Vous avez de l'allure.

— Euh… Merci, Peabody.

— Franchement, vous êtes grande, mince, avec de belles pommettes et cette fossette au menton. Vous présentez bien, y compris devant les caméras. Coriace, d'accord, et c'est vrai que vous faites flic même quand vous portez une robe de soirée choisie par Connors. Peut-être qu'on a affaire à un type qui craque pour vous et que c'est sa façon, disons, de vous faire la cour.

L'idée rendait Eve malade.

— Allons visionner les enregistrements des caméras de sécurité plutôt que de nous lancer dans des conjectures improbables. Et vous pouvez appeler la police scientifique et la morgue, ajouta-t-elle après un coup d'œil vers le corps. Il faut s'occuper d'elle.

Peabody désigna le message du menton avant de ramasser son manteau :

— Ça, c'est un truc qui échappe totalement à notre tueur.

2

Eve inséra le disque de sécurité des caméras extérieures dans son mini-ordinateur et fit défiler la vidéo en accéléré jusqu'à une heure avant le décès.

— Le tueur habite peut-être dans l'immeuble, ou il a pu y pénétrer à un autre moment, mais commençons par le plus probable.

Elle regarda les gens aller et venir, souvent chargés de sacs de courses. Les gens ne cessaient-ils jamais de faire des courses ? À quoi pouvaient bien servir tous ces achats ? Cela la laissait perplexe.

— On se rapproche, commenta Peabody. À moins que mes appareils de mesure soient déréglés, on est à quinze minutes avant l'heure du décès. C'est peut-être l'un des occupants de l'immeuble ou...

— Là. On y est.

Eve et Peabody regardèrent un livreur – ou une livreuse – s'approcher du panneau de sécurité près de la porte d'entrée.

— Mode pause. Regardez, il – ou elle – porte à l'épaule un gros paquet qui dissimule son visage aux caméras. Grand manteau marron, pantalon marron, boots à lacets, gants marron, bonnet de ski foncé sur les cheveux et écharpe enroulée autour du cou et de la moitié inférieure du visage. Même pas de quoi déterminer son origine ethnique.

— Et sa posture empêche de voir clairement quel interphone il utilise. La DDE pourra peut-être améliorer l'image, toutefois c'est forcément celui de la victime. Il a l'air plutôt mastoc mais...

— Avec ce genre d'épais manteau, impossible d'estimer sa stature, seulement sa taille. Il entre directement. Passons aux caméras intérieures... dit Eve. Il va droit à l'ascenseur. Il sait où se trouvent les caméras. Ce salopard est déjà venu, ou alors il a obtenu tous les détails sur les mesures de sécurité de l'immeuble. Il se cache toujours derrière son carton. Le voilà dans la cabine... Qu'est-ce qu'on a ? Qu'est-ce qu'on a ? Ses mains. Elles ne me paraissent pas spécialement grandes. Ça pourrait être un homme ou une femme. On a les mains, les pieds, la taille. De quoi faire une analyse. Bon sang, il sort directement en tournant son carton vers les caméras et file sans hésiter vers l'appartement de la victime.

— Elle lui a ouvert, comme vous le pensiez. Et... Il – ou elle – porte la main à sa poche. Dallas...

— Oui, je vois ça. Il est rapide. Elle ouvre la porte. « Madame Bastwick, Leanore Bastwick, j'ai une livraison pour vous. C'est assez lourd, madame, laissez-moi vous le porter à l'intérieur. » Voilà, elle ouvre un peu plus grande la porte et recule... Hors de portée de la caméra. Et il entre en sortant un truc de sa poche. Bon sang, hors de portée aussi ! Il referme la porte d'un coup de pied. Fluide et rapide. Merde.

— C'est comme si vous aviez su ce qui s'était passé avant même de voir la vidéo, commenta Peabody.

— Ce qui fait une belle jambe à la victime, répondit Eve.

Elle s'efforça de chasser sa mauvaise humeur et reprit le visionnage en avance rapide jusqu'à voir la porte se rouvrir.

— Il ressort après, quoi, vingt-sept minutes. Maîtrisé. Très maîtrisé. Et déterminé. Il porte toujours son colis pour dissimuler son visage. Mais… Vous avez vu ?

— Je ne sais pas. Vu quoi ?

— Son pas est plus allègre. Notre tueur est content, il se sent bien, vraiment bien, assez pour que ça se voie dans sa démarche. Il reste prudent, cela dit, suffisamment pour se cacher des caméras jusqu'à la sortie. Prévenez les transports publics et envoyez-leur l'image, pour ce que ça vaut. Voyons si l'assassin a pris le métro. Puis nous vérifierons les taxis. Un individu aussi prudent n'en aura sans doute pas pris dans les environs, mais tentons quand même le coup.

Elles se mirent au travail sur la scène de crime, fouillèrent le bureau du domicile de Bastwick, marquèrent les appareils high-tech pour la Division de détection électronique, passèrent au peigne fin les communicateurs de la victime à la recherche d'un échange susceptible de constituer une piste.

Eve s'entretint brièvement avec Dawson, le technicien en chef de la police scientifique.

— La DDE envoie des gens pour récupérer l'informatique. Le tueur s'est servi de l'ascenseur B à l'aller et au retour, donc examinez aussi cette cabine. Je l'ai fait bloquer jusqu'à ce que vous l'ayez traitée.

— On s'en charge.

Dawson la dévisagea de ses yeux sombres sous sa capuche de protection blanche.

— On va mettre les bouchées doubles, Dallas. Personne n'aime trouver un corps avec une étiquette à son nom en guise de cadeau.

Il examina le message au mur en même temps qu'elle.

— Sacrée manière de clôturer l'année, commenta-t-il.

Eve sortit de la chambre pour rejoindre Peabody. Elles quittèrent l'immeuble ensemble.

— L'interrogation préliminaire des voisins n'a rien donné, lui annonça Peabody. Personne n'a vu le fameux livreur. Ou livreuse. La régie des transports examine toujours ses vidéos de sécurité, mais aucune correspondance jusqu'à maintenant. Évidemment, il a pu se débarrasser du carton.

— Je ne crois pas. Pas alors qu'il pourrait en avoir de nouveau besoin.

— De nouveau ? demanda Peabody en s'installant sur le siège passager de la voiture d'Eve. Vous pensez qu'il va s'en prendre à quelqu'un d'autre ?

— Il y a des chances. Démarche allègre, lui rappela Eve en démarrant. Il s'est trop amusé pour ne pas recommencer. Mais on va faire les choses dans les règles. Intéressons-nous aux petits amis, petites copines, ex, collègues, clients.

— Jess Barrow. Il est en cellule, mais si quelqu'un voulait se venger de vous et d'elle simultanément, ce serait lui. Vous l'avez coffré, elle n'a pas su le faire libérer.

— Elle lui a obtenu une peine moindre que celle qu'il méritait. Mais oui, ça vaut le coup de se pencher sur son cas. Et puis il y a le cabinet. Fitzhugh et maintenant Bastwick, deux associés assassinés en deux ans. On va scruter les lettres de menaces aux microlunettes.

— Hum… Et les menaces envers vous ?

Eve pianota sur le volant tout en mettant le cap sur le Central.

— Je n'ai pas été menacée. Ce serait plutôt l'inverse. Des lettres, disons… d'admirateurs. Sauf que je ne garde pas ces courriers débiles quand ils me parviennent.

— J'en reçois aussi. J'ai eu droit à des messages vraiment sympas après la sortie du film sur Icove.

Peabody rosissait de plaisir rien que d'y penser.

— Ma préférée, poursuivit-elle, provient d'une jeune fille de douze ans qui me disait qu'elle avait toujours rêvé d'être actrice mais que maintenant elle voulait devenir flic, comme moi. C'était vraiment adorable. Vous en recevez sans doute des tonnes de ce genre.

Eve se tortilla sur son siège ; le phénomène la rendait mal à l'aise.

— Aucune idée, dit-elle. Quand des lettres arrivent au Central, je les transfère à Kyung. C'est lui, le chargé de liaison avec les médias, non ? Quant à celles provenant des gens d'Hollywood, je leur ai dit de s'en occuper eux-mêmes. Je suis flic, j'ai mieux à faire.

Peabody resta silencieuse l'espace de deux longues secondes.

— Dans ce cas, j'imagine qu'ils ont classé tout ça très soigneusement.

Eve lâcha le volant d'une main pour se passer brusquement les doigts dans les cheveux.

— Oui, oui, sans doute. Et vous avez raison, il faudrait lire et analyser le tout. Donnez-moi une minute.

Il fallait qu'elle se calme, qu'elle décompresse. Ne venait-elle pas de dire qu'elle était flic ?

Alors il était temps de réfléchir en flic. De maintenir l'émotion, l'effroi et ce fichu mal de tête à l'écart et de prendre en main l'étape suivante.

— Nous demanderons à Mira de mettre un psy sur le dossier et de faire le lien entre Hollywood et Kyung. Kyung n'est pas un imbécile, il saura gérer ça. Ajoutons le psy, quelqu'un de calé en science du comportement, pour l'analyse. Si le message sur le mur n'était pas un écran de fumée – c'est peu probable, mais on doit quand même l'envisager –, le tueur a sans doute déjà communiqué ou tenté de communiquer avec moi par le passé. De quoi justifier la connexion qu'il ressent avec moi. Gérons donc cette partie du dossier à l'aide d'experts qui savent repérer les signes.

— D'accord. Je vais contacter Kyung et lui refiler ce bébé. C'est lui, le chargé de liaison, non ? lança-t-elle en reprenant les termes d'Eve. Alors à lui les liaisons à gogo. Si certains courriers attirent leur attention, on s'occupera d'enquêter sur leurs expéditeurs.

— Exactement. Je vous laisse vous en charger, Peabody, répondit Eve en s'engageant dans le parking du Central. Il faudra garder cette affaire confidentielle aussi longtemps que possible, mais couvrons déjà tous les angles d'attaque.

» Je monte directement voir Whitney, expliqua-t-elle après s'être garée. Je veux lui faire un rapport complet et le plus tôt sera le mieux. Lancez le chantier sur les courriers. Tapez votre rapport et envoyez-en une copie au commandant ainsi qu'à Mira.

— Vous devriez également aller lui parler, dit Peabody.

Mira était la psychologue et profileuse en chef du service.

— Je sais. Et j'irai. Mais Whitney d'abord. Il va peser les avantages et les inconvénients de nous laisser… de *me* laisser sur l'affaire. Je compte insister lourdement sur les avantages.

— J'y avais pas pensé. J'aurais dû, pourtant. Mince.

Peabody entra dans l'ascenseur derrière Eve.

— Occupez-vous de l'histoire du courrier, je me charge de ça. Faites vite, ordonna Eve. Je tiens à ce qu'on passe rapidement au cabinet d'avocats et à la morgue.

Eve demeura dans la cabine tandis que Peabody s'échappait de l'ascenseur. Flics et civils s'entassaient à l'intérieur, s'en extirpaient avec difficulté ou s'y glissaient en se serrant contre les autres. Habituellement, elle aurait joué des épaules pour en sortir et emprunter l'un des escaliers roulants. Mais, si pénibles soient-ils, les ascenseurs du Central restaient plus rapides.

Arrivée à destination, elle se fraya un chemin hors de la cabine. Sur le chemin, elle se souvint de demeurer claire, calme et logique.

Elle pénétra dans le bureau de l'assistante de Whitney.

— Je dois lui parler.

La femme haussa les sourcils de surprise.

— Lieutenant. Vous n'êtes pas sur son agenda. Je…

— Il est important que je m'entretienne au plus vite avec le commandant Whitney.

Avec un hochement de tête et sans poser de questions supplémentaires, l'assistante tapota son oreillette et prononça quelques mots à mi-voix.

— Monsieur, le lieutenant Dallas est ici et souhaite vous parler. Oui, monsieur, tout de suite. Bien sûr.

Elle tapota de nouveau son oreillette.

— Vous pouvez entrer, lieutenant.

— Merci.

Alors qu'elle s'avançait vers la grande double porte, Eve marqua un temps d'arrêt.

— Vous connaissez l'assistante du Dr Mira ? demanda-t-elle.

— Oui, répondit la femme en souriant. Plutôt bien, même.

— Elle aurait beaucoup à apprendre de vous, marmonna Eve avant d'entrer chez Whitney.

Celui-ci était assis derrière son bureau, un homme massif aux larges épaules occupé à parler dans son communicateur. Il fit signe à Eve d'approcher et lui demanda silencieusement de patienter.

Elle referma la porte derrière elle et profita des quelques secondes avant que Whitney raccroche pour faire le point et s'assurer d'afficher un air parfaitement impassible.

Son appel terminé, le commandant lui décocha un regard scrutateur. Il était peut-être coincé derrière un bureau, se dit Eve, mais ses yeux restaient ceux du flic de terrain observateur qu'il avait été autrefois.

— Leanore Bastwick, dit-il.

— Exactement, commandant.

Il lui désigna un siège, mais Eve préféra rester debout et s'approcher.

— Je souhaitais vous informer de la situation et de l'état de l'enquête. En personne.

— J'ai bien compris, assura Whitney.

Son large visage à la peau brune était surmonté d'une calotte de cheveux courts où le sel l'emportait rapidement sur le poivre. Mais Eve lui trouva aussi l'air reposé, voire détendu. Il avait dû passer de bonnes fêtes.

Et elle s'apprêtait à tout gâcher.

— Vous avez été informé du meurtre ? demanda-t-elle.

— S'agissant d'une avocate de la défense avec laquelle notre service a régulièrement eu maille à partir – et qui courtisait volontiers les médias –, on m'a tenu au courant de cet appel à police-secours et on m'a appris que l'enquête vous avait été attribuée. Que devrais-je savoir d'autre ?

— Le corps de Bastwick a été découvert par son assistant, Cecil Haversham, vers 9 heures. Inquiet de la voir rater plusieurs rendez-vous professionnels, il s'est permis d'entrer chez elle. Il disposait des codes de son domicile dans le cadre de son travail. Nous vérifierons son alibi au moment de l'heure du décès, mais il n'est pas considéré comme suspect pour le moment. La victime a été étranglée, probablement à l'aide d'une corde à piano, sans qu'il y ait de signes de lutte ou d'agression sexuelle. L'heure de la mort est établie à 18 h 33 hier. Les caméras de surveillance montrent qu'un individu, homme ou femme, est entré dans l'immeuble vêtu comme un livreur et s'est servi du prétendu colis à livrer pour dissimuler son visage aux objectifs.

— Ce qui indique qu'il connaissait les lieux et l'emplacement des caméras.

— Tout à fait, commandant. Elle a ouvert la porte à l'individu en question. Les vidéos le montrent plongeant la main dans sa poche droite tandis que Bastwick recule pour le laisser entrer. Il est ressorti, avec son colis, un peu plus d'un quart d'heure après avoir pénétré dans l'appartement de la victime.

— Il a agi vite.

— Effectivement. Il aura passé moins d'une demi-heure au total dans l'immeuble.

Whitney se radossa sur son siège.

— Un pro ?

— Du boulot très propre, en tout cas. Mais ce n'est pas l'hypothèse la plus probable à ce stade. La police scientifique examine actuellement la scène de crime et le corps a été transporté à la morgue. J'ai demandé l'assistance du légiste en chef, Morris.

— Naturellement, répliqua Whitney en écartant ses grandes mains. En revanche, même si l'attention des médias est inévitable dans la mesure où la victime faisait souvent appel à eux au nom de ses clients, rien dans votre rapport ne justifie votre visite. En dehors des moments où je vous convoque, votre présence n'a rien d'habituel, Dallas. Qu'avez-vous d'autre à me dire ?

— Puis-je utiliser votre console, commandant ?

Il lui désigna l'appareil. Il fallut quelques instants à Eve – ces satanés appareils high-tech lui mettaient des bâtons dans les roues une bonne moitié du temps – mais elle parvint à trouver le lecteur de disque et à l'allumer.

L'écran afficha le message inscrit sur le mur au-dessus du corps. Whitney se leva de sa chaise et contourna son bureau d'un pas lent, les yeux braqués sur le moniteur.

— Quand aviez-vous parlé ou rencontré la victime pour la dernière fois ?

— Quand Jess Barrow a tenté de faire appel de son jugement, il y a environ un an. Elle n'était impliquée dans aucune des affaires que j'ai eues depuis. Nous nous sommes affrontées à cette occasion. Et également durant l'enquête sur Barrow et celle sur la mort de son associé, Fitzhugh. Conflit typique entre flic et avocate de la défense. Rien de plus, rien de moins. Je ne l'aimais pas beaucoup, ni en tant que personne ni en tant qu'avocate. Mais je n'aime pas grand monde.

— Avez-vous à quelque moment que ce soit exprimé le souhait qu'elle meure ?

— Commandant…

— Même de manière informelle, lieutenant.

Il plongea son regard dans le sien. Le message était clair : Ne me racontez pas d'histoires.

— Même sous le coup de l'émotion, à qui que ce soit ? insista-t-il.

— Non, commandant. Jamais. Je l'ai sans doute – c'est même certain – affublée d'adjectifs peu flatteurs. Le fait est, commandant, que nous ne nous sommes pas affrontées si souvent que cela. Si l'on fait le décompte, j'ai sans doute eu plus souvent affaire à Fitzhugh avant son décès, puisque nous sortions d'un procès. Bastwick et moi n'avons jamais eu de contacts personnels, nous ne nous sommes ni fréquentées ni entretenues en dehors du cadre d'une enquête ou du tribunal. Étant donné l'aisance avec laquelle le tueur a accédé à son appartement, je dirais qu'il connaissait Bastwick bien mieux que moi. Mais ça va changer.

Whitney désigna l'écran d'un geste du menton.

— Cela va se savoir.

— Oui, c'est vrai. Même si nous parvenions à ne pas l'ébruiter, ce ne sera pas le cas du tueur. Pourquoi se donner la peine d'écrire tout cela sans chercher à recevoir ensuite des preuves d'attention ou de gratitude ?

Whitney retourna s'asseoir.

— Vous et moi savons que les choses seraient considérablement moins... délicates si j'assignais l'affaire à un autre agent.

— Ce serait peut-être moins délicat, commandant, mais je vous demande de ne pas le faire. Si le message du tueur est sincère, ce meurtre est une faveur à mon égard, une punition pour manque de respect. Me retirer l'affaire pourrait être vu comme un autre manque de respect. Je pense même que ce sera le cas. Cet individu croit me connaître, mais il a tort. Ce qui me confère un avantage.

« Calme et logique », se rappela-t-elle.

— Peabody s'occupe de réunir toute la correspondance qui m'a été adressée par l'intermédiaire du Central et – en tenant compte de la diffusion du livre et du film autour de l'affaire Icove – par le biais d'Hollywood. Nous allons demander au Dr Mira de nous assigner un spécialiste du comportement pour analyser ladite correspondance si elle ne peut le faire elle-même. Il est probable que le tueur ait tenté de me contacter avant tout cela, sans doute plus d'une fois.

» Dans la mesure où je suis déjà familière du cabinet de la victime à la suite du précédent homicide, j'ai aussi une longueur d'avance de ce côté-là.

« Expose clairement les choses, se dit-elle encore. Rapide et rationnel. »

— Deux homicides au sein d'un même cabinet d'avocats, reprit-elle. Les probabilités sont très faibles. Le tueur connaissait bien l'immeuble de la victime. Il savait exactement où se situaient les caméras et l'appartement de Bastwick ; il savait qu'elle s'y trouvait, et seule, sans quoi il n'aurait pas frappé à ce moment-là. Tout cela indique qu'il était renseigné de l'intérieur, ou qu'il s'est livré à d'importantes recherches.

— C'est votre nom qui est inscrit sur ce mur, Dallas.

— En effet, commandant. Il cherche à attirer mon attention, sans quoi il n'aurait rien laissé derrière lui, et surtout pas un message écrit. Je voudrais lui accorder cette attention. Ce qui pourrait l'inciter à essayer de me contacter de nouveau. Impossible d'affirmer qu'il n'y a pas de dimension personnelle dans l'affaire. Mon nom est sur le mur. Mais j'espère que vous me croirez sur parole quand je vous dis que cela ne m'empêchera pas d'aller au bout de l'enquête.

Whitney joignit les mains en la dévisageant longuement.

— Si je devais assigner l'affaire à quelqu'un d'autre, quel membre de votre équipe recommanderiez-vous ?

Cela fit à Eve l'effet d'un coup de pied dans le ventre, mais elle se redressa et répondit en toute sincérité :

— Je pourrais recommander sans hésiter chacun des membres de l'équipe. Tous mèneraient l'enquête de manière minutieuse et assidue jusqu'à la résolution de l'affaire.

— C'est la bonne réponse. Vous garderez cela à l'esprit, tout comme moi. J'irai en parler avec le chef Tibble. Vous discuterez avec Kyung de la meilleure façon de gérer la tempête médiatique quand elle nous tombera dessus. Car ça va nous tomber dessus. J'attendrai de vous que vous teniez parole, lieutenant. Si la situation devient intenable et que cela entrave le déroulement de l'enquête, vous me le direz et laisserez votre place à quelqu'un d'autre.

— Oui, commandant.

— Au travail.

— Merci, commandant.

Eve lutta pour maîtriser la vague de soulagement qui l'envahit à sa sortie du bureau.

« Calme et logique, se répéta-t-elle. Une affaire comme une autre et rien de plus. »

Elle prit directement le chemin de la Criminelle sans prêter attention au mal de tête discret qui s'était niché à l'arrière de son crâne. En arrivant dans les locaux de son équipe, elle s'arrêta un instant pour observer la scène.

Elle avait parlé avec la plus grande sincérité.

Elle se fiait à chacun d'entre eux. Tous, depuis Jenkinson qui sirotait bruyamment du mauvais café, les yeux braqués sur l'écran de son bureau, à Baxter occupé à parler dans son communicateur, ses coûteuses chaussures vernies nonchalamment appuyées sur le bureau. Ou Carmichael et Santiago qui se disputaient à voix basse dans le box de la première.

Les décorations de Noël étaient toujours là ; le sapin malingre et ridicule et l'assemblage de symboles hétéroclites : maïs de Kwanza, menora cabossée et Père Noël zombie bizarrement amusant. Et puis il y avait cette bannière désormais accrochée au-dessus de l'entrée de la salle de repos et qui, aux yeux d'Eve, méritait d'y rester indéfiniment :

Peu importe votre couleur de peau, votre foi, votre sexualité ou vos convictions politiques, nous protégeons et servons car tout le monde peut se faire tuer.

« C'est exactement ça », songea Eve tandis que Reineke ressortait de la pièce avec sa dose de mauvais café.

Elle retourna dans son bureau qui offrait, lui, du très bon café. Chose qu'elle n'avait jamais faite, elle envisagea brièvement d'installer un distributeur de l'excellent breuvage de Connors dans la salle de repos.

Mais elle écarta l'idée comme le résultat d'un sentimentalisme éphémère.

Elle n'allait pas briser la tradition des flics et de leur mauvais café simplement parce qu'elle était heureuse d'avoir des agents de valeur sous son commandement.

Et puis cela leur gâcherait le plaisir qu'ils avaient de se faufiler dans son bureau pour piquer celui que préparait son autochef. Qui était-elle pour les priver de cette joie ?

Elle retira son manteau, se programma une tasse et s'assit pour disposer les premiers éléments de l'affaire sur son tableau de meurtre.

Sa victime méritait que l'on respecte la routine habituelle, la procédure. Et Eve travaillerait mieux une fois cette routine et cette procédure en place.

Cela fait, Peabody et elle entameraient les entrevues au cabinet d'avocats puis rendraient visite à Morris à la morgue. Eve s'occuperait en personne de harceler le labo pour obtenir au plus vite les résultats d'analyses.

Puis elle trouverait le temps, à un moment ou à un autre, pour suivre les ordres qu'elle avait reçus et contacter Kyung.

« Nadine », se dit-elle en se massant la nuque d'un air absent.

Nadine Furst : journaliste télévisée de choc et auteur à succès de *Perfection mortelle : l'affaire Icove*. Il faudrait qu'elle parle à Nadine.

Si le tueur avait mené des recherches approfondies – et Eve soupçonnait que c'était le cas –, il saurait que Nadine et Eve étaient des amies proches. Il pourrait voir en Nadine – personnage public, figure de la télévision et journaliste acharnée – un moyen d'accéder à Eve la femme flic.

De toute façon, à peine les premiers détails auraient-ils fuité que Nadine Furst flairerait le scoop comme un chat flaire une souris.

Il était plus sensé de l'impliquer dès maintenant.

Alors même qu'elle s'interrogeait sur la meilleure manière de procéder, Eve entendit le cliquetis de talons aiguilles en approche. Songeant à Nadine, elle fit mine de se lever pour cacher le tableau.

Mira apparut sur le seuil.

Il était rare que Mira lui rende visite, et encore plus de la voir pénétrer dans le bureau d'Eve et refermer la porte derrière elle.

— Asseyez-vous, ordonna la profileuse.

Plus surprise qu'irritée, Eve désigna son propre siège.

— Prenez celui-ci, dit-elle.

— Asseyez-vous, répéta Mira avant de s'installer sciemment sur le fauteuil inconfortable qu'Eve réservait aux visiteurs. Vous êtes une femme intelligente, reprit-elle, et un flic d'exception. Dans un cas comme dans l'autre, vous savez que vous devriez vous dessaisir de cette enquête.

— Je suis une femme intelligente, opina Eve. Et un flic d'exception. Deux raisons pour lesquelles je refuse tout net de me dessaisir de l'enquête parce que quelqu'un se sert de moi comme d'une excuse pour tuer.

— Ce qui rend l'affaire éminemment personnelle.

Eve s'assit et prit une profonde inspiration.

— Toutes les affaires sont personnelles, répliqua-t-elle, ce qui fit se renfrogner la très digne Mira. Le meurtre est on ne peut plus personnel. Un bon flic sait se montrer objectif face à ce qui est personnel.

— Eve…

Mira s'interrompit et fit un geste de la main pour indiquer qu'elle avait besoin d'un instant. Eve le lui accorda.

Mira portait un tailleur rouge vif différent de ses couleurs pastel habituelles, mais l'ensemble lui allait à la perfection. Comme toujours. Elle avait récemment changé de coiffure, opté pour un carré. Sa chevelure sablonneuse – en couleur comme en texture – encadrait son joli visage d'une façon qui faisait ressortir le bleu paisible de son regard.

« À moins qu'il s'agisse d'une lueur d'agacement », songea Eve.

Elle vit Mira se redresser sur le siège comme si elle rassemblait ses forces – et grimacer comme le siège lui pinçait les fesses – avant de croiser ses superbes jambes.

— C'est personnel aux yeux du tueur. Et son action vous est spécifiquement destinée. Cette personne – considérons pour le moment qu'il s'agit d'un homme – se voit comme votre ami, ou plus encore, votre champion. Il a fantasmé une relation avec vous, qui n'a pu que se renforcer à présent qu'il a tué en votre nom. Il vous a offert un cadeau. En retour, il s'attendra à un témoignage d'appréciation de votre part.

— Il va être déçu.

— Et lorsque vous l'aurez déçu, il frappera.

— Et si je laissais tomber, si je disais en substance que cette affaire n'est pas digne que j'y consacre mon temps et mon attention ? Que se passerait-il ? Ne serait-il pas incité à tuer de nouveau, à faire mieux, à trouver une cible que je jugerais plus digne d'intérêt ?

Mira tapota le sol du bout d'un escarpin rouge vif.

— Un flic d'exception, grommela-t-elle à voix basse, comme pour elle-même. Oui, c'est une possibilité. Ce qui est clair, c'est qu'il s'intéresse avant tout à vous.

— Je ne sais pas si c'est si clair que ça. Mais c'est probable, oui. Il reste tout de même envisageable qu'il ait avant tout voulu s'en prendre à Bastwick.

À moi de faire mon travail pour déterminer ce qu'il en est vraiment. Il me semble que la question que nous devrions nous poser lorsqu'il s'agit d'établir son profil est : pourquoi s'intéresse-t-il à moi ? D'où vient cette amitié fantasmée ? Comment puis-je l'exploiter pour l'arrêter ? Aidez-moi à y répondre.

Mira laissa échapper un long soupir et décocha un coup d'œil à l'autochef.

— Vous voulez une tasse de ce thé que vous aimez ? proposa Eve. Je crois qu'il m'en reste.

— Volontiers, oui. Cette affaire me tracasse. Vous êtes importante pour moi.

Eve se leva et programma le thé.

— Vous ne pouvez pas prendre ça personnellement.

— C'est toujours personnel, répliqua Mira avant de sourire en rencontrant le regard d'Eve. Un bon psychiatre, comme un bon flic, sait se montrer objectif face à ce qui le touche en tant qu'individu. Cette personne vous a idéalisée, Eve. Et c'est très dangereux.

— Pourquoi ? demanda Eve en tendant son thé à Mira. Pas pourquoi est-ce dangereux, ça, je le comprends. Mais pourquoi m'a-t-il idéalisée ?

— Vous êtes une femme forte faisant un métier dangereux. Et qui a gravi les échelons au sein de ce métier.

— Il y a beaucoup de femmes flics, répondit Eve. Y compris parmi les gradés.

— Ajoutons à cela que nombre de vos affaires ont attiré l'attention des médias. Vous êtes mariée à un homme important qui a fait fortune tout en conservant une part de mystère. Quelqu'un dont les médias parlent également beaucoup.

Elle but une gorgée de son thé tandis qu'Eve restait silencieuse, l'air pensif.

— Vous avez été mise en scène dans un best-seller et incarnée par une comédienne célèbre dans un film à succès encensé par la critique, poursuivit

Mira. Vous risquez votre vie pour protéger les autres alors que dans votre position vous pourriez aisément vous contenter de faire le tour du monde en profitant d'une vie de faste et de privilèges. Au lieu de quoi, vous faites des horaires impossibles et prenez de grands risques pour accomplir votre mission et servir la justice.

— Si l'on suit ce raisonnement, pourquoi tuer Bastwick ? Ou qui que ce soit ? Je remplis déjà ma part du boulot.

— Mais vous ne dispensez pas la justice telle que cette personne la conçoit, répondit Mira. Comment le pourriez-vous ? Vous êtes idéale, mais vous êtes aussi bridée par les règles de votre métier. Alors cette personne ira rendre justice pour vous.

— Mais Bastwick ? Elle n'avait pas d'importance.

— Pas pour vous, pas particulièrement. Mais pour cette personne, Bastwick représentait tous ses clients, tous les criminels contre lesquels vous œuvrez. Tous ceux qui vous ont manqué de respect, qui ne vous ont pas rendu l'hommage qui vous est dû.

— Bon sang…

Eve reporta son attention sur le tableau, sur les photos de Leanore Bastwick. Vivante et morte.

— Mais Bastwick et moi n'avons pas eu beaucoup de contacts. Et la plupart d'entre eux remontent à deux ans.

— Tout cela peut avoir été planifié depuis longtemps. Étudié, évalué. Vous découvrirez peut-être que Bastwick a tenu des propos à votre sujet, que ce soit publiquement ou lors d'un échange plus informel dont le contenu aura été capté par une oreille indiscrète. Des propos plus récents qui auront déclenché du dégoût chez le tueur. Pas de la fureur, pas encore.

Eve lança un nouveau regard vers le tableau.

— Mais ça pourrait venir, dit-elle. Bastwick aussi était une femme importante dans sa partie. C'est peut-être la raison pour laquelle il l'a choisie. Ce meurtre était soigneusement planifié et très maîtrisé. Avec un objectif clair. Et commis, selon moi, dans l'espoir de recevoir un témoignage de reconnaissance. S'il s'agissait d'un acte désintéressé, comme le message voudrait le faire croire, alors il n'y aurait pas eu de message du tout.

Elle se tourna vers Mira pour obtenir confirmation.

— C'est juste, non ? Quand on fait une faveur à quelqu'un, on ne cherche pas à s'en attribuer la gloire.

— Non, pas quand il s'agit d'un geste sincère. Il a fait cela avec l'idée d'obtenir quelque chose en retour. De votre part.

— Le tueur veut mon attention. Je l'ai bien compris. Et si je ne la lui accorde pas, il ira plus loin. Si je le fais… il tuera de nouveau quoi qu'il arrive. Cela lui a plu. Et puis, quand quelqu'un est l'objet de votre… affection, en l'absence de meilleur terme, vous avez envie de lui donner toujours plus, non ?

— Certes, mais en espérant aussi une forme d'appréciation, de reconnaissance, voire de réciprocité. Il attend quelque chose en retour, Eve.

— Quelle que soit la manière dont je gérerai la chose – à moins que nous nous trompions et qu'il en ait seulement eu après Bastwick –, il n'en a pas terminé. Nous avons une meilleure chance de l'arrêter si je reste sur l'affaire. Je serai peut-être capable de déterminer l'identité de sa prochaine cible.

— Tôt ou tard, ce sera vous, sa cible. Vous finirez par le décevoir et il se sentira trahi. Les idoles chutent toujours de leur piédestal, Eve.

— Il aurait fini par s'en prendre à moi quoi qu'il advienne.

Mira demeura silencieuse un instant et but une gorgée de thé.

— S'il s'agissait d'une provocation, je serais moins inquiète. Mais il ne s'agit pas d'un défi. C'est une sorte d'offrande.

Elle inspira profondément et reposa sa tasse.

— J'analyserai personnellement votre correspondance. Nous cherchons quelqu'un qui vous aura écrit ou aura tenté de vous contacter de manière répétée. Quelqu'un qui estime avoir noué un lien fort avec vous. La montée en puissance de son délire peut aussi s'être exprimée au travers de la correspondance.

» Je n'ai pas lu le rapport de Peabody dans les moindres détails, admit-elle, mais ce que j'ai vu indiquait un tueur doté d'un grand sang-froid, méticuleux et bien informé des mesures de sécurité et des habitudes de la victime. Donc il l'a étudiée de près, l'a traquée ou bien dispose d'informations de première main sur ses habitudes. Il s'est également renseigné sur vous et, même s'il souhaite attirer votre attention, il ne veut pas qu'on le capture ou qu'on l'arrête. "Loyalement et amicalement vôtre." Une telle formule indique qu'il se voit sincèrement comme le seul individu capable et désireux de vous défendre. Connors devrait faire attention.

— Connors ?

— Votre mari n'a pas châtié cette femme qui vous avait manqué de respect. Comment pourrait-il être digne de vous ?

— Si vous pensez qu'il viserait Connors…

— Pas encore, l'interrompit Mira. Mais cela pourrait venir. Il pourrait ressentir le besoin d'éliminer votre entourage proche afin d'avoir l'impression de se rapprocher de vous. Pour le moment, s'il a une liste, c'est une liste d'ennemis. Mais je vous promets qu'il connaît ceux que vous aimez, vos amis. Et votre conjoint.

Eve se leva.

— Peabody ? dit-elle. Mes hommes ? Mavis... Mon Dieu, le bébé aussi ?

Elle n'était pas allée jusque-là, n'avait pas envisagé une telle possibilité. Mais à présent que Mira l'y forçait...

— Je vais laisser l'enquête à quelqu'un d'autre. Me désister. Me tenir à l'écart.

— Non, répondit Mira en secouant la tête. Vous aviez raison et j'avais tort. Vous désister ne changerait rien à ses motivations et pourrait même le pousser à aller encore plus loin. Vous devrez faire très attention à toutes vos réactions publiques, celles qui pourraient être rapportées dans les médias... et ne manqueront pas de l'être. Il va guetter la moindre de vos déclarations, tous vos faits et gestes. Et son ressenti face à vos paroles et vos actes deviendra pour lui une vérité. Vous n'êtes pas seulement la responsable de l'enquête, Eve, pas seulement connectée à la victime dans l'esprit du tueur. Vous êtes une cible.

— Je dois protéger ceux qui m'entourent, déclara Eve en songeant que Mira en faisait partie. Et je ferais mieux de m'y mettre au plus vite.

3

Un calme révérencieux régnait dans le cabinet d'avocats. Compréhensible après l'assassinat de l'un des associés. Le tueur était-il un ancien client de Bastwick ? Avait-il déjà sélectionné une prochaine victime ?

Quelques instants seulement après qu'Eve eut présenté son insigne, une femme en tailleur à rayures gris fumé et hauts talons rouges laqués franchit le seuil de la double porte en verre.

— Lieutenant, inspecteur, je suis Carolina Dowd, l'assistante de direction de M. Stern. Permettez-moi de vous escorter jusqu'à son bureau.

— Vos locaux sont très silencieux, fit remarquer Eve comme elles quittaient la somptueuse réception tout en tons de gris et de brun pour s'engouffrer dans les corridors du cabinet.

— Nous sommes tous très affectés, comme vous pouvez l'imaginer. Le décès de Mme Bastwick constitue un choc terrible et une perte immense.

— Vous travaillez ici depuis longtemps ?

— Quinze ans.

— Vous savez donc qui est qui ici.

Dowd lui décocha un coup d'œil tandis qu'elles passaient devant plusieurs bureaux aux portes toutes closes.

— C'est un grand cabinet mais, oui, on peut dire que je connais tout le monde.

— Une idée de qui aurait pu vouloir la mort de Bastwick ?

— Absolument pas. Mme Bastwick était respectée et estimée chez nous.

Elle tourna au coin d'un couloir, dans la direction opposée au bureau de Bastwick d'après le souvenir qu'Eve avait de sa précédente visite.

— Vous avez connu Fitzhugh.

— Oui, en effet. Et je sais que c'est vous qui avez retrouvé la responsable de sa mort. J'espère que vous ferez de même pour Mme Bastwick.

Dowd adressa un hochement de tête à deux employés, un homme et une femme, qui s'empressèrent de se replonger dans leur travail à l'extérieur d'un bureau très chic. Puis elle frappa vivement à une autre double porte, en bois massif celle-ci.

— Lieutenant Dallas et inspecteur Peabody, voici M. Stern, dit-elle en poussant les battants.

Stern, debout mains dans le dos face à une paroi de verre offrant une vue spectaculaire sur New York, se tourna vers elles.

— Entrez, je vous en prie.

Il traversa un épais tapis persan posé sur le parquet de bois verni et leur tendit la main.

— Aaron Stern, dit-il. Une terrible journée. Terrible. Puis-je vous offrir quelque chose ? Thé, café ?

— Ça ira.

— Je vous en prie, asseyez-vous.

Il leur désigna un coin détente qui, aux yeux d'Eve, évoquait un petit salon anglais avec ses fauteuils arrondis, sa table basse délicate et son sofa à franges.

Elle se remémora le bureau de Bastwick : design épuré, verre et métal brossé.

— Merci, Carolina, dit Stern.

Il s'assit, les mains jointes sur ses genoux tandis que son assistante se retirait en silence et fermait la porte derrière elle.

— Toutes nos condoléances, monsieur Stern, dit Peabody en guise de préambule.

— Merci. C'est une lourde perte. Leanore n'était pas seulement une associée mais également une amie personnelle.

« Il a un côté *golden boy* », se dit Eve.

Bronzage hivernal d'homme fortuné, chevelure aux épaisses boucles d'or bruni et yeux couleur fauve. Sa cravate rouge aux motifs audacieux contrastait avec l'anthracite de son costume pour lui conférer une apparence de grande vitalité.

Sans doute cela jouait-il en sa faveur au tribunal.

— Quand l'avez-vous vue ou quand lui avez-vous parlé pour la dernière fois ? demanda Eve.

— Hier, lors d'une téléconférence. Nous avons peu d'heures de présence cette semaine afin que chacun puisse profiter des fêtes, mais Leanore et moi nous sommes consultés à propos d'affaires en cours. Carolina participait également, ainsi que la juriste de Leanore. La discussion a eu lieu à 10 heures hier matin. Nous avons travaillé à peu près une heure et avions convenu d'en reparler en personne cet après-midi.

— Des soucis avec des membres du cabinet ?

— Non.

— Avec des clients ?

— Leanore servait remarquablement les intérêts de ses clients et se montrait toujours franche et réaliste avec eux. Comme vous en avez vous-même fait l'expérience, lieutenant, elle les défendait férocement.

— Une telle férocité peut valoir des inimitiés. De même que tenter de séduire le conjoint de quelqu'un d'autre. Comment va Arthur Foxx, ces derniers temps ?

Elle savait – elle avait vérifié – que le mari de Fitzhugh, un homme qui détestait Bastwick, avait déménagé à Maui plus d'un an auparavant. Mais elle voulait observer la réaction de Stern.

— Il me semble qu'il est parti vivre ailleurs. À Hawaï. Je n'ai aucun contact avec lui.

Il inspira par le nez.

— Vous n'imaginez pas qu'Arthur ait pu tuer Leanore ? Non, non, ajouta-t-il en secouant fermement la tête. Je sais qu'il ne l'appréciait guère, mais je ne le vois pas revenir à New York pour commettre une telle chose.

— Les gens font toutes sortes de choses étranges, rétorqua Eve.

Elle était cependant de son avis ; cela semblait improbable venant de Foxx.

— Avait-il déjà menacé Bastwick ? demanda-t-elle néanmoins.

— Il était à cran au moment de la mort de Fitz. Nous l'étions tous. Mais Arthur lui était très dévoué et l'a très mal vécu. Vous le savez déjà, bien sûr, tout comme je sais que vous avez eu des échanges avec Leanore durant cette période. Elle me l'a dit, précisa-t-il en écartant légèrement les bras. Pour autant que je le sache, Arthur a déménagé, tourné la page et entamé un nouveau chapitre de sa vie.

— Avait-elle tenté sa chance avec le conjoint de quelqu'un d'autre depuis Fitzhugh ?

Stern crispa les mâchoires.

— Je n'ai pas eu connaissance de quoi que ce soit de ce genre.

— Et en ce qui vous concerne directement ?

— Ma relation avec Leanore était professionnelle. Amicale, bien sûr, mais sans qu'il y ait jamais eu de rapprochement sentimental ou sexuel entre nous.

— D'autres menaces ? Envers Bastwick ?

— Bien entendu, c'est la nature même de notre métier. Cecil mettra à votre disposition une copie des fichiers que nous conservons concernant les menaces et ce que nous appelons les « correspondances alarmantes ». J'ai longuement parlé avec lui et je suis informé du message trouvé sur le lieu du crime. Il semblerait, lieutenant, que la menace provienne de quelqu'un que vous connaissez.

— Ou bien il s'agit de quelqu'un qui a entendu parler de moi, riposta Eve. Il est également envisageable que le tueur ait employé ce message pour détourner l'enquête d'un mobile plus personnel. Vous avez déclaré être un ami intime de Bastwick. Vous devez donc en savoir plus sur sa vie privée et sexuelle.

— Leanore était une femme intéressante et attirante. Si elle appréciait la compagnie des hommes, elle n'avait pas de relation sérieuse ou exclusive. J'ai donné à Cecil la permission de vous fournir les noms de ses amis et de ses cavaliers les plus réguliers. Croyez-moi, si j'avais des raisons de penser que l'un d'eux avait pu la tuer, je vous le dirais.

— Vous avez perdu deux associés au cours des deux dernières années, monsieur Stern.

Le regard de l'avocat se durcit.

— Des associés, des collègues, des amis. Avant que vous posiez la question : elle a légué ses biens à sa famille et ses parts dans le cabinet à moi-même.

— Ça représente un gros morceau. Le cabinet.

— La disparition de Leanore est une perte immense, personnellement et professionnellement. Nous risquons – et ce sera sans doute le cas – de perdre des clients. Il va y avoir des bouleversements et une pression médiatique aussi considérable que difficile. Nous discutions de la possibilité de prendre un troisième associé et nous avions récemment réduit le choix à une personne de chez nous, peut-être deux. Cecil vous donnera également leurs noms, même s'il ne s'agit pas là non plus d'un mobile.

— Pouvez-vous nous dire où vous vous trouviez hier, entre 16 heures et 20 heures ?

— J'étais à Park City dans l'Utah, raison pour laquelle nous avons organisé une téléconférence. Ma fiancée et moi y avons passé Noël. Nous sommes tous deux très amateurs de ski. Nous sommes revenus hier soir, aux alentours de 21 heures. Carolina vous donnera le nom de l'hôtel et les noms de l'équipage de la navette. Nous avons emprunté la navette privée du cabinet.

— Très bien. Merci de nous avoir reçues.

— Carolina va vous emmener auprès de Cecil, dit Stern en se levant. Je voudrais ajouter... Elle ne vous aimait pas. Leanore ne voyait que des adversaires dans le camp d'en face. Toujours sa fameuse férocité. On peut donc dire qu'elle ne vous aimait pas, lieutenant. Mais elle respectait vos capacités. La personne qui l'a tuée se trompait. Du tout au tout. Si cela a une quelconque importance.

— L'important, c'est de trouver l'individu qui lui a fait ça pour le faire répondre de ses actes. Si vous souhaitez que justice soit rendue, vous devriez espérer que l'assassin n'engagera pas quelqu'un comme elle en tant qu'avocat.

Il eut un léger sourire.

— Elle aurait défendu son propre meurtrier si elle avait pu. Elle était ainsi faite. Je vous raccompagne.

— Je crois que Stern nous a dit la vérité, déclara Peabody lorsqu'elles ressortirent de l'immeuble. Pour l'essentiel, en tout cas. Je ne crois pas qu'il appréciait Bastwick autant qu'il le prétend. Je pense plutôt qu'il l'admirait professionnellement et qu'il se montrait, disons, cordial sur le plan personnel.

— Attention, Peabody, je vais finir par être fière de vous.

— Ah ouais ?

Un grand sourire aux lèvres, Peabody secoua les épaules sous son manteau rose.

— Elle n'était pas son genre, et pas seulement d'un point de vue sentimental. Elle aurait tenté quelque chose avec lui, comme elle l'a fait avec Fitzhugh, si elle avait perçu un gain potentiel. Rien de personnel à ses yeux, pas plus que pour Fitzhugh. Simplement un moyen d'obtenir quelque chose. Elle était calculatrice et dure. Impitoyable même, se corrigea Eve. Stern est plus raffiné, dirons-nous, et doté d'un ego moins fragile que celui de Fitzhugh.

— D'après toutes nos données, Foxx n'a pas quitté Maui depuis six mois. Je n'aurais jamais pensé à lui si vous ne m'aviez pas dit de vérifier où il en était.

— Voilà pourquoi je suis lieutenant et vous simple inspecteur.

— Mais un inspecteur sapé dans un manteau magique en cuir rose trop classe !

Peabody caressa la manche du vêtement qu'elle adorait visiblement.

— Ne commencez pas à faire l'amour à ce fichu manteau. Il fallait simplement s'assurer de la situation de Foxx pour pouvoir le rayer de la liste. Il n'a rien d'un cinglé alors que celui qui a fait ça n'a pas toute sa tête. Et puis il lui aurait fait du mal, l'aurait fait souffrir. Défigurée, peut-être. De plus, s'il avait vraiment eu l'intention de la tuer, il serait passé à l'acte il y a deux ans.

Pour Eve, s'assurer de la situation de Foxx tenait avant tout du respect de la procédure.

— Je voulais découvrir si Stern savait comment Bastwick s'était servie de son autre associé. Il le savait et s'en moquait. Et en effet, il ne l'aimait pas beaucoup. Mais vous avez vu juste au sujet de l'admiration professionnelle. Elle tapait plus facilement dans l'œil des gens, au tribunal comme dans les médias. Et il en tirait du bénéfice. Il va récupérer ses parts du cabinet, et cela représente un vrai pactole, mais il se retrouve sans ambassadrice et ça va lui manquer.

» Vérifiez son alibi, ajouta Eve en s'installant derrière le volant. Je pense qu'il est solide, mais autant le rayer de la liste, lui aussi. Nous irons parler aux cavaliers de Bastwick après être passées à la morgue.

— Des « cavaliers ». J'imagine que c'est une manière raffinée de parler de ses partenaires sexuels.

— Pour certains, oui. D'autres seront homosexuels. Une relation sans risque. Un bel homo constitue le meilleur ami de la femme d'affaires, non ?

— Je n'ai pas de super poteau gay, répondit tristement Peabody. Il faut que je m'en dégote un.

— Aucun de ses « cavaliers » ne mériterait d'être qualifié de… super poteau ? reprit Eve avec un regard de pitié vers Peabody. C'est sérieux, cette expression ?

— Les gens disent ça.

— Les gens disent n'importe quoi. Et ces hommes n'étaient pas vraiment ses amis.

« Loyalement et amicalement vôtre. »

— Rappelez-vous son appartement, poursuivit Eve en chassant la pensée importune. Tout à elle. Son bureau, idem. Elle n'aimait pas partager. Rien chez elle ne suggérait qu'elle avait une liaison, ni même qu'elle cherchait à en nouer une. Je parie qu'elle faisait essentiellement appel à des professionnels. Un compagnon licencié lui fournissait exactement ce qu'elle désirait, ni plus ni moins.

— Et sans qu'elle ait à préparer le petit déjeuner au matin. Ouais, ça lui correspond bien. C'est un peu triste.

— Il n'y a rien de triste à obtenir ce que l'on désire.

— C'est triste de ne pas avoir envie de plus que du sexe tarifé et un appartement classieux. Et que votre assistant soit la personne qui paraisse vous pleurer le plus. J'ai vérifié ses déplacements. Elle n'a même pas vu sa mère ou sa sœur pour Noël. Elle est restée en ville. Et de retour au bureau dès le lendemain... avant d'être retrouvée morte. C'est triste.

— Elle menait sa vie comme elle l'entendait.

— Je crois que je travaillerais mieux si je ressentais un peu de pitié pour elle.

— Elle menait sa vie comme elle l'entendait, répéta Eve. Mais elle n'aurait pas souhaité mourir ainsi. C'est déjà assez triste en soi.

— Maintenant que vous le dites...

Toujours flanquée de Peabody, Eve s'engouffra dans le couloir blanc qui menait à la morgue. Le lieu était plein de vie – ah, ah – car les fêtes s'accompagnaient toujours d'une grande fournée de meurtres, de morts accidentelles et de suicides.

Elle se dirigea vers l'espace de travail de Morris. L'apercevant au travers des hublots de la porte, elle entra dans le labo.

Leanore Bastwick était peut-être morte seule, mais elle avait à présent de la compagnie. Morris était penché sur un second cadavre, masculin celui-là, et âgé d'environ vingt-cinq ans, estima Eve.

— Deux affaires en même temps ? demanda-t-elle.

Morris se redressa, scalpel à la main.

— J'ai terminé avec la vôtre. Celui-ci est plus récent. Il a envoyé une vidéo à son ex-petite amie, qu'elle prétend ne pas avoir vue avant ce matin. Crédible si j'en crois le rapport qui dit qu'elle s'était fiancée au meilleur ami du défunt le soir de Noël. L'infortuné a depuis passé l'essentiel de son temps à noyer son chagrin dans un mélange de drogues et de tequila bon marché puis, hier soir à 22 heures, a formé un nœud coulant à l'aide de ses draps et appelé la jeune fiancée en pleurant et en menaçant de se pendre.

— Une bonne leçon pour elle.

— C'est sans doute ce qu'il pensait. À ce stade, on ne sait pas clairement s'il a volontairement fait basculer la chaise sur laquelle il se tenait ou s'il s'est montré mortellement maladroit. Dans tous les cas, il se retrouve ici.

Morris sourit et rangea son scalpel. Il portait un pantalon bleu nuit et une chemise argentée ainsi qu'une cravate bleu et argent soigneusement nouée sous sa cape de protection. Une épaisse natte de cheveux bruns retombait dans son dos.

— Comment s'est passé votre réveillon ? demanda-t-il.

— Bien. J'ai arrêté un criminel, ouvert des cadeaux, bu du bon champagne. Et vous ?

— Je suis arrivé chez mes parents la veille de Noël et je suis resté jusqu'au matin. Puis j'ai dîné avec Garnet DeWinter et sa très charmante petite fille. De quoi apporter beaucoup de joie et de légèreté à Noël, un peu comme votre champagne. Et comment va votre famille, Peabody ? On m'a dit que vous étiez retournée chez vous.

— Tout va super bien. J'étais trop contente de revoir tout le monde et de me replonger dans le chaos pendant quelques heures.

— Je vois très bien ce que vous voulez dire. Au passage, génial votre nouveau manteau.

— N'est-ce pas !

Malgré l'avertissement d'Eve, elle fit amoureusement courir ses doigts le long de sa manche.

— Mon incroyable coéquipière et son mari à tomber par terre me l'ont offert pour Noël, précisa-t-elle.

— Ne me le faites pas regretter, Peabody.

— C'est le plus beau cadeau du monde.

— Et maintenant vous êtes de retour au boulot, lança Eve.

Elle ne tenait pas à les écouter passer une demi-journée à détailler le menu de leur repas ou autres frivolités du même genre.

— Que pouvez-vous me dire ? demanda-t-elle avec un geste du menton pour désigner Leanore Bastwick.

— Une femme en très bonne santé jusqu'au moment de sa mort, répondit Morris en s'approchant de la table d'examen. Son visage et son corps avaient bénéficié de soins d'experts en chirurgie esthétique. Rien d'extrême, on pourrait plutôt parler d'ajustements. Son dernier repas, pris environ quatre heures avant sa mort, était constitué d'un yaourt à la grecque avec du muesli.

— Ça, oui, c'est triste, fit remarquer Eve à Peabody.

— Elle avait bû un demi-verre de vin blanc dans la demi-heure précédant le décès, ce qui est un peu plus joyeux. Aucune trace de stupéfiants dans ses analyses, et aucun signe qu'elle en ait fait usage, ajouta Morris. Pas de lésions défensives, pas de traces de contraintes ou de lutte.

Il tendit à Eve une paire de microlunettes.

— Des marques de pistolet paralysant, expliqua-t-il. Ce qui expliquerait l'absence de lésions défensives. Au niveau du ventre.

— Oui, je les vois. En pénétrant dans l'appartement, le tueur sort un pistolet paralysant de sa poche droite. La victime s'est reculée et décalée sur le côté pour le laisser entrer. Il l'atteint presque à bout portant, une décharge puissante. L'arme a laissé des marques bien nettes sur la peau.

— On trouve une légère contusion à l'arrière de son crâne. Elle est tombée en arrière et s'est cognée, mais pas violemment. Comme la plupart des gens frappés par une décharge paralysante, elle se sera affaissée au sol après s'être convulsée.

— Combien pesait-elle ?

— Un peu moins de cinquante-quatre kilos, répondit Morris.

— Pas bien lourde. Elle portait des espèces de chaussons. Du genre élastique. Je n'ai pas vu de marques d'usure sur les talons. Il l'a sans doute portée jusqu'à la chambre. Elle est assommée, inerte. Il la soulève dans ses bras ou la passe par-dessus son épaule. Puis il la dépose sur son lit. Les draps n'étaient pas froissés, pas plus que ses vêtements.

— Pas d'agression sexuelle ni d'activité sexuelle récente, précisa Morris.

— Encore plus triste, murmura Peabody.

— Ce qui diminue les chances qu'il s'agisse d'un petit ami, d'un ex ou d'un homme qui aurait voulu être son amant, conclut Eve. Dans ce genre de cas, on s'attendrait à des violences sexuelles ou à une composante plus personnelle dans la mise à mort.

— Elle avait opté pour la stérilisation, commenta Morris. Du moins je suppose que c'était un choix de sa part. Un travail propre et bien fait. Rien n'indique qu'elle ait jamais eu un enfant. Elle entretenait bien son corps, poursuivit-il. Outre les ajustements esthétiques, sa tonicité musculaire confirme qu'elle faisait régulièrement de l'exercice. Comme je l'ai dit, aucun signe d'abus de drogue ou d'alcool.

— On sait comment elle vivait. Comment est-elle morte ?

— Je suis d'accord avec votre analyse sur place. Elle a été étranglée. À l'aide d'une corde à piano fine et solide. Un lacet étrangleur. Par-derrière.

Eve étrécit les yeux.

— Pas en face à face ?

— Non. L'effet de levier est supérieur par-derrière et l'angle de la blessure confirme cette hypothèse. Le tueur s'est positionné derrière elle et l'a redressée, quasiment en position assise. Puis il lui a enroulé la corde à piano autour du cou avant de serrer. Avec beaucoup de force car la manœuvre lui a fendu le larynx.

— D'accord.

Eve ne doutait pas des conclusions de Morris. Elle fit le tour du corps tout en visualisant mentalement la scène.

— Tu la déposes sur le lit… Tu as déjà retiré ton manteau : tu ne veux pas qu'il y ait de sang dessus parce que tu devras le porter en ressortant. Et il est épais. Tu as besoin d'une certaine liberté de mouvement. Tu gardes tes gants… Ou bien, non, tu en sors une autre paire. Fins, ceux-là. Ou alors un produit façon Seal-It. Tu as peut-être une cape et des gants de protection, une bombe de Seal-It dans ton colis. Tu l'ouvres, tu en sors la cape et les gants. Tu les enfiles et tu sors ton lacet étrangleur.

— La cape de protection, le Seal-It ou les gants réduiraient les chances de retrouver des fibres compromettantes sur le lit ou sur le corps, fit remarquer Peabody.

— C'est certain. Tu as soigneusement planifié les choses, pris le temps de régler chaque détail. Et le moment de vérité arrive. Tu montes sur le lit, tu la redresses afin de pouvoir te placer derrière elle.

Eve vint se poster derrière la tête de la défunte.

— La corde est fine, tranchante. Comme tu es malin, tu as sans doute installé des poignées de chaque côté pour t'assurer d'une bonne prise. Tu ne cherches pas à la faire souffrir, tu n'as pas besoin de la regarder mourir. Ce n'est pas un acte personnel. Ne pas avoir besoin de voir son visage fait d'elle une chose et non une personne. Tu sens le lacet mordre dans sa chair. Ce n'est pas une question de sexe, pas une question de plaisir, pas à ce moment-là, en tout cas. Il s'agit de justice. Propre et efficace.

» Tu ne laisses pas la corde à piano. Ni rien d'autre. Elle retourne dans le carton. Peut-être dans un sac en plastique d'abord, mais dans le carton. Tu recouches la victime et tu lisses les draps là où ils étaient dérangés. Propre et net. Est-ce que tu la regardes ?

Eve s'arrêta pour observer le visage de Bastwick.

— Peut-être pas, pas encore. Tu te maîtrises, tes mains ne tremblent pas. Ce ne sera terminé qu'une fois que tu auras laissé ton message. En fait, tout tourne autour du message.

« Ne pas se tromper de priorités », se dit Eve.

Elles devraient concentrer leurs efforts sur l'inscription au mur car aux yeux du tueur, Bastwick n'était pas une personne mais une chose. Une offrande à présenter de façon adéquate.

— Tu as également apporté le marqueur. Bien organisé. Tu sais précisément ce que tu veux dire. Tu t'es entraîné, tu as affiné le message. Des lettres majuscules bien nettes, dénuées de style, rien qui puisse permettre de t'identifier. Tu as pensé à tout.

» Gants et cape sont rangés dans un autre sac et dans le carton. Il faudra que tu t'en débarrasses. Tu sais déjà où et comment faire. Maintenant, et maintenant seulement, tu recules de quelques pas pour contempler la scène. Là, les émotions arrivent. Tu as réussi. Tu as fait les choses exactement comme tu l'imaginais, comme tu t'y étais entraîné. Tu te mets à trembler légèrement, mais c'est un frisson de plaisir. La joie du travail bien fait. Qui aurait cru que ce serait si agréable ?

» Tu ne peux pas rester ni t'attarder. Ne pas gâcher ta réussite. Manteau, gants, écharpe, chapeau, carton. Tu repars comme tu es venu, en te rappelant les caméras. Une partie de toi voudrait pouvoir danser, siffloter. Tu souris. Je parie que tu souris de toutes tes dents derrière ton paquet en te dirigeant vers l'ascenseur. Tu y entres, tu descends. Tu descends, tu sors et tu disparais. Vingt-sept minutes au total, du début à la fin.

Eve hocha la tête puis se tourna vers Morris, mains dans les poches.

— La partition vous semble juste ?

— Du Mozart, répondit-il. Une vraie symphonie. La blessure au cou est d'une propreté quasi chirurgicale. Aucun signe d'hésitation. Les traces de sang corroborent l'écoulement initial, à la verticale, puis l'hémorragie à l'horizontale. La victime était d'abord en position redressée, puis couchée. Ses vêtements sont au labo mais notre premier examen n'a révélé ni fibres ni cheveux autres que les siens.

— C'est presque professionnel. Propre, rapide, impersonnel. Sans le message et le pas presque joyeux de l'assassin au moment de repartir, j'aurais pu envisager un tueur à gages. Il s'est beaucoup renseigné avant d'agir.

— Ça pourrait être un flic, intervint Peabody avant de faire la grimace. Je déteste dire un truc pareil, mais c'est une possibilité. Vous êtes un flic respecté et nous n'avons généralement pas beaucoup d'affection pour les avocats de la défense de toute façon. Celle-ci était une sommité dans son domaine et ne manquait pas de s'en vanter. Un policier aurait pu entrer et sortir de l'immeuble sans que quiconque trouve ça bizarre. Détailler les lieux. Ou simplement réquisitionner les plans. Et… je devine que vous y aviez déjà pensé, termina-t-elle.

— Oui, l'idée m'est venue. S'il était équipé d'un pistolet paralysant de la police, il aurait été plus simple pour le tueur d'éliminer Bastwick en le réglant au maximum avant de le lui plaquer sur la gorge. Mais… c'est le genre de meurtre où l'on pense en priorité à un flic. La corde à piano pourrait constituer une sorte de fausse piste.

— Si c'est un flic, c'est aussi un dingue, ajouta Peabody. Parce que le message montre clairement qu'il n'est pas net.

— Ce n'est pas moi qui vous dirai le contraire. Merci, Morris.

— Avec plaisir, Dallas. Faites-moi une fleur et faites attention à vous, dit-il. Les dingues… font des trucs dingues.

— C'est vrai. Mais n'oublions pas que même s'il n'est pas rose – Dieu merci –, j'ai moi aussi un manteau magique.

Elle le vit sourire tandis qu'elles prenaient congé.

— J'imagine très bien la scène telle que vous l'avez décrite, dit Peabody.

Comme Eve et elle émergeaient du tunnel au milieu des bourrasques glacées de la fin décembre, elle rentra les épaules et abaissa son bonnet par-dessus ses mèches brunes.

— J'avais plus ou moins capté l'essentiel, mais j'ai vu tous les détails s'affiner au fur et à mesure de votre description. Je n'avais pas pensé au manteau ni aux gants.

— Quelqu'un d'aussi prudent n'aurait pas voulu du sang de la victime sur son manteau. Vous-même avez enlevé le vôtre avant d'examiner le corps. Même chose pour ses gants et le reste des vêtements, d'ailleurs. Le carton est bien pratique. Il bloque les caméras et contient tout ce dont il a besoin, à l'aller comme au retour. L'attaque par-derrière diminue la probabilité que Bastwick ait connu le tueur. C'était une tâche à accomplir. Non, plutôt une mission. L'emploi du pistolet paralysant couvre deux besoins. Une fois qu'elle est neutralisée, plus de risque qu'elle se débatte, plus d'erreur possible. Et cela lui évite de souffrir. Même le message a une double fonction. Il m'avertit que quelqu'un veille sur moi – dans son esprit malade – tout en lui offrant le moyen de se vanter. Tout cela est très efficace.

» Allons tout de même parler à ceux qui connaissaient la victime. Cela pourrait nous fournir de nouvelles pistes…

Mais six interrogatoires plus tard, elles en étaient toujours au même point.

— Il reste cinq personnes sur la liste, toutes censées être en déplacement, déclara Eve en slalomant à travers la circulation en direction du labo. Vérifiez qu'elles sont effectivement parties pour les fêtes et faites les entretiens par communicateur si besoin.

— Je m'en charge, répondit Peabody, le nez plongé dans ses notes. J'ai l'impression qu'on ne va pas apprendre grand-chose de neuf. Comme vous le disiez, elle n'avait pas vraiment d'amis. Pas de véritables amis, en tout cas. Tout le monde est choqué et navré, mais franchement, Dallas, personne ne semblait la connaître assez pour ressentir plus que ça. C'était presque comme si on leur parlait d'une personne qu'ils auraient récemment rencontrée durant une fête ou avec qui ils auraient eu quelques conversations superficielles.

— C'était son choix. Cela prouve que son métier était sa vie et qu'elle ne se préoccupait pas beaucoup du reste.

L'idée troublait cependant Eve car elle comprenait très bien ce que ce choix signifiait, à quoi cette vie ressemblait. Elle savait exactement ce qu'il en était.

— « Efficace ». C'est la manière dont vous avez décrit son meurtre. Propre et efficace, dénué de passion. C'est comme si elle ne comptait pas réellement, alors que vous…

— Ce qui compte aux yeux du tueur, c'est moi. Vous pouvez le dire, Peabody, j'ai compris, répondit Eve sur un ton qui frôlait l'agressivité. Nous couvrirons néanmoins tous les angles d'attaque. Stern va récupérer ses parts dans le cabinet. On va s'intéresser à lui, à ses finances, à sa relation personnelle avec la victime. Peut-être qu'un des amants de Bastwick espérait plus et qu'il a pété les plombs tout en s'assurant de faire les choses proprement. Peut-être qu'un ancien client est sorti de prison et qu'il a voulu se venger. Il faut que Mira analyse les menaces qu'elle a reçues.

— Absolument.

— Et commençons à chercher qui pourrait vouloir m'offrir une avocate morte en guise de cadeau de fin d'année.

Elle laissa ces mots résonner dans l'habitacle tandis qu'elles patientaient au feu rouge. Le dernier dirigeable publicitaire, remarqua-t-elle, en avait fini avec les soldes d'après-Noël et invitait les New-Yorkais à consommer sur le thème AU REVOIR L'ANNÉE PASSÉE, BONJOUR LES NOUVELLES PROMOTIONS.

Sur le trottoir, un marchand derrière son glissa-gril saluait un groupe de touristes en étalant une moutarde jaune d'or sur des bretzels tout chauds. Tous les voyageurs étaient affublés de la même tenue : parka bleu ciel et bonnet blanc.

Le feu se mit au vert et Eve redémarra. Son esprit aussi reprit son cheminement.

— Les courriers, mes anciennes affaires, passons tout au peigne fin.

Elle laissa échapper un soupir.

— Et les flics. Ceux qui pourraient estimer me devoir quelque chose et qui détestent les avocats.

— Je dois dire que ça va en faire beaucoup. Mais il ne s'agit pas seulement de vous devoir quelque chose, Dallas. C'est de l'admiration.

Cette fois, Eve eut vraiment envie de s'emporter, mais elle se maîtrisa. Car Peabody n'avait pas tort.

— Pourquoi Bastwick et pourquoi maintenant ? Voilà d'autres questions à se poser. C'est peut-être effectivement un cadeau pour les fêtes. Mais tout cela a été planifié longtemps à l'avance. Alors quel a été l'élément déclencheur ?

— Ça pourrait être lié à l'affaire Icove, ça vous a fait beaucoup de publicité. Le livre et le film ont peut-être donné à certains une image romantique de vous et du métier.

— Mouais, grommela Eve en se retrouvant bloquée derrière un maxibus flatulent. C'est vrai qu'on nage en plein romantisme !

Elle se rendit immédiatement auprès du technicien en chef du labo, Dick Berenski. Il avait maintes fois mérité son surnom de « Dickhead[1] » mais cela n'ôtait rien au travail remarquable qu'il fournissait.

— J'ai besoin de tous vos résultats, dit-elle.

Penché sur un microscope, il leva l'un de ses longs doigts fins sans redresser immédiatement sa tête ovoïde au sommet garni d'une mince couche de cheveux noirs et luisants.

— Quels résultats ? Il n'y a aucun résultat. On se calme ! ajouta-t-il avant qu'Eve puisse se mettre à gronder. Le fait que nous n'ayons rien trouvé devrait vous apprendre quelque chose. Ni fibres, ni empreintes, ni ADN, ni même un cheveu qui n'appartiennent pas à la victime. Ce qui me laisse penser qu'elle n'avait pas beaucoup de compagnie ou alors qu'elle obligeait chaque visiteur à s'asperger intégralement de Seal-It. Une chose est claire : c'est ce qu'a fait le tueur.

Il se tourna vers elle et sembla chercher quelque chose du regard. Le bouc qu'il se laissait pousser ne parut pas plus flatteur aux yeux d'Eve que la semaine précédente.

— Qu'est-ce qu'il y a ? demanda-t-elle.

— Je pensais que vous m'aviez peut-être apporté un petit cadeau de bonne année, c'est tout.

— Ne poussez pas le bouchon trop loin, Dickie.

— Du calme. On a passé cette affaire en priorité absolue. Et c'est une période de l'année où on croule

---

1. Le terme argotique *dickhead* peut être traduit par « tête de nœud ». (*N.d.T.*)

sous le boulot. Harvo est allée en personne sur la scène de crime parce qu'elle s'était mis en tête que la police scientifique avait forcément loupé un cheveu, un poil ou une fibre quelconque. J'ai travaillé sur l'arme du crime. Il y a une forte probabilité pour que ce soit du fil d'acier format 0.020. Corde à piano en acier à haute teneur en carbone. De loin le plus probable. Mais à moins d'appréhender un type avec un lacet étrangleur dans sa poche, ça ne vous aidera pas beaucoup. On trouve ce genre de corde à piano à peu près n'importe où dans ce fichu pays.

Il se propulsa sur son tabouret vers l'autre extrémité de sa table de travail.

— Nous pourrons vous fournir la marque, le modèle et même la référence du bain de teinture du marqueur qu'il a utilisé pour vous écrire son petit mot d'amour, affirma-t-il en tapotant son écran.

Peabody émit un sifflement agacé tandis qu'Eve serrait les poings au fond de ses poches.

— Marqueur à pointe fine ordinaire de chez Sanford. Modèle hyper répandu. Couleur noire standard.

Il sortit un feutre du tiroir de son bureau.

— Identique à celui-ci, dit-il. Et à ceux que vous trouverez dans un million d'autres tiroirs et boutiques à travers tout le pays, comme pour la corde à piano. Je peux vous dire que nos spécialistes du sang sont d'accord avec Morris quant à la manière dont ça s'est passé. La victime a été étranglée en position assise, par-derrière, puis rallongée. C'est tout, Dallas. Si vous voulez plus de résultats, il faudra nous donner davantage de matière.

Eve s'efforça de décrisper ses doigts.

— D'accord, dit-elle. Très bien.

— Je connaissais la victime, annonça en toute décontraction Berenski.

— Quoi ?

— Je l'avais vue au tribunal. On passe notre temps à témoigner dans mon équipe. J'aimais bien son look – qui n'aurait pas apprécié ? – mais si vous voulez mon avis, c'était une vraie garce. Je me suis souvent retrouvé confronté à elle sans qu'elle trouve jamais la faille dans mon boulot. Parce que je fais un boulot impeccable, ajouta-t-il avec une pointe d'agressivité. On fait bien notre travail ici, tout comme vous. Autant vous dire qu'on n'était pas très fans d'elle par ici.

Eve balaya les lieux du regard. Innombrables plans de travail, cubes et parois de verre. Beaucoup de gens, la plupart vêtus de blouses blanches par-dessus leurs tenues civiles, penchés sur leurs outils, leurs machines et leurs ordinateurs, à faire des choses qu'elle ne pourrait jamais tout à fait comprendre.

— Elle avait baisé l'un d'entre vous ?

— Je ne demande pas à mes employés avec qui ils couchent. Enfin, pas souvent.

— Ce n'est pas ce que je voulais dire. Au tribunal. Est-ce qu'elle a déjà décrédibilisé quelqu'un de chez vous, jeté le doute sur son boulot ?

— C'est possible. Elle était douée et très forte pour vous manipuler et déformer la réalité. Vous le savez comme moi.

« Effectivement, je le sais », se dit Eve.

— Est-ce que quelqu'un s'est fait réprimander, suspendre temporairement ou virer ? Est-ce que certains ont craqué à la barre des témoins ? Connaissez-vous quelqu'un qui l'ait menacée ou qui ait pris les choses très à cœur ?

Berenski montra les dents sous sa moustache clairsemée.

— Vous n'allez pas commencer à enquêter sur les membres de mon équipe !

— J'enquêterai sur tous les coupables potentiels. C'est vous le responsable dans ce labo. Je veux que vous vous plongiez dans vos dossiers et que vous me donniez la liste de tous ceux qui ont des griefs envers elle. Le meurtre n'aurait pas pu être exécuté plus proprement, Dickie.

Il ne faisait jamais rien pour lui faciliter la vie, mais elle comprenait qu'il monte au front pour défendre ses ouailles.

— Qui serait mieux placé qu'un spécialiste de l'analyse des preuves pour laisser derrière lui une scène de crime immaculée ? demanda-t-elle.

— Foutaises !

— Ça ne me plaît pas plus qu'à vous, mais j'attends cette liste.

Elle s'éloigna avant qu'il puisse rétorquer quoi que ce soit, sans se soucier des jurons qu'il maugréa dans son dos. Elle prit néanmoins son temps. Elle connaissait le nom d'une poignée de techniciens du labo et de deux ou trois autres qui œuvraient sur le terrain et aurait pu reconnaître quelques visages supplémentaires. Mais la plupart se fondaient pour elle dans la masse anonyme des « geeks du labo ».

Et si l'un d'entre eux s'imaginait vivre plus que la relation ordinaire entre flic et geek ?

4

Elle retourna à la Criminelle puis, alertée par un message de Feeney, monta directement jusqu'à la DDE pour s'entretenir avec son capitaine – et ancien partenaire – dans le labo de la division.

Au travers des parois de verre, elle vit qu'il travaillait seul, vêtu d'une chemise froissée couleur de café allongé. Des reflets argentés devenaient visibles dans la masse de cheveux roux qui surmontait son visage digne d'un basset.

Lorsqu'elle entra, il leva vers elle un regard vif et scrutateur puis hocha sèchement la tête.

— Ça craint, cette affaire, lâcha-t-il.

— Voilà ce que je n'avais pas capté. Je n'arrivais pas à mettre le doigt sur la bonne expression. « Ça craint », c'est ça.

Hochant de nouveau la tête, il se dirigea vers l'autochef.

— Je nous programme deux smoothies aux épinards.

— Sans façon. Et ce jusqu'à la fin de mes jours.

— C'est exactement ce qu'il te faut, insista-t-il en actionnant manuellement les boutons.

Il revint avec deux tasses.

— Ça ne ressemble pas vraiment à des épinards, dit-elle.

Elle n'eut pas besoin de humer longtemps le breuvage pour comprendre.

— Ça sent le café. Le vrai café. Le café de Connors.

— Je connais les bonnes personnes. Je l'ai enregistré sous l'appellation de smoothie aux épinards. Aucun des petits jeunes d'ici n'oserait toucher à ce bouton même si sa vie en dépendait. Si ce n'est pas farci de sucre et de caféine, ils n'en veulent pas.

— C'est ce genre de raisonnement brillant qui te vaut d'être capitaine.

— Tu l'as dit.

Elle leva les yeux vers le mur d'écrans sur lequel défilaient les images des caméras de surveillance de l'immeuble où le meurtre avait eu lieu.

— Que peux-tu me dire à propos de notre tueur SUNID[1] ? demanda-t-elle.

— Si le suspect ne porte pas de talonnettes, nous estimons sa taille à un mètre soixante-dix-huit. Ses boots sont de la marque Urban Hikers, couleur marron, format unisexe. Pointure 39. Plutôt grand s'il s'agit d'une femme et relativement petit si c'est un homme. Des chaussures de milieu de gamme plutôt répandues. Beaucoup de livreurs en portent. Maintien correct, adhérence correcte, prix correct. Celles-ci n'ont pas l'air neuf.

— Effectivement. On voit des traces d'usure.

— Je ne peux pas te donner son poids, l'estimation ne serait pas fiable. Impossible d'identifier les gants de manière certaine. Mais on a pu répertorier les trois plus fortes probabilités. Tous de marques ordinaires et de qualité moyenne.

Feeney s'assit sur un tabouret avant de reprendre :

— Nous avons capté un petit morceau de lui, sa tempe gauche. Une fois l'image affinée et analysée, l'ordinateur est partagé entre une origine caucasienne

1. Acronyme policier désignant un SUspect Non IDentifié. (*N.d.T.*)

ou métisse. L'image était insuffisante pour dire s'il s'agit d'un homme ou d'une femme. Ses mains et ses pieds semblent un peu petits pour un homme, mais pas de beaucoup. Sa taille est plutôt grande pour une femme, mais là encore, rien d'extraordinaire. Et le port de talonnettes pourrait jouer.

— Donc on élimine les Noirs, les Hispaniques et les Asiatiques. Et on cherche une femme de haute taille aux grands pieds ou un type avec de petites mains et de petits pieds. D'origine ethnique caucasienne ou métisse.

— D'âge indéterminé. Droitier à quatre-vingt-seize pour cent et quelques d'après mon analyse graphologique. Il s'est servi de la main droite pour actionner le panneau de sécurité comme pour sortir ce qu'on suppose être son pistolet paralysant. Le labo de la police scientifique a obtenu le même pourcentage.

— D'accord. Bon, c'est déjà plus que ce que j'avais en arrivant. Et pour ce qui est des ordinateurs et communicateurs de la victime ?

— J'ai mis McNab sur le coup, répondit-il en faisant référence au compagnon de Peabody. Nous avons des communications avec son bureau, avec ses clients – il vous fournira la liste détaillée –, avec sa mère et sa sœur à Noël et avec Discrétion, une agence de compagnons licenciés. Elle en a fait venir un pour Noël.

— Chez elle ?

— Non, à l'hôtel *Four Seasons*. Elle avait réservé la chambre elle-même et s'y est installée la veille de Noël en demandant au CL d'arriver sur place à minuit.

— Une piste à suivre.

— McNab se charge à présent de ses ordinateurs : ceux du domicile et du bureau, ses tablettes, ses mini-ordinateurs, la totale. Le jour de son décès, elle a participé à une téléconférence avec son associé et certains de leurs employés.

— Oui, ça colle avec ce que m'a raconté Stern.

— Peu d'échanges, que ce soit à la maison ou au bureau, depuis Noël. Phénomène plutôt courant durant les fêtes de fin d'année. Trois vidéo-messages sur son communicateur de poche et un sur celui de son bureau de la part des types avec qui elle devait dîner. Au lieu de quoi elle s'est fait tuer. Plutôt énervés sur le troisième message, mais ça aussi, c'est logique. McNab me fera signe s'il trouve quelque chose de bizarre. Pour l'heure, on n'a ni menaces, ni dispute, ni communications suspectes. Même pas de « désolé, faux numéro ».

Feeney but un peu de café avant de demander :

— Tu tiens le choc, ma fille ?

— Je ne sais pas trop. Je ne me suis pas encore posée pour y réfléchir. Je n'arrive pas à capter le truc, Feeney. Je ne trouve pas l'angle qui me permettrait de comprendre. Bastwick ne comptait pas pour moi. Elle faisait son boulot, je faisais le mien. Je n'aimais pas sa manière de bosser, mais elle n'appréciait sans doute pas plus la mienne. Et elle serait morte parce que nous nous sommes affrontées à quelques reprises sur des affaires ?

— Les gens tuent pour des raisons futiles, Dallas. On est bien placés pour le savoir. Assieds-toi deux minutes.

— Il faut que j'aille...

— Assis, j'ai dit. Je suis toujours ton supérieur.

— Bon, bon...

Elle obtempéra, l'air maussade.

— Quelqu'un a tenté un truc avec toi ? De la drague ?

Elle releva vivement la tête. Si elle avait été du genre à rougir, son visage aurait pris une teinte écarlate.

— Quoi ? Non. Bon sang, non. Je ne me mets pas dans ce genre de situation. Et puis... il y a Connors.

— Webster t'a draguée.

— Bon Dieu, Feeney...

— Je ne dis pas qu'il en pince encore pour toi. D'autant plus qu'il passe au moins autant de temps sur d'autres planètes qu'ici et qu'il fréquente cette autre femme flic sur Olympe. Mais il t'avait fait du gringue à l'époque. C'est un flic, un bon flic, même s'il a rejoint le Bureau des affaires internes. Et ce n'est pas un tueur. Quoi qu'il en soit, il s'est déclaré. Et ça s'est su. Il y en a eu d'autres ?

— Non.

Et il était plus que temps de parler d'autre chose.

— Les femmes aussi font parfois des avances à d'autres femmes, reprit Feeney en agitant un doigt en l'air. Peut-être que tu ne les as pas perçues comme telles, ou que tu n'as rien remarqué.

— Mais non, merde ! s'exclama Eve.

Elle se leva d'un bond et fit un tour complet sur elle-même avant de se rasseoir.

— Non, répéta-t-elle. J'aurais remarqué.

— D'accord. Un individu qui passerait plus de temps avec toi qu'il ne devrait ? Quelqu'un d'amical ou qui t'aurait fait une faveur ? Le genre que l'on voit sans vraiment le voir.

— Oui, oui…

Ne s'était-elle pas déjà posé la question une bonne demi-douzaine de fois ? Mais il avait raison d'insister, de l'inciter à se creuser les méninges.

— Non. Rien qui saute aux yeux. On va couvrir toutes les possibilités. Mira scrute le courrier que j'ai reçu avec son regard de psy. J'ai demandé à Dickhead de chercher qui dans son équipe aurait pu se faire malmener par la victime durant un procès.

— Bonne idée, approuva Feeney.

— Il faut que j'étudie Bastwick de près, que je comprenne qui elle était, comme je le ferais pour n'importe quelle autre victime. Et je dois me pencher sur mon propre cas, tâcher de voir ce que j'ai pu rater. Je vais aussi m'entretenir avec Nadine. Explorer un lien potentiel avec Icove. Quelqu'un l'a peut-être contactée à mon sujet. Il pourrait s'agir d'un autre flic, Feeney.

Il se contenta de hocher la tête en buvant son café.

— Quelqu'un qui travaille sur les scènes de crimes, ou sur la collecte de preuves. Le meurtre était vraiment très propre. Et le tueur y a pris plaisir.

— Ouais, j'ai vu ça, dit Feeney en opinant de nouveau du chef. Il en dansait presque sur le chemin du retour. Une émotion qu'il va vouloir ressentir de nouveau.

— Il a dû mettre un bon moment pour planifier la mort de Bastwick. Ça nous laisse peut-être un peu de temps avant sa prochaine tentative.

— Possible.

— Merde...

Eve se redressa d'un bond et cette fois ne se rassit pas.

— Comme tu es efficace, tu as sans doute déjà prévu ta prochaine cible. Tu connais déjà ses habitudes, tu as déjà chronométré ton coup. La seule question qui reste, c'est « quand ? » Et si tu veux impressionner un lieutenant de la Criminelle...

— Le meilleur moyen est de tuer quelqu'un. Ne te fais pas trop de nœuds au cerveau, Dallas. On va continuer l'examen des appareils high-tech. Si on trouve quoi que ce soit, tu seras la première informée.

— Merci.

Il fallait qu'elle réfléchisse. Elle s'enferma dans son bureau.

« N'oublions pas les bonnes habitudes », se dit-elle en mettant à jour son tableau.

Ni suspects ni véritable piste. Aucun lien connu entre le tueur et la victime... à part Eve elle-même. Aucun mobile connu... à part Eve elle-même.

Aucun lien connu non plus entre elle et le meurtrier, mais il y en avait forcément un. Même s'il n'existait que dans l'esprit du tueur.

Un meurtre propre, efficace. Dénué d'émotion à l'exception du message écrit sur le mur. C'était là que s'exprimait l'émotion, le besoin. Dans cette communication.

« Une image romantique de vous et du métier », avait dit Peabody. Une image romantique n'impliquait pas forcément une romance, l'aspect sexuel, physique. Il s'agissait plutôt d'une idéalisation.

Ce qui la ramenait au livre, au film.

Elle décrocha son communicateur pour contacter Nadine.

— Je m'étais juré de ne pas répondre si on m'appelait !

La chevelure blonde zébrée de mèches claires de Nadine, habituellement parfaitement apprêtée pour les caméras, s'agitait librement sous la brise. Des lunettes de soleil très chics dissimulaient ses yeux de chat verts.

Eve capta le reflet du soleil sur l'eau, entendit le bruit des vagues et les tintements de la musique et des rires en arrière-plan. Elle pouvait presque sentir la crème solaire et l'huile de noix de coco.

— Où êtes-vous donc ?

— À la plage, sur la merveilleuse île de Nevis, accompagnée d'un mâle magnifique et bien trop jeune pour moi. Une façon de commencer l'année en beauté. Je suis arrivée ce matin et je m'étais promis de ne pas toucher à mon communicateur, à mon ordinateur ou à quoi que ce soit d'autre que ce fabuleux et très rafraîchissant mai tai. Plusieurs de ces fabuleux et très rafraîchissants mai tai, même.

— Donc vous êtes en vacances.

— Je me suis pris sept jours fantastiques pour ne rien faire d'autre que me dorer la pilule, faire l'amour et boire beaucoup de cocktails exotiques. Il fait froid chez vous, non ? Il fait froid, c'est noir de monde et c'est bruyant. Tandis que je suis ici, sous la brise chaude des îles, avec du sable blanc à perte de vue et un mai tai à la main. Mais j'arrête les vantardises... pour quelques instants. Que se passe-t-il ?

— Ça peut attendre.

— Oh non, vous ne me ferez pas ce coup-là...

Avec un petit rire, Nadine se détourna, un sourire charmeur aux lèvres.

— Bruno, mon chéri, tu veux bien aller m'en chercher un autre ?

— « Bruno » ? Vraiment ?

— Il est bâti comme un dieu, c'est un vrai Viking au lit et – même si ça n'a guère d'importance étant donné les deux qualités que je viens de citer – il se révèle capable de tenir une conversation intéressante et intelligente. Il a vingt-huit ans, ou il les aura le mois prochain. Je l'ai pris au berceau et je compte bien en profiter tant que ça durera. Maintenant, dites-moi tout.

— Leanore Bastwick.

— La reine de glace des avocats de la défense criminelle... se remémora Nadine.

Puis elle haussa brusquement les sourcils.

— Attendez. Elle est morte ?

— Oui. Et pas de rire.

— Sacrée histoire. Mais mon équipe peut s'en charger. Je dois aller faire l'amour avec Bruno. Dans très peu de temps.

Elle abaissa néanmoins ses lunettes de soleil aux verres dorés pour laisser apparaître son regard à la fois rusé et incisif.

— Vous êtes en charge de l'enquête, c'est ça ?

— Oui. Le tueur a laissé un message. À mon intention.

— Spécifiquement ?

Cette fois, Nadine se redressa et retira ses lunettes. Son sourire béat avait disparu.

— Une menace ?

— Non. Tout cela est confidentiel, Nadine. Nous voulons garder le secret jusqu'au…

— N'en dites pas plus. Le terme confidentiel me suffit. Quel genre de message ?

— Ça ressemble à un courrier de fan indiquant qu'il ou elle a tué Bastwick car celle-ci n'était pas sympa avec moi.

— À quand remonte votre dernière passe d'armes avec Bastwick ? Comment a-t-elle été tuée ? Que disait précisément le message ? Quand…

— Du calme, Nadine. Je vous appelle pour explorer la possibilité qu'un individu se soit construit une obsession autour de l'affaire Icove. Le livre, le film. Vous recevez beaucoup de courrier.

— Oui, beaucoup. À propos des deux.

— Il faudrait que nous comparions votre courrier et le mien pour voir si quelqu'un qui a contacté ou tenté de contacter chacune de nous interpellerait Mira. Si vous voulez bien demander à l'un des membres de votre équipe de nous fournir des copies, nous nous occuperons du reste. Ne lui dites simplement pas pourquoi.

— Ce sera fait. Je voudrais voir le message. Toujours à titre confidentiel, Dallas. Je veux le voir au cas où ça m'évoquerait quelque chose. S'il existe un lien avec moi, ses propos ou son style me seront peut-être familiers.

Eve devait admettre que c'était une possibilité. Et lorsqu'on lui parlait sous le sceau de la confidentialité, Nadine restait muette comme une tombe.

— D'accord, je vais vous le transmettre. Ne racontez rien à Bruno.

— J'ai bien mieux à faire avec Bruno. Je m'occupe de la correspondance, vous vous chargez de m'envoyer le message. Et faites attention à vous, Dallas.

— C'est mon intention.

Alors qu'elle s'apprêtait à se replonger dans son travail, elle entendit des bruits de pas au-dehors. Un pas d'homme, estima-t-elle, et pressé. Résignée, elle pivota sur son siège pour faire face à la porte.

— Oui, qu'est-ce que c'est ? répondit-elle lorsqu'on frappa au panneau.

La porte s'ouvrit sur Kyung, le chargé de liaison avec les médias.

— Désolé de vous déranger, lieutenant.

— Il fallait bien que ça arrive.

— Effectivement.

Vêtu d'un costume couleur ardoise impeccablement coupé, Kyung était grand et plutôt bel homme. Après un regard incertain vers le siège des visiteurs d'Eve, il appuya sa hanche contre le coin du bureau.

— Le commandant Whitney m'a mis au courant, dit-il.

— D'accord.

— J'irai également parler au Dr Mira, au cas où nous devrions communiquer des éléments du profil du tueur au public. Et je viens de m'entretenir avec l'inspecteur Peabody.

— Toujours d'accord.

« Il est là pour t'aider », se rappela-t-elle.

— Je m'attendais à recevoir des appels de journalistes, dit-elle. Mais je n'ai rien eu jusqu'à présent.

— J'ai demandé que toutes les sollicitations des médias soient redirigées vers mon bureau.

Eve étrécit les yeux.

— Vous pouvez faire ça ?

— Absolument.

— Pourquoi n'est-ce pas systématique ?

— Parce qu'il n'y a que vingt-quatre heures dans une journée. Nous pourrions déclarer un Code bleu, dit-il pour évoquer la possibilité d'un silence médiatique total. Mais avec une victime aussi présente devant les caméras que Bastwick, cela ne ferait qu'attiser leur intérêt. Pour le moment, notre réponse de base consiste à dire que Peabody et vous êtes totalement monopolisées par l'enquête, que vous explorez toutes les pistes et que vous ne pouvez pas vous libérer pour faire des déclarations ou donner des interviews. Mais que vous le ferez quand vous aurez quelque chose d'important à communiquer, ajouta-t-il avant qu'Eve ne se réjouisse un peu trop. D'ici là, nous continuerons à filtrer toutes les demandes.

— Pendant combien de temps ?

— Nous aurons de la chance si ça dure jusqu'à demain. Quelqu'un finira par faire fuiter le message. Un flic, un technicien, un membre du personnel civil.

Il eut un élégant haussement d'épaules.

— Mais cela vous fournit une occasion d'agir librement sans avoir l'attention des médias braquée sur vous. Même si ça finira par se produire.

— Oui, je m'en doute.

— Et quelle déclaration ferez-vous alors ?

Elle laissa échapper un soupir.

— Toutes les ressources du NYPSD seront mises à contribution dans le cadre de l'enquête sur le meurtre de Mme Bastwick. Étant chargée de l'affaire, je m'appliquerai à explorer toutes les pistes dans le but de faire traduire son meurtrier en justice.

— Et quand ils vous demanderont – car ils n'y manqueront pas – pour quelles raisons le tueur prétend avoir tué Mme Bastwick en votre nom ?

— À moins qu'ils ne m'acculent, j'écarterai la question pour concentrer mes propos sur elle plutôt que sur moi.

— Bien. Et si vous vous retrouvez coincée, que direz-vous ?

— Mince…

Cela risquait d'arriver, elle devait bien l'admettre.

— C'est l'un des éléments sur lesquels j'enquêterai activement. Et une question à laquelle nous devrons répondre, de même que l'assassin de Leanore Bastwick devra répondre de son crime.

Kyung hocha la tête puis lui fit signe du doigt.

— Développez.

— Euh…

Elle se leva et quitta son siège pour faire le tour du minuscule bureau.

— Je ne connaissais pas Mme Bastwick à titre personnel, uniquement à un niveau professionnel. En faisant notre travail, en accomplissant notre devoir, nous nous sommes retrouvées opposées durant le procès de Jess Barrow. Policiers et avocats se font régulièrement face. Les policiers et les tueurs toujours. J'agirai au nom de Leanore Bastwick comme je le ferais pour n'importe quelle victime, comme le fait le NYPSD. Et comme je vous l'ai déjà dit, nous emploierons toutes les ressources nécessaires pour faire traduire le meurtrier de Mme Bastwick en justice.

— Répétez-le aussi souvent que possible. Toutes les ressources nécessaires, traduire le meurtrier en justice. Esquivez la question du message laissé sur les lieux du crime et concentrez-vous sur votre propre message.

— Je n'ai pas la moindre foutue idée de la raison pour laquelle le tueur a laissé ce message.

— Mais vous avez l'intention de le découvrir.

— Et comment.

— Et voilà, dit-il en écartant les bras d'un air satisfait. Inutile de vous dire que Connors devrait lui aussi préparer ses réponses. Ses spécialistes de la communication prendront sans doute rapidement les choses en main.

— Effectivement, inutile de me le dire, répondit-elle alors qu'en réalité un grand « oh non ! » venait de résonner sous son crâne. Je m'en charge.

— Très bien. Si vous avez besoin de quoi que ce soit de ma part, je reste joignable vingt-quatre heures sur vingt-quatre. J'ai bien conscience de ne pas participer activement à l'enquête, lieutenant, mais j'aurai besoin d'être informé au plus vite si vous recevez des communications de la part du tueur ou de quelqu'un prétendant être le tueur.

— Je vous ajoute à la liste.

Il se redressa puis se dirigea vers la sortie en marquant un temps d'arrêt sur le seuil :

— Dallas ? Faites attention à vous.

Elle rumina quelques instants en balayant son bureau du regard. Il fallait qu'elle rentre chez elle, là où elle pourrait travailler sans être interrompue... et parler à Connors. Elle n'avait pas envie de le faire par communicateurs ou textos interposés.

De toute façon, constata-t-elle en jetant un coup d'œil à sa montre, elle allait déjà arriver en retard à son domicile.

Elle rassembla ce dont elle avait besoin et enfila son manteau. En arrivant dans la salle commune, elle vit que Peabody était toujours à son bureau.

— Emportez le dossier chez vous. Dites à McNab de me tenir informée en temps réel de ses trouvailles. Je travaillerai de chez moi.

— Je vais monter à la DDE voir s'il est disponible. Les autres personnes sur la liste sont effectivement en déplacement. Aucune d'elles ne se trouvait à New York au moment du meurtre de Bastwick. Une autre idée m'est venue. On trouvait tout à l'heure que ça ressemblait à du travail de pro. Peut-être que l'une de ces personnes, ou un collègue, Stern, la famille de Bastwick... Peut-être que quelqu'un a embauché un tueur à gages. En demandant d'écrire ce message.

— C'est une possibilité. Nous vérifierons les finances de tout le monde pour voir si quelque chose cloche. Emportez le dossier chez vous, répéta-t-elle avant de sortir pour faire de même.

Elle décida néanmoins de s'arrêter en chemin sur les lieux du crime.

Elle désactiva les scellés numériques et se rendit jusqu'à la chambre de Bastwick.

Elle passa un long moment à parcourir des yeux le message inscrit sur le mur.

En reprenant sa route, Eve ne prêta pas attention à la circulation, aux piétons qui traversaient en masse sur les passages cloutés. Elle ne se préoccupa pas plus des avertisseurs, des grondements de moteurs, de ces vagues de bruits et de lumières clignotantes.

Elle maintenait son esprit à l'intérieur de cette chambre. Une pièce chic, élégante, avec des couleurs discrètes et des tissus coûteux.

« Un sanctuaire pour Bastwick ? » se demanda-t-elle.

Ou bien l'avocate avait-elle l'habitude d'y rapporter du travail, elle aussi ? Eve l'imagina en train de lire des dossiers dans son lit, de mettre au point ses stratégies de défense, d'étudier le style des avocats du camp adverse. Et tous les détails concernant les témoins à charge.

Une femme qui semblait préférer sa propre compagnie à celle des autres, une femme douée, travailleuse, ambitieuse... et qui aimait se retrouver sous l'œil des caméras quand elle en avait l'occasion.

Oui, elle rapportait certainement ses dossiers jusque dans son sanctuaire.

Le tueur la connaissait-il ?

Eve doutait de plus en plus de l'existence d'un lien personnel réel entre eux.

Il avait entendu parler d'elle, bien sûr. Il avait fait des recherches, l'avait étudiée de près de la même manière que Bastwick étudiait ses affaires. Il l'avait observée.

Il devait être absolument certain que la cible serait seule.

Avait-il eu un moyen d'accéder à son agenda ?

Une possibilité qui orientait de nouveau l'enquête vers un collègue ou un membre du personnel administratif du cabinet. Et faisait ressurgir l'idée d'une relation personnelle, non ?

Pourtant, ce meurtre ne semblait pas personnel.

« Je vais reconstituer mon tableau à la maison », se dit Eve en passant le portail de sa demeure.

Faire table rase. Reprendre les choses à zéro. Revenir au point de départ.

Dans son écrin de verdure, la maison était éblouissante. Les lumières scintillantes qui décoraient les tours et tourelles de la vaste bâtisse de pierre grise lui rappelaient que Noël venait tout juste de se terminer et que la nouvelle année débuterait dans quelques jours.

La nouvelle année et une escapade au loin.

« Quelque part au chaud », songea Eve qui subit la morsure du vent en émergeant de la voiture après s'être garée.

Dans un endroit calme où ils ne seraient que tous les deux, une île entourée d'eau bleue, aussi loin que possible des meurtres et des contrats d'affaires. Un endroit où elle aussi pourrait siroter des cocktails si l'envie lui en prenait.

Mais pour l'heure…

Elle avait un suspect non identifié sur les bras : sexe et âge inconnus, pas de visage et une origine ethnique probable mais non vérifiée. Et le seul mobile tangible était… elle-même.

L'eau bleue, les plages de sable blanc et la bienheureuse solitude semblaient s'éloigner à grands pas.

Elle passa le seuil de l'entrée. Les décorations de Noël brillaient de tous leurs feux sous les hauts plafonds. Elle repéra Summerset, dans son costume noir de croque-mort, et Galahad, leur gros chat, assis à ses pieds.

Tous deux la dévisagèrent froidement.

— Ah, vous vous êtes souvenue de votre adresse.

— Je m'étais dit que si je repoussais suffisamment mon retour, vous seriez contraint de retourner dans votre cercueil. Pas de chance pour moi, ajouta-t-elle pendant que le chat s'approchait pour se frotter entre ses jambes tel un épais ruban de fourrure.

— Il est regrettable que vous ne vous soyez pas souvenue qu'il est plus poli de prévenir lorsque vous allez être en retard, en particulier pour une soirée dûment programmée.

Eve se figea, son manteau à moitié retiré.

— Une soirée ? Quelle soirée ?

— Si vous vous donniez la peine de consulter votre calendrier – ne serait-ce qu'une fois dans votre vie –, vous sauriez que Connors et vous êtes attendus pour un dîner de charité à Carnegie Hall dans… exactement trente-six minutes, termina-t-il après un coup d'œil théâtral à sa montre.

— Merde. Merde. Merde, répéta-t-elle trois fois en lançant son manteau sur le pilier sculpté de l'escalier.

Elle monta précipitamment quelques marches avant de s'arrêter.

Summerset avait le don de l'agacer comme personne, mais là n'était pas la question. À moins que ce ne soit au contraire une question dangereusement cruciale.

— Vous recevez toutes sortes de livraisons ici, n'est-ce pas ? demanda-t-elle.

— En effet.

— Jusqu'à nouvel ordre, n'ouvrez plus la porte à tous les livreurs qui se présentent. N'actionnez le portail que si vous attendez spécifiquement un colis et après avoir vérifié l'identité de l'entreprise et de la ou des personnes effectuant la livraison.

— Puis-je savoir pourquoi ?

— Parce que je n'ai pas envie de devoir mettre en terre ce fameux cercueil dans lequel je vous soupçonne de dormir. Aucune exception ! ajouta-t-elle avant de remonter l'escalier à la hâte, le chat sur ses talons.

Elle fila droit vers la chambre à coucher en se demandant comment effectuer la transformation de femme flic à femme de Connors en trente minutes.

Lorsqu'il s'agissait d'apparaître en public, elle s'en sortait à peine en étant prévenue trente jours à l'avance. Ce qui, bien sûr, avait été le cas ici. Mais elle avait oublié.

À Carnegie Hall, un gala de charité pour… Oh, et puis quelle importance ? Elle avait commis un impair, une fois de plus.

En entrant dans la chambre, elle découvrit son mari occupé à nouer la cravate de son élégant costume de soirée.

Dieu qu'il était beau. Cette chevelure noire et soyeuse encadrant un visage à faire pleurer les artistes et les anges. Des yeux follement bleus, une bouche aux lèvres pleines et sculpturales, des traits affirmés qui préserveraient sa beauté même à cent ans passés.

Il donnait l'impression d'être né avec un smoking sur le dos. Personne n'aurait reconnu en lui le gamin des rues de Dublin qu'il avait autrefois été.

— Te voilà, dit-il.

L'Irlande chantait dans sa voix et il sourit en croisant le regard d'Eve dans le miroir.

— Je suis désolée. Excuse-moi.

— Pas la peine.

Il pivota sur lui-même et s'approcha. L'archétype même du beau brun ténébreux. Il lui prit le menton entre ses doigts et passa doucement son pouce au creux de sa fossette avant de s'incliner pour l'embrasser.

— Avoir un peu de retard n'est pas un crime... Et dans tous les cas, je serai accompagné par un flic.

— Comme tu dis. Bon, je vais...

Quoi ? se demanda-t-elle. Qu'allait-elle faire ?

— Robe, chaussures, sac à main et manteau appropriés sont tous disposés à l'entrée de ton dressing. Les bijoux sont dans leurs coffrets sur ta coiffeuse, à moins que tu ne veuilles en choisir d'autres.

— D'accord, très bien.

Elle s'avança vers le dressing mais s'arrêta en chemin et se laissa tomber sur le sofa du coin détente. Galahad, qui se dirigeait vers le dressing, changea de cap pour venir s'installer près d'elle.

— J'ai l'impression d'être trop bien habillé pour ce que nous allons faire ce soir, commenta Connors.

— Je suis désolée. Donne-moi juste une minute.

Elle se passa les mains sur le visage... et ne les retira pas.

— Eve ?

La résignation amusée de Connors se changea en inquiétude et il vint s'asseoir auprès d'elle.

— Il est arrivé quelque chose ? demanda-t-il.

— Bastwick. Leanore Bastwick. Elle est morte.

— Oui, j'en ai entendu parler dans un bulletin d'informations. Je me suis dit qu'on avait dû t'assigner l'affaire et que c'était la raison de ton retard. Mais tu la connaissais à peine.

— Ce n'est pas elle. Enfin, si, c'est elle, bien sûr, se corrigea Eve. Mais c'est aussi moi. Je refusais de me laisser affecter jusqu'à maintenant. Il ne faut pas que ça perturbe mon travail.

— De quoi s'agit-il ?

— Ça n'a aucun sens. Mais ce n'est pas nouveau, n'est-ce pas ? La vie nous rappelle souvent que pas grand-chose n'a de sens.

— Ce que tu me dis là n'en a pas beaucoup non plus, répondit-il.

Et cela l'inquiétait visiblement.

— Raconte-moi, l'encouragea-t-il.

— Ce sera plus simple de te montrer.

Elle sortit son mini-ordinateur puis tourna la tête vers l'écran mural.

— Affiche-le sur l'écran, tu veux bien ? Tu feras ça plus vite que moi.

— D'accord.

Il prit l'appareil et tapota quelques commandes. L'écran mural s'alluma. Et l'image du message trouvé sur les lieux du crime apparut.

— C'était sur le mur au-dessus de son lit, expliqua Eve. Elle a été étranglée avec une corde à piano. Entièrement habillée. Brûlures discrètes sur le corps liées à une décharge paralysante. Aucun autre signe de violence. Pas de lésions défensives. Elle…

— Chut, souffla-t-il en lisant le message, une expression glaciale sur le visage.

Eve demeura assise sans rien dire.

— Whitney a vu ça ? s'enquit-il.

— Bien sûr. Je suis directement allée le voir.

— Et Mira ?

— Elle aussi. Le chargé de liaison avec les médias… se charge des liaisons avec les médias. Il faudra que tu préviennes les tiens. Une fois que le message aura fuité, les journalistes vont s'en donner à cœur joie.

Eve détestait cette idée de tout son être. Elle appuya le bout de ses doigts sur ses paupières closes.

— C'est une question assez simple à régler.

— Il faudra un communiqué en béton pour…

— Nous nous en occuperons, dit-il d'un ton sec. Tu as reçu d'autres messages de la part de cette personne ?

— Non. Enfin, je ne sais pas, précisa-t-elle. Mira examine mon courrier à la recherche d'indices. Si elle trouve quelque chose, nous irons enquêter. Nous ciblons déjà son associé, d'autres employés du cabinet, ses connaissances personnelles, ses amants, sa famille. On n'a rien trouvé pour l'instant mais...

— Et ce ne sera sans doute pas le cas. Quelqu'un t'a envoyé des cadeaux, des témoignages d'admiration ? Est-ce qu'on t'a fait des avances sous quelque forme que ce soit ?

— Non, bien sûr que non.

Alors qu'elle avait éprouvé de l'embarras face à Feeney, elle ressentait cette fois de l'agacement à entendre les mêmes questions dans la bouche de Connors.

— C'est qui le flic ici ? demanda-t-elle.

— Toi. Tu es mon flic préféré. Tu défends la cause de cette femme assassinée, c'est ton métier. Mais moi, je défends *ta* cause. Et c'est toi, la cible, cette fois. Ce meurtre constituait un cadeau à ton intention. Aussi brutal et sanglant que lorsqu'un chat dépose une souris morte à tes pieds.

Eve baissa les yeux vers Galahad, sourcils froncés.

— Pas ce chat-là, précisa Connors. Mais c'est un geste plein de sauvagerie, Eve. Et c'est toi, la cible, répéta-t-il. Tôt ou tard, cette sauvagerie se retournera contre toi. Je vais me changer et tu vas me raconter tout ça dans le détail.

— Ton aide m'est trop précieuse pour que je la refuse. Et je serais ravie d'avoir un regard neuf, un autre point de vue sur les choses. Mais si c'est pour que ça te mette en rogne...

— En rogne ?

Il se leva et retira sa cravate, puis sa veste. Eve ressentit une nouvelle décharge de culpabilité en le voyant détacher avec précaution la petite broche qu'elle avait fait façonner pour lui pour Noël.

Les fleurs qu'elle avait choisies pour son mariage : des pétunias blancs en nacre.

— Pourquoi me mettrais-je en rogne simplement parce qu'un salopard meurtrier fait une fixette sur ma femme ?

— Ça pourrait être une garce meurtrière, répondit Eve sur un ton neutre. Et ta femme est un flic de la Criminelle.

— Mais elle n'en reste pas moins mon épouse, n'est-ce pas ? Ce salopard – ou cette garce, si tu préfères – prétend t'avoir rendu justice. Maintenant raconte-moi à quoi tu as occupé ta journée.

— À quoi j'ai…

Elle se leva brusquement.

— À quoi crois-tu que j'ai occupé ma journée ? Interrogatoires, enquête, consultations et rédaction de rapports. À faire mon boulot, quoi !

— Exactement.

Il s'assit sur le bord du lit et retira ses chaussures, puis ses chaussettes. Il apparaissait aussi calme qu'elle était énervée.

— Mais dans l'esprit du tueur, il a fait ton boulot à ta place. Justice a été rendue. Vous dénigrez son cadeau, lieutenant, et personne n'aime savoir que son cadeau n'a pas été apprécié.

— Alors quoi, j'aurais dû lui dire merci ?

— Tu aurais pu déléguer l'enquête à quelqu'un d'autre. Évidemment, tu ne l'as pas fait, tu ne pouvais pas le faire. Je te connais.

Tout en parlant, il s'était engouffré à l'intérieur de son immense dressing.

— J'imagine que le tueur est très partagé. D'un côté, tu fais exactement ce qu'il prétend admirer chez toi, et de l'autre, il aimerait un témoignage de gratitude vis-à-vis de son cadeau.

— Je me fous qu'il soit partagé. Je fais mon travail.

— Et ce faisant, tu finiras par transformer sa fixette sur toi en rage ou en désespoir. Je me dis que l'un comme l'autre pourraient se révéler mortels.

Il réapparut sur le seuil, vêtu d'un jean et d'un pull noir.

— Mais tu devais déjà en avoir plus ou moins conscience et tu te demandes comment tu peux accélérer le processus. Parce que jusqu'à ce que cela se produise et que la rage et le désespoir fassent de toi sa seule cible, quelqu'un d'autre risque de constituer sa prochaine offrande.

— Comment peux-tu savoir ce qu'il pense, ressent ou désire ? demanda-t-elle.

— Il est épris de toi. Et moi aussi.

La colère qu'elle ressentait laissa place à une sorte de chagrin.

— Il tue en mon nom, Connors. Ça me rend malade.

— Il – ou elle – tue en son seul nom.

Connors la rejoignit et lui prit le visage entre ses mains.

— Tu lui sers d'excuse, dit-il. Et tu feras du meilleur boulot une fois que tu auras pleinement accepté ce fait et rejeté toute la faute – j'ai bien dit toute – sur le vrai responsable.

Il l'embrassa de nouveau.

— Maintenant, allons dans ton bureau. Tu pourras tout me raconter.

5

Connors programma des spaghettis aux boulettes de viande, l'un des plats préférés d'Eve. Une manière de lui apporter du réconfort. Il leur remplit généreusement deux verres de chianti.

— Ça t'aidera à travailler, affirma-t-il en la voyant debout au milieu de son bureau, les yeux rivés sur le tableau de meurtre qu'elle avait à peine commencé à installer. Mange et raconte-moi tout depuis le début. Un regard neuf, lui rappela-t-il. Un autre point de vue.

— D'accord, répondit-elle avec un soupir. D'accord...

Elle s'installa face à lui à la petite table près de la fenêtre.

— D'abord, il faut que je te dise que j'avais oublié la sortie de ce soir. Je l'avais tout bêtement oubliée. Je ne sais pas si je m'en serais souvenue si l'affaire avait été... disons plus ordinaire. Je ne sais pas si je m'en serais souvenue.

— J'ai été très pris aujourd'hui, moi aussi, lui dit-il.

Il but un peu de vin sans la quitter des yeux.

— Je ne pensais absolument plus à cette soirée jusqu'à ce que Caro me la rappelle en fin d'après-midi. Peut-être, chère lieutenant, qu'il vous faudrait vous aussi une assistante ?

— Avoir quelqu'un qui me rappelle ce que je suis censée faire alors que j'essaie de faire autre chose ? C'est la dernière chose dont j'aurais besoin ! Et même si je réclamais un assistant, le service n'aurait pas les moyens de me le payer.

Elle poussa une boulette du bout de sa fourchette.

— Ne me dis pas que Caro ou quelqu'un dans ce genre-là pourrait m'envoyer des rappels par communicateur, gronda-t-elle. En moins de deux jours, j'aurais envie de leur arracher les poumons pour m'en faire une cornemuse.

— Il faut des années de pratique acharnée avant de savoir jouer du poumon.

— Possible, mais je serais prête à essayer. Le dîner de ce soir, c'est un truc de charité, c'est ça ? Ils comptaient sans doute sur toi et tes énormes valises pleines de billets.

— Le coût de la place à ce dîner correspond déjà à une ou deux valises. Et nous ferons un don.

— Ce serait à moi de le faire.

Elle se sentait à la fois coupable et agacée par cette culpabilité. Elle poussa une autre boulette puis décida de commencer par les pâtes.

— Tu n'as qu'à me dire combien et pour qui et je m'en occuperai, dit-elle.

— Bien sûr. Je pensais à un don aux alentours de cinq millions.

Eve déglutit – péniblement – en avalant les spaghettis enroulés autour de sa fourchette.

— Je ne crois pas que ma valise soit assez grande pour ces alentours-là, dit-elle. Je te laisse faire.

— D'accord.

Il tendit la main pour serrer la sienne entre ses doigts.

— Oublie ça, Eve. Ce n'était qu'une soirée de gala habillée.

— Mais tu aimes ce genre de choses.

— C'est vrai. Mais je m'aperçois que j'aime encore plus ce moment-ci. Dîner avec toi, ici, au calme. Et même si certaines personnes estiment qu'un meurtre ne constitue pas un sujet de conversation approprié… toi et moi n'en faisons pas partie. Alors raconte-moi tout. Depuis le début.

Malgré le trouble et la culpabilité qui l'assaillaient, savoir que Connors lui disait la vérité rappelait à Eve la chance qu'elle avait.

— Puisqu'on parlait d'assistants, c'est celui de Bastwick qui l'a découverte ce matin… commença-t-elle avant de faire le récit de tous les événements.

— J'aimerais voir les vidéos de sécurité, dit Connors. J'imagine que vous avez fait affiner et analyser les images.

— Feeney est dessus. Tout ce qu'on en a retiré, c'est que le tueur est soit blanc, soit métis. Et qu'on estime sa taille à un mètre soixante-dix-huit, à moins qu'il ait porté des talonnettes. Concernant ses mains et ses pieds, ils sont un peu petits pour un homme, mais rien de choquant non plus. Ses vêtements ? Ordinaires et banals. Impossible de les identifier précisément.

— Il avait déjà fait des repérages dans l'immeuble auparavant.

« Oui, vraiment, j'ai de la chance », se dit Eve.

Connors comprenait tout, très vite.

— Oui, forcément. Les vidéos se réinitialisent automatiquement toutes les soixante-douze heures, donc il n'y a pas moyen de revenir en arrière et… Des logements vacants ! s'exclama-t-elle en levant un doigt en l'air. Il faudra que je vérifie si des visites ont eu lieu pour un ou plusieurs appartements vacants ces dernières semaines. Évidemment, cela fait peut-être des mois que le tueur s'est rendu sur place, mais il aura sans doute fait une visite de contrôle durant ces dernières semaines pour s'assurer que rien n'avait changé.

— Tu penses qu'il aurait pu faire une demande pour obtenir les plans de l'immeuble ?

— On essaie de vérifier, mais tout est lent à cause de ces fichues fêtes de fin d'année.

— Je doute que ça donne quelque chose de toute façon. Ce tueur me paraît trop efficace pour que ce soit si facile.

— Efficace, professionnel, froid.

— Tu envisages que ce soit un pro ?

— Peabody estime que c'est possible.

À présent qu'elle pouvait évoquer l'affaire dans le détail – faits, indices, probabilités –, les aliments passaient mieux. Mais elle n'avait pas retrouvé l'appétit.

— Quelqu'un connaissant Bastwick aurait engagé un tueur à gages en se servant de moi pour détourner l'attention. Ce message serait de la flûte.

— Du pipeau, tu veux dire ?

— Ouais, ouais, je sais. Quel que soit l'instrument, le morceau reste le même : *Fausse piste et enfumage*.

— Je t'aime.

Elle eut un petit sourire.

— Ça aussi, je le sais. Nous avons identifié l'arme du crime, mais ça ne nous mènera pas loin. Une corde à piano, aussi ordinaire et facile à obtenir qu'un pantalon marron. Il y a la langue… Morris a dit que la découpe était nette, sans signe de la moindre hésitation. La signification symbolique semble assez évidente.

Elle enroula, déroula puis enroula de nouveau des pâtes autour de sa fourchette, sans manger.

— Et du côté de ses appareils ?

— McNab s'en charge. Jusqu'à présent, il n'a rien trouvé de significatif. Premières conclusions : elle n'avait pas d'amis proches. Pas d'amant exclusif ni, semble-t-il, l'envie d'en avoir un. Elle avait tenté de séduire Fitzhugh – son associé assassiné – avant sa mort.

— Ah oui, je me souviens que tu m'en avais parlé. Il avait un conjoint.

— Lequel se trouve à Hawaï et déjà sur notre liste. Rien n'indique qu'elle ait tenté de draguer quelqu'un d'autre au boulot. Fitzhugh était un homme puissant, ce qui explique sa manœuvre. Après sa mort, elle s'est plus ou moins retrouvée aux commandes. Alors pourquoi s'embêter à rechercher quelqu'un ?

— Pour s'amuser ? suggéra Connors.

— Il semble qu'elle ait choisi une autre voie pour ça. Elle s'était réservé une chambre d'hôtel et un compagnon licencié pour Noël. Elle faisait appel à trois CL différents, en opérant une sorte de rotation, et nous pensons qu'elle s'était installée dans une sorte de routine vis-à-vis du sexe.

— Protégé, sans émotion et toujours sous son contrôle.

— Oui, c'est ce que je me dis. Elle a eu une courte conversation sur son communicateur avec sa famille pour Noël. Elle n'est pas partie et n'a semble-t-il participé à aucune fête pour l'occasion. Elle travaillait ; c'était le pivot de son existence. Je n'ai aucun mal à me la représenter ; elle ressemble beaucoup à la femme que j'avais l'habitude de voir dans le miroir.

— C'est faux. Tout à fait faux, répliqua Connors. Tu avais Mavis, qui fait désormais partie de ta famille en plus d'être une amie de longue date. Même chose pour Feeney. Il n'était pas seulement ton formateur ou ton équipier. Il était et reste un père pour toi.

— Je ne suis pas allée les chercher.

— Mais tu ne les as pas non plus tenus à l'écart, si ?

— Personne ne tient Mavis à l'écart si elle n'en a pas envie.

Elle baissa les yeux vers ses spaghettis, l'air sombre.

— Toi, j'ai essayé de te tenir à distance, dit-elle.

— Et regarde comme ça a bien fonctionné. Essaies-tu de me dire qu'il existe des similitudes de surface entre elle et toi ? Je suis d'accord. Deux femmes à la volonté de fer et qui ont réussi, chacune d'un côté différent de la barrière, mais toutes les deux au service de la loi, à leur manière. Des femmes séduisantes, intelligentes, ambitieuses et solitaires. Du moins, tu étais solitaire. Et tu aimerais l'être un peu plus que tu ne l'as été ces derniers temps.

— Je crois que je ne pourrais plus vivre sans toi. Voilà à quel point « ça a bien fonctionné ». Peut-être qu'un homme la désirait…

Elle enroula de nouveau ses pâtes et mangea sans réfléchir.

— Et elle n'aura pas voulu de lui. Ou d'elle. Mais…

Elle secoua la tête et tendit la main vers son verre de vin.

— Rien de passionnel dans ce crime, termina-t-il.

— Absolument rien. Quand on désire une personne et qu'elle nous repousse, cela génère du désespoir, de la colère, une envie de vengeance. Je n'arrive pas à établir le mobile concernant Bastwick. Quel que soit l'angle sous lequel j'attaque la question, j'en reviens toujours à moi. Et je n'arrive pas à voir qui agirait ainsi.

— Un autre flic. Un flic qui t'admire et en veut aux avocats qui s'échinent à rendre la liberté aux criminels que vous appréhendez.

— Oui, c'est l'une de nos pistes. Ce n'est pas l'un des miens, Connors. Pas l'un de mes hommes. Et je ne dis pas ça parce qu'ils sont sous mes ordres, mais parce que je les connais comme si je les avais faits.

— J'ai appris à les connaître, moi aussi, et je suis d'accord avec toi. Personne dans ton service n'ôterait la vie à quelqu'un de cette façon, et encore moins en se servant de toi comme d'un prétexte.

— Aucun d'eux n'est psychotique et c'est l'impression que me fait ce message.

— Mais tu ne travailles pas qu'avec ton équipe. Il y a tous les agents en uniforme qui arrivent en premier sur les lieux, qui aident à sécuriser la scène de crime ou à interroger les témoins. Ou un flic d'un autre service dont l'enquête aurait croisé la tienne. Quelqu'un qui t'a consultée ou vice versa.

— Trop nombreux pour que je puisse les dénombrer, admit-elle.

— Et l'on ne parle même pas de tous ceux qui œuvrent à l'analyse des preuves et des prélèvements.

— Je suis passée au labo aujourd'hui et je me suis dit : tous ces gens en blouses blanches, ils sauraient comment éliminer proprement une victime sans laisser de pièces à conviction sur le lieu du crime. Et je ne sais rien d'eux. J'en connais une poignée, mais c'est tout. Il y a les techniciens de la police scientifique, les médecins à la morgue, les laborantins, l'équipe informatique. Ou alors il s'agit simplement d'un individu malade à qui le livre et le film sont montés à la tête.

— Bastwick n'apparaît ni dans l'un ni dans l'autre.

— Non.

— Alors pourquoi elle ? Pourquoi elle en particulier ?

— Eh bien...

Eve s'adossa contre son siège, son verre à la main.

— J'ai pris le temps d'examiner quelques interviews qu'elle a données au moment du procès de Barrow. Elle a tenté de convaincre l'opinion publique que je menais une vendetta contre son client, que j'avais des comptes à régler. Des comptes personnels. Elle a avancé que je m'en étais prise physiquement à Barrow et elle n'avait pas tort. Mais ça n'a pas fonctionné. S'ils avaient été obligés d'admettre la raison pour laquelle j'avais effectivement balancé un coup de poing à Barrow, ils auraient dû expliquer ce qui se cachait derrière. Tant qu'ils prétendaient qu'il avait accidentellement développé un système de contrôle des esprits par le biais de stimulations subliminales, ils lui ménageaient une chance de s'en sortir avec une peine légère. Mais s'ils se retrouvaient contraints de raconter que je l'avais frappé parce qu'il s'était servi dudit système sur nous, sur toi, ils savaient que la justice s'abattrait sur lui avec bien plus de force que mon coup de poing.

— Je t'ai fait du mal. Je t'ai obligée…

— C'est lui qui a fait tout cela, l'interrompit Eve. Il s'est servi de toi, de moi, de Mavis. Tout cela pour s'amuser et s'enrichir. Et maintenant, il purge une longue peine derrière les barreaux. Il n'a pas tué, mais il a fourni les armes.

— Bastwick ne l'a pas fait libérer, dit Connors. Est-ce qu'il aurait pu trouver un moyen de se venger de vous deux depuis sa cellule ?

— J'ai vérifié. Ses activités sont strictement limitées. Il n'a pas le droit de posséder d'appareils high-tech. Il n'a pas accès à son argent, donc il n'a pas pu payer qui que ce soit. Je l'imagine bien chercher le moyen de s'en prendre à moi, en bonne poule mouillée pleurnicharde qu'il est, mais je ne le vois pas s'en prendre à Bastwick.

» Cela dit, je vais le garder à l'œil, poursuivit Eve. Je vais me pencher sur le cabinet de Bastwick. Voir si je peux faire une croix sur cette piste et l'idée que qui que ce soit ait pu engager un pro.

— Il faudra passer ses finances au crible avec un œil exercé.

— J'ai pensé que le tien ferait l'affaire.

— J'ose l'espérer. Et les membres de sa famille ?

— J'aimerais les rayer de la liste, eux aussi. Pourquoi auraient-ils fait ça ? Admettons que quelqu'un déteste sa sœur au point de décider de la tuer ou de la faire tuer. Pourquoi m'impliquer ? Quoi qu'il en soit, on enquêtera soigneusement avant de les écarter.

— Bon, d'accord. Donne-moi la liste, que je commence à m'amuser.

Elle hocha la tête, baissa les yeux vers son vin et reposa le verre.

— J'ai dit à Summerset de ne pas ouvrir le portail pour les livraisons ou quoi que ce soit d'autre à moins de pouvoir confirmer l'identité des livreurs. Et de n'ouvrir la porte à personne, point barre. Tu devrais peut-être lui confirmer que c'est important.

— Je le ferai, mais tu devrais savoir que ta parole lui suffit. Tu crains que quelqu'un ne puisse... mal interpréter votre relation à cause de vos chamailleries incessantes ?

— Cela signifierait que le tueur dispose d'informations plus personnelles à mon sujet, ou au nôtre. Mais je ne veux pas prendre de risques. Et renforcer ta sécurité personnelle ne sera pas une mauvaise idée non plus.

— Car, à un moment ou à un autre, je pourrais être perçu comme un rival accaparant ton affection.

Elle leva les yeux et soutint son regard.

— Quelque chose comme ça, dit-elle.

— Je me dois de mentionner que puisque tu es probablement au centre de cette affaire, ta sécurité personnelle est une question cruciale.

— Flic. Insigne. Flingue.

— Et moi, criminel. Repenti. Mais se repentir ne signifie pas oublier toute son expérience. Pourquoi ne commençons-nous pas par faire comme tu as dit ? On suit chaque piste jusqu'à éliminer ces suspects. Après quoi on s'inquiétera du reste.

— Tu vas t'inquiéter pour moi, dit Eve. Plus que d'habitude. Quand ce sera le cas, souviens-toi de quelque chose que j'ai dit un peu plus tôt : je crois que je ne pourrais plus vivre sans toi.

Elle se leva.

— Je vais te chercher la liste, poursuivit-elle, et puis on se mettra au travail.

Une fois Connors installé dans son propre bureau et Galahad occupé à ronfler sur son fauteuil de repos, Eve termina la mise en place de son tableau. Avec, pour touche finale, l'ajout de sa propre photo.

« Dallas, lieutenant Eve », songea-t-elle en scrutant ses traits.

Victime potentielle. Témoin potentiel. Mobile potentiel.

Elle avait déjà été une victime et n'en serait plus jamais une. Témoin ? Pas de soucis ; elle avait l'intention de mener un auto-interrogatoire serré. Mobile ? L'idée la rendait malade et il fallait que ça cesse.

« La routine, se dit-elle, peut être la meilleure alliée d'un flic. »

Elle comptait là-dessus.

Elle se dirigea vers la petite cuisine et programma une carafe de café noir bien corsé. De retour derrière son écran, elle afficha sa boîte de réception et vit qu'elle avait reçu des messages de la part de Mira, Nadine, McNab, Feeney et un autre de Cher Reo.

La substitut du procureur, véritable main de fer dans un gant de velours, n'était pas intervenue dans les affaires Barrow et Fitzhugh, mais Eve se doutait que Whitney avait contacté le bureau du procureur pour les informer de la situation. Reo souhaitait connaître les dernières nouvelles et s'entretenir avec Eve. Une partie de la discussion, celle-ci le savait, serait d'ordre personnel.

À l'inverse de Bastwick, Eve n'avait pas su tenir les gens à distance.

« Loyalement et amicalement vôtre », récita-t-elle mentalement en reportant son attention sur le tableau et la copie du message.

Que sous-entendait cette formule ? Le tueur pensait-il qu'Eve n'était pas entourée d'amis fiables et sincères ?

« Vous ne pouvez compter que sur moi, extrapola-t-elle. Regardez ce que j'ai fait pour vous. »

Oui, voilà ce qu'elle lisait dans ces mots.

Elle résista à la tentation de consulter d'abord les messages de Mira et donna la priorité aux nouveaux indices potentiels.

Feeney. Pas grand-chose de neuf mais il lui avait adressé un rapport complet incluant toutes les probabilités concernant la taille et la pointure du tueur. Il était même parvenu à identifier le carton. Matériau recyclé ordinaire, format cubique de soixante centimètres de côté fermé par un adhésif standard.

Plus intéressant, remarqua-t-elle, il avait trouvé le bon angle afin d'améliorer suffisamment l'image pour lire l'étiquette d'expédition.

Le nom et l'adresse de la victime, rédigés en lettres majuscules identiques à celles du texte sur le mur. Avec le cabinet d'avocats en tant qu'expéditeur.

Elle irait vérifier mais elle était prête à parier qu'il s'agissait d'un subterfuge supplémentaire pour se couvrir. Quelqu'un vous demandait ce que vous faisiez là, y compris la victime elle-même ? « Eh bien, je livre ce paquet à Mme Leanore Bastwick de la part du cabinet Bastwick et Stern. »

« Tu n'as rien laissé au hasard », songea Eve.

Malin et prudent.

Elle passa aux messages de McNab.

Rien de suspect dans la correspondance de Bastwick. Ni disputes, ni menaces, ni personne pour lui demander quel était son programme le jour où elle avait été tuée. Une information qu'elle n'avait pas non plus divulguée dans ses conversations par communicateur.

McNab avait transcrit plusieurs échanges avec des clients, avec le ministère, avec le détective travaillant pour le cabinet à propos d'affaires en cours.

Eve les parcourut du regard à la recherche de quelque chose de révélateur, d'un élément qui déclencherait une intuition. Et, comme McNab, ne trouva rien.

L'ordinateur professionnel de Bastwick contenait d'énormes quantités de documents, dont la plupart étaient censurés. Stern ne se montrait pas si coopératif que cela, mais Eve ne s'était pas attendue à autre chose de la part d'un homme qui représentait des criminels, ou du moins des individus accusés d'un crime.

Et il avait déjà déposé une motion restrictive sur l'ordinateur personnel de Bastwick sous prétexte de protéger le secret professionnel.

« D'accord, si c'est comme ça que vous voulez la jouer », se dit Eve.

Elle appela Reo.

— Dallas, comment allez-vous ?

— Je me tape la tête contre le mur que Stern ou Bastwick et Stern ont érigé. Nous n'avons qu'un accès limité aux ordinateurs de Bastwick, ce qui entrave notre enquête sur son assassinat.

— Je suis au courant. Le secret professionnel des avocats est à prendre au sérieux, Dallas.

Eve fronça les sourcils face à l'image de la jolie substitut du procureur avec ses boucles blondes et ses yeux bleus à la candeur trompeuse.

— Allons, Reo, elle est morte. Et l'un de ses clients pourrait bien l'avoir tuée.

— Vous avez un suspect ? Un ou plusieurs de ses clients sont-ils considérés comme suspects ?

— Ils le sont tous.

— Dallas, si vous voulez que je m'attaque au secret professionnel, il me faut une raison. Une raison solide. Ce que je peux d'ores et déjà faire, dès demain, c'est aller parler à Stern et réclamer qu'il lance une enquête interne.

— Super. Et si c'est lui qui lui a coupé la langue, il nous fera spontanément des aveux.

— Dallas…

Reo leva les mains face à l'écran, poignets joints.

— J'ai les mains liées, dit-elle. Mais je ferai tout mon possible. Dites-moi une chose : est-ce que vous croyez, en tant que chargée de l'enquête, qu'un des clients de Bastwick l'a tuée ?

— Je n'ai pas assez d'informations pour croire ou ne pas croire. Disons que je dispose d'une compilation des menaces qu'elle a reçues au fil des années. Ça pèse son poids.

— Envoyez-m'en une copie. Là-dessus, je pourrai vous aider.

— J'ai fait un premier examen rapide et il s'avère que je n'étais pas impliquée dans les affaires qui lui ont valu ces menaces. Baxter et Trueheart en ont appréhendé un l'année dernière, Reineke un autre il y a environ cinq ans. Jenkinson et lui étaient aussi impliqués sur une autre affaire il y a un peu plus de trois ans.

— Donnez la priorité à ces trois-là.

— Les trois condamnés sont en prison. Bastwick a fait requalifier les meurtres de Baxter et Reineke en homicide. Et c'est votre bureau qui avait conclu l'accord.

— Compris.

— Pour la dernière affaire, Bastwick a perdu sur toute la ligne. Son client purge une sentence à vie sur Omega. J'étudie la possibilité que quelqu'un ait engagé un tueur pour l'éliminer.

— Alors je vais me pencher sur les trois premiers, de très près. Je vais faire le maximum, Dallas. C'était ce que je voulais vous dire.

— Je vous en suis reconnaissante. Bon. Je dois m'y remettre.

Elle passa de l'avocate à la psychiatre et ouvrit l'e-mail de Mira.

Eve, je vous envoie une liste de cinq personnes accompagnée des communications qu'elles vous ont adressées. Même s'il faudra plusieurs jours pour lire et analyser l'ensemble des courriers, j'ai eu le sentiment que ces cinq-là méritaient un examen attentif. Bien qu'un seul des cinq individus réside à New York, tous vous ont écrit à plusieurs reprises et leur correspondance démontre une forme malsaine d'attachement. Il y a trois hommes et deux femmes, leur âge allant de vingt-huit à soixante-neuf ans.

Merci de me prévenir immédiatement si votre enquête à leur sujet révèle de nouveaux liens avec vous ou des raisons supplémentaires de les soupçonner.

Je vous envoie également, de manière séparée, le profil psychologique que j'ai établi pour l'assassin de Leanore Bastwick. N'hésitez pas à me contacter à n'importe quel moment pour en discuter. En attendant, je compte vous fournir une nouvelle liste de noms dans la journée de demain.

« Bon », se dit Eve.

Elle prit une profonde inspiration et se versa une nouvelle tasse de café. Puis elle ouvrit le premier nom, et sa première lettre.

Quand Connors revint auprès d'elle, elle faisait les cent pas dans son bureau.

— Les gens sont malades, lui dit-elle.

— Tu m'as déjà dit quelque chose de ce genre.

— Comment peuvent-ils être encore plus tarés que je le pensais ? J'ai vu ce qu'ils peuvent se faire subir à cause d'un mot de travers ou parce qu'ils se réveillent un matin en se disant « hé, ça pourrait être marrant d'étriper quelqu'un ». Mais c'est de la violence et je comprends à peu près la violence. Mais d'où viennent la bêtise et les comportements de timbrés ? Franchement, qui peut le dire ?

Elle se dirigea vers la cafetière, mais Connors fut plus rapide qu'elle et la tint hors de sa portée.

— Assez, dit-il.

— C'est moi qui déciderai quand j'en aurai eu assez. Je veux de ce foutu café.

— Il n'y aura plus de café du tout si tu en abuses.

Quand Eve planta son regard noir dans le sien, il se contenta de hausser les sourcils, toujours parfaitement calme.

— Tu as envie de taper dans un truc, dit-il. Tu peux me balancer une droite, mais ça ne sera pas gratuit.

— Et merde !

Elle pivota sur elle-même et s'éloigna pour reprendre ses allées et venues.

— Oui, c'est ça, reprit-elle. Merde.

Afin de régler le problème, il rapporta la cafetière dans la cuisine et revint avec une bouteille d'eau.

— Hydrate-toi, suggéra-t-il.

Mais Eve ne lui prêta pas attention.

— Lis ça ! ordonna-t-elle en désignant l'écran mural, sans cesser de faire les cent pas.

Chère Eve,

Je sais que rares sont ceux à t'appeler Eve, mais c'est sous ce nom que je pense à toi, depuis toujours. Toute ma vie j'ai senti que quelque chose – quelqu'un – me manquait. J'ai entamé une quête et durant cette quête j'ai laissé des gens entrer et sortir de ma vie. Mais personne avec qui nouer une vraie connexion. Tu sais ce que je veux dire, je n'en doute pas. Je sens que tu as vécu la même chose.

Et puis un jour, je t'ai vue. Seulement sur un écran mais cela a déclenché en moi une incroyable émotion. Tu te tenais sur les marches du Central de la police à New York. Si farouche, si forte, si réelle. Et j'ai su. Te voilà, ai-je pensé. Enfin.

As-tu capté ma présence ? Je crois que oui. Pendant un instant, un court instant, nos regards se sont croisés. Tu as regardé au plus profond de mon âme, Eve. Je sais que tu l'as senti.

J'avais à la fois la tête qui tournait et l'impression d'avoir trouvé ma moitié.

Nous avons été ensemble auparavant, à maintes reprises. Nous avons vécu un amour comme peu de gens en connaissent, à maintes reprises. J'ai consulté une voyante qui me l'a confirmé.

Nous devons nous rencontrer et être ensemble. Tel est notre destin, vie après vie.

Je sais qu'il me faudra de la patience. Je suis désormais ta vie, ta carrière. Avec une immense fierté !

J'ai vu que tu étais mariée – tout comme je l'ai été – et que je dois attendre que tu arrives au terme de cette relation. Cela ne tardera pas, même si chaque jour sans toi semble durer mille ans.

Sache simplement que je t'attends.

À toi, pour toujours et à tout jamais,

Morgan

— Eh bien... commenta Connors. Au moins il patientera jusqu'à ce que tu m'éjectes.

— Elle, le corrigea Eve. Morgan Larkin, une femme de quarante ans, mère d'un garçon de huit ans. Trois divorces, tous avec un conjoint masculin. Une analyste système de Columbus dans l'Ohio qui devrait avoir plus de bon sens que ça... Et tu peux ravaler ce petit sourire, gronda-t-elle.

— Désolé, mais le fait que ma femme reçoive des lettres d'amour de la part d'une maman trois fois divorcée a quelque chose d'amusant.

— Tu ne trouverais plus ça très drôle si tu avais lu les quatorze missives suivantes qu'elle m'a envoyées.

— Ah. D'accord, elle fait partie de tes suspects. Mais tu dis qu'elle habite dans l'Ohio ?

— Et qu'elle y travaille à plein temps. Avec un enfant. Je n'ai pas trouvé traces de voyages à New York à l'exception d'un week-end prolongé en février dernier. Et elle n'a pas les moyens d'engager un tueur professionnel. Cette première lettre date d'il y a trois ans. Je m'en souviens à peine. Je crois que j'ai levé les yeux au ciel avant de la balancer dans le dossier. C'est le genre de courrier qu'il faut garder... pour des raisons qui m'apparaissent clairement à présent. J'ai un vague souvenir d'une deuxième lettre quelques mois plus tard, mais à ce moment-là Peabody me servait de secrétaire et savait quoi en faire. Pas de réponse car le principe de base est de ne pas les encourager.

Elle s'assit et décida finalement d'ouvrir la bouteille d'eau.

— Elle est venue à New York spécifiquement pour me rencontrer. Il y a une lettre où elle explique tout ça. Elle comprend que je ne peux pas aller chez elle ni te quitter du jour au lendemain, mais elle a besoin de me voir, d'entendre ma voix et bla-bla-bla. Donc on devait se rencontrer pour la Saint-Valentin au sommet de l'Empire State Building.

— *Elle et lui*, murmura Connors. Un classique du cinéma. Une histoire d'amour.

— Oui, elle le mentionnait. J'ai reçu la suivante en mars. Elle était un peu énervée. Comment avais-je pu lui briser le cœur et patati et patata ? Notre première dispute, en quelque sorte. Et puis, deux mois plus tard, elle me réécrit comme si rien ne s'était passé, mais elle devient plus explicite quant à notre amour charnel et plus impatiente quant au démarrage de notre vie commune.

Eve fit rouler la bouteille d'eau fraîche sur son front.

— Je ne vois pas comment ce pourrait être elle. L'assassin de Bastwick a passé du temps ici à étudier ses allées et venues. Il connaît la ville et sait s'y déplacer. Il sait aussi comment les flics travaillent. Mais ça reste…

— Perturbant.

Connors vint se poster derrière elle pour lui masser les épaules.

— À Boca Raton vit un homme de soixante-neuf ans qui m'a écrit une fois par mois, sans exception, depuis qu'il a lu le livre de Nadine, raconta Eve. Au départ, rien de trop étrange. Témoignages d'admiration, « merci pour ce que vous faites » et j'en passe. Puis cela devient de plus en plus personnel jusqu'à ce qu'il me demande de m'enfuir avec lui en me racontant que nous voguerons autour du monde et qu'il me traitera comme une reine. Bon sang, il a deux fois mon âge. Lui aussi devrait avoir un peu de bon sens !

Elle soupira avant de reprendre.

— Il a les moyens, dit-elle. Pas à la hauteur de Connors Industries, mais il ne manque de rien. On se penchera donc sur son cas. Il n'a jamais eu de casier. Seulement deux passages dans des centres de traitement pour des problèmes émotionnels.

» Un autre vit en Angleterre, poursuivit-elle d'une voix tendue. Apparemment, je lui apparais en rêve et nous copulons comme des lapins. Au-delà du sexe, nous avons un lien très fort. Émotionnel ou parapsychique, selon les jours. Il est le seul en qui je puisse avoir confiance. Des forces ténébreuses m'entourent. La loi, stupide comme elle est, gêne l'accomplissement de mon destin. Donc quand nous ne baisons pas en rêve, il m'aide sur mes affaires. Il a tenté de s'enrôler au sein de la police locale, mais a échoué à l'évaluation psychologique.

— Ah bon ? Ça m'étonne !

— Oui, moi aussi.

Elle se massa les paupières du bout des doigts.

— Le troisième homme est un Californien. Au début, il paraît sain d'esprit, même s'il en fait des tonnes. C'est un énorme fan du livre, du film et de moi. Lui aussi lutte contre le crime à sa façon, dit-il. Et il aimerait travailler avec moi. Puis coucher avec moi. Ça ne le gêne pas si tu veux participer.

Elle avait la nuque crispée, les muscles noués comme autant de câbles tordus. Tout en s'employant à les détendre par un massage des pouces, Connors demanda :

— À votre travail ou à vos ébats ?

— Aux deux. Il est très ouvert d'esprit. Avec mon aide, il aimerait venir à New York, me servir de consultant pour trouver des moyens de contourner le système afin de flanquer les méchants derrière les barreaux. Il estime que je ne reçois pas l'admiration et le respect qui me sont dus car – si l'on en croit sa dernière lettre – je devrais être à la tête du NYPSD et il est scandalisé pour moi que ce ne soit pas le cas.

— Ses déplacements ?

— Il est venu deux fois à New York, mais pas durant les six derniers mois. Je vais enquêter sur chacun d'eux mais…

— Il y en a d'autres ?

— La dernière que Mira m'a envoyée ce soir. Une fille de vingt-huit ans qui vit à New York, dans le Lower West Side. Elle travaille en tant que juriste dans un cabinet. Elle est spécialisée dans le droit de la famille. Elle m'a écrit huit fois durant l'année écoulée, à une fréquence de plus en plus rapprochée. Elle sait que nous serions les meilleures amies du monde si on se rencontrait. On se ressemble tellement. Elle aussi essaie de défendre les victimes et les innocents. Son petit ami l'a larguée l'été dernier et il y a eu une longue missive – presque une nouvelle, en fait – où elle pleure sur mon épaule, convaincue que je serais la seule à même de la comprendre.

» Rien de sexuel ici, c'est plus comme si elle avait décidé que nous étions des sœurs ou les meilleures amies du monde et qu'elle voulait m'aider de la même manière qu'elle estime que je l'ai aidée. Je lui aurais permis de s'affirmer, de prendre soin d'elle-même, de se montrer forte et courageuse… Mon Dieu.

— Un casier ?

— Non, rien. Une petite amende pour possession de substances réglementées il y a quelques années. Et deux ou trois appels pour querelles de ménage. Les voisins se sont plaints de cris et de bruits de casse. Des disputes avec son copain mais sans que personne porte plainte. Je ne trouve aucun lien avec Bastwick. Impossible d'identifier un déclencheur potentiel mais… Elle paraît intelligente, avec une relation malsaine et complètement fictive avec moi. Elle considère que nos métiers sont similaires et se sent souvent frustrée par la loi, inadaptée pour rendre la justice. On pourrait se dire qu'elle est inoffensive, et pourtant…

Connors se pencha pour lui embrasser le dessus du crâne.

— Tu es perturbée parce que tu as désormais conscience d'occuper une place centrale dans la vie de gens que tu ne connais pas… et que tu ne souhaites pas vraiment connaître. Tu détestes être sur le devant de la scène, même dans les meilleurs moments. Pour toi, ce qui compte, c'est la victime, le coupable, les survivants, le métier. Ta vie, notre vie.

— C'est un tort ?

— Absolument pas. Mais c'est une situation à laquelle tu vas devoir faire face pour bien faire ton métier cette fois.

— Il ne s'agit pas que du livre ou du film. J'aurais été tentée de mettre toute cette attention malsaine sur leur compte. Mais ça a commencé avant ça. Et c'est franchement flippant.

Il émit un petit bruit d'acquiescement et lui embrassa de nouveau la tête.

— Tu feras face, je n'en doute pas une seconde. Ce que tu n'as pas dit, mais que nous savons tous les deux, c'est qu'une partie de tout cela vient de moi. De la couverture médiatique que tu récoltes en étant avec moi.

— Peut-être, mais j'ai choisi d'être avec toi. Tu es une part de moi, tout comme mon boulot.

— D'accord.

Il fit le tour pour s'asseoir au bord du bureau, en face d'elle.

— Mon équipe se penchera également sur mon courrier. J'en reçois pas mal, moi aussi, donc nous coordonnerons nos efforts afin de repérer d'éventuels recoupements. En attendant, les éléments financiers que j'ai pu examiner jusqu'à présent ne corroborent en rien l'embauche d'un tueur à gages. Stern possède bien deux comptes dissimulés, comme on pouvait s'y attendre. Mais je n'y ai trouvé aucun retrait ou transfert de fonds qui s'appliqueraient ici.

— Ces comptes sont suffisamment illégaux pour faire pression sur lui ?

— Pas vraiment, répondit Connors en secouant la tête.

Il porta la bouteille d'eau à ses lèvres et but avant de demander :

— Faire pression dans quel but ?

— Pour qu'il me laisse consulter l'intégralité de la correspondance de Bastwick. Il a invoqué le secret professionnel. Reo est déjà sur le coup, ajouta-t-elle. Et très franchement, s'il y avait quelque chose d'inquiétant, Bastwick l'aurait sans doute intégré au reste des menaces reçues. Mais je déteste qu'on me mette des bâtons dans les roues.

— Ça attendra demain, de même que tout le reste.

Elle aurait aimé le contredire, mais devait admettre qu'elle ne pouvait rien faire de plus avant le lendemain matin. Connors attendit qu'elle ait tout éteint puis la prit par la main. En quittant la pièce avec elle, il lança un coup d'œil vers le tableau de meurtre.

Y voir le portrait d'Eve fit brusquement naître en lui une violente colère… accompagnée d'une peur moite et glacée.

6

Elle savait qu'il s'agissait d'un rêve. Elle s'était résignée à rêver avant même que Connors l'enveloppe de ses bras, avant même de fermer les yeux.

Elle avait flotté à travers les songes, de rêve en rêve, guidée par une voix, une image, un souvenir.

Dans la voiture avec Connors, à l'arrêt dans l'allée. Ils se sautaient l'un sur l'autre, s'arrachaient leurs vêtements. Un besoin désespéré, fou, de le sentir en elle. Un pilonnage violent, répété, comme si leurs vies en dépendaient. Ni l'un ni l'autre ne se doutant que Barrow avait implanté dans leurs esprits ce besoin vital de s'accoupler.

Dans le dressing, durant la fête, alors qu'elle était blessée et contusionnée. Connors la prenant contre le mur, s'enfonçant en elle sans se soucier de lui faire mal, transformé en prédateur sauvage par la même suggestion subliminale.

— Chut, ce n'est qu'un rêve…

Elle l'entendit quelque part en dehors de son rêve et le sentit qui l'apaisait et chassait par ses caresses toutes ces souffrances, toutes ces souillures.

C'était ce que Barrow leur avait fait, à tous les deux. Et ce que Bastwick avait défendu.

Et pire. Bien pire.

Mathias, pendu de sa propre main. Fitzhugh, baignant dans son sang. Devane, qui avait tendu les bras vers la mort en se jetant du Tattler Building.

Il n'avait pas employé sa méthode contre eux directement – quelqu'un d'autre s'en était chargé – mais il l'avait créée. Pour l'argent, pour le profit, pour le pouvoir.

Et Connors, Connors avait failli être le suivant. Le piège était en place, prêt à se refermer. La suggestion attendait seulement d'être implantée pour le pousser au suicide.

Et Bastwick avait défendu tout cela.

— Je fais mon travail et vous le vôtre. Correct, lieutenant ?

Au sein du tribunal plein à craquer, des visages connus et inconnus se tournèrent vers Bastwick qui s'était levée derrière le bureau de la défense. Elle portait l'un de ses élégants tailleurs d'avocate, parfaitement coupé et d'un rouge plein d'audace, accompagné de très, très hauts talons gris acier qui captaient les regards. Une méthode subtile pour attirer l'attention sur ses jambes. Ses cheveux blonds rassemblés en un chignon racé au-dessus de sa nuque exposaient toute la beauté froide de son visage.

Eve était à la barre des témoins, sous un large rayon de soleil venu de la fenêtre. Dans son dos, étrangement, se dressait une gigantesque statue. La justice aveugle, un sourire narquois aux lèvres.

— Je fais le mien, répondit Eve.

— Vraiment ? Le faites-vous réellement, lieutenant, ou bien cherchez-vous uniquement une nouvelle manière de vous venger de mon client, Jess Barrow ?

Bastwick fit un grand geste du bras et le rayon de soleil se braqua sur Barrow. Assis face à une console de commandes, il tournait des potentiomètres, ajustait des manettes. Il sourit et lança un clin d'œil à Eve :

— Salut, mignonne.

— Vous n'êtes pas impliqué, lui dit-elle. Pas cette fois.

Elle reporta son attention sur Bastwick.

— Je cherche la personne qui vous a tuée.

— Tiens donc ? Dans ce cas, pourquoi perdre du temps avec Jess ? Il est en prison parce que vous lui avez arraché des aveux sous la contrainte après l'avoir physiquement agressé. Votre mari aussi l'a agressé.

— Le sexe ne vous plaisait pas, Dallas ? lança Jess. Ce n'est pas à moi qu'il faut en vouloir pour ça.

— Le tribunal a statué sur le cas de Barrow, énonça Eve d'une voix calme. Vous avez perdu ce procès. Passez à autre chose.

— Et maintenant, vous dites rechercher la personne qui m'a tuée ? J'en doute, vous me haïssiez autant que vous haïssez Jess. Voire plus.

— Savoir que vous êtes une garce au cœur de pierre, une menteuse et une manipulatrice ne revient pas à vous haïr. Et quand bien même, ça ne m'empêcherait pas d'accomplir mon travail.

— C'est-à-dire ?

— Protéger et servir les habitants de New York.

Bastwick abattit ses mains sur la rampe devant Eve ; du sang perlait à présent de la fine blessure à sa gorge.

Eve entendit la justice aveugle glousser discrètement, comme si la scène l'amusait.

— Est-ce que vous diriez que vous m'avez protégée ? demanda l'avocate.

— Je protégerai et servirai la population en arrêtant le tueur actuellement en liberté. En faisant tout ce qui peut l'être pour identifier et appréhender votre assassin.

— Nous savons déjà qui m'a tuée. Tous ici savent qui est responsable de ma mort. *Vous* m'avez tuée !

Bastwick pivota vers le jury dans un geste dramatique.

— Mesdames et messieurs les jurés, le lieutenant Eve Dallas m'a tuée.

Eve nota la présence de visages connus au sein du jury. Ceux de criminels qu'elle avait participé à envoyer en prison, comme Barrow.

Reeanna Ott, celle qui s'était servie du programme de Barrow pour tuer ; Waverly, qui avait tué au nom du progrès médical ; les deux Icove, évidemment ; Julianna Dunne.

« Toi, je t'ai coffrée deux fois », songea Eve.

Et d'autres, des hommes et des femmes qui avaient commis des meurtres pour ressentir le grand frisson, par jalousie ou par cupidité. Ou simplement parce qu'ils en avaient eu envie.

« Vous avez monté les jurés contre moi, songea Eve en reportant son attention sur Bastwick. Mauvaise idée, maître, car les voir ainsi me rappelle d'autant mieux pourquoi je fais ce boulot. »

— À cause de vous, lança Bastwick tandis qu'Eve la dévisageait froidement, je suis morte à cause de vous.

— Le problème avec cet argument, maître, c'est qu'une fois le procès de Jess Barrow terminé je n'ai plus jamais pensé à vous. Vous n'aviez aucune importance à mes yeux. Peut-être ne fallait-il pas essayer de faire innocenter ce salaud en pérorant dans les médias et en faisant tout votre possible pour qu'ils tournent leur attention vers moi.

— Alors maintenant, c'est ma faute ?

Bastwick se passa la main sur la gorge ; ses doigts dégoulinaient de sang.

— Ça, ce serait ma faute ? demanda-t-elle.

— Non. Ce n'est pas votre faute. Ni la mienne. Le seul responsable est l'individu qui vous a enroulé une corde à piano autour du cou. Je vais le retrouver et l'arrêter, car c'est mon travail.

— Et que ferez-vous ? s'enquit Bastwick en se penchant vers Eve. Que ferez-vous, lieutenant, quand mon assassin cessera de vous considérer comme tellement spéciale, tellement digne d'intérêt... et qu'il s'attaquera à vous ?

— Je ferai ce que j'aurai à faire.

— Vous vous protégerez ! Vous vous protégerez alors qu'il est trop tard pour me protéger, moi. Vous ne ferez rien non plus pour la prochaine cible, celui ou celle qui mourra en votre nom. Vous ne protégez personne d'autre que vous-même, parce que vous n'avez pas de travail tant que quelqu'un n'est pas mort. Sans le tueur, vous n'êtes rien. Le tueur est votre seul véritable ami. Je n'ai plus rien à ajouter, termina-t-elle.

Eve se réveilla, secouée, entre les bras de Connors qui la serra un peu plus fort contre lui. L'aube grise dardait ses premiers rayons au travers du vasistas au-dessus du lit.

— Tu n'as pas dormi assez longtemps. Ni assez bien, dit-il.

Elle l'étreignit à son tour pour profiter de sa chaleur, de son odeur.

— Alors toi non plus.

— Il te reste du temps. Essaie de dormir encore un peu, proposa-t-il en lui caressant doucement le dos.

Mais Eve secoua la tête et se blottit contre lui.

— Impossible, dit-elle. Trop de trucs en tête.

Il lui effleura la tempe du bout des lèvres.

— Et si j'allais te chercher un calmant ? Juste de quoi te détendre suffisamment pour te rendormir ?

« Et il le ferait », se dit-elle.

Cet homme capable de commander... à peu près n'importe quoi, en fait, qui possédait une part énorme du monde civilisé et sans doute un morceau plus grand encore du monde non civilisé, était prêt à se lever à l'aube pour lui apporter un calmant.

Ce simple fait, et l'émotion que cela suscitait chez elle, la firent sourire et oublier – l'espace d'un instant – à quel point le monde pouvait être dur et froid.

— Pourquoi est-ce que tu ne jouerais pas le rôle du calmant ?

Elle releva la tête afin de frôler son menton du bout des lèvres.

— Et peut-être que je pourrais être le tien ? ajouta-t-elle.

Elle se redressa et se plaqua contre lui afin que leurs lèvres se touchent. C'était là, se dit-elle, tout le lien dont elle avait besoin. Bouche contre bouche. Amour contre amour.

Elle demeura enroulée contre lui à savourer la chaleur de son corps mince aux muscles durs.

Plutôt que de retomber dans le sommeil, elle laissa ses pensées dériver autour de tout ce qu'il lui offrait, tout ce qu'il était prêt à donner. Avec lui, il devenait simple de sortir de l'inquiétude pour se laisser aller au plaisir, en sachant qu'il serait toujours présent pour elle… même lorsqu'elle ne pensait pas à le lui demander.

Elle s'était souvent agitée en murmurant dans son sommeil, prise au piège de rêves qui la narguaient. Parce qu'elle tremblait, il avait ajouté des bûches dans le feu, l'avait tenue contre lui pour chasser les frissons.

À présent, elle se tournait vers lui, le visage pâle et les paupières lourdes, en lui demandant simplement de l'amour. Et en le priant d'accepter celui qu'elle lui offrait.

Alors il l'apaisa d'un baiser lent et profond qui l'emmena loin des cauchemars, loin du froid, loin des ombres et des lumières crues et agressives.

Tout n'était que douceur : l'aube, le feu couvant, les mouvements caressants de ses mains sur la peau d'Eve. Son guerrier, plus blessé qu'elle ne l'imaginait.

Et charmant, tellement plus charmant qu'elle ne l'avait cru. Elle, sa femme flic dégingandée à l'esprit coriace, à l'œil acéré et au cœur malmené.

Pour lui, elle s'ouvrait, fleur fascinante aux épines qu'il respectait et prenait le risque d'affronter.

Lorsqu'il se glissa en elle, elle soupira. Et lorsqu'il murmura son nom, elle se cambra pour l'accueillir plus avant. Pour l'accueillir entièrement.

Tandis qu'Eve et Connors s'enlaçaient pour commencer leur journée en beauté, un individu au sexe indéterminé en tenue de livreur se dirigeait d'un pas rapide vers un immeuble miteux à la façade couverte de graffitis au sein du quartier insalubre et quasiment déserté de la ville que les habitants appelaient le Carré.

Les drogués, les junkies, les fantômes et les joueurs ne squattaient pas les rues en hiver, pas dès l'aube en tout cas. Certains étaient même encore terrés dans des trous comme le *Game-Town*, le tripot préféré de Ledo.

Habituellement, cela dit, Ledo retournait dans sa piaule avant l'aube. Et depuis que la drogue lui avait détérioré la vue, il ne gagnait plus tellement d'argent au billard. Il était toujours capable de se trouver une junkie avec qui tirer son coup en échange d'une dose de Rush ou de X, mais le petit dealer et arnaqueur malingre qui avait insulté et agressé Eve Dallas traversait une mauvaise passe.

Laquelle était sur le point de prendre fin. Définitivement.

Le carton d'expédition servait toujours de couverture, même si celle-ci n'était sans doute pas utile à cet endroit. Les bouges de ce genre n'avaient ni caméras de surveillance ni capteurs d'empreintes palmaires.

Mais la prudence et le souci du détail constituaient la clé du succès.

La porte donnant sur la rue n'était même pas verrouillée. Et si deux clochards s'étaient installés par terre dans la minuscule entrée pour échapper au froid, aucun d'eux ne réagit lorsque la silhouette enveloppée dans son épais manteau marron les enjamba.

Ils empestaient plus qu'une bouche d'égout et n'apportaient rien de constructif dans ce monde. Mais mettre un terme à leur existence, si pathétique soit-elle, n'aurait été d'aucune utilité. Et ne lui aurait rapporté aucune gloire.

L'excitation grandit au fur et à mesure de la montée des marches, en même temps qu'un sentiment d'anticipation à l'idée de tuer de nouveau... en sachant cette fois que l'afflux d'adrénaline s'accompagnerait d'une intense satisfaction.

Preuve de l'importance de son œuvre.

Laquelle était entièrement offerte à Eve dans un geste d'amitié déclarée. L'homme qui l'avait autrefois blessée au visage allait enfin recevoir sa juste punition.

Il ne faisait aucun doute qu'Eve serait ravie, heureuse de savoir que le monde était libéré d'un parasite comme Ledo.

Protéger et servir.

Surmontant les relents d'urine et de vomi, le tueur fit rapidement un sort au pathétique cadenas qui fermait l'accès au dernier étage.

Si Ledo n'était pas seul, s'il avait réussi à attirer une camée ou une CL des rues dans son lit, ce serait un doublé.

Cette fois, en tout cas, il ne faisait aucun doute qu'Eve comprendrait, qu'elle apprécierait à sa juste valeur ce témoignage de dévouement et d'amitié sincère et qu'elle le lui signifierait d'une façon ou d'une autre.

Sans un bruit, l'individu se glissa à l'intérieur de l'appartement et referma la porte en y ajoutant un verrou magnétique portable, au cas où.

Des ronflements nasaux réguliers provenaient de la gauche. L'étroit rayon d'une lampe-stylo lui permit de repérer Ledo, étalé sur un matelas crasseux. Seul.

Satisfait, le tueur posa son carton, sortit le pistolet paralysant de la poche de son manteau et se mit au travail.

Il y avait quelque chose d'agréablement normal à prendre le petit déjeuner avec Connors dans le coin détente de la chambre à coucher. Bien qu'il ait préparé du porridge. Si Eve était arrivée la première à l'autochef, elle serait actuellement en train de manger des pancakes. Mais elle s'était attardée sous la douche et ne pouvait donc s'en prendre qu'à elle-même.

Galahad manifestait encore moins d'intérêt qu'elle pour le porridge. Il s'étira de tout son long sur le dossier du sofa en agitant la queue, ses yeux bicolores observant la scène avec l'évident espoir de voir apparaître comme par magie des tranches de bacon.

Une fois calée – honnêtement, en ajoutant beaucoup de sucre brun, de miel et de grosses baies juteuses au porridge, on pouvait se convaincre qu'il s'agissait d'un truc comestible –, elle raconta son rêve à Connors.

— Même ton inconscient ne devrait pas tomber dans ce piège, lui dit-il. Tu n'es pas responsable des choix et des actes de quelqu'un qui est décidé à tuer.

— Oui, et pour l'essentiel je le comprends. Je le *sais*, se corrigea-t-elle. J'ai l'impression que je démêlais autre chose à travers ce rêve. Bastwick n'était que la messagère. Nous devons couvrir tous les angles potentiels, suivre la procédure. Et c'est ce que nous faisons. Mais nous n'allons pas tomber sur un ancien collègue plein de ressentiment ou un ex-amant aigri. Le pire, c'est que nous ne serons pas en mesure de nous orienter vers une piste plus juteuse avant d'avoir trouvé un nouveau cadavre avec un nouveau message à mon intention.

Eve était convaincue que Bastwick avait vu juste : elle ne pourrait pas protéger la prochaine victime.

— Le tueur est mon ami, murmura Eve. C'est ce qu'elle a dit.

— Et c'est n'importe quoi.

— Pas tout à fait. Si on va au cœur des choses, mon travail consiste à poursuivre des tueurs. Si personne ne tue personne, je n'ai plus de boulot. C'est d'une logique implacable. Et c'est peut-être aussi la logique du tueur.

— D'accord, concéda Connors. C'est peut-être d'une logique implacable, mais c'est tordu.

— Tout comme le tueur, donc ça cadre. La Justice – tu sais, la statue aux yeux bandés – semblait trouver ça drôle. J'imagine que c'est parce que Bastwick et moi savions, comme tous les flics et les avocats, que la Justice jette souvent des coups d'œil sous son bandeau. J'ai trouvé ça intéressant, dit-elle en mangeant machinalement une nouvelle cuillerée de porridge.

Connors aurait préféré que les rêves d'Eve prennent des vacances et la laissent dormir en paix.

— Tu vas aller parler à la femme qui t'a écrit, la juriste ?

— Hilly Decker, oui. On s'en occupera dès le début de matinée. Elle habite et travaille près du Central, donc je retrouverai Peabody là-bas, sur le chemin.

— Ce n'est pas un changement d'angle radical, mais c'est un pas dans la direction qui te semble être la bonne. Et Mira aura d'autres… candidats pour toi aujourd'hui.

— Des candidats, oui.

Le terme lui arracha un petit rire.

— Les meilleurs amis potentiels d'Eve Dallas. Je ne suis pas vraiment sûre de ce qui motive les amitiés que j'ai déjà, mais l'un des critères de base est que les meurtriers désaxés ne sont pas admis.

Elle avala quelques cuillerées de porridge, histoire d'en finir.

— Tu iras parler à Summerset, hein ? Avant de partir t'acheter un nouveau continent ou je ne sais quoi.

— Promis, répondit-il.

La sentant nerveuse, il lui passa gentiment la main sur la cuisse.

— Et avant que tu me le demandes : oui, j'organiserai une réunion avec mon équipe de relations publiques. Tu peux écarter ces questions-là de tes pensées.

— Bon.

Elle se leva, traversa la chambre pour récupérer son harnais réglementaire et l'enfiler par-dessus un col roulé prune.

— Je vais d'abord lire quelques dossiers ici, expliqua-t-elle avant de coincer son insigne dans la poche de son pantalon anthracite et d'accrocher ses menottes à son ceinturon. Puis je me mettrai en route. Il est suffisamment tôt pour que Peabody et moi puissions intercepter Decker avant qu'elle parte travailler.

Elle saisit sa veste puis fronça les sourcils.

— Ce n'est pas celle que j'ai sortie du dressing.

— Non, effectivement. Mais c'est celle qu'il te faut.

Dans la mesure où le vêtement était du même gris que le pantalon, avec de fines rayures qui s'accordaient à celles du pull, elle supposa qu'il avait raison. Et puis cette veste était là ; autant l'enfiler. Ce qu'elle fit avant de plisser les yeux.

— Est-ce que j'ai l'air d'une comptable ?

— Tu en es à des années-lumière ! Sans vouloir offenser les comptables, répondit Connors.

Il se leva et s'approcha.

— Tu as l'air d'un flic bien habillé, dit-il.

— Ça, c'est un... Comment ils appellent ça ? Un oxymore. Excepté Baxter. Mince, il va falloir que je m'entretienne aussi avec lui. Ainsi qu'avec Reineke et Jenkinson.

Voyant que Connors ne disait rien, elle passa le doigt entre ses sourcils pour chasser un début de mal de tête.

— Je vais devoir leur parler à tous, reprit-elle. Ils ont sans doute déjà recueilli des bribes d'informations. C'est comme ça que ça marche. Il faudra que je les briefe.

— Le fonctionnement de l'équipe est bien huilé. Ce sont tous de bons flics.

— Oui, ce sont de bons flics. Bien, je m'en occuperai.

— Occupe-toi aussi de mon flic préféré… et bien habillé, dit-il en l'embrassant doucement.

Au moment où leurs lèvres se séparèrent, le communicateur d'Eve sonna. Un frisson de crainte lui traversa l'échine.

Elle décrocha l'appareil.

— Dallas.

— *Dallas, lieutenant Eve, communication du Central. Rendez-vous au 524 Avenue B, appartement 311. Homicide potentiel. Victime visuellement identifiée par agents sur place sous le nom de Ledo. Prénom inconnu pour le moment. Agents sur place signalent message écrit laissé à l'attention de Dallas, lieutenant Eve. Possible lien avec enquête en cours.*

— Oui, j'avais deviné. Contacte Peabody, inspecteur Delia. Je suis en route.

— *Confirmé. Fin de communication.*

— Bon sang. Ledo… souffla Eve en refoulant une vague de culpabilité.

— Je vais t'accompagner. Tu pourras me raconter qui c'est en chemin.

— Tu n'as pas besoin de…

— J'aimerais y aller avec toi, dit Connors en la tenant fermement par les épaules. Puis je te laisserai travailler en paix. Si tu ne veux pas voir ça comme une forme d'inquiétude naturelle de la part de ton mari, considère-moi comme un consultant avec un regard neuf et un autre point de vue.

— Bon, d'accord. Tu prends le volant. J'en profiterai pour voir ce qu'a fichu Ledo depuis la dernière fois où j'ai eu affaire à lui.

Elle descendit sans perdre une minute, cueillit son manteau sur le pilier de l'escalier et l'enfila dans un grand geste fluide. Elle hésita brièvement lorsque Connors lui tendit une écharpe, celle que Peabody lui avait confectionnée pour Noël.

— Il fait froid, dit-il.

— D'accord, d'accord.

Elle se l'enroula autour du cou en se dirigeant vers la porte. Heureusement, son équipière avait opté pour des couleurs discrètes. Tandis qu'ils s'avançaient vers la voiture qui les attendait, le moteur et le chauffage déjà en route, Connors lui mit un bonnet sur la tête.

— Il est noir, dit-il. Tu t'en remettras.

Plutôt que d'argumenter – ou de lui signaler que *lui* ne portait pas de bonnet –, elle s'installa sur le siège passager et sortit son mini-ordinateur pour faire une enquête rapide à propos de Ledo.

— Prénom : Wendall. Qui l'eût cru ? Âgé de trente-quatre ans. On lui en donnerait dix de plus. Le résultat de la prise répétée de drogues, entre autres excès. Il a brièvement plongé pour possession de stupéfiants depuis la dernière fois que je l'ai vu : condamné à six mois, libéré après en avoir purgé quatre, avec désintoxication obligatoire. Il y est allé, mais je peux te garantir que ça n'a pas tenu. Il était représenté par un avocat commis d'office. Je ne vois aucun lien avec Bastwick et je pense qu'on n'en trouvera pas. À part moi.

— Parle-moi de lui, dit Connors tout en franchissant le portail à vive allure.

— Un dealer de second ordre. Non, je suis trop gentille : de troisième ordre. Camé lui-même et accro au Funk. Il affichait les séquelles associées. Il aimait jouer au billard et il était bon. Un talent condamné à disparaître une fois sa vision rendue floue par le Funk. Il squattait dans les souterrains. Client régulier du *Game-Town*. Un pauvre mec, voire un sale con. Généralement non violent. Plutôt du genre à s'enfuir, se cacher, mentir. Bon sang…

Elle se laissa aller contre le dossier de son siège, les yeux fermés.

— Quand as-tu eu affaire à lui pour la dernière fois ?

— Il y a deux ans, avant de perdre mon insigne. Toute cette histoire de meurtres et de vols d'organes sur les clochards.

Elle se souvint que Waverly faisait partie du jury dans son rêve.

— J'avais emmené Peabody dans les souterrains. Ça lui avait flanqué une belle frousse.

— Ce ne serait plus le cas aujourd'hui.

— Non, c'est vrai. J'étais allée trouver Ledo car je savais qu'il fournissait l'une des victimes. Un vieil homme surnommé le Brochet qui se faisait un peu d'argent en vendant quelques minables bouquets de fleurs.

Elle replongea en pensée dans les souterrains humides, froids et dangereux de la ville. Tunnels obscurs, odeurs fétides, âmes perdues.

— Je l'ai trouvé au *Game-Town*, en train de jouer au billard. L'un des sales types avec qui il jouait s'agaçait que la partie soit interrompue. Il s'en est pris à moi, y compris physiquement. J'ai attrapé la queue de billard de Ledo pour repousser la brute. Mais c'était un costaud et il s'est vite repris pour me foncer dessus. Cette fois, il a eu mon genou dans les bijoux de famille. Autant dire que ça a mis un terme à la partie.

— Si le tueur cherche à punir ceux qui t'ont un jour attaquée d'une façon ou d'une autre, on dirait que c'est cette grosse brute qui méritait d'être sa victime.

— Ledo adorait sa queue de billard. Et je l'avais brisée sur la tête de l'autre type. Ledo a tenté de s'en saisir et m'a flanqué le manche dans la figure au passage. Ce n'était pas volontaire, mais j'ai vu trente-six chandelles et ça m'a laissé une belle marque.

— Tu l'as arrêté ?

— Non. Je l'ai menacé de le coffrer pour agression contre un policier pour le forcer à parler. D'ailleurs, il m'a fourni de vraies infos. Il n'avait rien fait d'autre que m'énerver, me cogner accidentellement au visage et être lui-même. À savoir un crétin fini.

— Tout cela a dû apparaître dans ton rapport.

— Oui, répondit-elle avec un soupir. Tout cela est dans mon rapport. À tous les coups, Ledo aura tenté de rehausser sa réputation en faisant courir le bruit qu'il a laissé un coquard à une garce de flic. Il a pu raconter ça durant sa dernière incarcération, en embellissant les choses.

Connors conduisait avec rapidité et souplesse, zigzaguant en douceur entre les maxibus, les banlieusards lève-tôt et les Rapid Taxis.

— Il y a donc un lien fort entre ces crimes et toi. Ça te sera utile.

— Eh bien, c'est plus une gêne qu'autre chose.

— Coupe-toi du côté émotionnel. Même si c'est plus facile à dire qu'à faire, admit-il en écartant une main du volant pour toucher la sienne. Mais tu en es capable. Tu cherches quelqu'un qui a rassemblé beaucoup d'informations sur ces deux victimes et leurs rapports avec toi. Bastwick s'exprimait beaucoup dans les médias, ce n'était donc pas très difficile. Mais pour Ledo, la source d'information est forcément plus confidentielle.

— On en revient à l'idée d'un flic ou d'un individu en contact régulier avec les forces de l'ordre. Car les chances que quelqu'un obsédé par moi ait également connu Bastwick et Ledo sont minces. Difficile d'imaginer deux personnes plus différentes. Forces de l'ordre, avocats, employés du tribunal. Journalistes, ajouta-t-elle en suivant la piste logique.

Elle pianota du bout des doigts sur sa cuisse tandis que Connors remontait vers le centre-ville.

— Le profil établi par Mira indique un individu organisé, intelligent, doté d'une grande maîtrise de soi. On parle ici de quelqu'un capable de concevoir et de suivre un plan à long terme qui lui permet d'éviter la confrontation. Qui cherche l'approbation des autres, ou en tout cas la mienne. En quête de reconnaissance.

— Quelqu'un qui t'a idéalisée, ajouta Connors. Et qui, nous ne devons pas l'oublier, pourrait aussi promptement te diaboliser.

— Je préférerais, dit Eve. Il veut s'en prendre à moi ? Je peux faire face.

Quelques véhicules rouillés et cabossés gisaient le long du trottoir dans le Carré. La plupart avaient été dépouillés de toutes les pièces encore utilisables avant de servir de toile improvisée pour toutes sortes de gros mots, de suggestions et commentaires scabreux ou de graffitis pornographiques.

Derrière une antique décapotable privée de roues et de portières sur laquelle on avait peint les mots « va te faire, connard » se trouvait une puissante voiture de patrouille.

Quelques lève-tôt – ou plus probablement des joueurs pas encore couchés – traînaient sur les marches descendant vers un taudis, tout en joues rougies et regards colériques.

Des droïdes policiers se tenaient sur le trottoir, l'air aussi menaçant que pouvaient l'être des droïdes, chacun avec une main posée sur le manche d'une matraque antiémeute.

— Lieutenant.

Le premier s'avança alors qu'Eve émergeait de la voiture. Il avait été créé pour ressembler à un Noir d'une trentaine d'années avec des épaules aussi larges que la Grande Muraille de Chine.

— Nous avons été appelés pour contrôler les mouvements de foule en cas de nécessité et surveiller l'ensemble des véhicules officiels. Nous sommes spécifiquement programmés pour faire face aux problématiques et à la culture de ce quartier.

— Bien, faites donc, répondit-elle.

Elle fit courir son regard sur la façade de l'immeuble, sur les fenêtres obscures et celles dont les vitres avaient été remplacées par des planches.

— Il est trop tôt pour que ça déclenche de graves problèmes, assura-t-elle.

Elle jeta un coup d'œil vers les rôdeurs comme l'un d'eux émettait des bruits de baisers exagérés dans sa direction. Le droïde patrouilleur se retourna, mais Eve secoua la tête.

— Je m'en charge.

Elle s'approcha tranquillement, son manteau de cuir flottant dans le vent.

— Tu veux un baiser ? demanda-t-elle.

— J'vais pas foutre ma bouche sur celle d'un flic.

L'homme la défia de ses yeux rougis et injectés de sang. Et lorsqu'il retroussa les lèvres sur un rictus moqueur, il fit la preuve de son mépris total pour toute hygiène dentaire.

— Mais j'ai un gros gourdin à ton service si jamais tu veux te servir utilement de ta bouche.

L'idée fit glousser son compagnon, un individu malingre au long cou.

— Gros comment ? demanda Eve.

Il s'agrippa l'entrejambe en oscillant d'avant en arrière.

— Le plus gros que t'aies jamais vu, salope.

Eve inclina la tête sur le côté, tout sourire.

— J'en ai vu de beaux spécimens, alors il va falloir me le prouver.

Toujours sous l'influence des substances qui l'avaient tenu éveillé toute la nuit, Gros Gourdin ouvrit maladroitement sa braguette pour sortir un sexe à demi érigé. Intérieurement, Eve dut admettre qu'il avait raisonnablement de quoi se vanter en termes de taille, mais ça rendait les choses plus simples encore.

— C'est le tien ?

— Merde, t'es aveugle en plus d'être conne ou quoi ?

— J'ai juste besoin d'être sûre.

Elle s'en saisit, sincèrement reconnaissante d'avoir enfilé des gants, et le tordit violemment. L'homme émit un son semblable à celui d'une bouilloire arrivée à ébullition. Son compagnon tituba vers Eve avec un :

— Hé, hé !

Eve serra son poing libre et le frappa à la pomme d'Adam, cible facile étant donné la taille de son cou. Il s'étrangla, porta les mains à sa gorge et vacilla en arrière pour se retrouver les quatre fers en l'air sur le trottoir couvert de détritus.

Gros Gourdin, qui n'avait pas cessé d'émettre un sifflement nasillard, tomba à genoux.

— Voici les choix dont tu disposes, dit-elle en serrant un peu plus fort. Je peux vous faire arrêter, toi, ton affreux gourdin contusionné et ton crétin de copain ici présent. Outrage à la pudeur et agression d'un officier de police, plus possession de tout ce que vous êtes assez bêtes pour avoir dans vos poches. Compris ? Hoche la tête si tu m'as comprise.

Il opina du chef. Ses yeux rougis étaient au bord des larmes.

— Bien. Deuxième choix : tu ranges ce truc avant que j'ajoute pollution de l'atmosphère aux chefs d'accusation. Acquiesce une fois pour le choix numéro un, deux fois pour le choix numéro deux.

Il s'assura de bien hocher deux fois la tête.

— Très bien.

Elle le lâcha. Les deux hommes furent pris de quintes de toux si violentes qu'Eve se demanda s'ils allaient recracher un ou deux organes internes. Le temps qu'ils reprennent leur souffle, elle retira ses gants, les retourna précautionneusement à l'envers et les roula en boule.

Elle ne s'en resservirait jamais.

— Depuis combien de temps vous êtes là ?

— Va te...

— La prochaine fois, je m'en prends à tes bourses, l'avertit Eve d'une voix presque enjouée. Pour les broyer comme deux noix. Combien de temps ?

— L'énerve pas, Pick. L'énerve pas !

Long Cou parvint à se redresser à genoux.

— On vient d'arriver, dit-il. On était dans un bar de nuit plus bas dans la rue. On est arrivés et on a vu les flics et tout. J'habite ici. Juste ici, précisa-t-il en désignant le taudis au sous-sol. On n'a rien fait. On n'a rien vu.

— Vous connaissez Ledo ?

— Ouais, bien sûr. Il habite juste en haut.

— Quand l'avez-vous vu pour la dernière fois ?

— Heu... Hier, je dirais. Peut-être la nuit d'avant. Du côté du *Game-Town*, il me semble.

Si elle avait besoin de leur poser d'autres questions, elle saurait où les trouver. Elle se redressa.

— Tirez-vous. Tout de suite. Et que je ne vous revoie pas.

Elle se retourna et s'éloigna. Les droïdes semblaient à présent aussi amusés que leur programmation leur permettait de l'être. Connors était nonchalamment appuyé contre sa voiture et pianotait sur son mini-ordinateur.

— Devons-nous faire un rapport sur l'incident, lieutenant ? demanda l'un des droïdes.

— Quel incident ?

Elle fit signe à Connors et se dirigea vers l'immeuble adjacent.

— Je ne vais pas te mentir, j'avais besoin de me défouler, dit-elle.

— Tout le monde a le droit de se distraire un peu de temps à autre.

— Ça m'a redonné la pêche.

Elle fit rouler ses épaules alors qu'ils franchissaient le seuil.

— C'est toi qui m'avais offert ces gants ? demanda-t-elle.

— Sans doute.

— Ils étaient chouettes. Désolée.

Tout en songeant qu'elle aurait dû s'auto-infliger une amende pour abandon de détritus sur la voie publique, elle jeta la paire de gants sur le sol déjà jonché d'ordures avant de s'engager dans l'escalier.

Quelqu'un ne manquerait pas de leur trouver un usage… sans se soucier de savoir ce qu'ils avaient bien pu toucher auparavant.

7

Peabody ouvrit la porte.

— Vous avez fait vite, dit-elle. Je viens d'arriver. Hé, bonjour, Connors !

Elle recula d'un pas pour les laisser entrer.

— C'est l'agent Rineheart qui est arrivé sur place en premier. La personne qui a appelé police-secours se trouve dans l'appartement d'en face avec son équipier. Elle raconte qu'en partant travailler elle a vu la porte ouverte et a jeté un coup d'œil.

Peabody désigna l'endroit où Ledo gisait sur un matelas peu épais et maculé de sang et d'autres fluides corporels sur lesquels Eve préférait ne pas s'attarder.

Ledo était entièrement habillé : sweat-shirt délavé aux couleurs de l'équipe des Knicks, pantalon de treillis noir et chaussettes épaisses – autrefois blanches, sans doute, avant d'acquérir cette jolie teinte jaune pus – dont les extrémités trouées laissaient dépasser les gros orteils du dealer.

Un imper noir et deux couvertures effilochées en piteux état reposaient, chiffonnés, à côté de lui. Le manche d'une queue de billard ressortait de sa poitrine.

Silhouette décharnée, cheveux couleur de paille souillée, contours rosis des yeux typiques de l'accro au Funk.

— C'est bien Ledo, confirma Eve.

Elle se tourna vers l'agent en uniforme.

— Racontez-moi tout.

— J'ai répondu à un appel d'urgence enregistré à 6 h 16. Mon équipière et moi sommes arrivés à 6 h 20. L'accès à l'immeuble n'était pas sécurisé, la porte de l'appartement était ouverte et le corps dans l'état où vous le voyez. J'ai visuellement identifié Ledo.

Le flic dont quelques mèches grises dépassaient de sous sa casquette décocha un regard au cadavre.

— Ça fait quatre ans que je bosse dans ce secteur donc je le connais. La personne qui nous a prévenus s'appelle Misty Polinsky, elle habite dans l'appartement d'en face. Elle est jeune, lieutenant, et plutôt secouée. Une fois qu'on a réussi à la calmer, j'ai fait venir les droïdes. Si on laissait notre véhicule de patrouille dans la rue sans surveillance, il n'en resterait plus grand-chose au moment de ressortir.

— D'accord. Commencez à interroger les gens du coin, pour ce que ça vaut. Vous aurez besoin de renforts ?

— La plupart des gens me connaissent. Ce ne sera pas un problème. Il y avait deux clochards à l'intérieur dans l'entrée, endormis. On a dû les secouer assez fort pour les réveiller. On a pris leurs noms et on les a fait emmener dans un centre d'accueil. Ils n'ont rien vu. Je connais ces clodos, ajouta-t-il. Ce sont des habitués du coin, donc ce ne sera pas difficile d'aller les chercher si vous avez besoin de leur parler. Mais ils dormaient tous les deux à poings fermés.

Eve hocha la tête puis récupéra son kit de terrain des mains de Connors et s'aspergea de Seal-It avant de s'approcher du corps.

« On fait les choses dans l'ordre, se rappela-t-elle. On suit la procédure. »

Elle sortit ses instruments.

— L'identité de la victime est confirmée : Ledo, Wendall, résidant à cette adresse. L'heure du décès…

Elle examina la jauge.

— 6 h 03, annonça-t-elle. Le témoin a raté le tueur de peu.

— L'autre partie de la queue de billard est là, Dallas, lui dit Peabody. La moitié supérieure.

— J'imagine qu'il s'en était offert une nouvelle, murmura Eve. Il jouait beaucoup au billard. J'avais cassé sa queue précédente, à peu près de la même manière, et en voulant la récupérer il m'avait touché au visage avec le manche.

— Dallas… commença à dire Peabody.

Mais Eve secoua la tête.

— Le tueur devait forcément le savoir. Ledo a essayé de me mentir. Ce qui explique que sa langue se trouve dans ce mug transportable.

— J'avais pas vu. On le récupère comme pièce à conviction.

— Il fait froid ici. L'isolation des fenêtres est tellement mauvaise qu'il fait froid. Il arrive, sans doute depuis le *Game-Town,* retire son manteau et ses chaussures mais s'allonge tout habillé et s'enroule dans ces couvertures miteuses. L'analyse toxicologique promet, dit Eve en soulevant l'une des paupières rougies du défunt. Il n'a pas pu se passer de Funk, n'a pas résisté à l'envie de consommer ses propres produits. Il doit y en avoir caché quelque part dans l'appartement et vous pouvez être sûrs que les poches de ce manteau en sont pleines. Jetez-y un coup d'œil, Peabody.

— Beurk, commenta celle-ci.

Elle s'accroupit néanmoins pour fouiller le manteau crasseux abandonné au sol.

— Pas difficile de surveiller un taudis de ce genre et d'observer les habitudes de Ledo. Il devait passer l'essentiel de ses journées à dormir. Ses affaires démarrent à la nuit tombée et le soleil lui fait mal aux yeux. L'un des effets secondaires du Funk. Avec le temps qu'il fait, il devait se terrer dans les tunnels. Peut-être avec un petit passage dans une gargote pour manger un bout, mais il devait mener l'essentiel de ses affaires dans les souterrains. Se défoncer, continuer à planer, jouer au billard et – s'il se débrouillait encore assez bien – gagner assez pour se payer à boire, peut-être un peu de nourriture supplémentaire, voire un coup rapide ou une pipe. Puis retour à la maison avant que le soleil se lève et au lit pour recommencer le lendemain.

— Diverses substances suspectes, annonça Peabody. Dans de petits sachets transparents. Deux clés, un dollar soixante-trois d'argent liquide, pas de crédits, pas de carte bancaire. Plus un communicateur de poche et un petit sachet de chips au soja saveur fromage/oignon.

Eve s'accroupit face au corps.

— Une existence merdique, dit-elle. Mais c'était la sienne.

— Les serrures ont récemment été forcées, lui dit Connors. Pour autant qu'on puisse les qualifier de serrures.

Elle hocha la tête.

— Tu savais qu'il rentrerait s'affaler sur son lit peu avant l'aube, souffla-t-elle. Et puis, s'il n'était pas revenu, tu n'avais qu'à patienter jusqu'à ce qu'il passe le seuil en titubant. Mais il y avait plus de chances qu'il soit là. Pas de mesures de sécurité dans l'immeuble, tu n'as qu'à entrer. Je parie que tu avais quand même ton camouflage. L'uniforme de livreur, le faux colis avec ton matériel. Tu n'as eu qu'à enjamber les dormeurs et monter l'escalier. Puis crocheter les serrures. Des verrous de mauvaise qualité, mais tu ne t'es pas contenté de les fracturer. Une corde de plus à ton arc.

Elle se représenta mentalement les événements en accompagnant tous les gestes du tueur.

— Ledo était dans les vapes. Il devait faire sombre : les vitres sont noires de crasse et peu de lumière filtre depuis la rue si tôt le matin, même avec les réverbères. Tu as apporté ta propre source d'éclairage.

Elle souleva précautionneusement le pull taché de sang et examina le torse de Ledo.

— Tu as aussi pris ton pistolet paralysant. Un camé sans connaissance et pourtant tu lui envoies une décharge ? Lâcheté ou compassion ? Il faudra que j'y réfléchisse. Quoi qu'il en soit, il n'a rien senti.

Elle se redressa.

— La queue de billard est à portée de main. Il la gardait auprès de lui, comme un gamin sa peluche. Tu l'as brisée en deux. Geste symbolique. Puis tu l'as frappé au visage avec, du même côté que le coup qu'il m'avait donné. Symbolique, ça aussi. Sinon, pourquoi ne pas le tabasser à mort avec la queue ?

— Trop violent, suggéra Peabody.

— Oui. Trop violent, trop passionné et trop désordonné. Le passage à tabac est loin d'être une méthode de mise à mort efficace. Donc tu ne l'as frappé qu'une fois – manière de lui rendre la monnaie de sa pièce – avant de lui planter la queue fendue en pleine poitrine. Ce qui réclame de la force.

Elle pivota sur elle-même pour placer ses mains juste au-dessus de l'extrémité arrondie de la queue de billard.

— Tu l'as d'abord positionnée contre lui. Puis tu as pesé dessus de tout ton poids, en poussant. Ça doit être ça. Il s'est retrouvé embroché. Tu t'es ensuite occupé de la langue – sa langue de menteur – et tu as écrit le message.

AU LIEUTENANT EVE DALLAS, AVEC RESPECT ET ADMIRATION.

C'ÉTAIT UN FURONCLE SUR LE VISAGE DE LA SOCIÉTÉ, CETTE MÊME SOCIÉTÉ QUI VOUS FREINE AVEC DES RÈGLES PROTÉGEANT LES FURONCLES. CERTAINES RÈGLES ENTRAVENT LA JUSTICE. VOUS ET MOI EN AVONS CONSCIENCE.

IL VENDAIT SES IMMONDICES À CEUX QUI ENFREIGNENT TOUTES LES RÈGLES ET VIVENT PARMI LES IMMONDICES. IL VOUS A MENTI, VOUS A AGRESSÉE. IL AVAIT PEUR DE VOUS, MAIS IL NE VOUS A JAMAIS RESPECTÉE. ET POURTANT, CES RÈGLES LUI ONT PERMIS DE CONTINUER À MENER SON EXISTENCE INUTILE DE PARASITE.

CECI EST UN ACTE DE JUSTICE. POUR LA SOCIÉTÉ ET, PLUS IMPORTANT, PLUS PERSONNELLEMENT, POUR VOUS, EVE. LA MARQUE QU'IL A LAISSÉE SUR VOTRE VISAGE A DISPARU ET À PRÉSENT L'INSULTE A ÉTÉ RÉPARÉE COMME IL SE DOIT.

MA LOYAUTÉ VOUS EST ACQUISE. SACHEZ QUE JE SERAI TOUJOURS LÀ POUR VOUS, ET QUE JE NE DEMANDERAI JAMAIS RIEN EN RETOUR SINON VOTRE AMITIÉ. JE VOUS AIDERAI À APPLIQUER LA JUSTICE, LA VÉRITABLE JUSTICE, CONTRE TOUS LES COUPABLES.

QUAND VOUS LIREZ CECI, SACHEZ QUE JE PENSE À VOUS À CHAQUE HEURE DE CHAQUE JOUR.

AMICALEMENT VÔTRE.

— Le message est plus long, fit remarquer Eve. Ça devient plus bavard et…

Elle sortit ses microlunettes et se rapprocha du mur.

— Plus fébrile. Le tracé des lettres n'est pas aussi précis et maîtrisé ici. Il va falloir analyser tout ça, mais certains mots semblent plus sombres, avec des traits légèrement plus épais, comme s'il avait appuyé plus fort sur son marqueur. Ça se voit sur mon prénom et les termes « justice », « immondices », « respectée » et « amicalement ».

Elle recula et retira ses lunettes.

— Bon. Laissons la place aux techniciens de la police scientifique.

Peabody balaya le taudis du regard.

— Ouf ! Merci à la déesse de tout ce qui est propre et sain. C'est mon côté Free Age, ajouta-t-elle avec un sourire à l'intention de Connors.

— Parfaitement compréhensible, vu l'état de cet endroit, dit-il.

— Faites venir la police scientifique et une ambulance, ordonna Eve. Prévenez Morris, Mira et Whitney. La DDE pourra jeter un coup d'œil à son communicateur. On va parler au témoin et demander aux agents de sécuriser les lieux.

Elle reporta son regard vers Connors.

— Tu dois avoir beaucoup à faire ailleurs.

— Je vais rester jusqu'à ce que tu aies terminé ici.

Sans discuter davantage, elle sortit et alla frapper à la porte de l'appartement d'en face.

Une femme en uniforme à l'impressionnante carrure lui ouvrit. Elle baissa les yeux vers l'insigne d'Eve avant de la saluer d'un signe de tête.

— Lieutenant.

— Votre équipier a commencé à faire le tour du quartier. La police scientifique et la morgue ont été prévenues. Veillez à ce que personne ne vienne empiéter sur la scène du crime, agent Morales.

— Oui, lieutenant. Pour le témoin… Elle est secouée mais coopérative. Je ne crois pas qu'elle ait vu quoi que ce soit. Son histoire se tient.

— Nous allons voir ça avec elle.

Eve entra. L'appartement était identique à celui de Ledo en termes de superficie et d'agencement, mais sans le côté porcherie toxique. Le sol, bien entretenu, était recouvert d'un tapis rouge peu épais. Misty Polinsky y avait disposé un sofa affaissé décoré d'un jeté de canapé aux motifs floraux colorés et une lampe à l'abat-jour cabossé. La jeune femme – ou quelqu'un d'autre – avait peint d'autres fleurs sur un empilement de cartons faisant office de commode.

La cuisine consistait en un minuscule évier, un mini-autochef et un plan de travail faisant à peu près la taille d'un sous-main de bureau. Mais elle était propre.

Misty elle-même était assise sur le jeté fleuri, les jambes remontées contre sa poitrine et les mains serrées autour d'un mug ébréché. Elle avait des cheveux bleu ciel coupés court et frissonnait sous un pull trop grand enroulé autour de ses épaules étroites.

Même si son maquillage avait coulé, on devinait qu'elle était jolie. Elle avait les yeux rougis mais, à en juger par son aspect, c'était dû aux larmes plutôt qu'au Funk.

— Madame Polinsky, je suis le lieutenant Dallas. Voici l'inspecteur Peabody et notre consultant. Vous tenez le coup ?

— Je me sens un peu nauséeuse. L'agent Morales m'a recommandé de boire du thé, mais j'ai toujours l'estomac retourné. Je n'avais jamais vu un truc comme ça. Comme Ledo quand je l'ai trouvé, je veux dire.

Elle se remit à pleurer. Sous l'effet du choc plutôt que du chagrin, estima Eve. Elle s'assit sur l'accoudoir du sofa.

— C'est dur de se retrouver face à une telle scène. Vous connaissiez bien Ledo ?

— Pas vraiment. On échangeait quelques mots de temps en temps, entre voisins. Vous savez comment ça se passe.

— Étiez-vous déjà entrée chez lui ?

— Non. Il… Il m'avait proposé de passer mais, bon… Je n'avais pas envie, dit-elle en rentrant les épaules.

— Lui aviez-vous déjà acheté quelque chose ?

— Je prends rien, répondit-elle en écarquillant ses grands yeux aussi bleus que sa chevelure. Je vous le jure. Vous pouvez me faire faire un test, et tout. Je prends pas de drogues.

— D'accord.

Tout en parlant, Eve faisait défiler sur son écran le résultat d'une première recherche sur son témoin.

— Quel âge avez-vous, Misty ?

— Vingt-deux ans.

— Quel âge en années terriennes, je voulais dire.

Les mains qui tenaient le mug se mirent à trembler.

— J'y retournerai pas. Vous pouvez pas m'obliger à repartir. J'ai une carte d'identité qui dit que j'ai vingt et un ans.

— Retourner où ?

— Écoutez, j'allais travailler, c'est tout. Trois jours par semaine, je fais l'ouverture du café au coin de la rue. Ça s'appelle *Chez Del* mais j'ai jamais rencontré quelqu'un qui s'appelle Del là-bas. J'ai dû les prévenir que je serais en retard et maintenant Pete est furieux.

— Et vous bossez aussi chez *Swing It* quatre nuits par semaine.

Misty rougit jusque sous ses cheveux bleus.

— Je fais que danser, d'accord ? Je fais rien d'autre. Je danse, c'est tout.

— Depuis combien de temps êtes-vous à New York ?

— Six mois. Pratiquement. J'allais simplement travailler, inspecteur.

— Lieutenant.

— D'accord. Lieutenant. J'allais descendre et j'ai vu que la porte était ouverte. J'aurais pas dû regarder, mais elle était ouverte et le quartier est pas très sûr. Alors je suis juste allée voir pour être certaine que Ledo s'était pas fait cambrioler ou je sais pas quoi. Et je l'ai vu, sur son lit. Et tout ce sang…

— Vous êtes entrée ?

La jeune fille secoua vigoureusement la tête.

— Non, non. Je suis repartie en courant et j'ai fermé ma porte à clé. Je savais pas quoi faire, j'ai cru que ma tête allait exploser. J'ai pensé ressortir pour aller simplement bosser comme si j'avais rien vu, mais… ça aurait pas été juste. Alors j'ai appelé la police.

Quoique toujours rougissants, les traits de son visage se crispèrent de colère.

— Je ne devrais pas avoir des ennuis parce que j'ai appelé la police, parce que j'ai fait ce qu'il fallait !

— Et ce ne sera pas le cas. Avez-vous vu quelqu'un ou entendu quoi que ce soit avant de regarder chez Ledo ?

— Non. Comme j'ai dit à l'agent Morales, je me suis levée à 5 h 40, comme tous les jours où je vais travailler au café. J'ai pris une douche. L'eau n'est pas très chaude et ça fait un bruit d'enfer. Je me suis préparée pour aller bosser. Comme je fais mes heures au club ce soir, j'ai aussi pris de quoi me changer là-bas, plus une GoBar et un tube de soda parce que j'aime pas le café. Puis j'ai enfilé mon manteau et je suis sortie. Il était à peu près 6 h 15. Et j'ai regardé chez lui parce que la porte était grande ouverte.

— Avez-vous vu des personnes inconnues dans l'immeuble ?

— Je sais pas. Il y a parfois des gens qui dorment par terre au rez-de-chaussée. Je ne les connais pas, mais ils ne dérangent personne. Et puis il fait très froid. Il y a un désinsectiseur qui est passé une fois.

— Un désinsectiseur ?

— Quelqu'un qui tue les insectes nuisibles. J'imagine que le gardien l'avait fait venir, mais quand j'ai demandé si quelqu'un pouvait s'occuper de mon appartement, il m'a ri au nez. C'est un sale type, de toute façon.

— Pourriez-vous me décrire cette personne ? Le désinsectiseur. Homme ou femme ? Taille, corpulence, âge, origine ethnique ?

— Mon Dieu, je sais pas…

Elle avala un peu de thé puis souffla vers le haut en agitant quelques mèches de sa frange bleue.

— J'ai pensé que c'était un homme, mais en fait je saurais pas dire. Il avait un masque et une capuche rabattue sur la tête. Plus son réservoir et son pulvérisateur. J'ai juste jeté un regard en passant.

— Avez-vous parlé à ce désinsectiseur ?

— Je lui ai juste demandé par la porte entrouverte s'il allait s'occuper de l'immeuble entier. Et il a plus ou moins hoché la tête. J'ai pensé « tant mieux », parce que les cafards me fichent la trouille. J'ai rangé un peu. Vous savez, le genre de trucs qu'on fait quand on attend de la visite. Mais lorsque j'ai regardé de nouveau dehors, il avait disparu. Les cafards, eux, sont toujours là, ajouta-t-elle avec un sourire triste.

— Avez-vous remarqué un logo ou un nom d'entreprise ?

— Non, pas vraiment. Désolée.

— J'aimerais que vous travailliez avec un portraitiste de la police.

La jeune femme avait retrouvé son teint normal, mais Eve la vit se mâchonner la lèvre inférieure, au risque d'avaler le peu de maquillage qui lui restait.

— Sérieusement, j'ai rien vu.

— On ne sait jamais. Nous pouvons vous faire escorter jusqu'au Central et le portraitiste vous aidera peut-être à vous remémorer des détails que vous n'avez pas conscience d'avoir remarqués.

— Vous allez m'arrêter ?

— Non.

Eve quitta l'accoudoir pour venir s'asseoir auprès de Misty.

— Personne ne va vous arrêter. Personne ne vous renverra nulle part. Vous n'allez pas avoir d'ennuis. Vous nous apportez votre aide et je peux vous obtenir deux cents dollars si vous collaborez avec le portraitiste.

— Vous... Deux cents dollars ?

— Exactement. Votre aide nous serait utile, Misty. Ledo était un pauvre mec et il vous a draguée.

— C'est vrai mais bon, il a pas insisté comme beaucoup de mecs le font.

— Voilà. Et quelqu'un l'a tué. Vous pourriez nous aider à découvrir qui.

— Écoutez, il faut que je bosse, que je paie mon loyer. Deux cents dollars, ce serait super, mais il me faut surtout un salaire régulier. Pete me virera si je me présente pas pour faire mes heures.

— Vous aimez travailler pour Pete ?

— C'est un boulot comme un autre. Il faut que je paie le loyer, sans quoi on me fichera dehors.

— Bien sûr. Ça vous plaît d'habiter ici ?

Pour la première fois, le début d'un véritable sourire se dessina sur les lèvres de la jeune femme.

— Faudrait que je sois aveugle, sourde et folle pour aimer habiter ici. Mais c'est tout ce que j'ai pu trouver et c'est déjà mieux que ce que j'avais avant.

Eve échangea un regard avec Connors.

— Je pourrais vous aider à trouver un endroit décent où vous poser le temps de trouver un meilleur emploi et un meilleur logement, proposa-t-elle.

— Je n'irai pas dans un foyer. Je refuse de…

— Une minute, une minute. Personne ne vous forcera à quoi que ce soit. Donnez-moi une minute…

Eve se leva et fit signe à Peabody de s'asseoir avec Misty tandis qu'elle sortait dans le couloir avec Connors.

— Elle a dix-sept ans, expliqua-t-elle. Une fugueuse, a priori. De Dayton, dans l'Ohio. Mais il n'y a pas d'avis de recherche à son nom. J'ai eu assez d'éléments de son dossier médical pour voir les signes de sévices réguliers. Le père est actuellement en taule ; incarcéré le mois dernier pour coups et blessures. La mère a fait des allers-retours en prison pour consommation de stupéfiants. Je sais bien que le refuge pour les jeunes n'est pas terminé, mais je me dis que peut-être – même si elle ne correspond pas complètement – peut-être qu'il y aura une place pour elle à Dochas d'ici là ? Elle aura dix-huit ans en mai.

— Je peux arranger ça, si elle le souhaite. Certaines des femmes sur place sont à peine plus âgées.

Eve hocha la tête sans rien dire de plus. Connors haussa les sourcils.

— Tu voudrais que ce soit moi qui lui en parle.

— Tu n'auras aucun mal à lui trouver une place. Mon insigne lui inspire du respect mais aussi de la peur. J'imagine que la police n'a pas dû beaucoup l'aider jusque-là. Je sais que tu sauras y faire et qu'elle n'aura pas peur de toi.

— D'accord. Grande sentimentale, va, ajouta-t-il en lui plantant un doigt taquin dans le ventre.

— Je ne vais pas laisser mon témoin principal disparaître dans la nature, si ? Ou risquer de voir ce désinsectiseur revenir s'occuper d'elle. Elle travaillera plus sereinement sur le portrait-robot avec Yancy si je ne suis pas obligée de la placer en détention par mesure de protection.

— La justification est bien trouvée, répondit-il avant de se pencher pour l'embrasser avant qu'elle puisse s'échapper. Laisse-moi juste le temps d'organiser ça, dit-il, en partant du principe que je n'aurai aucun mal à lui trouver une place.

Une fois l'accueil organisé, Eve fit venir une deuxième voiture de patrouille pour conduire Misty jusqu'au Central afin d'y rencontrer l'inspecteur Yancy, le dessinateur auquel elle faisait le plus souvent appel.

— Elle est elle-même un peu artiste, raconta Peabody en rangeant son kit de terrain dans le coffre à côté de celui d'Eve. C'est elle qui a peint les fleurs sur les cartons dans son appartement et dessiné le petit croquis de chat accroché au mur. C'est bien que vous la sortiez de cet endroit.

— C'est sa décision. Et grâce au centre d'accueil de Connors.

— Mais quand même. Voici la police scientifique… et l'ambulance.

Eve attendit que Dawson soit sorti de voiture pour l'aborder.

— La même équipe ? s'enquit-elle.

— Comme vous l'avez demandé.

— Très bien. Moins il y aura de gens au courant, mieux ce sera. Prévoyez une désintoxication une fois que vous en aurez fini avec ce taudis.

Le voyant sourire, Eve secoua la tête.

— Sérieusement, dit-elle.

Il poussa un profond soupir.

— Et merde… Fizz, Lottie, Charis ! On se tape un trou à rats aujourd'hui, avec désintox en dessert.

On entendit ses subordonnés grommeler en déchargeant leur équipement et leurs combinaisons intégrales blanches.

— Je vais faire intervenir un graphologue, dit Eve.

Dawson pinça les lèvres.

— Un autre message à votre intention ?

— Oui.

— Je peux appeler Jen. Jen Kobechek. C'est la meilleure dans le domaine.

— Ça nous fera gagner du temps. Merci.

— C'est normal de s'entraider, répondit-il avant de faire signe à son équipe. Allons examiner tout ça !

Eve retourna à la voiture et s'installa derrière le volant.

— Vous êtes sur le point de m'annoncer qu'on va descendre dans les souterrains, dit Peabody.

— Peut-être pas. Le propriétaire du *Game-Town* est Carmine Atelli. Nous avons brièvement eu affaire à lui lorsqu'on est descendu chercher Ledo il y a deux ans. Il possède un logement dans les Hudson Towers.

— Classe.

— Même un nid de rats enragés paraîtrait classe par rapport aux tunnels des bas-fonds, répliqua Eve en s'insérant dans la circulation. Vu l'heure, il est probable qu'il soit chez lui. Donc on ira voir là-bas. Mais on va d'abord faire un autre arrêt.

Comme il n'était pas encore 9 heures, Eve se rendit en premier à l'appartement de Hilly Decker. L'immeuble de deux étages érigé à la hâte après les Guerres Urbaines aurait eu besoin d'un ravalement de façade, mais il ne dépareillait pas dans ce quartier de petites boutiques et de logements pour les classes laborieuses.

L'odeur d'un burrito matinal flottait dans le hall d'entrée. Les cris inhumains d'un bébé faisaient trembler les murs du rez-de-chaussée.

— Pourquoi les enfants font-ils toujours ce bruit ? Comme si quelqu'un leur plantait un couteau dans l'oreille ?

— Ils n'ont rien d'autre, répondit Peabody. Qu'ils aient mal, qu'ils aient faim ou qu'ils soient simplement énervés, les pleurs sont leur seul moyen d'expression.

— J'ai surtout l'impression qu'ils sont tout le temps furax.

Le son se fit un peu moins strident une fois à l'étage. Ou peut-être était-il simplement recouvert par les voix du talk-show que quelqu'un écoutait à plein volume.

Eve tapa du poing à l'appartement 2-A.

Pas de caméra, remarqua-t-elle. Ni de capteur d'empreintes palmaires. Mais un judas électronique et de solides verrous.

— Une seconde, madame Missenelli !

La porte s'ouvrit brusquement. Hilly Decker se tenait sur le seuil, une bottine à talon bas à la main et l'autre passée à son pied gauche. Elle portait une jupe et une veste de tailleur noire par-dessus un chemisier bleu pâle. Ses cheveux bruns étaient décorés de plusieurs grosses barrettes argentées.

Ses yeux couleur de kiwi s'ouvrirent grands comme des soucoupes.

— Vous... Vous n'êtes pas Mme Missenelli ! Oh, mon Dieu... Mon Dieu, mon Dieu, mon Dieu !

Les mots se télescopaient pour former un glapissement hystérique. Elle lâcha sa bottine et se mit à sauter sur place.

— Oh, mon Dieu ! Eve Dallas ! C'est vraiment vous. Chez moi. Vous êtes chez moi !

— Nous avons à vous parler, mademoiselle Decker.

— Oh ! la la, laissez-moi vous prendre dans mes bras.

Comme Hilly s'avançait vers elle, bras écartés, Eve leva les deux mains pour l'arrêter.

— Non, répondit-elle sur un ton définitif.

— Oui, oui, pardon. Bon sang. Vous n'êtes pas du genre câlin, je sais. Mais je suis tellement excitée ! Oh ! la la, mon cœur bat à toute vitesse. Vous devriez sentir mon cœur. Vous voulez toucher ? Non. Pardon. Oh, mon Dieu !

Peabody se glissa plus près de la porte.

— Pouvons-nous entrer, mademoiselle Decker ?

— Oui, oui, bien sûr ! Je vous en prie. Je vous reconnais aussi. Peabody ! C'est génial de bosser avec Eve Dallas, non ? Ça doit être méga top, hein ?

— Un vrai rêve éveillé.

Craignant à moitié qu'Eve ne fasse usage de ses poings si Hilly perdait la tête et tentait de nouveau de l'étreindre, Peabody s'interposa entre les deux femmes.

— Nous pourrions peut-être nous asseoir ?

— Oh oui, bien sûr ! C'est pas trop le bazar ? Non, ça va, estima la jeune femme en se précipitant, toujours chaussée d'une seule bottine, pour faire gonfler les coussins. Ça pourrait être pire. Ça l'a été, surtout à l'époque où Luca vivait ici. Mon ex, vous vous souvenez ? demanda-t-elle à Eve avec un grand sourire. Je vous ai parlé de lui.

— Asseyez-vous, ordonna Eve.

— D'accord.

Hilly s'assit avec toute l'obéissance folâtre d'un chiot.

— J'ai l'impression que je vais sauter au plafond et…

Elle agita les mains devant son visage en clignant rapidement les paupières.

— Je m'étais promis de ne pas pleurer le jour où je vous rencontrerais, et voilà que ça monte. C'est carrément le plus beau jour de ma vie !

— Où étiez-vous à 6 heures ce matin ?

— Quoi ? Je dormais. Oh, je devrais vous faire un café ! Pas celui que vous buvez d'habitude, je n'ai pas les moyens. Mais j'y ai goûté un jour, pour voir. Franchement génial. J'ai du Pepsi, par contre. Je peux vous offrir un tube de Pepsi.

— Asseyez-vous, répéta Eve comme Hilly se relevait d'un bond. Étiez-vous seule… à 6 heures ce matin ?

— Oui. Je ne me suis plus intéressée à personne depuis Luca. Après la rupture, je me suis demandé : « Que ferait Eve ? » Ça m'aide vraiment de réfléchir de cette façon. QFE ! Et je me suis dit : « Eh bien, Eve se détendrait, prendrait du recul, vivrait simplement sa vie. » Vous voyez ?

Elle serra les bras contre sa poitrine, l'air absolument ravi.

— Je me sentais un peu contrariée que vous ne m'ayez pas répondu, mais vous êtes là, devant moi ! Je ne sais pas combien de fois je suis passée devant le Central en essayant de trouver le courage d'entrer pour vous voir. Je sentais que si on avait l'occasion de parler, on s'entendrait super bien. Comme des sœurs !

— Le 27 décembre, entre 17 heures et 19 heures, où étiez-vous ?

— C'était quand ?

— Il y a deux jours, lui indiqua gentiment Peabody. Deux jours après Noël.

— Ah, oui ! Je suis toute tourneboulée… J'étais ici. En train de récupérer après Noël. Il a fallu que j'aille voir la famille. Et trois jours avec la famille, ça me met sur les genoux. Nos bureaux sont fermés cette semaine, donc je ne travaillais pas. J'y vais seulement aujourd'hui parce que j'ai un rendez-vous au tribunal. Donc je suis restée ici, tranquille, à regarder des vidéos.

» On pourrait sortir ce soir, se boire un petit verre, non ? *L'Écureuil bleu*, proposa-t-elle, l'air inspiré. Vous y allez toujours ? J'y suis passée quelquefois, mais je ne vous ai jamais vue.

— Avez-vous vu ou parlé à quelqu'un ?

— Quand ?

— Le 27 décembre, entre 17 heures et 19 heures.

— Non. À moins que… ? Je ne sais pas. Qui se souvient de ce genre de trucs ?

Eve se pencha vers elle.

— Réfléchissez.

— Euh, d'accord, si ça peut vous être utile. Euh… Oh, ça doit être Mme Missenelli ! s'exclama-t-elle en entendant frapper à la porte. Elle n'en reviendra pas de vous voir. Je lui ai tellement parlé de vous !

Comme Hilly bondissait pour aller ouvrir, Eve ferma les paupières.

— Par tous les saints, maugréa-t-elle.

— Elle n'a toujours qu'une chaussure, fit remarquer Peabody. Aucune chance, Dallas. Impossible que cette fille soit notre meurtrier rusé, organisé et qui tue de sang-froid.

Les yeux brillants, tout sourire, Hilly réapparut, tenant dans ses bras un énorme chat blanc à l'épaisse fourrure, juste derrière une minuscule femme coiffée d'un casque de cheveux noirs comme jais.

— Madame Missenelli et Toby, dit-elle, je vous présente Eve Dallas !

— 'chantée, dit la femme, l'air vaguement exaspéré.

— Elle est ici ! Chez moi ! s'exclama Hilly. Vous le croyez, ça ?

— Oui, oui, c'est stupéfiant... Bon, vous n'oublierez pas de déposer Toby chez le toiletteur, hein, Hilly ?

— Bien sûr, bien sûr, sur le chemin du tribunal. Je dois y être à 10 heures, mais j'ai largement le temps pour me balader avant. Et pour déposer Toby chez le toiletteur. C'est sur le chemin. Vous voulez le prendre ? proposa Hilly à Eve. Vous aussi vous avez un chat.

— Non, merci.

— Toby devrait rencontrer Galahad. Je parie qu'eux aussi deviendraient les meilleurs amis du monde, assura Hilly en câlinant l'énorme animal. On discutait de ce qu'on a fait le lendemain du lendemain de Noël, madame Missenelli.

— Entre 17 heures et 19 heures, répéta Eve. Le 27 décembre. Avez-vous vu ou parlé à quiconque durant ces deux heures ?

— Je ne sais pas.

— Mais si, on s'est vues et on s'est parlé ! lança Mme Missenelli, les poings sur les hanches. Mon Dieu, Hilly, vous êtes vraiment tête en l'air ! On se demande comment vous arrivez à vous lever le matin. Je suis passée ici pour vous demander si vous pouviez emmener Toby faire ses soins. À 18 heures, car M. Missenelli regardait son émission et elle commence à 18 heures. Et vous étiez toujours en pyjama. Joli pyjama, par contre, comme je vous l'ai dit.

— C'est ma tante qui me l'a offert pour Noël.

— Vous buviez du vin et m'avez proposé un verre. Et vu que je déteste l'émission de M. Missenelli, j'ai dit oui. Maintenant, pensez bien à emmener Toby chez le toiletteur. C'est un vrai service que vous me rendez. Vous êtes une gentille fille, Hilly.

Mme Missenelli se tourna vivement vers Eve.

— Bon, c'est quoi, cette histoire ?

— Enquête de routine, répondit Eve.

— Pas de salades avec moi. C'est à propos de cette avocate qui s'est fait tuer, c'est ça ? J'en ai entendu parler.

— Bastwick ? s'exclama Hilly, les yeux de nouveau écarquillés. Leanore Bastwick ? Vous êtes venue me voir... à propos d'un meurtre ? Mais, mais, mais... Je ne la connaissais même pas. Je pensais... Je pensais que vous étiez venue pour me rencontrer, pour discuter. Et qu'on... qu'on... qu'on passerait un petit moment sympa. Vous me suspectez ? Oh, mon Dieu !

— Plus maintenant, lui dit Eve.

Hilly éclata en sanglots et Mme Missenelli s'approcha pour la réconforter tout en fusillant Eve du regard. Celle-ci décida qu'il était temps de partir.

— On dirait que vous avez brisé le cœur de Hilly, commenta Peabody.

— Très drôle, Peabody. Intérieurement, je suis morte de rire.

Elle ressortit de l'immeuble à grandes enjambées et retourna à la voiture. Son mal de tête l'élançait comme une dent cariée.

— Un « rêve éveillé » ? demanda-t-elle à son équipière.

— Jour après jour, répondit joyeusement Peabody.

— Les rêves ont tôt fait de se transformer en cauchemars, l'avertit Eve avant de démarrer en trombe.

8

Eve se gara devant les tours jumelles qui se dressaient vers le ciel au-dessus de l'Hudson. Parce qu'elle n'était pas d'humeur à affronter des portiers snobinards et supérieurs, elle alluma son panneau EN SERVICE et sortit de la voiture avec son insigne à la main.

Le portier, paré d'une veste couleur rubis à galons argentés et d'un pantalon d'argent à liseré rouge façon smoking, fusilla simultanément du regard Eve, son insigne et son véhicule affreusement ordinaire.

— Seuls les véhicules haut de gamme peuvent se garer ici, lui indiqua-t-il. La propriété souhaite préserver une certaine atmosphère.

— Une atmosphère ? C'est pour ça qu'on vous a refilé une tenue digne de la garde-robe d'une poupée pour gamine ?

Elle le vit serrer les mâchoires.

— Nous avons un parking souterrain… commença-t-il.

— Voici mon insigne. Et voici mon véhicule. Il ne bougera pas.

— Attendez, attendez, je ne cherche pas à vous faire des ennuis. Mon beau-frère est flic dans le Queens.

— Tant mieux pour lui. Carmine Atelli ?

Le portier laissa échapper un long soupir.

— Dernier étage, suite de luxe ouest. Flic ou pas, il va falloir vous enregistrer et ils vont appeler M. Atelli pour savoir s'il peut vous recevoir. Il travaille de nuit, donc il passe l'essentiel de ses journées à dormir.

— Dans ce cas, je lui servirai de réveille-matin.

Accompagnée de Peabody, Eve traversa le hall sophistiqué aux murs rouges et aux dalles argentées. D'énormes vases noirs délimitaient un coin salon, tous garnis de fleurs qui donnaient l'impression d'avoir été cueillies dans un jardin sur Vénus.

« Tu parles d'une atmosphère, songea-t-elle. Mais je suppose qu'il en faut pour tous les goûts. »

Sur une table étaient disposés un bol de pommes rouges luisantes et un élégant ordinateur noir.

— Enregistrez-vous ici, lui signala le portier. Impossible d'accéder aux ascenseurs sans disposer d'un passe ou avoir été enregistrée et validée.

Eve plaça son insigne sous le scanner.

— Dallas, lieutenant Eve, Peabody, inspecteur Delia du NYPSD.

— *Un instant, je vous prie. Vérification en cours...*

— Vous pourriez nous éviter tout ce cirque, dit-elle au portier.

L'homme affectait un air impassible qui laissa penser à Eve qu'il n'aimait pas beaucoup son beau-frère dans le Queens.

— Je ne suis pas censé laisser entrer quiconque sans l'accord d'un résident.

— *Identification vérifiée pour Dallas, lieutenant Eve, Peabody, inspecteur Delia. Veuillez indiquer le motif de votre visite et/ou le résident auquel vous souhaitez rendre visite.*

— Carmine Atelli, suite de luxe ouest.

— *Un instant, je vous prie. Nous informons M. Atelli. Souhaitez-vous indiquer le motif de votre visite ?*

— Il y a deux flics dans le hall d'entrée. À votre avis ?

— *Je ne peux donner suite.*

— Les affaires dans les souterrains doivent être florissantes pour qu'Atelli puisse s'offrir un endroit pareil, commenta Peabody à l'intention du portier.

— Je ne saurais vous dire. Je ne suis pas retourné là-bas depuis l'âge de seize ans, après avoir perdu un pari.

Il s'éloigna vivement pour ouvrir la porte à une femme enveloppée dans un manteau bleu avec plusieurs centaines de mètres d'écharpe multicolore enroulée autour du cou, une toque à rabat enfoncée sur la tête et d'épaisses moufles aux mains.

Elle tenait en laisse trois petits chiens jappeurs, tous accoutrés de manteaux en tissu écossais et – à la grande stupeur d'Eve – de petites bottes.

— Merci, Chester, dit-elle.

Elle conduisit les chiens bottés et bruyants jusqu'aux ascenseurs en résistant avec agacement quand ils tentèrent de la tirer en direction d'Eve et de Peabody.

— Désolée ! roucoula-t-elle avec un petit rire. Ils ne mordent pas.

Elle sortit un passe de sa poche puis, avec force bruits de baisers, guida le trio canin vers l'ascenseur.

— Ces chiens avaient des bottes, souffla Eve.

— J'imagine qu'ils doivent attraper froid aux pattes, répondit Peabody.

— Quoi ? Qui fabrique de minuscules bottes pour chiens ? Qui a bien pu avoir l'idée de bottes pour chiens ? Et comment savoir quelle pointure acheter ? Voilà un commerce qui soulève beaucoup, beaucoup de questions.

— M. Atelli va vous recevoir. Merci d'utiliser l'ascenseur C. En vous souhaitant une agréable visite et une belle journée.

L'ascenseur s'éleva rapidement et en silence jusqu'au dernier étage, puis s'ouvrit sur un vestibule privé aux peintures gris clair équipé de deux bancs laqués noirs. Une grande orchidée blanche s'inclinait entre eux depuis un piédestal figurant une femme nue et gracile.

Une rangée d'alcôves décorait le mur d'en face, garnies de bouteilles et de statues aux couleurs de pierres précieuses. Toutes étaient en forme de femmes plus ou moins déshabillées.

Alors qu'Eve s'avançait pour actionner la sonnette de la porte intérieure, Carmine Atelli ouvrit la porte.

Il portait un pantalon d'appartement noir à la texture soyeuse et une sorte de court peignoir sombre ouvert sur un haut blanc moulant. Sa chevelure d'un blond doré retombait en bataille autour d'un beau visage taillé à la serpe. Il leur sourit et leur fit signe d'entrer. Une pierre précieuse scintillait à son doigt, du même bleu métallique que ses yeux.

— Mesdames, c'est un plaisir inattendu.

— Nous ne sommes pas des « dames » et pas là pour le plaisir. Nous sommes flics et ici pour une affaire policière.

— Question de perspectives. Je vous en prie, entrez, asseyez-vous.

Dans le séjour, des citronniers nains chargés de fruits profitaient des pâles rayons du soleil hivernal provenant des grandes fenêtres ouvertes sur le mur face à l'entrée.

Un canapé bas sur pattes bleu marine et des fauteuils ultra-larges rayés de gris et de bleu marine étaient disposés autour de tables à la finition métallique mate. Les œuvres d'art apportaient des touches de couleur à l'ensemble. Toutes représentaient des formes féminines sinueuses ou plantureuses, sensuelles ou bucoliques.

Comme il leur faisait signe de s'asseoir, une femme apparut depuis un escalier en colimaçon. Sa chevelure d'un roux flamboyant retombait dans le dos d'une courte robe blanche qui laissait deviner des seins impressionnants... et le fait que sa rousseur était naturelle. Ou alors elle était adepte de la teinture intégrale.

D'une voix aussi ensommeillée que ses yeux verts de chat, elle ronronna :

— Tu veux un café, chéri ?

— Avec plaisir. Je t'ai réveillée ?

— Pas toi, la sonnette. Mais c'est pas grave. Josie dort toujours, par contre.

— Peut-être qu'on la réveillera tous les deux ensemble quand j'aurai terminé, lui répondit-il avec un clin d'œil et un sourire.

Cela lui valut un rire rauque de la femme qui s'éloigna hors de vue.

— Alors, lieutenant, inspecteur ? demanda-t-il en s'asseyant, bras écartés. Que puis-je faire pour vous ?

— À quelle heure êtes-vous rentré chez vous ce matin, Carmine ? demanda Eve.

— Vers 5 h 30, je dirais. J'ai terminé un peu plus tôt que d'habitude parce que Josie est en ville. Une bonne amie à moi, ajouta-t-il, qui a passé quelques mois en Europe. Vivi, elle et moi avons pris un verre, ici, avant d'aller au lit. Il y a eu un problème dans mon établissement ?

— Pas que je sache. Ledo se trouvait-il là-bas hier soir ?

— Il jouait au billard. Il a peut-être fait quelques parties de sexcapades. Ses yeux sont plus ou moins foutus et il n'arrive plus à contrôler les tremblements de ses mains, mais il a toujours un talent naturel avec une queue de billard entre les mains. S'il avait su décrocher de cette saleté, il aurait pu l'exploiter pour mener la belle vie.

Il s'interrompit quand la rousse – Vivi, supposa Eve – réapparut en poussant un chariot argenté garni de tasses de café.

— À ton service, mon cœur, dit-elle.

— Vivi fait le service dans les navettes privées.

— Ici et hors-planète, précisa la jeune femme.

Elle tendit à Carmine une grande tasse blanche et un bâtonnet mélangeur marron.

— Comment prenez-vous le vôtre ? demanda-t-elle à Eve et à Peabody avec un sourire détendu.

— Noir, répondit Eve.

— Lait et sucre pour moi, demanda Peabody. Merci.

Vivi remplit les tasses et dosa le lait et le sucre dans celle de Peabody.

— Vous voulez que je vous laisse ? demanda-t-elle.

— Aucune importance, répondit Eve avant que Carmine puisse intervenir. Ledo a-t-il eu des ennuis chez vous, que ce soit la nuit dernière ou moins récemment ?

— Ledo fait tout pour éviter les ennuis. Quand il en voit arriver, il se tire. Mais la drogue finira par avoir sa peau.

— Il s'agissait plutôt d'une queue de billard, en l'occurrence.

— Quoi ?

Carmine dévisagea Eve par-dessus le rebord de sa grande tasse tandis qu'Eve recevait la sienne des mains de Vivi.

— Ledo ? Mort ? s'étonna-t-il.

— Peu après 6 heures ce matin.

— Quelqu'un l'a agressé sur le chemin entre ma salle et son appartement ? Il ne pouvait pas avoir grand-chose sur lui. J'irai vérifier les enregistrements vidéo.

— Et il m'en faudra une copie.

Carmine planta son regard dans le sien et elle y lut un début de protestation. Il grommela quelque chose dans sa barbe puis se leva pour s'emparer d'un communicateur fixe.

— Qui est ce Ledo ? demanda Vivi à Eve.

— Un dealer sans envergure mais doué pour le billard. Désormais à la morgue.

Vivi secoua la tête.

— Je ne comprends pas pourquoi les gens s'entretuent comme ça. La vie est déjà assez courte, non ? Je suis désolée, Carmine, dit-elle comme il revenait vers elles. C'était l'un de tes amis ?

— Pas vraiment, non. Juste un habitué du *Game-Town*. J'ai fait envoyer au Central une copie des vidéos de surveillance d'hier.

— Très bien.

— Si vous me soupçonnez, sachez que mon alibi se trouve ici même, dit-il.

Il se rassit et fit courir sa main sur la jambe nue de Vivi assise sur l'accoudoir à côté de lui.

— Et j'en ai un autre toujours au chaud dans mon lit, ajouta-t-il. Les caméras de l'immeuble montreront que je suis rentré ce matin aux alentours de 5 h 30.

— D'accord. Savez-vous si un client de la boîte a demandé après lui ? De nouvelles têtes parmi ses proches ?

— Personne n'était vraiment proche de Ledo. Il avait des clients réguliers qui jouaient avec lui et il faisait l'essentiel de son commerce dans les tunnels, le plus souvent à l'écart des caméras. Je n'ai jamais entendu quelqu'un s'emporter contre lui. Rien de sérieux, en tout cas. Certaines des joueuses l'envoyaient sans doute paître quand il essayait de les draguer, mais c'est tout. Je n'imagine pas que quelqu'un ait pu le rosser à mort à coups de queue de billard. Et je peux déjà vous dire que ça ne s'est pas produit dans ma boîte.

Eve ne rectifia pas son hypothèse du passage à tabac.

— Vous savez où il vivait ?

— À deux ou trois rues du *Game-Town*, mais à la surface. Je ne sais pas exactement où, sauf que ce n'était pas loin. Il avait dû m'en parler, ou je l'avais entendu dire. Il habitait dans le Carré.

— D'accord.

Eve reposa sa tasse.

— Merci pour votre coopération, dit-elle.

— Il avait une famille ?

Surprise par la question, Eve, qui était sur le point de se lever, se rassit.

— Pourquoi ? demanda-t-elle.

— Je m'occuperai d'organiser les funérailles.

— Pourquoi feriez-vous une chose pareille ?

— C'était un habitué des lieux et il m'apportait de la clientèle. Il avait conservé une certaine réputation au billard et des joueurs venaient pour le défier. Autant de gens qui se paient des verres, du sexe ou jouent à d'autres jeux. C'était un camé un peu taré, mais à ma connaissance il n'a jamais fait de mal à quiconque à part lui-même. Il ne mérite pas d'être balancé sans cérémonie dans le crématorium municipal. S'il n'a personne, je m'en occuperai.

— Sa mère est toujours vivante, lui répondit Peabody après un coup d'œil à son mini-ordinateur. Elle habite à Trenton.

Carmine hocha la tête.

— Si elle ne peut pas se permettre de lui payer des funérailles, je prendrai le relais. Vous voudrez bien me tenir au courant ?

— Je le ferai.

— Ce n'était qu'un pauvre mec paumé mais inoffensif, murmura Carmine.

« Voilà l'épitaphe parfaite pour Ledo », se dit Eve.

De retour au Central, Eve réserva une salle de réunion et adressa un mémo général à l'ensemble du service. Tous ceux qui n'étaient pas en mission sur le terrain ou retenus au tribunal devraient se rendre à la réunion.

Elle écrivit son rapport sur Ledo et en adressa une copie à Whitney et à Mira, en incluant ses notes à propos de sa visite chez Hilly Decker.

Elle mit ensuite son tableau à jour et passa un certain temps à l'examiner.

Un nouveau message de Mira comprenait cinq noms supplémentaires, dont deux étaient new-yorkais.

Elle lut toutes les lettres et ressentit de nouveau un intense malaise à l'idée d'être l'objet des attentes disproportionnées de ces inconnus.

Après avoir ajouté les lettres et les photos d'identité correspondantes à son dossier de plus en plus volumineux, elle décida de rendre visite à Yancy. Peut-être que Misty Polinsky avait pu fournir quelque chose d'utilisable.

Eve trouva Yancy à son bureau, occupé à travailler sur son ordinateur, son carnet à dessins sous le coude. Son épaisse chevelure bouclée encadrait un visage agréable ; Eve l'avait déjà vu user de son charme pour faire oublier leur nervosité à certains témoins.

— Salut, Dallas, dit-il. Je m'apprêtais à aller vous voir. Vous venez de rater Misty. Comme Connors a envoyé une voiture la chercher, j'ai supposé que vous étiez au courant.

— Oui. Qu'est-ce que ça a donné ?

— Ça s'est bien passé, une fois le travail démarré. En fait, elle a dessiné ceci.

Il saisit le carnet et revint une page en arrière.

— Elle a un certain talent inné, dit-il.

Eve fronça les sourcils face à l'image d'un individu vêtu d'une combinaison à mi-chemin entre la tenue de technicien de la police scientifique et le scaphandre de décontamination.

— C'est tout ?

— C'était la base. En travaillant avec elle, je suis arrivé à ceci.

Il tourna la page pour dévoiler son propre dessin.

— Forte carrure.

— Possible. Mais pendant qu'on discutait elle m'a dit qu'elle pensait – elle en était même presque sûre – que le désinsectiseur portait un manteau sous sa tenue. La combinaison était blanche, mais elle s'est souvenue d'avoir vu des bottes, qu'elles avaient couvertes dans son dessin initial. Des bottes de travail marron, selon elle. Des gants marron également, comme représentés ici. Et la capuche blanche, remontée sur la tête et très probablement attachée à la combinaison. Comme vous pouvez le voir, elle a repéré une espèce de cagoule de ski de couleur brune en dessous. Puis le masque et les lunettes de protection. Elle a eu le sentiment que notre désinsectiseur était blanc, mais elle n'en est pas certaine.

— Elle n'a pas vu son visage, conclut Eve.

— Non. Lunettes, capuche, masque. Lorsqu'elle a jeté un coup d'œil au-dehors et lui a parlé, il s'est détourné d'elle. Elle a estimé qu'il devait être plutôt fort car il transportait sans mal son réservoir. Mais nous ne savons pas si celui-ci était plein ni quel poids il faisait.

— Ce genre de combinaison se trouve dans n'importe quel magasin de bricolage, de peinture ou d'uniformes. Même chose pour le masque et les lunettes. Elle n'a rien remarqué de particulier ? Pas de logo, de nom d'entreprise ?

— Ce qui lui a paru remarquable, en y réfléchissant, c'était justement leur absence. Quant au pulvérisateur, on en trouve aussi facilement en magasin. Mon grand-père en avait un pour arroser ses fleurs d'un liquide répulsif contre les chevreuils.

— D'accord. Il fallait tenter le coup. Vous m'enverrez une copie du dessin terminé ?

— J'étais justement sur le point de le faire. Elle a vraiment fait de son mieux, Dallas. Mais elle n'a vu que ce qu'il y avait devant elle, à savoir quelqu'un recouvert de la tête aux pieds.

« Qui s'intéresserait de près à un désinsectiseur ? Ou à un livreur ? » se demanda Eve en retournant à la Criminelle. Les gens remarquaient la tenue, les accessoires, mais pas la personne. Pas particulièrement.

Malin.

Et encore plus de tuer en hiver, à une période où être lourdement couvert ne générait aucune suspicion.

Elle regarda l'heure et décida de se rendre directement en réunion. Mais Peabody la prit de vitesse.

— J'ai fini par mettre la main sur le gardien de l'immeuble de Ledo. Aucune désinsectisation n'a été demandée depuis presque deux ans.

— C'était déjà plus ou moins clair, non ?

— Disons que c'est toujours ça de moins à vérifier. Je me suis occupée de prévenir la famille de Ledo, j'ai parlé à sa mère. Pour résumer, elle m'a demandé en quoi c'était son problème. Ça faisait en gros quinze ans qu'elle ne l'avait pas vu. Nous n'avons pas discuté bien longtemps. Quel intérêt ? Est-ce que je rappelle Atelli ?

Eve hésita puis haussa les épaules.

— Pourquoi pas ? S'il est prêt à organiser des funérailles décentes pour Ledo, de quel droit devrions-nous l'en empêcher ?

Elle consulta sa montre.

— Le rapport de la police scientifique n'est pas encore arrivé, reprit-elle. Et je veux passer à la morgue. Mais allons d'abord à la réunion.

— Vous voulez que j'entame certaines démarches ?

— Il n'y a rien à faire pour le moment. Impossible de lancer un avis de recherche sur un individu déguisé en désinsectiseur ou en livreur.

À la réflexion, elle songea que ses collègues méritaient d'avoir tous les détails. Elle retourna dans son bureau pour récupérer ses dossiers et tous les documents afin de préparer comme il se doit la salle de réunion.

Le temps qu'ils commencent à arriver, elle avait installé le tableau : photos des deux victimes, clichés des scènes de crime accompagnés de leurs chronologies respectives, de même que le portrait réalisé par Yancy et une capture d'écran du tueur en tenue de livreur.

Jenkinson s'approcha du tableau. Il portait une cravate rouge à pois bleus et jaunes – sa réputation en la matière n'était plus à faire – et arborait une mine fatiguée.

Elle fouilla dans sa mémoire pour se remémorer l'affaire sur laquelle Reineke et lui travaillaient : un double homicide. Deux adolescents tués à coups de couteau pour leur voler les airboards qu'ils avaient reçus pour Noël.

— Votre affaire avance ? lui demanda-t-elle.

— La régie des transports nous a transmis les vidéos de la station de métro où ils se sont arrêtés. Trois autres jeunes sont descendus en même temps et on dirait qu'ils les ont suivis. On travaille sur la reconnaissance faciale. On va choper ces petits enfoirés.

Il désigna le tableau d'un geste du menton.

— La reconnaissance faciale ne sera d'aucune utilité pour coincer votre suspect, par contre. Je ne peux pas dire que je portais Bastwick dans mon cœur. Elle était du genre à prendre son pied à faire transpirer les flics à la barre. Mais au moins, quand on savait qu'on aurait affaire à elle, on s'assurait d'être vraiment préparés. Pas une mauvaise chose.

« C'est vrai », songea Eve tandis qu'il allait prendre son siège.

Mais tous les flics n'étaient pas des Jenkinson. Et tous les flics ne s'entraînaient pas suffisamment bien pour garder leur sang-froid à la barre.

— Commençons tout de suite ! lança-t-elle à la cantonade. Plus vite nous en aurons terminé, plus vite nous pourrons retourner traquer nos suspects. La première victime s'appelait Bastwick, Leanore. Beaucoup d'entre vous savent qui elle était ou ont eu affaire à elle. Mais pour ceux qui ne le sauraient pas…

Elle passa l'ensemble des informations en revue, détailla le contexte puis les détails du meurtre et de la scène de crime. Après quoi elle afficha le message du tueur à l'écran.

Cela lui valut quelques marmonnements et des raclements de chaises. Le gros de ses troupes en avait déjà eu vent, constata-t-elle en scrutant leurs visages. Mais la confidentialité avait été suffisamment préservée pour que la teneur exacte du message les surprenne.

— Nous nous attendons que ce texte fuite, et même rapidement. Mais je ne veux pas que la fuite provienne de cette salle. Pas de ça dans mon équipe. Peabody et moi menons cette enquête sur deux fronts. Le premier consiste à chercher quelqu'un ayant eu un mobile, les moyens et une occasion de tuer Bastwick. Le second, quelqu'un dont le mobile et les actions seraient en lien avec moi. Il est hautement probable que ce lien soit un fantasme de sa part. D'après le profil établi par le Dr Mira, notre suspect est organisé, prudent et efficace. Le tueur n'a laissé aucune trace sur les lieux du crime, il a pris grand soin d'éviter toute possibilité d'identification et nous pensons qu'il a pris le temps de suivre Bastwick et d'étudier ses habitudes.

— Bastwick s'était fait beaucoup d'ennemis, commenta Baxter. L'un d'eux pourrait considérer que ça fait de lui votre ami.

— Pour explorer cette piste, nous faisons analyser tout le courrier qui m'a été adressé. Peabody et moi avons commencé à enquêter sur les individus que Mira a identifiés comme des suspects potentiels. Nous étudions également les menaces reçues par la victime et croisons les informations avec mon courrier.

Elle se retourna et élargit le tableau pour inclure Ledo.

— Deuxième victime : Ledo, Wendall. Un petit dealer avec un goût prononcé pour sa propre marchandise.

— Merde, Ledo...

Reineke s'était penché en avant, manquant tremper sa cravate froissée dans son café.

— Je l'ai coffré alors qu'il était encore mineur, reprit-il. C'était déjà un petit con à l'époque et il ne s'est pas amélioré avec le temps. J'imagine qu'il ne s'était pas racheté avant de mourir. Mais je ne vois pas le rapport avec Bastwick. Jamais elle ne l'aurait pris comme client.

— Non, et pour l'heure la seule chose qui les relie, c'est moi. Ce que vous voyez ici, c'est la queue de billard brisée de Ledo plantée dans sa poitrine. Nous attendons le rapport de la police scientifique sur la scène de crime, mais je doute qu'ils trouvent quoi que ce soit.

Carmichael changea de position sur son siège.

— C'est pas le même Ledo qui vous avait donné un coup avec sa queue de billard ?

Eve marqua un temps d'arrêt puis haussa les épaules.

— Rappelez-vous, lieutenant, reprit Carmichael, vous aviez la pommette toute bleue. Et Peabody avait l'air de ressortir d'une fosse pleine de crocodiles. T'avais le teint encore un peu verdâtre, ajouta-t-elle avec un petit sourire à Peabody. En bon flic que je suis, il a bien fallu que je lui demande où vous aviez récolté cet hématome.

— Une petite tape involontaire, précisa Eve. Mais, oui, il m'avait légèrement blessée. C'était il y a deux ans. Et la nuit dernière, quelqu'un l'a tué… soi-disant au nom de la justice.

Elle afficha le second message.

— Celui-là est un peu plus insistant, murmura Baxter.

Eve lui adressa un regard interrogateur.

— Le premier aussi sort d'un esprit malade, mais il est plus factuel. Justice, bla-bla-bla, elle s'en est prise à vous, je m'en suis pris à elle. Le deuxième est plus insistant. J'ai l'impression qu'il réclame quelque chose.

— Un témoignage de reconnaissance…

C'était la voix discrète de Santiago.

— Plus spécifiquement la vôtre, Dallas. Si vous ne vous montrez pas reconnaissante, il tuera quelqu'un d'autre pour vous témoigner encore un peu plus sa dévotion. Si vous le faites, il tuera quelqu'un d'autre parce que vous l'aurez récompensé.

Eve était arrivée aux mêmes conclusions. Coincée entre le marteau d'un détraqué et une enclume éclaboussée de sang.

— Vous ne pouvez pas vous dessaisir de l'affaire, commenta Jenkinson. Ce serait une insulte envers lui. Et une insulte envers vous si Whitney vous retirait le dossier. Quelqu'un vous cherche des poux, patron ? Plus que d'habitude ?

— Non. J'ai fait le tour de ce côté-là. Notre meilleure chance tient à l'analyse des courriers et à notre boulot d'enquête. Frapper aux portes, interroger les gens et voir ce que les victimes pourraient nous apprendre. Du pur travail de flic.

Elle marqua un nouveau temps d'arrêt avant le coup de grâce :

— En tenant compte de tous les facteurs, il est probable que notre suspect fasse partie des forces de l'ordre ou veuille en faire partie.

Elle ne récolta ni jurons ni expressions de colère ou même de dégoût, seulement une sorte d'acceptation silencieuse et amère. Oui, elle disposait vraiment d'une équipe solide.

— On pourrait comparer les courriers avec la liste de ceux qui ont tenté d'entrer dans la police et n'ont pas été pris. On peut trouver du temps pour ça, dit Santiago en se tournant vers Carmichael.

— Ouais, confirma celle-ci. Santiago et moi pouvons travailler là-dessus.

— Trueheart et moi irons chercher du côté des agents à la retraite ou qui ont été licenciés pour faute, proposa Baxter en échangeant un regard avec son jeune protégé encore en uniforme.

— Bien sûr, répondit ce dernier. Euh, lieutenant ?

— Trueheart ?

— Il emploie beaucoup le mot « justice ». Et si, dans les courriers, on cherchait quelqu'un qui s'estime lésé par la justice ? Peut-être une victime ou un proche de victime dans une affaire où Bastwick aurait fait libérer le suspect, ou obtenu une remise de peine, ou conclu un accord avec le procureur. Et peut-être que ce Ledo a joué un petit rôle dans tout ça. Il aurait pu vendre de la drogue à l'individu libéré, à la victime ou au suspect. Il est possible que la drogue ait joué un rôle dans les actes de votre tueur.

— Il en a dans le crâne, hein ? commenta Baxter, non sans une certaine fierté.

— C'est une piste que nous explorons aussi et vous n'avez pas tort de l'évoquer, répondit Eve à Trueheart. Le problème, c'est que cela reviendrait à chercher l'aiguille tarée dans un gros paquet d'aiguilles. Et que personne ne me parle de meule de foin ! les avertit-elle. On n'est pas à la ferme... J'ai lancé une première recherche pour trouver une personne ayant un lien avec les deux victimes. Jusqu'à maintenant, rien du tout. Si ce lien existe, il sera sans doute des plus obscurs.

— On s'en occupe, dit Reineke avec un hochement de tête à destination de Jenkinson.

— Vous êtes déjà en pleine enquête, rétorqua Eve.

— Sauf votre respect, lieutenant, c'est des conneries. On sait jongler entre deux dossiers, lui rappela Jenkinson. En fait, tout le monde ici fait ce boulot depuis assez longtemps pour pouvoir jongler à cloche-pied avec un œil fermé. Tout comme nous savons tous que si un flic est derrière cette affaire, ou un individu associé à la police, on a tout intérêt à coincer le coupable rapidement pour éviter que tout le service en prenne plein la tronche. Et vous en particulier, lieutenant. Bien sûr, ça ne ramènera pas les deux personnes tuées, mais enfin…

— Je sais faire face à ce genre de critiques.

Il y eut un silence et Reineke laissa échapper un gloussement.

— Il essaie de ne pas vous lancer le mot « conneries » deux fois dans la même réunion, donc je vais le faire pour lui. Ça aussi, c'est des conneries, lieutenant.

Baxter secoua la tête.

— Vous voulez qu'elle dise oui ? demanda-t-il à Reineke et Jenkinson. Faites preuve d'un peu d'intelligence. Vous pouvez faire face aux critiques, Dallas, mais même si vous le faites, ça finira par retomber sur le service et nous avec. Alors on va faire les heures qu'il faudra pour minimiser tout ça. Et peut-être sauver une vie parce que rien ne dit qu'il n'a pas déjà une troisième cible en vue.

— J'aurais dû penser à ça, maugréa Jenkinson. C'était l'argument à balancer.

— Vous êtes un malin, Baxter, dit Eve.

Il se contenta de lui faire un grand sourire.

— Malin et bien sapé. C'est pour ça que les filles m'adorent.

— Alors allez-y, jonglez. Mais que personne ne fasse passer une affaire en cours au second plan pour autant. Quel âge avaient les jeunes qui se sont fait tuer, Jenkinson ?

Le regard de l'inspecteur se durcit.

— Quinze et dix-sept ans. Ils étaient frères.

— Ils restent votre priorité.

— Comptez là-dessus, lieutenant. C'est pas le genre de balle qu'un bon jongleur laisserait retomber à terre.

— Peabody, assurez-vous que tout le monde dispose des données utiles.

— Oui, lieutenant.

— Si nécessaire, adressez-vous à Feeney ou à McNab pour tout ce qui est informatique et à Mira pour tout ce qui est psychologique. Si vous avez besoin du labo, passez uniquement par Dickhead, ou alors parlez-m'en avant. La nouvelle va finir par s'ébruiter, mais ça ne viendra pas de chez nous. Je n'ai sans doute pas besoin de vous le dire, mais je vais le faire quand même : si ou plutôt quand vous serez contactés par les médias – ou par qui que ce soit –, votre réponse sera : ce n'est pas mon affaire, demandez au lieutenant Dallas. Pour finir... Baxter, monsieur malin et bien sapé ?

— C'est moi.

— Je ne laisserai aucune attaque retomber sur qui que ce soit. C'est la raison pour laquelle on me paie un peu moins mal que vous. Cela dit... j'apprécie votre aide et l'enthousiasme avec lequel vous me la proposez. Et c'est valable pour vous tous. Rompez !

Tandis que tout le monde se levait, Jenkinson s'approcha en se raclant la gorge.

— Personne n'a le droit d'emmerder notre lieutenant. Faudra vous y faire, dit-il à Eve avant de sortir.

— C'était plutôt charmant... dans le style propre à Jenkinson, commenta Peabody.

Eve se contenta de se pincer l'arête du nez.

— Bon sang... Aidez-moi à débarrasser tout ça.

Alors qu'elles terminaient de ranger, Trueheart passa son visage adorablement sérieux dans l'embrasure de la porte.

— Excusez-moi, lieutenant… Nadine Furst est là et vous demande.

— Elle est ici ?

— Oui, lieutenant. Baxter l'a détournée de votre bureau donc elle s'est plantée à l'extérieur de la salle commune. Nous n'étions pas sûrs de la manière dont vous voudriez gérer la chose.

— Tout est rangé, Peabody ?

— C'est bon.

— Amenez-la-moi, Trueheart.

— Bien, lieutenant.

— Elle était censée être à Nevis ou je ne sais quel endroit plein de sable et de palmiers. En compagnie d'un étalon prénommé Bruno.

— Celui avec les abdos d'enfer ? Elle m'a parlé de lui durant votre fête de Noël.

— Celui-là, oui. D'accord. Je m'occupe d'elle. Attaquez-vous aux éventuels nouveaux noms que Mira a pu nous envoyer. Et assurez-vous que tout le monde dispose bien des données nécessaires pour travailler.

— C'est comme si c'était fait.

Peabody se dirigeait vers la sortie quand Nadine fit son entrée, perchée sur les hauts talons de cuissardes brillantes par-dessus des leggings noirs, le tout assorti à un pull rouge coquelicot sous une veste ouverte. Une espèce de manteau de fourrure était replié par-dessus son bras.

— Il fait moins cinq degrés ici, avec risque de tempête de neige durant la soirée. Là où j'étais, il faisait vingt-huit degrés sous un soleil magnifique. Et vos flics ont refusé de me laisser entrer, même avec ça, annonça-t-elle en déposant une boîte à gâteaux en carton verni sur la table de la salle de réunion. Des brownies pleins de morceaux croquants.

« Ils refusent même les pâtisseries ? » songea Eve.

Ses flics étaient bien décidés à ne pas baisser la garde.

— Peabody, emportez ça avec vous, dit-elle. Inutile de les priver de chocolat.

— J'en prends un pour moi avant qu'ils me piétinent. Brownies croquants, miam !

— Et ils sont sans doute encore chauds, précisa Nadine. Et bonjour, Peabody.

— Bonjour, Nadine. Vous avez passé un bon Noël ?

— C'était pas mal. Et vous ?

— Super.

Avisant le regard courroucé d'Eve, Peabody s'empara de la boîte et repartit.

— À la prochaine !

Nadine laissa tomber son manteau sur la table, suivi de son sac à main zébré noir et blanc, cadeau de Noël de la part d'Eve.

— Vous avez du vrai café là-dedans ? s'enquit-elle en montrant l'autochef.

— Non.

— Dommage.

— Où est Bruno ?

— Il boude. Le moment est peut-être venu de lui offrir un cadeau d'adieu de bon goût. Il a constitué une très agréable distraction pendant cette période où j'hésitais entre mon envie de m'amuser et celle d'une histoire au long cours. Je crois que je vais continuer à m'amuser un peu. Mais assez parlé de moi. Où en êtes-vous ?

— Vous n'aviez pas besoin de revenir.

Nadine plongea la main dans son énorme sac zébré pour en sortir un dossier.

— J'ai apporté tout le courrier que j'ai reçu à propos du livre et du film. J'ai déjà fait une première passe pour éliminer tous ceux qui ne peuvent pas être impliqués, comme un jeune garçon de quatorze ans, une femme qui a récemment fêté ses cent ans en sautant en parachute et un scientifique qui fait actuellement des recherches dans les îles Aléoutiennes. Entre autres. Je sais faire le tri, Dallas.

— Je vous crois. Mais vous n'aviez pas besoin d'interrompre votre petite sexcapade pour ça.

— « Sexcapade » ? Je la note pour plus tard, celle-là. Si amusante que cette sexcapade ait pu être, vous êtes mon amie. Et un sacré bon flic. Mettez ça dans l'ordre qui vous convient le mieux. Puis ajoutez que cette histoire est énorme et qu'elle va faire un tabac quand ça se saura. Et ça ne va pas tarder à se savoir.

— J'en ai conscience.

— Je vous aide et vous m'aidez en retour. C'est ce que font les amis. Ainsi que les très bons flics et les très bons journalistes. Dites-moi ce que vous pouvez et je me mettrai à l'œuvre… par moi-même, ajouta-t-elle. J'ai peut-être mis un terme à ma sexcapade mais je ne suis pas officiellement de retour au travail. Je bosserai donc seule. Sans impliquer mon équipe.

Eve songea avec envie au véritable café dans son bureau. Mais elle n'allait pas y emmener Nadine. Pas cette fois.

— Nous avons une deuxième victime, dit-elle.

— Une autre ?

Nadine sortit un carnet et un crayon de son sac.

— Je n'enregistre rien. Je ne ferai que prendre des notes écrites. Et personne ne peut déchiffrer mes notes. Son nom ?

— Ledo, Wendall.

— Un lien avec Bastwick ?

— Aucun de connu. Juste un petit dealer de troisième ordre qui a passé toute sa vie dans le Carré.

— Complètement à l'opposé de Bastwick. Comment a-t-il été tué ?

— Une très bonne journaliste devrait pouvoir le découvrir.

— D'accord. Et son lien avec vous… à moins que vous vouliez que j'aille creuser ?

— Un informateur occasionnel et plutôt contre son gré. Durant notre dernière altercation, il m'a accidentellement frappée avec le talon de sa queue de billard… que j'avais brisée sur le crâne d'un autre couillon agressif.

— Je vois. Une journée ordinaire pour Eve Dallas.

Nadine leva les yeux vers elle.

— Êtes-vous en train de me dire que quelqu'un l'a tué parce qu'il vous avait frappée avec une queue de billard ?

— On dirait bien.

— Le tueur a laissé un nouveau message ?

— Oui.

— Que disait-il ?

— Contentez-vous de savoir qu'il était dans la même veine que le premier.

— Je vous aiderais mieux si… Attendez.

Elle plongea de nouveau la main dans le sac pour y récupérer son communicateur. Elle émit un sifflement puis reporta son attention sur Eve.

— J'avais programmé une alerte. L'info vient de tomber.

— Merde.

— Dites-moi ce que vous pouvez tant que vous le pouvez… et précisez bien ce que j'ai le droit de publier.

— Je ne peux pas…

Eve s'interrompit pour sortir son propre communicateur.

— Le chargé de liaison avec les médias, dit-elle à Nadine. Dallas, mode privé. Oui…

Elle se mit à faire les cent pas en écoutant et en donnant quelques réponses concises.

— Nadine Furst est ici avec moi. Je sais… Nous voulons éviter les rumeurs, voilà pourquoi. Ça aussi, je le sais. D'accord. Oui. Bon sang, Kyung, vous vous souvenez quand j'ai dit que vous n'étiez pas un imbécile ? Eh bien moi, je ne suis pas une idiote… Je lui dirai.

Elle remit le communicateur dans sa poche.

— Il vous appellera dans deux minutes et vous donnera tout ce qui peut l'être... de la part d'une source anonyme au sein du NYPSD.

— Ça me va.

— Vous pouvez rester dans cette salle tant que vous en aurez besoin. Je dois y aller.

— D'accord. Hé, hé, Dallas ?

Eve se retourna.

— Quoi ?

— Couvrez vos arrières.

Eve cligna plusieurs fois les yeux, décontenancée.

— Vous êtes là, dans des bottes brillantes qui vous remontent jusqu'à l'entrejambe et un zèbre sous le bras et vous me dites de couvrir mes arrières.

— Bruno est fan de thrillers militaires. C'est leur façon de parler.

— Je suis au courant, répondit Eve. Couvrez vos arrières, vous aussi.

Elle n'aurait su dire pourquoi, mais elle se sentait plus légère en sortant de la pièce.

9

Eve n'avait guère le choix : elle accepta de donner une conférence de presse dans l'après-midi.

L'horaire lui laissait le temps d'effectuer son vrai travail de policier, à commencer par une visite au candidat retenu par Peabody dans la liste mise à jour de Mira.

— Mason Tobias, annonça Peabody comme elles prenaient place dans la voiture d'Eve. Vingt-six ans, célibataire. Jamais marié ni en concubinage. Il vit avec sa mère et est actuellement employé comme plongeur et livreur au restaurant *Chez Shakey*. Postes précédemment occupés : magasinier, auxiliaire d'entretien, livreur pour *Midtown Pizza* et plus récemment agent de sécurité dans un centre commercial.

» Son casier mentionne de multiples violations de domicile, troubles à l'ordre public, harcèlement en ligne, résistance à l'interpellation et une plainte pour coups et blessures, abandonnée ensuite. Il a deux injonctions d'éloignement à son nom.

— Il a fait de la prison ?

— Détention, travaux d'intérêt général et thérapie comportementale obligatoire.

Eve parvint à trouver une place libre à moins d'une rue du domicile en préfabriqué criblé de trous du dénommé Tobias.

— Aucune violence dans son casier à l'exception de l'agression classée sans suite.

— C'est vrai, mais son mode de pensée correspond, répliqua Peabody. Et il vous a écrit quinze fois durant ces douze derniers mois. Quatre fois l'année précédente. Son thème principal, c'est l'idée de travailler avec vous pour servir la justice, redresser des torts, punir ceux qui ne respectent pas la loi. Il vous voit comme des partenaires, Dallas. Avec lui travaillant en arrière-plan, dans l'ombre – c'est son expression – pour vous apporter du renfort.

Tout en réfléchissant, Eve s'approcha de l'entrée et sonna à l'interphone de Tobias.

— Ouais ? demanda une voix rauque et féminine. Faites vite, je suis à la bourre.

— NYPSD.

— Ah, merde...

La porte d'entrée bourdonna. Eve l'ouvrit d'une poussée de la main, posa le regard sur l'ascenseur de la taille d'une boîte à sardines et opta pour l'escalier.

— Quatre étages, gémit Peabody dont les orteils se recroquevillaient dans ses bottes roses. Je suis punie pour avoir cédé au brownie croquant.

— On se secoue, Peabody.

— C'est surtout mon milk-shake diététique de ce matin que j'ai secoué en guise de petit déjeuner. Il faut dire que j'ai mangé environ cinq millions des cookies de Noël de ma tante pendant le réveillon. Et puis il y a eu le gâteau à la crème et le diplomate, le tout accompagné du schnaps à la menthe poivrée qui m'a fait croire que je pouvais ingurgiter tous ces gâteaux. Et aujourd'hui, qu'est-ce que je fais ? demanda Peabody en gravissant les marches. Je me laisse séduire par ce brownie !

— Qu'est-ce que c'est que ce diplomate dont vous parlez ?

— Environ cent trilliards de calories réunies dans un mets délicieux. Mais j'ai compensé avec mes boissons diététiques jusqu'à…

Peabody serra les dents.

— Jusqu'à ce que résonne l'appel du brownie super croquant. Il faudrait que je grimpe une vingtaine d'étages.

— Continuez comme ça et je vous ferai monter et redescendre les escaliers dix fois de suite.

À leur arrivée sur le palier du quatrième étage, une femme ouvrit la porte de l'un des appartements. Les pointes de ses cheveux blonds coupés court étaient teintes en vert sapin. Elle portait un uniforme couleur moutarde et des chaussures blanches à semelles épaisses.

— C'est vous, les flics ? demanda-t-elle.

Puis elle se raidit en dévisageant Eve.

— Oh, merde. Merde, je sens que vous allez m'annoncer une mauvaise nouvelle.

— Madame Tobias ?

— Ouais. Je sais qui vous êtes. Qu'est-ce qu'il a fait ? Qu'est-ce que Mason a fait ?

— Que pensez-vous qu'il ait fait ?

— J'en sais fichtre rien…

Elle ferma brièvement les paupières et lorsqu'elle rouvrit les yeux, ils étaient empreints de résignation.

— Mais quoi que ça puisse être, il pensait bien faire. C'est un bon garçon, vraiment. Il a simplement du mal à faire la part des choses entre la réalité et son imagination. Vous ne pouvez pas l'arrêter. Pas vous personnellement, je veux dire. Si ça arrivait, je crois qu'il ne s'en remettrait pas.

— Pourquoi ça ?

— Eh bien, parce qu'il vous vénère. Vous êtes son modèle, son inspiration. Tout ce qu'il aurait voulu que son père soit. Son père était flic. Il nous a pas mal cognés tous les deux jusqu'à ce que je le quitte.

Il nous a encore malmenés une ou deux fois et puis son équipier a fini par briser la loi du silence et lui foutre la trouille de sa vie. Après ça, il a au mieux fait comme si on n'existait pas et au pire fait sentir à Mason qu'il ne valait rien à ses yeux. Et puis vous l'avez fait tomber.

— J'ai fait tomber qui ?

— Mon ex. Le père de Mason. Toute cette affaire, il y a presque deux ans maintenant. L'agent Roland Tobias, sous les ordres du capitaine Roth. C'était un ripou.

Lui et beaucoup trop d'autres policiers, se rappela Eve. Un bon flic était mort de la main des ripoux. Mais elle ne se souvenait pas de ce Tobias en particulier.

— Il s'est tué l'été d'après. Je ne vais pas vous mentir, je ne l'ai pas pleuré. Mais c'est là que Mason a commencé à parler de vous, puis à vous écrire, et tout ça...

Elle jeta un coup d'œil derrière elle, puis joua nerveusement avec la petite fée ailée qu'elle portait autour du cou.

— Je sais que c'est un adulte, lieutenant, mais intérieurement, c'est toujours un gamin qui s'est fait taper dessus parce qu'il n'était pas le dur à cuire que son paternel attendait.

— Nous désirons simplement lui parler.

— Je ne sais pas comment il va réagir.

Elle recula sur le seuil en se frottant la nuque.

— Mason ? Tu veux bien venir ? Il y a quelqu'un pour toi.

— Pour moi ?

Il émergea du petit couloir d'un pas assez lourd.

« Il fait la bonne taille, estima Eve. Carrure solide, ça pourrait correspondre. »

Il arborait une coupe courte, presque militaire, des cheveux quelques nuances plus clairs que ceux de sa mère. Son visage rond était ordinaire sans être ingrat.

Ses yeux, grands et marron, rencontrèrent ceux d'Eve et il hocha la tête.

— Je vous attendais, dit-il. Vous êtes très occupée, donc j'ai pris mon mal en patience. Vous avez dû en entendre parler.

— Parler de quoi ?

— Du type que j'ai arrêté hier soir.

— Oh, Mason… souffla sa mère.

— Je suis désolé, maman. Mais je ne peux pas rester les bras croisés. Il fallait bien que quelqu'un arrête ce criminel hier soir.

Eve glissa la main à l'intérieur de son manteau pour la poser en douceur sur la crosse de son arme.

— Comment avez-vous arrêté le criminel en question ?

— J'ai été obligé de le courser un bon moment avant d'arriver à le plaquer à terre. Puis j'ai dû lui mettre un coup de poing. Je sais bien qu'on n'est pas censés faire ça, précisa-t-il comme sa mère se laissait tomber sur un siège, la tête entre les mains. Mais il résistait à mon arrestation citoyenne. C'est un droit. J'ai lu que j'avais le droit de faire ça. Il faisait du mal à cette femme, il la faisait pleurer et crier.

Eve lança un coup d'œil à Peabody.

— On peut s'asseoir ? demanda Peabody d'une voix détendue. Si on s'asseyait pour que vous nous racontiez tout ça en détail ? Pour notre rapport.

— J'ai parlé aux flics hier soir.

— C'est bien. Mais il s'agit ici du rapport *officiel.*

— D'accord. Vers 2 heures du matin…

Il s'arrêta et fit la grimace.

— Pardon, maman. Je sais que tu m'as dit de ne pas sortir tard comme ça, mais je sentais qu'il fallait que j'aille patrouiller et j'avais raison. Donc, vers 2 heures du matin, tandis que je remontais à pied l'Avenue A en direction de l'ouest, j'ai vu un individu de sexe masculin qui s'en prenait à un individu de sexe féminin.

Il semblait chercher à lui voler son sac à main. Je l'ai également vu frapper la femme, en plein visage, lieutenant Dallas. C'est inacceptable.

— Inacceptable, en effet.

— Alors j'ai crié : « Au nom de la loi, arrêtez ! » Puis j'ai poursuivi l'individu qui s'enfuyait. J'ai couru derrière lui sur un pâté de maisons et je l'ai plaqué à terre. Comme il résistait en utilisant des termes injurieux, je l'ai frappé. Et la femme a appelé la police. Lorsqu'ils sont arrivés… C'étaient les agents Rhodes et Willis. Ils ont pris nos dépositions puis ont emmené le criminel. J'ai raccompagné la femme – elle s'appelle Cherry Pie – jusqu'à chez elle pour être sûr qu'elle serait en sécurité. C'était juste un peu plus bas dans la rue.

Il sourit.

— C'était ma première arrestation officielle et l'agent Willis a dit que je m'en étais bien sorti.

— Vous êtes allé ailleurs ensuite ?

— Je suis allé prendre un café et j'ai écrit mon rapport. Je préfère m'en occuper tant que les souvenirs sont encore nets. Vous savez comment c'est, ajouta-t-il avec le plus grand sérieux. On ne veut oublier aucun détail.

— Bien sûr. Vous connaissez Ledo ?

— Ah, oui, je le connais. Il vend de la drogue et en consomme aussi. Je lui ai déjà dit d'arrêter, sans quoi il aurait des ennuis. Mais il me répond d'aller me faire voir, me traite d'enfoiré ou autre insulte du même genre. Je voudrais l'arrêter, mais il mène surtout ses affaires dans les bas-fonds et je préfère ne pas descendre dans les souterrains. J'ai promis à ma mère que je n'irais pas. On ne m'a pas entraîné pour ça.

— Tout à fait exact, lui dit Eve. Je ne veux voir personne y descendre sans l'entraînement adéquat. Vous êtes allé à l'appartement de Ledo ?

— Non, lieutenant. J'ai déjà mené une mission de surveillance sur place, mais je ne l'ai jamais surpris en train de vendre sa drogue là-bas. Je peux vous y emmener si vous voulez l'arrêter. Je serais heureux et honoré de vous assister.

— Non, je n'ai pas besoin de l'arrêter. Quelqu'un l'a tué hier soir.

Mason secoua la tête, manière de signifier qu'il s'était attendu à une nouvelle de ce genre.

— Il ne respectait pas la loi. Ceux qui se comportent ainsi finissent mal.

— Êtes-vous passé devant chez lui durant votre patrouille, hier soir ?

— J'étais assez fatigué après mon arrestation et la rédaction du rapport, donc je suis rentré directement à la maison. Mais je pourrai patrouiller dans cette zone pour vous après mes heures au restaurant. Pas de problème.

— Ça ira. Le niveau d'alerte est désormais bas. Que faisiez-vous le 27 décembre ? Deux jours après Noël ?

— Il fallait qu'on aille au boulot. Le restaurant, je veux dire, pas mon vrai travail. Maman bosse tous les jours sauf le dimanche et moi, le lundi, le mardi, le jeudi et le samedi. Parfois aussi le vendredi. Ce jour-là, elle travaillait du matin jusqu'au service du soir. Moi j'ai fait mes heures pendant le service du déjeuner et du dîner.

Il tourna la tête vers sa mère pour obtenir confirmation.

— C'est ça, dit-elle. Tu as enchaîné les deux.

— Bien. Connaissez-vous Leanore Bastwick ?

— Elle est morte. Je lis tous les signalements de délits et je suis les infos. Je savais qui elle était parce qu'elle a défendu Jess Barrow, l'un des criminels que vous avez arrêtés. Je connais la liste de toutes vos arrestations. J'ai un dossier. Il avait le droit à un avocat, c'est la loi.

— Vous arrive-t-il d'enfreindre la loi, Mason ?

Il détourna les yeux avec une moue amusée.

— Peut-être un petit... écart, parfois.

Le léger sourire s'élargit pour devenir complice.

— Vous savez comment ça se passe quand on en a après des criminels. La justice est plus importante qu'un petit écart. Tous les bons policiers le savent et vous avez reçu la médaille d'honneur. Moi aussi, je ferais un bon flic. Pas comme mon père... Mais ma mère dit que je suis tout ce qu'elle a et elle s'inquiète.

— Prendre soin de votre mère est aussi important que d'arrêter les criminels, lui dit Peabody.

— Je suppose, oui...

Mais le regard qu'il tourna vers Eve était empreint de doute.

— L'inspecteur Peabody a raison sur ce point, affirma-t-elle avec une idée derrière la tête. Le truc, c'est que... vous avez une bonne vue sur la rue depuis cet endroit, dit-elle sur un ton pensif. J'aimerais vous confier une mission.

— Vraiment ?

Mason avait soudain le visage rose et les yeux brillants de joie.

— À vos ordres, lieutenant ! s'exclama-t-il aussitôt.

— J'aimerais que vous preniez position en tant qu'observateur. Ici et au restaurant. J'ai bien dit observateur, Mason. Ce qui signifie que vous ne devez pas vous montrer ni interagir avec un éventuel criminel. Vous observez et notez ce que vous voyez. Si quelqu'un enfreint la loi, vous observez, notez et signalez l'infraction. Compris ?

— Absolument, mais...

— Vous serez mes yeux et mes oreilles dans ce secteur. J'espère que je peux compter sur vous.

— Vous pouvez, lieutenant. Vous pouvez compter sur moi.

— Bien. En attendant, il me faudrait un exemplaire de tous vos dossiers et rapports.

— Je vais les chercher ! dit-il en se levant pour repartir vers sa chambre.

— Vous pensez qu'il pourrait être impliqué dans ces meurtres ? Moi aussi, j'ai entendu les informations. Jamais il ne ferait une chose pareille. Mason ne ferait jamais ça... parce que vous ne feriez jamais ça.

— Je vais vérifier son alibi du 27 décembre puis j'irai parler aux agents qui l'ont vu hier soir. Disons qu'à cet instant précis je ne crois pas qu'il soit impliqué d'une quelconque manière dans l'affaire sur laquelle nous enquêtons.

— C'était bien de votre part de lui confier une mission, une tâche qui le rendra fier tout en le maintenant à l'écart de la rue.

— Des moyens de l'orienter vers d'autres hobbies ou centres d'intérêt ?

— Vous pensez que je n'ai pas essayé ? Il fera ce que vous lui avez demandé... en tout cas, je pense qu'il le fera. Observer, noter, signaler. C'était bien vu.

— Il semble plutôt doué pour les trois.

— Honnêtement, oui. Il n'oublie jamais rien. Même si pour certaines choses, comme les propos tenus par son père, je préférerais que ce soit le cas.

Eve examina l'attaché-case que Mason lui avait remis avant de le ranger dans le coffre.

— Il est organisé, méticuleux mais aussi perdu dans son délire et hanté par son passé.

— Et aussi loyal et dévoué qu'un cocker anglais, Dallas. Vous ne pensez pas vraiment...

— Non. Mais nous allons nous en assurer. Et demander aux agents qui patrouillent dans ce secteur de le garder à l'œil. Son père était flic. Un flic ripou, mais un flic malgré tout. Mason voudrait en être un, lui aussi. Vous pouvez être sûre qu'il a étudié les méthodes policières. Il n'est pas idiot et il a admis connaître ou avoir eu connaissance des deux victimes. Il reste un suspect potentiel.

Elle sortit son communicateur.

— Vérifiez auprès du restaurant pour le 27 décembre. Inutile de prendre la voiture, c'est à deux rues vers l'ouest. Ça vous permettra de compenser un peu plus de brownie.

— Ne prononcez pas ce mot ! Je prends une taille de pantalon en plus rien qu'en y pensant.

— Alors marcher vous fera faire de l'exercice. Je vais contacter les deux agents qui ont procédé à l'arrestation d'hier soir.

Eve s'appuya contre la voiture et lança un appel au Central pour joindre les agents Rhodes ou Willis.

Elle passa les dix minutes suivantes à discuter de l'incident et de Mason Tobias, la tête rentrée dans les épaules pour se protéger du froid.

Apercevant Peabody qui revenait d'un pas rapide, son manteau rose claquant contre ses cuisses, elle s'installa dans la voiture, démarra le moteur et actionna le chauffage.

— L'alibi est confirmé, annonça Peabody. Pourquoi est-ce que l'hiver dure si longtemps ? Tenez, je vous ai pris un jambwich.

— Un quoi ?

— C'est du faux jambon et une sorte de fromage artificiel sans lait à l'intérieur d'une imitation de pain. J'ai mangé le mien – en version *light* – sur le chemin du retour. Ce n'est pas si mauvais. Et en bonus…

Elle sortit de sa poche un petit sachet crissant sous les doigts.

— Des chips au soja, dit-elle. Je ne peux pas en manger après le vous-savez-quoi, mais si vous les prenez et que je vous en pique une ou deux, ce ne sera pas comme si j'en mangeais vraiment.

— Vous allez vous contenter de les tenir entre vos doigts ?

— Non, je les avalerai mais ce ne sera pas la même chose parce que ce seront les vôtres. Ne discutez pas : quelqu'un qui n'a tout au plus que dix pour cent de masse graisseuse n'a pas le droit de remettre en cause ma logique. Bref… Mason a fait ses heures, sans interruption jusqu'à 20 heures. Ça m'a été confirmé par deux serveuses, un cuisinier et le gérant. Vous avez pu parler aux collègues ?

— Je leur ai parlé et ils ont tous les deux estimé que les actions de Mason la nuit dernière – tôt ce matin en fait – étaient justifiées. Tous les deux le connaissaient et l'avaient déjà mis en garde par le passé. Ils l'avaient arrêté pour violation de domicile après qu'il avait suivi un criminel potentiel dans un immeuble résidentiel. Cherry Pie[1] est – ô surprise – strip-teaseuse. Dans ce cas précis, l'agresseur était un type qui l'a suivie depuis la boîte où elle travaille avec l'idée d'obtenir une faveur gratuite… et qui a décidé de la malmener et de lui piquer son sac.

— Mason n'est donc pas notre homme.

— Ça n'en a pas l'air, marmonna Eve tout en s'insérant dans la circulation. Cela dit, il était calme, posé. Si l'on oublie cette impression que jamais il ne commettrait de crimes ou d'actes de violence, il correspond en beaucoup de points au profil établi par Mira.

Elle repassa par le laboratoire, plus pour la forme que dans l'espoir de résultats. Et, comme il n'y avait rien de neuf, se dirigea ensuite vers la morgue.

Elle repéra Morris dans le tunnel, en train de signer un document pour l'une des blouses blanches. Il portait un costume entre le rouge et l'orange, la couleur la

---

1. Littéralement « tarte à la cerise », le mot « cherry » désignant aussi la virginité d'une femme. (*N.d.T.*)

plus audacieuse qu'Eve l'ait vu porter depuis la mort de l'inspecteur Coltraine, la femme qu'il avait aimée.

— Dallas, Peabody.

Il désigna du geste la salle de repos.

— Puis-je vous offrir une tasse d'horrible substitut de café au distributeur ?

— Je passe, merci.

— Est-ce que le chocolat chaud ressemble même vaguement à du vrai ? s'enquit Peabody.

— Disons qu'ils pourraient provenir du même continent, si ce n'est du même pays.

— Je vais prendre le risque. J'ai déjà fichu en l'air toutes mes bonnes résolutions en matière de régime et d'alimentation aujourd'hui. Autant aller jusqu'au bout.

La voyant tâtonner à la recherche de monnaie, Morris lui posa gentiment la main sur le bras.

— Permettez, dit-il.

Il tapa son code et ils regardèrent un filet anémique de liquide beige se déverser dans un gobelet biodégradable.

— Bon, il est chaud donc c'est déjà la moitié du chemin, commenta Peabody en retirant sa boisson.

— Bonne chance, dit Morris. Alors, Ledo...

Il leur fit de nouveau signe de le suivre et tous les trois s'engagèrent dans le tunnel.

— Sans cette fin prématurée, il lui restait sans doute cinq à six ans à vivre en poursuivant ce mode de vie. La drogue avait causé d'importants dommages à son foie et à ses reins. Même chose pour la dégénérescence oculaire. Son squelette et sa dentition témoignent d'une mauvaise nutrition. D'ailleurs, son dernier repas était constitué de nouilles frites et d'une bière contenant plus de produits chimiques que d'orge.

Il s'interrompit brièvement pour passer avec elles la double porte de sa salle d'examen.

— Son analyse toxicologique, reprit-il, montre un cocktail de Funk, d'herbe et de sédatifs. Même si le tueur n'avait pas employé son pistolet paralysant, il serait resté inconscient pendant six bonnes heures de plus, quoi qu'il arrive.

— Le tueur ne pouvait pas le savoir, à moins d'avoir vu ce qu'il ingérait.

Eve s'approcha de la dépouille et scruta les marques de décharge paralysante et la blessure profonde et irrégulière laissée par la queue de billard.

— Et même dans ce cas, pourquoi changer son mode opératoire, pourquoi prendre un risque ? Précautionneux, prudent, rigoureux.

— Le coup sur la pommette était assez violent pour la fracturer et il a sans doute été assené par le dessus. Debout ou à califourchon sur la victime, dans un mouvement transversal de droite à gauche.

— Le tueur est donc probablement droitier, comme nous le pensions déjà dans le cas de Bastwick.

— C'est le plus logique. Et le coup fatal est venu d'au-dessus, lui aussi. De haut en bas, avec beaucoup de force. La queue avait été brisée très récemment.

— Oui, j'ai vu ça. Le labo l'a confirmé.

— J'ai sorti plusieurs échardes de la blessure. Il y avait un autre message, d'après ce que j'ai entendu dire ?

Comme Eve acquiesçait, il alla lui chercher un tube de Pepsi dans son réfrigérateur.

— Merci, dit-elle. Morris, il y a une question que je dois vous poser. Est-ce que des membres de votre équipe – techniciens, médecins, chauffeurs, entretien, n'importe qui – ont montré un intérêt particulier pour mes affaires, mes défunts ?

— Vous avez eu droit à des affaires très particulières, donc certaines ont éveillé la curiosité des gens. Mais rien d'anormal selon moi. Et personne qui se soit montré curieux de manière régulière ou répétée.

— Mais vous en discutez, vous vous consultez mutuellement, vous coordonnez vos actions.

— En effet.

Il prit le tube de boisson des mains d'Eve, l'ouvrit et le lui rendit.

— Nous faisons un métier difficile, poursuivit-il. Flics de la Criminelle, légistes et tous ceux qui travaillent avec nous. Il faut donc envisager cette possibilité, l'idée que quelqu'un s'étant engagé pour la bonne cause change de camp et devienne un pourvoyeur de corps pour ma table d'examen.

Soit exactement ce qu'Eve craignait.

— Il est intelligent, Morris. Et habile. Entraîné, à mon avis. Vraiment. Mais il n'est pas aussi malin qu'il le croit car il s'imagine ne rien laisser derrière lui.

— Il laisse ses mots.

— Exactement. Et ces mots expriment ses pensées, ses sentiments, ses motivations. Soit autant d'indices laissés dans son sillage. Il ne me reste qu'à trouver le moyen de… lire entre les lignes.

Elle but une longue gorgée et sentit la caféine glisser dans son gosier.

— Et maintenant, il faut que j'aille me coltiner les médias.

— Courage, mon enfant ! lui dit Morris.

Eve laissa échapper un petit rire.

« L'avocate élégante et glaciale et le camé des bas-fonds. Est-ce qu'il y a un lien ? » se demanda-t-elle.

Elle se mit à faire les cent pas pour tenter de trouver ledit lien. Morris coula un regard vers Peabody.

— Comment est ce chocolat chaud ?

— Je dirais que c'est une petite île pâlichonne à l'écart du continent chocolaté. Mais elle en garde certains arômes.

— Chronologiquement, lança Eve à voix haute, j'ai fait la désagréable rencontre de Bastwick durant l'été 2058, et ma dernière discussion avec Ledo remonte aux alentours de janvier 2059. Peut-être qu'on les tue en respectant l'ordre chronologique. Ce qui serait organisé, efficace.

Elle fourra les mains dans ses poches.

— Ce qui ne m'avance guère parce que j'ai croisé beaucoup de monde entre le début 2059 et maintenant. En gros, ça nous fait deux années entières au sein desquelles piocher.

— Pas d'altercation physique avec Bastwick mais une avec Ledo, suggéra Peabody. Peut-être s'agit-il d'une montée en puissance dans les crimes, aux yeux du tueur.

— Peut-être. Ça pourrait constituer une piste. Le coup que m'a donné Ledo était un accident, je devrais peut-être chercher du côté des agressions volontaires…

Elle leva les yeux au ciel et but une nouvelle gorgée.

— Là encore : combien de gens m'ont balancé un coup de poing ces deux dernières années ? Ou donné du « va te faire foutre, sale flic ! » – ce qui serait un cran au-dessus du manque de respect verbal de Bastwick – en essayant plus ou moins de me pousser ? Nous ne trouverons pas notre homme en essayant de prédire sa prochaine victime.

Elle secoua la tête comme pour chasser cette idée.

— Les mots, les éléments récurrents, voilà ce qu'il laisse derrière lui. Et les victimes, ajouta-t-elle avec un regard vers Ledo. Un dénommé Carmine Atelli se chargera des funérailles de Ledo, dit-elle à Morris.

— C'est un parent ?

— Non. Plutôt un bon Samaritain sorti de nulle part. Il vous contactera.

Elle termina son Pepsi et enroula lentement le tube entre ses doigts.

— De quelle couleur est votre costume ?

— Cornaline.

— Ce n'est pas l'animal qui change de couleur ?

— Ça, c'est le caméléon.

— D'accord. En tout cas, je trouve que la couleur vous va bien. Alors tant mieux si elle ne change pas.

Elle lança le tube dans le recycleur avec l'aisance d'une basketteuse professionnelle.

— J'ai pas perdu la main, commenta-t-elle avant de ressortir.

— Ça, c'est certain, répondit Morris.

Il se pencha de nouveau sur Ledo.

— Cette même main qui la guidera à coup sûr jusqu'à celui qui vous a fait ça, lui murmura-t-il. Si le tueur ne le sait pas, c'est qu'il ne la connaît pas aussi bien qu'il le croit.

Eve retourna au Central pour un dernier briefing rapide avec Kyung.

— Je connais la chanson, lui assura-t-elle.

— Je n'en doute pas. Néanmoins, vous emporter contre moi vous permettra d'extérioriser toutes les émotions négatives avant que les journalistes viennent vous titiller.

Il n'avait pas tort.

— Je ne m'emporterai pas, affirma-t-elle. En me chauffant avec l'un de ces fichus journalistes, je risquerais de faire de lui une cible.

Toute lueur d'amusement disparut dans le regard de Kyung.

— Je n'avais pas envisagé une telle possibilité, avoua-t-il.

— Moi si, répondit Eve avant d'entrer dans la salle de presse.

Autant en finir au plus vite.

Appareils photo et enregistreurs s'emballèrent immédiatement. Les journalistes encore debout s'assirent précipitamment.

« La salle est pleine », remarqua Eve.

— Leanore Bastwick a été assassinée dans son appartement le soir du 27 décembre, annonça-t-elle.

Je suis chargée de l'enquête sur cet homicide avec l'aide de ma coéquipière, l'inspecteur Peabody. Nous explorons actuellement toutes les pistes. Les éléments de preuve rassemblés à ce jour montrent qu'un individu non identifié portant une tenue de livreur a accédé au domicile de Mme Bastwick avant de la neutraliser à l'aide d'une arme de poing puis de l'étrangler. En tant qu'avocate de la défense, Mme Bastwick avait reçu de nombreuses menaces au fil des années. Nous étudions sérieusement leur contenu.

Elle ne prêta pas attention aux quelques questions que lui criaient déjà certains. Elle avait bien l'intention d'aller d'abord au bout de sa déclaration.

— Dans les premières heures de la matinée, Wendall Ledo a été assassiné, également à son domicile. M. Ledo était un vendeur de drogues qui fréquentait les souterrains dans la zone désignée sous le nom du Carré. Son immeuble n'était pas sécurisé. Les indices rassemblés laissent à penser que le tueur s'est introduit chez lui en crochetant les serrures de son appartement. Lui aussi a reçu une décharge paralysante avant d'être poignardé. Je suis également à la tête de cette enquête et nous explorons activement toutes les pistes.

» Les éléments de preuve indiquent qu'un même individu non identifié est responsable des meurtres de Leanore Bastwick et de Wendall Ledo.

Eve remarqua la présence de Nadine au fond de la salle, toujours dans ses vêtements de voyage. Mais elle avait désormais un appareil photo.

— Nous avons établi le lien entre ces homicides grâce à un faisceau d'indices mais également de par la présence de messages laissés sur les lieux des deux crimes. Tous les éléments de preuve, y compris ces messages écrits, seront analysés, étudiés et disséqués pour identifier et appréhender la personne responsable des meurtres de Leanore Bastwick et Wendall

Ledo. Je ne donnerai aucun détail spécifique sur ces preuves ni sur l'enquête en cours. Vous nous ferez tous gagner du temps en gardant cela à l'esprit au moment de poser vos questions... Je vous écoute.

— Est-il vrai que les messages vous étaient adressés ?

— Je vois que l'on ne va pas gagner de temps, souffla Eve. Je ne fournirai aucun détail spécifique.

— Est-il exact que vous aviez eu des altercations avec les deux victimes ? Qu'il y avait un contentieux entre vous ?

— Non, c'est faux. J'avais interrogé Mme Bastwick après le meurtre de son associé, comme le veut la procédure. Mme Bastwick a ensuite représenté Jess Barrow, après que j'ai procédé à son arrestation. En tant que dealer de drogues, M. Ledo avait plus d'interactions avec la brigade des Produits illicites du NYPSD qu'avec moi. Je l'ai interrogé à quelques reprises, en tant que témoin ou suspect potentiel dans une enquête.

— Vous connaissiez donc les deux victimes ?

— En effet. Tout comme je vous connais. Flake, c'est ça ? Et vous...

Elle lança un coup d'œil vers la gauche et plus loin dans les rangs des journalistes.

— C'est Newton. Et là-bas, Jackson. Je connais beaucoup de gens. Certains sont journalistes, d'autres avocats et d'autres encore des criminels. Beaucoup de membres des forces de l'ordre également.

— Les messages n'indiquaient-ils pas que ces meurtres avaient été commis en votre nom ?

Eve s'apprêta à répondre en suivant la version qu'elle avait répétée avec Kyung puis changea soudain d'avis.

— Cette information est inexacte. Et à ce stade de l'enquête, je ne commenterai pas les détails précis. Je ne ferai pas non plus de suppositions publiques quant aux motivations du tueur. Mais je peux et vais vous dire la chose suivante : deux personnes sont mortes du fait de l'action délibérée et impitoyable d'une troisième. Et je peux vous garantir en tant que responsable de l'enquête que j'emploierai toutes les ressources du NYPSD pour traquer l'individu qui leur a ôté la vie. C'est mon travail d'identifier et d'appréhender la personne responsable et de la traîner devant les tribunaux afin que justice soit faite. Et je ferai mon travail.

Elle s'écarta du podium et repartit sans prêter attention aux questions de la meute de journalistes.

— C'est fait, annonça-t-elle à Kyung.

— Pas tout à fait ce dont nous avions convenu, mais je pense que ça a bien fonctionné. Je m'occupe du reste.

Elle hocha la tête puis s'immobilisa.

— L'information était inexacte. Il – ou elle – n'a pas tué en mon nom. Je lui sers d'excuse, c'est tout à fait différent.

Une idée qu'elle allait devoir garder à l'esprit, car si le tueur avait une troisième cible en vue, elle n'aurait pas les moyens de l'empêcher d'agir.

10

Elle se rendit directement au bureau de Mira, déterminée à affronter le dragon qui en gardait l'accès pour profiter de dix minutes dans le saint des saints. Lorsque l'assistante coincée de Mira leva un doigt en l'air, Eve montra les dents, prête à attaquer.

— Donnez-moi un instant pour la prévenir de votre arrivée. Elle a une autre consultation qui démarre dans quinze minutes, donc vous devrez faire vite.

Surprise et même légèrement déçue d'être privée de joute verbale, Eve laissa retomber la tension.

— Ce ne sera pas un problème, dit-elle.

— Docteur ? demanda l'assistante avec une petite tape sur son oreillette. Le lieutenant Dallas est ici. Oui, bien sûr… Vous pouvez entrer, indiqua-t-elle à Eve.

— Très bien.

Eve s'arrêta néanmoins à la porte pour échanger un regard avec la secrétaire.

— Pourquoi ?

— Parce que pour la durée de votre enquête actuelle, j'ai instruction de vous faire entrer tant que le docteur n'est ni en séance ni en consultation.

— Très bien, répéta Eve.

Elle ouvrit la porte et franchit le seuil du domaine de Mira.

C'était un lieu d'un goût très sûr, tout comme Mira elle-même, à la fois ordonné et étonnamment féminin. Les fauteuils bleus, tout en arrondis, apportaient une touche de couleur et de confort, les quelques photos de famille un côté personnel. Même si la fenêtre était – comme toujours – occultée à des fins de confidentialité, elle laissait entrer un peu du soleil d'hiver. Un éclairage supplémentaire provenait d'une sorte de lampe sophistiquée installée au-dessus des pots couleur ardoise débordants de fleurs qui s'alignaient sur le rebord de la fenêtre.

— C'est nouveau, ça, commenta Eve.

— Effectivement. Un cadeau de Noël de ma fille. Elle a fabriqué les pots elle-même et fait pousser les plantes.

— Elle a aussi conçu cette lampe ?

— Non, ça, c'est mon gendre. Ils sont très habiles, tous les deux. Un peu de thé ? J'imagine que vous avez déjà bu trop de café.

— On ne boit jamais trop de café, répondit Eve. Mais votre assistante m'a avertie qu'il fallait faire vite.

— J'ai un quart d'heure, donc nous prendrons du thé. Asseyez-vous.

— Je suis trop remontée pour ça. Je pense qu'il y a peut-être une logique dans les crimes. Une question d'ordre chronologique.

Mira hocha la tête en revenant vers Eve. Ce jour-là, elle portait des escarpins cerise, un tailleur blanc hivernal et un collier composé de trois chaînes serties de minuscules pierres rouges.

Qui pouvait bien avoir l'idée, au matin, de choisir un collier assorti à ses chaussures ? Qui avait même l'idée de *posséder* un collier assorti à ses chaussures ? Fallait-il acheter d'abord les chaussures ou le bijou ? Ou bien n'était-ce qu'un pur hasard ?

« Je pourrais le lui demander », se dit Eve.

Mais elle se doutait que la réponse la laisserait plus sceptique encore que la question.

— Votre dernière discussion avec Ledo a eu lieu après votre première rencontre avec Bastwick, dit Mira. Mais les tentatives de celle-ci pour vous discréditer dans les médias, lors du passage de Barrow en appel, étaient plus récentes. Cela dit...

Mira programma deux thés, tendit à Eve l'une de ses délicates petites tasses avec soucoupe puis s'assit sur l'un des fauteuils.

— Ledo était une proie plus facile, il aurait été plus simple de commencer par lui, ajouta-t-elle.

Mal à l'aise avec sa tasse de porcelaine à la main, Eve céda et s'assit.

— Étant donné la façon dont il a été tué, le meurtre aurait pu être commis à peu près n'importe quel soir, dit-elle. Celui de Bastwick réclamait une planification plus complexe, un minutage plus serré. Alors pourquoi ne pas avoir tué Ledo en premier ? Bastwick s'est contentée de dire du mal de moi ; Ledo m'a esquintée. Ça peut être vu comme une forme d'escalade.

— Exact.

— On ne peut pas encore parler de schéma logique, j'en ai conscience. Je cherche une explication. Normalement, Ledo aurait dû être le premier – on commence par la cible la plus facile – mais il se peut que le tueur ait eu besoin ou envie de tuer Bastwick durant les fêtes. Emploi du temps professionnel allégé pour elle. Et peut-être aussi pour lui.

» Je n'arrive pas à comprendre, admit Eve. Le tueur pense être entré dans ma tête mais non, il est resté dans la sienne. Et il faut que je m'y glisse.

Mira sirota son thé en croisant ses jolies jambes. On aurait pu croire qu'elles parlaient de la pluie et du beau temps... ou de la manière de coordonner chaussures et bijoux.

— Que veut-il ?

— Il veut tuer. C'est le cœur de son action.

— Oui. Des meurtres aussi soigneusement préparés et exécutés, sans gain matériel ou intérêt personnel identifié, reflètent un désir puissant.

— Il se convainc que c'est pour moi. Pour me faire plaisir, pour… m'offrir une vengeance qui m'est inaccessible à cause des règles que je dois respecter. Il me fait savoir qu'il n'est pas contraint par ces règles, ou qu'il est prêt à les enfreindre. Ce qui le rend capable de ce que je ne peux faire : remettre les pendules à l'heure auprès d'individus irrespectueux envers moi ou la police et qui, estime-t-il, contournent ou enfreignent la loi… Mais ce ne sont que des excuses. Les gens inventent toutes sortes d'excuses improbables pour justifier le meurtre.

— C'est certain, mais lui y croit. Ses messages constituent une sorte de manifeste, de lettre d'intention. Pour lui, ce sont donc des raisons et non des excuses. Des raisons désintéressées. Moralement justes, même. La victime numéro un œuvrait à défendre des individus accusés de crimes, dont certains étaient sans doute coupables desdits crimes. La victime numéro deux enfreignait régulièrement et systématiquement la loi.

— On tient peut-être un autre schéma logique. La défense des accusés avec Bastwick, les crimes non violents avec Ledo. Sa prochaine cible pourrait être quelqu'un ayant commis un crime violent. Quelqu'un que je n'ai pas pu faire enfermer ou qui a été libéré depuis. Quelqu'un qui n'aurait pas été puni à la hauteur de ses actes, qui aurait conclu un marché avec le procureur, par exemple.

— Votre instinct vous pousse à identifier la cible suivante, pour protéger cette personne. Mais, Eve, vous n'avez aucun moyen de le savoir. Âge, origine ethnique ou sociale, profession… Aucun de ces critères ne s'applique, aucun n'a d'importance pour ce tueur.

— Je dois pourtant remonter cette piste parce que le tueur n'attendra pas. Tout se passe tellement bien pour lui. Et maintenant, j'ai témoigné publiquement de mon intérêt.

— Oui, j'ai regardé la conférence de presse. Vous avez refusé de confirmer que les messages vous étaient adressés.

— Je ne voulais pas lui faire ce plaisir.

— Et en refusant de confirmer cette information, de vous arrêter sur la question, vous avez maintenu autant que possible l'attention du public et des médias sur les victimes et sur les crimes. Mais il attend une confirmation de votre part, une reconnaissance non seulement de ce qu'il a fait mais aussi des sentiments qu'il vous a exprimés par écrit. Il rêve d'un signe d'approbation de votre part. Signe que vous ne pouvez lui envoyer, sans quoi il en conclurait que ses actes sont justifiés.

— Il n'aura jamais mon approbation. Et tant que je pourrai retarder la diffusion de l'information, je continuerai.

Mira opina du chef et but un peu de thé.

— Vous avez aussi clairement indiqué que vous feriez votre travail.

— Et je le ferai. Ne s'attendrait-il pas à ça de ma part ? Si je ne le faisais pas, mon piédestal perdrait sans doute quelques centimètres, non ?

Mira sourit.

— En effet. Il s'attend que vous le preniez en chasse. C'est excitant, n'est-ce pas ? Et cela démontre non seulement sa confiance en lui mais aussi sa conviction profonde que vous le poursuivrez avant tout pour le retrouver, pour le rencontrer, pour cimenter la relation. Mais il souhaitera que cette rencontre se fasse selon ses conditions. Il ne fait que laisser un message.

Comment remonterez-vous sa piste par le biais de ses mots ?

— J'y travaille.

— Je continuerai à vous faire parvenir des candidats potentiels, mais je pense que votre homme est trop prudent, trop organisé pour avoir utilisé son vrai nom ou laissé un moyen de retrouver aisément sa trace. Il est beaucoup plus probable qu'il ne vous ait envoyé que des messages anonymes, ou sous pseudonyme, depuis un lieu sans lien direct avec lui ou une fausse adresse électronique.

— Je suis d'accord. Nous devons quand même vérifier et suivre toutes les pistes mais je vous rejoins. Plusieurs membres de mon équipe font des recoupements et nous arriverons peut-être à réduire la masse des suspects potentiels. Les types du labo s'occupent de l'analyse graphologique, mais je n'en attends pas grand-chose. Je vais aussi faire analyser les mots. Comparer le contenu des messages à celui des courriers que j'ai reçus. Ce qui prendra une éternité tant qu'on n'aura pas réduit le champ d'exploration. Cela dit, j'espère démarrer ce soir.

Elle hésita un instant avant de poursuivre. Mais il s'agissait de Mira.

— J'ai mis Nadine dans le secret, annonça-t-elle. Je lui ai parlé à titre confidentiel et je sais qu'elle le respectera.

— Oui, je n'en doute pas. Et elle creusera le sujet. Mais je la croyais en voyage à l'étranger ? À Nevis, non ?

— Elle y était. Mais elle est rentrée. L'attrait du scoop.

— Et de son amitié pour vous. Si elle accepte de partager ses courriers de fans, je pourrai les ajouter à mon analyse.

— Je le lui demanderai.

— Je vous en enverrai d'autres, dont certains que vous pourrez peut-être éliminer grâce au profil établi. Votre tueur habite vraisemblablement seul. Ou s'il vit avec des parents, des colocataires ou autres, il passe beaucoup de temps isolé d'eux. Bien qu'en mesure de garder un emploi ou de se construire une carrière, cette personne n'est pas capable de maintenir des liens personnels forts ou sincères. Des amis occasionnels, peut-être, mais plutôt des collègues ou des collaborateurs avec très peu, voire pas du tout, d'interactions sociales.

— Les forces de l'ordre, dit Eve. Je pense qu'il y est lié, d'une façon ou d'une autre.

— Il vit un conflit intérieur, reprit Mira. Il vous idéalise, ce qui signifie qu'il a du respect pour la loi, pour la police. Et le respect est essentiel pour lui. Cependant, il estime que les règles qui gouvernent le droit, la société, doivent être contournées pour que justice soit réellement rendue et que l'esprit de la loi soit véritablement respecté.

Mira posa sa tasse et se pencha légèrement vers Eve.

— Il est très organisé, Eve. Méticuleux et efficace, intelligent, avec une faible estime de soi couplée à un syndrome du sauveur. Et je suis d'accord : il manifeste un intérêt profond pour le travail de la police et le système judiciaire. Peut-être même qu'il a acquis une certaine expérience dans ce domaine. Ce qui ne l'empêche pas d'éprouver une méfiance tout aussi profonde envers leur capacité à mener à bien leur mission.

— Les flics font des burn-out, songea Eve. De même que les procureurs, les travailleurs sociaux, les techniciens de la police scientifique… Quiconque affronte ce que nous affrontons tous les jours et constate que le système n'est pas toujours à la hauteur est susceptible de craquer.

— Il est probable que le système lui ait fait défaut par le passé ou que son travail au sein du système n'ait pas permis d'obtenir une justice parfaite. La perfection telle qu'il la conçoit, bien sûr. Vous êtes plus qu'un symbole, Eve, souvenez-vous-en. Vous êtes un idéal en chair et en os, uniquement limité par les règles du système. Vous avez besoin de lui. Mais lorsqu'il constatera que vous ne ressentez pas ce besoin – et cela arrivera –, il cherchera à vous punir plutôt qu'à vous venger. Vous passerez à ses yeux de l'ange au démon, et rapidement.

— Le plus tôt sera le mieux, répondit Eve en se levant.

— Il ne vous prendrait pas directement pour cible.

Eve hocha la tête comme si de rien n'était ; intérieurement, elle se sentait nauséeuse.

— Si on en arrive là, je ferai face. Mais ça n'arrivera pas : nous l'attraperons avant. Vous allez devoir prendre des précautions, M. Mira et vous.

— Oui, nous en sommes conscients.

— Vous pourriez me faire une grande faveur ?

— Bien sûr.

— Prenez un chauffeur… jusqu'à ce que l'affaire soit terminée. Un homme – ou une femme – qui sache se défendre si besoin est. Ne descendez pas seule dans le parking ici. Il pourrait y travailler. Ce pourrait être un flic ou un membre du personnel du Central. Alors ne prenez pas le risque de vous faire agresser en sortant de votre voiture, ici ou chez vous. Ça me soulagerait grandement l'esprit.

— D'accord. Dennis et moi avons récemment abordé le sujet. Et puis je fais déjà appel à un service de chauffeurs de temps à autre.

— Prenez quelqu'un d'entraîné, insista Eve. Et vous savez qu'il faudra être prudente si un livreur passe chez vous, mais M. Mira peut se montrer un peu tête en l'air…

— Pas pour des choses importantes.

— D'accord. Merci.

Eve se dirigea vers la porte.

— Ce sera sans doute ce soir, dit-elle. Le prochain. Je ne vais pas pouvoir l'empêcher.

— Vous n'êtes pas responsable, Eve.

— Non. Pas plus que deux airboards n'étaient responsables de la mort de deux ados lardés de coups de couteau sur le chemin du retour de l'aire de jeu. Mais ils constituaient un mobile. Ce n'est pas différent. Prenez un chauffeur, ajouta-t-elle avant de sortir.

Elle aurait voulu être sur le terrain, en train d'agir. D'intimider quelqu'un, voire de secouer deux ou trois suspects. Au lieu de quoi elle s'enferma de nouveau dans son bureau avec son tableau, ses notes et le café dont elle avait déjà eu sa dose, selon Mira.

Et tandis qu'elle songeait au tueur, le tueur songeait à elle.

J'ai enfin un moment à moi. J'ai regardé la conférence de presse d'Eve. Trois fois. Elle avait fière allure, à la fois belle et coriace. Elle a vraiment donné une bonne leçon à ces crétins de journalistes ! C'est incroyable comme elle parvient à leur rabattre leur caquet sans hausser le ton. Je n'ai jamais su faire ça, jamais été capable de remettre quelqu'un à sa place. Ce sont les autres qui me mettaient toujours à la place qu'ils voulaient que j'occupe.

Jusqu'à maintenant.

Mais pourquoi a-t-elle dit que c'était inexact ? Pourquoi n'a-t-elle pas répondu sincèrement à la question, raconté à tout le monde que je lui avais écrit ? J'ai tué pour elle, mais elle a refusé de reconnaître publiquement mon geste.

C'est vraiment contrariant. Blessant, même. Elle ne s'en rend pas compte ?

Je pensais que ce serait le moment idéal pour elle de parler de moi, au moins un peu. Franchement, il aurait suffi qu'elle dise « oui, des messages à mon intention ont été laissés sur les lieux ».

Elle n'avait pas à en préciser le contenu, seulement la teneur générale, le sentiment exprimé. Je n'ai pas arrêté de guetter un signe de sa part. Quelque chose. N'importe quoi.

Il y a eu deux ou trois passages où j'ai eu l'impression qu'elle me regardait droit dans les yeux, comme si les propos qu'elle tenait m'étaient réservés. Je visionnerai de nouveau la vidéo ; je l'ai peut-être raté. Peut-être que je me vexe pour rien.

Quand elle a dit qu'elle ferait son travail ? Ça pourrait être ça. Une manière de m'avertir qu'elle va se lancer sur ma piste. Ça ne fait aucun doute, c'est sa façon d'être, c'est ce qui fait d'elle une personne aussi incroyable. Et l'une des raisons pour lesquelles je fais preuve de tant de prudence. Personne ne pourra dire qu'elle n'a pas fait tout ce qu'elle pouvait, bien plus que ce qu'aurait fait n'importe qui d'autre.

A-t-elle essayé de me dire de continuer à faire attention ? J'espère que c'était ça. Je veux croire que c'était ça.

Si c'est le cas, c'est presque comme si on s'était parlé. Un jour, nous discuterons en personne. Rien que nous deux. On boira du vin. Nous ouvrirons la bouteille que j'ai achetée exprès pour l'occasion, la même que celle qu'elle buvait sur une photo d'elle que j'adore. Un cliché pris pendant son voyage en Italie.

Avec lui.

Elle n'aura plus besoin de lui une fois que nous pourrons enfin être ensemble, travailler ensemble. On parlera pendant des heures, sans s'arrêter, de tout ce qu'on voudra. On partagera tout.

Elle n'aura besoin de personne d'autre que moi. J'espère qu'elle commence à s'en rendre compte. Je dois lui montrer, pour qu'elle comprenne.

Je sais qu'il faut que j'attende et qu'il me reste encore du travail à faire. Mais j'espère que ce sera pour bientôt.

Peut-être après ce soir, après ce nouvel hommage envers elle. J'ai vraiment hâte. Je le fais pour elle et pour moi. C'est comme si je m'étais découvert un talent inné pour le violon ou l'aquarelle.

J'ai un talent inné pour donner la mort.

Ce soir, le monde comptera un connard irrespectueux de moins. Comme dirait Eve : « Qu'il aille au diable ! »

Et c'est exactement ce qu'il va faire.

Eve consacra un long moment à l'étude des deux messages. Mots-clés : JUSTICE, RESPECT, AMICALEMENT. Les mots qui revenaient le plus – ou ceux sur lesquels les types du labo avaient mis l'accent – dans le deuxième message, plus long : RESPECT, RÈGLES, SOCIÉTÉ, AMITIÉ, JUSTICE.

Elle guetterait la présence insistante ou la répétition de ces termes lorsqu'elle se plongerait dans la correspondance.

Si le tueur avait un message à faire passer, ces mots en constituaient une part importante. Il devait les avoir déjà employés auparavant.

Elle s'intéressa de nouveau à Mason. Malgré son alibi, il avait un lien avec la police. Mais, avec ou sans alibi, elle devait admettre qu'il ne correspondait pas. Non seulement à l'intuition d'Eve mais au profil établi par Mira.

Il était plus intelligent qu'il en avait l'air et l'examen de ses dossiers montrait qu'il était organisé. Mais il n'était pas prudent et ne vivait pas seul ni refermé sur lui-même.

Elle trouva un disque étiqueté « Ledo » et un autre intitulé « Le Carré ».

Elle examina d'abord celui de Ledo, parcourut en diagonale l'idée rigide et formelle que Mason se faisait d'un rapport de police, puis repartit en arrière et se focalisa sur un passage précis.

J'ai observé un livreur évoluant à pied vers l'ouest. Il a marqué une courte pause devant l'immeuble du sujet avant de reprendre sa route. J'ai ensuite observé le même livreur traverser sur le trottoir sud et se déplacer à pied, vers l'est. L'individu paraissait incapable de trouver l'adresse, a sorti un communicateur. Mais à mon avis, il a plutôt pris une photo avec ledit communicateur.

Étant au service du public et familier du quartier, j'ai approché le livreur et l'ai appelé. J'ai dit : « Puis-je vous aider à trouver votre chemin ? »

L'individu s'est détourné en secouant la tête et est reparti vers l'est, à une allure plus rapide.

J'ai repris la surveillance de l'immeuble du sujet.

— Tu l'as vu…

Eve se tourna vers son communicateur et afficha les coordonnées de Mason.

Le visage du jeune homme apparut à l'écran.

— Ici Mason Tobias. Je ne peux parler que très brièvement car je travaille et les appels personnels ne sont pas autorisés.

— Je m'en occuperai, Mason. Ici le lieutenant Dallas.

— Oui, lieutenant. Je fais une livraison, donc j'ai une minute pour vous parler.

— Très bien. Mason, je suis en train de lire vos rapports et…

Le visage de Mason s'illumina brusquement.

— Vraiment ? Vous les lisez en personne ?

— Oui, et je me suis arrêtée sur celui que vous avez écrit le 15 décembre durant votre surveillance de l'immeuble où habitait Ledo.

— C'était avant que vous me disiez de ne plus le faire, d'observer depuis l'intérieur.

— Voilà, avant ça. Vous rapportez avoir vu un livreur qui semblait incapable de localiser une adresse. Vous vous en souvenez ?

— J'ai une très bonne mémoire.

— Vous avez parlé de livreur. Êtes-vous certain que l'individu était de sexe masculin ?

— Je... C'est inexact, lieutenant. J'ai supposé que c'en était un...

Une lueur de détresse passa dans son regard.

— Mon rapport n'était pas correct.

— Ce n'est pas grave. Avez-vous vu le visage de cette personne ?

— Une portion seulement. L'individu portait un pantalon marron, un manteau et un bonnet de la même couleur, des lunettes de soleil enveloppantes et une écharpe d'un marron plus clair autour de la partie inférieure de son visage. Des gants, également. L'individu tenait un colis.

Découragée, Eve hocha la tête.

— D'accord, Mason. Bon travail.

— L'individu a retiré ses lunettes dans le but – selon moi – de prendre une photographie de l'immeuble de l'autre côté de la rue.

Eve retint son souffle.

— Décrivez-moi ce que vous avez vu.

— L'individu semblait être de type métis. C'est ce que j'ai conclu en observant la couleur de sa peau café au lait. Son bonnet était descendu jusqu'aux sourcils, mais ceux-ci étaient bruns, d'après ce que j'ai pu voir. Brun sombre. Je n'étais pas assez proche pour apercevoir ses yeux, leur couleur je veux dire. Quand je me suis approché, il a remis ses lunettes. Je n'ai donc pas pu voir ses yeux. Désolé.

— Avez-vous pu vous faire une idée de la forme de son visage ?

Sur l'écran, Mason réfléchit en plissant le front.

— Plutôt étroit, je dirais. J'estimerais la taille de cette personne à un peu moins d'un mètre quatre-vingts et environ soixante-dix kilos. Vous vous intéressez à cet individu, lieutenant ?

— Oui. Beaucoup.

— Je pourrais y retourner et surveiller les lieux.

— Non, Mason. Négatif. Par contre, j'aimerais que vous travailliez avec un dessinateur de la police. Je vais l'envoyer vous voir. Il s'agit de l'inspecteur Yancy. Vous serez au restaurant ?

— J'ai des livraisons à faire, puis la plonge.

— Ne vous en faites pas pour ça, Mason. Il s'agit d'une affaire policière sérieuse. Faites votre livraison puis retournez-y. Faites simplement votre travail en attendant l'arrivée de l'inspecteur Yancy. J'arrangerai les choses avec votre patron.

— Oui, lieutenant. Il s'agit de votre suspect ?

— Oui, c'est le suspect. Et vous allez m'aider à le retrouver. Je vais contacter votre patron dès maintenant. Terminez votre livraison.

— Oui, lieutenant. Mason Tobias, terminé.

Avec un petit rire pour saluer ce coup de chance, Eve appela le restaurant et eut un bref échange ferme et carré avec le responsable hiérarchique de Mason. Après quoi elle contacta Yancy et lui exposa la situation.

Puis elle se rassit et balaya de nouveau son tableau du regard.

— On tient peut-être quelque chose, murmura-t-elle pour elle-même. Peut-être.

La chance lui avait souri au travers de Mason Tobias. Le jeune homme était peut-être un peu bizarre, mais il disposait de talents d'observation exceptionnels, d'un regard attentif aux moindres détails.

Et, comme l'avait dit Peabody, il était aussi loyal et dévoué qu'un chiot.

Peut-être pourrait-elle le faire entrer dans un programme de mentorat. Car s'il continuait à « sortir patrouiller », il finirait par être blessé ou tué.

Elle envoya un e-mail rapide à la chargée de liaison avec les civils puis mit Mason de côté pour s'atteler à son travail.

Elle afficha la nouvelle liste de noms et les compara au profil établi par Mira, comme celle-ci le lui avait recommandé. Elle en élimina rapidement deux puis un troisième qui n'habitait pas à New York, après vérification de ses déplacements et de sa profession.

Restaient deux suspects potentiels, l'un en ville, l'autre à Hoboken, dans le New Jersey... mais employé dans Midtown. Cinq minutes au communicateur avec un supérieur hiérarchique permirent de rayer le type de Hoboken de la liste. Celui-là se trouvait en réunion avec le supérieur en question et deux autres développeurs de logiciels entre 16 h 30 et 18 heures le jour du meurtre de Bastwick. Après quoi il avait pris un verre avec ses collègues jusqu'à 19 heures.

Ce qui laissait un professeur de criminologie de quarante ans. Un profil qu'Eve estimait intéressant. Il faisait moins d'un mètre soixante-quinze, mais le suspect avait très bien pu porter des talonnettes. Plutôt mince, avec seulement soixante-sept kilos au compteur, mais d'épais vêtements pouvaient facilement changer la donne. Métis, les yeux marron.

La syntaxe de ses courriers ne collait pas avec celle des messages, mais puisque tout le reste correspondait – et parce que ça lui donnait une bonne raison d'aller sur le terrain –, elle attrapa son manteau.

— Peabody, avec moi !

— Lieutenant ?

Jenkinson s'approcha alors qu'elle enfilait son manteau.

— On les a eus, annonça-t-il. Ces crétins traînaient dehors avec les airboards volés. On en fait mariner deux dans des salles d'interrogatoire séparées. Quant au troisième...

Il jeta un coup d'œil vers son bureau.

Eve vit le troisième suspect affalé sur sa chaise, avec des menottes aux poignets et un sourire méprisant aux lèvres.

— Quel âge a-t-il ? Quinze, seize ans ?

— Douze.

— Bon sang !

— J'ai dit la même chose. Grand pour son âge et aussi teigneux qu'un crotale. Son frère aîné l'avait emmené. Une sorte d'initiation, j'imagine. On l'a mis là en attendant l'arrivée de sa grand-mère – elle a la garde – et d'un défenseur des mineurs. J'ai trouvé une lame de dix centimètres sur ce gamin, patron. Il y avait du sang séché dessus et je suis sûr que c'est celui de l'un des ados assassinés.

— Douze ans, maugréa Eve.

Elle pensa à Tiko, le petit entrepreneur. Malin comme pas deux, avec un sens aiguisé des affaires.

Lui aussi n'avait que sa grand-mère. Une femme qui lui laissait assez de liberté pour être lui-même et des règles à respecter pour bien mener sa vie. Des fondations qui garantissaient que jamais il ne se retrouverait dans un commissariat avec un couteau taché de sang comme preuve de son méfait.

À quoi tenait vraiment la différence, se demanda-t-elle, entre un jeune qui faisait les choses bien et un autre qui tuait pour un airboard ?

— Il ne parlera pas, dit-elle en dévisageant le garçon au sourire plein de morgue. Ça lui plaît d'être ici, il pense que ça fait de lui un homme. Il pense pouvoir se la couler douce en centre éducatif fermé avec une réputation de caïd. Son avocat, quand il en aura un, l'incitera à prendre un air innocent, à s'habiller comme un gamin. Il insistera sur son âge et l'influence de ses aînés qui l'ont détourné du droit chemin…

» Oui, ça ne m'étonnerait pas que ça se passe de cette façon. Si le sang sur la lame se révèle être celui d'une des victimes, veillez à ce que le bureau du procureur voie des photos des gamins qu'ils ont poignardés. Avant et après. Ils seront peut-être moins prompts à leur proposer un accord avec de telles images sous les yeux. Il ne sera peut-être pas jugé comme un adulte, mais tentez le coup.

— C'est ce qu'on va faire. Celui qui les accompagnait va cracher le morceau. Le troisième, expliqua Jenkinson. Il joue les durs, mais il s'est mis à trembler quand on l'a installé dans la salle d'interrogatoire. Lui aussi avait un couteau. Nettoyé, mais le labo va retrouver des traces. Et il avait une dose de Jump sur lui. Il parlera. Le frère du petit, par contre, ne dira rien. Il a déjà tiré cinq mois pour violences volontaires et était passé par le centre de détention avant ça. Lui aussi avait une lame, ainsi qu'une belle montre toute neuve qu'il a sans doute volée sur une autre victime.

— Faites-les mariner un peu avant de terminer le travail. Beau boulot, Jenkinson. Et Reineke idem.

— Je lui dirai. Il est allé se chercher une compresse de glace. Le gamin lui a mis un coup de coude. Si nous n'avions pas eu deux agents en uniforme avec nous au moment de l'arrestation, ça aurait pu dégénérer. Mais c'est le métier, ajouta-t-il avec un haussement d'épaules.

— Effectivement.

— Les frères, les gamins qui ont été tués. La commémoration aura lieu demain matin.

— Prenez le temps et allez-y. Ça aussi, ça fait partie du boulot.

— Merci, lieutenant.

Eve fit signe à Peabody qui l'attendait et se dirigea vers la sortie.

— J'ai entendu dire qu'ils avaient chopé les trois jeunes qui ont tué les gamins, dit Peabody.

— Oui. Et on dirait qu'ils vont obtenir des aveux.

Alors qu'elles s'avançaient vers les ascenseurs, une femme émergea de l'un d'eux. Elle paraissait perdue et épuisée.

À ses chaussures, Eve estima qu'il s'agissait d'une femme de ménage, d'une serveuse ou peut-être d'une employée d'hôpital. Un métier qui la forçait à rester debout pendant l'essentiel de la journée.

— Excusez-moi, madame ? demanda l'inconnue. Je cherche...

Son menton se mit à trembler ; elle avait les larmes aux yeux.

— Le... La brigade criminelle. Inspecteurs Jenkinson et Rinek, termina-t-elle.

— Reineke, la corrigea Eve. Au fond du couloir, sur la gauche.

— Merci.

La femme s'éloigna, chaque pas attestant du fardeau qu'elle portait sur ses épaules.

Eve se détourna et se fit une place au sein de l'ascenseur plein à craquer.

— Comment est-ce possible ? s'interrogea Peabody. Une femme de ce genre ? On voit bien qu'elle travaille dur. Elle est polie, s'exprime bien. On s'imagine qu'elle fait de son mieux pour essayer d'élever deux garçons après avoir déjà élevé ses propres enfants. Et voilà qu'ils commettent un crime horrible, qu'ils tuent les enfants d'une autre femme et s'apprêtent à passer le reste de leur vie – la majeure partie, en tout cas – derrière les barreaux.

— Comment est-ce possible ? reprit Eve. Certaines personnes aiment tuer, c'est tout. Ce n'est parfois pas plus compliqué que ça.

— Ça devrait l'être, répondit Peabody.

« Devrait » ne voulait rien dire, estima Eve.

Elle se résolut à rester dans l'ascenseur jusqu'au parking. Et, pendant tout le trajet, elle tenta de chasser de son esprit le regard bouleversé de la grand-mère des jeunes tueurs.

La rencontre avec le professeur en criminologie fut un fiasco. Les vingt minutes passées à l'interroger – ainsi que l'étudiante avec qui il fricotait quand Eve et Peabody étaient arrivées – laissèrent Eve remontée et envahie d'un réel désir d'un suspect à malmener.

— J'ai encore du mal à croire que c'est vraiment arrivé, avoua Peabody en quittant la petite maison de ville où le dénommé Milton Whepp couchait avec ses étudiantes de troisième cycle et planchait sur ce qu'il affirmait être le futur livre du siècle. Il nous a réellement suggéré de nous joindre à lui et sa brunette maigrichonne sous prétexte que le sexe faisait travailler les neurones ?

— C'est ce qu'il a dit. Et la brunette maigrichonne lui a fourni un alibi pour la nuit dernière. Vérifiez tout de même auprès de l'étudiante en philo qui est censée avoir participé à leur plan à trois.

— Ce type n'est même pas beau !

— Il a peut-être un coup de reins digne d'un marteau-piqueur, répondit Eve.

Pour l'heure, le marteau-piqueur s'agitait surtout sous son crâne.

— Dans tous les cas, reprit-elle, une fois qu'on l'a en face de soi, il ne colle pas au profil. C'est un coureur de jupons, pas un tueur. Il cherche simplement à coucher dès qu'il en a l'occasion et se considère comme un intellectuel et un expert en criminalité.

— Bon, on sait qu'il a plus ou moins basé le personnage principal de son futur best-seller sur vous.

Ce qui aurait pu déranger Eve si elle avait cru un obsédé de ce genre capable de se retenir de coucher avec ses étudiantes assez longtemps pour pouvoir écrire un livre entier.

— Ce qui explique une partie de son obsession dans les courriers qu'il m'a envoyés.

— Ça et la certitude qu'une fois que vous aurez couché ensemble il deviendra votre nouveau consultant civil. Vous vous empresserez alors de quitter Connors pour lui, non sans lui soutirer un bon gros chèque pour vivre dans le luxe et résoudre des affaires criminelles avec votre nouvel amant. C'est ce que j'ai compris.

— Vous n'avez pas tort.

Existait-il plus épuisant que de voir de parfaits inconnus élaborer des fantasmes et des scénarios autour de soi ?

— Rentrez chez vous, Peabody. Vérifiez pour la partenaire du plan à trois et les personnes en compagnie desquelles il a prétendu être au moment de la mort de Bastwick.

— Les gens auxquels il s'est joint pour cette « séance d'exploration émotionnelle, intellectuelle et physique » ? Moi, j'appelle ça une orgie.

— Ça y ressemble beaucoup, oui. Je travaillerai depuis chez moi, dit Eve.

Elle fouilla dans sa poche et planta de force quelques crédits dans la main de Peabody.

— Tenez. Prenez un taxi.

— Quoi ? Le métro n'est qu'à deux rues d'ici.

— Prenez un taxi. Il fait froid. Et comme je ne partagerai pas mon gros chèque avec le criminologue obsédé, autant vous en faire bénéficier.

— Veinarde que je suis. Merci.

Eve se dirigea vers la voiture.

— Si vous avez prévu une orgie avec McNab, démarrez tôt pour avoir le temps de dormir.

Nous aurons un autre meurtre sur les bras demain. Il va y avoir une nouvelle victime.

— On aura peut-être de la chance.

Eve leva la tête vers les fenêtres du sale type qu'elle venait d'interroger.

— On n'en a pas eu beaucoup jusqu'à présent…

11

Une fois de retour chez elle, Eve demeura assise dans sa voiture pendant quelques instants, balayant du regard les décorations de fin d'année : sapins et bougies aux fenêtres, guirlandes lumineuses, fleurs et plantes décoratives.

Songeuse, elle se dirigea vers la porte d'entrée, dossiers à la main.

— Rentrée de bonne heure et sans la moindre ecchymose ? s'étonna Summerset. Dois-je en conclure que l'Apocalypse est imminente ?

Eve fixa sur lui ses yeux étrécis tout en retirant son manteau.

— Dois-je conclure que vous avez un cœur qui bat alors que le cadavre auquel je viens de rendre visite à la morgue paraît plus vivant que vous ? Quand viendront-ils retirer tous ces trucs ? demanda-t-elle avec un grand geste pour désigner les décorations.

— Traditionnellement, après la douzième nuit.

— Et c'est quand ?

— Le 5 janvier. L'entreprise procédera au retrait de l'ensemble pendant que Connors et vous serez en voyage.

— D'accord.

Aucune chance que le tueur puisse se présenter en prétendant faire partie des ouvriers pendant son absence. Car elle n'irait nulle part avant de l'avoir arrêté.

Elle se rappela la surprise à laquelle elle avait eu droit pour Noël et les plans que Connors lui avait montrés.

— Quand démarreront les travaux pour le dojo ?

— Juste après les vacances.

— Le 2 janvier, donc.

Il vaudrait peut-être mieux repousser le chantier. L'idée l'attristait mais elle ne voulait pas avoir d'inconnus chez elle.

— Variez vos habitudes, lui conseilla-t-elle en s'engageant dans l'escalier. Ce que vous faites hors de la maison. Les courses, les tombes que vous visitez, les maisons que vous hantez avec les autres goules, tout ça... Évitez de respecter toujours le même ordre et les mêmes horaires durant les jours qui viennent.

— J'avais justement une demeure à hanter ce soir, mais ça peut être reporté.

— Bien. Faites ça.

Elle se retourna pour le regarder.

— Je suis sérieuse, précisa-t-elle.

Puis elle pensa à Nadine et faillit sourire.

— Et couvrez vos arrières.

Elle fila droit vers son bureau, mit son tableau à jour et se prépara à se plonger dans les disques transmis par Nadine et Mason. Après quoi elle rédigerait son rapport sur l'entretien avec l'obsédé.

Mais la migraine continuait ses assauts et voir son propre visage lui rendre son regard depuis le tableau réveilla en elle une colère bouillante qu'elle n'arrivait pas à chasser.

— Bon, d'accord. Je souffle pendant une heure.

Elle fit un détour par la chambre où le chat avait pris ses aises sur le lit. Il roula sur lui-même, s'étira et bâilla puis la regarda d'un œil vaguement intéressé comme elle se déshabillait pour enfiler un short et un débardeur avant de sortir ses chaussures de running du placard.

Elle s'assit sur le côté du lit pour les enfiler. Galahad s'anima et s'approcha pour lui donner un petit coup de tête contre la hanche.

— Je suis énervée. Tout m'énerve. Faut que je me dépense pour que ça passe.

Elle lui donna une longue caresse puis taquina son ventre potelé.

— Un peu d'exercice ne te ferait pas de mal non plus, mon vieux.

Elle se leva et prit l'ascenseur pour descendre jusqu'à la salle de sport. Le dojo serait accessible depuis celle-ci, grâce à des portes coulissantes insonorisées.

« Tout en matériaux naturels, songea-t-elle. Dans un espace propre et dépouillé. »

Un lieu dédié à une pratique sérieuse. Avec projection holographique complète en option.

L'endroit disposerait néanmoins d'un petit jardin de méditation doté d'une fontaine miniature. Et, derrière des paravents en bambou, d'un petit coin cuisine avec réfrigérateur, autochef, évier et ainsi de suite.

Elle savait que Connors ne faisait jamais rien à moitié ; il serait vraiment dommage que le projet soit repoussé parce qu'elle n'avait pas capturé sa proie.

Bon sang ! Tout cela prenait une dimension trop personnelle, au point même d'influer sur son foyer.

Oui, il était temps de transpirer pour évacuer la mauvaise humeur.

Elle opta pour le tapis de course holographique. Habituellement, elle choisissait la plage. Rien de tel que de courir sur le sable en profitant de la brise marine. Mais cette fois, elle sélectionna un parcours urbain, avec des obstacles et une difficulté renforcée.

Elle s'élança au pas de course, accompagnée par le claquement de ses bottes virtuelles sur le trottoir. Elle esquiva des piétons, capta les effluves de vendeurs de rue et d'un recycleur défoncé. Elle zigzagua entre les véhicules à une intersection où un duo de voleurs avait arraché le sac à main d'une femme insouciante en tee-shirt « J'aime New York ». Pressant l'allure, elle plaqua au sol le délinquant le plus proche et lui mit les menottes avant de charger en direction de son partenaire.

« Ça, c'est une première », pensa-t-elle, ravie d'affronter un nouveau défi.

Connors avait modifié les réglages, ajouté de nouveaux éléments et améliorations. Lorsqu'elle affronta le deuxième criminel au corps-à-corps, elle comprit qu'il avait reprogrammé la machine en pensant spécifiquement à elle.

Et là non plus il n'avait pas fait les choses à moitié.

Trente minutes plus tard, elle avait atteint son rythme cardiaque de pointe, beaucoup transpiré… et mis deux voleurs à l'arraché virtuels derrière les barreaux.

Elle passa aux poids et fit travailler ses muscles au fil de trois séries de flexions, squats, fentes, tractions.

Il y avait du mieux. Le mal de tête s'était changé en une espèce de pulsation lancinante à l'arrière de son crâne. Mais elle n'arrivait pas à se débarrasser de sa mauvaise humeur.

Non content de lui attribuer le mobile de ses actes, le tueur faisait d'elle une sorte de victime. Elle ne le tolérerait pas.

Et pourtant, à cet instant précis, il s'apprêtait peut-être à s'en prendre à une nouvelle cible sans qu'Eve puisse l'en empêcher.

Elle reposa les poids sur leur support. Elle savait ce dont elle avait envie… ce dont elle avait eu envie depuis le départ. Mais à présent qu'elle était en sueur, gonflée à bloc et en colère, le moment était venu.

Elle s'approcha du droïde d'entraînement et l'examina – c'était un nouveau modèle – tout en enfilant ses gants.

Il était plus grand que le précédent, remarqua-t-elle, et plus lourd. Avec un visage conçu pour donner l'impression d'avoir pris des coups pendant des années. Nez cassé, cicatrices autour des yeux et une bouche à la moue dédaigneuse même une fois éteint.

« Du Connors tout craché », s'amusa-t-elle.

Elle ne pouvait qu'apprécier. Elle alluma le droïde.

— Activé. Sélectionnez le programme.

— Tu as un nom ?

— On m'appelle Broyeur, répondit-il d'une voix qui donnait l'impression qu'il se gargarisait avec du gravier.

— Qu'est-ce que tu proposes, Broyeur ?

— Je suis programmé pour la boxe, le kung-fu, le karaté, le combat de rue, le taekwondo, la lutte…

— Vas-y, ordonna Eve. Fais-moi la totale.

Il frappa le premier, un direct au visage. Elle l'esquiva de justesse, impressionnée par le déplacement d'air près de son oreille.

Elle reprit son équilibre et se mit en garde, un sourire féroce sur les lèvres.

— On va s'amuser.

De retour à la maison, Connors aspirait avant tout à un bon verre de vin et une petite heure de tranquillité. Le démarrage tardif de la journée avait condensé son agenda et l'aller-retour rapide qu'il avait dû faire dans l'une de ses usines de Trenton n'avait rien arrangé.

Non pas qu'il s'en plaigne. S'il souhaitait avoir moins de choses à faire, il n'avait qu'à vendre des propriétés plutôt que d'en acquérir de nouvelles.

— Où est ton fidèle félin ? demanda-t-il à Summerset.

— Je crois qu'il est à l'étage, avec le lieutenant.

Connors haussa un sourcil en retirant son manteau.

— Eve est rentrée ?

— Depuis presque une heure. Et sans l'ombre d'une blessure, ajouta-t-il avant que Connors puisse poser la question. Elle s'inquiète, semble-t-il, des activités que je pourrais avoir en dehors de la maison et, comme je l'ai déjà mentionné, de ceux que nous pourrions y laisser entrer.

— Tu as vu la conférence de presse ?

— Oui.

Summerset prit le manteau de Connors et le suspendit à l'intérieur du placard dissimulé dans le mur de l'entrée, là où il avait déjà accroché celui d'Eve.

— Si je fais le lien entre la conférence et ce qu'elle m'a demandé, j'en conclus qu'elle poursuit quelqu'un qui l'a impliquée de manière plus personnelle que d'habitude.

— Il – ou elle – laisse des messages à Eve sur les scènes de crime. Elle avait un lien avec les deux victimes, expliqua Connors en regardant vers l'étage. Le tueur prétend être l'ami d'Eve et faire acte de justice contre ceux qui lui ont manqué de respect.

— Je vois. Cela clarifie les choses. Je ferais un excellent candidat. Toi comme le lieutenant devriez savoir… que je suis capable de faire face si nécessaire, termina-t-il malgré la lueur qui s'était allumée dans le regard de Connors.

— Tu as déjà assez souffert par le passé. Je préférerais que ça ne se reproduise pas. Assure-toi de varier ta routine quotidienne, dit Connors.

— Le lieutenant a déjà suggéré la même chose. Ne t'inquiète pas, mon garçon. Je serai prudent. Et j'attends que tu fasses de même.

Sachant qu'il devrait s'en satisfaire, Connors monta l'escalier. Il fut surpris de ne pas trouver Eve dans son bureau. D'un autre côté, il n'aurait pas été étonné de la retrouver étendue sur le lit, le nez dans l'oreiller.

Il ne vit pourtant que le chat, étiré comme sur un chevalet miniature, les yeux rivés sur l'ascenseur. Avisant la présence de Connors, Galahad roula sur lui-même pour exposer son ventre. Accommodant, Connors lui offrit une vigoureuse caresse.

— Elle est partie par là ? demanda-t-il en désignant du menton l'ascenseur. Mais où est-elle allée ?

Il s'avança vers l'intercom.

— Où est Eve ?

— *Eve est dans la salle de sport.*

— Affichage sur le moniteur, ordonna Connors en se tournant vers l'écran mural.

D'après Summerset, Eve était arrivée indemne à la maison. Pourtant, elle arborait à présent un hématome au-dessus de la pommette et sa lèvre était fendue. À l'image, le droïde – acquisition si récente que Connors lui-même avait à peine eu l'occasion de s'entraîner avec lui – tituba en arrière. Eve venait de pivoter sur elle-même pour lui décocher un violent coup de pied retourné dans l'abdomen.

Broyeur – Connors avait pensé que le nom amuserait Eve – semblait en bien piteux état. Un simulacre de sang s'écoulait dans son œil gauche boursouflé et du coin de sa bouche.

Connors grimaça quand le droïde atteignit Eve à l'épaule, mais elle se tourna pour accompagner l'attaque et exploita l'élan de son adversaire pour le projeter au sol.

Un sifflement s'échappa entre les dents serrées de Connors en la voyant piétiner avec enthousiasme le visage du droïde.

— Eh bien... murmura-t-il.

Il dénoua sa cravate et entreprit de se changer. À peine avait-il enfilé une chemise propre qu'Eve émergeait de l'ascenseur, couverte de sueur.

— Hé, tu es rentré ! dit-elle.

— Et toi aussi. Et tu t'es bien dépensée, à ce que je vois.

— Comme tu dis.

Elle passa le dos de la main sur sa lèvre enflée.

— J'en avais besoin, ajouta-t-elle. T'as acheté un nouveau droïde d'entraînement.

— En effet. Je vais devoir le remplacer ?

— Non. Enfin, il a dit qu'il avait besoin d'effectuer un diagnostic interne, répondit Eve en massant son épaule endolorie.

— Et toi ?

— Ce truc frappe fort. Et il saigne, sa peau se couvre même de bleus. Je dois admettre que tu as assuré sur ce coup-là. Il m'a déstabilisée plusieurs fois et a passé ma garde à deux reprises.

— C'est un prototype. Ou du moins c'en était un.

— Je n'aurais sans doute pas dû lui piétiner le visage, mais tu joues avec le feu en apportant ici des jouets affreusement chers que je risque de casser.

— Tu voudrais que je me prive de ce plaisir ?

Il ouvrit le kit de premiers soins qu'il avait sorti par avance et en tira une baguette magnétique.

— Viens ici, dit-il.

— Je dois prendre une douche.

— Indéniablement. Mais les soins d'abord.

Il lui tint le menton entre l'index et le pouce et passa la baguette sur sa lèvre gonflée.

— Tu te sens mieux maintenant que tu as botté les fesses du droïde ?

Elle sourit puis émit un sifflement de douleur au contact de la baguette.

— Oui, je crois. On peut dire que la journée n'a pas été bonne.

Il ouvrit une compresse glacée et l'appliqua sur la joue d'Eve.

— Maintiens-la en place, lui dit-il avant de faire un second passage avec la baguette. Tu sais que tu aurais pu passer une heure avec Maître Wu, y compris par hologramme si une séance réelle n'était pas faisable.

Elle songea au maître en arts martiaux... qui faisait partie de son cadeau de Noël de la part de Connors.

— Je n'étais pas dans les bonnes dispositions. J'avais seulement besoin d'une bonne grosse bagarre. De taper dans quelque chose. Et vu que Summerset se casserait sûrement en deux après quelques coups bien placés...

— N'en sois pas si sûre.

Elle haussa les épaules et le regretta immédiatement quand ses muscles endoloris se rappelèrent à elle.

— Possible. Et puis tu n'étais pas là pour prendre une raclée.

— Vu l'état du droïde, je m'en félicite.

Elle grimaça, mais pas à cause de la douleur physique.

— Tu m'as vue ?

— Brièvement, répondit-il. Voilà, ça devrait aller mieux.

— Ça ne fait pas si mal, affirma-t-elle en se tapotant la lèvre. Les mains du droïde sont enveloppées dans une sorte de gel qui absorbe en partie l'impact. Connors, je sais que les travaux pour le dojo doivent commencer dans quelques jours mais...

— Tu es inquiète à l'idée d'avoir des inconnus dans la maison, termina-t-il pour elle. Ce n'est pas nécessaire dans ce cas précis. Je connais chacun des ouvriers de l'équipe et j'ai déjà contacté le responsable du chantier en lui disant de ne pas envoyer de remplaçants sans que je les aie personnellement validés.

— Malgré tout...

— Les hommes et les femmes qui viendront travailler après le 1er janvier dépendent de ce boulot et du paiement associé. Et si je te donnais leurs noms et les infos les concernant pour que tu puisses te rassurer en vérifiant tout ça toi-même ?

— Tu l'as déjà fait.

— Oui. Mais tu te sentirais plus à l'aise si tu avais fait de même.

— C'est vrai. Et ça me rappelle une chose : j'aimerais me servir de ton labo informatique un peu plus tard.

— Toute seule ?

Étant donné les compétences d'Eve en informatique, la question était justifiée.

— Peut-être avec toi, mais je devrais pouvoir me débrouiller seule pour ce que j'ai en tête. Cela dit, je vais d'abord prendre ma douche.

Sur le chemin de la salle de bains, elle lui lança un coup d'œil par-dessus son épaule.

— Tu devrais venir me laver le dos.

— C'est l'expression consacrée maintenant ?

— La consécration de toute cette dépense physique, surtout. Et un moment mémorable pour toi ! promit-elle.

Une fois dans la salle d'eau, elle retira son débardeur et son short avant d'entrer dans l'immense cabine de douche. Elle commanda des jets d'eau à pleine puissance, à une température de trente-neuf degrés.

Connors songea, résigné, qu'elle allait lui faire bouillir les parties. D'un autre côté, l'étreinte de sa femme moite et pleine de désir en valait largement la peine.

Tandis qu'elle se déshabillait, il examina son dos fin et musclé. Elle avait un léger hématome au niveau du rein droit, un autre un peu plus sombre sur la hanche gauche. La façon dont elle fit rouler son épaule avant de lever les bras pour repousser en arrière ses cheveux mouillés indiquait que l'articulation était douloureuse.

« Contusionnée et en sang, se dit-il. Non dans l'exercice de ses fonctions mais bien au chaud chez elle, et tout à fait volontairement. »

— Tu n'avais pas un voleur à tabasser sous la main ? demanda-t-il en se glissant derrière elle.

— Si, sur le tapis holographique. Ils étaient même deux. J'aime bien le nouveau programme.

— Je pensais que ça te plairait.

Et, en bon mari plein d'attentions, il actionna le distributeur de savon et recueillit le liquide soyeux au creux de sa paume.

— Tu devrais tester le parcours rural, dit-il.

— Pourquoi ?

— Ça t'aiderait à soigner ton étonnante phobie bovine, répondit-il en lui étalant le gel lavant sur le dos.

— Je n'ai pas besoin de soigner quoi que ce soit. Que les vaches restent où elles sont et je ferai de même.

— Imagine qu'un psychopathe prenne une famille en otages. Tu dois rejoindre la ferme familiale et l'éliminer avant qu'il fasse tout sauter, et les innocents avec.

Elle tourna la tête vers lui, intriguée.

— Où sont les vaches dans ton scénario ?

— Dans les champs que tu dois traverser pour arriver à la maison.

— Astucieux.

— On a constaté que les jeux et les défis, ainsi que la compétition de groupe sur les machines de fitness augmentent leur utilisation dans les salles de sport et à domicile. On va lancer notre nouvelle gamme à partir du 2 janvier, quand les gens pensent encore tenir leurs bonnes résolutions du Nouvel An.

— Astucieux, répéta-t-elle.

Elle se retourna pour enlacer le cou de Connors.

— Tu as une bonne résolution ? demanda-t-elle.

— Prendre plus de douches avec ma femme.

Il posa doucement ses lèvres sur les siennes en prenant soin de ne pas appuyer sur la blessure.

— Arrête !

Elle lui agrippa les cheveux et l'attira fermement contre elle pour lui dévorer la bouche.

— Je viens de broyer Broyeur. Je suis prête pour toi.

— Tu crois ?

Si elle avait besoin d'énergie physique, de force et d'agressivité, il se ferait un plaisir de les lui offrir. Il se sentait lui-même assez remonté depuis qu'il avait lu le message sur le mur ce matin-là.

Alors il la souleva, lui plaqua le dos contre le mur humide et plongea en elle.

— Oh oui !

La main d'Eve glissa le long de son épaule avant de se cramponner à lui pour retrouver sa prise.

— Tu es prête pour moi, hein ?

Il s'enfonça avec force, assez profondément pour lui arracher un cri. Les yeux d'or d'Eve se firent légèrement vitreux. Haletante, elle referma ses longues jambes autour de sa taille. Mais elle ne détourna pas le regard.

— Comme je l'ai dit à Broyeur : fais-moi la totale.

— Accroche-toi bien, dit-il en mordillant son épaule indemne en remontant jusqu'à sa gorge. Je veux te sentir entre mes doigts.

Elle l'agrippa comme elle pouvait, impuissante, suspendue et immobilisée tandis qu'il allait et venait avec elle, en elle.

Une vague de sensations s'abattit sur elle quand il fit courir ses mains rugueuses sur ses seins, puis le long de son corps, sans cesser de plonger en elle avec une ferveur sauvage. Exactement ce dont elle avait besoin.

La chaleur des puissants jets d'eau et la vapeur émanant du corps brûlant de Connors lui donnaient le tournis et consumaient toutes ces heures passées dans le froid, toutes ces heures au milieu du sang et des morts.

C'était la violence d'une passion qui vous purgeait pour mieux vous emplir, qui vous brûlait pour mieux vous apaiser.

Eve poussa de nouveau un cri, un son où la jouissance se mêlait à l'abandon qui résonna contre les parois carrelées. Elle emprisonna Connors au cœur de ses propres désirs, le rendit esclave de l'amour sans limites qu'il lui portait. Elle employa chaque fibre de son être, sa chair, son parfum, son esprit, pour l'envoûter et le prendre au piège.

Et lorsqu'elle gémit son nom et se relâcha entre ses bras, il s'abandonna à son tour.

Ils se laissèrent glisser le long de la paroi de la douche, leurs membres flasques et emmêlés. Lorsque Connors tourna la tête pour lui effleurer le cou du bout des lèvres, elle sourit.

— Ça, c'est ce que j'appelle une douche, commenta-t-elle.

— Et c'est ce que j'appelle un moment mémorable, répondit-il en l'embrassant de nouveau dans le cou. Si tu veux savoir ce que j'appelle une douche, il faudra ajuster la température à trente-deux degrés.

Il n'aurait pas su dire comment il faisait pour la tenir dans ses bras dans l'état de faiblesse où il se trouvait, ni si ses tympans cesseraient un jour de tinter après les cris qu'ils avaient poussés. Mais, une fois de plus, le jeu en valait la chandelle.

— Aucun individu sain d'esprit n'estimerait que l'eau à trente-deux degrés est froide, lui dit-il. Si par contre j'avais dit vingt-cinq degrés…

— Si tu fais ça, je t'assassine !

Elle aurait voulu le menacer de sa fureur, mais c'était difficile de s'emporter alors qu'elle se sentait si bien et s'affaissait doucement avec lui vers le sol de la cabine.

— Tête de nœud, va, le gronda-t-elle.

— Déjà ? Tu es insatiable. Le nœud en question va avoir besoin d'une dizaine de minutes.

— N'y songe même pas, mon coco.

Elle parvint à se redresser en position plus ou moins assise, puis se contenta de soupirer et de laisser sa tête retomber contre l'épaule de Connors.

Il lui caressa gentiment le dos.

— Direction le labo informatique ?

— Oui. Je m'étais autorisé une heure de pause pour m'aérer la tête et j'en ai pris pratiquement le double.

Elle se blottit de nouveau contre lui et il lui prit la main.

— On va en voir le bout, Eve.

— Oui. On va en voir le bout.

L'esprit plus clair – elle préférait l'endolorissement d'un bon combat suivi d'étreintes intenses à ce mal de crâne insistant –, elle porta les disques jusqu'au labo informatique de Connors.

« Même la DDE ne pourrait pas se vanter d'être mieux équipée », songea-t-elle avant de froncer les sourcils en voyant Connors déboucher une bouteille de vin.

— Tu avais envie de sueur et de sexe, dit-il. Moi, je rêvais d'un verre de vin en arrivant à la maison. Chacun son tour.

Elle n'allait certainement pas le contredire. Mais pour sa part, elle se contenterait d'un verre pour la même raison qu'elle s'était rhabillée d'un pantalon et d'un chemisier et avait remis son harnais. Elle voulait être prête à partir si le Central l'appelait. Ou plutôt *quand* le Central l'appellerait.

— J'ai les courriers. Les miens et ceux de Nadine. On a déjà procédé à un premier tri. À présent, je voudrais faire une analyse comparative des courriers et des deux messages trouvés sur les scènes de crime.

— Tu recherches des mots-clés, des formules spécifiques. Analyse syntaxique et grammaticale.

— C'est ça. Il reste beaucoup de données malgré le premier tri.

— On peut s'y prendre de plusieurs manières, dit-il. Je vais régler la recherche pour comparer ton courrier et celui de Nadine et repérer les correspondances, même si les lettres ne proviennent pas du même expéditeur ou du même endroit. Recherches purement liées au contenu. Puis nous ferons une nouvelle analyse de ton courrier, une troisième sur celui de Nadine, cette fois par rapport aux messages sur les murs, avec les noms et lieux d'expédition.

— Bien. C'est bien. Très complet.

— Ça ne prendra pas longtemps à programmer, mais la recherche et l'analyse risquent de prendre un temps considérable. Je lancerai tout ça en mode automatique et l'ordinateur nous alertera quand on aura... Disons dix cibles potentielles pour chaque ?

— Cinq. Plus tôt je pourrai m'y mettre, mieux ce sera.

— Alors disons cinq.

— Je vais en programmer une. J'en suis capable, insista Eve, vaguement agacée par le regard amusé de Connors. Et, oui, le temps que je termine, tu auras pu régler les deux autres, mais comme ça tout sera fait.

Elle saisit les disques contenant son courrier, choisit un ordinateur et se mit au travail.

Connors vint rapidement à bout de sa tâche et savoura son vin tandis qu'Eve bataillait pour régler les derniers paramètres de programmation.

— C'est fait, annonça-t-elle.

Presque aussi soulagée que si elle venait d'esquiver une collision en vol, elle se passa les doigts dans les cheveux avant de s'offrir une longue gorgée de vin. Après tout, elle l'avait bien mérité.

— Tu devrais vérifier que je n'ai pas fait d'erreur, dit-elle.

— Tu n'en as pas fait. J'ai gardé un œil sur ce que tu tapais, répondit-il en lui massant l'épaule. On va laisser les machines faire leur boulot. Elles n'iront pas plus vite si tu les couves du regard. On en profitera pour manger un morceau et tu me raconteras quelles avancées tu as faites aujourd'hui. On trouvera peut-être une nouvelle piste. Celle-ci, ajouta-t-il en désignant les ordinateurs du menton, en est une bonne.

— Oui, d'accord. D'accord. Il a fallu que j'implique mon équipe, raconta-t-elle tandis qu'ils se dirigeaient vers la porte. L'information allait fuiter – c'est fait, d'ailleurs – donc je voulais les tenir au courant.

— Ils avaient forcément capté des fragments d'informations, mâtinées de spéculations et d'approximations. C'est une bonne chose qu'ils aient eu droit à un topo complet, et de ta part.

— Maintenant, pour reprendre les mots de Jenkinson, ils jonglent en explorant différentes pistes en plus de leurs affaires en cours.

— Et c'est normal, lui assura Connors. Tu ferais la même chose pour chacun d'entre eux s'ils en avaient besoin. Il ne s'agit pas simplement d'inspecteurs et d'agents travaillant dans la même division. Il s'agit d'une équipe. Ton équipe.

— Toute cette histoire leur met un peu les nerfs.

— Et c'est normal, répéta-t-il.

Eve lui raconta les détails de sa journée devant une soupe riche et épaisse accompagnée de gros croûtons.

Pendant ce temps, l'individu en tenue de livreur passe-partout marchait vers l'adresse qu'il avait sélectionnée. Sa démarche trahissait un enthousiasme difficilement contenu.

Les passants défilaient sans un regard. Qui aurait pu lui prêter attention ? Franchement, cette méthode était un coup de génie. La fierté l'envahit.

Personne ne voyait jamais la personne réelle, ce qui avait toujours été blessant et rageant. À présent, c'était un plus, un avantage, et même une arme.

Certes, le trajet à pied était long et il faisait froid. Mais prudence restait le maître mot. Une fois le travail accompli, il faudrait repartir, marcher dans la même direction, tourner au coin de la rue, puis au suivant, puis une troisième fois. Zig, zag et encore zig. En restant à l'écart des caméras de sécurité des boutiques.

Entrer tranquillement, ressortir de la même manière.

Et entre les deux ? Ce serait excitant, gratifiant. Inspiré, tout simplement.

Ne disait-on pas « la troisième fois sera la bonne » ? Peut-être que ce geste, ce troisième hommage, montrerait à Eve la valeur de l'amitié, son importance. La prochaine fois qu'Eve se retrouverait devant les caméras, elle témoignerait de sa reconnaissance, lui enverrait un signe. Cet éclat dans son regard qui évoquerait, secrètement, l'union et la gratitude.

Ce n'était pas trop demandé.

Et pourquoi ne pas laisser cette troisième cible consciente quand ça arriverait ? Il suffirait de lui scotcher la bouche et les mains, de la maintenir légèrement paralysée mais sans perte de connaissance.

Cela promettait une expérience différente. Et l'existence était composée de tant de choses routinières, d'obligations à accomplir sans réelle récompense.

Cet homme, cette troisième cible, entendrait la liste de ses crimes et infractions avant que le pic à glace ne lui transperce l'œil pour pénétrer dans son cerveau.

Pour lui, ce serait l'œil plutôt que la langue, même si celle-ci avait proféré beaucoup d'horreurs. Un geste symbolique, de nouveau. Eve en apprécierait forcément la portée. Et montrerait enfin sa reconnaissance.

Cela dit, s'il bougeait trop, cela pourrait nuire à la visée. Il faudrait en tenir compte. Mais le jeu en valait peut-être la chandelle. Prendre un peu plus longtemps cette fois-ci. La troisième fois. La bonne. Un peu plus de temps avec un homme qui avait insulté, dénigré et agressé à la fois verbalement et physiquement une femme qui lui était supérieure en tout.

Tout comme la personne qui allait lui appliquer son juste châtiment. Supérieure à lui, tout comme Eve.

Tout comme elle.

Eve apprécierait cette façon de prendre son temps. D'une certaine manière, c'était un peu comme lui lire ses droits. Cela rendait la chose plus officielle, n'est-ce pas ? Peut-être était-ce le détail qui manquait, et qu'Eve attendait. Oui, réciter le code Miranda révisé, comme Eve le ferait. Énoncer la liste des délits, comme Eve le ferait.

Puis viendrait le geste qui scellerait sa véritable amitié pour Eve, leur partenariat.

La punition du coupable.

Un coupable qui travaillait tard dans son studio ce soir-là. Seul. Un homme qui n'appréciait pas la compagnie de ses semblables, qui méprisait les gens tout en gagnant sa vie en les immortalisant.

S'approcher de l'immeuble sans précipitation. Un simple travail à faire, la dernière livraison de la journée.

S'assurer que l'espace de vente au rez-de-chaussée était fermé pour la soirée. Impeccable. Balayer du regard le parking à deux étages avec ses caméras qui n'avaient qu'une fonction purement dissuasive car les jeunes du coin ne cessaient de les désactiver.

Galerie à l'étage également fermée. Parfait.

Des lumières visibles derrière les panneaux occultants dans le studio du deuxième étage, ainsi qu'à l'appartement au-dessus.

Il serait dans le studio. Et n'apprécierait pas d'être dérangé, surtout depuis l'escalier extérieur.

Mais il s'agissait d'une livraison spéciale.

Monter les marches. Personne aux alentours. Semelles silencieuses sur les escaliers de fer, manteau qui se confondait presque avec la couleur du bâtiment. Il faisait juste assez sombre à présent. En bas, tout le monde se recroquevillait contre le froid et se hâtait de rejoindre un endroit accueillant et chaud.

« C'est parti ! »

Actionner la sonnette du deuxième étage. Bien orienter le colis au cas où certaines des caméras fonctionneraient.

Prudence. Rigueur.

Actionner de nouveau et maintenir appuyé. Patience. Et insistance. « Je fais simplement mon boulot, je veux rentrer chez moi comme tout le monde. » Dernière livraison de la journée.

— Bordel ! s'exclama Dirk Hastings en ouvrant la lourde porte métallique. C'est quoi ton problème, pauvre con ?

Il était grand, massif et baraqué, avec des yeux perçants couleur de boue. Il émanait de lui un sentiment de colère brûlante.

« Comme tu es laid. Laid et irrespectueux. Tu seras mort sous peu. »

— Pardon, monsieur. Je viens seulement vous livrer un colis.

— Tu sais pas lire, connard ? Le panneau indique « pas de livraison », bordel !

— Pardon, répondit le tueur en glissant précautionneusement la main dans sa poche. Ils sont fermés en bas et le tampon indique « urgent ». Vous êtes Dirk Hastings ?

— À ton avis ?

— Vous n'avez qu'à signer et je vous laisse tranquille. Il fait super froid dehors.

— Alors trouve-toi un job en intérieur.

Hastings tendit la main vers la boîte. Le tueur fit un pas de côté, franchit le seuil et sortit le pistolet paralysant.

La décharge atteignit Hastings au ventre. Il écarquilla ses petits yeux ternes et frémit de toute sa carcasse avant de s'effondrer en arrière.

« Plus dure sera la chute, ha ha. »

Parfait.

Ne restait qu'à le tirer sur quelques mètres vers l'intérieur du studio. Prendre le temps, cette fois. Largement assez d'adhésif dans le carton. Mais le type était costaud. Ne pas agir de manière stupide. Ne pas le laisser reprendre pleinement ses esprits.

Le tueur s'accroupit et agrippa Hastings, inconscient, par les aisselles.

— Hé, Dirk, chouchou ? C'est quoi ce boucan ? Regarde, je nous ai pris une bouteille de…

La grande blonde à moitié nue se figea brusquement sur les marches. Ses lèvres rouges parfaites formèrent un grand O avant de se mettre à hurler.

Pris de panique, le tueur pivota vers elle, pistolet brandi. La blonde lança sa bouteille de pinot noir.

La décharge paralysante frappa à côté ; la bouteille explosa violemment contre le mur. Les bris de verre et le vin éclaboussèrent les alentours tandis que la blonde, toujours hurlante, remontait les marches à toute vitesse avec la vivacité d'une gazelle.

— J'appelle la police ! cria-t-elle. J'ai mon communicateur et j'appelle les flics. Et j'ai un couteau ! Un très grand couteau ! Tu ferais mieux de partir, espèce de salopard !

Des larmes de frustration embuèrent les yeux du tueur. Il ramassa son carton, embrassa une dernière fois son échec du regard... et s'enfuit.

12

Installée à son bureau, Eve examinait le dernier portrait-robot de Yancy. Comme Misty Polinsky, Mason avait décrit un visage étroit. L'écharpe dissimulait toujours la partie inférieure du visage mais, avec ce dessin, elle avait désormais une idée de la forme du nez, de l'aspect des lunettes de soleil enveloppantes et du sommet de la lèvre supérieure.

Elle était d'accord avec les commentaires de Yancy. Si la description de Mason était exacte – et Yancy estimait qu'elle l'était –, cela indiquait une bouche large et plutôt mince, au moins au niveau de la lèvre supérieure.

« C'est comme essayer de reconstituer un puzzle avec la plupart des pièces manquantes », se dit-elle.

Yancy avait effectué des extrapolations en se servant de calculs de probabilité et en mélangeant les deux portraits. Il avait fourni à Eve les sept visages les plus probables, en remplissant les zones manquantes.

Le résultat demeurait trop ordinaire pour utiliser un logiciel de reconnaissance faciale et bien trop vague pour qu'elle puisse affirmer que l'un de ces visages lui était familier.

La révélation ne viendrait donc pas du visage, en tout cas pas maintenant. Elle devait plutôt compter sur les mots. Un rapide coup d'œil à l'horloge lui apprit qu'il était trop tôt pour aller embêter Connors à propos d'éventuels progrès de ce côté-là.

Au lieu de quoi elle se pencha sur le premier rapport de Carmichael et Santiago.

— Bon sang !

Elle se redressa, les yeux écarquillés, avant de répéter :

— Bon sang.

— Je vois que j'arrive à point nommé, commenta Connors en entrant.

— Plus de deux mille candidats à une carrière dans les forces de l'ordre et ayant été refusés ou recalés pour diverses raisons m'ont écrit durant les deux années écoulées.

— Et ça t'étonne ?

— Mais oui ! Pour commencer, ils n'ont rien de mieux à faire ? On estime qu'environ quinze pour cent d'entre eux s'imaginaient que je pourrais les pistonner pour qu'ils soient enrôlés malgré tout. Déjà, pas question. Et puis, pourquoi ferais-je un truc pareil ? Presque neuf cents m'ont écrit plus d'une fois, et trois cent soixante-treize d'entre eux vivent à New York ou à proximité.

» J'ai aussi reçu soixante-dix-huit propositions sexuelles, voire quatre-vingt-treize si on compte ceux ayant couché avec moi en rêve ou dans une autre dimension. Et neuf demandes en mariage.

— Une relation sexuelle dans une dimension parallèle avec un autre que moi est un motif de divorce, l'avertit Connors.

— Dans un cas, nous étions des dragons. Des dragons dorés qui copulaient en plein vol au-dessus d'une mer couleur porto.

— Il faut voir les choses en face, répondit-il en s'asseyant sur le coin du bureau d'Eve. Tu es désormais une authentique…

Il ravala le mot « célébrité ». Inutile de faire imploser la cervelle déjà sous pression d'Eve.

— Une figure publique, se corrigea-t-il. Quelqu'un sur qui les gens vont fantasmer. Et la plupart du temps, nourrir quelques fantasmes est sain et créatif.

— Des dragons qui copulent ! rétorqua Eve.

— C'est créatif. Veux-tu que je te parle de mon courrier ?

— Tu reçois ce genre de trucs ? Bien sûr que tu reçois ce genre de trucs, ajouta-t-elle avant qu'il puisse répondre. Tu as sans doute déjà joué au dragon docteur dans toutes les dimensions possibles.

— Les animaux, mythologiques ou non, sont de grands classiques. La nourriture aussi est très populaire, que ce soit pour séduire ou comme objet de fétichisme. Le mélange des deux peut se révéler inventif.

Il attendit qu'elle le regarde, consternée, pour sourire.

— C'est même une lecture distrayante pour qui a le temps.

— Les gens sont franchement perturbés. Je vais donner la priorité à ceux qui vivent ici. Ceux qui parlent de sexe vont en bout de liste. Je ne crois pas que le sexe joue un rôle majeur ici. On pourrait peut-être aller voir au labo s'il y a des résultats ?

— Laissons-nous encore une demi-heure, proposa Connors. Nous pourrons…

La sonnerie du communicateur d'Eve l'interrompit. Elle le sortit et contempla fixement l'écran pendant un bref instant.

— Ça y est… souffla-t-elle. Dallas ?

— *Dallas, lieutenant Eve, communication du Central. Rendez-vous au 358, sur la 108e Rue Ouest, troisième étage. Consulter les agents sur place pour plus de détails sur l'agression.*

— L'agression ? répéta Eve. La victime est vivante ?

— *La victime, Hastings, Dirk, souffre de blessures légères. Probabilité de lien avec enquête en cours : quatre-vingt-dix-huit virgule trois pour cent.*

— Contacte Peabody, inspecteur Delia, répondit Eve en se relevant prestement. Je suis en route.

Elle raccrocha avant de recevoir confirmation de la part de l'ordinateur.

— Hastings. Un photographe et surtout un sale type avec un foutu caractère. Tu te souviens, je m'étais intéressée à lui durant l'été de l'année dernière ?

— Les portraits du crime, c'est comme ça que je les appelais, commenta Connors en dévalant l'escalier derrière elle.

Elle n'avait pas demandé s'il avait l'intention de l'accompagner. Cela aurait constitué une perte de temps pour tous les deux.

— Voilà. Il est apparu que le tueur lui avait brièvement servi d'assistant. Il les épuise aussi vite que…

— … que toi les droïdes d'entraînement ? suggéra Connors tandis qu'ils enfilaient leurs manteaux.

— On peut dire ça comme ça. J'ai dû lui mettre un coup de pied dans l'entrejambe quand il m'a sauté à la gorge… la première fois que je l'ai vu. J'avais interrompu son travail alors qu'il était en pleine concentration. De quoi lui inspirer beaucoup de commentaires désobligeants à mon sujet.

À peine avait-elle mis un pied dehors, le manteau encore ouvert, qu'une bourrasque glacée s'abattit sur elle. Elle émit un sifflement agacé en voyant que la cour était vide.

— Une voiture est en chemin, dit Connors. Donne-lui une minute, et enfile ça en attendant.

Elle préféra accepter l'écharpe qu'il lui tendait plutôt que de discuter.

— Hastings est un costaud, hasarda Eve. Peut-être que la décharge ne l'a pas neutralisé, peut-être qu'il s'est défendu. Et peut-être que je devrais éviter de me perdre en conjectures.

Elle sauta sur le siège passager d'un gros 4 × 4 gris acier avant même qu'il se soit arrêté.

— Un magasin occupe le rez-de-chaussée, se remémora-t-elle. Bureau et salle d'exposition de portraits à l'étage au-dessus. Le studio est au second et lui habite au troisième. Ça devait être fermé. Et il ne s'agit plus de conjecture cette fois, mais de simple logique. Un escalier en métal étroit à l'extérieur, façon escalier de secours. Ni escalier roulant ni ascenseur accessibles depuis l'extérieur. Obligé de grimper les marches. Bien à l'écart de la rue.

— Un photographe, surtout s'il fait beaucoup de portraits, devrait être capable de se rappeler un visage, de remarquer des détails.

— On peut l'espérer. Il y a un parking juste derrière, lui indiqua Eve avant de le guider jusqu'à l'endroit en question.

L'agent en uniforme devait guetter son arrivée car il ouvrit la porte alors qu'Eve gravissait les dernières marches de l'escalier extérieur, avec l'impression d'être un lézard escaladant un rocher.

— Désolé, lieutenant, Hastings vient juste de nous signaler qu'il y avait un accès depuis le local du rez-de-chaussée.

— Ce qui est fait est fait.

— Il a pris une grosse décharge, lieutenant. Ça s'est produit ici mais nous l'avons installé dans son appartement à l'étage au-dessus pour sécuriser cette zone. Les ambulanciers ont dit qu'il n'était pas blessé, mais ils recommandent qu'il aille faire des examens. Lui refuse de bouger.

— Pistolet paralysant ?

— Oui, lieutenant. Ainsi qu'une commotion cérébrale mineure liée à sa chute. Il est beaucoup plus énervé que souffrant.

— Il est toujours énervé, commenta Eve.

Elle passa devant le policier et monta vers l'appartement. Hastings était assis sur un canapé noir. Elle le vit avaler une large rasade de whisky, cul sec.

Aucun de ses portraits ne décorait les murs blancs. Peut-être s'était-il lassé de contempler des visages ou de les voir lui rendre son regard. À la place, il s'était confectionné une sorte de galerie de paysages urbains en noir et blanc : bancs désertés, façades de magasins, ruelles.

Dans d'autres circonstances, Eve aurait pu trouver ces clichés intéressants et attrayants. Mais à cet instant précis, elle voyait surtout l'occasion d'interroger un authentique témoin oculaire.

« Et même peut-être deux », songea-t-elle en découvrant la jeune femme aux jambes interminables et à la cascade de blondeur chatoyante blottie contre Hastings.

Le peignoir de coton blanc dont elle s'était enveloppée était si grand qu'elle aurait aussi bien pu être avalée par un ours polaire. Elle sirotait du brandy dans un verre de dégustation surdimensionné.

Hastings braqua sur Eve ses petits yeux couleur de vase.

— Foutue femme flic, gronda-t-il en se resservant à boire. Faut vraiment que vous fassiez un boulot de merde pour qu'un homme puisse même plus travailler tranquillement chez lui le soir sans se faire agresser.

— Le voyant de contrôle de cet immeuble dans mon repaire de superhéroïne est en panne, répliqua Eve. Qui êtes-vous ? demanda-t-elle à la blonde.

— Matilda Zebler. J'étais présente au moment de l'agression.

Eve attendit un court instant avant de hausser un sourcil.

— On travaille tard ce soir, Hastings ?

— Ouais, et alors ? Je bosse quand je veux et je vous emmerde.

« Ça n'est pas logique », songea Eve.

Le tueur était trop prudent, trop consciencieux pour s'attaquer à Hastings alors qu'il était avec un modèle.

— Pas d'assistant, de coiffeur ou de maquilleuse ?

— Je faisais de la création graphique. Je bosse toujours seul dans ces cas-là.

— Vous n'étiez pourtant pas seul.

Elle eut la surprise de voir Hastings rougir comme une jeune fille en fleur.

— J'étais tout seul dans mon studio quand quelqu'un m'a interrompu et m'a tiré une décharge de paralysant. Si j'avais su, je te l'aurais balancé dans l'escalier dès la première seconde.

— Dirk...

La façon dont Matilda lui passa la main sur le bras indiqua clairement à Eve que la jeune femme n'était pas là à titre professionnel.

— Les ambulanciers t'ont dit de ne pas t'énerver, non ? Ton organisme a encaissé un sacré coup, chouchou. Il faut surveiller ta tension.

Au lieu de l'envoyer paître, Hastings baissa les yeux vers son whisky, l'air maussade.

— Vous avez amené votre mec, maugréa-t-il à l'intention d'Eve. Où est fourrée votre copine au visage carré et à la coupe au bol ?

— Peabody. Elle est en chemin. Mon mec, comme vous dites, est aussi un consultant civil. Reprenons tout depuis le début, Hastings.

— Je ne sais pas pourquoi ils vous ont appelée. Je suis pas mort.

— Laissez-moi m'inquiéter du pourquoi. Depuis le début, donc.

— Bordel, je viens de vous le dire ! J'étais juste en train de bosser.

Il passa une grosse main sur son crâne chauve brillant comme s'il cherchait à remettre son cerveau en place.

— On a sonné à la porte. Personne passe jamais par l'escalier, et encore moins de nuit. La mairie m'oblige à le garder en état pour une histoire de sécurité incendie ou je ne sais quelle connerie. Mais c'te débile a continué à sonner jusqu'à ce que je me dise que, bon, si certains ont envie de mourir, pourquoi ne pas leur filer un coup de main ?

À côté de lui, Matilda sourit au-dessus de son brandy et lui tapota gentiment le genou.

— C'était soi-disant une livraison. Tu parles d'une putain de livraison ! D'un coup, je me suis retrouvé avec Matilda penchée sur moi, tenant un couteau d'une main et me giflant de l'autre. Puis ces foutus ambulanciers ont débarqué, et puis les flics. Tout ce beau monde rien que pour moi !

Eve tourna son regard vers Matilda.

— Un couteau ?

— Je n'allais pas redescendre sans arme. Je l'ai entendu se barrer en courant dans l'escalier, mais je ne voulais pas laisser Dirk étendu par terre au cas où il reviendrait. Donc juste après avoir appelé les flics, j'ai pris un couteau et je suis descendue. Et je ne t'ai pas giflé, je te tapotais le visage, précisa-t-elle en enfonçant un doigt moqueur dans le ventre de Hastings.

» J'ai pris son pouls. Le pire moment de ma vie, juste après celui où j'ai descendu les marches pour trouver Dirk étalé par terre et ce malade prêt à lui faire du mal. Je lui ai balancé la bouteille de pinot noir que j'avais apportée.

Ce qui expliquait la bouteille brisée et la flaque de vin juste derrière la porte du studio.

— Je crois qu'il a essayé de m'assommer, poursuivit-elle. Je l'ai vu lever son pistolet paralysant quand j'ai lancé la bouteille.

À ces mots, Dirk lui prit la main et son expression de colère permanente laissa place à une terreur sans nom.

— Tu ne m'avais pas dit ça. Bon sang, Matilda…

— Je l'ai dit à l'autre policier. Tu étais trop occupé à injurier les ambulanciers et à me crier d'aller m'habiller. Je ne portais… pas grand-chose, expliqua Matilda à Eve avec un petit sourire.

— Vous avez tous les deux vu le suspect ?

— Question débile ! On a tous les deux des yeux, non ? gronda Hastings. Et j'en ai marre de cet interrogatoire à la con. Quelqu'un a voulu me dévaliser mais a été obligé de prendre ses jambes à son cou. C'est tout. Maintenant, cassez-vous de là.

— Dirk !

Il soupira face au ton de réprimande de Matilda.

— Merci d'être passée, maintenez tirez-vous, se reprit-il.

Il sourit légèrement en entendant rire Matilda.

— Matilda, j'aimerais que vous accompagniez Connors dans une autre pièce pour lui décrire la personne que vous avez vue.

— Pourquoi elle devrait aller avec lui ? voulut savoir Hastings.

— Parce que vous allez rester et me décrire l'individu que vous avez vu, et que de cette façon aucun de vous n'influencera le souvenir ou les impressions de l'autre. Si ça vous pose un problème, ça peut se régler au Central. Vous vous rappelez le Central ?

— Vous me menacez alors que je me suis pris une décharge ? s'exclama-t-il.

Il se releva d'un bond, instantanément furieux.

— Dirk ! lança Matilda sur un ton qui rappela à Eve son prof d'endurance à l'académie.

Hastings gronda comme un volcan sur le point d'entrer en éruption, avant de laisser échapper un long sifflement frustré. Puis de se rasseoir.

— C'est moi qui me suis pris une décharge, marmonna-t-il.

— Et c'est elle qui essaie de savoir par qui et pourquoi, lui rappela Matilda.

— Une agression pour me piquer mon fric. Qu'est-ce qu'elle va y faire ?

— Serais-je venue si je pensais qu'il s'agissait d'un vol à main armée ? J'enquête sur des meurtres, lui rappela Eve.

— Y a pas eu mort d'homme, si ? répliqua Hastings en se levant de nouveau.

Puis il écarquilla les yeux et se rassit vivement pour passer un bras autour de la blonde.

— Vous pensez que quelqu'un veut me faire la peau ? Pourquoi ?

— Combien d'objets avez-vous jetés à la tête des gens depuis la dernière fois que je vous ai vu ? Combien en avez-vous menacé de les écorcher vifs, de les plonger dans l'acide ou de les balancer par la fenêtre, pour ne prendre que quelques exemples ?

— Je tiens pas de décomptes précis.

— Exactement. Madame Zebler, si vous voulez bien ?

Matilda prit une profonde inspiration.

— Bien sûr. Je n'ai pas cru à un cambriolage. Ça n'y ressemblait pas. Je t'en prie, Dirk, reste correct. Pour moi, ajouta-t-elle avant de lui prendre le visage à deux mains pour l'embrasser doucement.

Elle se leva et Connors lui tendit la main.

— J'admire votre travail, lui dit-il.

— Merci. Nous avons failli nous rencontrer à deux ou trois reprises… commença-t-elle.

De quoi faire de nouveau hausser les sourcils à Eve tandis que Connors escortait la jeune femme vers la cuisine adjacente.

Eve s'assit à son tour.

— Depuis combien de temps Matilda et vous entretenez-vous une relation ?

— C'est pas vos oignons.

— Je ne poserais pas la question si je ne la jugeais pas pertinente. Combien de temps ? Deux personnes sont mortes, annonça-t-elle sans ambages. Vous avez failli être la troisième. Si les choses avaient tourné différemment, Matilda aurait pu constituer une cible bonus.

— Hein ? Mais pourquoi ? ! Si quelqu'un s'approche d'elle, je lui déchiquette la gorge et je lui fourre la tête à l'intérieur.

— Très poétique. Quant à savoir pourquoi, j'y travaille. Combien de temps ?

— Dix-huit jours. Vous n'avez pas besoin de me demander ce qu'une fille comme elle peut faire avec un type comme moi.

— Vous avez sans doute une trogne que même une mère aurait du mal à aimer, Dirk, mais vous compensez largement par votre personnalité ouverte et joyeuse et vos tombereaux de charme.

— Merde...

Elle le vit gonfler la poitrine, souffler par les narines.

— On veut rester discrets, d'accord ? C'est notre vie privée. C'est... récent, et c'est notre vie privée. Si les médias l'apprennent, ils l'emmerderont pour tout savoir.

— Qui est-elle ?

Dirk leva les yeux au ciel.

— Vous vivez dans une cave ou quoi ? Matilda. Le top-modèle. Plus qu'un visage, un corps. Elle a lancé sa propre ligne de soins du cheveu et du visage. Et elle ne se contente pas de mettre sa tête sur les produits ; c'est elle qui dirige la boîte. Elle a de la cervelle. Et des couilles, ajouta-t-il à mi-voix en contemplant la bouteille brisée. Je suis prêt à tout pour qu'il ne lui arrive rien. Y compris à tabasser à mort la personne qu'a essayé de me tuer. Et à foutre le feu à ce qui en restera.

— Pourquoi ne pas commencer par me décrire cette personne ?

Il ferma les yeux.

Elle remarqua alors sa pâleur et les cernes sombres sous ses yeux. Une grosse décharge paralysante tendait à épuiser l'organisme, laissant la victime exténuée et endolorie, voire tremblante et malade.

Eve le savait mieux que quiconque.

— Vous vous sentiriez mieux en buvant une boisson protéinée plutôt que de l'alcool.

— Vos protéines, vous pouvez vous les mettre où je pense, répliqua-t-il sans grande conviction. À peu près votre taille, peut-être quelques centimètres de plus. Manteau marron avec une écharpe, marron aussi, enroulée autour du cou et lui remontant jusqu'au nez. J'ai eu envie de la lui arracher et de l'étrangler avec, cette sale meuf.

Eve se raidit instantanément.

— « Meuf » ?

— Ouais, je crois. Des yeux marron, avec quelque chose de féminin. Ils étaient… un peu comme les vôtres, maintenant que j'y pense. Ou peut-être que c'est mon cerveau qu'est pas encore remis et que maintenant que je vois les vôtres, j'imagine que c'étaient les siens.

Il secoua la tête.

— J'étais plutôt en rogne. Disons que je voyais rouge et que je n'ai pas été très attentif. J'étais pas en train de cadrer le portrait d'une connasse de livreuse.

— Mais les visages, c'est votre métier, répondit Eve avec une petite pique à son ego.

— Ouais, ouais. J'ai la cervelle de traviole, dit-il en fermant de nouveau les paupières. Visage étroit, nez fin, la trentaine, je dirais. Silhouette costaude. Mais en y repensant, c'était peut-être pas tant elle que son gros manteau et ce qu'elle portait en dessous. Bonnet marron, tiré bas sur le front. Je n'ai pas vu ses cheveux. Belle peau, visiblement douce. Ce qui fait penser à une femme. D'un brun clair, café au lait… avec beaucoup de lait.

Il rouvrit les yeux.

— Je l'ai vu, dit-il.

— Vu quoi ? demanda Eve.

— Elle m'a dit qu'il fallait que je signe, un truc comme ça. Franchement, j'étais tellement furax que je l'aurais cassée en deux. Mais je l'ai vu, juste avant la décharge.

Il se frotta le torse de sa main.

— Purée que ça faisait mal. Ça brûle, c'est une horreur. Mais j'ai eu le temps de le voir dans ses yeux.

— Quoi donc ?

— De l'excitation.

Quand Peabody arriva, Eve confia Hastings à sa coéquipière. Elle appela l'équipe médico-légale… et savoura le soulagement qu'elle ressentait à l'idée de ne pas avoir besoin de prévenir aussi la morgue. Puis elle se dirigea vers la cuisine.

Elle entendit que Connors et Matilda étaient passés à d'autres sujets, évoquant des questions de distribution, de marchés, de publicités et autres trucs rasoir.

— Nous avons presque terminé, dit Eve. Mais j'aimerais que vous me récapituliez les événements. Que s'est-il passé, qu'avez-vous entendu, qu'avez-vous vu ?

— Pas de soucis. Je ferai tout pour vous aider.

Eve l'écouta attentivement en prenant des notes. Elle se dit qu'à quelques secondes près Hastings n'aurait pas été en train de siroter du whisky sur son canapé en bouillant intérieurement.

— Merci pour votre coopération. Vous pouvez retourner auprès de lui si vous le voulez, madame Zebler.

— Ah, merci. Je voulais vous demander… Si Dirk est vraiment en danger, pouvons-nous partir, nous éloigner de New York pour quelques jours ? Pour tout dire, j'ai une séance photo la semaine prochaine en Australie. Je pourrais le convaincre de m'accompagner.

— Je lui ai demandé de travailler avec notre spécialiste des portraits-robots demain et j'espère que vous accepterez de faire de même.

— Absolument.

— Après cela, vous serez libres d'aller où vous voudrez. Il me faudra simplement un moyen de vous contacter au cas où j'aurais besoin de parler à l'un ou à l'autre d'entre vous.

— Aucun problème. Cet homme est vraiment venu ici ce soir pour tuer Dirk ?

« Cet homme », songea Eve avec frustration.

Elle avait deux témoins oculaires. L'un avait vu un homme, l'autre une femme.

— Je pense que Dirk a eu de la chance que vous soyez descendue avec votre bouteille de vin et que vous ayez réagi de manière aussi prompte et intelligente.

— Direction l'Australie, dit Matilda en retournant vers Hastings.

Eve vit Peabody sursauter à l'arrivée de la blonde. Sa mâchoire semblait à deux doigts de se décrocher.

— Peabody !

— Lieutenant ?

— Descendez au studio, ordonna Eve. Je vais m'organiser avec le portraitiste et je vous rejoins, dit-elle à Hastings. Nous vous laisserons à votre intimité dès que possible. Nous avons terminé ici.

— Nous vous sommes reconnaissants d'être venue si vite, dit Matilda.

Elle coula un regard appuyé vers Dirk.

— Ouais, ouais, maugréa-t-il. On est reconnaissants.

— Tu vas manger un peu de soupe, dit doucement Matilda tandis qu'Eve s'éloignait. Et t'allonger.

— J'avais presque fini mon travail sur…

— Dirk. Pas ce soir, mon chéri.

— D'accord. D'accord, Matilda.

Son ton apaisé et la facilité avec laquelle il avait cédé firent sourire Eve.

L'amour retournait le cerveau de tout un chacun, comme une décharge de pistolet paralysant.

À son arrivée dans le studio, deux techniciens de la police scientifique étaient en train d'analyser la porte et le seuil, laissant entrer l'air froid.

De l'avis d'Eve, ils ne trouveraient rien. Mais il fallait le faire.

Elle examina les éclaboussures sur le mur près de la porte. Heureusement pour Hastings et Matilda, il ne s'agissait pas de sang mais d'un très bon vin rouge.

— On va poster un agent en uniforme pour veiller sur eux cette nuit, dit-elle à Peabody.

— C'est Matilda !

— Je sais.

— Matilda, répéta Peabody. C'est, genre, le visage de la décennie.

— La décennie qui n'a pas encore un an ?

— D'accord, mais quand même. Elle est sur la liste de McNab. Elle a fait dégager Lorilee Castle, alors qu'elle y était depuis trois ans.

— La liste ?

— La liste des gens avec qui vous avez le droit de coucher si l'occasion se présente. Il va s'évanouir quand je lui raconterai ! Je ne lui en veux pas. J'utilise le masque pour cheveux Matilda.

— Pourquoi prendre un masque pour vos cheveux ? Si vous voulez les cacher, portez un chapeau.

— Non, un masque hydratant. Celui-là est génial… et complètement naturel. Et elle…

— Peabody, Matilda ne nous intéresse que parce qu'elle était sur place et que par sa présence d'esprit et la vivacité de sa réaction, elle a empêché notre suspect d'abattre sa cible.

Eve jaugea la distance entre les marches et le mur taché.

— Elle vise remarquablement bien.

Elle fit le tour de la pièce, les mains sur les hanches. Elle vit que la station de travail était toujours allumée. La création graphique interrompue de Hastings.

La lumière était allumée, les panneaux occultants baissés.

— Pas très difficile de surveiller Hastings, de se faire une idée de son emploi du temps. Pas si l'on est patient et déterminé, murmura-t-elle. Tu n'as eu qu'à t'installer dans le parking entre les immeubles. Et flâner dans le magasin pour étudier le planning des employés. Tu as peut-être même pris le risque de monter jusqu'au bureau sous prétexte de te renseigner pour un portrait.

— C'est le soir où il travaille tard au studio, indiqua Peabody. C'est lui qui me l'a dit tout à l'heure. Toutes les semaines, il passe les deux mêmes soirées à travailler seul. Et ce soir est strictement réservé à la création graphique, son activité secondaire.

— Je vois. Sauf que durant les deux semaines écoulées, Matilda est discrètement montée le rejoindre chez lui. Deux à trois, voire parfois quatre soirs par semaine, quand leur emploi du temps le permettait. Il arrive qu'elle travaille en haut pendant que lui est à l'œuvre dans le studio. Ou alors elle apporte de quoi préparer un repas pour deux. C'était le cas ce soir, expliqua Eve. Elle leur concoctait un joli petit souper quand elle a entendu du bruit. Hastings qui criait et puis un choc sourd, soit le moment où il s'est écroulé. C'est là qu'elle est descendue, sa bouteille de vin à la main, et l'a découvert étendu sur le sol.

Elle s'accroupit près de la petite tache de sang.

— Il s'est bien cogné la tête, commenta-t-elle. Donc Matilda le voit, puis le suspect.

Eve tourna la tête vers la porte.

— Le suspect la voit à son tour. Elle lui lance sa bouteille, il tire. La décharge paralysante manque largement sa cible, la bouteille frappe le mur et explose. Il faut saluer l'instinct de Matilda, et la justesse du lancer. Je parie que le manteau marron est désormais taché de pinot noir. La visée de notre suspect, par contre, n'est pas terrible. Il lui faut être tout près de sa cible. Absence de réelle maîtrise, donc, ou en tout cas de capacité à agir en situation de panique. Notre tueur est lâche.

Parce qu'il était important de suivre la procédure, Eve posa un marqueur près de la tache de sang.

— Prélevez un échantillon, dit-elle aux techniciens. Il faudra confirmer que c'est bien le sang de la victime.

Elle fit un dernier tour du propriétaire.

— Hastings donne l'impression de vivre isolé. Un individu très routinier, sans réelle vie sociale, qui n'aime guère ses semblables. Mais c'était sans compter l'arrivée de Matilda.

Elle examina de nouveau le mur éclaboussé de vin puis la paroi qui lui faisait face, intacte.

« Un bon emplacement pour le message, songea-t-elle. Un espace propre et bien dégagé. C'est là que tu l'aurais laissé. Le lieu de travail de Hastings comptait plus à ses yeux que son lieu de vie. Qu'avais-tu prévu d'écrire cette fois ? »

Elle se tourna vers Peabody.

— Ses caméras de surveillance extérieures ne sont pas fiables, la plupart ne fonctionnent même pas. Mais il y en a de bonnes dans la boutique et deux ou trois autres au niveau des bureaux. Récupérons les images pour voir s'il y a quelque chose à en tirer. Je veux que des agents reviennent interroger les voisins demain matin avec les portraits-robots dont nous disposons. Puis vous irez les montrer aux deux témoins. Ils auront eu le temps de se calmer et une deuxième entrevue avec vous pourra révéler de nouveaux détails.

Eve balaya de nouveau les lieux du regard. Deux techniciens occupés à un travail de base et personne de la morgue. Tout bien considéré, c'était une bonne soirée.

— En attendant, on a terminé pour ce soir, dit-elle.

Une fois dans la voiture, elle relut ses notes, en souligna certaines, en entoura d'autres à l'aide de son marqueur.

— C'est une femme, assura-t-elle.

Connors lui lança un coup d'œil interrogateur.

— Matilda semblait raisonnablement sûre que c'était un homme.

— Elle se tenait à trois mètres de l'agresseur. La première chose qu'elle a vue, c'est Hastings étendu à terre. C'est ce qui lui a fait le plus d'effet. Elle a vu une silhouette marron, massive, avec un colis dans les mains, puis l'homme avec qui elle couche – un grand gaillard colérique – gisant assommé, voire mort pour ce qu'elle en savait. Il était donc logique qu'elle voie un homme. Il ne viendrait à l'idée de personne qu'une femme puisse entrer par effraction ou forcer la porte et étendre Hastings. Les femmes, pour la plupart, ont plus peur des hommes que des autres femmes.

— Et tu penses qu'un homme ne se serait pas attaqué à Matilda ?

— Pas forcément. Le genre d'une personne n'a rien à voir avec la lâcheté. Or nous avons affaire à quelqu'un de lâche. Mais Hastings, lui, était tout près, en face à face. Il a vu une femme. Son visage n'était pas vraiment visible, mais il a perçu de la féminité chez le tueur. Sa peau… Il a dit qu'elle avait une très belle peau.

Eve s'interrompit un moment pour dévisager Connors, songeuse.

— Toi aussi, tu as une très belle peau, fit-elle remarquer. Mais elle n'a rien de féminin.

— Merci de la confirmation.

— Il pourrait se tromper. Il était furax et une décharge paralysante vous retourne toujours le cerveau. Mais j'ai tendance à me fier à son intuition. Et il n'y a aucune composante sexuelle dans les messages du tueur. Ça parle d'amitié, d'entraide, de soutien. Rien qui évoque la sexualité. Donc une femme, une femme hétéro, correspondrait.

— Ou un homme gay avec une belle peau.

— Mince. Oui, oui, on ne peut pas l'écarter.

Eve se massa la tempe, agacée de ne pas y avoir pensé elle-même.

— Mais... Un tel soin pour dissimuler sa morphologie en plus de son visage ? Il y a forcément un risque, mais je vais voir ce que ça donne en éliminant les hommes hétéros et tous les individus ayant moins de trente ans ou plus de quarante. Je passerai tous les dossiers en dehors de ces paramètres à quelqu'un d'autre, histoire de réduire le champ d'investigation.

— Ce n'est pas seulement l'intuition de Hastings qui te guide.

— Non. Cette femme est forte, elle est décidée, elle est intelligente. Elle fait partie de la police, travaille au contact des policiers ou a étudié le métier avec ferveur. Elle vit seule. Elle occupe un poste à responsabilités. C'est une personne responsable. Elle fait ce qu'on attend d'elle, n'attire pas l'attention. Elle se fond dans le paysage. Elle ne doit pas avoir d'amis proches. Pas d'enfants, sans doute pas d'amant attitré.

— Elle ne reviendra pas s'en prendre à Hastings, dit Connors. Pas maintenant.

— Non, pas maintenant. Mais elle est patiente. Attendre ne la dérange pas. Une fois qu'elle se sera remise de cet échec, de ce coup de chaud, elle reprendra ses esprits. Elle va devoir mettre Hastings de côté pour le moment. Mais au bout de deux à trois mois, quatre tout au plus, les gens cessent de s'inquiéter et reprennent leurs habitudes. Elle n'aura qu'à guetter ce moment.

Connors se gara devant la maison et se tourna vers elle.

— Tu en es venue aux mains avec Hastings, le jour de votre rencontre, parce qu'il s'apprêtait à t'agresser. Qui est au courant ?

— Il y avait un mannequin, un assistant, l'équipe coiffure et…

— Non, quels individus correspondant à tes paramètres sont au courant ?

— Difficile à dire. C'était mentionné dans mon rapport. Quand une flic balance un coup de pied dans les testicules d'un civil, elle a intérêt à coucher tous les détails par écrit et à avoir une bonne raison. L'un des témoins de la scène a pu le raconter à quelqu'un d'autre.

— Eve… Quelles sont les chances que l'un d'eux en ait parlé à quelqu'un connaissant aussi un témoin du coup de queue de billard que t'a mis Ledo ?

— Aucune chance, répondit-elle en sortant de la voiture. Le suspect a eu accès à mes rapports. J'en suis convaincue.

Elle s'apprêtait à foncer droit vers la maison, mais Connors l'agrippa et l'attira contre lui. Il la serra dans ses bras même quand elle tenta de se dégager.

— Ça va très bien, dit-elle.

— Pas tant que ça. Et c'est justifié.

Malgré le vent, il prit son temps avant de desserrer son emprise et contempla le visage d'Eve dans l'éclat des lumières festives qui éclairaient les alentours.

— Combien de femmes entre trente et quarante ans ont accès à tes rapports ?

— Une poignée, je dirais. Ou une dizaine, mais...

— Les gens se racontent des trucs.

— Et les flics sont des gens, admit-elle. Une bonne histoire autour d'une bière, une anecdote marrante dans les vestiaires. Ou un fouineur des Affaires internes farfouillant dans mon dossier. Et puis les techniciens aussi discutent, et le personnel civil. Pour ce que j'en sais, ça pourrait même être quelqu'un de l'équipe d'entretien. N'importe lequel d'entre eux pourrait entrer dans mon bureau et accéder à mes fichiers, avec les compétences informatiques et la détermination nécessaires. Je n'ai plus le même ordinateur qu'à l'époque de l'affaire Barrow. Et ils sont censés en effacer tout le contenu. Mais...

— « Mais », reprit Connors en hochant la tête. C'est un peu tardif, mais tu devrais demander à Feeney ou McNab d'ajouter une protection sur ta machine, quelque chose qui réclame plus que des compétences basiques pour être contourné. Ou je peux te le faire moi-même.

— À tous les coups, c'est moi qui vais finir par oublier comment accéder à mon propre ordinateur, maugréa-t-elle.

Connors se mit à rire et la fit pivoter vers le perron.

— On veillera à ce que ça n'arrive pas, promit-il.

— Je veux savoir si la recherche de vocabulaire nous a dégoté du sérieux.

— Alors allons-y.

Eve travailla tard dans la nuit, jusqu'au moment où Connors décida de la porter, à moitié endormie, vers leur lit. Pendant ce temps, le tueur faisait les cent pas.

Pas d'erreurs. Ni erreurs ni accidents. Que s'était-il passé ? L'imprévisible. L'imprévisible pouvait se produire... et s'était produit.

Mais ça n'aurait pas dû ! Pas après avoir tout fait comme il fallait. Après avoir longuement réfléchi, planifié, répété.

Ce n'était pas juste. Ce n'était pas acceptable.

Ça aurait dû être facile, ça aurait dû fonctionner. Le plan aurait dû aboutir.

La troisième fois était censée être la bonne !

D'où était sortie cette femme ? Le mannequin. La star. Oh, ce visage était reconnaissable entre mille. Convoité, admiré par tous. Admiré par la seule grâce d'un ADN plus chanceux que la moyenne.

Qui aurait pu croire qu'une femme comme Matilda se lierait à un homme aussi laid – à l'intérieur comme à l'extérieur – que Hastings ? Absence de bon goût comme de bon sens.

Ses mains tremblaient à présent. Des tremblements au cœur de la solitude, du silence.

Eve tremblait-elle dans le silence ?

Bien sûr que non ! Les tremblements devaient cesser. Et le travail se poursuivre.

Allumer des bougies était un bon moyen de s'apaiser. Leur éclat illumina le mur, un mur couvert de photographies, de dessins et d'articles de presse au sujet d'Eve. Toujours faire preuve d'attention, de vigilance.

Un tableau avait été dressé dans la pièce. Semblable à celui d'Eve. La réplique exacte de celui d'Eve.

Des visages y étaient punaisés. Nombreux, très nombreux. Deux d'entre eux regardaient derrière les barres épaisses d'un X rouge tracé en travers des photos.

Hastings aussi aurait dû finir barré d'un X rouge ce soir-là.

Cela arriverait un jour prochain, oh que oui. Et il souffrirait beaucoup. Car cette soirée avait constitué une humiliation. L'échec laissait des traces. L'échec était comme une brûlure.

Mais peu importait : Hastings aurait droit à son rendez-vous avec la justice. Pour le moment, il y en avait d'autres à honorer. Tellement d'autres.

Et peut-être était-il temps de faire preuve de plus d'audace. De faire passer un message plus spectaculaire. Mais d'abord, des excuses s'imposaient...

Le tueur s'assit et déversa son regret et sa honte – ainsi que sa fureur – dans les mots adressés à Eve.

13

Eve s'éveilla peu après 5 heures, groggy, l'esprit encore envahi de rêves flous. Elle ne fut guère surprise de découvrir qu'elle était seule au lit. Elle resta allongée dans le noir en souhaitant pouvoir se rendormir pendant une heure, tout en sachant que cela n'arriverait pas. Et elle se demanda – pas pour la première fois – comment faisait Connors pour être aussi actif en dormant si peu.

Elle se résigna à se lever et s'avança d'un pas vacillant jusqu'à l'autochef. Elle espérait s'éclaircir les idées et redonner du tonus à son organisme ramolli à grands coups de café. Elle sourit en se rappelant qu'elle n'aurait pas à passer à la morgue ce matin-là. Du café et un témoin bien vivant – deux, même ! – voilà qui promettait un bon début de journée.

Afin d'offrir un coup de pouce supplémentaire à sa bonne humeur, elle se tourna vers le sapin de Noël qui décorait la chambre. Il tirerait sa révérence d'ici quelques jours, alors pourquoi ne pas profiter de ces jolies guirlandes lumineuses ?

Elle alluma la cheminée pour éclairer et réchauffer un peu plus la chambre.

Elle connaissait encore des moments d'ébahissement – à vrai dire, elle pensait que ce serait toujours le cas –

à l'idée de disposer de cet endroit, de ce foyer où elle pouvait profiter de la chaleur et des crépitements d'un bon feu à l'occasion d'une froide matinée d'hiver.

Tout cela parce qu'un homme extraordinaire l'aimait.

Alors qu'elle sélectionnait des vêtements dans le dressing après s'être programmé une deuxième tasse de café, Connors fit son apparition, le chat sur ses talons.

Il était déjà habillé d'un costume digne de son statut de roi du monde des affaires, noir avec de très fines rayures argentées, assorti d'une chemise noire et d'une cravate coordonnée.

Il lui parut reposé, réveillé, resplendissant... et elle n'en éprouva qu'une pointe de ressentiment envers lui.

— J'espérais que tu dormirais un peu plus longtemps, dit-il en lui embrassant le front malgré son froncement de sourcils.

— Je sais que tu n'es pas un droïde, mais j'aimerais bien savoir comment tu es conçu à l'intérieur. Personne ne devrait avoir l'air aussi en forme après seulement quatre heures de sommeil.

— Question d'habitude. Enfant déjà, si je parvenais à me lever avant mon père ou Meg, j'évitais la raclée du matin... Et tu ne vas pas porter ça.

Eve – qui se remémorait la façon dont elle-même s'était autrefois réfugiée dans le sommeil pour échapper aux raclées de son père, voire pire – leva vers lui un regard interrogateur.

— Quoi ?

— Il y a des chances que tu te retrouves de nouveau devant les caméras aujourd'hui, dit-il. Autant t'habiller pour l'occasion.

— Je ne vais pas m'inquiéter de ma tenue alors...

— Mais moi si.

Il reprit la veste et le chemisier qu'elle n'avait pas encore enfilés.

— Le pantalon est très bien. Belle couleur caramel, coupe classique, seyant. Je me charge des vêtements, tu t'occupes du petit déjeuner. Mon appétit est plus qu'aiguisé.

Elle aurait pu chercher à négocier, mais l'accord la mettait aux commandes du petit déjeuner. Qui serait pour la peine garanti sans porridge.

Elle se rendit donc – toujours en débardeur et pantalon caramel à la coupe classique et seyante – jusqu'à l'autochef.

Elle avait envie de gaufres. Oui, c'était ça, des gaufres dans un océan de sirop. Elle y ajouta un supplément de fruits des bois parce que Connors ne manquerait pas de faire un commentaire sur la nécessité d'un repas équilibré. Par ailleurs, elle aimait ça.

Lorsqu'elle se retourna avec le plateau, il avait sélectionné un gilet de la même couleur que le pantalon rehaussé de fines rayures dorées, un chemisier blanc impeccablement repassé et une veste vert foncé décorée de boutons en cuir marron.

Eve devait admettre que les pièces se mariaient bien entre elles, sans toutefois tomber dans la tenue sophistiquée, trop pointilleuse ou tape-à-l'œil. Elle déposa son plateau sur la table du coin détente, s'attirant immédiatement l'intérêt de Galahad.

Connors se contenta de pointer l'index vers lui en un avertissement silencieux. Le chat leva une patte pour la lécher, comme s'il n'avait eu que ses ablutions matinales en tête.

Eve passa le chemisier par-dessus son débardeur, ainsi que le collier au diamant que Connors lui avait offert le jour où il lui avait déclaré son amour. Elle boutonna le gilet puis s'assit pour noyer ses gaufres sous le sirop d'érable.

— Tu devrais peut-être directement t'en servir un verre et le boire cul sec.

— Ce ne serait pas pareil, répondit-elle en contemplant ses gaufres dégoulinantes. De quelle affaire t'occupais-tu, si tôt le matin ?

— Le village en Toscane dont je t'ai parlé. J'ai donné le feu vert.

— Ah bon ?

Elle n'aurait su dire pourquoi elle trouvait si étrange qu'il achète un village italien. Il était déjà propriétaire d'une île : l'endroit où ils étaient censés s'accorder leur pause hivernale si elle finissait par appréhender cet admirateur meurtrier. Connors possédait également la plus grosse part d'un complexe touristique hors-planète. Et ce n'étaient là que deux gouttes d'eau dans l'océan de son empire.

— Je me suis dit que nous pourrions aller y faire un tour l'été prochain, reprit-il en savourant ses gaufres nature. La réfection de la villa aura largement avancé d'ici là.

Eve jeta un regard par la fenêtre vers la neige fondue qui s'abattait sur la ville. Elle avait beaucoup de mal à se rappeler l'été, l'éclat et la chaleur du soleil.

— Il fait un temps de chien, hein ? ajouta Connors sur un ton qui semblait néanmoins presque enjoué.

« Après tout, pourquoi serait-il morose ? Puisque nous mangeons des gaufres assis bien au chaud près d'un feu de cheminée et d'un magnifique sapin de Noël. »

Elle se demanda ce que faisait le tueur à cette heure. Toujours en train de dormir ? Avait-elle – car c'était sans doute une femme – un métier qui lui permettait de dormir jusqu'au lever du soleil, ou de ce qui en tenait lieu ces derniers temps ?

Rêvait-elle de sang, comme l'avait fait Eve ? De regards aveugles et fixes mais toujours accusateurs ?

— Je vais travailler ici ce matin, décida-t-elle. Ils ne pourront pas me forcer à affronter les caméras si je reste ici. Je n'aurai qu'à demander à Peabody de passer, ainsi que McNab si Feeney peut le libérer. Le labo nous aura trouvé de nouveaux candidats. Et avec les nouveaux paramètres, l'échantillon est plus réduit.

— Je vais leur envoyer une voiture.

— Quoi ?

Elle le regarda, bouche bée et sincèrement consternée.

— Pourquoi donc ? Le métro est tout…

— Eve… coupa-t-il en désignant la fenêtre et la neige glacée qui tombait dru.

— Les flics sont censés se geler les fesses, rétorqua-t-elle. Tu leur donnes de mauvaises habitudes.

— Où est le problème ? Ils arriveront plus vite et plus secs.

Il lui passa la main sur la cuisse.

— Qu'est-ce qui se cache derrière tout ça ? demanda-t-il.

— Des rêves, admit-elle. De mauvais rêves. Ledo qui jouait au billard avec une queue cassée, l'autre moitié plantée dans la poitrine. Qui me rappelait que c'était moi qui avais brisé la queue au départ. Qu'il m'avait rencardée à propos d'un clodo assassiné. Le Brochet. C'était le nom de ce clodo. Pas une grande aide mais un tuyau utile. Et Bastwick, qui me malmenait de nouveau à la barre des témoins.

Eve secoua la tête et reprit du café.

— Et puis notre tueur. Ou tueuse, plutôt. Elle me ressemblait un peu. Une sorte de reflet, on pourrait dire. Assez flou. J'imagine que c'est parce que Hastings m'a dit que ses yeux lui faisaient penser aux miens. Mon subconscient a arrangé tout ça à sa sauce… Bref, on est assises là à boire du vin. Ou plutôt elle boit du vin. Il y a une grande pizza bien chaude posée sur la table entre nous. Comme si on partageait un moment amical, tu vois le genre ? Et elle me présente ses arguments. Combien de meurtriers, de violeurs, de pédophiles, de bourreaux domestiques Bastwick aurait-elle fait libérer si elle avait vécu ? Combien de gens auraient volé, dépouillé ou tué pour trouver de quoi s'acheter la drogue que vendait Ledo ? Suis-je incapable de voir que ces morts servent l'intérêt général ? N'est-ce pas cela la véritable finalité ? Protéger et servir ? Rendre la justice ? Faire respecter la loi et ceux qui la font régner ?

Elle se tut pendant quelques instants mais Connors savait qu'elle n'avait pas terminé. Elle cherchait comment formuler la suite.

— J'ai répondu, en gros, que tuer, ôter la vie, ce n'était pas respecter la loi ni l'appliquer. Là, elle s'est penchée vers moi et tout n'était plus que sang. Le vin, la pizza. Du sang. Elle m'a regardée et m'a dit que j'avais fait la même chose. Que j'avais tué mon père. Elle m'a dit ça en souriant, comme si nous étions deux copines en train de discuter gentiment.

Elle eut de nouveau besoin d'un petit moment. Quelques secondes pour se reprendre.

— Dans le rêve, je me suis sentie paniquer. Elle ne pouvait pas savoir ça. N'aurait pas dû le savoir. J'ai répondu qu'elle ne savait rien de cette histoire, mais elle a continué à sourire en affirmant qu'elle savait tout. Tout ce qu'il y avait à savoir sur moi.

Dans un geste apaisant, Connors porta la main d'Eve à ses lèvres et l'embrassa.

— Elle ne sait rien sur toi, dit-il.

— Ça en donnait pourtant l'impression. « Tu as tué Richard Troy parce qu'il le fallait », m'a-t-elle dit. Comme pour prouver qu'on se ressemblait parce que je savais ce que cela faisait d'accomplir un acte nécessaire et d'aimer ça.

— C'est absolument n'importe quoi.

— Je sais.

Elle se leva. Elle ressentait le besoin d'être debout, de marcher pour se calmer.

— J'avais huit ans et il me violait… une fois de plus. Et il était tellement ivre qu'il aurait pu me tuer. J'ai cru qu'il allait me tuer. Ce petit couteau par terre, puis au creux de ma main, puis s'enfonçant en lui. Ce n'est pas la même chose, pas la même chose que tuer quelqu'un qui ne représente aucune menace pour soi-même ou pour quiconque. Ce n'est même pas comparable.

Elle se passa les mains dans les cheveux avant de se forcer à se rasseoir.

— Je sais, répéta-t-elle sur un ton plus calme.

Connors lui passa néanmoins un bras autour des épaules pour l'attirer à lui.

— Tu ne crois pas à ce qu'elle a dit dans ton rêve, mais tu penses qu'elle y croit. Ou que ce serait le cas si elle était au courant.

— Voilà. Elle verrait cela comme quelque chose qui nous rapproche. Elle pense que nous nous ressemblons et cela cimenterait cette idée. Elle ressent le besoin de me convaincre ; je le perçois comme ça. Elle veut me montrer qu'elle a raison, que tout cela constitue une sorte de partenariat entre nous. Elle pourrait choisir n'importe qui, c'est clair, mais elle se sent obligée de sélectionner des cibles qu'elle considère comme mes ennemis, des gens qui m'ont blessée ou offensée d'une façon ou d'une autre. Selon ses critères tordus. Alors que ça fait partie du job, bon sang ! Un flic qui n'encaisse ni coups ni injures un jour sur deux ne fait pas bien son boulot !

Elle poussa une gaufre dans l'assiette du bout de sa fourchette. Ce serait dommage de les laisser se perdre, mais elle avait soudain perdu l'appétit.

— Elle m'a demandé si je voulais choisir la prochaine cible.

— Elle pense te connaître. Ça s'applique aussi bien au rêve qu'à la réalité. Mais elle se trompe carrément.

— Moi, je ne la connais pas. C'est ça le problème. Je n'ai que quelques pièces du puzzle. Mais je vais apprendre à la connaître, à fond… Bon, il est temps de réveiller Peabody, déclara-t-elle en se levant pour joindre le geste à la parole.

Après avoir verbalement sorti son équipière de son lit douillet, Eve se rendit directement au laboratoire informatique. Elle afficha les derniers résultats d'analyses et les parcourut du regard.

« Je commence à discerner son fonctionnement », estima-t-elle.

Un schéma logique était en train de se former. Elle transféra les résultats sur son terminal personnel puis repartit vers son bureau. Elle confierait le reste du travail informatique à McNab, si Feeney acceptait de l'assigner à l'affaire.

Par la porte restée ouverte entre son bureau et celui de Connors, elle l'entendit échanger sur son communicateur avec une femme à l'accent français torride.

Eve tendit l'oreille pendant une minute, le temps de constater que malgré cet accent sexy, c'était une pure discussion de geeks. Le genre de conversation qui, selon elle, se résumait au même mot dans toutes les langues : incompréhensible.

Elle retourna s'installer à son bureau et entreprit de classer les derniers résultats avec ceux qu'elle avait déjà triés la veille au soir.

Elle calcula de nouvelles probabilités, reclassa l'ensemble, relança de nouveaux calculs.

Elle réfléchit quelques minutes puis elle rédigea un résumé de ses conclusions qu'elle envoya à Whitney et Mira, ainsi qu'à Feeney pour faire bonne mesure.

Cela fait, elle se renfonça dans son siège et entreprit de lire les courriers qu'elle avait sélectionnés, en commençant par les plus anciens. Août 2059, avant l'affaire Icove. Ce n'était donc pas cette… notoriété qui avait tout déclenché. Si du moins Eve était sur la bonne piste.

L'intérêt – non, l'obsession – qu'entretenait la tueuse pour sa personne ne venait pas de là.

Chère lieutenant Dallas,

Vous ne me connaissez pas – du moins pas encore – mais cela fait un moment que je suis votre carrière avec beaucoup d'admiration et de respect. Jusqu'à présent, je n'avais pas su trouver le courage de vous écrire, mais la tragédie qui a frappé la famille Swisher et la bravoure de la jeune Nixie me poussent aujourd'hui à le faire. Si une enfant orpheline a le courage de se faire entendre, pourquoi ne le pourrais-je pas ?

Vous avez risqué votre vie afin que justice soit faite pour les Swisher, comme vous l'avez déjà souvent fait auparavant et comme vous le referez à l'avenir. Vous m'inspirez et m'incitez à travailler à mon tour pour la justice, à prendre des risques, à faire ce qui est juste.

Cela m'attriste de penser que souvent ceux que vous cherchez à protéger et à servir ne vous accordent ni remerciements ni respect. Je ne sais que trop bien ce que l'on ressent en n'étant ni respecté ni apprécié à sa juste valeur.

Pourtant, vous vous obstinez à faire ce qui doit l'être, dans les limites définies par le système. Un système qui, comme vous le savez, échoue souvent à prodiguer de justes châtiments.

J'ai l'impression de vous connaître, que nous partageons de nombreuses valeurs et objectifs communs et qu'entre nous une belle amitié serait possible. Pour le moment, je continuerai à vous témoigner toute mon admiration, mon respect et mon soutien. La loi connaît des limites bien souvent insensées. Ce n'est pas le cas de mon amitié.

Humblement vôtre.

« Un peu excessif, certes, mais rien de menaçant, songea Eve. Et rien de délirant dans le propos. »

Il y avait eu un grand déballage de compassion pour Nixie Swisher dans les médias. Une enfant rescapée d'une effraction à son domicile ayant coûté la vie à toute sa famille ? L'histoire avait captivé les foules pendant un long moment, d'après le souvenir d'Eve.

Quant à ce courrier, c'était le genre d'e-mail qu'elle transférait directement aux relations publiques. Mais à présent, elle estimait – et l'ordinateur lui donnait raison – que peut-être, peut-être, il s'agissait d'un premier contact.

Il faudrait qu'elle vérifie s'ils y avaient répondu. Peut-être qu'à l'époque l'adresse électronique était encore valide… même si ce n'était plus le cas à présent.

amicalement@globallink.com

Elle lut le message suivant, puis le suivant, en constatant l'intensification graduelle du propos. Toujours rien qui puisse donner l'alerte, pas en prenant chaque courrier individuellement. Et puisque l'adresse e-mail changeait, personne – y compris Eve elle-même – n'y aurait accordé beaucoup d'attention.

Elle ne s'y serait même pas intéressée du tout – autant l'admettre – après la déferlante liée à l'affaire Icove à l'automne 2059, quand elle avait transféré pratiquement tout son courrier aux relations publiques.

Elle leva les yeux en entendant Connors arriver.

— Je crois que je l'ai trouvée, lui dit-elle. Pas qui elle est ni où elle vit mais quand elle a commencé à m'écrire. Le premier message – je suis sûre que c'est celui-là – est sur l'écran. Il y en a eu trois de plus en 2059 et neuf cette année. Les analyses montrent une correspondance sur tous les paramètres. Même auteur, adresses différentes. Une seule et même personne a écrit toutes ces lettres.

— Vu l'emploi d'adresses e-mails différentes, tu n'aurais jamais fait le rapprochement, commenta Connors.

— Je ne les ai sans doute même pas lues, ou en tout cas la plupart. Adresses différentes, répéta-t-elle, et jusqu'aux trois derniers messages, signatures différentes. Elle a opté pour « amicalement vôtre » sur les trois dernières.

Elle avait besoin de café. Elle se leva pour s'en programmer une tasse tandis que Connors lisait.

— C'est le même auteur, affirma-t-elle. L'ordinateur est d'accord avec moi, avec un taux de probabilité de quatre-vingt-quatorze virgule six pour cent.

— Nixie, dit Connors. Ça semble constituer le point de départ.

— Une enfant innocente et sans défense perd toute sa famille et rampe dans le sang de sa mère ? Ça a un certain impact. J'en ai un peu parlé dans les médias, en disant que c'était une survivante, qu'elle avait du courage. Et j'ai même dû déblatérer sur la nécessité d'obtenir justice.

— Ce n'est pas déblatérer que de dire ça, la corrigea-t-il. Et tu vas m'agacer si tu cherches le moyen de te rendre responsable dans cette histoire.

Elle s'agacerait elle-même, admit silencieusement Eve.

— Je pense que l'on devrait contacter Richard et Elizabeth.

Les amis de Connors – les siens aussi, sans doute – étaient les parents adoptifs de Nixie. La famille de Nixie à présent.

— Je ne crois pas qu'il y ait de raison de s'inquiéter, mais je ne voudrais pas me tromper et regretter de n'avoir rien fait. Ça ne peut pas leur faire de mal d'être un peu plus prudents quelque temps.

— Je vais les appeler. Je suis d'accord avec toi. Deux précautions valent mieux qu'une.

— J'ai fait une recherche sur toutes les adresses électroniques. Plus aucun compte n'y est associé. Mais on va creuser, contacter les propriétaires des serveurs et leur mettre la pression pour tâcher d'obtenir des informations.

— Je peux prendre un peu de temps pour travailler avec McNab, essayer d'extraire l'adresse IP, de trianguler une position. Quelqu'un d'aussi prudent aura sans doute dissimulé ses connexions, mais en retrouvant suffisamment d'indices, il ne serait pas impossible de remonter sa piste.

— Je prendrai tout ce que vous pourrez me donner. Elle devient de plus en plus intime au fil du temps, si l'on peut dire. Elle commence à m'appeler Dallas dans le troisième message puis passe à Eve à partir du sixième. Ni menaces ni projets de tuer qui que ce soit. Ça aurait immédiatement attiré l'attention. C'est plus subtil que ça. Dans celui où elle a commencé à m'appeler Eve, elle évoquait les avocats. Aucune mention de Bastwick, elle parlait simplement des avocats qui se font un nid douillet à l'aide d'argent sale et qui défont – ou tentent de défaire – tout le travail que j'ai accompli. Qui piétinent la justice et harcèlent les bons flics, ce genre de choses. Quelques lignes seulement, avec de nouveau la mention des limites imposées par le système qui gênent l'accomplissement de mon devoir.

— Est-ce qu'elle révèle des choses à son sujet, des détails personnels ?

— Elle est trop prudente pour ça. Quelque part dans sa tête, elle a toujours senti qu'elle en arriverait là. Mais elle dit qu'elle sait ce que c'est que de grandir sans famille, de devoir se tailler une place dans le monde. De devoir faire face au manque de respect, de ne pas être appréciée à sa juste valeur. Elle se plaint à plusieurs reprises d'être négligée, invisible, mal-aimée. Elle ne mentionne pas le système des familles d'accueil, n'emploie aucun des codes propres aux enfants qui en sont issus. Mais elle est peut-être passée par là. Elle pourrait aussi avoir été scolarisée grâce à une bourse d'État, ou avoir reçu une éducation non traditionnelle.

Eve poussa un long soupir.

— Ou bien elle détestait les membres de sa famille et prétend aujourd'hui qu'ils n'existent pas, dit-elle.

Elle s'assit sur le bureau.

— Autant l'admettre, ces courriers me fichent la chair de poule. Elle espère que j'ai bien profité de mes vacances, me dit que j'avais l'air très détendu ou très en beauté pour l'avant-première du film. Qu'elle était super fière de me voir faire tomber un tueur et résoudre une affaire dans le même mouvement… Je devrais savoir quand quelqu'un m'observe. Mais je n'ai rien perçu.

— Elle te surveille sans doute par écrans interposés, ou sur Internet, lui rappela Connors. Et si elle fait partie des forces de l'ordre, c'est peut-être quelqu'un dont la présence te paraît normale.

— Une femme que je verrais sans la voir. Exactement comme elle s'en plaint dans sa correspondance.

Connors secoua la tête.

— Tu vois tout. Ça fait partie de tes talents. Et je me dis que quand tu l'attraperas, tu la reconnaîtras. Peut-être pas son nom, mais son visage.

— C'est peut-être plus affreux encore, souffla Eve. Son dernier courrier est arrivé juste après l'affaire du Sanctuaire. Elle avait beaucoup à dire. Encore une histoire de petites filles, je pense que c'est un élément déclencheur chez elle. Il lui est peut-être arrivé quelque chose quand elle était enfant. Cela vaudra le coup de creuser. Je me demande…

Elle se leva et fit le tour de son tableau.

— Peut-être qu'elle perçoit ce que j'ai subi. Elle a beaucoup lu à mon sujet, m'a observée en extrapolant en fonction de ses propres besoins. Et si elle percevait une partie de mon vécu parce qu'elle a connu quelque chose de similaire ? Les petites filles… C'est une possibilité. Mais ça reste tiré par les cheveux... soupira-t-elle.

— Pas forcément. On s'est mutuellement reconnus, toi et moi, non ? À un niveau inconscient.

— Deux âmes perdues. C'est ce que tu avais dit.

— Elle aussi en est une, tu ne crois pas ? Une âme perdue qui a choisi le meurtre plutôt que la justice ou l'argent comme nous l'avons fait respectivement. Des choix effectués parce que nous refusions d'être des victimes. Un choix que tu as fait – même si je crois que tu es née pour être flic – afin de défendre les victimes. Elle fait de même, à sa manière tordue. Elle défend la cause des victimes, et la tienne.

— Elle fait surtout des victimes. Mais, oui, je comprends ce que tu veux dire... Les voilà, fit-elle en entendant les bruits de pas annonçant l'arrivée de Peabody et McNab.

— Ils vont vouloir manger.

— Pff !

Un reproche monta aux lèvres d'Eve avant qu'elle se rappelle qu'il était à peine 7 heures.

Sa coéquipière et son geek d'amour entrèrent dans la pièce.

— Prenez ce que vous voudrez dans la cuisine, leur lança-t-elle avant qu'ils puissent dire un mot. Et faites vite.

— Cool !

McNab, qui n'avait pas lâché la main de Peabody, se précipita vers la cuisine en la tirant derrière lui. Une manœuvre qui faillit aveugler Eve, assaillie par le kaléidoscope d'étoiles décorant sa chemise d'un bleu électrique rentrée dans un pantalon de treillis vert vif.

— Je vais aller terminer un travail pendant que tu les mets au courant, lui dit Connors. Après quoi j'aurai à peu près une heure à vous accorder.

— Merci. C'était qui la Française à l'accent torride ?

Connors mit quelques secondes pour comprendre, puis sourit.

— Tu veux parler de Cosette. Cosette Deveroix. Cyber-ingénieur en chef de nos bureaux parisiens.

— Qu'est-ce que c'est qu'un cyber-ingénieur ? demanda-t-elle.

Mais elle leva la main pour empêcher Connors de répondre.

— Laisse tomber. Je ne comprendrais pas, de toute façon. Et je n'en ai pas besoin puisque tu es là. Et lui aussi, ajouta-t-elle en désignant McNab d'un geste du pouce.

Le jeune homme était de retour, la bouche pleine de pancakes.

— Cha roule ? demanda-t-il.

— Je vous expliquerai tout dès que Peabody voudra bien nous rejoindre.

— Je voulais dire, vous avez passé un bon Noël, tout ça ?

— Très bon. Mais c'est derrière nous maintenant. Cette chemise fonctionne à piles ? demanda Eve.

Il lui sourit sans cesser de mâcher ses pancakes. McNab avait un joli visage, des yeux verts pleins d'intelligence et une longue queue-de-cheval blonde, le tout posé au sommet d'un corps d'asperge.

— À la chaleur corporelle, dit-il. Dès que je m'active, les étoiles se mettent à briller.

Il tourna la tête au retour de Peabody, faisant scintiller la spirale d'anneaux argentés qui ornait son lobe d'oreille. Peabody tenait une assiette garnie d'une petite portion d'œufs brouillés, de deux tranches de bacon et d'une moitié de toast nature.

— Désolée, il m'a fallu un petit moment pour faire le tri entre ce que je voulais et ce que je devrais manger et j'ai dû faire un compromis. Le bacon n'est pas raisonnable mais… qui pourrait dire non au bacon ?

Eve ne répondit rien, trop occupée à contempler les pieds de son équipière. Celle-ci avait troqué ses santiags roses habituelles pour des bottes couleur barbe à papa – roses toujours ! – dont la tige s'ornait d'une fausse fourrure pailletée d'un blanc neigeux lui remontant jusqu'à mi-cuisse. Les semelles, épaisses de deux bons centimètres, étaient d'un vert citron.

— On peut savoir ce que vous avez aux pieds ? demanda Eve.

— Ce sont mes bottes top confort pour la pluie, la neige et la grêle. Mon petit ami me les a offertes pour Noël ! expliqua Peabody avec un long battement de cils à l'intention de McNab. Les semelles sont super-adhérentes, même sur le verglas. Et ce n'est pas du luxe aujourd'hui ; c'est une vraie patinoire, là dehors.

— Quel genre de flic de la Criminelle peut porter des bottes roses décorées de fourrure blanche pailletée ?

— Ma Peabody chérie, répondit McNab en battant des cils à son tour.

— Mon Dieu...

Inutile de râler, se rappela Eve, en particulier quand les bottes en question se mariaient parfaitement avec ce fichu manteau rose.

Pourquoi avait-elle laissé Connors la convaincre d'accepter ce rose ?

McNab arborait les aéroboots aux couleurs du tartan familial que Connors avait fait faire pour lui. Contre toute attente, on aurait donc pu arguer qu'Eve avait contribué à l'extravagance de leurs garde-robes respectives.

— Je vous la fais brève, déclara-t-elle. Je pense avoir mis la main sur la prise de contact initiale de notre tueur. Elle est affichée à l'écran.

Bottes roses et étoiles scintillantes oubliées, Peabody et McNab tournèrent vers l'écran un regard on ne peut plus professionnel.

Tandis qu'ils terminaient leur petit déjeuner et vidaient la cafetière d'Eve, celle-ci leur exposa sa théorie du moment avant d'envoyer McNab au labo informatique de Connors.

— On croirait un gamin dans une confiserie. Il est toujours hyper excité à l'idée de bosser dans ce labo, commenta Peabody. S'il y a quelque chose à trouver, Connors et lui le trouveront, Dallas.

— Elle est intelligente et une partie d'elle-même a prévu tout cela depuis le départ. Pourquoi envoyer un e-mail à quelqu'un sans lui laisser un moyen d'y répondre ?

— « Je suis là », répondit Peabody, mains écartées. C'est tout. « Je suis là, maintenant vous savez que je suis dans le coin et que je surveille vos arrières. Pas besoin d'associer mon nom, entre amies c'est inutile. »

Peabody haussa les épaules.

— Enfin, c'est comme ça que je le comprends, dit-elle.

— C'est convaincant.

— Mais je vois également autre chose, reprit Peabody. Vous n'avez pas de sœurs donc vous ne captez peut-être pas le côté passif-agressif de ces messages. C'est subtil, mais je l'ai senti à quelques reprises, ici et là. L'idée est la suivante : vous êtes limitée par les règles, par le système, donc vous ne pouvez pas vraiment aller au bout des choses. Et puis si les gens ne vous respectent pas, c'est peut-être parce que vous les laissez faire. Peut-être parce que vous n'avez pas le choix. Encore à cause de ces fichues règles.

— Où dit-elle ça ?

— Elle le sous-entend. Par exemple…

Elle fit défiler les e-mails jusqu'à trouver ce qu'elle cherchait.

Je ne sais pas comment vous faites pour supporter cette manie qu'ont certains de vous apostropher et de vous manquer de respect de manière si flagrante. Jamais je ne pourrais tolérer une chose pareille.

— Ça pourrait se lire comme : « Pourquoi est-ce que vous acceptez un truc pareil ? Vous devriez vous défendre et puisque vous ne le faites pas, j'imagine que c'est à moi de le faire. »

— Il faut lire entre les lignes, remarqua Eve.

— Voilà. Elle exprime ce genre de choses de plusieurs façons. Et puis elle martèle que vous avez beaucoup de points communs. Avant de vous dire que vous êtes forte, courageuse, intelligente. Et combien vous êtes importante.

Lisant à son tour entre les lignes, Eve hocha la tête.

— Parce qu'elle voudrait ressentir la même chose, que tout cela se reflète sur elle en retour.

Eve repensa à son rêve, à ce reflet indistinct, et comprit qu'une part de son esprit était déjà parvenue à cette conclusion.

— Si c'est un flic, elle n'a pas gravi les échelons. Si elle travaille en périphérie des forces de l'ordre, elle est compétente et sans doute considérée comme une personne fiable, mais ne s'attire pas beaucoup d'attentions.

— Ni de lauriers, ajouta Peabody. C'est ce qu'elle cherche, vous ne croyez pas ? Mais elle a trop peur pour risquer de s'exposer ? C'est possible, non ?

— Je vais devoir m'entretenir avec Mira. Une fois de plus.

Eve consulta sa montre.

— Si elle pouvait passer, ou si je pouvais lui rendre visite avant qu'elle parte pour le Central, je crois que nous pourrions compléter le profil. Utilisez le terminal auxiliaire, Peabody. Faites le tri parmi les noms que le reste de l'équipe nous a envoyés. Uniquement les femmes pour l'instant.

— Si vous avez vu juste, ils ne la trouveront pas par le biais de votre courrier.

— Elle a pu commettre une erreur. Un seul faux pas suffirait à la trahir.

Eve se rassit pour contacter Mira et s'agaça d'être interrompue par l'arrivée d'un e-mail. Bien que décidée à ne pas lui prêter attention, elle vérifia l'adresse de l'expéditeur, au cas où il y aurait un lien avec l'enquête.

dle#1@systemwide.com

Elle l'ouvrit, en fit une copie puis actionna le communicateur de la maison.

— Je viens à l'instant de recevoir un nouveau courrier. Je vous le transfère, dit-elle à Connors.

— Reçu. On va remonter sa piste.

Elle entama sa lecture tandis qu'ils se mettaient au travail, et ne dit rien quand Peabody se leva pour venir lire par-dessus son épaule.

Eve,

J'ai échoué. Je n'ai pas été à la hauteur de vos attentes, ni des miennes. J'espère que vous pourrez me pardonner. Je sais que vous le ferez, mais j'aurai plus de mal à me pardonner moi-même. Il devrait être mort et ses horribles yeux crevés.

Il devrait être mort.

Vous vous demandez sans doute, comme moi, ce qu'une femme comme Matilda peut faire avec un homme aussi grossier et violent. Certaines femmes sont faibles, certaines femmes réclament presque de subir maltraitances, irrespect et sévices. Sa faiblesse féminine a sauvé la vie de cette brute. Mon erreur de calcul a sauvé la vie de cette brute.

Je sais que vous percevez chez lui quelque chose qui le rachète à vos yeux. C'est l'expression de votre compassion, j'imagine. Ou est-ce une faiblesse ? Je déteste penser cela. Mais est-ce le cas, Eve ? Est-ce une faiblesse en vous, un défaut dans ce que je voudrais tant percevoir comme la perfection ? Est-ce pour cela que vous tolérez le manque de respect d'individus si indignes ? Est-ce pour cela que vous suivez les règles qui trop souvent protègent le coupable sans se soucier de l'innocent, de la victime ?

Je refuse d'y croire. Je veux croire que vous vénérez la justice comme je la vénère. Je veux croire que vous célébrez comme moi la mort de deux personnes qui non seulement vous ont fait du tort mais étaient responsables d'injustices et d'avoir récompensé les coupables.

Je commence à douter que ce soit vrai. Êtes-vous l'une d'entre eux, après tout, Eve ? De ceux qui invoquent la justice tout en la détournant de son noble but ?

Nous devons prendre le temps de réfléchir. Il faut que nous sachions avec certitude à quoi nous en tenir. J'ai tué pour vous et voilà que je me demande si vous êtes digne de ce cadeau, de mon amitié et de ma dévotion. Choses que vous avez publiquement rejetées.

Comme c'était blessant de vous entendre dire, si froidement, que c'était « inexact ».

Vous ai-je déçue, Eve, ou bien est-ce le contraire ? Il faut que je sache. Pour l'heure, j'espère encore pouvoir signer

Amicalement vôtre.

Peabody posa la main sur l'épaule d'Eve.

— Elle s'est retournée contre vous.

Hochant lentement la tête, Eve sentit le léger malaise qui l'habitait depuis la lecture du premier message se dissiper enfin.

— Il était plus que temps, répondit-elle.

14

— Maligne. C'est une petite maligne, murmura Connors.

Installé devant son terminal, il travaillait à remonter manuellement la piste de l'e-mail tandis que McNab, debout face à un autre ordinateur, se déhanchait en lançant une recherche automatique.

— Elle sait ce qu'elle fait, confirma-t-il. Elle assure. Redirection, détours, échos, transferts et re-redirection. Je vois aussi une ligne de protection et un pare-feu.

— Oui, je le vois. Sans parler de la fosse piégée qui nous attend de l'autre côté.

— Attention, l'avertit McNab. Un virus !

— Certes, mais ce n'est qu'une diversion. Elle nous prend pour deux idiots ? Elle a placé une Queue du dragon juste en dessous, Ian.

— Merde. Merde. C'est bon, je l'ai.

Eve fit irruption au même moment, Peabody sur ses talons.

— Vous l'avez ?

— Chut ! gronda Connors.

Il avait retiré sa veste, retroussé les manches de sa chemise et attaché ses cheveux en arrière. En mode concentration totale.

— Elle veut jouer, souffla McNab qui dandinait à présent les épaules au rythme de sa danse de geek. Série de sauts de puce rapides. Mince ! Un voyage à Bali, carrément !

Le mouvement incessant des doigts de Connors se suspendit un bref instant. Il inclina la tête et fit danser ses phalanges dans le vide.

— De la poudre aux yeux, tout ça. Ce ne sont que des fausses pistes. Je fais le grand ménage.

— Bon sang, vous êtes sûr ?

— Comment se fait-il qu'eux aient le droit de se parler ? se plaignit Eve.

— C'est comme ça que ça marche. Oh oh, souffla Peabody quand l'écran de Connors devint noir.

— Merde, merde, on l'a perdue ! s'exclama Eve en se précipitant.

— Chut ! lança de nouveau Connors.

Puis il se mit à jouer de son clavier avec toute la fougue d'un pianiste boosté au Zeus. D'étranges lignes de code apparurent sur un écran tandis qu'une carte du monde se matérialisait sur un autre.

Eve contempla les lignes courbes qui s'affichaient en travers de la carte.

— Sous-couche, maugréa Connors.

— Stupide, simple. Génial. Je passe en manuel, lui répondit McNab. On tente le tout pour le tout.

— Ça y est. Te voilà. Te voilà. T'es une petite rusée, c'est clair, mais… Je la tiens.

— Marquée !

Le regard brillant, McNab se tourna pour échanger un sourire avec Connors.

— Totalement tripant, mec. Totalement.

— Où est-elle ? demanda Eve. Où ?

Connors lui donna l'adresse tout en l'affichant à l'écran.

— Nom d'un chien ! La piaule de Ledo. Elle a envoyé ce message depuis chez Ledo.

— Elle n'y sera déjà plus, l'avertit Connors. Ce petit jeu nous a pris plus de douze minutes.

— C'est sa manière de me faire un doigt d'honneur. De me montrer qu'elle peut aller où elle veut. Elle boude parce que je n'ai pas dit merci. Peabody, on y va !

— Il faut rester tous ensemble, dit Connors en se relevant brusquement.

Un geste qui trahissait sa colère alors même qu'il déroulait calmement les manches de sa chemise.

— Elle a eu largement le temps de piéger les lieux avant d'envoyer ce message si l'envie lui en a pris. Il est logique que tu emmènes des renforts, ajouta-t-il.

Plus que logique, c'était la Procédure Opérationnelle Permanente. Eve comptait déjà appeler des agents en uniforme pour sécuriser les lieux. Mais deux informaticiens en plus ne feraient pas de mal.

— Alors en selle, dit-elle.

Connors opta pour le 4 × 4 massif et Eve n'y trouva rien à redire. Une fine couche de glace scintillante recouvrait les branches, formant des stalactites semblables à des joyaux glacés. La route était couverte de neige verglacée sous un ciel gris et colérique qui enchaînait averses et giboulées.

Si la circulation s'en trouvait largement diminuée, la moitié au moins des conducteurs qui s'aventuraient sur les routes représentaient une menace pire que toute la glace de l'Arctique.

Les voitures dérapaient, glissaient, partaient en tête-à-queue. Par deux fois, sur moins de trois pâtés de maisons, Connors actionna la poussée verticale pour éviter une collision. Un Rapid Taxi et une berline récente n'avaient pas eu cette chance.

Des piétons dépourvus des semelles super-adhérentes de Peabody connaissaient les mêmes déboires que les voitures… et finissaient parfois étalés face contre terre.

Eve dégaina son communicateur qui sonnait.

— Dallas.

— Ici l'agent cybernétique Carter, lieutenant. Je suis sur place avec l'agent cybernétique Bates. Les scellés numériques ont été désactivés. La porte est fermée mais pas sécurisée.

— Restez où vous êtes, Carter. Lancez un scan à la recherche d'éventuelles sources de chaleur et d'explosifs. Ne pénétrez pas sur la scène de crime. Ne laissez personne en sortir.

— Compris, lieutenant. Agent cybernétique Carter, terminé.

La suspecte pourrait peut-être forcer le passage face à deux droïdes de patrouille, conjectura Eve. Mais ça serait bruyant et compliqué.

— Elle ne sera pas sur place, Eve.

Elle lança un coup d'œil à Connors.

— Non, elle n'y sera pas, mais elle s'y est rendue pour une raison précise. En m'envoyant son e-mail depuis cet endroit, elle avait une idée en tête, même si c'était simplement pour me provoquer.

Humant l'air, Eve capta des effluves chocolatés. Elle se retourna pour voir Peabody et McNab serrant dans leurs mains des tasses fumantes. Fournies par l'autochef à l'arrière du véhicule, sans aucun doute.

— Du chocolat chaud, lui dit Peabody avec un sourire un peu penaud. Du vrai, pas comme celui de la morgue. Vous en voulez ?

Eve se contenta d'un grognement avant de se retourner… juste à temps pour voir une voiture compacte argentée débouler en dérapant sur l'intersection. Connors fit une embardée, actionna la poussée verticale et bondit par-dessus le toit argenté, qu'il frôla de quelques centimètres.

À l'arrière, Peabody épongea le chocolat qui s'était renversé sur ses cuisses. Elle eut la sagesse de ne pas faire de commentaires.

Pour détourner son esprit des risques d'accident, Eve envoya un rapport complémentaire à Whitney, Mira et Feeney. Puis elle sortit son mini-ordinateur pour étudier de nouveau le dernier e-mail.

« Le changement de ton verse un peu dans le dramatique, se dit-elle. Ça commence par des excuses, de la culpabilité, de la tristesse. Elle n'aime pas se sentir ainsi, n'aime pas l'idée d'avoir commis une erreur. C'est là que le message bascule. Ce n'est pas ma faute, donc c'est la vôtre. »

Elle releva la tête, puis rangea son appareil tandis que Connors s'arrêtait devant le domicile de Ledo.

— Quelles que soient les mesures antivol et antivandalisme de cette voiture, active-les toutes, lui conseilla-t-elle. Même par un temps pareil, tu peux être sûr que quelqu'un tentera de piquer un véhicule de ce genre.

— Les mesures sont en standard et automatiques, répondit-il. C'est glissant comme un nid d'anguilles ici, ajouta-t-il en descendant du 4 × 4. Attention à l'endroit où vous mettez les pieds.

Il n'avait pas tort, constata Eve, mais ses bottes adhéraient correctement.

— J'imagine que la municipalité ne s'occupe pas de ce quartier quand il s'agit de neige et de verglas. Peut-être même avec l'espoir que ça limite la criminalité.

— Ça craint carrément pour ceux qui doivent aller travailler ou se ravitailler, fit remarquer McNab en dérapant un peu sur ses aéroboots à la pointe de la mode. Donnez-moi des lames et je vous fais du patin sur ce verglas !

— Il en serait vraiment capable, ajouta Peabody qui progressait à grandes enjambées sur ses bottes roses de Noël. On est allés plusieurs fois aux patinoires du Rockefeller Center et de Central Park. Même si dans mon cas, j'ai passé plus de temps par terre qu'à patiner.

— Les lacs ou les rivières gelées, c'est là qu'on s'amuse vraiment, commenta McNab.

Sans leur prêter attention, Eve ouvrit la porte de l'immeuble, toujours pas sécurisée. Elle n'envisagea même pas de prendre l'ascenseur et gravit les marches, deux par deux.

Les deux droïdes patrouilleurs – ceux-là mêmes qu'elle avait rencontrés la fois précédente – montaient la garde.

— Aucun mouvement à l'intérieur, lieutenant. Nous avons activé nos circuits audio améliorés sans rien capter. La probabilité que l'appartement soit vide de tout organisme vivant à l'exception d'insectes et d'éventuels rongeurs est de quatre-vingt-seize virgule trois pour cent. Aucun piège détecté.

— Je vous fais confiance, dit Eve en dégainant néanmoins son arme. Tu es là en renfort, rappela-t-elle à Connors.

Elle s'avança vers la porte, flanquée de Peabody.

Elle n'imaginait pas leur suspect les attendre bien gentiment à l'intérieur en regardant les disques pornographiques de Ledo pour passer le temps. La présence d'un piège, par contre, restait une possibilité.

— Ouvrez l'œil, dit-elle à Peabody. On avance lentement en sécurisant chaque partie de l'appartement.

— Il y a un nouveau message, Dallas.

— Je le vois. Mais on vérifie d'abord les lieux. Elle nous a peut-être laissé une surprise.

Elles ne trouvèrent finalement rien d'autre que de la poussière, des résidus des poudres employées par l'équipe médico-légale, du sang séché et un bataillon de cafards déboussolés.

— McNab, demandez aux droïdes d'interroger le voisinage. Qu'ils commencent par la porte d'en face. Misty Polinsky. Elle a peut-être... Merde !

Elle tourna la tête vers Connors.

— Tu t'es occupé de lui trouver une place à Dochas ?

— Elle a emménagé hier.

— Je vois. Je paie le prix de mes bonnes actions. Allez prévenir les droïdes, dit-elle à McNab.

Après quoi elle rangea son arme pour s'intéresser au nouveau message.

Cette fois, les lettres étaient énormes et écrites en rouge plutôt qu'en noir. Irrégulières dans leur tracé, jugea Eve. Pleines de colère.

C'EST IMPORTANT !
J'AI DE L'IMPORTANCE !
MONTREZ-MOI QUE C'EST IMPORTANT POUR VOUS
OU VOUS NE SEREZ PLUS MON AMIE

— Elle disjoncte. Elle a raté son coup avec Hastings, n'a pas pu aller au bout de son projet, et voilà qu'elle disjoncte. C'est arrivé vite. Une seule erreur et elle pète les plombs.

— C'est comme si…

Eve se tourna vers Peabody.

— Comme si quoi ? Terminez votre phrase.

— Ça me rappelle le collège. Vous savez, quand on a douze, treize ans et qu'on s'engueule avec sa meilleure amie. On devient très susceptible, on se dispute pour rien. « Si c'est comme ça, je ne serai plus ta copine à moins que tu… bla-bla-bla. »

— C'est votre manière compliquée de dire qu'elle est immature ?

— Ouais, mais c'est un peu plus que ça. C'est une période où les hormones se déchaînent, où tout est chargé d'émotions. Le lien avec votre meilleure amie est tellement intense qu'une séparation se révèle encore plus traumatique qu'une rupture sentimentale. Une vraie question de vie ou de mort.

Eve n'avait jamais connu ce genre de choses. Enfin, elle avait connu les hormones en ébullition, bien sûr. Elle se rappelait vaguement avoir éprouvé des changements d'humeur, des colères soudaines ou d'horribles envies de pleurer pour des peccadilles. Mais elle n'avait jamais eu de meilleure amie durant la puberté. Elle n'en avait pas voulu, avait évité de nouer ce type de relation.

— Donc elle rompt avec moi ?

— On dirait qu'elle vous laisse une chance de vous rattraper pour éviter la rupture.

— C'est un truc de filles, fit remarquer McNab dans leur dos. Les garçons s'échangent quelques coups de poing et puis ils oublient tout et repartent faire de l'airboard.

Peabody lui décocha un regard noir, mais Eve songea que la méthode « garçonne » était beaucoup plus sensée.

— Je vais transférer ce message à Mira pour qu'elle puisse se pencher dessus. Allez jeter un œil sur les scellés numériques, d'accord ? Comment a-t-elle fait pour les passer ?

— Il doit y avoir un code.

McNab sortit un mini-lecteur de l'une des nombreuses poches de son pantalon vert et le passa sur les scellés.

— Ouais, il y a bien un code. Entrée à 6 h 17 ce matin. Le code est zéro-huit-zéro-écho-cinq-trois-delta-neuf. Je cherche le propriétaire… Merde, Dallas, c'est votre code.

— Ce n'est pas celui de mon passe-partout, répondit-elle en dégainant l'appareil. Ce n'est pas mon code et j'ai mon passe sur moi. Scannez-le et vérifiez-le. En respectant toutes les procédures, McNab. Faisons ça dans les règles.

— Oui, lieutenant.

Il lui prit son passe-partout et le passa au scanner.

— Le code apparaît comme trois-huit-deux-tango-zéro-un. Rien à voir. Et la vérification indique que vous en êtes propriétaire.

— Elle a mis les mains sur un faux, ou sur le passe de quelqu'un d'autre, en déduisit Connors. Ce qui n'est pas si difficile. Elle a programmé un nouveau code et l'a associé à ton nom.

— Ce qui implique d'enregistrer officiellement le code. Et que celui-ci soit accepté.

— Si elle fait partie des forces de l'ordre, elle le savait. Ou elle a pu l'apprendre en se renseignant sur le sujet, répondit Connors. Et elle a les compétences nécessaires pour découvrir comment faire.

— C'est une geekette ?

McNab laissa échapper un grognement de doute.

— Elle connaît quelques trucs, mais du haut de ses dix ans, mon petit-cousin Fergus serait capable d'en faire autant. Elle a employé beaucoup de détours pour cacher la provenance de son e-mail, mais il nous a fallu moins de quinze minutes pour remonter sa piste.

— Elle voulait qu'on arrive jusqu'ici, lui rappela Eve.

— Ouais, c'est vrai.

Visiblement mécontent, McNab fourra les mains au fond des poches de son long manteau rouge.

— Il va falloir vous pencher sur la DDE, dit-il. Je suis bien obligé d'admettre que n'importe qui là-bas, y compris les petits nouveaux, est en mesure de faire ça. Le truc, c'est que vous trouverez plein de gens qui en sont capables au sein de toutes les divisions.

— Je suis obligée d'explorer cette possibilité. Et je ne dois pas oublier que si j'avais suivi mon planning habituel, je me serais trouvée au Central ou en chemin lorsque l'e-mail est arrivé. Ce qui veut dire que cela nous aurait pris plus d'un quart d'heure. Beaucoup plus même si l'e-mail était arrivé pendant que je faisais le trajet. Et si j'avais été à mon bureau, comme c'était le cas chez moi, il aurait quand même fallu que je le transfère à Feeney – en admettant qu'il soit déjà arrivé – et qu'il lance la recherche. Elle voulait avoir le temps de quitter l'appartement, l'immeuble et le secteur avant qu'on identifie la provenance de l'e-mail et que je puisse envoyer des agents.

Eve reporta son regard sur le nouveau message au mur.

— En colère. Et immature, oui. Mais toujours maîtrisée, toujours prudente, toujours à planifier soigneusement les choses. Peabody, découvrons quand ce code de passe-partout a été enregistré. Et faites-le annuler, sous mon autorité.

— Il y a peut-être moyen d'associer une alerte, suggéra Peabody. Pour que vous soyez prévenue immédiatement s'il est utilisé.

— Je peux m'en charger, leur assura McNab.

— C'est tentant, admit Eve. Mais si elle s'en servait pour entrer chez une nouvelle cible ? Je serais prévenue, mais le temps d'arriver ou d'envoyer des agents, quelqu'un serait mort.

Elle réfléchit en faisant les cent pas.

— Peut-on le désactiver sans qu'elle sache qu'il a été annulé ? On associe une alerte et si elle tente de s'en servir, je suis avertie ?

— Si vous le désactivez, le passe avertira l'utilisateur, répondit McNab.

— Il y a moyen de contourner ça, affirma Connors.

McNab reporta son attention vers lui.

— Ouais, c'est vrai, ça se contourne.

— Alors faites-le, ordonna Eve. Et n'en parlez qu'à ceux qui doivent absolument être informés. À savoir Feeney… mais personne d'autre de votre côté, McNab. Que seuls nous quatre, Feeney, Whitney et Mira soient au courant. C'est tout. On n'en discute pas, on n'avertit personne. Elle ne découvrira que son passe est désactivé qu'au moment de l'utiliser. Et j'apprendrai au même moment où et quand elle a voulu s'en servir. Il faut que je sache où.

— C'est plus compliqué une fois le passe désactivé, répondit McNab.

Il échangea un nouveau regard avec Connors.

— Mais pas impossible, ajouta-t-il.

— Faites-le. Je me charge de le faire approuver, dit-elle avant qu'il puisse répondre. Auprès de Whitney et de Feeney. Aucune discussion électronique sur le sujet non plus. Au cas où quelqu'un de la DDE serait concerné. Replaçons les scellés sur cette scène de crime et mettons-nous au travail.

— Feeney et toi pourrez gérer ça tout seuls, dit Connors. Je vais vous accompagner jusqu'au Central ; je ne tiens pas à m'attarder ici. Je ferai venir une voiture une fois là-bas et te laisserai le 4 × 4.

— Ça me va. Allons-y.

Après s'être garé sur l'emplacement réservé à Eve dans le parking du Central, Connors prit la main de sa femme.

— Accordez-nous une minute, dit-il à Peabody et McNab qui sortirent discrètement de voiture.

— Il faut que je m'y mette au plus tôt, Connors.

— Bien compris. Je veux être certain que tu feras très attention, pas seulement dans la rue mais également dans cet immeuble.

— Elle serait folle de s'attaquer à moi au Central.

— Je pense qu'elle a largement démontré qu'elle n'avait pas l'esprit très net.

— Je te l'accorde. Mais ce serait aussi stupide. Et elle n'a pas agi de manière stupide. Pas encore.

— Mais ça pourrait se produire. Alors restez vigilante, lieutenant.

— Crois-moi quand je te dis que j'ai l'impression d'avoir passé tout le monde au microscope durant ces dernières quarante-huit heures. N'aie pas d'inquiétudes.

— Elles sont pourtant bien fondées. Mais d'accord. Emporte ça avec toi.

Elle baissa les yeux, s'attendant à le voir lui glisser une arme interdite ou un gadget électronique bizarre. Au lieu de quoi il l'attira fermement à lui et s'empara de sa bouche pour un baiser brûlant et possessif.

— Pour faire bonne mesure, précisa-t-il en le relâchant.

— Une mesure de quoi ?

Mais elle serra sa main dans la sienne avant qu'ils émergent chacun de leur côté de la voiture. En voyant Connors se diriger vers la sortie, elle fronça les sourcils.

— Tu ne veux pas monter, attendre que ton chauffeur arrive ?

— Il est déjà là. Occupe-toi bien de mon flic préféré. Et ça vaut aussi pour vous ! lança-t-il à Peabody et McNab.

Puis il tourna les talons, l'élégant manteau qu'elle lui avait offert pour Noël passé par-dessus son costume sur mesure de roi du monde des affaires.

— Montez directement chez Feeney, dit-elle à McNab. Racontez-lui tout, mais dans son bureau et porte close. Dites-lui que je passerai dès que possible, ou qu'il peut descendre avant s'il a des questions.

— Je m'en occupe.

— Et pas un mot à qui que ce soit, leur rappela-t-elle.

Elle s'engouffra dans l'ascenseur en organisant déjà les prochaines étapes dans sa tête.

À peine avait-elle mis le pied à la Criminelle que Baxter se leva en lui faisant signe d'approcher.

— On a peut-être un nom pour vous. Gina Tortelli, ex-inspecteur. Elle était sous les ordres du capitaine Roth, s'est retrouvée rétrogradée au rang de simple agent quand il est tombé, n'a pas tenu et a donné sa démission. Elle travaille désormais dans le privé pour une sorte d'agence de détectives, Arsenial Investigations. Elle ne vous a pas écrit, précisa-t-elle tandis que Trueheart se joignait à eux.

— Alors pourquoi m'intéresserais-je à elle ?

— Parce que sa mère vous a écrit.

— Sa mère ?

— Teresa Tortelli. Je ne sais pas comment était la vôtre, lieutenant, mais ma mère n'a jamais employé un langage aussi... imagé.

Eve songea que sa mère avait fait bien pire que de cracher des chapelets de grossièretés. Et qu'elle avait fini la gorge tranchée pour cela.

— Et la tienne, Trueheart ?

Celui-ci rougit légèrement à la question de Baxter mais répondit par un sourire :

— Pas quand j'étais à portée de voix, dit-il.

— Elle vous a taillé un short, Dallas. Elle dit que c'est de votre faute si sa fille a été rétrogradée et qu'elle a perdu son insigne, sa pension, son salaire.

— Vous pensez que la mère tue des gens pour me faire payer ce qui est arrivé à sa fille devenue ripou ?

— Non, je pense que c'est une grande gueule qui rêverait de vous mettre des baffes si elle en avait l'occasion. Mais ça s'arrête là. Je me demande si notre fliquette ripou n'essaie pas de se venger en retournant la situation contre vous.

Eve plissa les yeux, songeuse.

— La mère prétend que sa fille est bien meilleure policière que vous ne le serez jamais, ajouta Baxter. Et qu'un jour elle vous le prouvera.

— Donc notre flic se dit : « Hé, maman a raison et je m'en vais le prouver à cette garce d'Eve Dallas. Attirer l'attention des médias sur elle et faire croire qu'un tueur psychopathe assassine des gens pour elle. » Un moyen pour elle de se venger, d'une façon tordue. Ça mérite d'enquêter.

» Il y a une seconde piste, lieutenant, précisa Trueheart. L'agent de police Hilda Farmer... ou plutôt l'ancien agent Farmer. Elle vous a écrit six fois, avant et après avoir quitté le métier. Elle prétend qu'on ne lui a pas permis d'exprimer tout son potentiel parce qu'elle a, euh...

— Des nichons, Trueheart, termina Baxter. Le lieutenant a déjà entendu ce mot. Ce garçon est pur comme la rosée du matin, ajouta-t-il. Farmer affirme que tous les mecs et la moitié des filles de son service l'ont draguée ou harcelée sexuellement. Elle a déposé un total de huit plaintes en un an, dont aucune n'a porté ses fruits, si l'on peut dire. Elle a démissionné en signe de protestation. Elle estimait que vous pourriez intervenir et qu'elle devrait être votre assistante, travailler directement avec vous. Beaucoup des mots-clés se retrouvent dans ses courriers. Justice, irrespect, amitié.

— Elle travaille désormais comme chasseuse de primes, lieutenant, intervint Trueheart. Et elle a un casier : violences volontaires et dégradation de biens. J'ai envoyé les données sur vos deux appareils.

— D'accord. Bon travail. Je vais voir ce que ça donne.

Avant d'arriver dans son bureau, Eve reçut deux noms supplémentaires de la part de Jenkinson et trois de Santiago.

Ce serait sans doute une journée bien remplie dans une semaine qui s'annonçait plus longue que jamais. En franchissant le seuil de son bureau, elle trouva Mira en train d'y boire le thé, précautionneusement assise sur l'horrible siège destiné aux visiteurs.

— Je tenais à vous voir dès votre arrivée, expliqua Mira. J'espère que vous ne m'en voudrez pas de m'être servi une tasse.

— Non, aucun problème.

Eve ferma la porte et commanda un café à l'autochef.

— Je ne m'attendais pas qu'elle se retourne si vite contre vous, déclara Mira en guise de préambule. Je tends à penser que votre coupable est une femme, ou quelqu'un avec une sensibilité féminine. Le changement de ton abrupt dans l'e-mail qu'elle vous a envoyé ce matin m'indique qu'elle traverse un moment d'intense conflit intérieur. Son échec d'hier soir a anéanti son assurance, ce qui, par ricochet, a remis en cause sa confiance en vous. Elle n'a pas tenu son engagement envers vous et son ego est tellement englué dans cette illusion d'une relation personnelle entre vous deux qu'elle s'est convaincue que c'est vous qui n'avez pas tenu vos engagements envers elle.

— Pour Peabody, c'est l'ambiance du collège, comme s'il s'agissait d'une enfant de douze ans.

— Elle n'a pas tort. Cette personne est émotionnellement immature et sans doute mal à l'aise en société. Intelligente, douée, mais timide auprès des gens alors même qu'elle désire leur attention. Construire une relation avec vous lui a permis de se sentir connectée. À présent elle ressent de la honte, de la colère, de la peur. Depuis le début, son courage était faux, artificiel. Un reflet illusoire du vôtre.

— Elle a mentionné Nixie dans le premier courrier.

— Oui. Une enfant. Innocente, traumatisée mais une survivante. Elle a également évoqué les dépouilles retrouvées dans le Sanctuaire. Elle s'identifie ; elle a sans doute subi des maltraitances ou un traumatisme à un âge similaire. Si vous aviez été là, ce ne serait pas arrivé. Si elle avait été forte et courageuse, ce ne serait pas arrivé. Mais justice n'a pas été faite, pas selon elle en tout cas. Il est temps que cela change. Alors votre tueuse a décidé de faire ce qui vous était impossible, devenant ainsi votre amie et partenaire. Cet échec récent, accompagné de la prise de conscience que vous êtes à sa poursuite – pas pour la forme mais réellement prête à tout pour l'appréhender –, vous rend faillible à ses yeux.

Mira croisa les jambes. Ce jour-là, elle avait opté pour un tailleur rose pâle associé à des escarpins ardoise.

— Ce qui signifie qu'elle l'est aussi, précisa-t-elle. C'est difficile pour elle de l'admettre. Ensemble, vous formiez l'équipe parfaite, complémentaire. Vous étiez le visage public du duo, elle l'ombre terminant le travail et lavant l'honneur de votre nom. Une action d'importance.

Mira désigna le mur de la main, comme si les mots y étaient inscrits.

— « J'ai de l'importance. » Comment pourrait-elle continuer si vous ne l'admettez pas ? Si vous ne pouvez y croire, comment le pourrait-elle ?

— Elle s'est servie d'un passe-partout pour revenir sur les lieux du crime. Elle l'a enregistré, pas avec mon code mais sous mon nom.

— Parce que vous incarnez ce qu'elle voudrait être. L'amitié n'aurait jamais suffi, même si elle s'était convaincue qu'elle était réciproque. Elle ne se contente pas d'admirer qui et ce que vous êtes. Elle convoite votre identité, Eve. Je la soupçonne, lorsqu'elle est seule chez elle, de faire semblant d'être vous. Elle a employé la première personne du pluriel dans l'e-mail. Elle passe son temps à faire ce qu'elle imagine que vous faites. Elle a probablement des conversations avec vous qui lui paraissent éminemment réelles. Elle a peut-être adopté la même coupe de cheveux que vous, ou bien elle porte une perruque qui imite votre style.

— Arrêtez, vous me faites peur.

— Je l'espère bien. Elle a désormais une excuse pour faire ce qu'elle désire vraiment par-delà ses intentions de façade. Elle ne peut devenir vous sans vous éliminer d'abord. Et c'est la direction qu'elle prend à présent.

— Ravie de l'entendre parce que si elle se concentre sur moi, je me sens prête à faire face. Alors que si elle décidait de s'attaquer à une nouvelle victime inconnue, je serais incapable de la protéger.

— Je pense que deux voies se présentent devant elle désormais et j'aimerais pouvoir vous dire avec certitude laquelle elle va emprunter. Mais elle est en plein conflit intérieur et je ne suis pas en mesure de prédire quelle partie d'elle-même l'emportera. Soit elle s'en prendra immédiatement au prochain individu sur sa liste, afin de faire de nouveau la preuve de ses capacités et de s'apaiser. De se reconnecter avec vous. Soit elle optera pour un scénario que nous avions envisagé dès le départ, et pour lequel elle se sera déjà longuement préparée, à savoir s'attaquer à l'un de vos proches. Un ami ou une amie. Elle justifierait ce choix en estimant que vous lui préférez quelqu'un d'autre et que c'est intolérable. Quelqu'un d'autre qui n'a pas tué pour vous, ne s'est pas entièrement dévoué à vous. Elle va vous montrer à quel point vous avez eu tort en vous privant de ce quelqu'un.

Eve sentit se crisper chaque muscle de son corps.

— Mavis, souffla-t-elle.

— Je lui ai déjà parlé. Hier soir.

Eve laissa échapper un soupir et se détendit sur son siège.

— Tant mieux, dites-moi tout.

— Elle doit se produire au grand gala du Nouvel An. Sans quoi ils seraient partis passer quelques jours au soleil avec leur bébé. Mais ils feront très attention. Leonardo a fait venir l'équipe de sécurité de Mavis, ceux qui l'accompagnent en tournée et durant ses spectacles.

— Bien. Très bien, même. Je les connais. Connors l'a aidée à les recruter.

— Leonardo prendra soin de sa femme et de sa fille. Et je dirais que Mavis est très capable de se défendre toute seule, ajouta Mira avec un sourire. C'est votre plus vieille amie, et la plus proche, ce qui en fait la cible la plus logique. Mais il en existe d'autres.

— Vous m'avez dit que M. Mira et vous étiez sur vos gardes.

— Et nous le resterons. Qu'en est-il de Nadine ?

— Je lui ai déjà parlé mais je retournerai la voir pour lui en apprendre autant que possible. Même chose pour Reo, Charles et Louise. Mon équipière. Peabody ne constituerait pas une autre cible logique ?

— Si, à terme. Mais il me paraît plus probable que la cible soit un civil, en tout cas au départ.

— Parce qu'elle est trop lâche pour s'attaquer à un flic.

— À ce stade, oui. Trina ?

— Trina n'est pas une amie… D'accord, d'accord, concéda Eve en voyant Mira hausser un sourcil. Je demanderai à Peabody de lui parler. Si je m'en charge, elle se sentira obligée de me dire que j'ai besoin d'un soin du corps et du visage, de rafraîchir ma coupe de cheveux ou je ne sais quoi. Je n'ai pas de temps à perdre avec ça. Bon sang, Morris… Et tout le service. D'accord, ce sont des flics. Mais pas Morris. Et puis… mince… il y a Crack. Mais j'imagine mal quelqu'un de lâche s'attaquer à un type gigantesque dont le surnom vient du bruit que font les crânes de ses adversaires quand il les cogne.

— Avertissez-le quand même.

Eve se redressa.

— Ça fait trop de monde. Comment en suis-je arrivée à connaître autant de monde ?

— Vous avez transformé votre existence. Vous vous êtes ouverte aux autres. Et cela fait de vous un meilleur flic. Ainsi qu'une personne plus stable, selon mon jugement professionnel. Cette femme n'a pas fait la même chose. Elle n'arrive pas à lâcher prise sur ce qui la dévore de l'intérieur. Elle l'a peut-être refoulé pendant des années, en gérant de son mieux. C'est triste à dire, mais je crois qu'elle pense s'être ouverte aux autres en vous écrivant. Après l'affaire des Swisher.

— Elle ne m'a pourtant pas donné de moyen de lui répondre.

— Si vous l'aviez fait, elle n'aurait pas pu imaginer vos réponses selon ses désirs et en faire sa réalité. Le lieutenant Dallas est devenu Dallas puis Eve tandis que le lien fictif entre vous se resserrait et que ses fantasmes prenaient corps à ses yeux.

Mira reposa sa tasse vide.

— Quel que soit le choix qu'elle fera ensuite, cela conduira vers l'ultime décision, celle de vous éliminer. À ce moment-là, qu'elle vous voie comme une ennemie ou une amie n'aura plus d'importance. Vous tuer deviendra aussi nécessaire à ses yeux que le lever du soleil. Un choix difficile, sans doute, mais inévitable. Que vous comprendriez, bien sûr, au point d'être fière d'elle. Et lorsqu'elle vous tuerait…

— Elle mourrait elle aussi, termina Eve.

— Voilà, vous avez parfaitement saisi. L'aboutissement, le lien le plus intime qui soit, le summum de l'amitié à ses yeux. Elle vous tuera plutôt que de vous partager, ou plutôt que de vivre alors que vous l'auriez déçue. Puis s'ôtera la vie car elle ne peut exister sans vous.

— Elle n'arrivera pas à m'approcher.

— Elle connaît votre emploi du temps, vos habitudes.

— Mais pas qui je suis vraiment. C'est Connors qui me l'a fait remarquer. Je peux modifier mes habitudes et j'ai une équipe entière de flics qui veillent sur moi.

Et je suis… vigilante, termina-t-elle en se rappelant les propos de Connors.

— Je l'espère.

Mira se leva et posa la main sur l'épaule d'Eve.

— Elle lance un appel à l'aide.

— Elle pourra se faire aider une fois derrière les barreaux.

— « J'ai de l'importance », répéta Mira. Je me demande si elle estime qu'elle n'en avait jamais eu jusqu'à maintenant. Jusqu'à votre arrivée.

15

Eve se pencha sur les noms et les informations que ses hommes lui avaient fournis, fit des estimations de probabilités par rapport au profil établi par Mira et décida que deux individus méritaient qu'elle s'intéresse personnellement à leur cas.

Mais elle contacta d'abord ceux et celles qu'elle estimait pouvoir devenir des cibles si la tueuse changeait d'approche. Elle commença par Mavis.

— Ici Benedict Mantal, de l'équipe de Mavis Freestone.

Eve plongea son regard dans les yeux clairs du responsable de la sécurité de Mavis.

— Ben, ici Dallas.

— Bonjour, lieutenant. Mavis est en répétition.

— J'avais deviné.

En arrière-plan, elle entendait clairement Mavis inciter ses fans à « vivre pleinement jusqu'au bout de la route ».

— Nous avons été prévenus, lui dit Ben. Leonardo et la petite sont en coulisses. Grommet est avec moi et il les garde à l'œil. Nous assurerons leur protection vingt-quatre heures sur vingt-quatre et sept jours sur sept.

— C'est bon à savoir.

— Elle est sur le point de terminer, si vous souhaitez lui parler.

Maintenant tenez-vous par la main, chantez avec nous. Dansez, chantez, laissez la vie s'exprimer ! Je veux vous entendre crier !

— Les spectateurs adorent, commenta Ben.

Un petit sourire s'était inscrit sur sa mâchoire carrée.

— J'entends ça, répondit Eve. Dites-lui simplement que j'ai appelé. Je la recontacterai plus tard. Surveillez-les de près, Ben.

— Vous pouvez compter sur moi.

« Je sais », se dit Eve en raccrochant pour passer l'appel suivant.

Alors qu'elle sortait du bureau en quête de Peabody, elle vit Santiago enfiler son manteau.

— Nouvelle affaire, lui dit-il pendant que Carmichael récupérait elle aussi ses affaires. Un type a fait une chute depuis le toit d'un HLM sur Wooster.

— Il a sauté ?

— Ça reste à déterminer. Bouge ton popotin torride, Carmichael !

Voyant Eve étrécir le regard, Santiago eut un geste apaisant.

— C'est bon, assura-t-il. C'est elle qui m'a demandé de lui parler comme ça.

— Affirmatif, confirma Carmichael. Je n'ai pas pris un gramme de gras depuis Thanksgiving. Il m'aide à garder la motivation pour tenir bon jusqu'à la fin de l'année.

— Merci de ne pas vous « motiver » de cette façon en public, ordonna Eve.

Puis elle se tourna vers Peabody :

— Votre popotin torride vient avec moi !

— Oh, c'est trop sympa ! J'ai pris presque un kilo depuis Thanksgiving, mais en fait c'est un peu un record personnel. Un record positif. L'année dernière...

— Dites un mot de plus à propos de vos fesses et vous n'aurez plus jamais droit à la moindre motivation de ma part.

Peabody récupéra son manteau et repartit au pas de course pour rattraper Eve.

— J'ai le droit de dire un truc sur celles de Carmichael ?

— Non.

— C'était un compliment, précisa Peabody.

Elle tira de sa poche une interminable écharpe – à rayures roses et vertes cette fois – et entreprit de l'enrouler autour de son cou à la manière d'un boa constrictor.

— Où va-t-on ? s'enquit-elle.

— Chez Arsenial Investigations. Des détectives privés à la petite semaine, au croisement de la 24e Rue Ouest et de la Onzième Avenue. Nous cherchons l'ex-inspecteur Gina Tortelli qui comptait parmi les ripoux tombés en même temps que Roth. Elle fait partie des deux agents répertoriés d'Arsenial.

— Elle vous a écrit ?

— Je ne peux pas l'affirmer. Mais sa mère l'a fait.

— Sa mère ?

— Qui n'est pas contente du rôle que j'ai joué en faisant le ménage chez Roth.

— L'endroit avait pourtant besoin d'être passé au karcher ! affirma Peabody avec conviction.

En quelques gestes rapides, elle replia certaines parties de l'écharpe et s'assura que le boa constrictor était bien noué sans être trop serré.

— Dans son esprit, reprit Eve, je suis une garce lèche-cul et perfide, une fille de traînée sans foi ni loi dotée d'autant de loyauté qu'un chacal.

— C'est la *mère* de quelqu'un qui vous a écrit ça ?

— Avoir donné la vie empêcherait d'être grossière ?

— Ben... C'est une maman, quoi.

— Cette maman m'a écrit une deuxième lettre après que le livre de Nadine est devenu un best-seller. Dans celle-ci, je suis une salope en quête de gloire au cœur gonflé de pus et le Jugement dernier ne tardera plus pour moi. Oh, et elle prie chaque soir pour que la justice immanente me frappe et que j'aille brûler dans les feux éternels de l'enfer.

— Eh ben... On peut dire qu'elle a le sens de la formule.

— C'était une lecture plutôt intéressante. Il est possible que sa fille ait imaginé une manière d'exaucer les prières de sa mère.

— Mais notre suspecte est obsédée par l'idée de devenir votre amie et votre partenaire, pas de vous envoyer griller en enfer, vous et votre cœur plein de pus.

— C'est peut-être un mensonge, cette histoire d'amitié. Peut-être qu'un flic intelligent a trouvé le moyen de nous faire courir après la dune.

— La lune, courir après la lune. La dune, c'est cette place au soleil d'où vous pourriez contempler la mer si cette affaire ne nous était pas tombée dessus.

— Les dunes, c'est aussi le désert, commenta un policier coincé dans l'ascenseur avec elles. Le genre d'endroit qui fait fantasmer quand on est serrés comme des sardines dans un ascenseur !

La plaisanterie lui valut les rires de plusieurs autres flics avant qu'il ne s'extirpe hors de la cabine une fois arrivé à destination.

— Dune ou lune, les deux sont encore loin. Les messages me relient directement à deux meurtres dans les médias, reprit Eve tandis que l'ascenseur descendait vers le parking. On pourrait voir ça comme une sorte de vengeance. C'est tiré par les cheveux, ajouta-t-elle avant que Peabody le fasse. Mais les lettres de la mère sont pleines de fureur limite délirante.

La fille est un mauvais flic. Qui sait si elle n'est pas habitée par la même colère délirante ?

Arrivée au parking, elle se dirigea vers le gros 4 × 4.

— On ira ensuite rendre une petite visite à l'ex-agent Farmer. Je ne sais même pas comment elle a pu passer le premier tri des candidats à la profession.

Eve s'installa derrière le volant, boucla sa ceinture de sécurité. Elle avait un peu l'impression de se retrouver aux commandes d'un char d'assaut, en plus chic. Elle enclencha la marche arrière.

— C'est une barjo. Intelligente, cela dit, ce qui explique peut-être qu'elle ait passé la sélection initiale. Elle a fait la formation rapide en six semaines avec d'excellents résultats dans à peu près tous les domaines. Mais une fois en poste, c'est devenu la bérézina. À moins qu'elle ait réellement été harcelée sexuellement par quasiment tous ceux avec qui elle était en contact : hommes, femmes, flics, suspects, passants. Elle s'est mise à porter plainte toutes les cinq minutes puis à chouiner que personne ne la comprenait et ne voulait travailler avec elle.

— Mon Dieu, quelle injustice !

— Persuadée que je comprendrais sa situation, elle m'a contactée à plusieurs reprises pour demander à devenir mon assistante. Comme ça n'a pas marché, elle a ensuite proposé – en se basant sur son expérience des huit derniers mois en tant que chasseuse de primes – de devenir mon informatrice en chef.

— Elle en tient une couche. Mais le côté sexuel ne colle pas.

— Non, c'est vrai. Mais le reste oui. Cela étant, et la mère et la chasseuse de primes victime de harcèlement sexuel permanent m'ont contactée par le biais de comptes e-mail encore actifs.

— Dans tous les cas, ce sont des pistes à creuser.

— Absolument. Mavis est en répétition. Mantal et Grommet se chargent de la protéger, ainsi que Leonardo et Bella.

— Des types bien. On a joué à la roulette des plats à emporter avec eux il y a quelques semaines.

— La roulette des plats à emporter ?

— Ouais.

Même si l'essentiel du verglas s'était changé en neige fondue, Peabody se cramponnait toujours à la poignée de sécurité au-dessus de sa portière.

— Mavis nous a appelés, et comme on était juste en train de traîner tous les deux, on est descendus. On fait ça tous les deux à trois mois, je dirais. Chez eux ou chez nous. Facile, vu qu'on est dans le même immeuble. Les mecs de la sécurité étaient là, elle leur avait demandé de rester après le spectacle. Ça se passe comme ça : Mavis étale des menus de restaurants en éventail et il faut fermer les yeux et en choisir un. Puis choisir un nombre. Ensuite, vous devez commander le plat portant ce numéro dans le menu en question. Et on passe à la personne suivante. On se marre quand on se retrouve avec un mélange de thaï, de chinois, d'italien, de vegan ou autre. Ben et Steve ont participé sans hésiter.

— Trina, se rappela Eve.

— Oui, elle était des nôtres une paire de fois.

— Non, il faudrait que vous la contactiez parce que je ne vais pas prendre le risque d'aller la voir. Je veux qu'elle fasse attention tant que cette affaire ne sera pas résolue. Faites ça par texto, sinon vous allez vous retrouver à parler de soins capillaires ou de je ne sais quel autre truc qui me donnera envie de vous bourrer de coups de poing.

Pendant que Peabody écrivait à l'esthéticienne, Eve se mit en quête d'une place pour se garer à proximité de l'immeuble trapu qui abritait les locaux d'Arsenial Investigations. Elle finit par abandonner – la taille du 4 × 4 rendait la tâche presque impossible – et opta pour un parking plein de nids-de-poule où elle se faufila tant bien que mal dans un emplacement horriblement cher.

— Trente-deux dollars cinquante l'heure, grommela-t-elle en glissant le ticket dans sa poche. Celui qui gère cet endroit devrait être arrêté pour vol qualifié. Voire carrément pour extorsion envers toute personne qui resterait ne serait-ce que vingt-quatre heures dans ce parking.

— Au moins la pluie glacée s'est arrêtée.

« Le bon côté des choses, tu parles », songea Eve.

Elles remontèrent la rue à pas rapides jusqu'à leur destination, à deux pâtés de maisons de là.

Des vagabonds, la plupart avec leur licence de mendicité bien visible, campaient au pied des immeubles. L'un d'eux, un grand maigre au crâne surmonté de touffes de cheveux d'un blanc jauni qui donnaient l'impression qu'il avait été frappé par la foudre, jouait un morceau triste sur son harmonica. Deux CL qui semblaient à peine assez âgées pour exercer légalement étaient blotties dans l'embrasure d'une porte, frissonnantes dans leurs minijupes et bas résille.

Au coin de la rue, un glissa-gril fumait. En l'absence de clients, son propriétaire s'était appuyé contre le chariot pour dévorer un hot-dog bien garni.

Eve se dirigea vers un escalier étroit et suivit la pancarte en forme de doigt qui annonçait :

ARSENIAL INVESTIGATIONS
2e ÉTAGE

Le *Quatre As*, un prêteur sur gages, occupait le rez-de-chaussée tandis que Madame Curacus, chiromancienne, et Bureaux à louer se partageaient le premier étage.

Elles montèrent jusqu'au deuxième et sonnèrent à la vieille porte en fer. La serrure émit un bourdonnement et Eve poussa la lourde porte pour l'ouvrir.

La réception était occupée par un bureau haut sur pattes équipé d'une console de communication massive derrière laquelle pianotait une brune à l'air maussade. L'ersatz de salle d'attente contenait deux chaises en plastique orange et une fontaine à eau payante.

La brune s'arrêta de taper et releva les yeux vers Eve, la mine boudeuse.

— Vous avez rendez-vous ? demanda-t-elle d'une voix si nasillarde qu'elle aurait pu s'en servir pour guider les navires perdus dans le brouillard.

— Maintenant oui, répondit Eve en sortant son insigne.

La brune se décala sur son siège et Eve la vit glisser la main sous le bureau.

« Alerte aux flics », supposa-t-elle.

— M. Arsenial s'est absenté pour les besoins d'une enquête. Vous pouvez laisser vos coordonnées.

— M. Arsenial est dans son bureau, sans doute en train de se gratter les fesses, les pieds sur la table. Je m'en moque. Nous sommes venues voir Gina Tortelli.

Un reniflement s'échappa du nez immense de la réceptionniste.

— Et la raison de votre visite ?

— Ne vous regarde pas.

— Hé, vous êtes pas obligée d'être aussi désagréable !

— C'est le métier qui veut ça. Bon, si M. Arsenial est si méfiant à l'idée de voir la police débarquer, il a sans doute une bonne raison. Je peux aussi estimer que le but de ma visite consiste à découvrir pourquoi et à faire de sa vie un enfer. Ou bien vous pouvez m'appeler Gina Tortelli.

— Pff. Une minute, d'accord ?

La brune se tourna vers le communicateur, activa le mode privé et saisit le combiné.

— Hé, Gina. Y a deux flics ici qui veulent te voir, elles ont pas dit pourquoi. Ouais, bien sûr. Non, non. D'ac.

Elle raccrocha.

— Elle arrive, dit-elle. Vous pouvez vous asseoir si vous voulez.

Eve jeta un coup d'œil aux chaises en plastique et s'imagina le genre de fesses qui avaient pu les réchauffer.

— Non, merci.

Tortelli fit une entrée remarquée. Son dossier indiquait un mètre soixante-treize, auquel les épais talons cloutés de ses bottes ajoutaient cinq bons centimètres. Ses cheveux bruns parcourus de mèches blondes étaient rassemblés en courtes dreadlocks. Eve repensa à la description qu'avait faite Hastings du teint de son agresseur.

« Café au lait, avec beaucoup de lait. »

Ça correspondait.

Tortelli étrécit les yeux et une lueur passa dans son regard. Elle avait reconnu Eve.

— On s'encanaille, *lieutenant* ?

Elle avait prononcé ce dernier mot sur un ton méprisant.

— Je travaille. Vous voulez qu'on aille discuter dehors ?

Tortelli appuya son poing fermé sur sa hanche et, de l'autre main, fit signe à Eve de continuer.

— Si vous avez quelque chose à dire, dites-le !

— Deux personnes sont mortes, une troisième a été agressée hier soir. Vous correspondez presque parfaitement à la description du suspect.

Tortelli entrouvrit les lèvres, visiblement interloquée, mais se reprit rapidement.

— Conneries ! J'ai vu le portrait que vous avez diffusé. Ça correspond à la moitié des habitants de New York.

— Vous avez exercé suffisamment longtemps pour savoir que nous ne partageons pas toutes nos informations avec les médias. Où étiez-vous le 27 décembre entre 17 h 30 et 19 heures ?

— Je ne vous dirai rien du tout sans avocat.

— D'accord. Contactez-en un et dites-lui de nous retrouver au Central.

— Et rien ne m'oblige à aller où que ce soit avec vous.

— Si vous voulez jouer, on peut jouer. En allant parler à votre mère, par exemple.

— C'est quoi, ce délire ? ! s'emporta Tortelli tandis qu'Eve faisait mine de repartir. Ne vous approchez pas de ma mère !

— Je peux non seulement l'approcher mais aussi l'emmener au Central et la mettre en cellule. Je peux l'inculper de menaces envers un officier de police et harcèlement en ligne, et la placer en garde à vue pour suspicion de projet de meurtre.

— Mais de quoi vous parlez ?

Sans rien dire de plus, Eve dégaina son mini-ordinateur et afficha le premier e-mail envoyé par la mère de Tortelli, puis le lui tendit.

Les épaules de la jeune femme s'affaissèrent au fur et à mesure de sa lecture.

— Oh, c'est pas vrai…

Elle porta la main au pendentif argenté en forme de crucifix passé autour de son cou.

— Elle exprimait sa frustration, rien de plus, dit-elle. Et ça date de presque deux ans.

— Il y en a d'autres. Cette lettre n'est que la première. Je peux m'entretenir avec vous ou avec elle. À vous de choisir.

— Gina ? Tu veux que j'appelle quelqu'un ?

Tortelli tourna la tête vers la réceptionniste comme si elle se rappelait soudain sa présence.

— Non, non. Ça va. C'est rien. Rien du tout... Suivez-moi, dit-elle à Eve avant de faire demi-tour.

Elle les conduisit dans un bureau plus petit encore que celui d'Eve, doté d'une fenêtre qui tenait presque de la meurtrière. Une console D & C aussi bruyante que celle de la réception était posée sur un bureau identique. Mais la pièce était parfaitement propre et organisée.

— Écoutez, ma mère a un sale caractère, d'accord ? Et je suis sa seule fille. Je vais lui en parler, lui dire d'arrêter ça tout de suite mais, franchement, dans ce métier on se fait copieusement insulter tous les jours, non ?

— Où étiez-vous ?

— Deux jours après Noël ?

Elle se tourna vers l'ordinateur et afficha un calendrier.

— J'étais en filature. Une femme. Son mari pense qu'elle le trompe et il n'a pas tort. Le 27, je l'ai suivie entre 14 h 20 et 19 h 30, quand elle est rentrée chez elle. Le mari m'a appelée à 13 h 50 quand elle a dit qu'elle sortait et je l'ai prise en filature. Tout est noté dans mon journal de bord.

— *Votre* journal de bord, Tortelli.

— Ouais. Et les appels passés par le client sont sur celui de mon communicateur. La femme a échangé des cadeaux de Noël en magasin puis s'est rendue directement au *Swan Hotel* sur Park Avenue. Elle a pris l'ascenseur. Coup de chance, les parois sont en verre. Elle est descendue au quatorzième étage. Je suis montée pour voir quelles chambres avaient allumé leur voyant « ne pas déranger » à cette heure de la journée et j'en ai trouvé une. Chambre 1408. C'est dans le journal de bord.

— Quelqu'un vous a vue ? Vous avez parlé à quelqu'un ?

— Le but d'une filature, c'est que personne ne me voie ni ne se souvienne de moi. Je l'ai guettée pendant deux heures entières, en surveillant l'ascenseur. Elle en est sortie, mais pas seule. Ils se sont chatouillé les amygdales pendant la descente, puis elle est partie d'un côté et lui de l'autre. Je suis restée derrière elle jusqu'à ce qu'elle rentre à son domicile. Je l'ai de nouveau filée hier soir. J'étais en train d'écrire mon rapport après avoir identifié le type avec qui elle sort. C'est son beau-frère. Le mari de sa sœur.

— Classe.

— Attendez ! s'exclama Tortelli en levant brusquement la main. J'ai un reçu du bar de l'hôtel. J'ai siroté deux eaux gazeuses sur place, pour pouvoir rester dans l'hôtel. J'ai le reçu, avec la date et l'heure. Il y a aussi les photos que j'ai prises, qui sont toutes horodatées. Je peux prouver que j'y étais. Alors laissez ma mère en paix.

— Et le 29 décembre entre 5 heures et 6 heures ?

— J'étais chez moi, au lit, seule. Je dormais. Seule parce que le type avec qui j'ai vécu trois ans m'a quittée après que j'ai été rétrogradée et que les emmerdes ont commencé. Je me retrouve avec une vie de chiotte, d'accord. Vous êtes contente ? Si je fais ce boulot merdique, c'est parce que je suis fichée. Mais j'ai pas l'intention de continuer à patauger là-dedans. Une fois que j'aurai fait mes preuves et trouvé des soutiens, je monterai ma propre agence. Laissez ma mère tranquille, bon sang ! Vous m'avez déjà bien saignée. Chez moi, on est flic depuis quatre générations. Quelques années de plus et je serais devenue lieutenant. Mais non, je me retrouve dans cette boîte pourrie.

— Avec trois générations de flics avant vous, vous auriez dû savoir que ces magouilles finiraient mal.

— Facile à dire pour vous, avec votre mari plein aux as.

Sans avoir eu le temps de sentir monter la colère, Eve abattit les deux mains sur le bureau, assez fort pour le faire trembler.

— J'avais dix ans de carrière derrière moi avant même de poser les yeux sur lui ! Vous pensez que c'est une question d'argent pour moi ? Ou pour n'importe quel autre flic digne de ce nom ? Vous déshonorez la profession.

— Vous ne savez pas ce que j'ai vécu. Vous ne savez rien du tout. Tout le monde croquait, par-ci par-là. C'était là, à portée de main. Ça ne manquait à personne. On se dit : « À qui ça fera du tort ? » Alors qu'on risque sa vie tous les jours. Voilà ce qu'on se dit. Parce que c'est facile. Vous croyez que je ne me suis pas demandé chaque jour pourquoi je n'avais pas tout arrêté ? Je connaissais Taj. Je le connaissais.

La voix de Tortelli avait frémi en mentionnant le nom de son collègue décédé. Un bon flic.

— Je n'avais rien à voir avec ce qui lui est arrivé. Rien du tout. Je m'étais simplement servie ici et là. C'est pour ça que j'ai seulement été rétrogradée. Et parce que j'ai tout déballé aux Affaires internes après. Ça non plus, je n'ai pas supporté. Donc je me retrouve dans ce trou.

Eve percevait les larmes qui menaçaient derrière la colère de façade.

— Vous croyez que c'est vous que je tiens pour responsable ? reprit Tortelli. Ouais, dans les bons jours j'arrive presque à m'en convaincre. Mais dans les mauvais jours, je peux à peine me regarder dans la glace. Je n'ai tué personne. Vous n'avez aucune raison de me mêler à cette histoire, et encore moins de faire revivre ça à ma famille.

— Montrez-moi le reçu. Celui du bar.

Tortelli ouvrit un dossier posé sur le bureau et en sortit la facture.

— D'accord, dit Eve en la lui rendant. Vous êtes hors de cause.

— Ça n'a représenté que cinq à six mille dollars sur deux ans, lança Tortelli comme Eve et Peabody se dirigeaient vers la sortie. Six tout au plus !

Eve lui lança un regard par-dessus son épaule.

— Votre insigne aurait dû valoir plus que ça à vos yeux, rétorqua-t-elle.

Puis elle ressortit avant que l'ex-flic puisse lui répondre.

— Elle me fait de la peine.

Malgré le vent froid qui tirait sur l'ourlet de son manteau, Eve s'immobilisa sur les marches pour fusiller Peabody du regard.

— D'accord, ne me jetez pas dans l'escalier ! reprit Peabody. Tout ce que vous lui avez dit était juste. Tout. Et vous auriez pu en dire beaucoup plus, et vous montrer plus dure, sans cesser d'être dans le vrai. Mais elle me fait de la peine parce qu'elle le sait et qu'elle doit vivre avec.

— Votre compassion me semble mal placée.

— Ce que je veux dire, c'est qu'elle était assez bonne pour obtenir son insigne d'inspecteur, pour résoudre des affaires et potentiellement faire une différence dans la vie des gens. Et elle a tout gâché, tout, pour quelques milliers de dollars.

— Vous pouvez doubler la somme, au moins. Elle continue à mentir, à se justifier.

Arrivée dans la rue, Eve fourra les mains au fond de ses poches. Elle avait très envie de bourrer quelque chose ou quelqu'un de coups de poing… et son équipière n'en méritait pas tant.

— Et ce n'est pas que l'argent. Ce n'est jamais une simple question d'argent. C'est l'idée qu'on y a droit.

On trouve une liasse de billets sur un cadavre ; qu'est-ce qu'il va en faire ? Oh, la jolie montre. Son propriétaire ne respire plus, autant la prendre. On a fait une grosse prise de stupéfiants dans ce raid contre les dealers où j'ai pris des coups. Les pontes vont foutre tout ça au feu, alors quel mal il y a à ce que j'en prenne un peu pour le revendre à un pigeon ? Je bosse dur, je risque ma peau, j'y ai droit...

» La première fois que vous pensez ainsi, que vous agissez ainsi en empochant un objet trouvé sur une scène de crime ou dans les poches d'un cadavre, vous êtes cuite. C'est fini pour vous. Et dénoncer d'autres flics aussi corrompus n'effacera pas pour autant la souillure.

— Elle ne sera jamais ce qu'elle voulait être, ce qu'elle aurait pu être. Elle a échangé ça pour de l'argent. Peu importe que ce soit dix dollars ou dix mille, déclara Peabody en rentrant la tête dans les épaules. Et elle le sait.

Elles repassèrent devant le joueur d'harmonica. Un morceau plein d'allant cette fois. Eve se demanda comment il trouvait la force de jouer quelque chose d'aussi joyeux ainsi recroquevillé dans le froid.

Elle fit demi-tour, fouilla dans sa poche à la recherche de ce qu'elle appelait sa réserve de pots-de-vin et en tira un billet de cinquante. Elle s'accroupit afin que l'homme puisse voir l'argent ainsi que son insigne et ses yeux.

— Offrez-vous un vrai repas, dit-elle. Si je découvre que vous êtes allé tout dépenser en alcool plus bas dans la rue, je reviendrai vous botter les fesses. Compris ? Non, dit-elle en voyant Peabody plonger la main dans sa propre poche. C'est assez. Et vous me devez toujours de l'argent. Compris ? répéta-t-elle au mendiant.

— Merci bien, dit-il en glissant le billet sous son manteau.

— Un vrai repas, répéta-t-elle.

Irritée contre elle-même – elle aurait aussi bien pu jeter les cinquante dollars au feu –, elle repartit vers sa voiture sur sa place de parking hors de prix.

— Maintenant, c'est moi qui vais me retrouver à court en attendant la paie, maugréa-t-elle.

Elle paya à l'aide de sa carte et récupéra le reçu du parking pour ses notes de frais.

— Je vous offre le déjeuner, si on prend le temps de manger, dit Peabody. Enfin, tant que c'est pas trop cher...

Eve s'arrêta au feu rouge et laissa échapper un petit rire. Puis elle appuya brièvement son front sur le volant.

— Vous n'aviez pas tort. À propos de Tortelli. Je n'arrive pas à partager votre sentiment, mais vous n'avez pas tort de ressentir ça. Flics depuis quatre générations et elle se retrouve à filmer une femme qui fricote avec son beau-frère. Et maintenant les soupçons doivent peser sur l'ensemble de sa lignée. Ce qu'elle a fait vient entacher tout l'héritage familial. Et ça aussi, elle en a conscience.

— Vous n'aviez pas tort non plus. Son insigne aurait dû avoir plus de valeur à ses yeux.

Le feu passa au vert ; Eve redémarra.

— Je ne me rappelle pas avoir jamais voulu être autre chose qu'un flic. Quand je me suis réveillée dans cet hôpital de Dallas, alors que les événements étaient encore trop flous ou trop traumatisants pour que je puisse les regarder en face, les flics étaient là. Ils me faisaient un peu peur. Une peur que lui m'avait instillée en me disant que la police me jetterait dans un trou sans lumière et envahi d'araignées. Mais ils se sont montrés précautionneux avec moi, comme personne ne l'avait été jusque-là. Les médecins et les infirmiers aussi, d'ailleurs, mais je ne me suis jamais dit qu'ils étaient peut-être capables de régler tous les problèmes. Alors que les flics, si. L'un d'entre eux m'avait apporté un ours en peluche. J'avais oublié ce détail... constata-t-elle. Comment ai-je pu oublier ça ? Les souvenirs s'estompent.

Elle secoua la tête et négocia un virage.

— Je ne me rappelle pas avoir jamais voulu être autre chose qu'un flic, répéta-t-elle. Je parie que c'était pareil pour Tortelli. Ce qui nous différencie, c'est qu'elle pensait peut-être que c'était son droit, qu'elle avait une légitimité particulière pour porter l'insigne. Elle n'a compris sa valeur qu'après l'avoir perdu.

Au terme d'une nouvelle et vaine recherche d'un emplacement pour se garer – avant de capituler en s'engouffrant dans un autre parking hors de prix –, elles retrouvèrent la trace de Hilda Farmer. L'ancien agent Farmer du commissariat de la douzième circonscription habitait un appartement en sous-sol à quelques rues du garant de caution judiciaire pour lequel elle travaillait.

Eve sonna. Quelques secondes plus tard, elle vit clignoter le judas électronique – un ajout coûteux aux mesures de sécurité déjà en place – et entendit distinctement un « hi ! » excité de l'autre côté du panneau. Elle repoussa doucement le pan de son manteau et posa la main sur la crosse de son arme.

Les verrous claquèrent, crissèrent et grincèrent, puis la porte s'ouvrit.

— Dallas ! Enfin ! s'exclama la grande brune plantureuse. Salut, Peabody, comment ça va ? Entrez donc !

— Hilda Farmer ?

Eve parcourut du regard la petite pièce bien rangée qui tenait lieu de bureau. Pas d'équipement vieillot ici. Deux élégantes consoles D & C étaient posées sur un poste de travail face à trois écrans muraux.

L'un d'eux affichait la photo et les informations associées d'un certain Carlos Montoya, individu au visage dur doté d'une épaisse moustache et d'un regard hargneux.

— Le fuyard que je traque, expliqua Farmer avec un geste en direction de l'écran. Agression à main armée. Il a tabassé un pauvre type avec une batte de base-ball parce qu'il n'avait pas de quoi payer ses intérêts. Colonne vertébrale brisée. Montoya n'aurait jamais dû être libéré sous caution si vous voulez mon avis, mais si ce n'était pas le cas, je n'aurais pas de boulot. Asseyez-vous ! Je vais faire du café. J'en ai de votre marque préférée pour les grandes occasions.

— Gardez-le pour plus tard.

— D'accord, pas de souci. C'est fou, non, cette histoire avec Bastwick et Ledo ? Et cette agression contre le photographe la nuit dernière. Des connards au sein des médias cherchent à vous impliquer. Comptez sur moi pour vous aider.

Elle tapota une chaise pour inviter Eve à s'asseoir et en prit une autre pour elle-même.

— Je ne suis pas aussi avancée que je le voudrais dans mes recherches, mais j'ai dû bosser sur un autre boulot pendant deux, trois jours. Tout ce que j'ai est à votre disposition. Vous avez eu mes e-mails. Vous savez que je suis plus que partante pour travailler avec vous.

— Vous n'êtes plus flic.

— Je vous admire. Toutes les deux, d'ailleurs. Parce que vous tenez bon, parce que vous travaillez contre le harcèlement sexuel endémique au sein de la police. Je me suis défendue. Franchement, même mon lieutenant me faisait des remarques et du gringue. « Attraper les suspects par les couilles ». Franchement, c'est une manière de parler à une subordonnée ? Et quand il me disait de passer le voir pour valider mes heures supplémentaires ? Il pensait que je n'avais pas compris qu'il faudrait que je sois bien gentille pour qu'il me les valide ? Et ce n'était même pas lui le pire...

— Difficile à croire, marmonna Eve.

— Vous savez comment ça se passe. J'aime mon nouveau job. Si un fuyard tente un truc de ce genre, un coup de pied dans l'entrejambe règle la question. Impossible de faire ça dans la police. Mais je reviendrai sans hésiter si c'est pour travailler sous vos ordres, lieutenant Dallas. Vous n'avez plus d'assistante depuis que vous avez fait de Peabody votre équipière.

» Je vais vous donner mon CV, poursuivit-elle avant qu'Eve puisse placer un mot. Vous pourrez en parler avec Charlie. Charlie Kent, le garant pour qui je bosse. Charlie ne m'a pas posé de problème jusque-là, mais je travaille depuis chez moi pour qu'il ne soit pas tenté de me draguer.

— Comme tous les autres.

Farmer leva les yeux au ciel.

— Franchement, qu'est-ce qui cloche chez les gens ? Mais pour en revenir à vous et moi, je suis prête à travailler en tant que civile ou nous pouvons demander que je sois réintégrée. Je ne ferai pas la difficile là-dessus. Clairement, l'important est que nous collaborions. Par contre, je vous remercierai de ne pas lorgner mes seins comme ça. Mon visage est plus haut, précisa Farmer en se tapotant les joues avec un sourire pincé.

Dans la mesure où Eve n'avait fait que regarder son visage et rien d'autre, elle se contenta de hausser les sourcils.

— D'accord. Donc vous avez fait des recherches sur mon enquête en cours ?

— Comme toujours. Vous êtes la raison pour laquelle j'ai rejoint la police. J'avais demandé à être assignée au Central, auprès de vous. Ça ne s'est pas fait. Beaucoup de jaloux au sein des forces de police, mais je l'ai accepté. Fais tes preuves, voilà ce que je me suis dit. Je n'avais pas prévu que le harcèlement serait constant. Je crois que c'était fait exprès, une manière de me forcer à partir avant que je puisse me faire réassigner à votre service.

» Bon ! On devrait se faire ce petit café si vous voulez parler de l'enquête. Je vais vous montrer mes notes.

— On se passera du café, lui répondit Eve. En ce qui concerne l'enquête, j'ai quelques questions qui devraient régler les choses.

— Je suis à votre disposition. D'un point de vue strictement professionnel, ajouta Farmer en agitant le doigt vers Eve en guise d'avertissement.

— Puisque vous suivez l'enquête, j'aimerais savoir où vous étiez au moment des deux meurtres et de l'agression de Hastings.

— Dallas…

Farmer se renfonça dans son siège et laissa échapper un profond soupir.

— Que les choses soient très claires, dit-elle. Ce que je fais à titre personnel ne regarde que moi. Même si nous serons amenées à collaborer étroitement, je n'autoriserai aucune intrusion dans ma vie personnelle. Je sais bien que Peabody et vous ne tenez aucun compte de ces règles et, même si je n'approuve pas l'idée d'une sexualité débridée entre un inspecteur et sa supérieure directe, je peux fermer les yeux là-dessus.

— Hein ? hoqueta Peabody.

— Vous n'avez pas à craindre que je m'immisce dans votre… dynamique, dirons-nous pour parler poliment. Cela ne m'intéresse pas. Autant le dire tout de suite : je ne participerai à aucun plan à trois.

— Mince ! Moi qui comptais tellement dessus. J'avais même déjà choisi ma tenue, rétorqua Peabody.

— Peabody.

Le ton d'Eve restait ferme, malgré l'éclat de rire qui lui chatouillait la glotte.

— Mettons le sexe de côté, reprit-elle.

— Je suis on ne peut plus d'accord. Il faut dire...

— Non, là, tout de suite, l'interrompit Eve. Savoir où vous vous trouviez aux moments en question est un apport direct à l'enquête. Je n'ai aucun intérêt pour vous par ailleurs. Si vous voulez bien consulter votre agenda, nous patienterons.

— Vous êtes en train de suggérer que je fais partie des suspects ?

— Je suggère surtout que vous me disiez où vous étiez afin que nous cessions de nous faire mutuellement perdre notre temps.

— Très bien. Je n'ai pas besoin de consulter quoi que ce soit, affirma Farmer en pianotant du bout des doigts contre sa tempe. Le 27 au soir, j'étais à Miami pour pister et appréhender Janet Beaver. Je suis revenue à New York avec elle dans la navette de 20 h 15. Entre la nuit du 28 et le matin du 29, j'ai suivi un tuyau au sujet de Montoya, qui s'est révélé être une impasse. J'ai passé la nuit au *Motor Court Lodge*, à la sortie 112 de l'autoroute 68 en Pennsylvanie. Je me sers de ma carte de crédit pour mes frais professionnels et j'ai fait de même pour prendre le petit déjeuner sur place à 6 heures le matin du 29. Pour Hastings, j'étais ici et je travaillais, mais j'ai commandé une pizza. Format solo, pepperoni et champignons. Elle m'a été livrée vers 19 h 30. La livreuse avait à peu près dix-huit ans. Un mètre soixante et quelques, cinquante-cinq kilos, cheveux roses, yeux verts. Livraison de chez *Mamma Mia*, au croisement de la 23e Rue et de la Septième Avenue.

Eve se leva.

— Nous vérifierons, et nous devrions en rester là, dit-elle.

— Je constate que je n'ai pas dirigé mon admiration et mes ambitions vers la bonne personne.

— Effectivement. Vous devriez aller consulter, Farmer. Cela vous aidera peut-être à comprendre que vous n'êtes pas la créature irrésistible que vous imaginez. Par ailleurs...

Sur un coup de tête, elle passa un bras autour de la taille de Peabody et attira contre elle son équipière médusée.

— Ma partenaire a de plus beaux seins, dit-elle.

— Je porterai plainte ! s'écria Farmer.

— C'est ça.

Eve s'éloigna à grandes enjambées, heureuse de ressortir pour une fois plus amusée que déprimée d'un entretien.

— Allons parler à ce Charlie, pour pouvoir tourner la page. Mais Farmer n'est pas celle après qui nous courons.

— Pourtant tout le monde lui court après.

— Quel calvaire permanent ce doit être.

Eve décida de marcher, dans l'espoir que l'air froid lui éclaircirait les idées.

— Elle est intelligente, reprit-elle. Et sait se servir d'un ordinateur. Mais elle est beaucoup trop obsédée par le sexe. Or il n'y avait aucune composante sexuelle dans les meurtres. Si c'était elle, il y en aurait eu.

Eve s'arrêta à un glissa-gril sur le chemin.

— J'ai encore assez pour nous offrir un déjeuner sur le pouce.

— Vous payez pour faire diversion, rétorqua Peabody. Mais je sais qu'en vrai vous avez envie de mater mes seins.

— Toujours, Peabody. Je ne pense qu'à ça.

16

Passé 16 heures, Eve eut le sentiment d'être allée au bout de toutes les pistes viables.

Elle envisagea les possibilités qui lui restaient. Aucune ne la séduisait.

— Peabody, réservez-nous une holo-salle au Central.

Une expression d'étonnement ravi se peignit sur les traits de Peabody.

— Vraiment ? Vous n'utilisez jamais ce genre de technologie super-cool.

— Je me suis déjà servie de celle de Connors. Je veux faire le tour des trois scènes de crime. Une, deux, trois. Un déclic pourrait se produire en les visitant l'une après l'autre.

— Je vérifie... Il y en a une qui sera disponible dans dix minutes pour une durée de quarante minutes. La grande est réservée sans interruption jusqu'à 20 heures et la deuxième est hors service. Une fois de plus. McNab dit qu'elle est plus souvent en panne qu'autre chose. Je vous réserve celle qui marche tout de suite. Il y a quelques box dispos, mais c'est l'unique salle encore à disposition.

Eve n'en demandait pas plus.

Parce qu'elle voulait profiter à plein de la disponibilité de la salle, Eve s'y rendit directement en affrontant les ascenseurs bondés par le changement entre les équipes travaillant de 8 heures à 16 heures et celles de service de 16 heures à minuit.

Le secteur dédié aux hologrammes et à la réalité virtuelle était tranquille et bien entretenu. Il n'y avait aucun distributeur automatique et des panneaux affichés à intervalles réguliers dans le corridor rappelaient qu'aliments et boissons étaient interdits à l'intérieur.

D'autres prévenaient les utilisateurs que les activités au sein des salles étaient supervisées et enregistrées.

Une manière de décourager un usage personnel de la part d'un flic pris de l'irrésistible envie de s'allonger nu sur une plage virtuelle ou de fricoter avec un collègue, un visiteur ou un technicien.

Il y avait évidemment des moyens de contourner ces mesures et la rumeur voulait que la deuxième holo-salle soit souvent hors service justement parce que quelqu'un avait bidouillé les moniteurs afin de pouvoir se prélasser sur la plage ou fricoter en paix.

Dans la mesure où Eve se servait rarement des lieux, elle s'en moquait un peu.

Elle inséra son passe dans la fente et attendit qu'il soit scanné et validé.

— *Dallas, lieutenant Eve approuvée. Équipement et plage horaire réservés par Peabody, inspecteur Delia. Approuvée*, annonça l'ordinateur après que Peabody eut inséré sa propre carte.

Elles entrèrent dans la pièce vide au sol blanc et aux murs aveugles. Eve s'avança jusqu'à l'ordinateur mural tandis que Peabody verrouillait la porte.

Eve entra les trois références des crimes à reconstituer, dans le bon ordre, et programma la reconstitution la plus probable des événements, un par un.

— *Éléments acceptés, analyse en cours. Détails faciaux du suspect insuffisants.*

— Utilise les portraits-robots.

— *Coordination des portraits. Homogénéisation. Chargement des données restantes.*

— J'ai vu un film où quatre personnes qui s'amusent dans une holo-salle se retrouvent coincées dans une sorte de jungle marécageuse. Sauf que l'une d'elles a été projetée dans une espèce de labyrinthe urbain. Et il y a un type avec une hache qui…

Peabody balaya la pièce du regard sans terminer sa phrase.

— Bon, ce n'est peut-être pas le meilleur moment pour penser à ça, dit-elle. On pourrait finir dans une jungle marécageuse. Bref, ça s'appelait *Holo-Cauchemar*. Ils sont en train de filmer la suite.

— Si un type vous fonce dessus avec une hache, balancez-lui un coup de pistolet paralysant, suggéra Eve.

— *Chargement terminé. Début du programme dans dix secondes. Vous disposez de trente-quatre minutes et dix-huit secondes sur votre réservation.*

— D'accord, d'accord. Allons-y.

— *Début du programme dans trois secondes… deux secondes… une seconde.*

Eve suivit la tueuse jusqu'à la porte de l'immeuble de Bastwick. Elle prit note de la lumière déclinante de cette soirée de fin décembre, des bruits de circulation générés par l'ordinateur. Elle observa la main gantée actionner l'interphone et la façon dont la porte s'ouvrit sans difficulté.

— À votre avis, que ressent-elle ? demanda Eve en pénétrant dans l'ascenseur en même temps que la tueuse. Si c'est la première fois – et nous n'avons aucune raison de penser que ce ne soit pas le cas –, ressent-elle de la nervosité ? De l'excitation ? Autre chose ? En tout cas, ses mains ne tremblent pas. Elle oriente son carton avec une telle aisance, comme si tout était chorégraphié dans sa tête.

— Aucune hésitation, commenta Peabody. Ni aucune précipitation.

— Tout chez elle semble dire : « Ne faites pas attention à moi » et c'est ce qui s'est passé. Elle est pourtant en quête d'attention. Peut-être même plus que tout.

— De la vôtre.

— Oui, pour commencer.

Bastwick apparut, revêtue de sa tenue décontractée mais classieuse. Elle ouvrit la bouche et le programme lui prêta sa voix :

— *Très bien. Vous n'avez qu'à le poser sur...*

Ses dernières paroles avant que la tueuse s'avance en sortant son pistolet paralysant de sa poche droite. Une décharge dans le ventre, à puissance maximale. Le système nerveux de Bastwick accusa le coup : son corps se convulsa, ses mains parfaitement manucurées fouettant l'air. Elle s'effondra sur elle-même et bascula en arrière. Sa tête heurta le sol. Ses yeux parurent dévisager la tueuse pendant une seconde, peut-être deux, avant de rouler en arrière. Puis ses paupières se fermèrent.

Suivant le scénario qu'Eve avait imaginé, la tueuse – dont le visage évoquait celui d'un personnage de dessin animé tiré du portrait-robot – déposa son paquet sur une table, sortit un cutter de sa poche gauche et trancha la bande adhésive qui le maintenait fermé.

Elle en sortit une bombe de Seal-It et retira ses gants.

— Elle a dû employer du Seal-It avant d'entrer. Sur les mains, les pieds, la totale. Elle a peut-être décidé d'apposer une deuxième couche sur ses mains, mais elle ne sera pas entrée sans.

— Le service d'entretien de Bastwick est passé chez elle le 23, annonça Peabody en consultant ses notes. Avant cela, nous n'avons aucune trace d'une quelconque visite chez elle. La police scientifique n'a trouvé ni cheveux, ni fibres, ni empreintes appartenant à quelqu'un d'autre que la victime.

— Elle avait pris toutes ses précautions, peut-être même au point de porter une charlotte sous sa casquette. Elle aura réactivé le système de sécurité. Cette reconstitution ne le montre pas, mais je suis sûre qu'elle l'a fait. Et elle a dû retirer ce manteau. Trop gros, trop chaud. Mais on ignore ce qu'elle portait en dessous. Et pourquoi emmener Bastwick dans la chambre ? ajouta-t-elle tandis que la meurtrière soulevait l'avocate pour la transporter à la manière d'un pompier évacuant une victime.

— Plus confortable, peut-être ? avança Peabody.

— Je pense plutôt qu'elle fait durer. Elle doit forcément être un peu nerveuse, alors elle retarde l'instant décisif. Et puis elle est curieuse, aussi. Regardez, elle la porte dans la chambre, la dépose sur le lit. Elle reprend son souffle, respire un bon coup, puis retourne à son carton.

Eve contempla le meurtre, la façon dont les talons de Bastwick tressautèrent violemment sur le lit malgré la paralysie. Puis les yeux de la victime s'ouvrirent de nouveau et se firent vitreux comme son sang s'écoulait le long de sa gorge.

— Par-derrière. Elle a forcément enlevé son manteau. Ce qui veut dire qu'elle portait une tenue protectrice en dessous pour ne pas risquer d'être couverte du sang de la victime ou d'emporter des poils ou des cheveux lui appartenant. Une tenue qu'elle aura brûlée ensuite. Et de cette façon, aucun risque de tache de sang ou de traces quelconques sur le manteau.

— Elle aurait accès à de l'équipement médical ? Les tenues qu'ils emploient à la morgue ou dans la police scientifique ?

— Ce genre-là. Ou celles qu'utilisent les peintres ou les désinsectiseurs. Elle l'enfile pour tuer puis la retire, la roule à l'envers voire l'emballe avant de la remettre dans le colis… Pause du programme ! ordonna-t-elle.

La scène se figea, permettant à Eve de s'y déplacer et de contourner la tueuse au visage dessiné.

— Tu avais planifié tout ça depuis très longtemps, souffla-t-elle. Dans les moindres détails. Ordinateur, durée écoulée ?

— *La durée écoulée est de douze minutes et quarante-cinq secondes.*

— Ajoutes-y le temps nécessaire pour retirer la combinaison protectrice de la boîte, l'enfiler, la retirer, l'emballer et la remettre à l'intérieur.

— *Temps moyen estimé à une minute et cinquante-deux secondes pour une combinaison de protection complète.*

— Recalcule la scène avec cette durée additionnelle et reprends le programme.

— Nous avons compté vingt-sept minutes entre le moment de son arrivée et celui où elle est ressortie, rappela Peabody.

— Exactement. Et elle n'en a utilisé que la moitié jusque-là. L'écriture du message a pris du temps en plus, commenta Eve tandis que la tueuse écrivait sur le mur. Après quoi elle a tout rangé dans la boîte avant de remettre son manteau et ses gants. Un coup d'œil aux alentours pour s'assurer de n'avoir rien oublié, puis elle ressort. Avec cette espèce d'allégresse dans la démarche.

Elle attendit, sans cesser d'observer la meurtrière, jusqu'à ce que l'ordinateur annonce la fin de la première reconstitution.

— Durée écoulée ?

— *Vingt minutes et dix secondes.*

— Qu'a-t-elle fait des sept minutes restantes ? s'interrogea Peabody.

— *Données insuffisantes pour fournir une réponse.*

— Je ne te posais pas la question. Peut-être qu'elle a rapidement fait le tour de l'appartement. C'est un bel endroit, très classe. Elle a peut-être fait deux ou trois trucs que personne n'a remarqués.

— J'en doute. Je dirais plutôt qu'elle a pu avoir besoin de temps pour rassembler son courage avant de tuer, ou de se reprendre après l'avoir fait. Mais elle attendait ça depuis si longtemps et elle était tellement contente en repartant... Et son écriture est parfaitement stable.

— Elle aurait pris le temps de se gausser de la victime ?

— Non.

Eve fit de nouveau le tour de la pièce, l'air concentré.

— Ce serait une perte de temps. Libre à elle de se gausser une fois à l'écart et en sécurité. Je parie qu'elle disposait d'un éclairage laser et de microlunettes dans son colis. Elle a vérifié le lit, par précaution, en lissant le couvre-lit pour détecter d'éventuelles traces de son passage. Puis elle est revenue sur ses pas depuis la chambre jusqu'à l'entrée pour tout examiner. Voilà ce qu'elle a fait de ces minutes supplémentaires.

— Elle est donc intelligente, méticuleuse et probablement pointilleuse à l'extrême.

— Avec peut-être une pincée de trouble obsessionnel compulsif en bonus. Je parie que quand on l'aura appréhendée, Mira lui trouvera une liste de névroses longue comme le bras... Ordinateur, lance la deuxième séquence.

L'absence de caméras de sécurité ne permettait pas de savoir combien de temps la tueuse avait passé sur place. Mais Eve était prête à parier qu'elle avait pris le temps d'inspecter le taudis de Ledo pour s'assurer de n'avoir laissé aucune trace de son passage.

— C'était plus émotionnel cette fois. Le meurtre est similaire.

Comme durant la première reconstitution, Peabody détourna le regard quand le tueur sortit un scalpel pour découper la langue de sa victime.

— Similaire ? demanda-t-elle.

— Elle a dû y mettre beaucoup de force. Tirer sur la corde à piano au point qu'elle s'enfonce aussi profondément ? Ses bras devaient trembler sous l'effort. Enfoncer la queue de billard fendue dans le torse de Ledo ? Il a fallu qu'elle s'appuie dessus, à deux mains, en y mettant tout son poids. Elle avait besoin de s'impliquer dans le geste, de s'en sentir responsable, en pleine maîtrise de la situation. Mais pour ce deuxième meurtre, elle est un tout petit peu moins maîtresse d'elle-même.

— Elle ne devrait pas l'être plus ? Plus assurée ?

— Mais elle sait à présent à quel point c'est agréable, ce qui ajoute une forme différente d'excitation. Ce n'est plus simplement ce qu'elle considérait comme un devoir mais également une source de plaisir. Ou du moins de satisfaction. Par ailleurs, elle a bien attiré mon attention, mais ce n'était pas exactement ce qu'elle voulait. Ce qu'elle désire vraiment, c'est mon approbation, expliqua Eve pendant que la meurtrière écrivait sur le mur. Ou même ma gratitude. Elle tente de se convaincre qu'on pouvait trouver tout ça dans ma conférence de presse. Se persuade tant bien que mal que je lui ai adressé des signes subliminaux. Mais les paroles que j'ai prononcées – et les mots ont de l'importance – n'étaient pas les bonnes.

— Vous pensez qu'elle est déjà en train de se retourner contre vous ?

— Ça a commencé dès l'instant où elle est sortie de chez Bastwick d'un pas allègre. Parce que, soudain, l'acte prenait une dimension personnelle. C'était le cas depuis le départ, mais elle s'est enfin autorisée à le voir. Ces meurtres parlent de ce qu'elle veut, de ce qu'elle est. Je lui sers d'excuse. Une excuse importante, dont elle a besoin... Lance le dernier programme, ordonna-t-elle à l'ordinateur.

« C'est intéressant », se dit-elle.

Quand on observait l'évolution des actions de la meurtrière, tout devenait plus clair. Il y avait tant d'autres moyens de s'en prendre à Hastings. Ou à quelqu'un d'autre, une cible facile dans le genre de Ledo. Mais s'attaquer à Hastings était plus...

— Audacieux, dit-elle à haute voix. Elle prend plus de risques en passant par ces escaliers extérieurs. On aurait pu la voir. Mais après tout, qui lèverait les yeux vers les hauteurs ?

— Des touristes, des étrangers, répondit Peabody.

Eve se tourna pour lui sourire.

— Exactement. Les gens qui n'habitent pas ici passent leur temps le nez en l'air. « Hé, t'as vu la taille de cet immeuble ? » ou « Regarde, le tramway volant, on devrait en prendre un ! » Elle a pris ce risque. Un risque tout relatif, cela dit, car même si quelqu'un l'avait repérée, il n'aurait vu qu'une personne montant un colis dans l'escalier. Mais...

— Elle n'avait pas besoin de prendre ce risque. Je comprends. Elle l'a fait exprès. Pour vous impressionner, peut-être ?

— Peut-être. Et pour ajouter un peu d'excitation. Ce frisson-là lui plaît à présent. Alors elle sonne longuement et attend. Si elle s'est renseignée sur Hastings, elle sait qu'il est tout à fait capable de lui dire d'aller se faire voir sans même lui ouvrir. Mais elle y tient vraiment, elle a besoin qu'il vienne ouvrir cette porte. Ce qu'il finit par faire.

En écoutant le colosse lancer son chapelet de jurons, Eve ressentit envers lui une affection inattendue. Elle vit la décharge paralysante à très courte portée – plus courte qu'avec Bastwick – le projeter en arrière. Son corps secoué de soubresauts s'écrasa au sol.

La meurtrière posa son colis et fit mine de refermer la porte. On entendit la voix de Matilda qui apparut dans l'escalier. La bouteille de vin fendit l'air ; la décharge paralysante rata sa cible.

— Oui, le vin a forcément éclaboussé le manteau. Mais il y a un truc qui me chiffonne. Deux, même. Fin de programme, ordonna Eve.

Elle se tourna pour faire face à Peabody.

— Tout d'abord, si elle a vraiment étudié les habitudes de Hastings, pourquoi n'a-t-elle pas pris en compte les aléas de son métier ? Il aurait pu avoir une séance ce jour-là, obliger les mannequins et l'équipe à travailler tard jusqu'à obtenir le résultat escompté. Même sans imaginer la possibilité d'une petite amie et d'un dîner en amoureux, Hastings reste un homme imprévisible, exigeant, bizarre. Il constitue une mauvaise proie, en tout cas dans ce contexte.

— Mais une proie spectaculaire. Parvenir à l'atteindre et à l'éliminer – ce qu'elle aurait fait si Matilda n'avait pas été présente – est beaucoup plus impressionnant que se débarrasser de Ledo, répondit Peabody. Et même de Bastwick. Et il s'agit de la troisième victime, ce qui aurait officiellement fait d'elle une tueuse en série. Il est beaucoup plus marquant d'abattre un photographe et créateur à succès plutôt qu'un autre camé.

— Exact. Tuer un autre junkie n'aurait fait réagir personne. On en arrive à mon deuxième point. Elle s'est trouvée face à une femme sans arme et à moitié nue, mais n'a pas cherché à aller au bout de son plan. Elle n'a pas été capable de réfléchir rapidement, d'improviser. Matilda n'était pas prévue au scénario alors elle s'est enfuie.

— Vous le disiez depuis le début : elle est lâche.

— C'est plus que ça.

Et visionner les trois reconstitutions d'affilée le montrait clairement.

— Les deux premiers crimes se sont déroulés comme sur des roulettes, commenta Eve. Tout s'est passé comme elle s'y était attendue. Elle a besoin d'ordre, de logique. La présence de Matilda était illogique, elle apportait le désordre.

— C'est pour ça qu'elle n'a pas su réagir, conclut Peabody. Manque de spontanéité face à l'imprévu.

— Exactement. Au lieu de poursuivre cette femme à demi nue et sans arme et de lui tirer de nouveau dessus, elle a tout laissé tomber.

— *Le temps qui vous était alloué est écoulé. Merci de fermer la session et de quitter les lieux.*

— Bien. Ordinateur, envoie le programme sur les terminaux de mon domicile et de mon bureau, Dallas, lieutenant Eve... Elle est retournée dans un endroit où elle se sent en sécurité, reprit-elle. Pour essayer de se calmer. Elle commençait à m'écrire un message d'excuses. « Oh, Eve, je vous ai déçue. » Mais toute l'histoire ne cesse de tourner en boucle dans sa tête. Ça n'aurait pas dû déraper. Quant à moi, j'aurais dû me montrer plus reconnaissante dès le départ. À qui la faute, franchement, quand on sait qu'elle avait tout orchestré avec soin ? Elle m'a fait confiance, par-dessus tout, et voilà ce qu'elle récolte en retour !

— Vous en concluez quoi ?

— Qu'elle n'est pas flic. Ou alors un très mauvais flic. N'importe quel policier digne de ce nom apprend à improviser au bout de deux jours. Les flics poursuivent leurs cibles, leur courent après. Ils ne s'enfuient pas. Elle n'est pas flic. En revanche, elle aurait peut-être voulu le devenir. Elle travaille peut-être auprès des forces de l'ordre mais n'est pas dans le métier.

— Je me sentirai vraiment mieux s'il apparaît que vous avez vu juste. J'espère vraiment que vous avez raison, surtout après...

— ... l'entretien avec Tortelli, termina Eve qui n'avait aucun mal à déchiffrer l'expression de son équipière. On va passer par la DDE. Je voudrais partager une partie de mes réflexions avec Feeney s'il est toujours sur place. Je vous raccompagnerai en voiture avec McNab une fois que j'aurai terminé.

— Vraiment ?

— Ça ne fait pas un grand détour, voire pas de détour du tout si Mavis est chez elle. Vérifiez ce qu'il en est, vous voulez bien ? Je voudrais m'assurer en personne que tout va bien si elle est là.

— Bien sûr. Connors et vous irez à la cérémonie du Nouvel An ?

— Absolument ! À condition d'avoir tous les deux subi des lésions cérébrales irréversibles dans les prochaines vingt-quatre heures.

Elle tourna vers Peabody un regard interrogatif.

— Vous y allez ?

— Euh oui, si on peut se libérer. C'est un truc de dingue, c'est vrai. Durant ma première année, j'ai été affectée à la gestion des mouvements de foule pour le réveillon. C'est un sacré bordel, mais c'est aussi très marrant. Et Mavis nous a obtenu des passes intégraux : on sera traités comme des VIP et on pourra côtoyer des célébrités et des stars de la chanson.

— Je préférerais être écorchée vive et obligée de manger ma propre peau.

— Beurk !

— Pas très ragoûtant, je l'avoue, mais pas loin de la vérité.

Eve fit un détour pour s'arrêter devant l'entrée de l'univers effervescent et coloré de la Division de détection électronique.

À l'intérieur, les employés se dandinaient sur leurs sièges ou dansaient d'un pied sur l'autre au rythme de leur geek intérieur. Tous étaient parés de couleurs dignes d'éclairages au néon radioactifs. Tous sauf un.

Feeney, oasis froissée de santé mentale dans un univers ayant succombé à une démence fluorescente. Il se tenait debout – en tapant du pied, certes, mais ça restait raisonnable – face à un grand écran sur lequel il faisait courir ses doigts dans une suite de grands gestes et de petits coups secs. Tout cela sous les yeux de deux geeks fascinés.

L'endroit sentait le soda et le chewing-gum au goût fruité. Un individu affublé d'une combinaison bleu électrique et d'une protubérance de cheveux verts fit une cabriole à l'intérieur de son box en s'écriant « yahou ! ».

— Vous voyez cette scène ? demanda Eve. Multipliez-la par quelques millions et vous aurez votre cérémonie de Nouvel An.

— C'est pour ça que c'est génial.

— Et voilà le travail ! déclara Feeney en braquant ses deux index vers l'écran comme s'il s'agissait de revolvers.

La femme à la droite de Feeney, un inspecteur, leva les poings vers le ciel et se déhancha dans son pantalon moulant rose et blanc.

— Trop cool, capitaine !

— Prenez-en de la graine, mes enfants. Prenez-en de la graine.

Feeney se frotta les mains, l'air satisfait.

— Maintenant, terminez-moi tout ça et allez appréhender ce salopard. Détournement de fonds et fraude à l'assurance avec une pincée de chantage.

— Il est fait comme un rat, patron. Merci.

En se retournant, Feeney aperçut Eve. Il la salua, ainsi que Peabody, d'un petit mouvement de tête.

— Tu as une minute ? lui demanda Eve.

— Maintenant oui.

— Peabody, allez voir où en est McNab. Et Mavis. Dans ton bureau ? proposa-t-elle à Feeney. Je n'arrive pas à réfléchir avec tout ce boucan. Je ne sais pas comment tu fais.

— Ça fait circuler le sang dans le cerveau, répondit-il en se dirigeant vers le bureau. Et parfois ça te file une migraine d'enfer...

Il piocha quelques-unes des pralines qu'il conservait dans un bol sur son bureau puis s'assit et posa les pieds sur la table.

— J'ai passé presque une heure debout à farfouiller le réseau, dit-il. Ça fait du bien de reposer mes pieds. Vas-y, raconte.

— Tu as eu le temps de lire mes derniers rapports ?

— Oui, je suis à jour.

— Jusqu'à cette tentative ratée contre Hastings, je pensais qu'on avait affaire à un flic. J'en étais presque persuadée. Mais quel genre de flic s'enfuirait face à un témoin gênant sans défense ? Tu es armé, pas le témoin, et la cible est à terre. L'idée serait de poursuivre la mission en neutralisant le témoin avant de finir le boulot.

— Il y a aussi des poules mouillées dans la police.

— D'accord, mais même en tenant compte de ça, où est le risque ? Et l'adrénaline devait couler à flots, non ?

— Le rapport ne parle que d'une décharge de pistolet paralysant, dit Feeney en hochant la tête. Quelqu'un du métier saurait qu'on n'arrête pas de tirer avant que toutes les cibles soient à terre.

— C'est ça. Et puis notre tireuse vise mal. Très mal. Elle a pu rater son coup à cause de la surprise, mais la cible n'était qu'à deux mètres cinquante, trois mètres maxi. Les deux autres victimes ont été neutralisées à courte portée et le tir sur Hastings était quasiment à bout portant. Face à face, ce qui pour moi veut dire que non seulement notre tueuse est une poule mouillée mais qu'elle ne sait vraiment pas tirer. Question de risque, peut-être. Malgré tout, le témoin n'avait pas beaucoup d'avance sur notre tueuse. Si elle l'avait poursuivie, elle l'aurait sans doute eue. Quel flic se serait défilé face à de telles probabilités ?

— Les probabilités ne font pas partie de la formation policière. Pas pour ceux qui patrouillent dans les rues, en tout cas. C'est peut-être une gratte-papier. Plus vraisemblablement quelqu'un qui aspire à porter l'uniforme, ou une civile.

— Ou les deux. Elle est dans le circuit, Feeney. Parce qu'à moins d'avoir lu mon rapport sur Ledo personne ne pouvait savoir qu'il m'avait involontairement donné un coup.

Elle préleva à son tour quelques pralines dans le bol et se mit à faire les cent pas.

— Pour Bastwick, c'était public. Elle avait clairement fait savoir qu'elle avait un problème avec moi, elle avait joué la carte de la vendetta personnelle.

— Et c'est Bastwick qui a été tuée la première.

— Oui. Oui. La cible facile. Une manière de se faire la main. Le meurtre de Ledo avait une dimension plus personnelle. Une façon de dire : je sais ce qui s'est passé et je l'ai fait payer pour vous. C'est plus profond que Bastwick.

— Ledo était sans doute plus facile à atteindre, mais Bastwick était une cible moins spécifique. Bon, on marche sur les plates-bandes de Mira, là, mais je comprends ta logique. Elle avait plus à dire après Ledo, d'ailleurs, ce qui illustre cette progression. Niveau empreintes et traces d'ADN, les deux scènes de crime étaient plus propres que le petit salon de ma tante Crystal. Donc je te suis sur le lien avec les forces de l'ordre, surtout si on ajoute les infos inconnues du public.

— Et puis il y a Hastings. Je l'aime bien, en fait. Enfin, dans son genre. On s'est affrontés, c'est vrai, mais j'ai toujours eu le dessus. Mieux, il s'est montré coopératif une fois calmé et après que je lui ai montré les photos des victimes. Son témoignage s'est révélé essentiel pour identifier Gerry Stevenson. Mais... l'altercation était détaillée dans mon rapport. Reste à savoir qui a pu lire tous ces rapports. En théorie, personne qui ne soit pas impliqué directement.

— Mais...

— Ouais. Mais quelqu'un disposant des autorisations adéquates aurait pu y avoir accès. J'ai lancé une recherche de base sans trouver grand-chose. Il y a un moyen de creuser plus profondément ?

— Je peux jeter un coup d'œil. Mais, répéta-t-il, il n'est pas si difficile d'accéder aux archives en présentant une pièce d'identité convaincante. Un pirate informatique à la fois doué et motivé a aussi pu s'y introduire. Elle a montré qu'elle était motivée et qu'elle disposait des compétences nécessaires.

Eve s'assit sur le bureau de Feeney.

— Ça te fait penser à quelqu'un ? Parmi tes techniciens, les nouveaux employés, l'équipe d'assistance informatique ? Vous faites régulièrement appel à des consultants extérieurs.

— Ouais, les « cleeks ». Les geeks civils. D'ailleurs, Connors est sans doute le meilleur d'entre eux.

Feeney passa les doigts dans ses cheveux raides.

— Je vais me pencher là-dessus, mais aucun nom ne me vient directement à l'esprit. D'un autre côté, certains de mes jeunes font appel à des cleeks que je ne connais pas vraiment bien. Pour moi, c'est surtout une « aspirante ». Aspirante flic, aspirante justicière, aspirante à devenir ta meilleure amie.

— Peut-être plus tant que ça en ce qui concerne l'amitié.

— Elle t'en veut, dit Feeney en hochant la tête. Une garce geignarde en plus de tout le reste.

— Ce qui élimine d'office les gens qui sont réellement mes amis. Mais ce sont pour eux que je m'inquiète. Sans vouloir t'insulter.

— T'as pas intérêt, répondit-il en recroisant les jambes. Je suis plus gradé que toi.

— Tu as été mon formateur, mon équipier. Tu es...

Ce qui se rapprochait le plus d'un père pour elle. Mais le dire ainsi leur aurait paru mièvre à tous les deux.

— Tu es un vrai pote. Quand je m'imagine dans sa tête, je me demande quelle cible je choisirais en priorité pour me venger. Qui voudrais-je dégager pour me libérer une place en tant que « meilleure amie de tous les temps » d'Eve Dallas ? Mavis est le premier nom qui me vient. C'est ma plus vieille amie et une civile. Mais il y a aussi toi, Feeney. Et Peabody.

— Connors n'est pas ton ami ?

— Elle n'est pas assez forte pour pouvoir l'atteindre... Pardon, c'est insultant pour les autres, je ne voulais pas dire ça comme ça. Je veux dire que lui est protégé. Elle me donne l'impression d'être trop lâche pour s'attaquer à un flic mais...

Il saisit une poignée de pralines puis en goba une en s'adossant au fond de son siège pour dévisager Eve.

— Un vieux flic ? Un geek ? Un planqué derrière son bureau ? Une cible facile ?

— Dans son esprit, Feeney, pas dans le mien. Vieux, tu parles !

— Je sens plus le poids des années qu'auparavant, mais je ne suis pas une cible facile.

— Je sais bien. Mais elle peut-être pas. Je te dis simplement les choses telles que je les vois pour te demander de rester sur tes gardes. Elle va s'en prendre à quelqu'un d'important pour moi. Si ce n'est pas cette fois, ça ne tardera pas. À moins que j'arrive à l'arrêter.

— Elle a travaillé de manière chronologique jusqu'à présent. Si tu devais sortir un nom du chapeau, qui serait la cible suivante ? En dehors de tes proches.

— C'est bien ça le problème, Feeney. Il y a trop de possibilités.

L'idée lui donnait mal au crâne. Elle se prit le visage entre les mains, les doigts pressés contre ses paupières.

— Bon sang, il va falloir que je me replonge dans toutes mes affaires entre l'enquête sur Stevenson et aujourd'hui.

— Tu pourrais faire comme ça, admit Feeney. Et passer les deux semaines qui viennent ensevelie sous les dossiers. Ou bien tu pourrais demander à Connors de tous les télécharger dans son super labo informatique. Faites une recherche d'altercations physiques ou verbales impliquant des individus qui ne sont pas actuellement derrière les barreaux. Mettez les flics de côté. Il n'est pas impossible qu'elle s'attaque à l'un d'eux, mais une cible civile reste plus probable. Ça prendra du temps, mais ce sera plus rapide que de reprendre manuellement les dossiers des deux dernières années. Et moins fatigant pour les yeux, au passage.

— Ensuite un calcul de probabilités sur ce que j'aurai obtenu, proposa Eve.

Elle voyait à présent où il voulait en venir.

— Je pourrais demander à Connors de faire une première passe rapide. En commençant par les six premiers mois. Lancer le calcul des probas puis tenir compte de la chronologie. C'est une piste.

Elle saisit son communicateur qui sonnait et contempla l'écran en fronçant les sourcils.

— C'est Kyung. Les médias veulent des nouvelles. Il me propose de faire uniquement une déclaration, sans questions-réponses. Ça pourrait être pire.

Après un bref instant de réflexion, elle composa un texto.

Dans dix minutes. Brève déclaration et c'est tout. J'ai du travail.

Elle remit l'appareil dans sa poche et se leva.

— Je vais me débarrasser de ça en priorité. Si McNab est disponible, je le ramène chez lui avec Peabody. Je veux m'assurer que tout va bien pour Mavis.

— Il est tout à toi. Je vais y aller, moi aussi. Et je garderai l'œil ouvert au cas où je croiserais une tueuse maniaque qui verrait en moi une cible facile.

— Je n'en demande pas plus. Merci.

Elle s'arrêta sur le pas de la porte.

— Tu envisagerais d'aller aux festivités du Nouvel An demain soir ?

— Bien sûr… si je perdais la boule d'ici là.

Elle le gratifia d'un immense sourire ravi.

— Exactement.

Une fois dans la salle de presse, elle jeta un coup d'œil rapide au brouillon de déclaration que Kyung avait rédigé puis s'avança face aux caméras et aux micros.

Les questions fusèrent immédiatement. Eve se contenta de rester debout, silencieuse, jusqu'à ce que la clameur retombe.

Ce type d'attitude mutique fonctionnait souvent sur les suspects ou les témoins peu coopératifs. Cela pouvait prendre plus longtemps pour les journalistes mais offrait généralement le résultat attendu.

— Je ne répondrai à aucune question, donc merci de ne pas me faire perdre mon temps. L'enquête au sujet des meurtres de Leanore Bastwick et de Wendall Ledo est toujours ouverte et suit son cours.

— Y a-t-il de nouvelles pistes sérieuses ?

— Avez-vous un suspect ?

— Nous pensons que l'attaque qui a eu lieu contre Dirk Hastings hier soir a été perpétrée par l'individu responsable de la mort de Mme Bastwick et de M. Ledo. M. Hastings a été blessé mais est désormais totalement remis. Le nouveau portrait-robot du suspect vous a déjà été distribué. Il est donc superflu de poser des questions auxquelles je ne répondrai de toute façon pas. Le suspect s'est enfui à la suite de l'intervention d'une invitée de M. Hastings. Non, je ne révélerai pas l'identité du témoin.

Proche des limites de sa patience, elle attendit que la nouvelle salve de questions soit passée.

— Nous rassemblons tous les indices, nous explorons toutes les pistes et nous continuerons de le faire jusqu'à ce que le suspect soit identifié et appréhendé. J'ajouterai que le suspect a toute mon attention.

Elle choisit une caméra au hasard et la regarda bien en face avant d'ajouter :

— Le suspect a assassiné deux personnes désarmées après les avoir paralysées. M. Hastings était également désarmé quand il a reçu une décharge paralysante. Seulement cette fois, un témoin était présent et le suspect a préféré fuir plutôt que d'affronter une personne en pleine possession de ses moyens. Je vous laisse en tirer vos propres conclusions.

Sur ces mots, elle tourna les talons et ressortit sous une pluie de questions.

— Vous avez voulu traiter le suspect de lâche devant les caméras, commenta Kyung.

— Je vous laisse tirer vos propres conclusions, répéta-t-elle. Peabody, McNab, en route.

Elle ressentait le besoin d'aller voir une amie avant de repartir en chasse.

17

— Trop classe ce service de chauffeur à domicile, lança McNab.

Il monta dans le 4 × 4 derrière Peabody, non sans lui pincer gentiment les fesses.

— Je vous offre une tasse de café, Dallas ?

Eve faillit refuser, par principe, avant de se raviser. Un petit coup de fouet ne serait pas de refus.

— Oui, merci.

Elle quitta la place de parking tandis que McNab s'activait sur l'autochef.

— Au fait, reprit-il, Peabody m'a raconté la reconstitution holographique et ça m'a donné une idée. Je suis passé voir Yancy et on s'est penchés sur la version holographique de votre suspect. On s'est servis des portraits-robots, des disques de caméras de sécurité, de l'estimation de sa taille, tout ça.

Il lui programma un café dans un mug transportable puis le lui fit passer.

— Pour la silhouette, on a opté pour le plus probable selon l'ordinateur. Même si on n'était pas d'accord sur tout, on estime tous les deux que sa carrure tient au manteau et à ce qu'elle porte en dessous. Étant donné le ratio entre longueur des bras et des jambes, mains et pieds, largeur d'épaules et du bassin, en tenant compte des vêtements et du reste, on estime qu'elle fait entre un mètre soixante-treize et un mètre soixante-dix-huit et à peu près soixante-huit kilos. Il faut bien qu'elle ait du muscle, non ? Votre reconstitution indique que la première victime n'a pas été traînée au sol mais portée. Elle pesait cinquante-trois kilos.

Il tendit à Peabody un café au lait sucré.

— Pour les cheveux et les yeux, c'est un peu au pif. Impossible de voir ses cheveux. Hastings a parlé d'yeux marron, mais la couleur des yeux est facile à changer. On a pas mal discuté et on pense qu'elle a sûrement les cheveux courts. Bien sûr, elle pourrait remonter des cheveux longs sous son bonnet, mais c'est plus simple et plus malin d'opter pour une coupe courte, même si elle porte une charlotte en dessous. Moins de chances qu'une mèche s'échappe, non ?

Eve lui décocha un coup d'œil dans le rétroviseur tandis qu'il se programmait un soda.

— Ça vous a fait gamberger, McNab.

— Cette affaire a de quoi titiller les cellules grises, lieutenant, répondit-il avec un grand sourire. On est arrivés à une série de cinq images. Elles comportent diverses variations et je ne parierais que l'une d'elles met dans le mille, mais je veux bien parier ma prochaine paie qu'on est très proches.

Il but une longue gorgée de soda.

— On a terminé juste avant que Peabody vienne me chercher, donc j'ai envoyé le fichier sur vos terminaux. Vous pourrez regarder ça depuis chez vous, expliqua-t-il.

— Pourquoi attendre ?

La circulation était lente et difficile.

— Est-ce que je peux l'afficher ici, sur la console de bord ?

— Carrément.

Connaissant Eve, il défit sa ceinture de sécurité et passa sur le siège passager.

— Donnez-moi une minute.

Il sentait le soda à la cerise, se dit-elle. Et ressemblait à un comédien en route pour jouer dans un petit théâtre indépendant. Quelque part au pôle Nord. Mais lorsqu'il s'agissait d'informatique... il maîtrisait vraiment le sujet.

— Voilà, dit-il. Je l'affiche sur l'écran central pour que Peabody puisse aussi y jeter un œil.

Eve actionna le pilote automatique du véhicule. Elle aurait sans doute pu arriver plus tôt chez Mavis en zigzaguant manuellement au milieu de la circulation, mais elle estima que son temps serait mieux employé à étudier le résultat de la collaboration de McNab et Yancy.

La première image montrait une femme de grande taille, solidement bâtie et à la musculature impeccable. Une musculature d'autant plus visible que les deux inspecteurs ne l'avaient habillée que d'un minuscule bikini à pois.

— Un peu de fantaisie ne fait jamais de mal, déclara McNab comme Eve croisait de nouveau son regard dans le rétroviseur. Et puis ça vous donne une bonne idée de sa morphologie potentielle.

— Hmm, lâcha Eve pour tout commentaire.

Ils avaient opté pour une coupe courte, presque militaire, et des cheveux d'un brun ordinaire. Les yeux, conformes à la description de Hastings, étaient de la même couleur. Bouche aux lèvres plutôt minces, nez droit, menton légèrement arrondi.

— Vous avez testé une reconnaissance faciale ?

— On a lancé plusieurs recherches simultanées, mais le problème avec ce genre de traits ordinaires, c'est qu'on obtient des millions de résultats... ce qui revient à dire aucun.

Hochant la tête, Eve passa à l'image suivante tandis que leur puissant véhicule négociait seul sa progression au milieu des embouteillages de l'heure de pointe.

La femme y était plus fine, avec des bras forts, des cheveux plus clairs coiffés en carré. Et un bikini doré, cette fois.

La suivante était un peu plus lourde et plantureuse, avec des cheveux en épis, un menton plus carré et une lèvre inférieure légèrement plus charnue. Elle portait un string rose pailleté et un minuscule soutien-gorge en forme d'étoiles argentées.

— On s'est organisés de manière à pouvoir mélanger facilement les différents éléments physiques, expliqua McNab.

— C'est comme de jouer avec une Polly-Morphy, commenta Peabody. J'adorais ce jouet quand j'étais gamine.

— Je suppose que votre poupée polymorphe n'étranglait pas vos autres poupées.

— Ce serait génial, non ? intervint McNab avant que Peabody puisse répondre. « Polly-Morphy Meurtrière ». Connors devrait produire un jouet de ce genre !

— Je n'irai pas lui souffler l'idée. Bon travail, McNab. Je ne mettrais pas non plus ma main à couper que vous avez vu juste, mais l'initiative était judicieuse et le résultat à la hauteur.

— Je n'ai fait que mon travail.

Eve reprit le volant en laissant les images faire leur chemin dans les méandres de son esprit. Elle n'avait guère d'espoir de pouvoir se garer près de l'appartement, mais les miracles se produisaient parfois quand on s'y attendait le moins.

Et le miracle eut lieu. Le poing de la victoire mentalement brandi en l'air, Eve fit une embardée pour saisir la place avant que quelqu'un d'autre s'en empare.

— Ça va rentrer dans un si petit espace ? s'inquiéta Peabody. C'est super d'avoir un gros moteur et plein de place dans l'habitacle, mais difficile de trouver un endroit où garer un 4 × 4 aussi mastoc.

— Avec moi, ça rentrera, affirma Eve, l'œil déterminé et les mâchoires serrées.

Elle tenta d'abord l'approche automatique. L'ordinateur calculerait toutes les manœuvres nécessaires sans se laisser déconcentrer par le concert d'avertisseurs dans la file derrière eux.

— *L'emplacement visé est trop court de onze virgule deux centimètres pour que ce véhicule puisse se garer en respectant les espacements réglementaires alloués aux véhicules stationnés devant et derrière. Veuillez sélectionner une autre option.*

— Pas question, gronda Eve en repassant en manuel.

— Vous devriez braquer à gauche… commença McNab avant de se taire sous le poids de son regard noir.

Elle obtempéra néanmoins, puis recula, contre-braqua dans le sens opposé, ressortit en partie. Le tout en résistant à son envie de faire un doigt d'honneur à tous les avertisseurs déchaînés.

Elle effleura le trottoir, tourna de nouveau le volant, recula de quelques centimètres, cracha un juron. Elle passa ensuite à la verticale et inclina le volant vers le haut. Puis, sans prêter attention aux murmures de Peabody qui ressemblaient beaucoup à des prières, elle reposa le 4 × 4.

Elle estima qu'il restait un interstice large comme le doigt à l'avant et à l'arrière et que ce serait suffisant.

— La vieille caisse derrière nous n'est pas équipée pour le démarrage vertical, commenta McNab. Elle ne va pas pouvoir sortir.

— Ça n'est pas mon problème. Et je ne resterai pas longtemps de toute façon.

Son problème, autant l'admettre, serait surtout de parvenir à ressortir elle-même.

Mais pour l'heure, il était temps de mettre pied à terre.

Elle avait autrefois vécu dans ce quartier, principalement peuplé de travailleurs modestes avec en bonus quelques individus aux poches mieux remplies (Mavis et Leonardo, pour ne pas les nommer). Quelques signes de gentrification étaient visibles ici et là mais le café, le petit marché et l'épicerie du coin répondaient encore présent.

Ming Yee, la gargote chinoise de l'autre côté de la rue, affichait toujours sa recherche d'un livreur. Pourquoi n'avaient-ils pas...

C'est alors qu'Eve la repéra, derrière un maxibus qui quittait son arrêt. À quelques pas seulement du *Ming Yee*, la femme marchait d'un pas tranquille, son colis sous le bras. Et même si elle portait des lunettes noires, Eve sut instantanément qu'elle aussi avait été repérée.

— Suspect à deux heures. Le Central ! Prévenez le Central ! s'écria Eve tout en bondissant par-dessus le pare-chocs de la « vieille caisse » pour poursuivre la silhouette au manteau marron qui s'enfuyait déjà.

Elle bondit entre un Rapid Taxi et une voiture compacte, tendit le bras comme si elle espérait arrêter une camionnette par la simple force de sa volonté. Elle dut plonger pour l'esquiver, perdit cinq secondes supplémentaires en contournant une berline puis atteignit enfin le trottoir opposé et sprinta.

Elle s'élança à travers la course d'obstacles constituée par les autres piétons sans lâcher des yeux ce fichu manteau marron. Elle avait perdu un demi-pâté de maisons, voire plus, le temps de traverser la rue. Et quelle que soit la morphologie dissimulée sous ce manteau, cette femme courait vite.

Elle fonçait tête baissée, sans regarder en arrière ni offrir à Eve le moindre aperçu de son profil.

Des gens se mirent à crier et des jurons fusèrent comme le manteau marron jouait des coudes, assez violemment pour projeter à terre une femme avec sa mallette et ses sacs de courses.

Quelques passants s'approchèrent pour l'aider, formant un attroupement sur le trottoir. Eve le contourna par une embardée sur la gauche, manquant entrer en collision avec un homme promenant son bébé dans une poussette.

Encore de précieuses secondes perdues. Mais elle vit le manteau tourner en courant au coin de la rue, en direction de l'est.

Le temps qu'Eve y parvienne, la silhouette avait disparu. Elle balaya des yeux la rue, regarda sur le trottoir d'en face, puis lâcha un sifflement de frustration.

— Il a failli me faire chuter ! s'exclama une femme, visiblement furieuse, sur le seuil d'une brasserie.

— Laisse tomber, Sherry. C'est ça, New York, répondit son compagnon.

Eve dépassa l'homme peu compatissant et se précipita à l'intérieur du bar. Elle s'élança au milieu des effluves d'oignons frits et de bières renversées, le sol collant sous ses semelles, et contourna les tables aux pieds filiformes, guidée par le fracas et les cris provenant de derrière la porte battante au fond de la salle.

Le temps que le barman s'écrie « Hé, madame ! », elle avait déjà passé les portes.

Elle sauta par-dessus un serveur malchanceux qui gisait au milieu de débris de vaisselle cassée, entre une soupe renversée et ce qui avait sans doute été un sandwich Reuben.

Une montagne avec un tablier blanc taché, une toque de travers et un regard furieux lui barra soudain le passage.

— Dégagez de ma cuisine ! Tout de suite !

Le chef repoussa Eve en arrière ; elle faillit glisser sur la flaque de soupe et se rattrapa de justesse.

— Je suis de la police ! s'exclama-t-elle en exposant son insigne. Écartez-vous de mon chemin ou je vous offre un aller simple pour le Central, à vous et à vos cent kilos de gras.

— Il est sorti par-derrière, dit l'homme en faisant un pas de côté. Laissez passer ! beugla-t-il.

Les employés des cuisines s'écartèrent vivement sur le passage d'Eve, ce qui laissa néanmoins casseroles, plats et couverts éparpillés par terre.

Eve repoussa un chariot qui lui barrait la route puis grimpa par-dessus les bocaux, bouteilles et autres tubes qui garnissaient l'étagère que la suspecte avait été assez maligne pour faire tomber derrière elle.

Le temps d'atteindre la porte de derrière et de se frayer un chemin jusqu'au dehors, sa proie avait disparu.

— Nom d'un chien !

Elle laissa éclater sa frustration sous la forme d'un grand coup de pied dans un recycleur, assez fort pour laisser une marque.

— Nom d'un chien, répéta-t-elle alors que McNab déboulait depuis les cuisines. Je l'ai perdue.

À ces mots, il tourna la tête à gauche puis à droite, en quête du moindre signe. Puis il se plia en deux, les mains plaquées sur ses cuisses.

— Sacrées guibolles, Dallas. Vous êtes super rapide !

— Elle aussi.

— Peabody a prévenu tout le monde. L'endroit va vite grouiller d'agents à pied et de véhicules de patrouille. Elle est montée pour s'assurer que Mavis et les autres vont bien. Moi, j'ai juste essayé de vous suivre.

Il leva l'index pour lui demander un instant puis, toujours haletant, décrocha son communicateur.

— On l'a perdue, dit-il à Peabody. On en a pour quelques minutes.

— Bien reçu. Ici, tout est normal. Vous voulez que je vous rejoigne ?

McNab inclina la tête vers Eve qui fit signe que non.

— Inutile.

— Reste sur place, dit-il. On ne sera pas longs.

— J'ai pas pu la rattraper. Elle m'a vue au moment où je l'ai reconnue. J'étais tout près, j'ai failli l'avoir. Merde ! Si seulement des gens s'étaient pas foutus en travers de mon chemin...

— J'ai pas compris ce qui se passait, lança une voix.

Le colosse au tablier taché se tenait dans l'embrasure de la porte.

— Des gens débarquent en courant dans ma cuisine. J'ai pas compris ce qui se passait. Elle... au début j'ai cru que c'était un mec... elle a renversé Trevor comme une quille de bowling. Lolo dit qu'il a une bosse de la taille du poing à l'arrière du crâne. J'ai pas compris.

Légèrement plus calme, Eve retourna à l'intérieur.

— Non, vous n'avez pas compris. Vous avez vu à quoi elle ressemblait ?

— Elle est arrivée comme une fichue tornade, a bousculé Trevor et continué à courir. Elle a tout renversé derrière elle : plateaux, chariots, casseroles, assiettes... Tout ! J'ai pas réussi à le choper... *la* choper. Je n'ai vu que son dos. Si j'avais pu la choper, je l'aurais arrêtée net.

— Je vous crois. Je vais devoir m'entretenir avec les membres de votre équipe. L'un d'eux a peut-être vu son visage.

— Si vous savez pas à quoi elle ressemble, pourquoi vous lui courez après ?

— Je ne sais pas à quoi elle ressemble, pas précisément, mais je sais ce qu'elle a fait. Est-ce que votre Trevor a besoin d'assistance médicale ?

— Non, c'est bon, Lolo s'occupe de lui. Quelques coupures ici et là à cause de la vaisselle cassée. L'un des commis s'est brûlé et Steph s'est lâché une marmite sur le pied. Elle a l'orteil amoché, mais ça ira. Ça fait un sacré bordel à ranger maintenant. Quand vous l'attraperez, je veux porter plainte.

— Ça se comprend. Mettons-nous au travail, McNab. Allez parler aux clients dans le restaurant, je me charge des cuisines, dit Eve.

Il lui fallut moins de dix minutes pour établir que personne n'avait vu ou entendu quoi que ce soit d'utile.

Lolo – serveuse principale et compagne de la montagne dont le nom était Casey – s'activait comme une mère poule chaussée de baskets grises. Et Lolo regardait beaucoup la télévision.

— C'est celle qui a tué l'avocate et le camé, hein ? Je vous ai vue en parler devant les caméras tout à l'heure. Et voilà qu'elle débarque ici comme une furie et met notre cuisine sens dessus dessous, en plus d'assommer le pauvre Trevor. Si Casey avait su, s'il avait pu l'attraper, il l'aurait mise K.-O., vous pouvez en être sûre. Casey est pas du genre à se laisser faire. Il était dans la marine marchande.

— Vraiment ?

— Absolument. Moi ? J'ai à peine eu le temps de la voir. Désolée.

Les mains sur les hanches, elle contempla la scène tandis qu'un homme dégingandé passait la serpillière et que deux autres remettaient de l'ordre dans l'étagère.

— J'aimerais pouvoir vous aider. Les gens qui tuent d'autres gens, ça me fout en rogne.

— Je vois.

Un petit sourire se peignit sur les lèvres de Lolo, creusant une fossette au coin de sa bouche.

— Vous êtes un peu maigrichonne, non ? Casey, donne-lui donc un bol de soupe à emporter. Cadeau de la maison.

— C'est très gentil, je vous remercie, mais nous n'avons pas le droit d'accepter de cadeaux.

Lolo se contenta de la dévisager d'un œil critique.

— C'est pas parce que vous êtes flic, c'est parce que vous êtes trop maigre. Mets-lui aussi deux parts de tarte, lança-t-elle. Quand vous rattraperez cette tueuse, vous serez bien contente d'être un peu plus lourde pour la plaquer par terre.

— Vraiment, je ne... De quel genre de tarte s'agit-il ?

— Du genre super bonne, répondit Lolo avec un nouveau sourire.

Eve envoya McNab rejoindre Peabody pendant qu'elle terminait de parler aux agents en patrouille. Elle voulait une présence policière visible dans le quartier. Puis elle retourna vers sa voiture avec un sac rempli de nourriture à emporter ; Casey avait même ajouté du pain à l'ail pour, selon ses propres mots, « s'excuser d'avoir été dans ses pattes ».

Au moment de déposer le tout à l'arrière du 4 × 4, elle songea qu'elle allait sans doute l'oublier là. Elle déposa donc le sac sur le siège passager. Puis s'assura que tous les systèmes de sécurité antivol étaient bien activés.

Puisque Peabody et les autres savaient qu'elle était en chemin, Eve ne prit pas la peine de sonner et accéda à l'immeuble à l'aide de son passe-partout.

Combien de fois avait-elle monté ces marches avant de rencontrer Connors ? Trop souvent pour pouvoir les compter. Un jour, elle s'était retrouvée coincée dans l'ascenseur pendant plus d'une demi-heure. Après quoi elle ne s'en était plus jamais servie, même lorsqu'elle était morte de fatigue.

Elle songea à la cohabitation heureuse de Peabody et McNab, à Mavis et sa famille pleine de vie et de couleurs. L'immeuble était sans doute plus habitable depuis qu'elle-même n'était plus là pour apporter quotidiennement le sang et la mort dans son sillage, non ?

Une pensée idiote. C'était la frustration qui parlait après avoir vu sa proie lui échapper.

Elle ferait vite. Une simple visite pour vérifier que tout allait bien et qu'ils prenaient toutes les précautions utiles, après quoi elle emporterait sa soupe et sa mauvaise humeur chez elle. Ce serait à Connors d'y faire face. Cela faisait partie des règles du mariage.

Elle frappa à la porte. Un cri suraigu retentit à la seconde où celle-ci s'ouvrit.

La main d'Eve se porta automatiquement à son arme. Elle avait presque dégainé quand résonna un grand éclat de rire.

— Qu'est-ce que... ?

Leonardo – une autre montagne, mais revêtue d'un pantalon d'or sombre à la dernière mode et d'un gilet tombant par-dessus un pull noir – lui souriait.

— On a dit à Bella que tu arrivais.

L'enfant traversa la pièce aussi vite que le lui permettaient ses petites jambes potelées, son visage illuminé par un sourire éclatant sous la masse solaire de ses cheveux bouclés. Elle paraissait s'être enveloppée dans un arc-en-ciel. C'était en tout cas l'effet que produisait la combinaison aux innombrables couleurs tourbillonnantes que son père avait probablement créée pour elle.

Quant à ses bottes, on aurait dit des caniches roses.

— Das ! s'exclama-t-elle avant d'étreindre les jambes d'Eve.

— D'accord. Pourquoi est-elle toujours aussi joyeuse ? Qu'est-ce que vous lui donnez à manger ?

— Elle tient cette bonne humeur de sa maman.

— Das, Das, Das !

Toujours souriante, Bella trépignait, bras levés.

C'était toujours étrange de prendre l'enfant dans ses bras et Eve craignait chaque fois de la laisser tomber.

Plus étrange encore était le moment où la petite plaquait ses mains dodues – et vaguement collantes – sur le visage d'Eve pour plonger son regard au plus profond du sien en débitant des propos incompréhensibles.

— Vous devriez l'équiper d'un traducteur, dit Eve. Ce serait forcément intéressant.

Bella rejeta la tête en arrière, éclata d'un fol éclat de rire, puis plaqua sa petite bouche – vaguement collante, elle aussi – sur celle d'Eve avec un bruit de baiser exagéré.

— Un parfum de bonbon. Pas étonnant que tu sois toujours joyeuse. Ils te gavent de bonbons.

— Pastilles fruitées, précisa Leonardo. À base de produits naturels uniquement... Ben et Steve sont sortis « vérifier le périmètre » – c'est comme ça qu'ils ont dit – dans un rayon de deux pâtés de maisons. Tu penses qu'elle venait ici ?

Il tendit sa grande main et, dans un geste très doux, caressa les boucles blondes de Bella.

— Non. Je pense qu'elle était là pour examiner l'immeuble, jauger les possibilités d'accès. Si Mavis est sur sa liste, elle ne tentera rien contre elle en ta présence. Elle s'est enfuie face à une femme désarmée, Leonardo. Vos agents de sécurité ont déjà dû vous expliquer leurs protocoles et leurs procédures, mais je tiens à y ajouter les miens.

— McNab fait des réglages sur notre système de sécurité. Si l'alarme se déclenche, elle enverra aussi un signal dans leur appartement.

— Bien vu. Décidément, il est plein de bonnes idées aujourd'hui.

— Mavis a emmené Peabody voir le costume qu'elle portera pour la cérémonie. Je vais aller les chercher. Je suis content que tu sois venue, ajouta-t-il.

Il serra gentiment le bras d'Eve et tourna vers elle un regard où se mêlaient l'inquiétude et la gratitude.

— Content que tu sois là et que tu protèges mes filles.

— Tu as oublié de reprendre...

« La petite », termina-t-elle dans sa tête.

Il avait déjà disparu.

L'endroit n'avait plus rien à voir avec son ancien appartement, pas avec tous ces tissus colorés, ces coussins aux motifs audacieux et lumineux, ces poupées et ces petits jouets disséminés à travers la pièce.

Elle ne risquait sans doute rien à reposer la petite fille. Après tout, Bella était chez elle.

Au même instant, l'enfant tira sur le pendentif d'Eve, presque entièrement dissimulé sous son chemisier, et en sortit le diamant à peu près aussi gros que son poing d'enfant.

— Ah, souffla-t-elle, les yeux brillants. Ba-ba !

— Oui, je n'en doute pas. À moi.

Eve tira sur la chaîne pour le ranger ; Bella tira dessus pour s'en emparer.

— Ba-ba ! Das !

Puis, Bella battit des paupières et, levant la main qui n'était pas refermée comme un étau sur le pendentif, caressa la joue d'Eve avant de répéter « Das » sur un ton charmeur qui fit rire Eve.

— Laisse tomber, cocotte. Adorable ou pas, tu n'auras pas mon diamant.

Derrière les cils de l'enfant, Eve lut ce qu'il fallait bien décrire comme une détermination féroce.

— Ba-ba, dit-elle de nouveau sur un ton qu'Eve reconnut comme celui de la menace.

— Vraiment ? Tu es toute petite et je suis armée. Et ce b.a.-ba, si tu veux l'appeler comme ça, est à moi.

Elle fit mine de poser Bella à terre, mais l'enfant tenait si fermement le pendentif qu'Eve fut forcée de choisir entre dénouer manuellement la prise de ses petits doigts potelés ou se mettre à genoux.

Elle s'agenouilla.

— Allez, lâche-le, dit-elle.

Avec un sourire – un sourire sournois, avec ça ! – Bella enfourna le diamant dans sa bouche.

Le cerveau d'Eve se figea.

— Bon sang ! Bon sang !

Bella lui sourit, ses petites lèvres roses comme collées au bijou.

— Arrête ça. Arrête ! Ça ne se mange pas. Ouvre la bouche. Je suis sérieuse.

Un ruisselet de panique glacée dévala l'échine d'Eve.

— Je ne peux pas laisser une gamine de moins d'un an s'étrangler avec un diamant. Merde, merde, merde ! Crache-moi ça. Crache-le.

Désespérée, elle envisagea de retourner la petite tête en bas et de la secouer pour libérer le diamant. Au lieu de quoi elle demanda :

— Recrache-le. S'il te plaît.

Belle obtempéra. Puis elle prononça parfaitement le mot suivant :

— Merde.

Elle se laissa tomber sur les fesses en gloussant comme une folle au moment même où Mavis fit son entrée en dansant.

— Maman ! Merde !

Mavis étrécit les yeux à l'intention d'Eve.

— C'est pas ma faute ! se défendit celle-ci.

« Bon sang, songea-t-elle, j'en ai le souffle court. »

— Elle a tenté de manger ça, expliqua-t-elle en levant le diamant couvert de salive. Pourquoi est-ce que vous m'avez laissée seule avec elle ?

— Ba-ba !

Bella tenta de saisir le pendentif, mais cette fois Eve l'écarta hors de portée. Le menton de l'enfant se mit à trembler et ses grands yeux bleus se brouillèrent de larmes.

— Elle est à Dallas, la babiole.

Mavis souleva Bella et la fit tournoyer. Sa capacité à virevolter sur les talons de ses interminables bottes rouges témoignait d'un indéniable talent de danseuse et d'équilibriste.

— Va chercher les babioles de Bella. Montre les babioles de Bella à Dallas.

— Ba-ba !

Ses larmes oubliées, Bella quitta les bras de sa mère et s'éloigna en trottinant.

— Elle aime se déguiser, donc je lui ai donné des bijoux fantaisie.

Mavis sortit un étui de lingettes d'une de ses poches secrètes et le tendit à Eve.

— Elle a appris à ne pas mettre les choses dans sa bouche. Mais ton diamant est irrésistible.

— Elle connaît le mot « babiole » ?

— C'est l'un de ses préférés.

Mavis lança un coup d'œil par-dessus son épaule. On entendit Bella bredouiller quelque chose et Peabody lui répondre.

— On est en sécurité, Dallas ?

— Vous l'êtes.

Mavis agrippa des mèches de ses cheveux, une masse de boucles désormais teintes en bleu électrique.

— Leonardo voudrait qu'on aille à l'hôtel mais…

— Vous êtes bien ici. Plus en sécurité, même. Je dirais que nous l'avons fait fuir pour un moment. Elle y pensera à deux fois avant de refaire une tentative ici ou contre toi. Tu as une équipe de protection sur place, deux flics reliés à ton alarme. Évite simplement de rester seule, Mavis. Même pour quelques minutes, précisa Eve.

Puis elle poussa un long soupir.

— Je suis désolée, dit-elle.

— Ne me fais pas ce coup-là. Pas à moi.

Mavis prit Eve dans ses bras et la serra fort.

— J'ai envie de vin, dit-elle. On va tous se partager une bonne bouteille.

— Pas pour moi, répondit Eve. Je ne peux pas rester. Je voulais simplement revoir avec toi certaines règles. Numéro un, juste après l'interdiction de rester seule : ne pas ouvrir la porte. Pas tant que je ne l'aurai pas arrêtée, Mavis. Tu n'ouvres pas la porte. Et la personne qui s'en chargera devra…

— … regarder d'abord le moniteur, vérifier qui sonne, etc. Je connais la chanson. Ma meilleure pote est flic.

— Je vais la coincer, je te le promets.

— Y a intérêt, BDM, répondit Mavis.

Elle glissa de nouveau un regard vers la chambre.

— Pour « bordel de merde », précisa-t-elle.

— McNab a presque fini, annonça Leonardo en revenant.

— Bien. Je voudrais insister sur certaines précautions non négociables avec Mavis et toi. En gros : soyez prudents mais ne vous inquiétez pas. Elle n'arrivera pas jusqu'à vous.

— Je ne suis pas inquiète. Tu vois de l'inquiétude ? demanda Mavis en se tapotant le front. Aussi lisse que les fesses de Bellamina. Et la prudence, c'est très bien. On a de bonnes raisons de se montrer prudents.

Elle prit la main de Leonardo et y déposa un baiser.

— Chou, tu veux bien nous ouvrir une bouteille de vin ? Dallas a décliné, mais je me boirais volontiers un bon verre.

— Tu feras tout ce qu'elle te dira de faire ?

Mavis se plaqua solennellement la main sur le cœur puis embrassa le bout de ses doigts avant d'en effleurer les lèvres de Leonardo.

— Croix de bois, croix de fer, dit-elle.

— Je vais chercher le vin.

Mavis attendit qu'il ne soit plus à portée de voix.

— Ne me dis pas d'annuler la cérémonie du Nouvel An. J'ai promis donc je m'y plierai si tu me le dis. Mais ne me le dis pas.

— Ce n'était pas mon intention. Aucun risque qu'elle s'attaque à toi là-bas. Elle fuit en cas de problème. Elle attend que ses victimes soient seules, isolées. Tu n'as qu'à promettre sur ta croix en bois et en fer de ne jamais rester seule. Ni durant les répétitions, ni avant, ni après tes représentations.

Mavis refit le même geste solennel.

— Aucune chance. J'ai deux des raisons les plus cool qui soient de faire attention à moi.

Elle se retourna pour accueillir Peabody qui revenait avec Bella, toutes deux affublées de bijoux fantaisie.

— Et voilà l'une d'elles, ajouta-t-elle.

Bella tendit les bras et pivota sur elle-même à la manière d'un mannequin miniature.

— Ba-ba !

Elle retira un bracelet aux couleurs criardes et, dans un geste charmant, l'offrit à Eve.

— T'espérais faire un échange ? demanda celle-ci.

Elle remit le diamant soigneusement essuyé sous son chemisier et s'accroupit face à l'enfant.

— La déception, ma petite. Un truc auquel il va falloir t'habituer.

Bella se contenta d'éclater de rire avant de se pendre au cou d'Eve.

— Slouche ! annonça-t-elle, visiblement ravie, en appuyant ses lèvres collantes sur la joue d'Eve.

Celle-ci demeura sur place une vingtaine de minutes après le retour des gardes du corps, surprise et décontenancée de voir que Bella avait tenu à grimper sur ses genoux et à s'y installer tandis qu'elle parlait procédures et noms de code.

Cela dit, la gamine échafaudait peut-être un plan pour remettre la main – ou la bouche – sur le diamant.

Une fois ressortie, Eve scruta attentivement la rue. Puis elle se retourna pour examiner les vitres de l'appartement de Mavis. Pleines de lumière et de couleurs à l'occasion des fêtes avec, bien visible au centre, le sapin aux branches lourdement décorées. À l'aide de « babioles », sans doute.

Mavis ferait preuve de discernement. Elle avait survécu dans la rue pendant des années et savait se montrer prudente. Plus encore à présent qu'elle avait une famille.

« Aussi en sécurité que possible », se répéta Eve pour se rassurer.

Elle remonta dans sa voiture. Il était temps de rentrer à la maison et de retrouver sa propre famille pour déguster soupe et parts de tarte.

Dès qu'elle aurait trouvé le moyen de s'extraire de cette fichue place de parking.

18

En passant le seuil, son sac de plats à emporter à la main, Eve eut un instant de panique. Summerset n'était pas là pour lui faire son habituelle imitation de la Grande Faucheuse.

Comme elle s'avançait vers l'intercom de la maison, elle entendit qu'on parlait à voix basse dans le premier salon. De quoi lui rappeler une autre occasion où elle était rentrée dans des circonstances semblables. Autre occasion, autre tueur. Un tueur qui avait su échapper à la vigilance de Summerset.

Sans faire de bruit, elle fit passer le sac dans sa main gauche, posa la droite sur la crosse de son arme et pivota vers l'entrée du salon.

Elle y découvrit Summerset tranquillement installé, très à son aise, avec un verre de dégustation à la main et le chat sur les genoux. Une femme qu'Eve n'avait jamais vue auparavant était assise en face de lui tandis que le feu crépitait agréablement dans la cheminée entre eux.

— Lieutenant ?

Summerset continua de caresser le chat. Il se contenta de hausser un sourcil en posant les yeux sur la main droite d'Eve.

— Qui est-ce ? demanda-t-elle, sans bouger la main.

— Une vieille amie. Ivanna, je te présente le lieutenant Dallas. Lieutenant, voici Ivanna Liski.

Ivanna posa son verre et tendit la main comme une reine présenterait son anneau à baiser.

— J'ai tellement entendu parler de vous, dit-elle. Enchantée de faire votre connaissance.

Son accent, comme celui de Summerset, avait une légère résonance d'Europe de l'Est. Rassurée, Eve lâcha la crosse de son arme et s'avança pour serrer la main d'Ivanna.

« Délicate », songea-t-elle.

Tout chez cette femme évoquait la délicatesse. Sa chevelure d'un blond pâle formait une vague ample autour d'un visage de poupée de porcelaine. Ses yeux bleu clair, ses lèvres légèrement rehaussées de rose et ses traits dignes d'un camée lui conféraient un air de beauté fragile. Une fois en face d'elle, Eve estima qu'elle devait avoir environ soixante-dix ans.

— Ravie de vous connaître, dit Eve. Même si je n'ai jamais entendu parler de vous.

Ivanna laissa échapper un rire musical et coula un regard vers Summerset.

— Toujours si discret, dit-elle. Nous nous connaissons depuis tellement longtemps que j'ai perdu le compte des années. Lawrence a été mon premier amour.

— Vraiment ?

Eve décida ne pas maltraiter sa psyché en tentant d'imaginer la chose.

— Pour une femme, le premier a toujours une place à part, commenta Ivanna en portant la main à son cœur, juste en dessous d'un saphir scintillant. Votre demeure est superbe. Cela fait bien trop longtemps que je n'étais pas venue à New York.

— Vous n'habitez pas ici.

— À Paris, depuis plusieurs années. Mais ma petite-fille réside ici désormais et doit se marier la semaine prochaine. Alors je suis venue pour le mariage, pour la famille. Et pour les vieux amis, ajouta-t-elle avec un sourire à l'intention de Summerset.

— Eh bien, profitez-en au mieux. Je dois...

— Votre travail est important et nous ne voulons pas vous retarder. La police. Il fut un temps... lança-t-elle, l'œil amusé, à Summerset.

— Les temps changent.

— Ils changent, c'est un fait, même quand on essaie de les en empêcher. J'espère avoir l'occasion de vous revoir, dit-elle à Eve.

— Certainement, fut la meilleure réplique qui vint à l'esprit de celle-ci.

Elle les laissa savourer leur whisky et leurs souvenirs et se dirigea vers l'escalier.

Russe, Ukrainienne, Tchèque, peut-être ? La voix d'Ivanna évoquait des images de Gitans rassemblés autour de feux de camp et de châteaux en ruine à l'ombre de montagnes à pic. Il n'en restait pas moins difficile d'imaginer cette beauté délicate avec sa robe bleu pâle ornée d'un saphir tombant amoureuse d'un Summerset décharné au visage anguleux.

Elle se rendit directement dans son bureau avec l'idée de ranger la nourriture dans le coin cuisine, d'écrire son rapport et de prendre plusieurs heures pour réfléchir.

Elle découvrit que Connors était dans son propre bureau, face à son terminal personnel. Il portait un pull couleur de brume nocturne et lorsque ses yeux d'un bleu sauvage rencontrèrent les siens, elle y lut une forme d'invitation détendue.

— Salut, dit-elle. Je ne savais pas que tu étais rentré.

— Depuis un petit moment déjà. J'ai quelques trucs à terminer. Qu'est-ce que tu as là ?

— J'ai préparé le dîner, répondit-elle en levant le sac. Une sorte de soupe, du pain à l'ail et de la tarte.

— Tu as bossé dur. C'est quoi comme tarte ?

— Du genre super bonne, d'après ce qu'on m'a dit. Tu as faim ?

— Maintenant que tu en parles…

— Je vais mettre le couvert. Je veux bien boire un peu de vin si tu en as envie aussi. Grosse journée.

— Je ne vois ni sang ni hématomes récents.

— Pas ce genre de journée, répondit-elle en retournant vers son bureau. Mais ce n'est pas passé loin. À quelques secondes près, quelqu'un se serait retrouvé amoché.

Elle fusilla du regard les portraits-robots affichés sur son tableau.

— Quelqu'un, répéta-t-elle.

Elle s'installa dans le coin cuisine et entreprit de se repasser les événements de la journée.

— Summerset est avec une femme, annonça-t-elle.

— Je crois que l'on peut dire ça.

Connors s'approcha derrière elle dans la cuisine. Il la fit pivoter sur elle-même et l'embrassa doucement.

— Et il a même été avec un certain nombre d'entre elles.

— Arrête tout de suite, tu vas me couper l'appétit, l'avertit-elle. Je voulais dire qu'il est avec une femme, là, en bas.

— Oui, Ivanna.

Connors retourna vers le bureau d'Eve en réfléchissant au choix du vin pour le dîner.

— Elle est arrivée juste avant moi, dit-il. Je suis monté plus pour leur offrir un peu d'intimité que pour travailler.

Eve releva la tête vers lui.

— Intimité pour quoi ?

— Le plaisir des retrouvailles, déjà. Si je ne m'abuse, cela fait plusieurs années qu'ils ne se sont pas retrouvés au même endroit au même moment.

— Tu la connais ?

— Oui. Une femme fascinante.

— Qu'est-ce qu'une femme fascinante fait avec Summerset ?

Connors opta pour un merlot bien charpenté.

— Ils se remémorent le bon vieux temps, pour commencer. Ils étaient très jeunes quand ils se sont rencontrés et ont vécu une relation passionnée.

Eve n'arrivait pas à imaginer Summerset jeune… et n'avait absolument aucune envie de l'imaginer sous l'emprise de la passion.

— Et puis elle est partie pour Kiev. Ou était-ce pour Moscou ? se demanda Connors.

Il finit par hausser les épaules.

— Il y a quarante ou cinquante ans, c'était une danseuse brillante et célèbre. *Prima ballerina*. J'ai pu voir des enregistrements de ses performances sur scène. Elle était vraiment incroyable.

— Ça, je veux bien le croire, répondit Eve.

Elle approcha un chariot où était disposé leur repas, y compris la fameuse tarte.

— Elle a voyagé de par le monde, est tombée amoureuse d'un chorégraphe. Ils ont eu deux enfants, raconta Connors.

Il tendit la bouteille de vin à Eve.

— Ils étaient très jeunes quand il a été tué. Les prémices des Guerres Urbaines. Elle dansait pour les riches, les privilégiés, menait sa vie comme l'une d'entre eux. C'est du moins l'apparence qu'elle donnait. Elle travaillait pour les services secrets.

Eve cligna les paupières, surprise, en se rappelant la silhouette fine et délicate.

— C'était une espionne ?

— Et une espionne exceptionnelle, qui plus est, si l'on en croit ce qui se raconte. Elle a travaillé avec Summerset quand il était à Londres.

Eve goûta la soupe. Quels que soient les ingrédients, le mélange était bon.

— Il était docteur.

— Entre autres choses, comme tu le sais. Il était marié, donc ils sont restés amis et compatriotes. À un moment, elle a caché ses enfants auprès de la femme de Summerset. Et elle est devenue la marraine de Marlena à sa naissance. À ce qu'on m'a dit, elle a également été présente lorsqu'il a perdu sa femme.

« Des vies bien remplies, se dit Eve. Longues et bien remplies. Les temps changent, se rappela-t-elle, même quand on essaie de les en empêcher. »

— Je l'ai rencontrée pour la première fois à Dublin, poursuivit Connors. Après que Summerset m'a pris sous son aile. Je n'avais jamais connu quelqu'un comme ça, si élégante et cultivée. Et douce. Elle est revenue auprès de lui quand Marlena a été tuée. Je crois que le chagrin aurait pu le faire sombrer dans la folie si elle ne l'avait pas soutenu.

Eve posa la main sur la sienne pendant quelques instants. Le meurtre brutal de la jeune fille de Summerset était une blessure qui n'avait jamais guéri, ni pour Connors ni pour Summerset.

— C'est bien qu'il ait eu quelqu'un, dit-elle. Que vous ayez eu quelqu'un auprès de vous.

— Cela a ravivé leur histoire d'amour.

— Là… Beurk… Je n'avais pas besoin de savoir ça, répondit Eve en retirant sa main.

— Et, tous les trois à quatre ans, ils se débrouillent pour se retrouver au même endroit au même moment pour… évoquer leurs souvenirs.

Elle leva les yeux au ciel en le voyant sourire d'un air coquin.

— Je refuse ne serait-ce que d'y penser.

— C'est sans doute mieux. Quoi qu'il en soit, si la situation n'était pas ce qu'elle est, j'aurais volontiers suggéré que nous allions dîner tous ensemble. C'est quelqu'un qui te plairait, beaucoup même.

Et, crois-moi, tu prendrais beaucoup de plaisir à l'écouter raconter toutes ses différentes vies.

— Elle paraît si délicate. Je n'aurais jamais imaginé qu'elle était un agent infiltré pendant les Urbaines. Ce qui était évidemment le but.

— Être danseuse de ballet nécessite autant de force et d'endurance que de grâce et de talent. Et l'espionnage, surtout pendant la guerre ? Là, il faut un mental d'acier. Oui, elle te plairait.

— Durant sa prochaine visite, peut-être, mais pour le moment…

Elle saisit son verre de vin.

— Je ne suis pas passée loin de mettre un terme à cette affaire avec un plaquage de rugbyman.

Connors, qui tendait la main vers un petit pain à l'ail, suspendit son geste.

— Tu l'as retrouvée ? Pourquoi tu ne l'as pas dit tout de suite ?

— Si je l'avais retrouvée, je serais au Central en train de lui tirer les vers du nez, répondit Eve. Elle m'a échappé.

Et ce revers lui resterait en travers de la gorge pendant quelque temps.

— Je l'ai repérée alors qu'elle portait sa tenue complète, si bien que je n'ai rien vu de plus que les divers témoins jusqu'à maintenant. Elle se tenait sur le trottoir, en face de l'appartement de Mavis.

— Mavis et sa famille vont bien ?

— Oui, tout va bien. Ils sont sous la garde de Mantal et Grommet.

— Bien gardés, alors.

Connors rompit le pain et lui en tendit la moitié.

— Et McNab a installé une sorte d'alarme. Si quelqu'un tente d'entrer chez Mavis, ça sonnera chez Peabody et lui.

— Bien vu.

— Oui, il a fait preuve de beaucoup de bougeotte aujourd'hui.

— De jugeote, tu veux dire ?

— Qu'est-ce que j'ai dit ?

— Bougeotte.

— Dans son cas, c'est un peu pareil. Bref, je l'ai repérée mais elle aussi m'a vue, et elle a fini par me semer. J'ai dû traverser la rue – fichu trafic ! – et lui courir après sur un trottoir plein de piétons. Et c'est une rapide, concéda Eve.

Elle prit le temps de mordre dans le pain avant de poursuivre :

— Elle court vraiment vite. J'ai cru l'avoir perdue à un moment, mais elle s'était engouffrée dans une espèce de petite gargote. J'ai entendu des cris, des bruits de vaisselle cassée provenant des cuisines, donc je l'ai suivie. J'avais peut-être – peut-être – une chance de l'avoir. Mais le cuisinier, un type à peu près de la taille de l'Everest, m'a barré la route. Il s'est écarté quand je lui ai montré mon insigne, mais elle avait eu le temps de se carapater. La soupe et la tarte viennent de chez eux ; ils s'en voulaient de m'avoir ralentie.

— La soupe est bonne.

— Elle est même délicieuse quand on voit le resto d'où elle provient.

— Tu ne crois pas qu'elle se serait attaquée à Mavis aujourd'hui si tu ne l'avais pas vue ?

— Non. Elle était en repérage, pour apprendre à connaître les lieux. C'est comme ça que je le vois. Elle serait peut-être allée jusqu'à essayer d'entrer dans l'immeuble en se servant de son passe-partout contrefait. Heureusement qu'elle ne l'a pas fait, sans quoi elle s'en serait débarrassée en constatant qu'il ne fonctionnait plus. Nous avons encore une chance de connaître sa prochaine destination si elle tente de nouveau de l'utiliser.

Eve termina la fameuse soupe puis tira son pendentif de sous son chemisier.

— Bella a voulu manger mon diamant, dit-elle. On dirait que Leonardo fait exprès de s'en aller en me laissant sa gamine sur les bras. Quel individu sain d'esprit ferait un truc pareil ?

— C'est une bonne question, répondit Connors avec un sourire.

— Elle a réussi à le sortir pendant que je me demandais quoi faire d'elle. Et comme je ne voulais pas le lui laisser, elle se l'est fourré dans la bouche. Elle aime ce qui brille, il faut croire. Elle appelle les bijoux « ba-ba », comme babioles.

Connors éclata de rire et se laissa aller contre le dossier de sa chaise.

— Babioles ! J'imagine que c'est Mavis qui l'inspire.

— Elle avait cette lueur dans le regard. La petite, je veux dire. Du genre : « Tu ne veux pas me le donner ? On va voir ce qu'on va voir, sœurette ! » Ce qui est un peu flippant quand on sait qu'elle fait à peine quarante centimètres de haut.

Elle repoussa son bol de soupe et décida que la tarte devrait attendre.

— Je suis contente d'être passée les voir. Pas seulement parce que ça m'a permis de filer une frousse d'enfer à notre tueuse, mais aussi parce que je peux rayer Mavis de la liste des cibles potentielles. Elle est bien protégée.

— Et les autres ? Pour combien de gens vas-tu t'inquiéter ce soir ?

— J'ai parlé à tout le monde. Mon intuition me dit que si elle veut s'attaquer à quelqu'un de proche, ce sera Nadine ou Mira maintenant que Mavis n'est plus sur la liste. Elle ne peut plus s'en prendre à Mavis, en tout cas pas tout de suite. Je vais les appeler toutes les deux et leur faire mon petit discours habituel sur la prudence.

Elle se leva, trop agitée pour rester assise, et s'approcha du tableau.

— Polly-Morphy Meurtrière, dit-elle.

— Pardon ?

— McNab pense que tu devrais produire un jeu vidéo avec des poupées Polly-Morphy meurtrières. Comme son cerveau avait la bougeotte aujourd'hui, Yancy et lui ont travaillé ensemble pour créer une série de portraits-robots potentiels. Le tout à base de maths, probabilités, ratios, mesures et tout le toutim.

— Intéressant.

Il termina son verre de vin tout en réfléchissant.

— À vrai dire, il existe une clientèle qui craquerait pour des poupées meurtrières.

— McNab et Yancy avaient habillé leurs « poupées » de sous-vêtements flashy et bikinis riquiqui.

— Ça ne m'étonne pas. Je peux jeter un œil ?

— Pour reluquer les sous-vêtements flashy ?

— Ça mérite toujours le coup d'œil, mais dans l'immédiat, c'est surtout pour voir le concept.

Elle afficha les images sur l'écran et les examina avec lui. Il inclina la tête sur le côté, un sourire aux lèvres.

— Hmmm. Il faudrait inclure des armes. Une hache ou peut-être une hallebarde, une bombe éventuellement. Et une fiole de poison, forcément.

— Quoi ?

— Pardon. Je pensais à cette idée de jeu. Intéressant… Bref, au niveau corpulence, il est clair que tu ne cherches pas quelqu'un de fragile ou de mou. Elle a pu soulever une femme adulte inconsciente. Et t'a battue à la course.

— Elle ne m'a pas battue, protesta Eve, vexée. Elle avait une bonne longueur d'avance, et j'ai dû zigzaguer dans la circulation pour traverser la rue.

— Toutes mes excuses, dit-il sans toutefois cesser de sourire. Je voulais simplement souligner qu'elle est rapide. Tu l'as poursuivie sur une longue distance ?

— Sur deux pâtés de maisons et demi, sans compter le passage par le restaurant.

— Rapide et dotée d'une certaine endurance vu que vous couriez sans doute aussi vite que possible. Il y a donc de fortes chances pour qu'elle soit physiquement en forme.

— Elle court vite, répondit Eve.

Elle inclina à son tour la tête sur le côté.

— Elle est rapide, c'est clair. Et sans doute en forme. Peut-être qu'elle s'entraîne dans une salle de sport, histoire de s'entretenir. Pour Bastwick, elle avait tout préparé avec soin, j'en suis certaine. Elle savait qu'elle devrait la porter entre le séjour et la chambre puisqu'elle voulait la positionner sur le lit. Et… merde.

— Quoi ?

— Je suis une idiote. Elle l'a déposée sur son lit. Et elle a tué Ledo dans son lit.

Eve se mit à faire les cent pas.

— J'ignore ce qu'elle avait prévu pour Hastings. Elle n'aurait pas pu le porter à l'étage. Mais il a des accessoires, non ? Dans son studio. De quoi faire office de lit. Voilà ce qu'elle aurait utilisé pour lui. Pourquoi au lit ? Pourquoi les place-t-elle ou les tue-t-elle dans leur lit ?

— Question de vulnérabilité ? Sommeil, sexe, maladie… Ce sont les trois raisons principales d'être au lit, non ? Et elles nous rendent toutes vulnérables.

— Juste. Très juste ! s'exclama Eve en pointant un doigt vers lui. Ils sont vulnérables tandis qu'elle contrôle la situation. Et ça ne fait pas désordonné, n'est-ce pas ? Elle ne les laisse pas étendus par terre. Elle leur coupe la langue – en guise d'explication de son geste – mais ne les mutile pas en dehors de cela.

Du travail propre. Et un lit est un peu comme un présentoir. « Voici votre cadeau. »

Elle lui raconta les reconstitutions holographiques qu'elle avait lancées, le décalage dans les durées et la façon dont elle estimait que la meurtrière avait utilisé le temps supplémentaire.

— Tu l'as défiée aujourd'hui. Durant la conférence de presse.

— Il fallait que je la mette en colère, qu'elle soit perturbée. Je pense avoir réussi. Et cette poursuite à pied n'a pas dû la calmer. Je te parie que là, maintenant, elle ne se sent plus très amicale envers moi.

— Tu aimerais qu'elle s'attaque à toi. À ta place, je voudrais la même chose. Mais il est peu probable qu'elle le fasse dès maintenant, si ?

— Non, en effet. Si elle me tue, tout sera terminé. Elle m'a offert des cadeaux et je ne les ai pas appréciés à leur juste valeur.

— Si l'on considère que les deux meurtres constituaient une sorte de don qui n'a pas été pleinement apprécié, il semble logique qu'à présent elle veuille te prendre quelque chose.

— Oui.

Et ce quelque chose serait une personne à laquelle Eve tenait.

— Je vais passer quelques appels avant de me mettre vraiment au travail.

— Je fais une copie du programme de morphing, lui dit-il avant d'effectuer une série de clics rapides. Et je l'envoie à mon labo. Je pourrai peut-être y ajouter quelques trucs.

— Pour l'affaire ou pour ton futur jeu ?

Il sourit et effleura du doigt la fossette au menton d'Eve.

— Je peux faire les deux, lieutenant. On se prend un café avec la tarte un peu plus tard ?

— Ça me va. Si tu as le temps, Feeney avait une autre piste. Une piste pour geek, ajouta-t-elle avant de lui exposer l'idée de son ancien partenaire.

— D'accord, je m'en charge. Mais ça prendra du temps.

— Il m'a dit la même chose.

Une fois seule, elle entreprit d'appeler toutes les personnes de sa liste. Le simple fait de les avoir à l'appareil et de répéter son incitation à la prudence lui fit du bien. Mieux encore, tous ceux qu'elle joignit étaient chez eux pour la soirée.

Franchement, qui aurait eu envie de mettre un pied dehors dans le froid glacial de cette nuit d'avant la Saint-Sylvestre ? Le réveillon lui donnerait par contre des raisons de s'inquiéter, car tant de ceux qu'elle connaissait et appréciait sortiraient pour participer à une fête, à un rassemblement.

Elle doutait que la tueuse agisse en public. Mais quel meilleur moment pour s'introduire au domicile déserté de sa victime et l'y attendre en embuscade ?

Si elle n'était pas parvenue à mettre la suspecte derrière les barreaux avant le début de soirée, elle organiserait une surveillance aux logements des cibles potentielles.

— Mais tu vas t'en prendre à quelqu'un dès ce soir, n'est-ce pas ? souffla-t-elle. Tu as raté ton coup hier. Il faut que tu te rattrapes. Ça fait deux fois que tu es obligée de fuir, y compris devant ta… « meilleure pote », maugréa Eve en reprenant le terme employé par Mavis. Ça doit être dur pour l'ego. Tu as besoin d'une réussite. Grand besoin, même.

Pensive, Eve afficha plusieurs photos d'identité à l'écran.

« Pas Mavis », estima-t-elle en examinant la photo officielle où celle-ci avait opté pour des cheveux couleur barbe à papa et des yeux d'un vert électrique.

La probabilité semblait faible pour Mavis et sa famille.

Même chose pour Peabody et McNab. Et pour Feeney, dont la photo d'identité donnait l'impression qu'il avait dormi dans son costume couleur de crottin et sa chemise beige industriel.

Trop risqué à ce stade de s'en prendre à un flic, ce qui incluait l'ensemble de son équipe.

Le couple des Mira... Là, l'inquiétude était réelle. Elle pouvait compter sur Mira pour se comporter avec intelligence et prudence, mais la probabilité d'une tentative contre eux était forte. Même sans lien avec les forces de l'ordre – et Eve restait persuadée que la tueuse en avait un –, quiconque avait lu le livre de Nadine ou vu le film savait qu'Eve entretenait un rapport particulier, à la fois personnel et professionnel, avec le Dr Charlotte Mira.

Elle avait également un petit béguin embarrassant pour Dennis Mira, mais ça, personne ne le savait. Quoique Mira elle-même devait s'en douter, se corrigea Eve.

Elle se sentit bête. Mira captait toujours tout.

Mais il fallait voir cet homme, avec ce regard d'une incroyable gentillesse, ses cheveux en bataille et le sourire absent de celui qui a souvent la tête ailleurs.

Elle envisagea de rappeler Mira pour la prévenir de nouveau que la tueuse pourrait abandonner son stratagème de fausse livreuse et opter pour une effraction directe à l'aide de son passe-partout.

Mais celui-ci ne fonctionnerait pas, se rappela-t-elle, et répéter encore et encore les mêmes conseils serait vécu comme du harcèlement.

Même situation pour Nadine. Probabilité élevée : les liens entre Nadine et Eve étaient bien connus. Mais Nadine Furst n'était pas née de la dernière pluie.

Et son immeuble comme son appartement disposaient de mesures de sécurité de premier ordre.

Néanmoins, le souvenir de son enlèvement et de la tentative de meurtre à laquelle elle avait échappé de peu s'imposa à l'esprit d'Eve. Il s'imposerait aussi à Nadine, estima-t-elle. La journaliste ne prendrait pas de risques.

Reo ? C'était une autre source d'inquiétude. Si la meurtrière connaissait des détails de la vie d'Eve – personnelle et professionnelle –, elle en connaîtrait aussi sur celle de Reo. La substitut du procureur était intelligente, mais elle n'était pas… coriace. Du moins pas physiquement.

Morris ? Beaucoup plus intelligent que n'importe quel tueur. Avec un système de sécurité correct, estima-t-elle, même s'il aurait pu être plus efficace.

Louise et Charles. De bonnes protections à leur domicile mais tous deux travaillaient, avaient des patients, des clients. N'importe qui pouvait se présenter à la clinique de Louise, dont les mesures de sécurité étaient risibles. Ou prendre rendez-vous pour une séance avec Charles. Forte probabilité, là aussi, mais pas ce soir, jugea-t-elle. Il était plus intelligent d'essayer la clinique ou de se faire passer pour une cliente auprès de Charles. Une telle attaque aurait lieu de jour, très probablement.

À moins que la tueuse n'attire Louise hors de chez elle en prétextant une urgence médicale. À la clinique ou dans son service médical mobile.

Bon sang…

Et puis il y avait Trina. Pas vraiment une amie, plutôt une épine personnelle dans le pied, en tout cas quelqu'un avec qui elle était en lien. Et qui posait sur sa photo avec une chevelure rouge et or qui ressemblait à une tour en flammes.

— Elle peut parfois se montrer stupide, commenta Eve à mi-voix.

Elle venait tout juste de clore une affaire qui lui était tombée dessus parce que Trina s'était montrée stupide.

« Un e-mail de groupe », décida-t-elle.

Ce ne serait pas du harcèlement, simplement un moyen de mettre ses recommandations par écrit pour que tous puissent les avoir sous les yeux.

Elle s'installa pour écrire en tâchant de trouver la bonne formulation pour ne pas avoir l'air de harceler ses amis.

Pendant ce temps, la tueuse mettait en mots ses propres réflexions...

Je suis blessée. Dans mon cœur, dans mon corps, dans mon âme. J'avais presque oublié ce type de douleur. Pas celles des hématomes que j'ai découverts après être rentrée à la maison en me faisant couler un bain pour essayer de me calmer. Je n'ai rien senti sur le moment, mais j'ai dû me cogner contre des gens pendant que je courais au milieu de la foule. Ou alors quand j'ai heurté les plans de travail et les chariots dans les cuisines.

Elle m'a poursuivie, comme si elle était la chasseuse et moi une sorte de proie.

En la voyant devant l'immeuble de Mavis, l'espace d'un instant, j'ai pensé, vraiment pensé : « Oh, enfin on va pouvoir se parler face à face, s'asseoir, prendre un verre et discuter en long et en large de notre partenariat. Enfin, elle va me dire ce que je représente pour elle, à quel point je suis importante à ses yeux au lieu que ce soit toujours, TOUJOURS à moi de le lui dire. »

Mais j'ai su en moins d'une seconde que cela n'arriverait jamais. Ce qui se lisait sur son visage n'était ni de la reconnaissance ni de l'amitié. C'était quelque chose de sauvage. Chasseuse contre proie.

J'ai été stupide de me convaincre que je comptais pour elle, qu'elle me respectait, qu'elle appréciait tout ce que j'ai fait pour elle.

Elle est comme les autres. Pire que les autres.

J'ai rétabli la balance de la justice pour elle. J'ai accompli ce qu'elle aurait secrètement désiré faire – je sais qu'elle voulait voir cet équilibre rétabli – mais au bout du compte, elle a choisi Mavis plutôt que moi.

Qu'a-t-elle fait pour Eve, cette chanteuse ridicule ?

Se pourrait-il – même si cette idée me répugne – qu'Eve accorde plus de valeur à la célébrité et à la richesse qu'à la justice ? Il faut voir qui elle a épousé : un homme dont tout le monde sait qu'il a enfreint d'innombrables lois au fil de sa vie mais qui détient suffisamment d'argent et de pouvoir pour se maintenir hors de portée de la justice.

Avec Mavis, c'est fortune et célébrité... et un passé tout aussi suspect.

Serait-ce finalement cela qui anime Eve ?

L'idée m'est insupportable. Mais voilà que je me pose la question.

Ne s'est-elle pas pavanée devant les caméras aujourd'hui ? À plonger son regard dans l'objectif pour me regarder moi, pour regarder en moi. Mais pas en tant qu'amie, pas en tant que partenaire.

Plutôt comme quelqu'un qui a décidé d'exploiter mes actes de justice à son avantage. Quelqu'un capable d'écraser la seule et unique personne à avoir placé son intérêt à elle au-dessus de tout le reste.

L'ai-je perdue ? Cette douleur dans mon cœur, ce martèlement sous mon crâne, cela ressemble à une perte. C'est trop familier, trop indicible.

Je sais ce qui doit être fait à présent. Dès ce soir.

Elle doit perdre. Elle doit payer. L'équilibre doit être rétabli.

Nous rapprocherons-nous quand elle sentira un peu de ce que je ressens ? Me regardera-t-elle, enfin, pour me voir telle que je suis ?

Je prie pour que notre lien puisse être réparé, et je prie pour qu'elle finisse par comprendre que notre connexion a été forgée et ne s'accomplira durablement que dans la mort.

Tout comme Eve, la tueuse afficha des images sur son écran principal. Et elle les examina, une par une.

Delia Peabody, Charlotte Mira, Nadine Furst, Mavis Freestone, Li Morris, Cher Reo, Charles Monroe, Louise DiMatto, Ryan Feeney, Ian McNab, Jamie Lingstrom, Lawrence Summerset, Connors.

Amis, partenaires, compagnon.

Le moment n'était-il pas venu pour Eve de comprendre qu'elle n'avait qu'une seule amie, qu'une seule partenaire ? Et au fond, qu'une seule compagne ? Ces gens, tous autant qu'ils étaient, ne constituaient que des distractions, des obstacles face à la seule relation qui aurait dû compter.

Certes, jusqu'à présent, elle avait su tolérer qu'Eve s'adonne à ces distractions. Par amitié, par affection, par générosité désintéressée.

Mais la véritable amitié appelait la vérité. Et Eve devait apprendre et accepter la vérité.

Ils seraient donc tous éliminés, un par un.

Il était temps de choisir le premier.

Il lui suffisait d'ouvrir le bon fichier pour voir défiler toutes les données accumulées et classées au fil du temps. Habitudes, lieux de prédilection, contacts, routines quotidiennes et historiques.

Des yeux de la couleur d'un bon whisky, la même que celle des innombrables photos d'Eve qui recouvraient le mur, examinèrent soigneusement toutes ces données.

Des yeux où brillaient la ruse, l'intelligence… et la folie.

Connors trouva Eve les pieds posés sur son bureau, son fauteuil incliné en arrière, et les yeux fermés.

Galahad était allongé sur le plan de travail et la regardait fixement.

« Elle ne dort pas, songea-t-il. Elle réfléchit. »

Plutôt que d'interrompre le fil de sa pensée, il se rendit dans la cuisine, commanda du café à l'autochef et disposa les parts de tarte sur une assiette. Et pour récompenser le chat d'avoir ainsi monté la garde, il lui programma deux petites friandises en forme de souris.

— Nadine ou Mira, annonça Eve, paupières toujours closes, lorsqu'il posa le café sur son bureau.

— En tant que prochaine cible ?

— C'est le plus logique, et plutôt Nadine si l'attaque a lieu de nuit. Elle vit seule. Avec la possibilité d'avoir de la compagnie à n'importe quel moment, bien sûr, mais notre suspecte fera attention. Particulièrement après Hastings.

Elle ouvrit les yeux et regarda Galahad ne faire qu'une bouchée des petits biscuits pour chat.

Connors eut la sagesse de le pousser à descendre du bureau avant d'y déposer la tarte, sans quoi celle-ci aurait sans doute connu le même sort.

— Tu pourrais peut-être jeter un coup d'œil à mon travail, dit-elle à Connors. J'ai lancé une recherche multicritère à partir de la base de données du NYPSD. Flics, équipes administratives, labo, morgue, tout le personnel qui se rend sur les scènes de crime, y compris les spécialistes employés pour tout nettoyer une fois qu'on a terminé. Si je ne trouve rien là-dedans, j'étendrai la recherche aux familles de ces mêmes individus. C'est une possibilité. J'envisage de faire pareil du côté des candidats à l'académie de police, à l'institut médico-légal, à la morgue, et ainsi de suite. Jusque-là, on est passés par les chemins les plus directs. Donc je fais une nouvelle tentative en me servant du portrait-robot le plus probable selon McNab et Yancy.

— Lève-toi, dit-il avant d'échanger sa place avec elle.

Il étudia les paramètres de la recherche qu'elle avait programmée, les images, les termes employés.

— Ça me semble bien.

— Tant mieux, parce que ça m'a pris une éternité.

— Je vais affiner le tout à partir de ce que j'ai fait. Ça ne change pas grand-chose, ça affûte un peu les critères, c'est tout.

Il mit la recherche en pause, entra les nouvelles données et ordonna un réalignement pendant qu'Eve goûtait la tarte.

— Tu as des images plus précises ?

— Mmm.

Il ordonna l'affichage d'un visuel tout en relançant la recherche.

Eve leva les yeux au ciel en voyant arriver la première image. Il avait habillé la femme aux longues jambes et aux cheveux bruns coupés court d'un soutien-gorge de dentelle noire transparente et d'un string, le tout dans une posture sexy.

— T'es sérieux ?

— On s'amuse comme on peut, répondit-il.

Il pivota brusquement sur son siège et, avant qu'elle comprenne ce qu'il avait en tête, l'attira sur ses genoux.

— Je précise que si les changements sont subtils, j'ai pu recalculer ses proportions et tous les petits détails dont tu ne veux rien savoir. Cette version est la plus probable selon moi.

— Tu penses vraiment que cette malade meurtrière porte des sous-vêtements vulgaires ?

— Pour tout dire, je ne comprends pas pourquoi les femmes peuvent vouloir porter autre chose. Cela dit, quoi qu'elle puisse porter sous ses vêtements, je pense que ceci représente la meilleure estimation – à partir de toutes les données connues – de sa physionomie, de ses traits et de sa couleur de peau.

— Une couleur de cheveux ou d'yeux se change à volonté. Sur sa dernière photo d'identité en date, Mavis a les cheveux roses. Ce soir, ils étaient bleus. Ce n'est qu'un exemple.

— Les gens au style aussi changeant que Mavis sont rares. Ta suspecte pourrait avoir changé d'allure, c'est vrai, mais je dirais que c'est à ça qu'elle ressemble au naturel, ou à quelque chose de très proche.

Un bras toujours enroulé autour de la taille d'Eve, il saisit une fourchette de sa main libre pour couper un gros morceau de tarte.

— Elle est bonne, dit-il. Je ne sais pas si j'irais jusqu'à la qualifier de « super bonne » mais ça se laisse manger... Il est possible que les jambes de la fille ne soient pas aussi longues mais, là encore, il s'agit de ma meilleure estimation. Elle est grande, en tout cas plutôt grande pour une femme. Même en admettant qu'elle porte des talonnettes, elle ne fera pas moins d'un mètre soixante-douze. Elle court vite, au point de te distancer à la course. Et oui, ma chérie, je sais qu'elle avait une belle avance sur toi, mais tu as toi-même admis qu'elle était rapide. Les grandes jambes vont de pair avec sa taille. Et étant donné sa vitesse, elle ne doit pas avoir de kilos en trop. Elle est forte, avec des bras puissants.

Parce qu'elle était à portée de lèvres, il en profita pour embrasser la nuque d'Eve.

— Elle est du genre à se fondre dans la foule, non ? demanda-t-il.

— Je crois, oui. Ce n'est pas quelqu'un qui attire l'attention. Elle est sans doute discrète dans son travail. Mais intelligente... et probablement pas reconnue à sa juste valeur, selon elle en tout cas.

— Je pense que soit elle dissimule ses formes, soit elle a une silhouette plutôt élancée. Les courbes attirent trop le regard. Dans la mesure où tu penses qu'elle est sans attaches et vit sans doute seule, un corps plus plantureux lui vaudrait trop d'attention.

— Elle se ferait draguer, conclut Eve.

— Question de probabilités. Prends une femme jeune et célibataire. Rajoute-lui des courbes, disons une poitrine impressionnante, au hasard, et ça marche à tous les coups.

— Les seins ne sont pas la seule raison pour laquelle les femmes se font draguer ou attirent l'attention.

— Non, bien sûr, mais ils arrivent en tête de liste. Il est peu probable qu'elle soit visuellement remarquable. Un visage simplement agréable, sans doute. Dans la mesure où une vraie beauté comme une personne clairement repoussante retiennent aussi l'attention. Donc… Ordinateur, affiche la deuxième image.

— *Reçu. Affichage de l'image numéro deux.*

— D'accord.

Eve hocha la tête et se serait levée si Connors ne l'avait pas maintenue en place.

Même corps, même visage, même teint et même chevelure, mais habillée cette fois d'un tailleur gris terne, un peu morne, un peu démodé. Soudain, l'impertinente en sous-vêtements vulgaires devenait une femme très ordinaire.

— Personne ne lui accorderait un regard dans la rue, constate Eve. Elle se fondrait dans le paysage.

— Et maintenant… Ordinateur, affiche le troisième visuel.

— *Reçu. Affichage de l'image numéro trois.*

Cette fois, le personnage portait un épais blouson marron, un pantalon de la même couleur, un bonnet et des boots.

— Oui !

Eve fit de nouveau mine de se lever, mais Connors la maintint une fois de plus blottie contre lui.

— Arrête, dit-elle. Il faut que je bouge.

— Je n'ai pas le droit à une récompense ?

Elle pivota sur elle-même pour plonger son regard dans ses yeux amusés.

— Tu as eu de la tarte, dit-elle.

— La tarte était sympa, mais mon travail, je me permets de le dire, vaut plus que ça.

Ne pouvant le contredire, elle lui prit le visage entre ses mains, plaqua ses lèvres contre les siennes et laissa une partie de l'excitation qu'elle ressentait à l'idée d'avoir un visage – un portrait potentiellement très réaliste – se transmettre à travers ce baiser.

— C'est plus proche de ce que j'espérais, admit Connors avant de la libérer.

— Je vais envoyer ça aux témoins et à toute ma liste de cibles potentielles. Le visage est plutôt commun, mais si c'est ressemblant et qu'ils l'ont tous en tête, ils la reconnaîtront.

Elle se tourna vers lui.

— Est-ce que tu pourrais faire deux versions côte à côte, en ajoutant les lunettes et l'écharpe ? La même image, mais avec des ajouts ?

— Bien sûr.

Quelques secondes plus tard, elle avait le double portrait-robot.

— Ça me semble bien. Très fidèle.

Elle ferma les yeux et se représenta le moment où elle avait regardé de l'autre côté de la rue : la distance, le gros bus qui quittait pesamment son arrêt.

« Oublie le bus, oublie tous les véhicules. Ne visualise qu'elle. Qu'elle et toi. Face à face. »

Elle se concentra, parvint à saisir cet instant précis, puis rouvrit les paupières.

— Le visage est plus large. Étroit quand même, mais pas à ce point. Est-ce que tu peux… ?

Elle ne termina pas sa phrase ; Connors s'attaquait déjà aux modifications.

— Pas tant que ça, un peu… Oui, c'est mieux. De longues jambes, là-dessus tu as raison. Aujourd'hui le manteau lui couvrait les genoux, mais il y avait une bonne longueur entre l'ourlet du manteau et ses bottes.

Elle referma les yeux, tenta de revivre la poursuite. Elle tâcha de clarifier la scène en retirant les gens, les bruits, les mouvements.

— Elle a gardé son carton sous le bras. Je ne pourrais pas dire ce qu'il y avait dedans ni juger de son poids, mais elle l'a gardé sous le bras, comme un footballeur américain fonçant vers les buts avec le ballon.

» Elle poussait les gens de sa main libre, ajouta-t-elle. Elle poussait, bousculait, balançait des coups de coude, sans jamais ralentir. Très concentrée. Oui.

Elle se tourna vers lui, les yeux ouverts.

— Elle connaissait le restaurant. Bon sang, ce n'était pas un simple coup de chance. Elle connaît le quartier. Elle savait qu'elle pourrait se précipiter à l'intérieur de ce bar et traverser la salle pour ressortir par les cuisines. Elle était déjà allée là-bas avant.

— En mission de reconnaissance du côté de chez Mavis ?

— Oui, sûrement. Mais elle était déjà entrée dans le resto. Elle connaissait la disposition des salles. Ce qui n'a aucun rapport avec Mavis. Faisons circuler l'image là-bas, montrons-la aux propriétaires et à leurs employés. Peut-être que quelqu'un la connaît.

Eve revint vers lui pour prendre sa tasse de café.

— Tu as vécu là-bas, lui rappela Connors. Dans cet immeuble, à deux ou trois rues de ce restaurant.

— Il n'était pas là à l'époque, en tout cas pas tenu par ces gens, quand j'ai… Elle cherche toujours à se rapprocher de moi. C'est mon ancien quartier. J'avais choisi cet appartement parce qu'il est assez proche du Central. Et ce n'est pas non plus très loin de la morgue et du labo.

— Pourquoi n'aurait-elle pas fait la même chose ? suggéra Connors. Si elle travaille sur l'un de ces sites, si tu l'obsèdes, pourquoi ne pas vivre dans le même quartier que toi autrefois ? Arpenter les mêmes trottoirs, manger dans les mêmes restaurants, boire dans les mêmes bars, faire les mêmes magasins ?

— Elle aurait pu se précipiter à l'intérieur du restaurant chinois, mais il est organisé différemment. La salle est bien plus étroite et il n'y a pas de petite ruelle à l'arrière comme dans le bar. Elle avait assez d'avance pour continuer à courir et atteindre le carrefour suivant et peut-être me distancer si je me retrouvais de nouveau coincée dans la circulation. Pourtant elle a tourné au coin de cette rue sans marquer la moindre hésitation. Elle savait où elle allait.

Eve s'assit sur le bureau.

— Ajoute ça aux critères, tu veux bien ? demanda-t-elle. Tu le feras plus vite que moi. Affinons la recherche. Voyons si on peut trouver quelqu'un correspondant à cette description de base et qui habite dans un périmètre de six pâtés de maisons autour de mon ancien immeuble.

— Ça représente encore une zone très vaste, lui dit-il tout en procédant aux modifications. Les résultats ne tomberont sans doute pas très rapidement.

— Ceux que nous avons obtenus jusqu'à présent nous ont été plutôt utiles. Je vais me servir du terminal auxiliaire pour diffuser l'image.

— Emporte ta part de tarte, suggéra-t-il.

19

Certains risques valaient la peine qu'on les prenne. C'était une question de *principe*.

L'uniforme de livraison s'était révélé très efficace mais elle ne pouvait plus s'en servir désormais. Le même stratagème fonctionnerait néanmoins, moyennant quelques ajustements.

Le caban. Ordinaire, simple. Pas aussi épais que le manteau marron, et un peu plus court, mais il ferait l'affaire.

La casquette de marin, avec sa visière et ses rabats pour les oreilles, à tirer bas sur le front en laissant néanmoins dépasser quelques mèches de la perruque. Celle-ci, aux boucles brun foncé, avait été achetée plusieurs mois auparavant, en liquide. Il serait néanmoins utile de la passer au Seal-It et de se souvenir de la retirer avec précaution une fois que le vrai travail commencerait.

Impossible de porter des lunettes noires, mais la visière de la casquette participerait à dissimuler son regard. Plus les vieilles boots noires, déjà couvertes de Seal-It, glissées sous un épais pantalon noir et ample.

Le maquillage apportait un plus en fonçant nettement la peau de son visage. Et il recouvrait la prothèse en silicone soigneusement appliquée de façon à élargir l'arête de son nez. Celle posée par-dessus ses dents – c'était plutôt inconfortable – altérait la forme de sa bouche en l'affublant de dents de lapin.

Voilà ce dont se souviendrait un témoin si quiconque se donnait la peine d'y regarder de plus près. Teint sombre, dents de lapin, cheveux courts hirsutes et brun foncé.

Restait à ajouter l'écharpe à motif écossais, grise et bleu marine, enroulée autour du menton, puis les gants bleu foncé sur des mains déjà passées au Seal-It et enfin la grosse besace noire effilochée de coursier.

Elle scruta son reflet dans le triple miroir en pied, examinant chaque angle, chaque détail. Puis elle se compara, centimètre par centimètre, aux portraits-robots que la police avait diffusés.

Sans les talonnettes, elle faisait presque cinq centimètres de moins, et sans le manteau marron, elle paraissait beaucoup moins charpentée.

Personne ne reconnaîtrait la livreuse chez cette nouvelle messagère.

« Comme un flic qui s'infiltre dans le milieu », songea-t-elle.

Eve apprécierait. Eve saurait reconnaître le temps et le soin consacrés à se transformer en quelqu'un d'autre pour faire ce qui devait l'être.

Elle avait intérêt à apprécier.

Avant de passer la besace en bandoulière, elle en vérifia une nouvelle fois le contenu. Du Seal-It supplémentaire, au cas où, une combinaison protectrice, une lampe torche puissante pour vérifier qu'elle n'avait laissé aucune trace de son passage, des pincettes au cas improbable où il y en aurait, des sachets pour mettre le tout sous scellés si nécessaire.

Une pince pour la langue, même si elle avait prévu quelque chose de différent cette fois. Un petit ajout au rituel habituel. Ainsi qu'un autre genre de message.

Elle se saisit du scalpel aussi fin qu'acéré dans son boîtier protecteur.

« Quelque chose de différent, songea-t-elle de nouveau, un grand sourire aux lèvres. Quelque chose de créatif. »

Elle remit le scalpel à sa place et sortit le marqueur, accompagné d'un second au cas où le premier n'écrirait plus. Elle n'était pas certaine de ce qu'elle allait dire cette fois. Pas comme pour le premier message, dont elle avait rédigé d'innombrables versions dans son journal. Cette fois, elle laisserait l'inspiration venir une fois son œuvre accomplie.

Et cette fois, dès son retour chez elle, elle écrirait directement à Eve depuis l'un des faux comptes qu'elle avait accumulés.

Vous m'avez fait du mal en faisant passer quelqu'un d'autre avant moi, malgré mon amitié loyale et désintéressée, dicta-t-elle mentalement. *Vous vous êtes lancée à ma poursuite comme vous l'auriez fait pour un voleur ordinaire, un chien méchant ou n'importe quel criminel. La véritable justice réclame l'équité. Je me dois de vous rendre la pareille pour que nous nous retrouvions sur un pied d'égalité. Pour revenir à un authentique respect mutuel.*

Si j'ai fait cela, c'est pour votre bien car je crains que l'attention constante des médias, la gloire et la célébrité ne vous aient éloignée de votre vocation.

Pour servir la justice, il faut être pur. Je constate à présent que vous ne pourrez plus l'être jusqu'à ce que la responsable de cette célébrité et de cette attention médiatique soit éliminée. C'est pour le mieux, Eve.

Quoi que j'aie fait ou que je puisse faire à l'avenir, ce sera toujours en ayant votre intérêt à cœur.

Car je demeure

Amicalement vôtre.

Oui, c'était ce qu'il fallait dire. Peut-être devrait-elle le coucher sur le papier tant qu'elle avait clairement le message en tête. L'accomplissement de son œuvre avait tendance à brouiller ses pensées. Ou bien les clarifiait-il, au contraire ?

Elle attendrait. Le travail en premier. Eve en premier.

Bien à son aise dans son pantalon de flanelle couvert d'adorables chatons – une tenue qu'elle n'arborait que lorsqu'elle était seule –, Nadine s'attaqua à une nouvelle fournée de courrier en provenance de lecteurs et de spectateurs. Elle avait déjà demandé à deux de ses assistants de trier les correspondances : celles en rapport avec son émission hebdomadaire, celles à propos du film, celles au sujet du livre et celles qui mélangeaient les genres.

Elle avait choisi plusieurs chaînes d'information en continu qu'elle laissait défiler sur son écran – sans le son – et écoutait de la musique à tue-tête pour rester vive et dynamique. Si quelque chose captait son attention à l'écran, elle couperait la musique pour écouter ce qui se disait.

Elle gardait une carafe pleine de café à portée de main. Du vrai café à présent qu'elle pouvait se l'offrir, grâce à *L'Affaire Icove*. Autant dire grâce à Dallas.

Ou grâce aux Icove... ou peut-être aux clones qui les avaient tués.

N'était-ce pas un peu bizarre d'être reconnaissante envers un savant fou et son égoïste de fils ? Ou plus exactement de se réjouir qu'on les ait tués ?

Une question à méditer plus tard. Elle avait en tout cas conscience d'espérer secrètement que l'un des clones finirait par la contacter et par accepter une interview en face à face.

Bien entendu, elle était régulièrement sollicitée par des individus qui prétendaient faire partie des clones d'Icove. Jusqu'à présent, toutefois, aucun d'eux ne s'était révélé authentique. Des gens en quête d'attention, estimait-elle désormais. Ou des fous.

Mais un jour, peut-être...

Quel effet cela faisait-il de savoir qu'on avait été créé dans un laboratoire secret, programmé pour posséder une apparence précise et des talents spécifiques afin d'accomplir des objectifs prédéterminés ?

Combien d'entre eux avaient survécu et vivaient désormais avec leur secret ? Combien travaillaient, dormaient, mangeaient, faisaient l'amour ?

Elle s'était demandé si la tueuse que cherchait Eve n'était pas l'un de ces clones, en proie à un sentiment de gratitude dévoyée. Mais la théorie ne tenait pas vraiment debout. Pour l'étayer, il aurait fallu qu'elle trouve des courriers qui fassent écho à ceux que la meurtrière avait adressés à Dallas.

Et même si une telle histoire relancerait l'affaire Icove de manière intéressante, elle ne se voyait pas consacrer tout son temps et toute son énergie à Icove. Elle avait tourné la page.

Elle avait mieux à faire, se dit-elle en allumant une cigarette médicinale et en laissant une partie de son stress s'envoler en même temps que la fumée. Comme travailler sur le premier jet de son nouvel ouvrage, *Le Complot du Cheval Roux*.

Elle n'était pas tout à fait sûre du titre, cela dit. « Héritage » fonctionnerait peut-être mieux. *L'Héritage du Cheval Roux*, car c'était bien de cela qu'il s'agissait.

« Je prendrai le temps d'y réfléchir », se dit-elle tout en affichant l'e-mail suivant.

Le titre était important, bien entendu, mais c'était l'histoire qui remporterait l'adhésion. Des meurtres de masse déclenchés par des hallucinations. Le virus créé par le gourou d'une secte liée aux Guerres Urbaines et remis au goût du jour par un ambitieux sociopathe qui s'avérait être son petit-fils.

Oui, « héritage » sonnait peut-être mieux.

Il fallait encore qu'elle coince Dallas et lui soutire tous les détails possibles, mais elle avait largement de quoi alimenter ce premier jet. Et elle s'y remettrait après cette fournée de courriers. Une heure, grand maximum.

À vrai dire, elle aurait dû être encore en train de se prélasser au soleil – ou sous la voûte étoilée – en se laissant réchauffer par la brise insulaire et Bruno. Mais le travail passait avant le reste.

C'était un point commun qu'elle partageait avec Eve. Toutes deux dévouées – voire même accros, autant l'admettre – à leur travail, avec la foi en la vérité et la justice chevillée au corps. Ce qui avait scellé leur amitié.

Cette meurtrière comprenait-elle vraiment une telle chose ? Elle en doutait. Comme les victimes du Cheval Roux, cette femme était en proie à de puissantes illusions.

« Qu'est-ce qui l'a rendue comme ça ? », se demanda Nadine en se calant au fond de son siège pour souffler des volutes de fumée parfumée vers le plafond.

Traumatisme d'enfance, histoire d'amour tragique ou simple prédisposition génétique ? Le mal avait pu prendre racine dans l'une de ces causes ou dans une dizaine d'autres.

Les coups de folie, petits ou gros, trouvaient leurs sources dans toutes sortes de situations.

Elle bascula vers une autre fenêtre quand son ordinateur lui signala l'arrivée d'un nouveau message.

Chère madame Furst,

M. Cabott a fait envoyer par coursier un paquet à votre intention. Merci de reprendre contact avec M. Cabott demain matin après 8 heures, une fois le contenu réceptionné. Il ne sera pas joignable avant cela.

Mistique Brady
Stagiaire chez Della Bonds

Nadine fronça les sourcils. « Pas joignable », tu parles ! Elle fut tentée de saisir son communicateur pour appeler immédiatement son producteur. Elle était censée être encore en vacances.

Cela dit, Bing Cabott n'aurait jamais payé un coursier pour quelque chose qui n'en valait pas la peine. Elle jetterait donc un coup d'œil aux documents avant de le rappeler. Ou peut-être qu'elle contacterait directement Della, qui devait forcément en savoir plus.

Baissant les yeux vers les chatons qui décoraient son pantalon, elle décida qu'il n'était pas franchement nécessaire de se changer pour accueillir un simple coursier.

Sa fierté exigeait néanmoins qu'elle retire le masque facial rose super-hydratant qui lui couvrait le visage. Dommage, elle aurait pu le garder encore une heure.

Elle se rendit jusqu'à la salle de bains dans ses chaussons en peluche bleue, eux aussi réservés aux moments en solitaire et fit couler de l'eau dans le lavabo en attendant qu'elle soit chaude.

Elle avait toujours trouvé que l'eau mettait trop longtemps à passer de tiède à vraiment chaude. Ce qui lui fournit l'occasion de balayer la pièce du regard.

« Ça fait vieillot », estima-t-elle.

L'appartement tout entier était daté. Il était très bien à l'époque où elle s'occupait des affaires criminelles. Mais ses revenus avaient bien évolué depuis, ainsi que sa carrière.

Elle n'avait jamais abandonné les affaires criminelles mais, contre toute attente, elle était tombée amoureuse de l'écriture. Elle se sentait capable de couvrir les crimes et d'écrire tout en gérant son émission hebdomadaire. Et elle n'aurait abandonné l'une de ces activités qu'au terme d'une lutte âpre et sanglante. Mais elle aurait renoncé à cet appartement sans même un gémissement de protestation.

Avait-elle envie d'investir dans une maison en grès brun, semblable à celle que Louise et Charles avaient choisie ? Ou préférerait-elle un appartement avec une vue imprenable ? Ou peut-être un loft agencé de manière créative dans le Village ? Voire un entrepôt reconverti où elle pourrait donner des fêtes incroyables ?

Tel était son dilemme, et la raison pour laquelle elle n'avait pas agi. Pas encore, en tout cas.

Elle voulait prendre le temps de décider, le temps de déterminer quelle était la meilleure option. Elle prendrait contact avec un agent immobilier dès le début janvier. Ou… elle poserait la question à Connors. Quel meilleur conseiller que l'homme qui possédait une si vaste portion du parc immobiliser ?

Une chose était certaine : l'endroit où elle atterrirait posséderait une salle de bains d'enfer… et un dressing spacieux. Il était temps de récolter une partie des bénéfices de son dur labeur et de la bonne fortune qui lui avait valu de tomber sur autant de scoops.

Un coup d'œil dans le miroir lui fit envisager de dénouer sa queue-de-cheval. Puis elle se rappela qu'il ne s'agissait que d'un coursier et qu'elle n'avait pas besoin d'être au top de la photogénie.

La sonnerie de l'interphone la décida : elle ressortit de la salle de bains, telle quelle, pour aller répondre.

« Sois calme, se dit la messagère. Encore mieux, prends un air agacé. Il est tard, il fait froid, tu veux en finir et rentrer chez toi. Tu en as marre et tu es impatiente, pas calme. »

Elle fit courir sa main sur la visière de son couvre-chef à rabats et s'assura qu'elle était inclinée sur ses yeux. Puis elle caressa du bout des doigts le pistolet paralysant caché dans sa poche.

Autant l'admettre : elle était nerveuse. Nerveuse car cette fois les choses étaient différentes. Mais… non, pas vraiment. Pas vraiment différentes.

Nadine Furst ne faisait-elle pas son beurre de la mort et des crimes ? Plus c'était grave, plus cela lui rapportait d'argent et de célébrité. Que faisait-elle de vraiment productif ?

Rien.

Elle se contentait de récolter gloire et fortune en participant à corrompre la pureté d'Eve.

Non, ce n'était pas différent des autres. La véritable justice, la véritable amitié rendaient son action aussi juste et nécessaire que face à Bastwick et Ledo.

Apaisée, elle patienta malgré son envie d'actionner de nouveau l'interphone.

Quand la voix de Nadine retentit dans le haut-parleur, elle prit soin de garder la tête baissée, son visage partiellement dissimulé par les ombres.

La nervosité s'était envolée, remplacée par les premiers frissons d'excitation.

— Nadine Furst ?

— Oui ?

— J'ai un paquet à vous remettre de la part d'un M. Cabott de la chaîne Soixante-quinze.

— Je peux voir votre pièce d'identité ?

Elle s'y était préparée. La demande l'irritait mais elle s'y était préparée. Elle sortit la fausse carte qu'elle s'était fabriquée. De quoi tromper un scanner de base ; elle l'avait testée pour s'en assurer.

Lorsque ce fut le cas, une nouvelle vague d'excitation la traversa.

— Montez.

Comme Nadine actionnait l'ouverture, son cœur se mit à marteler dans sa poitrine, au point qu'elle sentait les vibrations remonter jusqu'à son cou. Si fort qu'elle n'arrivait plus à déglutir. Mais elle traversa la minuscule entrée et appela l'ascenseur.

Au même moment, deux adolescentes déboulèrent depuis la porte d'entrée de l'immeuble en couinant de rire.

— Son visage ! Son visage ! Trop délire !

— T'as vu ? T'as vu ? Chanmé. Faut trop qu'on appelle Flo-lo pour lui raconter.

Elles entrèrent dans la cabine, avec leurs boots aux semelles compensées et leurs bonnets ornés de boules de poils qui rebondissaient dans tous les sens. Elles sentaient les bonbons et le shampoing à la fraise.

— J'suis toute chichi !

— Ah ouais ? Moi, j'suis chichi au carré. Flo-lo va pas s'en remettre. Trop nul qu'elle soit privée de sortie. On a trop besoin d'elle pour notre trio, et tout.

— Rêve pas, sa mère est là.

Elle songea qu'elle aurait pu les tuer, ces filles criardes avec leurs cheveux à la fraise et leurs visages brillants. Leur balancer une décharge puis leur couper la gorge et laisser derrière elle leurs cadavres sentant le sang et la fraise.

C'était ce qui arrivait aux filles qui ne faisaient pas assez attention. Aux filles qui n'étaient pas assez respectueuses.

Ne voyaient-elles pas qu'elle était là, sous leur nez ?

Elle était si tendue que ses oreilles sifflaient et sa poitrine lui faisait mal. Le contact du pistolet qu'elle caressait du bout des doigts fit retomber un peu la pression. Tandis que l'ascenseur s'élevait et que les voix suraiguës des filles résonnaient sous son crâne, elle s'apprêta à sortir son arme.

Les portes s'ouvrirent ; les deux jeunes filles sortirent en se bousculant avec des rires d'hyènes.

« Ce n'est pas ça le plan », se morigéna-t-elle, agacée de constater que ses doigts tremblaient.

La concentration était essentielle. Nadine Furst.

Mais les filles de cet âge l'emplissaient d'une telle colère, un mélange de chagrin, de désespoir et de rage.

Il fallait qu'elle les chasse de ses pensées, toutes autant qu'elles étaient. Elle avait une tâche à accomplir.

Et lorsque ce serait fait, elle goûterait de nouveau au bonheur.

Pour se calmer, elle se représenta le visage d'Eve et comprit, comme si une lumière rayonnait soudain dans son esprit, qu'elle faisait exactement ce qu'il fallait. Pour Eve, pour elle-même. Pour leur amitié.

Une part d'elle-même avait toujours prévu de faire ceci, mais pas de manière tout à fait consciente. Sans quoi elle n'aurait jamais consacré tant de temps et tant d'efforts à enquêter sur ces distractions, ces obstacles.

Les éliminer était essentiel à leur partenariat, à leur bonheur. À leur unité.

Comment Eve pourrait-elle comprendre qu'elle était sa *véritable* amie si d'autres individus tentaient de l'écarter ?

Les gens la mettaient toujours à l'écart. Toute sa vie, ils l'avaient mise à l'écart, l'avaient reléguée dans un coin en lui disant d'être sage, de ne pas faire de bruit. De bien se tenir.

Plus maintenant.

Son sang-froid et sa concentration retrouvés, elle émergea de l'ascenseur en prenant soin de se détourner de la caméra, visage baissé.

Elle glissa sa main droite au fond de sa poche et sonna de sa main libre.

Nadine n'aurait plus jamais l'occasion de l'écarter du chemin menant à l'affection d'Eve.

À l'intérieur, Nadine leva les yeux au ciel en découvrant le dernier e-mail d'Eve. Qui aurait cru qu'une femme flic coriace et capable de botter les fesses d'à peu près tout le monde pouvait se muer en mère poule ?

Elle examina néanmoins le dernier portrait-robot avec intérêt. Elle prendrait le temps de s'assurer qu'elle avait le droit de s'en servir – elle n'avait aucune envie de se faire botter les fesses – mais si c'était le cas, elle pourrait se rendre au studio dès ce soir pour diffuser un bulletin spécial et profiter d'un joli scoop au nez et à la barbe de la concurrence.

— Oui, oui, lança-t-elle en entendant la sonnette. Une seconde, j'arrive !

Arrivée à la porte, elle regarda dans le judas pour apercevoir un visage de profil sous un épais couvre-chef hivernal d'où dépassaient des mèches de cheveux brun foncé.

Elle s'apprêtait à déverrouiller la porte quand le dernier e-mail d'Eve lui revint en mémoire.

« N'ouvrez pas la porte à quelqu'un que vous ne connaissez pas, quelles que soient les circonstances. N'ouvrez pas la porte à quelqu'un que vous n'attendiez pas, quelles que soient les circonstances. »

— Oh, bon sang, c'est juste un coursier.

Mais le regard sévère d'Eve semblait lui transpercer le cerveau.

— D'accord, d'accord, souffla Nadine.

Elle actionna l'interphone.

— Oui ?

— Ouais, les Coursiers de Mercure. Un paquet pour Nadine Furst.

— Voyons ça. Montrez-le-moi par le judas.

— Y a un problème, madame ?

Mais parée à toute éventualité, comme toujours, la tueuse plongea la main dans la besace pour en sortir une enveloppe épaisse.

— Pour Nadine Furst de la part de Bing Cabott, chaîne Soixante-quinze. Vous le voulez ou pas ? Je suis déjà en heures sup, moi.

« C'est Dallas qui te monte la tête », songea Nadine en tendant de nouveau la main pour ouvrir.

Elle ferait un compromis en laissant la grosse chaîne de sécurité enclenchée et n'entrouvrirait la porte que le temps de récupérer la missive de son producteur.

Elle tira les verrous et entrouvrit la porte de cinq centimètres.

— Passez-le-moi.

La brève hésitation du coursier l'incita à reculer d'un pas pour regarder de nouveau par l'œilleton.

— Il me faut votre signature.

— Passez-le-moi, répéta-t-elle, son corps brusquement parcouru par un frisson.

Elle se traita d'idiote trop nerveuse en voyant l'enveloppe apparaître par l'ouverture. Elle avança la main pour s'en emparer puis s'écarta sur le côté quand le pistolet paralysant s'immisça dans l'interstice.

La décharge brûlante fendit l'air, frôlant le bras de Nadine qui s'engourdit aussitôt. Elle s'effondra à moitié contre la porte tandis que le pistolet crachait de nouveau et que l'individu qui le maniait se jetait de tout son poids contre le panneau.

La décharge suivante visa plus bas, lui toucha la cheville et la fit tomber à genoux.

Elle se dit que la chaîne tiendrait bon, qu'elle pouvait ramper hors de portée, aller chercher son communicateur. Appeler à l'aide.

Mais elle n'était pas certaine que la chaîne tienne.

Pourquoi avait-elle repoussé son déménagement ?

Son corps tremblait, non seulement de peur mais aussi en réaction aux décharges. Elle plaqua son dos contre la porte et tira ses jambes à elle en songeant qu'un autre impact, même partiel, suffirait sans doute à l'assommer.

« Une arme », se dit-elle alors que la porte vibrait et que la chaîne cliquetait sous un nouveau coup de boutoir.

N'importe quelle arme ferait l'affaire. Elle plongea désespérément la main dans la poche de son pantalon ridicule et referma ses doigts sur l'élégant petit briquet que Cabott lui avait offert pour Noël... pour ces cigarettes médicinales qu'elle n'était pas censée fumer.

Elle l'alluma, récita une prière puis, remontant lentement le long du battant, attendit l'impact suivant.

À l'instant où le choc ébranla le panneau, elle actionna le briquet – réglé au maximum – et le brandit à travers l'ouverture.

Le cri qui suivit lui redonna du courage et l'enhardit. Nadine se jeta de toutes ses forces contre la porte, laissant échapper un sanglot de soulagement quand celle-ci claqua. Elle dut s'y reprendre à trois fois pour refermer les verrous.

Lorsqu'elle eut retrouvé assez de sang-froid pour regarder par le judas, il n'y avait plus personne.

Le briquet s'échappa de ses doigts tremblants. Elle traversa la pièce en boitillant, son bras engourdi serré contre elle. Elle retomba à genoux, mais cette fois elle avait son communicateur de poche avec elle.

— Ici Dallas. Nadine, je travaille...

— Elle était là, Dallas. À ma porte. Elle est repartie.

— Vous êtes blessée ?

— Un peu mal en point, je crois. Difficile à dire. Vous feriez bien de venir. J'ai besoin d'aide.

— Je suis en route. J'envoie la patrouille la plus proche chez vous. N'ouvrez pas la porte, Nadine, pas avant que j'aie confirmé que c'est bien nos hommes. Compris ?

— J'avais compris la première fois. Raison pour laquelle je suis juste mal en point et pas morte. Vous pourriez peut-être vous dépêcher. Vous pouvez vous dépêcher ? Je crois que je vais vomir...

— Nous sommes dehors. Connors conduit. Je suis là, parlez-moi. Où êtes-vous touchée ?

Elle n'arrivait plus vraiment à respirer. Sa poitrine lui faisait mal, comme si un objet terriblement lourd aux arêtes déchiquetées l'écrasait. Elle avait l'impression qu'un gros truc plein de graisse s'agitait dans son estomac.

« Le contrecoup, se dit-elle. C'est seulement le contrecoup. »

— Euh... Mon bras, ma jambe. Pas grave.

Elle laissa échapper un rire bien trop aigu et prit peur.

— Bon sang, c'est le choc ? Je crois que je suis en état de choc, je n'arrive pas à respirer profondément. C'est le moment où je vais m'évanouir, on dirait. Elle avait vos yeux.

— Quoi ?

— Vos yeux. Désolée. Faut vraiment que je m'évanouisse.

Ce qu'elle fit, les doigts crispés sur son communicateur.

Eve bondit hors de la voiture avant même que Connors se soit arrêté devant chez Nadine. Elle désigna du doigt les voitures de patrouille déjà garées en double file.

— Occupe-t'en, dit-elle à Connors avant de sprinter vers l'immeuble.

Elle déverrouilla vivement la porte d'entrée à l'aide de son passe-partout puis se précipita dans le hall. Elle aurait préféré prendre l'escalier mais l'ascenseur serait plus rapide. Elle bondit à l'intérieur de la cabine et sélectionna l'étage de Nadine.

Encore un petit coup de passe-partout et elle pénétra dans l'appartement. Nadine était assise sur un fauteuil couleur de pétales de rose broyés, un verre d'eau à la main et flanquée de deux policiers en uniforme.

Elle tourna vers Eve un sourire tremblant.

— Je ne suis pas restée inconsciente longtemps. Vous avez fait vite.

— Et l'ambulance ?

Tandis que Nadine secouait la tête, l'un des policiers prit la parole :

— Mme Furst ne souhaite pas recevoir d'assistance médicale. Elle est lucide, lieutenant, et il n'y a aucun signe de blessure sérieuse.

Eve tourna son regard vers le visage de Nadine. La journaliste était d'une pâleur fantomatique et ouvrait de grands yeux écarquillés.

— Décrivez-la-moi, demanda Eve.

Elle était prête à mettre l'histoire du refus d'assistance médicale au second plan pour le moment. Elle comprenait la position dans laquelle Nadine se trouvait. D'un autre côté...

Nadine prit une profonde inspiration.

— Le teint très sombre, des cheveux brun foncé, plutôt courts, avec seulement quelques mèches dépassant de sous sa grosse casquette avec des rabats pour les oreilles. Couvre-chef foncé, manteau foncé. Je venais d'examiner le dernier portrait-robot et elle ne correspondait pas. Pas vraiment. Elle avait la mâchoire supérieure en avant et... son nez était différent. Et ses yeux, Dallas...

Elle dut s'arrêter et boire un peu. L'eau semblait aider son esprit à ne pas trop se disperser.

— Ils sont de la même couleur que les vôtres. Comme si elle s'était fait faire des iris sur mesure. Je... Je ne crois pas qu'elle faisait un mètre soixante-dix-huit. Elle m'a paru plus petite. Plus grande que moi mais plus petite que vous. Et globalement plus fine que les descriptions précédentes. Un caban, se rappela-t-elle. Elle portait un caban foncé et une écharpe foncée. Sa casquette avait des rabats et une visière.

— Vous avez entendu ? demanda Eve aux policiers. Lancez les recherches dans le secteur. Frappez à toutes les portes et faites en sorte que le responsable de l'immeuble me fournisse les vidéos de sécurité de ce soir. Et que ça saute !

Elle se rapprocha de son amie et s'accroupit auprès d'elle pour la dévisager. Toujours très pâle, mais avec un regard peut-être moins vitreux. Toutefois, la description précise qu'elle venait de fournir attestait de sa lucidité et Eve renonça à faire venir une ambulance contre la volonté de Nadine.

— Pourquoi tous ces chats sur votre pantalon ? demanda-t-elle.

— C'est un bas de pyjama. Et il s'agit de chatons. C'est un pantalon confortable.

— Et ridicule.

— Ouais.

Nadine tendit la main pour agripper celle d'Eve. Elle se força à expirer.

— C'est ce qui me plaît chez ces chatons.

— D'accord. Racontez-moi ce qui s'est passé. Exactement.

— Je travaillais. Je faisais des recherches en relisant mes courriers. Et j'ai… Connors.

Apparu sur le seuil, il se dirigea droit vers elle, se pencha et lui prit doucement le menton entre ses doigts. Après quelques instants, il hocha la tête et lui effleura le front du bout des lèvres.

— Et si je vous préparais un cocktail relaxant ?

— À vrai dire… J'ai une bouteille de bourbon, dans le placard en haut à gauche de la cuisine. J'en boirais bien un double. Sec.

— Je m'en charge.

— Nadine ? dit Eve.

— Pardon.

Elle n'avait pas lâché la main d'Eve. Elle avait besoin de ce lien.

— J'ai reçu un e-mail, soi-disant de la part d'une stagiaire de la chaîne, qui me prévenait que mon producteur m'avait envoyé des documents par coursier.

— Chose dont vous vous êtes évidemment assurée.

Nadine grimaça. La voix d'Eve suintait la mauvaise humeur et le sarcasme.

— Ça n'a rien d'inhabituel pour Bing de m'envoyer quelque chose de cette manière.

— Vous avez ouvert la porte.

Nadine soupira.

— Pas exactement… Mais j'étais prête à le faire, je m'en rends compte à présent. Et je m'en veux. Je l'aurais fait si vous n'aviez pas envoyé votre dernier e-mail m'enjoignant de n'ouvrir la porte sous aucun prétexte. Je me disais que vous étiez une vraie mère poule quand elle a sonné.

Elle s'interrompit et essuya les larmes qui lui étaient montées aux yeux.

— Bon sang. Je déteste me montrer aussi idiote, me faire manipuler. Elle avait les bons noms. Mon producteur, l'assistante du producteur, sa stagiaire, même le nom de la société de coursiers à laquelle nous faisons le plus souvent appel. Et comme je vous le disais, Bing m'envoie régulièrement des plis en dehors des horaires de travail. Je lui ai demandé sa pièce d'identité, Dallas. Elle me l'a montrée. Et elle a passé le scan avec. Elle ne correspondait pas à votre description. Plus petite, plus fine, avec des cheveux visibles. J'étais sur le point d'ouvrir la porte, mais je vous ai littéralement entendue gronder sous mon crâne.

Elle essuya de nouveau ses larmes puis releva la tête vers Connors qui lui apportait son verre.

— Merci.

Elle soupira en le voyant s'asseoir sur l'accoudoir pour sortir un mouchoir blanc immaculé et lui tapoter doucement le coin des yeux.

— Ça va aller, ma chère. Vous êtes en sécurité maintenant.

— Mon Dieu... Les Icove n'auraient pas pu vous cloner, Connors, que je puisse garder un exemplaire de vous auprès de moi ? Pardon... Je ne contrôle pas mes réactions. Les décharges paralysantes font vraiment mal, je le sais désormais. Même quand elles se contentent de vous effleurer.

— Vous avez ouvert la porte, répéta Eve.

— J'avais laissé la chaîne de sécurité. Pas la peine de me culpabiliser, je le fais déjà très bien toute seule. Je me suis dit que c'était un bon compromis : je n'ouvrais pas vraiment la porte, mais je récupérais ce que Bing m'avait envoyé. Je lui ai demandé de me montrer le paquet à travers le judas puis j'ai laissé la chaîne engagée et lui ai demandé de me passer l'enveloppe par l'ouverture.

Après s'être longuement vidé les poumons, elle avala un peu de bourbon.

— Elle a hésité, et c'est ce qui m'a alertée. Et puis... J'ai jeté un nouveau coup d'œil par le judas. Elle regardait la porte. Avec vos yeux, Dallas. À peu près de la même couleur que ce bourbon, précisa-t-elle.

Elle but une nouvelle gorgée, en prenant cette fois le temps de la savourer.

— Là, j'ai vraiment senti que quelque chose clochait. J'aurais dû me fier à mon intuition et lui claquer la porte au nez. Mais elle a réussi à passer son pistolet dans l'interstice et m'a touchée au bras. Il n'est pas encore remis. Ça continue à me picoter mais ça ne fait plus aussi mal... Et puis elle s'est jetée contre la porte et elle a tiré en inclinant son arme. Elle m'a eue à la jambe, cette fois. Je suis tombée à genoux.

Sa main trembla un peu tandis qu'elle portait le verre à ses lèvres. Elle retrouva néanmoins son calme.

— Je réfléchissais justement à l'idée de déménager. Meilleur immeuble, mesures de sécurité renforcées, mais je n'ai jamais pris le temps de décider où je voulais aller et quel endroit je voulais habiter. Ça aussi, j'y ai pensé, parce que si la chaîne n'avait pas tenu...

Elle gonfla puis vida ses poumons. Elle savourait le plaisir simple de respirer maintenant que sa poitrine était libérée de ce poids écrasant.

— J'avais mon briquet dans ma poche. Je me suis souvenue que je l'avais ; je m'étais offert deux cigarettes médicinales pendant que je travaillais, puisque je suis toujours officiellement en vacances. Je l'ai brûlée. Le briquet crache une belle flamme une fois réglé au maximum. Et je l'ai brûlée, Dallas. J'ai passé la main dans l'ouverture et je pense l'avoir touchée au poignet, ou peut-être au bras. Difficile à dire. Mais elle a crié et battu en retraite, donc je sais que je l'ai eue. J'ai fermé la porte et j'ai remis les verrous. Et puis je vous ai appelée.

Eve se leva.

— Lequel de vos bras a reçu la décharge ?

Nadine se massa le bras gauche.

— Ça va mieux, dit-elle.

Eve donna un coup de poing dans le biceps droit de Nadine. Elle avait considérablement retenu son coup, mais l'impact fut bien réel.

— Aïe !

— Est-ce que « n'ouvrez pas cette foutue porte » signifie « ouvrez cette foutue porte avec la petite chaîne à la con enclenchée » ? demanda Eve.

Nadine plissa les yeux et but un long trait de bourbon.

— Garce...

Elle prit une autre longue et lente gorgée.

— Je suis désolée, dit-elle. Vous êtes une garce mais vous avez raison. Et moi, je suis navrée, et une idiote. Je vais déménager. Vous pourriez me trouver un nouveau domicile, dit-elle à Connors.

— Je pourrais vous faire quelques suggestions. Et ce sera avec plaisir si vous me donnez une idée de ce que vous aimez.

Eve montra les dents.

— Est-ce que vos petites discussions immobilières pourraient attendre un moment plus propice ?

Elle s'éloigna d'un pas rapide, agacée.

— C'est peut-être à elle que vous devriez proposer un cocktail relaxant, murmura discrètement Nadine. Ou un double bourbon sec.

Connors se contenta de lui tapoter l'épaule en silence.

— Elle a changé son apparence et sa méthode d'approche. Elle sait s'adapter. Et elle ne s'est pas enfuie au premier cafouillage de son plan. Un peu plus agressive, et désespérée. Oui, plutôt désespérée, estima Eve. Énervée, aussi. Sérieusement énervée. Ça lui fait deux échecs à la suite. Elle doit carburer à la colère. Et elle est blessée. Non seulement vous n'êtes pas morte, mais vous l'avez blessée.

— Je suis trop forte !

— Tu parles ! Préparez un sac avec tout ce dont vous avez besoin. Vous logerez chez nous jusqu'à ce que nous l'ayons appréhendée. Je demanderai à un agent de vous y emmener. Connors, ce serait bien que tu préviennes Summerset de son arrivée.

— Vous pensez qu'elle pourrait revenir ? demanda Nadine.

— C'est assez peu probable, lui répondit Eve. Mais je pense qu'elle ressent un puissant besoin de tuer ce soir et je préférerais que vous ne soyez pas ici si elle décidait de faire une nouvelle tentative.

— Moi non plus. Merci. Mais si vous recommencez à me taper, j'appellerai la police.

— Très drôle. Je veux que vous évacuiez pendant que je...

Elle dégaina brusquement son communicateur.

— L'alerte que McNab avait mise en place ! Elle vient d'essayer d'utiliser son passe-partout.

Elle sortit sa radio de police.

— *Dallas, lieutenant Eve, ici le Central.*

— À toutes les unités, rendez-vous au 963 Ludlow. Tentative d'effraction. Suspect de sexe féminin portant un caban foncé et une casquette à visière foncée avec des rabats pour les oreilles. Elle est armée et dangereuse.

— Qui vit là-bas ? demanda Nadine. Vous savez qui y habite ?

Alors qu'Eve s'apprêtait à secouer la tête, ce fut Connors qui répondit :

— Jamie. C'est la maison de sa mère.

— Connors, attends !

Elle l'agrippa par le bras alors qu'il pivotait déjà vers la porte.

— Nous sommes trop loin, dit-elle. Les flics seront sur place dans quelques minutes et elle ne pourra pas entrer avec son passe désactivé. Appelle-le. Appelle-le tout de suite. Dis-lui de rester là où il est, de s'enfermer à l'intérieur. Je préviens sa mère.

Jamie. Elle n'avait pas pensé à Jamie. Le gamin avait tout juste vingt ans.

« Non, même pas vingt ans », se corrigea Eve en composant le numéro dans son répertoire.

C'était le filleul de Feeney et plus ou moins un protégé de Connors. Un jeune qui voulait rentrer dans la police. Et sa mère… ni amie ni ennemie, simplement la mère de Jamie.

Eve sentit une pointe de soulagement lorsqu'une voix endormie lui répondit.

— Madame Wojinski, dit-elle. Ici Eve Dallas. Écoutez-moi attentivement.

Elle échangea un regard avec Connors et hocha la tête tout en parlant et en écoutant la réponse de la mère de Jamie.

— Attendez l'arrivée de la police, répéta-t-elle. Lorsqu'ils seront sur place, dites-leur de m'appeler afin que je confirme leur identité avant que vous leur ouvriez la porte. Vous m'avez bien comprise ? N'ouvrez la porte à personne. La police est en route.

— Je les entends. J'entends des sirènes.

— Bien. Restez en ligne, d'accord ? Restez avec moi jusqu'à ce qu'ils arrivent et que je puisse m'assurer de leur identité. Attendez juste une minute...

» Ils sont sains et saufs, dit-elle à Connors.

— J'ai Jamie en ligne. Il est chez elle pour quelques jours à l'occasion des fêtes.

— Dis-lui que s'il ouvre la porte, s'il tente quoi que ce soit avant d'avoir reçu mon feu vert, je veillerai à ce qu'il ne porte jamais l'uniforme.

Connors arqua les sourcils.

— Il t'a entendue, dit-il. Occupe-toi de ta mère, Jamie. C'est ça, ta mission.

Rassurée, Eve reprit sa radio pour parler aux agents sur place et les autoriser à entrer.

« Cette fois, c'est l'erreur de trop. »

20

Eve appela Peabody et dut réfréner les ardeurs de sa coéquipière.

— Il n'est pas nécessaire que vous veniez, lui dit-elle. Ce serait même inutile. Nadine est prise en main. Jamie et sa mère ont des agents chez eux.

— Prise en main, mon œil. Je me suis prise en main toute seule, maugréa la journaliste.

— Nadine, fermez-la et bougez-vous un peu ! Votre escorte vous attend.

— Il me faut encore certains trucs, expliqua Nadine.

Elle continua d'entasser disques et notes dans un sac assez grand pour accueillir un bébé éléphant.

Alors qu'une valise de la taille du Montana attendait déjà le signal du départ.

— Si vous avez des témoins à interroger, je devrais être présente, se plaignit Peabody dans le communicateur.

— Je m'en occupe. Si vous tenez vraiment à rester debout pendant la moitié de la nuit, travaillez sur les nouveaux paramètres. Et demandez à votre geek préféré de lancer une recherche d'identification en intégrant les raffinements que Connors a effectués. Je vous tiendrai informée si j'apprends quoi que ce soit d'autre.

— Mais…

— Elle s'est enfuie, Peabody. Ce n'est pas ce soir que nous l'attraperons. Contactez quand même les hôpitaux, centres de traitement d'urgence et autres cliniques publiques. Peut-être que la brûlure qu'elle a reçue nécessite des soins. Et peut-être qu'elle prendra le risque d'y aller. Commencez par les établissements de votre quartier. Explorons la possibilité qu'elle habite près de mon ancien logement. Si vous trouvez quelque chose, je veux être avertie immédiatement. Sinon, silence radio. À demain, ajouta-t-elle avant de couper la communication.

Elle se tourna vers l'un des policiers en uniforme qui semblait l'attendre.

— Vous avez quelque chose ?

— Deux adolescentes, lieutenant, deux étages plus bas. La famille Bocco, appartement sept cent douze. Les filles ont pour nom Savannah Bocco et Thea Rossi, âgées de seize ans toutes les deux. Elles ont pris l'ascenseur avec votre suspecte.

Il lui tendit deux disques enveloppés dans une pochette pour pièces à conviction.

— Les vidéos de surveillance de l'extérieur et de l'ascenseur, lieutenant. Cet immeuble ne comporte pas de caméras dans le hall ou les couloirs.

— D'accord. Sécurisez l'appartement dès que Mme Furst sera partie. Élargissez les recherches aux établissements médicaux et aux cliniques du voisinage. Elle a reçu une brûlure, à la main droite ou au poignet droit. Essayez les magasins qui vendent des fournitures médicales, traitement des brûlures, antalgiques.

— Bien, lieutenant.

— Nadine !

— J'y vais, j'y vais !

Nadine s'était changée pour enfiler un pantalon moulant noir, des boots et un pull. Elle avait même pris le temps de se tartiner des trucs sur le visage et de se recoiffer.

Eve la jeta pratiquement hors de son appartement.

— Veillez bien à ce qu'elle soit en sécurité, ordonna-t-elle aux agents chargés de l'escorter. Bien installée et inaccessible depuis l'extérieur.

— J'apprécie votre hospitalité, même offerte de manière aussi brusque, dit Nadine.

— Allez, hop, du balai ! répondit Eve.

Elle se tourna vers Connors.

— Je vais aller parler aux ados... Que Dieu nous garde ! Tu peux jouer le rôle de Peabody si tu promets de ne pas bouder.

— Mon ego en prend un coup, mais je devrais m'en remettre. Elle a surtout envie de t'aider... et d'être là où les choses bougent, ajouta-t-il comme Eve sortait de l'appartement.

— Elle m'aide déjà. Et il n'y aura sans doute pas beaucoup d'action ici.

Il lui tapota gentiment le dos et, une fois dans l'ascenseur, appuya sur le bouton du septième étage.

— Un peu plus quand même qu'il n'aurait dû y en avoir si Nadine n'avait pas « ouvert cette foutue porte », tu ne crois pas ?

Appuyée contre la paroi, Eve demeura silencieuse pendant quelques instants.

— Si cette salope avait trouvé un meilleur angle d'attaque à travers l'ouverture, Nadine serait morte, dit-elle. Cette chaîne ne l'aurait pas arrêtée. Pas de caméras dans le couloir, et les appartements autour sont tous insonorisés. On voit déjà au niveau du montant de la porte que les fixations de la chaîne étaient mises à mal. Quelques bons coups de pied et elle aurait cédé.

— « Si », répéta Connors. Mais ça ne s'est pas passé comme ça.

— Ce qui s'est passé, c'est que Nadine a agi sans réfléchir.

L'ascenseur s'immobilisa au septième et Eve en sortit.

— Et oui, d'accord, je vois bien le cheminement logique dans son esprit. L'habitude, le producteur qu'elle connaît, ce qui ressemblait à un e-mail ordinaire provenant de son bureau. Et au moment-clé, elle a su éviter la bévue fatale. Mais c'est le genre d'acte quotidien, quand les gens sont en pilote automatique, qui prouve que cette femme peut potentiellement atteindre n'importe quelle cible. Louise qui reçoit un appel d'urgence et se précipite dehors. Mavis qui prend cinq minutes de pause dans sa loge. Reo qui réceptionne une livraison par coursier de la part de son patron, et ainsi de suite…

» Notre tueuse est sur les dents à présent, contrariée. Il faut qu'elle évacue la tension, qu'elle remporte une victoire. Elle va prendre plus de risques.

— Ce qui amène à faire des erreurs.

— Oui. Mais je n'ai pas envie de constater son erreur en contemplant le corps d'un ami à mes pieds.

Elle sonna chez les Bocco et présenta son insigne face à l'œilleton.

La porte s'ouvrit de quelques centimètres avant d'être bloquée par la chaîne. Eve envisagea de donner quelques coups de botte pour voir combien il en faudrait.

— Monsieur Bocco ? Lieutenant Dallas du NYPSD, avec mon consultant civil. Nous aimerions parler à Savannah et à Thea Rossi.

— Je peux revoir votre insigne ?

— Bien sûr.

Eve plaqua l'insigne dans l'interstice en songeant que si elle avait été une tueuse dérangée, elle aurait pu lui balancer une décharge paralysante entre les yeux en moins de trois secondes.

— Désolé, dit-il. Nous sommes un peu nerveux.

Il referma la porte, défit la chaîne et rouvrit le battant. Un chien trapu à grandes oreilles s'approcha pour renifler les chaussures d'Eve, puis celles de Connors, avant d'agiter joyeusement l'arrière-train.

Charmé, Connors s'accroupit pour caresser l'animal qui en frissonna de bonheur.

— L'agent Osgood nous a prévenus que vous voudriez parler aux filles.

Il se recula pour leur faire signe d'entrer dans un séjour joyeusement désordonné où un sapin de Noël scintillant tournait lentement sur lui-même face à la fenêtre.

— Allez, Tink, va coucher !

Avec un soupir, le petit chien clopina jusqu'à un coussin violet sur lequel il se laissa tomber avec ce qui ressemblait à un couinement de plaisir.

— Elle est très âgée mais toujours ravie quand on a de la visite. Je suis Nick Bocco, le père de Savannah. Désolé, c'est encore un peu le bazar après Noël.

Il passa la main dans sa tignasse brune en contemplant d'un air vaguement éberlué le désordre qui régnait dans la pièce.

— Et l'école ne reprend que le 2 janvier. Un jour marqué d'un beau rond rouge sur mon calendrier. J'ai travaillé de chez moi pendant la plus grosse partie de la semaine... et ce n'est pas du tout ce pour quoi vous êtes là, termina-t-il en se frottant le visage. Pardon... Je suis un peu secoué à l'idée que les filles se soient trouvées dans l'ascenseur avec une personne suspectée de meurtre.

— L'agent Osgood vous a dit que cette personne était suspectée de meurtre ?

— Il n'a pas eu besoin de le faire. Il m'a montré un portrait-robot, le même que j'ai vu passer à l'écran toute la journée. Ce n'est pas seulement ma parano qui parle quand j'en conclus que les gamines étaient dans l'ascenseur avec la personne que la police recherche pour deux meurtres commis depuis Noël... Votre collègue a dit que Nadine n'avait rien ?

— Elle va bien, confirma Eve. Vous la connaissez ?

— Oh, non. Je veux dire, je la vois à la télé. Je ne rate jamais son émission et je la vois souvent dans ses reportages. Elle passe beaucoup de temps chez nous... virtuellement parlant, ajouta-t-il avec un sourire penaud. Et donc ça donne l'impression de la connaître. Bref, je suis content qu'elle soit saine et sauve. Encore une fois, pardon. Asseyez-vous. Vous voulez une tasse de très, très mauvais café ? C'est Savannah qui a fait les courses en dernier et celui qu'elle a choisi est vraiment infect, mais au moins il sera chaud.

— Ça ira, merci. Où est Savannah ?

— Dans sa chambre, avec Thea. Et sans doute sur son communicateur avec Flo-lo. Florence Louise. Ces trois-là sont comme les doigts de la main, dit-il. Je vais les chercher.

— Sa mère n'est pas à la maison ?

— Quoi ? Oh, non... On n'est... plus ensemble. Elle est partie pour quelques semaines avec son... Je ne sais pas vraiment son quoi. Peu importe. Il n'y a que moi et Vanna. Et Thea pendant deux jours parce qu'elle ne voulait pas partir en croisière post-Noël avec ses parents. Bref, je vais les chercher. Dieu que je suis tendu...

Il emprunta le couloir menant au fond de l'appartement et tourna à gauche pour frapper à une porte.

— Vanna ? Venez au salon, Thea et toi. Tout de suite.

— Papa ! On discute d'un truc trop important avec Flo-lo !

— Tout de suite, Savannah. La police est là.

Des cris suraigus résonnèrent à travers les murs. Bocco se frotta les yeux et revint vers Eve et Connors.

— Je n'ai pas voulu insonoriser sa chambre, expliqua-t-il. C'est important de pouvoir les entendre quand ils ont besoin de vous. Mais je le paie cher. Hé, vous voulez un Coca ? C'est l'un des rares articles sur lesquels Savannah ne s'est pas trompée en allant faire les courses.

— Ce serait parfait, répondit Eve afin de lui donner quelque chose à faire.

Les adolescentes apparurent, main dans la main, tandis que Bocco s'activait dans la cuisine.

Savannah avait la silhouette trapue, la peau mate et les cheveux bruns de son père, même si ceux de la jeune fille étaient striés de mèches violettes.

Thea, à seize ans, avait le corps d'une sirène. Les jeunes filles ressemblaient-elles si jeunes à des sirènes, se demanda Eve, ou bien ses parents l'avaient-ils autorisée à s'offrir des augmentations corporelles ?

Les deux jeunes filles étaient jeunes et jolies, avec ce charme assumé typique des adolescentes qu'Eve n'avait jamais entièrement compris. Toutes deux arboraient d'épaisses chaussettes follement colorées, d'amples pantalons de pyjamas et de grands tee-shirts à rayures de couleurs vives.

— Oh ! la la, Vann, c'est carrément Connors et Dallas ! On a vu votre film, genre, un million de fois, s'exclama Thea. Deux millions, même ! Matthew Zank est trop canon, même s'il aurait jamais dû se marier avec Marlo Durn. Elle est tip-top, c'est sûr, mais bon... Craignos. Oh, c'est top chichi ! Vraiment top chichi !

Bocco revint de la cuisine avec deux verres de soda pleins de glaçons.

— Thea, dit-il, et si tu parlais avec des mots normaux ? Juste pour cette fois ?

— Papa... chuchota Savannah. C'est carrément Connors et Dallas. Sois pas nul, tu sais qui c'est. *L'Affaire Icove*.

— Ah oui. Je n'avais pas fait le rapprochement. Je ne suis pas allé au cinéma depuis… qui sait ? Quand j'ai le temps, je lis un roman. C'est-à-dire pas souvent.

— Nadine Furst habite juste au-dessus, ajouta sa fille. Je lui ai parlé, et tout. Deux, trois fois. Un mec a carrément essayé de la tuer. On était dans l'ascenseur avec lui. Avec un tueur ! conclut-elle sur un ton théâtral.

— Une tueuse, la corrigea Eve.

Ce à quoi Thea réagit en décochant un grand sourire satisfait à son amie.

— Je t'avais dit que c'était pas un mec. Elle était emmitouflée et tout, mais pour moi c'était une fille. Avec une tenue trop pourrave, c'est sûr, le look de l'ennui mortel.

— Vous a-t-elle dit quelque chose ?

— Pas un mot. On venait de faire une blague à Rizz et on rigolait comme des folles. Elle avait l'air trop coincé et aigri.

— Elle nous a fait le regard qui pue, ajouta Savannah.

— Le quoi ?

— À mon avis, c'est le regard qui tue, commenta Connors, visiblement amusé.

— Ouais, genre…

Savannah adopta un air menaçant, lèvres pincées et sourcils froncés.

— Et moi, j'ai pensé « va te faire », reprit-elle, comme vous dans le film. C'est ce que j'ai pensé. « Va te faire voir, mec, on a le droit de rigoler. » Sauf que vous dites que c'était une meuf. Et je… C'est pas parce qu'on sait que c'est une criminelle, vraiment pas. Mais elle m'a paru méchante. Comme si elle avait envie de nous faire du mal.

— Carrément. À moi aussi !

— Je l'ai pas trop regardée parce qu'elle me filait la chair de poule, raconta Savannah en frissonnant de tout son corps. Mais Thea a dit, même avant que le flic vienne et tout, que cette femme – je croyais que c'était un mec mais elle a dit femme – dans l'ascenseur était, genre, une tarée. Et que si elle avait pas été avec moi et tout, elle serait descendue de l'ascenseur juste pour l'éviter.

— Carrément, confirma Thea.

— Thea est un peu clairvoyante, ajouta Bocco.

— Monsieur B., dites pas ça !

— Disons qu'elle a des ressentis, une forte intuition.

— Là, d'accord. Je suis pas bizarre, j'ai juste eu un ressenti et j'étais contente de sortir de l'ascenseur. Et puis elle avait une drôle d'odeur.

— C'est-à-dire ? demanda Eve.

— J'ai rien senti, précisa Savannah avec un haussement d'épaules. Mais Thea a le nez super fin.

— Elle avait une drôle d'odeur, répéta Thea en se voûtant un peu.

Une adolescente ultrasensible qui n'avait pas envie de l'être, qui voulait ressembler à n'importe quelle autre jeune fille de son âge. Comment faisait-elle, se demanda Eve, pour capter précisément ce qu'il fallait ?

— J'ai un jeune neveu qui a une super-ouïe, annonça Connors.

Il avait légèrement forcé sur l'accent irlandais et accompagné sa réplique d'un sourire charmant.

Eve entendit quasiment frémir le cœur des deux adolescentes.

— Même quand on chuchote à deux pièces de là où il est, il entend tout ce qu'on dit. J'imagine que c'est la même chose avec votre odorat, Thea. Cette odeur, à quoi vous a-t-elle fait penser ?

— Comme les toilettes à l'école après que quelqu'un a dégueulé. Je ne veux pas dire que ça sentait le vomi. Sinon on ne serait pas montées dans l'ascenseur avec elle.

— Beurk ! gloussa Savannah.

— Tu m'étonnes... Non, c'est ce qui reste quand ils ont nettoyé. Un peu comme une odeur d'hôpital. Stérile et chimique.

— C'est bien. C'est une information utile, lui dit Eve. Est-ce que quelque chose d'autre vous revient ? D'autres détails ?

Les filles haussèrent les épaules à l'unisson.

— Vous l'aviez déjà vue auparavant ? Dans l'immeuble, dans la rue ?

— Je ne crois pas.

Savannah se tourna vers Thea qui secoua la tête.

— Avec ses fringues ternes, c'est pas le genre qu'on remarque. Et on discutait de comment on allait raconter à Flo-lo la blague qu'on avait faite à Rizz, vu qu'elle pouvait pas être là.

— Flo-lo est privée de sortie, expliqua Bocco.

— Ça craint, mais sa punition se finit demain. C'est ce qu'a dit sa mère. Alors on peut aller à la fête du Nouvel An dans la rue, papa ? S'te plaît !

— Bien sûr... dès que vous serez majeures.

— Papa !

— Réponse top négative, dit-il avec un sourire qu'Eve se plut à identifier comme celui d'un père à la fois las et indulgent. Et les parents de Thea ont déjà dit non, donc inutile d'insister.

— Alors est-ce que Flo-lo peut venir dormir ?

Il se frotta de nouveau les yeux.

— Bien sûr, pourquoi pas ? dit-il. Plus on est de fous, plus on rit.

Tandis qu'ils redescendaient vers la rue, Eve donna un petit coup de coude à Connors.

— Juré, j'ai un n'veu en Irlande qu'a des oreilles dignes d'une chauve-souris à deux têtes ! lança-t-elle, moqueuse.

— Votre accent irlandais a bu quelques pintes de trop, lieutenant.

— Et le tien est remonté brusquement à la surface. Ça a marché, cela dit, donc bien vu.

— Elle veut être comme tout le monde, ce qui est plutôt typique à cet âge, non ?

— Je ne sais pas. À seize ans, j'en avais marre d'être comme tout le monde et je comptais les jours jusqu'au moment où je pourrais prendre mon indépendance.

— Moi, je piquais des voitures, crochetais des serrures et faisais les poches des passants. Cela dit, nous n'avons jamais été comme les autres, si ?

Il prit la main d'Eve et lui embrassa les doigts.

— Elle peut s'efforcer de ressembler aux autres, de se comporter comme les autres, mais elle n'est pas comme eux. Et elle n'en a pas envie.

— Tu parles de la tueuse, j'imagine, et plus de Thea.

— Elle aspire à être importante, spéciale, remarquée.

En débouchant sur le trottoir, Eve sortit son communicateur puis contempla l'écran, sourcils froncés.

— J'allais appeler Jamie et sa mère, dit-elle.

— Mais nous nous sentirions tous les deux bien mieux si nous allions les voir en personne. Ça ne prendra pas longtemps.

— Ce n'est pas une nécessité mais, oui, tu as raison. Ça fera un poids de moins sur mes épaules. Cette odeur… reprit-elle alors qu'ils s'installaient dans la voiture. Celle du Seal-It, peut-être ? Si elle s'en est aspergée des pieds à la tête, ça expliquerait l'odeur. Au moins en partie.

— Il y a quelques effluves chimiques dans le Seal-It, pour qui a les narines sensibles. Mais on n'utilise pas de Seal-It pour nettoyer le vomi. Et notre témoin s'est montrée très précise sur ce point.

— Du désinfectant, ou quelque chose de ce genre. Des produits chimiques. Peut-être qu'elle a fait traiter son manteau ? Peut-être qu'elle avait un désinfectant dans son sac. Pour pouvoir nettoyer tout ce qui devrait l'être. Un antiseptique ? Discret, alors, parce que l'autre gamine n'a rien capté. C'est peut-être plus une question de sixième sens que de perceptions ordinaires. Celui-là même qui lui a fait deviner qu'il s'agissait d'une femme et percevoir de la méchanceté alors que sa copine, Savannah, ne voyait qu'un individu mal habillé et peut-être vaguement agacé par deux filles complètement hilares.

Eve balaya les rues du regard en laissant Connors tenir le volant.

— Là, elle souffre. À moins qu'elle ait reçu un traitement médical, mais jusqu'à présent aucune personne ne correspondant à son signalement n'a été repérée. Et elle est secouée. Elle est en colère, elle a mal et son assurance s'est envolée. Trois échecs en deux jours. Que va-t-elle faire maintenant ? Se réfugier dans son repaire pour lécher ses blessures ? Ou aller soulager sa frustration ailleurs ?

— Si elle est vraiment blessée, je pense qu'elle va d'abord se soigner.

— Possible. Mais la rage et le désir de vengeance font de très bons antalgiques.

Lorsqu'ils arrivèrent chez Jamie, toutes les lumières du rez-de-chaussée étaient allumées. Le sapin de Noël scintillait derrière la fenêtre, presque comme un défi. De l'autre côté de la vitre, Eve vit des images colorées défiler sur l'écran du salon.

L'agent qui ouvrit la porte lui parut légèrement penaud. Eve comprit vite pourquoi en entendant les cris tonitruants de son équipier et de Jamie assis devant un match de basket-ball télévisé. Visiblement, quelqu'un venait de marquer un panier à trois points.

— Euh… On s'est dit qu'il fallait le distraire un peu, expliqua le policier.

Eve balaya du regard l'étalage de chips, boissons gazeuses et autres biscuits de Noël, accompagnés d'une espèce de sauce salsa.

— Je vois ça, dit-elle.

Jamie, jeune, athlétique, avec des cheveux blond-roux un peu plus longs que la dernière fois qu'elle l'avait vu, se redressa d'un bond depuis le sofa où il était affalé. Il prit Eve dans ses bras avant qu'elle puisse l'arrêter. Ce qui contrebalançait sans doute d'avoir surpris deux agents en uniforme en pleine orgie de malbouffe devant une retransmission sportive.

Le jeune homme donna également l'accolade à Connors puis secoua la tête pour ramener ses cheveux en arrière.

— C'est bien que vous soyez venus, mais vous n'étiez pas obligés. Merci aussi d'avoir envoyé vos hommes, mais de toute façon personne n'entrera ici si je n'en ai pas envie. Leur présence a rassuré maman, cela dit.

— Où est-elle ?

— J'ai fini par la convaincre d'aller se coucher il y a une vingtaine de minutes.

— Elle peut dormir avec un tel vacarme ?

— Je lui ai donné un calmant et des bouchons d'oreilles, répondit-il avec un sourire. Je suis content d'avoir été à la maison quand c'est arrivé, mais comme je vous l'ai dit : aucun intrus n'aurait pu entrer. Même un passe-partout aurait déclenché une alarme. J'ai installé moi-même le système, précisa-t-il à l'intention de Connors. Le programme couvre la totale : détection de mouvement et changements de masse ou de luminosité pour l'alarme anti-passe-partout. Tout cela en plus d'un système de confinement d'urgence et d'alerte sonore.

— Ah oui ?

— C'est un prototype, encore au stade d'expérimentation. J'ai travaillé dessus avec votre équipe de R & D pendant mes vacances d'hiver. Conformément à notre accord.

— Je vois ça.

Connors finançait les études universitaires de Jamie en échange de son travail car il considérait le jeune homme comme un génie en devenir dans le domaine de l'électronique.

— Le bug, parce que je n'y avais pas pensé, c'est si quelqu'un utilise un passe qui ne fonctionne pas. Je vais me pencher un peu là-dessus. Si le passe avait marché, les verrous secondaires se seraient enclenchés et l'alarme aurait retenti. Dans le cas présent, c'est vous qui avez donné l'alerte.

— Il y a des caméras ? demanda Eve.

— Bien sûr !

Il sortit de sa poche un micro-disque sous plastique.

— Je vous en ai fait une copie. J'ai regardé la vidéo. On ne voit pas grand-chose de son visage, mais vous arriverez peut-être à améliorer l'image. Elle semble faire très attention à son bras droit et vous remarquerez que sa main gauche tremble un peu au moment où elle essaie son passe-partout. Elle l'a inséré deux fois dans la fente puis a carrément tapé du poing contre la porte. C'est ce qui m'a alerté, juste avant que vous appeliez ma mère. J'étais debout en train de travailler – plus ou moins – et le contact contre la porte a déclenché une alerte. « Rien de sérieux », je me suis dit. J'ai des amis qui passent un peu n'importe quand. J'ai affiché la caméra sur mon écran : personne.

» Au fait, vous voulez quelque chose à boire ? Ma mère a fait des tonnes de provisions pour les fêtes. On a de tout.

Comme en attestaient les denrées étalées sur la table basse.

— Non, merci, répondit Eve.

— Bref, je m'apprêtais à descendre pour vérifier le système quand vous avez appelé ma mère. À son ton, j'ai compris qu'elle avait peur de quelque chose. J'ai pigé l'essentiel et déclenché le confinement d'urgence... plus l'activation de tous les éclairages.

Il sourit.

— Les voisins seront peut-être un peu agacés, mais si cette personne rôdait toujours dans le coin avec l'idée d'essayer d'entrer, ça l'aura forcément fait réfléchir.

— J'aimerais bien jeter un œil à ce système, dit Connors.

— Ouais, pas de problème.

— Plus tard, intervint Eve pour couper court à la discussion de geeks qui menaçait de s'ensuivre. Je vais laisser nos deux agents ici pour que votre mère se sente plus en sécurité. Et j'enverrai également une patrouille. Mais je doute que vous receviez de nouveau de la visite. Elle a raté deux fois son coup ce soir, donc si elle frappe de nouveau, ce ne sera pas dans cet endroit aussi sécurisé que le Pentagone.

— Deux fois ?

— Elle s'est attaquée à Nadine.

L'enthousiasme sur les traits de Jamie laissa place à l'inquiétude.

— Nadine... Elle va bien ? Elle a été blessée ?

— Elle est secouée mais pas blessée. Et en sécurité.

— Il s'agit de votre tueur. Bastwick et Ledo. Je suis les infos, expliqua Jamie à Eve. Bastwick ne comptait pas parmi vos fans. J'imagine que vous aviez arrêté Ledo une ou deux fois.

— Disons que je l'avais à l'œil.

Jamie hocha la tête et son regard n'était plus celui d'un quasi-adolescent. Il y avait du flic en lui, se dit Eve, même si Connors espérait secrètement que le garçon continuerait sur la voie scientifique.

— Nadine et maintenant maman et moi. Elle a changé de cap. Elle s'attaque aux gens à qui vous tenez.

— C'est ce que nous pensons. Donc prenez toutes les précautions utiles. Ne laissez entrer personne que vous ne connaissez pas. N'ouvrez pas la porte à des inconnus, quoi qu'il arrive. Sans exception. Pas même pour un flic que je n'aurais pas personnellement validé, ni pour un ouvrier de la commune criant à la fuite de gaz, ni pour une livraison urgente, ni pour quoi que ce soit d'autre.

— Compris. Je ne mettrai pas ma mère en danger, vous pouvez me croire.

Eve lui faisait confiance. C'était un fils aimant. Sa mère n'avait plus que lui. Eve avait confiance en lui… mais elle laisserait quand même les deux agents sur place.

Lorsque enfin ils rentrèrent chez eux, Eve avait l'impression d'être partie depuis des jours. Elle ressentait le besoin de s'isoler dans son bureau pendant une heure, le temps de reprendre le fil des événements et de tout consigner, de remettre de l'ordre dans ses pensées.

Connors ramassa un mémo-cube sur une table dans l'entrée. La voix de Summerset en sortit :

Mme Furst est dans la suite Or, l'une de ses préférées. J'ai pu la convaincre de prendre un calmant léger et de me laisser traiter les blessures superficielles qu'elle a subies au bras et au mollet. Bien qu'elle ait indiqué qu'elle serait debout et en train de travailler à votre retour, je crois pouvoir dire que le calmant contrecarrera ce projet. J'espère que vous suivrez tous deux son exemple et profiterez d'un repos nocturne approprié.

Eve lança son manteau sur le pilier sculpté de l'escalier.

— Une bonne chose qu'elle soit endormie... en admettant que Summerset ait vu juste. Je ne tiens pas à avoir affaire à elle ce soir. Elle va vouloir me poser plein de questions et je n'ai pas envie de les entendre.

Connors déposa son manteau par-dessus celui d'Eve.

— Je vais aller voir le résultat des recherches. Et j'en programmerai une nouvelle incluant les images récupérées ce soir.

— Il faut que je regarde les vidéos de surveillance de chez Nadine et Jamie.

— J'aimerais les voir, moi aussi. Commençons par ça.

Il tendit la main pour qu'elle lui remette les disques.

— J'installe tout ça, dit-il. Tu t'occupes du café. Avec une condition, précisa-t-il.

— Je n'aime pas les conditions.

— Dommage, parce que j'en ai une. Tu prendras un cocktail relaxant avant d'aller au lit. Tu es pâle, Eve, et épuisée. Physiquement et mentalement. Je ne vais pas te dire de ne pas travailler, je vais même t'y aider. Mais lorsque ce sera fait, tu prendras le cocktail relaxant.

— Uniquement si tu fais pareil.

— Marché conclu.

Il lui donna une petite tape sur les fesses au moment d'entrer dans le bureau.

— Direction la cuisine, ma chérie. Fais-nous un bon café.

— Tu te trouves drôle ?

— Adorable même, en tout cas à cette heure avancée.

Il était peut-être tard, mais ils avaient du pain sur la planche. Elle prépara donc le café et y ajouta une poignée de sa réserve secrète de cookies.

Connors haussa les sourcils lorsqu'elle apporta le tout.

— Tu partages tes crackers ? Alors là, on peut parler d'amour.

— Ce sont des cookies. Les crackers, ce sont les trucs salés que l'on met dans la soupe. À moins qu'on confonde les deux de l'autre côté de l'Atlantique ?

— Appelle-les comme tu veux, ils tombent à pic, répondit-il en croquant dans l'un des biscuits. Ordinateur, lance le premier disque.

Les mains refermées autour de sa tasse de café chaud, Eve regarda la suspecte sonner à la porte de chez Nadine. La femme tournait la tête par rapport à la caméra, mais son visage n'était pas couvert cette fois. On distinguait des mèches de cheveux en bataille. En l'absence de prise de son, impossible de l'identifier par son empreinte vocale.

— Rien sur les vêtements. Ni étiquettes, ni emblèmes, ni logos. Mais Nadine a raison. Cette femme ne mesure pas un mètre soixante-dix-huit. Plutôt un mètre soixante-douze ou soixante-treize. Une fois encore, elle connaît l'immeuble, poursuivit Eve. Elle sait se placer pour que son visage ne soit pas filmé. Mais on va bien trouver quelqu'un qui l'a vue. Quelqu'un l'aura forcément croisée.

— Voilà les filles, commenta Connors en sirotant son café. Et effectivement, on peut les qualifier d'hilares.

Oui, si « hilares » était synonyme de « complètement disjonctées », songea Eve en observant la façon dont les adolescentes s'appuyaient l'une sur l'autre, les yeux brillants, en riant à gorge déployée.

— Regarde ses mains, dit-elle. Elle serre les poings. Elle est en colère. Contre les filles ? Contre la vie ? Les gamines l'agacent. Tous ces rires, toutes ces piailleries. Elles lui tapent sur les nerfs. Bon sang, elle met la main dans sa poche. La poche droite. Oui, on voit trembler son bras.

— Elle a du mal à se retenir.

Les filles titubèrent vers les portes de l'ascenseur qui s'ouvraient. Eve vit Thea lancer un rapide coup d'œil en arrière.

— Elle est assez sensible pour avoir perçu quelque chose de sombre, de dangereux, dit Connors. Elle paraît soulagée de s'en éloigner.

— Elle essaie de se détendre. Elle crispe et décrispe les poings, respire profondément, secoue les bras.

Lorsque la suspecte sortit de la cabine, Eve maudit l'absence de caméras dans les couloirs.

— Fais une avance rapide, tu veux ? Voyons si elle s'est un peu plus exposée en repartant.

— Ordinateur, avance rapide jusqu'à ce que le sujet réapparaisse.

— *Le sujet n'apparaît plus sur les vidéos issues de l'ascenseur. Sur la caméra extérieure uniquement.*

— Lance les images.

La suspecte jaillit de l'immeuble à toute vitesse. Eve ne vit que son dos, ses épaules voûtées, son bras droit tenu contre elle.

— Relance la vidéo, au ralenti.

On aperçut le sommet de sa tête l'espace d'une seconde, puis l'arrière de son crâne pendant quelques instants de plus. Elle tremblait visiblement, de tout son corps. Et elle gardait son bras plaqué contre sa poitrine.

— Pas grand-chose d'utile dans cette vidéo. Voyons celle de chez Jamie.

Connors lança les images filmées chez le jeune homme. Il désigna l'écran de sa main qui tenait la tasse en affichant un grand sourire.

— Regarde-moi la résolution de cette caméra. L'image est cristalline. Et tout ça à partir d'un appareil qu'il a bidouillé lui-même.

— Cristalline ou pas, notre suspecte a encore assez de jugeote et de sang-froid pour cacher son visage. Dommage ! Mais oui, oui, elle est amochée. Nadine a réussi à la blesser avec un simple briquet ! Elle a peut-être fait une petite pause en chemin pour se trouver une poche de glace ou un antalgique, quelque chose, parce que le trajet aurait dû lui prendre moins longtemps.

— Elle a sans doute eu besoin de reprendre ses esprits, suggéra Connors.

— Oui, effectivement. Mais elle tremble toujours, elle est toujours furieuse. Arrêt sur image ! Là, juste là, pendant une seconde on la voit disjoncter. Le passe-partout ne marche pas et elle change de position. Beaucoup d'ombres sur son visage, mais on en voit une partie. Plus qu'avant, en tout cas. Tu peux affiner l'image ?

— En y passant un peu de temps, oui.

— Ton prix sera le mien.

— Eh bien, je ne travaille pas pour des clopinettes.

Il lui passa un bras autour de la taille et fit danser ses doigts le long de ses côtes.

— Je te ferai une reconnaissance de dette, dit-elle.

— J'accepte.

— On en sait un peu plus sur elle, constata Eve. Juste un peu plus. Elle s'est relâchée et on a réussi à en savoir plus.

Elle pleurait, pleurait, pleurait.

Tout ce qu'elle avait toujours désiré en ce monde, tous ses espoirs, tous ses rêves, tous ses besoins, avaient éclaté en mille morceaux.

Comment les choses avaient-elles pu déraper à ce point ? Elle avait fait tout ce qu'il fallait, s'était montrée si prudente, si patiente. Si vraie. Et tout cela pour rien.

Il n'y avait plus de signification, plus d'objectif, plus de joie.

La peau de son poignet et de son avant-bras était rouge et couverte de cloques. Elle avait l'impression qu'on lui transperçait la chair à l'aide de lames chauffées à blanc.

Elle pouvait régler le problème, elle savait comment traiter les lésions. Mais quel intérêt ? Sa vie était finie, n'est-ce pas ? Sa raison d'être disparue, effacée. L'édifice de son existence s'écroulait parce que la seule personne sur laquelle elle comptait se révélait fausse.

« Rien que des mensonges, songea-t-elle. Tout n'est que mensonge. »

Alors autant y mettre fin. Personne ne s'en soucierait ; personne ne s'en était jamais soucié. Elle n'avait rien ni personne dans sa vie.

Elle savait comment s'y prendre, connaissait une dizaine de manières de mourir. Elle n'avait plus qu'à en choisir une et se laisser glisser dans une nouvelle forme de néant.

Une mort insignifiante au terme d'une existence insignifiante.

Elle releva la tête et vit Eve qui lui rendait son regard. Elle entendit sa voix... et celle-ci était pleine de détermination.

— *Arrête de te morfondre ! Agis ! Tu sais ce que tu dois faire. Tu l'as toujours su. Tout le reste n'était qu'un jeu. Il n'y a qu'une seule manière pour nous d'être réellement partenaires et amies, d'être véritablement ensemble. Es-tu enfin devenue assez forte ? Ou es-tu toujours aussi lâche ?*

— Ne dites pas ça ! Ne dites pas que je suis lâche. J'ai tué pour vous. Regardez ce qu'elle m'a fait !

Elle brandit sa main brûlée au nez de la photo et vit Eve ricaner.

— *Tu as perdu ton temps avec elle, avec le garçon. Ce qui compte vraiment, c'est nous. L'heure tourne. La fin de l'année approche. Il est temps de lâcher le passé pour embrasser l'avenir.*

L'espoir se réveilla dans son cœur.

— C'est vraiment ce que vous voulez ?

— *C'est ce qui doit advenir. Tu me convaincras. Tu feras ce qui est le mieux pour nous. Et tu ferais bien de t'y mettre tout de suite.*

— Oui. Je ferais bien de m'y mettre. Je sais ce que je dois faire.

Sans plus prêter attention à son poignet brûlé, elle se leva et sortit le gilet militaire de son placard.

Oui, oui, elle pouvait encore réussir. Elle savait quoi faire.

Elle savait comment mettre fin à tout cela. Il fallait que les choses prennent fin pour pouvoir recommencer, tout comme l'année arrivait à son terme pour que la suivante puisse démarrer.

Elles s'éteindraient ensemble, pour un nouveau départ.

21

Eve s'éveilla dans l'obscurité, au creux des bras de Connors. Elle n'avait pas vu le réveil, mais son corps lui disait que c'était le matin. Tôt, sans doute même très tôt, mais le matin néanmoins.

Elle n'aurait pas su dire à quelle heure elle était allée se coucher… ou plutôt à quelle heure Connors l'avait cueillie – à moitié endormie – pour la porter jusqu'au lit.

L'une des habitudes de son mari qu'elle… ne détestait pas tant que cela, finalement.

Ce qu'elle pouvait dire, par contre, c'était que les paramètres de recherches affinés lui avaient fourni un peu plus de deux cents suspects potentiels.

C'était trop, évidemment, mais bien mieux que les milliers précédents.

Et elle estima pouvoir réduire encore ce nombre à présent que son cerveau n'était plus embrumé de fatigue.

Bien sûr, tout cela était centré sur une recherche à proximité de son ancien logement. Soit le résultat d'une intuition, sans preuves solides.

Elle pouvait retirer ce paramètre et retrouver ses milliers de suspects… ou continuer sur cette voie, réduire encore la zone de recherche à quelques rues seulement, et trancher sérieusement dans les résultats.

Alors elle ferait les deux, en en déléguant une partie à Peabody. Elle verrait qui dans son équipe pouvait se charger d'une autre portion. Histoire de réduire encore les pistes.

Elle impliquerait Mira, lui demanderait son point de vue de psy sur les suspects les plus prometteurs, puis lancerait un calcul de probabilité sur ceux-ci. Après quoi il serait temps d'user ses semelles pour retrouver ces individus prometteurs et les interroger en face à face.

Elle rappellerait chacune des personnes sur sa liste de cibles potentielles. Avait-elle oublié quelqu'un, comme pour Jamie ?

DeWinter ? L'anthropologue judiciaire n'était pas une amie, mais elles avaient travaillé ensemble, et de manière plutôt proche. Merde.

Dawson ? Le responsable des techniciens de la police scientifique était un homme de confiance, mais leurs rapports étaient professionnels et non personnels. Si elle allait par là, qu'en était-il de Harvo ? Et Dickhead ?

Bon sang, allait-elle devoir envoyer un mailing de masse à tous ceux avec qui elle avait collaboré, échangé des points de vue sur un dossier ou pris un verre un jour ?

« Information importante : tout indique que je suis toxique. Tout contact avec moi peut se révéler mortel. Merci de prendre les précautions appropriées. »

— Arrête avec ça, se morigéna-t-elle à mi-voix. Concentre-toi sur le travail en cours, sur la procédure.

La tueuse allait vouloir frapper de nouveau. Qui serait sa prochaine cible ?

À Eve de le déterminer pour protéger la personne concernée et profiter de l'occasion pour appréhender la suspecte.

« Utilise les données et les preuves collectées jusque-là. Nous avons un profil psychologique, une description probable quoique incomplète, une idée de ses compétences, de ses motivations, de son fonctionnement. Applique le tout à la première moisson de suspects et identifie cette garce ! » se dit-elle.

— Ton cerveau s'active beaucoup trop à une heure si matinale.

Comme leurs nez se touchaient quasiment, Eve ne distinguait pas nettement les traits de Connors.

— C'est une nouvelle habitude ? demanda-t-elle.

— À quoi fais-tu référence ?

— C'est la deuxième fois en une semaine que tu n'es pas levé avant l'aube pour t'acheter un système solaire. Comment le monde des affaires et de la finance peut-il continuer à tourner si tu restes au lit ?

— J'ai eu envie de le découvrir. C'est pour ça que j'ai repoussé ma téléconférence de 5 h 15.

— Qui peut bien organiser une téléconférence à 5 heures du matin ?

— Quelqu'un qui a des intérêts à Prague.

— Quelle heure est-il à Prague ?

— Plus tard qu'ici.

— Et quelle heure est-il ici ?

— Presque 5 h 30 et il semble que le cocktail relaxant ait cessé de faire effet.

Elle se souvenait à peine de l'avoir bu.

— Qu'est-ce que tu avais mis dedans ?

— L'équivalent d'à peu près cinq heures de sommeil, visiblement.

Il roula sur lui-même pour se retrouver au-dessus d'elle.

— Hé ! Qui t'a invité ?

— J'habite ici, lui rappela-t-il avant de s'emparer de ses lèvres. C'est le dernier jour de l'année…

Il descendit vers sa gorge, jusqu'à cet endroit sous sa mâchoire qu'il adorait titiller.

— Nous allons donc terminer l'année comme il se doit, annonça-t-il. Puis nous pourrons commencer la nouvelle de la même manière une fois minuit sonné.

— C'est ça, ton plan ?

— Disons que c'est plutôt le résultat d'un coup de tête.

— Pour remplacer ton tête-à-tête avec Prague.

Les lèvres de Connors s'incurvèrent contre la peau d'Eve.

— *Dobrý den*.

— Quoi ?

— Bonjour, murmura-t-il.

Puis il lui donna un nouveau baiser, lent et profond, en faisant glisser ses mains le long de son corps.

Elle espérait terminer l'année avec sa suspecte derrière les barreaux. Mais s'il fallait un lot de consolation, cela ferait très bien l'affaire.

Elle passa donc la main sur la joue de Connors, puis glissa les doigts dans ses cheveux – soyeux, tellement soyeux – et le long des muscles puissants et sculpturaux de son dos.

Elle adorait sentir le poids de son corps, à la fois excitant et réconfortant, le goût de leurs langues entremêlées, à la fois apaisant et stimulant. Tout en lui, tout son être, était tellement familier mais jamais routinier. Des mains habiles qui connaissaient les secrets d'Eve l'effleuraient, la caressaient, s'attardaient jusqu'à ce que sa peau en frémisse d'impatience. Son pouls, encore engourdi de sommeil, s'éveilla brusquement, se mit à battre avec force.

Au cœur de cette obscurité profonde et encore lourde de rêves, au cœur des dernières heures d'une année marquée par le sang et la mort mais aussi la joie et le réconfort, elle accueillit pleinement ce que le destin lui avait réservé. Et l'homme qui avait tout changé.

Elle demeura ainsi un moment, savourant ce sentiment de béatitude silencieuse, de conviction, d'appartenance, les bras refermés autour de Connors, le visage appuyé au creux de son cou.

— Je t'aime, Connors. Je t'aime.

Ces mots irriguèrent le cœur de Connors, y allumèrent une flamme unique, éternellement renouvelée. Il les lui rendit en irlandais, sa langue natale. Puis se glissa en elle comme on rentre chez soi après un long voyage.

Elle tourna la tête pour trouver ses lèvres et remonta les bras pour que leurs doigts s'entremêlent.

Elle se souleva en même temps que lui, en l'accueillant ; elle retomba avec lui, en s'abandonnant.

Les mots qu'ils s'échangèrent étaient pleins de tendresse et de douceur. Le rythme qu'ils adoptèrent plein d'amour et de lenteur.

Un instant de paix dans un monde brutal et sanglant qu'ils ne connaissaient tous les deux que trop bien. Et la célébration de deux âmes perdues… désormais retrouvées.

Dans l'obscurité précédant l'aube, Eve se leva, se doucha et s'habilla. Tandis que Connors s'occupait de sa téléconférence reprogrammée, elle consulta le résultat des recherches effectuées durant la nuit. Pendant qu'elle grappillait quelques heures de sommeil, l'ordinateur avait recraché quelques nouveaux noms.

Elle scruta les photos, les données, en se demandant si l'un d'entre eux lui rappelait quelque chose. Quelqu'un qu'elle aurait vu, même en passant. Quelqu'un qui aurait croisé sa route, accompli une mission pour elle.

Elle n'était pas d'accord avec l'ordinateur concernant un ou deux d'entre eux. Teint trop foncé ou trop clair, un poil trop jeune. Mais elle ne pouvait se permettre de les écarter, pas encore.

Laborieusement, elle programma les deux recherches supplémentaires, une première qui ne tenait plus compte du secteur géographique et une seconde avec une grille raccourcie de deux rues.

Bien qu'inquiète à l'idée de trop tirer sur la ficelle technologique, elle ajouta une tâche supplémentaire et lança l'analyse de probabilité sur les résultats déjà obtenus.

« Il est trop tôt pour appeler qui que ce soit », estima-t-elle.

Au même moment, le chat vint lui donner un petit coup de tête dans la cheville.

— D'accord, d'accord, j'ai compris. C'est l'heure du petit déjeuner.

Elle se dirigea vers le coin cuisine de son bureau puis changea d'avis.

Certains rituels méritaient d'être préservés, estima-t-elle.

Elle retourna donc vers la chambre à coucher, le chat sur ses talons.

Impossible de savoir combien de temps prendrait la discussion avec Prague, mais après le cocktail relaxant de la veille et la téléconférence repoussée de ce matin, elle était prête à parier que Connors avait l'intention de continuer à prendre soin d'elle… avec sa recette personnelle de porridge.

— Un plat à base de viande de porc, murmura-t-elle en contemplant l'autochef de la chambre, sourcils froncés. Oui, du porc. Mais pas l'un de ces repas irlandais pleins de saucisses, plutôt une omelette. Comment ça s'appelle… ?

Elle fit défiler le menu des omelettes.

— Oui, voilà, omelette espagnole. Pourquoi espagnole, d'ailleurs ? Pourquoi pas française ou italienne ? Va savoir… Bon, allons-y !

Elle laissa échapper un petit rire quand Galahad lui donna un nouveau coup de tête accompagné d'un miaulement presque rageur. Elle alla lui chercher ses croquettes, auxquelles elle ajouta une soucoupe de lait pour se faire pardonner de l'avoir fait attendre.

Elle programma ensuite un petit déjeuner pour deux. Juste à temps, car elle n'avait pas tout à fait terminé quand Connors refit son apparition.

— Tout va bien à Prague ?

— Tout va très bien à Prague. Et te voilà, épouse consciencieuse, en train de préparer le petit déjeuner.

— Je dirais plutôt flic affamé qu'épouse consciencieuse. Pourquoi on appelle ça omelette espagnole ?

— C'est ce qu'on mange ?

— Oui, mais pourquoi ce nom ? Ça pourrait être une omelette irlandaise, c'est plein de pommes de terre.

— Aucune idée, mais ça donne envie, dit-il en l'attirant sur ses genoux. Merci.

— Je n'étais pas sûre du temps que tu passerais en... Où est-ce, Prague ? En République tchèque ?

— Tu es drôlement calée en géographie, ce matin.

— L'aspect géographique est important, répondit-elle après s'être servi une tranche de bacon. Même si l'idée que la suspecte habite dans mon ancien quartier n'est qu'une intuition.

— Une intuition qui s'appuie sur la logique.

— Certes. Je passerai à la brasserie à l'ouverture pour leur montrer les images. Mais j'ai lancé des recherches supplémentaires, en excluant la localisation géographique dans l'une et en la restreignant dans l'autre.

— Ce qui explique les jurons que j'ai entendus.

— La programmation me fatigue.

Pour tout dire, elle avait déjà un fond de migraine au terme de cette session informatique matinale.

— Je ne sais pas comment vous faites, vous les geeks, ajouta-t-elle.

— D'où l'existence même du terme « geek ». Un club fermé dont tu ne fais pas partie.

— Je m'en remettrai… J'ai examiné les photos d'identité des suspects potentiels. J'ai l'impression d'être un témoin obligé de feuilleter les classeurs pleins de trognes criminelles. Et c'est un club dont j'aimerais démissionner au plus vite. Aucune tête connue dans le lot.

— Il ne s'agit clairement pas de quelqu'un que tu connais bien ou avec qui tu travailles régulièrement.

— Je suis d'accord. Mais j'ai eu une autre idée. Elle a laissé dépasser des mèches de cheveux en se présentant chez Nadine. Pour moi, ça veut dire qu'elle portait sans doute une perruque. Pourquoi laisser voir ses vrais cheveux ?

Connors hocha la tête tout en mangeant.

— Ce serait une négligence, or elle ne s'est jamais montrée négligente.

— Ce qu'on voit d'elle indique un teint de peau plus foncé que dans le témoignage de Hastings. Mais je ne crois pas qu'il se soit trompé. Il est trop sensible aux détails des traits et des visages. Elle a donc pu éclaircir son teint pour s'en prendre à lui, ou l'assombrir pour s'attaquer à Nadine.

— Ou ni l'un ni l'autre si elle déguisait subtilement son apparence chaque fois.

— Tout à fait. Donc peu importe ce que nous avons, même après que tu auras utilisé ton talent pour affiner l'image plus claire que nous avons eue hier soir, nous n'aurons peut-être jamais de correspondance solide.

— En tant que membre fondateur du club des geeks, je me dois de te dire que les paramètres de recherches visent très large. C'est pour cela que tu te retrouves avec autant de résultats sur une zone géographique relativement réduite. Pour cela aussi qu'il y a tant de variables dans ces résultats.

— Au moins tu t'exprimes dans un langage compréhensible, répondit-elle. Si j'écoutais mon instinct, j'aurais tendance à penser qu'elle s'est grimée plus lourdement hier soir. Elle a ressenti le besoin d'abandonner le stratagème du colis à livrer, colis qui lui servait à dissimuler sa tête aux yeux des gens et des caméras. Tant qu'elle avait ce carton derrière lequel se cacher, inutile d'altérer son visage. Même si elle avait dû modifier un minimum son apparence, car elle pousse toujours la prudence jusqu'à l'obsession.

Elle reprit son café en laissant la théorie se dérouler dans son esprit.

— Mais la nuit dernière, elle savait que son visage serait partiellement exposé. Les caméras et la possibilité – qui s'est avérée bien réelle – d'être vue par des témoins. Raison supplémentaire pour s'assurer d'être méconnaissable. Si elle fait partie des forces de l'ordre, elle sait que nous avons lancé ce type de recherches informatiques. Et même si elle n'en fait pas partie – et je suis sûre que si – elle est assez maligne pour connaître les bases de notre fonctionnement.

Connors était d'accord.

— Ça va au-delà de se fondre dans la foule, de ne pas se faire remarquer, dit-il.

— Oui. Mais ça ne nous empêche pas d'extrapoler. Il est plus facile d'assombrir son teint que de l'éclaircir. À mon avis, son teint naturel correspond à celui des deux premiers meurtres, ou peut-être un peu plus clair. Elle a opté pour des cheveux brun foncé hier soir, donc j'élimine cette couleur de cheveux. Elle n'aurait pas opté pour une perruque équivalente à sa vraie couleur. Pour les yeux, elle a pris la même couleur que moi. Marron. Donc...

— Ce ne sont pas seulement des yeux marron, l'interrompit Connors. Ce sont tes yeux, Eve. Et c'est volontaire. Tes yeux. Elle veut voir le monde à travers tes yeux. Et veut que les autres te voient en elle.

— Là, on marche sur les plates-bandes de Mira, dit Eve.

Elle planta sa fourchette dans l'omelette.

— Cela dit, je pense que tu as raison. Et c'est vraiment dérangeant, je l'admets. Si j'arrive à dépasser l'aspect dérangeant, je suis sûre qu'on peut en déduire quelque chose d'utile. Un truc dont je puisse me servir quand je serai en face d'elle en salle d'interrogatoire... Mais pour ça, il faut d'abord que je la retrouve. Tu as le temps de jouer avec l'image d'hier soir ?

— J'ai déjà commencé.

— Oui, mais est-ce que tu peux bidouiller ce que tu as ? Le fusionner, le morpher, quel que soit le terme que vous utilisez, avec la description fournie par Hastings ? C'est lui qui aura le regard le plus juste, selon moi. Base-toi sur l'évaluation basse pour sa taille, ce sera la plus proche de la réalité. Même chose pour sa silhouette.

— Je trouverai un moment à y consacrer, dit-il.

« Téléconférence avec Prague, se dit-elle. Systèmes solaires à acheter. »

Il lui avait déjà consacré plus de temps que ce à quoi elle pouvait légitimement prétendre. Comme toujours.

— Une fois ce moment passé, tu pourras repasser le bébé à Feeney ? Je voudrais profiter de son regard, de son expérience. Il peut laisser McNab et Yancy s'y consacrer aussi s'il pense que c'est la chose à faire. Mais je voudrais d'abord son point de vue.

— Bien sûr.

— Encore une chose...

— Dois-je sortir mon calepin pour prendre des notes ?

— Je crois que tu t'en souviendras sans. Fais-moi une faveur, Connors : sois particulièrement prudent aujourd'hui. Ne roule pas seul en voiture. Je t'en prie, ajouta-t-elle avant qu'il puisse répondre. Ce qui s'est passé hier soir a dû la rendre folle. Plus folle qu'elle ne l'est déjà. Et la mettre en rage. Si elle veut frapper là où elle me fera le plus mal, elle s'attaquera à toi. Emporte l'une de ces armes que tu n'es pas censé avoir sur toi.

— Eve chérie...

Il se pencha vers elle et l'embrassa.

— J'ai toujours l'une de ces armes avec moi. Tu n'as pas à t'inquiéter pour moi.

— C'est aussi faux que lorsque je te dis de ne pas t'inquiéter pour moi.

— Très juste. Donc tu prendras soin de mon flic préféré et je ferai attention à ton criminel préféré. Criminel repenti, je veux dire.

— À moitié repenti. Puisque tu enfreins la loi chaque fois que tu sors avec une arme.

Elle laissa échapper un soupir.

— Prends aussi une arme de secours, lui dit-elle.

Il lui tapota la main et se remit à manger.

Il avait toujours une arme de secours sur lui.

Elle aurait pu travailler depuis son domicile. À vrai dire, cela se serait peut-être même avéré plus efficace. Mais elle souhaitait être visible. Elle demanda donc à Peabody de la retrouver au labo. Elle ne changerait rien à ses habitudes.

Elle harcela Dickhead parce que c'était sa manière de faire. Si quelqu'un l'observait, elle voulait que tout semble normal. Elle fit circuler le portrait-robot : la version de Connors, habillée de pied en cap.

Elle l'apporta à Harvo et demanda à la reine des cheveux et fibres de l'afficher sur son tableau. Puis elle monta à l'étage et retrouva Garnet DeWinter penchée sur le squelette d'une dépouille.

Ce jour-là, l'anthropologue avait choisi une blouse de laboratoire turquoise qui s'accordait avec ses bottes à talons. DeWinter remonta ses microlunettes sur le dessus de son crâne, où elles se perdirent dans la jungle de ses mèches couleur caramel.

— Dallas, Peabody. Je suis en plein examen, donc à moins que ce soit très urgent…

— Vous la reconnaissez ? demanda Eve en brandissant un exemplaire du portrait-robot sous le nez élégant de DeWinter.

— Non, ça ne me dit rien. Elle a l'air… bien ordinaire. Un relooking lui ferait du bien. Des traits plutôt jolis, il y a du potentiel, mais il n'est pas du tout exploité.

« Ses traits », répéta mentalement Eve, qui venait d'avoir une idée.

— Que pouvez-vous me dire d'autre ?

DeWinter tourna la tête vers les ossements étalés sur son plan de travail puis soupira.

— Passez-la-moi.

Elle prit le portrait-robot et l'inclina vers la lumière.

— C'est une image composite, donc on est dans la spéculation totale. Je peux vous dire, sans hésiter, qu'elle aurait besoin d'une meilleure teinture capillaire et de revoir complètement son style.

— Ça, je m'en moque.

— Tout le monde devrait pourtant s'en soucier ; le monde deviendrait beaucoup plus beau.

Elle détourna les yeux de l'image pour regarder Eve.

— Il s'agit de votre tueuse ?

— C'est ça.

— Si votre portrait-robot est ressemblant, la forme du visage et la bouche suggèrent une personne métisse. Mais la couleur de sa peau m'influence sans doute. Si j'avais son crâne sur la table…

— Je tâcherai d'arranger ça.

— Et ce n'est pas moi qui vous le reprocherais, renchérit DeWinter.

Elle poursuivit son examen du portrait-robot, sourcils froncés.

— Je ne serais pas surprise qu'elle ait du sang grec, dit-elle. Peut-être une ascendance turque, mais pas récente. Diluée au sein de l'Europe occidentale, comme pour beaucoup d'entre nous. Avec du sang anglo-saxon. Son corps semble bien proportionné. Mais tout cela tient de l'estimation. Je vous livre mes conclusions les plus probables en me basant sur un dessin.

— Je ferai avec. Gardez le portrait-robot. Jetez-y un coup d'œil de temps à autre et montrez-le à vos collaborateurs. C'est quelqu'un d'ordinaire, une personne qui se fond dans la masse. Mais intelligente, vive, douée dans son travail, quel qu'il soit. Elle est dotée de solides compétences informatiques et de beaucoup de patience. Elle est très organisée, avec un côté obsessionnel.

— Vous venez de décrire à peu près la moitié de nos effectifs.

Eve décida de se fier à son intuition.

— Elle n'a sans doute pas d'amis, ajouta-t-elle. Même ses collègues ne pensent pas à elle lorsqu'ils sortent boire un verre. Elle est célibataire, sans relations sentimentales. Elle connaît toutes mes affaires par cœur.

— Ça cadre un peu plus les choses. Il y a un vrai sentiment de camaraderie parmi nous. Le travail nous confronte souvent à la laideur humaine et cette camaraderie rend les choses supportables.

DeWinter examina de nouveau le portrait-robot.

— Ça ne m'évoque vraiment personne, mais je prendrai le temps d'y réfléchir un peu plus. Nadine a réellement été agressée hier soir ?

— Elle a fait l'objet d'une tentative. Elle va bien.

Et, par la grâce du calmant que Summerset l'avait convaincue de prendre, Nadine était toujours endormie quand Eve avait quitté la maison.

— Je ne la connais pas bien mais je l'apprécie, commenta DeWinter. Ravie de savoir qu'elle n'est pas blessée.

— On s'occupe d'elle. Si un souvenir remonte, si une piste vous apparaît, si improbable soit-elle, je veux le savoir. Et... Je ne vous connais pas vraiment mais nous avons travaillé ensemble. Elle s'en prend aux gens de mon entourage. Vous devriez faire attention.

— Eh bien ! Voilà qui est... angoissant.

— Vous n'êtes pas parmi les premiers de la liste. On ne se côtoie pas depuis assez longtemps. Mais soyez prudente malgré tout.

— Et bonne année, ajouta Peabody comme elles s'apprêtaient à repartir.

— Merci.

— Allons voir Dawson, dit Eve. Puis nous passerons à la morgue pour en parler avec Morris.

Elle consulta sa montre en chemin.

— La brasserie ne sera pas ouverte avant plusieurs heures. Ça nous laissera le temps de retourner au Central pour examiner les résultats des recherches. On peut toujours espérer un coup de chance.

Dawson disposait d'un bureau deux fois plus grand que celui d'Eve. Tout en faisant courir son regard sur les flacons en verre contenant insectes, fragments d'os, échantillons de terre, cailloux et ce qui ressemblait à une espèce de fossile de poisson, elle prit conscience qu'elle n'était jamais venue dans son bureau auparavant.

Un tableau recensait les dossiers sur lesquels travaillait Dawson : noms, lieux, tâches, techniciens, enquêteurs (y compris Eve elle-même). Une large étagère éclairée par une lampe à pince abritait plusieurs plantes à l'aspect étrange.

Dawson releva la tête depuis son microscope et suivit la direction du regard d'Eve.

— Des plantes carnivores, expliqua-t-il. C'est l'un de mes hobbies.

— Vous avez des plantes mangeuses de chair dans votre bureau ?

— Cool, commenta Peabody en s'approchant pour les regarder de plus près.

— Je ne peux pas les garder chez moi. Ma femme a été très claire là-dessus. Pourtant, ce n'est pas comme si elles mangeaient les gens. Enfin, pas encore, ajouta-t-il avec un grand sourire. Je travaille sur un hybride.

— Je m'en souviendrai si je dois un jour vous arrêter pour complicité d'assassinat végétal. Vous la reconnaissez ? demanda Eve en lui tendant le portrait-robot.

— C'est celle qui a tué Bastwick et Ledo. J'ai entendu dire qu'elle s'était attaquée à Nadine Furst la nuit dernière. Les rumeurs vont vite.

Il examina l'image à bout de bras.

— Je ne me suis pas encore occupé d'arranger ma vue, dit-il en plissant les yeux. Elle ressemble à beaucoup de gens.

Eve répéta les informations qu'elle avait données aux autres. Célibataire, ordinaire, intelligente, organisée, etc.

— Quelqu'un qui ne serait pas intelligent, organisé et un peu maniaque ne resterait pas longtemps dans mon équipe, dit-il. Je connais bien les gens qui font ce métier, Dallas. Et ça inclut les autres services.

— Quelqu'un qui aurait exprimé un intérêt particulier pour mes affaires ?

— Vous voyez ce tableau ? On couvre absolument tout le monde. Ce qui ne veut pas dire qu'on ne creuse pas parfois. Vous vous souvenez de l'affaire sur laquelle vous avez collaboré avec DeWinter ? Tout le monde s'y était investi à fond.

Il pivota lentement sur son siège, visiblement à son aise au milieu des fossiles de poissons et autres plantes carnivores.

— Quand on découvre les dépouilles de douze gamines, je ne connais personne parmi mes collègues qui ne s'impliquerait pas pleinement dans une histoire pareille.

— Gardez ce portrait à l'esprit, lui dit Eve. Affichez-le quelque part où les gens le verront.

« Et où *elle* le verra si elle travaille ici », songea-t-elle.

Elle n'était pas là-bas. Ni à la morgue, ni dans un box, ni sur une scène de crime.

Elle avait pris une journée de congé, la première depuis plus de deux ans.

Le travail qu'elle était en train d'accomplir – le plus important qu'elle ait jamais fait et qu'elle ferait jamais – demandait du temps. Et toute sa concentration.

Méfiante à l'égard des antalgiques, elle avait préféré travailler malgré la douleur. Mais elle avait recouvert son poignet brûlé de pommade et l'avait soigneusement pansé.

La douleur n'était rien. Une simple réaction du corps, un avertissement. Son objectif passait avant la douleur.

Certes, elle avait par deux fois fondu en larmes sous l'effet de la souffrance qui envahissait et son corps et son cœur. Et de la peur insidieuse qui menaçait d'ébranler sa détermination. Mais son nouvel objectif renforçait sa volonté et séchait ses larmes.

Tout avait une fin. Elle le savait, elle l'acceptait. La vie était un cycle, un cycle qui ne reprenait sur des bases nouvelles qu'une fois arrivé à son terme.

Alors elle y mettrait un terme. Elle purgerait, purifierait, détruirait pour mieux reconstruire.

En faisant attention à son poignet, elle enfila le gilet militaire sur laquelle elle avait travaillé pendant la majeure partie de la nuit. Il lui allait bien, même s'il pesait évidemment son poids, surtout avec les charges explosives qu'elle y avait intégrées.

Il lui restait encore des choses à faire, mais pour la suite il faudrait qu'elle se rende au Central. Elle savait exactement comment passer la sécurité, récupérer ce dont elle avait besoin et terminer le travail.

« Dans quelques heures seulement », se dit-elle en se tournant vers le miroir.

Elle avait ajouté une paire de talonnettes de manière à faire la taille d'Eve. Elle s'était fait maquiller les yeux par une professionnelle et n'aurait plus besoin de lentilles pour cacher leur couleur au travail.

Cette partie de sa vie était d'ores et déjà révolue.

Elle s'était chargée seule de la coupe de cheveux. Courts, bruns et désordonnés, parsemés de quelques mèches plus claires. C'était réussi. La même coupe qu'Eve. Toutes ses sources indiquaient qu'il s'agissait d'une couleur naturelle. Elle n'avait pourtant pas été facile à reproduire.

Pendant un an, elle s'était entraînée avec rigueur pour gagner du muscle et perdre du gras. Elle avait été ramollie, autrefois, dans une autre vie. À présent, elle était dure et forte.

Comme Eve.

— Nous ne faisons qu'une. Vous le comprendrez bientôt. Il y a forcément un prix à payer pour la trahison. Justice doit être rendue. Vous ne pourrez pas payer si je ne paie pas aussi. Nous ne faisons qu'une. Vous verrez.

En attendant, elle enfila la perruque brune et les lentilles de contact bleues. Tout ce dont elle avait besoin était rangé dans le carton pour pièces à conviction.

Elle mit son manteau, souleva la boîte. Elle prit le temps de regarder autour d'elle. Les photos, son équipement, son poste de travail. Sa vie.

Autant de choses qu'elle ne reverrait plus jamais.

Elle comprenait à présent que l'endroit avait constitué une sorte de cocon. Un lieu pour lui permettre de se transformer, au calme, en sécurité.

Elle était désormais prête à déployer ses ailes et à s'envoler.

22

Eve s'avança dans la salle commune du Central.

— Votre attention, s'il vous plaît ! J'ai du boulot pour tous ceux qui ne sont pas sur une affaire urgente, tous ceux qui ont du temps.

— Le temps, on le trouve toujours, lieutenant, affirma Jenkinson.

— Ce sont des tâches subalternes, précisa-t-elle. Donc je ne veux pas que ça vous ralentisse si vous avez une affaire urgente.

D'un geste du menton, elle désigna la bannière faite maison au-dessus de l'entrée de la salle de repos.

— Respectez la devise, dit-elle. Pour ceux qui sont libres, Peabody a toutes les infos.

Elle tourna la tête vers le bureau déserté de Baxter.

— Baxter a un crime sur les bras ?

— Un mort trouvé dans Greenpeace Park, lui répondit Santiago. Trueheart et lui viennent de sortir. Carmichael et moi avons résolu une affaire hier soir. Une femme avait payé son crétin d'amant pour tuer son mari. Faut croire qu'elle n'avait pas envie de se taper les complications du divorce. Le petit ami a craché le morceau plus vite qu'un cobra.

— Quoi ?

— Vous savez, le cobra… C'est ce serpent qui crache son venin, répondit Santiago avec une mimique censée imiter l'animal. J'essaie de trouver des métaphores hautes en couleur. Bref, on est plutôt dispos.

Carmichael confirma d'un hochement de tête.

— Tâches subalternes ou pas, on est là.

— Partagez donc les tâches, Peabody, dit Eve avant de rejoindre son bureau.

Elle avait choisi de se concentrer sur les résultats des recherches géographiques rapprochées. Puisque l'idée venait d'elle, autant aller au bout de son intuition. Peut-être qu'à son tour elle pourrait faire cracher le morceau à la liste de suspects potentiels.

Est-ce que ça faisait d'elle le cobra de l'histoire, d'après Santiago ? S'il fallait choisir un serpent, elle aurait plutôt opté pour une variété locale…

— Arrête de divaguer ! se morigéna-t-elle.

Elle se programma un café puis s'installa à son bureau.

Après une heure de travail, elle avait réduit la liste à cinquante-six noms. Noms qu'elle répartit pour commencer en deux groupes : ceux qui avaient un casier judiciaire – si bénin soit-il – et les autres.

Logiquement, une personne capable de tuer aurait déjà enfreint la loi avant, ne serait-ce qu'en commettant un délit mineur. Pourtant, son instinct lui soufflait que ce n'était pas le cas ici. Après avoir décidé de l'écouter, elle arriva à quarante-trois noms.

Elle ferma les yeux pendant quelques instants pour réfléchir.

Aspirant à rejoindre les forces de l'ordre ? Tout à fait possible.

Ancien membre des forces de l'ordre, à la retraite ou mis à pied ? Envisageable.

Actuellement en poste ? Également possible.

Quelqu'un d'actuellement en poste aurait un accès facilité aux dossiers, se dit-elle. D'un autre côté, la suspecte avait démontré de vraies compétences informatiques, ce qui signifiait que les fichiers pouvaient avoir été piratés.

Elle décida d'opérer un nouveau tri. Aspirants, anciens et actuels membres de la police.

Alors qu'elle travaillait, Peabody passa la tête dans l'embrasure.

— J'ai peut-être quelque chose, dit-elle. Loreen Messner. Elle est... Je peux ? demanda Peabody en désignant l'ordinateur d'Eve.

— Allez-y.

Eve se recula pour faire de la place à son équipière.

— Elle habite à Tribeca, donc on sort de la zone visée mais...

— Ce n'est qu'une intuition.

— La voilà, dit Peabody comme une image s'affichait sur l'écran d'Eve.

— Familier, commenta celle-ci. Son visage a quelque chose de familier. Je l'ai déjà vue quelque part.

— Elle est limite au niveau de la reconnaissance faciale, mais sa photo d'identité a été prise il y a neuf mois. J'ai vérifié. Donc elle a pu perdre un peu de poids et son visage a pu s'affiner depuis. Elle a les cheveux longs là-dessus, mais rien ne l'aura empêchée de les couper. Elle est huissière au tribunal, donc vous l'avez sans doute croisée là-bas. Son père était de la police. Il a trouvé la mort pendant le service il y a trois ans. On voit ici que sa mère vit au Nouveau-Mexique. Parents divorcés. Elle avait la même adresse que son père, donc ils vivaient ensemble. Ni frères ni sœurs.

— Huissière, répéta Eve, songeuse.

Elle forma mentalement l'image de Messner, revêtue de son uniforme officiel.

— Oui. Oui, ça peut coller. D'accord. Elle perd son père, le flic, l'homme qui l'a élevée. Qu'est-il arrivé au responsable ?

— Deux types durant un braquage. L'agent Messner les a poursuivis à pied et l'un des types l'a frappé à la tête avec une batte et lui a piétiné le visage une fois à terre. L'autre a avoué, il a eu une remise de peine. Le premier a été envoyé sur une prison hors-planète et celui qui l'a dénoncé a écopé de deux ans pour braquage. C'était sa première condamnation, il est ressorti au bout de dix-huit mois.

— De quoi mettre en colère la fille du flic assassiné, commenta Eve.

— J'ai creusé un peu. Elle était souvent en poste lorsque vous avez témoigné. Et surtout, elle était huissière au procès de Jess Barrow.

— Ça fait beaucoup d'indices. Vous l'avez localisée ?

— Elle est au tribunal.

— Elle mérite clairement qu'on aille lui parler. Imprimez la photo. Laissez-moi juste finaliser cette recherche au cas où Messner ne donnerait rien. On s'arrêtera en chemin pour montrer sa photo dans la brasserie, pour voir s'ils la reconnaissent. Bien joué, Peabody.

— Coup de chance.

La femme qu'Eve et Peabody recherchaient se présenta au Central quelques minutes après leur départ.

Elle se sentait bien. Déterminée. Prête. Elle passa le badge d'une collègue sous le scanner, qui l'identifia en tant que Charis Cannery.

Simple précaution. Si les recherches avaient accouché de son vrai nom, les ordinateurs ne signaleraient pas sa présence au Central.

Elle se soumit au scan corporel et les laissa examiner son carton pour pièces à conviction. Ils ne trouveraient rien. Elle savait comment dissimuler les articles interdits lors d'une fouille standard.

Le moment choisi aurait difficilement pu lui être plus favorable. Comme tout le monde, les membres de l'équipe de la sécurité avaient hâte que la journée touche à sa fin pour pouvoir sortir et faire la fête. Et son badge officiel n'attirait en rien l'attention.

Personne ne la regardait. Personne ne comprenait à quel point elle était spéciale. Qu'elle s'apprêtait à devenir immortelle. Et cela se produirait, comme il se doit, dans ce lieu dédié à la loi et à la justice.

Elle prit l'ascenseur pour descendre et se retrouva bientôt calée dans un coin de la cabine, comme à son habitude. Une femme en robe rouge et un policier râblé en uniforme discutaient de leurs projets pour la soirée.

Elle aussi avait des projets. Elle ne passerait pas le Nouvel An seule, pas cette fois. Pas cette ultime fois.

Elle sortit de l'ascenseur en se tassant instinctivement sur elle-même pour se faufiler entre les passagers. Puis elle se rappela pourquoi elle était là et redressa fièrement les épaules.

Elle se rendit dans les toilettes les plus proches, vérifia que toutes les cabines étaient vides, puis retira la perruque – de la même couleur que les cheveux de Charis – et la jeta dans le recycleur en même temps que ses lentilles de contact.

En s'examinant dans la glace pendant quelques instants, elle vit Eve.

« Mais pas encore », se dit-elle.

Elle enfila un bonnet qui dissimulait ses cheveux – la majeure partie, en tout cas – et arrangea de nouveau son écharpe.

Puis elle récupéra son carton et l'emporta vers le service des preuves en oubliant presque son propre nom.

Elle connaissait le policier au guichet, mais elle s'y était préparée. Il était assez âgé pour être son père et plus amical que la plupart de ses collègues. Il lui sourit derrière la vitre blindée.

— Comment ça va ?

— Pas mal, merci.

Elle avait conscience des caméras braquées sur elle, des caméras qui enregistraient tout. Mais ça n'aurait pas d'importance.

— Je dois déposer ça et récupérer les cartons de l'affaire Dobey. Euh… Voilà les papiers.

Elle sortit le document qu'elle avait minutieusement falsifié et le glissa à l'intérieur du scanner. Puis elle passa son badge d'identification dans la fente.

— Le papier est confirmé. Mais vous n'avez pas le bon badge. C'est Lottie, non ?

— Oui. Je ne comprends pas ce…

Elle retourna le badge et ouvrit de grands yeux pleins d'un étonnement feint, comme elle s'y était entraînée.

— Oh non ! J'ai le badge de Charis. Et elle doit avoir le mien. On était dans les vestiaires juste avant que je parte. Elle a dû prendre mon badge par erreur !

Elle releva la tête et plongea son regard dans le sien.

— C'est affreux. Elle est déjà partie. Elle a pris une demi-journée de congés pour préparer une fête ce soir… Qu'est-ce que je vais faire ? Je suis censée emporter les preuves de l'affaire Dobey pour retraitement.

— Pas de problème. Les papiers sont en règle et je vous connais, donc ça passe. Assurez-vous de contacter Charis au plus vite pour arranger tout ça.

— Oh, merci. Je l'appellerai en sortant.

Les serrures cliquetèrent et la porte en verre s'ouvrit. Elle s'autorisa à redevenir Lottie. Si Lottie s'était réellement trompée de badge, elle se serait montrée confuse, aurait perdu ses moyens. Alors elle manipula maladroitement son carton et lâcha le badge.

Le policier était un homme gentil, pour autant que les hommes puissent l'être. Elle regrettait de devoir lui faire du mal.

Lorsqu'il se pencha pour ramasser le badge, elle se baissa avec lui. Et, dégainant le pistolet paralysant, elle l'assomma net.

— Je ne vous tuerai pas, lui dit-elle. Je pourrais. Ce serait facile. J'en ai même envie. C'est agréable de savoir que je pourrais. Mais je ne le ferai pas. Vous leur direz à quel point j'ai été maligne, que vous n'y avez vu que du feu. Avec quelle facilité je suis entrée. Je veux que les gens le sachent. Il est temps que je récolte quelques lauriers.

Elle l'immobilisa et le bâillonna, puis régla sa montre pour être alertée trente minutes plus tard. Elle lui enverrait alors une autre décharge, pour le maintenir hors d'état de nuire jusqu'à ce qu'elle ait terminé.

Pour l'heure, elle referma les portes et éteignit la lumière dans le bureau.

On viendrait peut-être déposer des pièces à conviction, mais elles seraient mises en attente jusqu'à ce que le service soit de nouveau ouvert.

Elle savait comment ça marchait.

Elle reprit la boîte et se servit du badge pour accéder aux portes intérieures.

Il y avait d'autres caméras, bien sûr, mais la personne chargée de les surveiller était désormais inconsciente.

« Tellement de pièces à conviction », songea-t-elle en examinant les longs et hauts rayonnages.

Tellement de preuves de crimes, dont beaucoup trop accumuleraient la poussière sans que jamais justice soit rendue. Sans que les torts soient redressés.

Sachant précisément ce dont elle avait besoin, elle se servit de l'échelle pour accéder aux cartons correspondants et y récupérer les composants voulus.

Elle retira ensuite son gilet et se mit au travail. Avec les bons outils et les compétences appropriées, il n'était pas si difficile de fabriquer des explosifs.

À partir de calculs rudimentaires, elle pouvait – et c'était son intention – fabriquer un gilet explosif qui dévasterait l'intégralité de la Criminelle.

Lolo examina attentivement la photo d'identité avant de secouer la tête.

— Je n'ai jamais vu cette fille, dit-elle. Pourtant, quand des gens viennent ici plus d'une fois, je reconnais toujours leur tête. Au bout de trois fois, je peux même vous dire où ils iront s'asseoir et ce qu'ils voudront boire. Vous avez goûté la soupe ?

— Oui, merci. Elle était très bonne. Ainsi que la tarte. Cette femme est peut-être venue durant vos heures de repos ?

Lolo renifla d'un air sceptique.

— Peu probable. Je suis ici pratiquement jour et nuit. Allez-y, montrez la photo aux autres, mais elle est pas venue ici. En tout cas pas plus d'une fois.

Le reste des employés ne leur apprit rien de plus. Eve et Peabody ressortirent du bar.

— Vous avez eu droit à de la tarte ? demanda Peabody.

— Laissez tomber. Peut-être qu'elle a simplement eu de la chance, que son intuition l'a poussée à passer par là. J'étais sur le point de la rattraper, elle a cherché un moyen de se cacher.

Mais ça ne collait pas avec le reste.

— Ou alors elle ne ressemble pas à ça, elle a fait en sorte de modifier suffisamment son apparence, suggéra Peabody. C'était quel genre de tarte ?

— Aux pommes, répondit distraitement Eve. Allons présenter son portrait dans le coin. Si on peut confirmer qu'elle habite le quartier, on saura qu'on tient le bon bout.

Mais ni les commerçants, ni les serveurs, ni les vendeurs de rue ne reconnurent la femme du portrait-robot.

À défaut de nouvelle piste, elles se rendirent au tribunal pour interroger Messner et durent faire le pied de grue en attendant la pause déjeuner.

— Prenez-la à revers, ordonna Eve à Peabody comme leur cible approchait. Au cas où elle tenterait de s'enfuir… Loreen Messner !

— Oui ? Oh, bonjour, lieutenant Dallas. Je n'avais pas vu votre nom dans la liste des affaires du jour.

Il n'en fallut pas plus – un salut décontracté, une posture dénuée de tension – pour qu'Eve comprenne qu'elles n'étaient pas sur la bonne piste. Mais elles devaient néanmoins aller au bout.

— Nous sommes ici pour autre chose, dit-elle. Vous connaissiez Bastwick.

— Tous ceux qui travaillent dans ce tribunal connaissaient Bastwick. Très forte dans son domaine. Je suis navrée de ce qui lui est arrivé.

Messner baissa discrètement les yeux vers sa montre ; ce devait être l'heure de son déjeuner.

— Que puis-je faire pour vous ? demanda-t-elle.

— Votre nom est apparu dans les résultats d'une recherche dans le cadre de l'enquête.

— Moi ? Dans l'enquête sur Bastwick ?

Messner se mit à rire avant de retrouver rapidement contenance.

— Vous êtes sérieuse ?

— Absolument. Simplifiez-moi la tâche et dites-moi où vous étiez le 27 décembre au soir, entre 17 heures et 19 heures.

— Facile. J'étais à Disney World avec deux amies. Aucune d'entre nous n'a vraiment de famille, donc on a pris quelques jours de congé, sélectionné une destination qui nous plaisait et on est parties. L'occasion d'être sur les routes. On a décollé tôt le soir de Noël et on est revenues le 27. On a dû retrouver New York vers 19 heures. On s'est relayées au volant et puis on est allées dîner. Je vous donnerai les noms, les adresses, l'hôtel qu'on a réservé si vous voulez.

— J'apprécierais. Donnez bien toutes les informations, d'accord ? Et le matin du 29 décembre, vers 6 heures ?

La peau mate de Messner ne put dissimuler le rouge qui lui monta aux joues.

— Mince... On avait terminé nos mini-vacances par une sortie en boîte après dîner. J'ai rencontré quelqu'un et elle est rentrée avec moi. Elle n'est partie que vers 8 heures le lendemain matin. Écoutez, j'ai son nom et son numéro, mais si elle reçoit un appel de la police à mon sujet, ça risque de tout gâcher. Et elle me plaît vraiment.

— Qu'en est-il de la soirée du 28 ? Vers 19 heures ?

— Je l'ai emmenée dîner. *La Branche d'olivier*, sur Reade Street. On avait réservé pour 19 heures. J'ai encore la note, et le restaurant doit avoir la trace de ma réservation. Bon sang, lieutenant...

— Je ne fais qu'éliminer les suspects, Messner. Nous vérifierons le premier et le troisième alibi. Et une fois qu'ils seront confirmés, nous oublierons le deuxième.

— Ça m'arrangerait, merci. Je ne comprends pas comment j'ai pu être désignée comme suspecte.

— C'est une recherche très large et nous remontons toutes les pistes. Donnez les informations nécessaires à l'inspecteur Peabody. Et, Messner, je suis navrée pour votre père.

— C'était un bon flic. Et un père super. Je pense à lui chaque jour... Bon, dit-elle en se tournant vers Peabody, la première personne à contacter s'appelle Marisol Butler...

— Chou blanc, commenta Peabody en ressortant du tribunal avec Eve.

— On peut rayer son nom, c'est déjà ça de pris. Les alibis sont solides, mais vérifiez-les malgré tout.

Elle écouta d'une oreille tout en conduisant pendant que Peabody s'entretenait avec les amies de Messner.

La vérification des cliniques et centres de soins n'avait rien donné. Et cette piste, pourtant prometteuse, était un nouveau cul-de-sac.

La meurtrière allait frapper de nouveau, Eve en était persuadée. Elle s'y sentirait obligée. Ferait-elle les choses en plus grand, cette fois ? En plus violent, plus sanglant ? Ou bien ces échecs successifs avaient-ils émoussé sa confiance ? Allait-elle se rabattre sur une cible plus modeste, plus accessible ? Quelqu'un comme Ledo, aussi facile à tuer qu'une fourmi que l'on écrase ?

— Ce n'est pas ce que je ferais.

— Pardon ?

Eve secoua la tête.

— Je verrais les choses en grand pour ma prochaine cible. J'enverrais un message fort. Elle doit prouver qu'elle a le dessus, à la fois à mes yeux et aux siens. Je l'ai déçue, non ? Je n'étais pas celle qu'elle croyait, celle qu'elle voulait que je sois. Tant de temps et d'émotions investis en moi et voilà que je la déçois. Elle devrait s'en prendre à moi maintenant.

— S'attaquer à vous représenterait un gros morceau. Son profil dit qu'elle est plutôt lâche.

— Les gens évoluent.

« Et les temps changent, se rappela-t-elle, même quand on essaie de les en empêcher. »

— Elle n'a pas fui devant la résistance de Nadine, en tout cas pas avant d'être brûlée. Elle a désormais été blessée au combat. Elle n'a pas battu en retraite jusqu'à son repaire, et je dirais qu'il s'agit d'une évolution. Elle s'est rendue directement chez Jamie pour tenter d'attaquer une autre cible. Elle a trouvé son feu intérieur, son courage. Elle devrait s'en prendre à moi.

Eve pénétra dans le parking du Central.

— Continuez à éplucher les résultats de recherches. Notez tous les candidats qui vous semblent crédibles. On s'occupera de les interroger. Nous prendrons, disons, les cinq premiers de chacune des listes. Ça fait du monde mais on y arrivera… On ne s'est pas trompés de méthode, ajouta-t-elle une fois dans l'ascenseur. On est à deux doigts de l'avoir dans notre viseur.

— Si je voulais faire les choses en grand, j'agirais ce soir. À Times Square, dit Peabody.

— Pourquoi ? Ah, oui, bien sûr. La grande fête du Nouvel An.

Eve repensa à Mavis et sentit ses tripes se nouer.

— Trop de mesures de sécurité. Des caméras et des gens partout. Mais… quand on veut faire les choses en grand, c'est ce qu'on recherche, non ? Elle pourrait prouver qu'elle se joue des mesures de sécurité, qu'elle n'a peur ni de la foule ni des caméras.

— Ce serait spectaculaire, c'est sûr. Mais une tentative de ce genre, un truc devant le monde entier, quasiment ? Ce serait une mission suicide.

— Elle deviendrait importante, répondit Eve qui réfléchissait tout haut en sortant de l'ascenseur. N'est-ce pas ça qui lui manque ? Elle n'est importante aux yeux de personne. Elle était censée l'être pour moi, mais j'ai retourné ça contre elle. Raison pour laquelle elle devrait me prendre pour cible. C'est le plus logique. Et je ne serai pas sur Times Square ce soir.

— Vous allez manquer un truc génial.

— Quelques millions de gens, dont beaucoup ivres ou défoncés malgré les interdictions, et sans nulle part où pisser ? Vous avez raison, ça me fend le cœur de ne pas en être. Mais elle s'imagine peut-être que j'y serai. Mavis étant l'une des vedettes de la soirée, peut-être que…

Elle laissa l'idée faire son chemin dans sa tête en pénétrant dans la salle commune de la Criminelle.

Baxter était de retour, remarqua-t-elle. Il avait les yeux clos et les chaussures calées sur le bord de son bureau. Elle s'approcha et poussa ses pieds qui retombèrent au sol.

— Hé ! Oh, salut, lieutenant…

Il avait changé de ton en la voyant.

— Juste une petite sieste avant la nuit blanche que j'ai prévu de faire, expliqua-t-il.

— C'est bien que vous puissiez dormir un peu pendant vos heures de travail.

— On a chopé notre suspect. Et mon p'tit gars est en train de taper le rapport, dit-il en désignant Trueheart d'un geste du pouce. Le mec a dévalisé un jeune couple imprudent à Greenpeace Park. Ils lui ont donné tout ce qu'ils avaient, personne n'a été blessé et le voleur s'est tiré. Le jeune couple imprudent rentre chez lui. Ils filent jouer à la bête à deux dos pour calmer leurs nerfs puis signalent l'agression. Il se trouve que le voleur n'était autre que le cadavre sur lequel on enquêtait. Il est parti en courant avec son butin, mais il n'a pas filé bien loin. L'examen toxicologique devrait montrer qu'il planait sérieusement. Il s'est emmêlé les guibolles et s'est effondré par terre, la tête contre un rocher. L'affaire est close. Deux affaires en une, même. Il avait toujours leurs montres et leurs cartes de crédit sur lui.

— Coup de chance pour vous. Ce qui veut dire que vous êtes disponible pour nous donner un coup de main.

— On est déjà dessus, lieutenant. Votre piste n'a rien donné ?

— Nous n'avons pas été aussi chanceuses que vous. Maintenant au travail, vous dormirez plus tard.

Elle retourna dans son bureau. Retour à la case départ. Ce qui méritait bien un café avant de s'asseoir.

Le temps passé à l'extérieur n'avait pas été complètement perdu, constata-t-elle. L'ordinateur lui avait dégoté de nouveaux suspects potentiels.

Elle examina chacune des photos, lut les notes qui les accompagnaient.

Elle s'arrêta sur Marti Fester, une femme qui travaillait sur place, au Central, au service de maintenance. Célibataire, trente-cinq ans, en poste depuis cinq ans. Visage étroit, teint cireux, tignasse de cheveux bruns, des yeux marron un peu éteints.

L'équipe de maintenance avait accès au bureau d'Eve, à sa voiture, peut-être même à ses fichiers. En fait, ils étaient partout dans l'immeuble et, s'ils en avaient envie, étaient en mesure d'obtenir beaucoup d'informations.

Aucun casier, et elle habitait à trois rues de chez Mavis. Sans colocataire.

— D'accord, Marti, te voilà dans mon top cinq.

Elle éplucha soigneusement les autres dossiers, écarta la suivante. Zoey Trimbal avait l'air bien trop enjoué. Et même si ses cheveux roux en épis pouvaient avoir été teints dans une autre couleur, ils étaient trop voyants pour correspondre au profil discret de la tueuse.

« Pas toi, Zoey », songea Eve.

— Tu as accepté un poste de consultante auprès de la division informatique après avoir abandonné la formation à l'académie. Apparemment, tu avais trop de caractère pour t'entendre avec les autres. Ça ne cadre pas. Bon, voyons un peu qui nous avons d'autre... Attends une minute.

Elle se pencha vers l'écran pour croiser le regard de Lottie Roebuck.

— Je t'ai déjà vue, murmura Eve.

Technicienne de la police scientifique, sous les ordres de Dawson, lut Eve. Quatre ans en labo puis un peu plus de deux ans maintenant sur le terrain. Célibataire, trente-trois ans, domiciliée... dans le même pâté de maisons que Mavis.

Elle eut l'impression d'avoir reçu un coup de poing.

Longs cheveux châtain clair. Ou blond sale. Dans un cas comme dans l'autre, elle les coiffait en arrière en exposant un visage étroit. Bouche mince, nez fin, peau nette. Couleur café au lait, en effet. Front haut. Des yeux noisette, clairs et... vides.

Mère décédée, une sœur... décédée le même jour.

Eve creusa l'historique. Accident de la route : deux garçons mineurs condamnés pour homicide involontaire au volant. Ils avaient quinze ans tous les deux, avaient bu et emprunté une voiture sans permission. L'un d'entre eux avait terminé à l'hôpital et subi plusieurs opérations. Séjour en centre éducatif fermé, travaux d'intérêt général, désintoxication obligatoire, et ainsi de suite.

Tous deux s'étaient retrouvés libres avant leur dix-huitième anniversaire.

La sœur décédée avait douze ans.

Eve reporta son regard sur le visage à l'écran.

— Comme on se retrouve, Lottie.

Dawson travaillait dur pour avancer dans ses dossiers. Il voulait en finir avec les paperasses administratives pour pouvoir plier bagage et rentrer chez lui. Sa femme lui avait pratiquement fait jurer par le sang qu'il ne raterait pas la soirée de réveillon de sa sœur.

Mais les gens continuaient à s'entretuer, sans respect pour les fêtes de famille.

Sans compter qu'il lui manquait deux techniciens.

Mais bon, avec un peu de chance, peut-être que personne ne se ferait tuer durant sa rotation. Ou en tout cas, que personne ne trouverait le corps avant le lendemain... et la fin de la gueule de bois qu'il n'allait pas manquer de se coltiner.

— Hé ! lança une voix. J'ai terminé l'analyse de la chemise et je l'ai envoyée chez Harvo.

Dawson se contenta d'un grognement à l'intention de Mickey, récemment recruté dans l'équipe. Il n'avait pas besoin qu'on vienne lui raconter tous les détails. Il fallait qu'il se concentre sur la paperasse.

— Pourquoi vous avez un dessin de Lottie accroché au mur ?

Agacé, Dawson releva à peine la tête.

— Un quoi ?

— Ce dessin de Lottie. La coiffure est différente, mais ça lui ressemble. Plus ou moins.

— Lottie ? Lottie Roebuck ?

— Ben ouais. Ou sa cousine, peut-être.

Dawson sentit quelque chose de visqueux s'agiter au creux de son estomac. Il quitta son bureau pour s'approcher de l'endroit où il avait accroché l'image.

— Ça ne ressemble pas… Passez-moi mes micro-lunettes, grogna-t-il.

Il se pencha en avant, les yeux plissés, puis en arrière, le regard toujours étréci.

— Fichue mauvaise vue. Qui a le temps de…

Il prit les lunettes des mains de Mickey et les enfila. Sa vision devint plus floue encore. Il ajusta les réglages des lunettes jusqu'à y voir clair.

Lottie ? Ça ne lui ressemblait pas tout à fait, à moins… Coiffure différente, se dit-il. Un menton plus rond. Si on l'imaginait dans une combinaison de la police scientifique.

— Nom d'un chien !

Il saisit son communicateur de poche qui sonna au creux de sa paume. Il s'apprêtait à rejeter l'appel quand il vit de qui il s'agissait.

— Dallas ! Écoutez-moi. C'est Lottie, Lottie Roebuck, l'une de mes techniciennes de terrain. C'est elle.

— Je sais. Où est-elle ?

— Elle a pris un jour de congé. Le premier depuis… je ne sais pas combien de temps. Elle n'est pas ici. Bon sang, Dallas, elle fait partie de mon équipe. De mon équipe !

— Vérifiez les entrées et les sorties, assurez-vous qu'elle n'est pas sur place. Contactez Berenski et DeWinter. Tous les responsables de service. Et bouclez tout jusqu'à nouvel ordre.

Dans son bureau, Eve coupa la communication et récupéra son manteau.

— On la tient ! dit-elle à Peabody en sortant précipitamment.

— Quoi ?

— Lottie Roebuck. De l'équipe de la police scientifique. Elle a bossé sur les scènes de crime : Bastwick, Ledo, Hastings. Baxter, Trueheart, avec moi ! Prenez vos gilets pare-balles. Carmichael, Hannigan, même chose. Peabody, appelez McNab. Je veux avoir des yeux et des oreilles là où elle est. On n'entrera qu'une fois certains qu'elle s'y trouve. Et on l'appréhende, rapidement et discrètement.

Alors qu'elle se retournait, prête à lancer d'autres instructions, la femme – reflet étrange et déformé d'elle-même – entra dans la salle.

Eve dégaina son arme.

— On ne bouge plus ! Les mains en l'air ! ordonna-t-elle.

Tous les flics autour d'elle s'avancèrent, armes au poing.

— Je ne ferais pas ça si j'étais vous.

De sa main gauche, Lottie entrouvrit son manteau, laissant apparaître le gilet bardé d'explosifs qu'elle portait en dessous.

— Je tiens le détonateur dans ma main droite. Il est déjà actionné. Si vous m'envoyez une décharge, je le lâche et on y passe tous. Tous morts en une seconde.

— Il n'est pas nécessaire que qui que ce soit meure, dit Eve.

Lottie hocha solennellement la tête.

— Je vais vous demander de tous poser vos armes et de verrouiller tous les accès. Toutes les portes. Si vous ne le faites pas, je relâcherai la pression sur le bouton du détonateur. J'ai des choses à dire et j'aimerais avoir un peu d'intimité. Sinon, je desserrerai simplement la main.

— On devrait se parler, dit Eve sur un ton apaisant. Faisons sortir tout le monde pour pouvoir discuter en privé.

Un éclair de colère passa dans les yeux de l'intruse.

— Vous me prenez pour une idiote ? Personne ne sort. Fermez les portes. Tout de suite, ou on y passe tous !

— Que tout le monde baisse son arme, ordonna Eve. Jenkinson, verrouillez les portes donnant sur le couloir.

Des portes qui n'étaient jamais fermées, songea-t-elle. Ce qui devrait suffire à alerter quelqu'un.

Et si la folle furieuse dans la salle relâchait le détonateur, cela contiendrait au moins en partie l'explosion. Personne ne serait tué en dehors de la Criminelle.

Avec des gestes lents, Eve remit son arme dans son holster.

— Vous voulez qu'on parle ici ?

— Je veux voir les communicateurs et les radios de tout le monde par terre. Armes, communicateurs, radios, au sol. Que personne ne contacte l'extérieur !

— Pas de problème.

Eve se retourna. Elle voulait que son équipe voie son visage pour s'assurer que personne ne jouerait au héros.

— Communicateurs et radios, ordonna-t-elle.

Elle remarqua que Reineke n'était pas à son bureau ni dans la salle. Elle capta le regard de Jenkinson qui coula un regard à la dérobée vers la salle de repos.

— Personne dans cette pièce ne contacte l'extérieur, ajouta-t-elle.

Elle leva les mains quand son communicateur de poche se mit à sonner.

— Que voulez-vous que je fasse ? demanda-t-elle. C'est vous qui commandez.

— Qui est-ce ? demanda Lottie. Dites-moi qui c'est.

Eve baissa les yeux vers l'écran de son communicateur.

— C'est Connors. J'étais censée l'appeler il y a une dizaine de minutes. J'ai oublié.

— Répondez-lui. Faites bref. Dites-lui que vous êtes occupée. Si vous essayez de le prévenir de quoi que ce soit, je fais tout sauter.

Eve décrocha.

— Salut, mon ange. Désolée, j'ai oublié de t'appeler. Tu as dû t'inquiéter. Mais j'étais occupée, mon cœur. Et je le suis encore.

Le regard bleu et vif de Connors soutint le sien. Elle le vit reformuler mentalement ce qu'il avait prévu de lui dire.

— Compris. Ce n'est pas la première fois. Il se trouve que je serai bientôt dans le coin. Je me suis dit que j'allais m'arrêter au Central pour voir si je pouvais t'être utile.

— C'est super gentil, mais je croule vraiment sous le boulot. Je voudrais rester concentrée, terminer le maximum de choses avant de partir. Tu sais à quel point j'ai hâte d'aller faire la fête sur Times Square ce soir.

— Moi aussi. Bon, je te laisse t'y remettre. Prends bien soin de mon flic préféré.

— C'est l'idée. À tout à l'heure, chouchou.

Elle raccrocha et déposa son communicateur par terre.

— C'est bon ?

— Tout le monde au sol ! Face contre terre. Sauf vous, ordonna-t-elle à Eve. Les autres, à terre !

— Tout le monde s'allonge sur le ventre, reprit Eve. C'est vous qui commandez.

— Je sais comment ça se passe ! Vous ne pourrez pas me manipuler comme une vulgaire civile !

— Je ne fais qu'exprimer la réalité, répondit Eve. Pourquoi est-ce que j'essaierais de vous manipuler ? Vous êtes l'une d'entre nous.

— Vous ne savez même pas qui je suis.

— Mais si. Lottie Roebuck de la police scientifique. Technicienne sur le terrain. On a travaillé ensemble sur je ne sais combien d'affaires.

Une lueur de surprise, peut-être même de bonheur, s'alluma dans le regard de Lottie avant de disparaître aussi rapidement.

— Vous ne m'avez jamais adressé la parole. Alors que tout ce que je voulais, c'était une simple conversation.

— On se parle, là, maintenant. Si on allait dans mon bureau ? Il y a une porte, elle ferme à clé. Rien que vous et moi, Lottie.

— Vous vous souciez plus d'eux que de moi.

Eve pensa à son équipe. De bons flics, tous. Si l'un d'entre eux voyait une occasion d'agir, il la saisirait. Elle ne voulait pas prendre ce risque.

— C'est à vous que je pense, Lottie. Je n'ai jamais eu une amie comme vous. J'ai mis un moment à m'y faire. J'avais besoin de temps pour m'y habituer.

— J'ai fait ce que vous vouliez, répondit Lottie. Bastwick, Ledo. C'était ce que vous vouliez, mais vous n'avez pas été reconnaissante. Vous m'avez traitée de lâche. Et maintenant, vous trouvez toujours que je suis lâche ?

— Allons, Lottie, vous venez de dire que vous saviez comment ça se passe. J'étais obligée de dire ce genre de choses. Je ne voulais pas qu'ils me retirent l'affaire. Vous comprenez ? Maintenant, il faut qu'on trouve un moyen de vous faire sortir d'ici, de vous emmener dans un endroit sûr.

— C'est trop tard pour ça.

— Pas nécessairement. On peut trouver une solution ensemble. Franchement, si on s'y met toutes les deux… Y a pas plus intelligentes que nous, si ?

— C'est moi, la plus intelligente des deux.

— C'est clair.

— Pas assez jolie, pas assez sympa, pas assez joyeuse. Pas assez, jamais, pour qui que ce soit. Mais je suis plus qu'assez maintenant. Pourquoi est-ce que ça ne vous a pas suffi ?

Eve aurait tellement aimé avoir Mira dans l'oreillette pour lui souffler ses répliques, lui dire quelles cartes jouer. Mais elle était livrée à elle-même.

— Vous ne m'en avez pas vraiment donné l'occasion. Je n'en savais pas assez sur vous, Lottie. Je savais que vous étiez la meilleure dans votre domaine, bien sûr. Brillante. Et que je dépendais beaucoup de vous, de votre travail, de votre intelligence. Mais je n'avais pas conscience de ce que vous ressentiez. Je ne savais pas que vous vouliez être mon amie autant que je désirais devenir la vôtre.

— Vous mentez.

— Quel intérêt aurais-je à mentir ? On a dépassé ce stade. Je voudrais que vous me disiez ce que vous désirez, que vous me laissiez essayer de vous l'obtenir, comme vous m'avez obtenu ce que je voulais.

— Je pensais attendre jusqu'à minuit. C'est symbolique. Mais ça fait trop long. Il faut que je vous montre qui nous sommes. Pas seulement notre apparence actuelle. Ça aussi, c'est symbolique. Je pensais que si je faisais ce que vous vouliez, ce dont vous aviez besoin, alors vous verriez, vous comprendriez. Mais non. Vous m'avez traitée comme si je n'étais qu'un visage de plus sur votre tableau, un nom de plus dans la longue liste de vos enquêtes.

— Il fallait que je vous retrouve.

« Moins de deux mètres », estima Eve.

Deux mètres à peine entre elle et le détonateur.

— Impossible de se parler avant que je vous retrouve, ajouta-t-elle.

— C'était tellement agréable de vous aider. Ça me rendait heureuse, vraiment heureuse. Mais ça aussi, c'était un mensonge. Il n'existe qu'une seule manière de tout arranger. Quand nous mourrons ensemble, nous serons enfin partenaires, nous formerons une famille. Nous serons unies.

— Comme votre mère et votre sœur.

Les traits de Lottie se figèrent.

— Ne me parlez pas d'elles ! Elles sont mortes.

— C'est dur de perdre sa famille.

— Elles ne se sont jamais souciées de moi. Je n'étais rien. Elles ne se préoccupaient que l'une de l'autre. Elles sont mortes en même temps pour pouvoir être ensemble pour toujours. Alors que moi, jamais. Mais avec vous, je pourrais devenir quelqu'un, faire partie de quelque chose d'important. Ce sera rapide. Je ne veux pas vous faire de mal. Même si vous m'en avez beaucoup fait.

— Il y a quelques trucs que je voudrais savoir avant, répondit Eve. Ça me semble fair-play.

La sueur ruisselait le long de son échine. Il semblait évident qu'elle n'arriverait pas à faire renoncer cette femme. Elle allait devoir gagner du temps. Gagner encore un peu de temps.

— Justice et respect, Lottie. On se doit bien ça.

23

Après s'être frayé un chemin à travers les rues encombrées du centre-ville, Connors fendit à toute vitesse la foule au sein du Central, son esprit concentré sur un unique objectif : retrouver Eve.

Il avait l'impression que son cœur avait cessé de battre dès l'instant où le visage d'Eve avait disparu de l'écran de son communicateur.

Le corridor pour accéder à la Criminelle était bloqué par des barricades derrière lesquelles s'activait une armée de flics. Il était prêt à leur rentrer dans le lard pour passer, mais ils s'écartèrent sur un ordre de Whitney.

— Quelle est la situation ? demanda-t-il.

— Elle appartient à mon équipe.

Dawson, le teint cendreux, oscillait d'avant en arrière.

— Lottie Roebuck. Elle appartient à mon équipe, répéta-t-il.

— Roebuck est équipé d'un gilet explosif, dont elle tient le détonateur, expliqua Whitney d'une voix ferme.

À côté de lui, Feeney, McNab et Callander se démenaient pour prendre le contrôle des micros, des caméras et des portes verrouillées de la Criminelle.

— Elle a pris la brigade entière en otage.

— Comment a-t-elle pu entrer avec des explosifs ? commença Connors avant de s'interrompre de lui-même. Non. Peu importe. Faites-moi voir ces foutus verrous...

— Il faut contourner le système d'alerte, lui indiqua Feeney. Une fois les verrous actionnés de l'intérieur, une alarme se déclenchera si on les désactive de l'extérieur. On ne peut pas se contenter de passer en force.

— Reineke est dans la salle de repos et nous transmet les données. Roebuck ne sait pas qu'il s'y trouve, annonça McNab, le front luisant de sueur. Dallas est au courant. Il nous tient informés des événements en temps réel.

— Alors je vous écoute, dit Connors en retroussant ses manches.

— Elle a forcé tout le monde à s'allonger face contre terre à l'exception de Dallas. Le lieutenant la fait parler, mais Reineke pense qu'elle s'apprête à mettre sa menace à exécution.

— Reineke a décrit le gilet à l'équipe de déminage, ajouta Feeney à mi-voix. Il a réussi à prendre une photo avec son communicateur en entrouvrant la porte de la salle de repos. D'après eux, il y a de quoi ravager toute la Criminelle.

— Alors on ferait mieux de l'arrêter.

Déployant tout son sang-froid pour étouffer les battements affolés de son cœur, Connors se mit au travail.

— Je ne perdrai pas ma femme aujourd'hui, se promit-il à mi-voix. Il me faut plus de lumière par ici !

Feeney posa la main sur le bras de Connors.

— On ne va pas pouvoir donner l'assaut. Même si on ouvre les portes, on ne pourra pas la prendre par surprise.

— Eve s'y sera préparée.

Eve garderait la tête froide, songea-t-il pour se rassurer. Elle agirait prudemment, étape par étape.

— Cette Roebuck, est-ce qu'elle a formulé des exigences ? demanda-t-il.

— Elle veut mourir, répondit Mira, debout derrière lui. Avec Eve. Elle percevra cela comme une sorte de pacte de suicide entre elles. Ils pourraient me mettre en communication avec elle. Nous pourrions tenter de négocier, mais je pense que cela précipiterait sans doute son action. La situation doit rester entre Eve et elle.

— Ça y est ! lança McNab en essuyant la transpiration sur son front. On a des yeux et des oreilles à l'intérieur.

Connors jeta un rapide coup d'œil au moniteur. Il aperçut Eve faisant face à une femme qui avait tenté de lui ressembler comme une sœur jumelle. Même coiffure, mêmes yeux.

« Mais elle est loin du compte », songea-t-il.

Puis il parvint à détourner le regard pour œuvrer à la sauver.

— Elle s'en sort bien, leur dit Mira. Elle reste calme, elle pose des questions, elle l'appelle par son nom, maintient l'échange sur un terrain personnel.

Connors cessa d'écouter. Il n'entendait plus qu'un son : celui de la voix d'Eve. Pas les mots, seulement la musique de sa voix, tandis qu'il s'évertuait à forcer la serrure électronique la plus importante de toute sa vie.

— Je peux nous faire sortir, vous et moi, disait Eve. Prenez-moi en otage, je jouerai la comédie avec vous. On prend un jet-copter sur le toit et, hop, on est parties pour la destination que vous voudrez. Rien que vous et moi, Lottie. On n'a besoin de personne d'autre, n'est-ce pas ? Ensuite, si c'est le seul moyen de rétablir le juste équilibre, la seule façon pour nous de remettre les compteurs à zéro, on le fera à minuit.

Le symbole, c'est important. On en finit au douzième coup, manière de marquer un nouveau début. Comme vous l'avez dit.

— Il n'y a aucun endroit où aller. Il faut que ce soit ici, c'est ça, le symbole ! Notre vrai chez-nous, c'est ici.

— Être ensemble, c'est ça qui est important, non ? Vous et moi.

« Continue, répète-le, se dit Eve. Vous et moi. Nous. Toutes les deux. »

Elle fut récompensée par l'ombre d'un sourire sur les lèvres de Lottie.

— Vous n'avez pas peur de mourir ? demanda celle-ci.

— Je porte mon insigne tous les jours. Vous savez comment c'est. Mais il faut faire les choses bien, Lottie. Je n'aurai pas l'impression de servir la justice si on emporte tous ces bons flics avec nous. Je ne peux pas trouver ça juste.

Le petit sourire disparut sous l'effet d'une soudaine poussée de colère.

— Ils ne sont pas importants ! Pourquoi vous ne comprenez pas ça ? Elle, là ?

Elle pivota brusquement vers Peabody. La main qui tenait le détonateur tremblait.

— Pourquoi est-ce qu'elle vaut plus que moi ?

— Elle ne vaut pas plus que vous.

Dans un réflexe de protection inutile, Eve s'interposa entre Peabody et Lottie.

— Nous sommes désormais des partenaires, Lottie. Mais bon, c'est moi qui ai formé Peabody. J'en retire une certaine fierté, et elle a fait traduire pas mal de sales types en justice. On ne peut pas oublier ça. On ne peut pas oublier la justice, Lottie. C'est le plus important, n'est-ce pas ? Bastwick, Ledo, ils ont eu ce qu'ils méritaient. L'équilibre est rétabli. Mais ça ? Ça va refaire pencher la balance du mauvais côté.

— Non ! Il faut vous purger de tout ça. De ces gens qui nous empêchent d'accomplir notre destin. Vous ne le voyez pas encore, mais je vais vous montrer. Et quand ce sera fait, vous me remercierez.

— Et si ça ne fonctionne pas ? Vous devez envisager cette possibilité. Ça vous gêne si j'enlève mon manteau ? Il commence à faire chaud. Réfléchissez-y, poursuivit-elle en retirant son manteau.

Elle se décala d'un pas pour le jeter sur un dossier de chaise et en profita pour s'approcher encore un peu plus.

— Les chances que ça ne fonctionne pas sont faibles, je suis d'accord, mais c'est un risque. Vous avez déjà pris un risque, je l'ai bien compris. Vous avez pris un gros risque en entrant ici de cette façon. Dans une salle pleine de flics armés.

— C'était nécessaire.

— Je comprends, mais c'était courageux. Et vous contrôlez désormais la situation. Ce n'est pas comme si l'un des flics dans la pièce avait une chance de vous tirer dessus ; pas de place pour ce genre de coup d'éclat tant que c'est vous qui commandez. Mais si l'un d'entre eux pouvait le faire, il le ferait maintenant. Il vous abattrait, là, maintenant, tout de suite.

Tous ses espoirs placés en Reineke, elle se raidit, prête à agir.

Et Reineke tira, une décharge visant le ventre de sa cible. Avant l'impact, avant même que le corps de Lottie se convulse, Eve bondit.

Une chance, une seule. Pour elle, pour son équipière, pour tous les bons flics présents.

Elle agrippa le poignet de Lottie de la main gauche avec la force d'un étau.

« Connors », songea-t-elle avant d'écraser son pouce droit sur celui de Lottie, qui tenait l'interrupteur.

— Sortez ! Sortez tous d'ici. Ouvrez cette foutue porte et dégagez !

— Sûrement pas, lança Connors en ouvrant les portes à la volée.

— Je n'aurais pas dit mieux !

Baxter, le plus proche de ses hommes, se plaça à genoux à côté d'elle.

— Tenez-la bien, lieutenant.

— Facile à dire.

Eve ferma les yeux en pesant de tout son poids sur le corps parcouru de soubresauts de Lottie.

— Elle gigote comme une folle et j'ai les mains moites. Si vous voulez prendre le risque de vous faire sauter, aidez-moi à m'écarter d'elle. Je tiens le détonateur. Écartez-moi d'elle avant qu'elle m'envoie valser.

Connors referma sa main sur celle d'Eve puis l'aida à rouler sur elle-même.

— Je te tiens… Je te tiens, répéta-t-il en sentant son cœur se remettre à battre. Je m'occupe du détonateur.

— Pas question, répliqua Eve.

« Respire, s'ordonna-t-elle mentalement. Respire, c'est tout. »

Il fallait qu'elle tienne bon, qu'elle serre cet interrupteur entre ses doigts, et personne ne mourrait.

— On dirait que tu as décodé mon message, ajouta-t-elle.

— « À tout à l'heure, chouchou » ? Pas très difficile à décoder.

— On va s'occuper de désamorcer tout ça, lieutenant.

Eve se retourna pour dévisager l'un des membres de l'équipe de déminage qui venait d'arriver.

— Alléluia ! Peabody, une fois que ce sera fait, je veux qu'un médecin examine cette folle puis qu'on la mette en détention. On va avoir beaucoup de choses à se dire, elle et moi.

— Peabody est un peu déconcentrée, lui répondit Connors.

En tournant un peu plus la tête, Eve aperçut sa coéquipière et son amoureux de geek en train de s'embrasser, tendrement enlacés.

— Oh, c'est pas vrai…

— Ça y est, c'est bon, lui dit le chef des démineurs. Vous pouvez lâcher le détonateur, lieutenant.

— Assurez-vous-en à cent pour cent, répondit-elle tandis qu'autour d'eux les flics applaudissaient.

Sa main, prise en sandwich entre celle de Lottie et de Connors, refusait de lâcher prise. Eve finit par la décrisper, un doigt après l'autre.

Après quoi elle se sentit soulevée de terre et reçut à son tour une longue étreinte accompagnée d'un baiser.

Traversée par une immense vague de soulagement, elle se donna une minute – peut-être deux – avant de repousser Connors.

— En service, grogna-t-elle.

— En vie, rétorqua-t-il.

Il appuya son front contre le sien. Il lui murmura quelque chose en irlandais, des mots qu'il avait déjà traduits pour elle auparavant et qui l'auraient mortifiée si qui que ce soit dans la salle avait pu les comprendre.

Elle lui prit la main et la serra fort.

— D'accord. Et je pense la même chose de toi…

Elle se redressa et chercha Reineke du regard.

— Joli tir, inspecteur.

— Joli saut, lieutenant. Oh, et puis zut… !

À la grande stupéfaction d'Eve, il la prit dans ses bras et la serra contre lui dans une embrassade amicale.

— D'accord, dit-elle. C'est bon. Vous pouvez me lâcher.

— Dire que j'étais simplement allé remplir mon mug à café ! Coincé là-bas alors que toute ma famille était piégée ici. Je me suis senti vraiment impuissant.

— Être allé remplir votre mug et avoir gardé les idées claires a sauvé votre famille. Donc… Beau boulot ! dit-elle en lui donnant un petit coup de poing dans l'épaule. Tout le monde… Prenez quelques minutes pour vous remettre. Et si quelqu'un décidait de m'apporter un peu de ce fichu café, je pourrais bien le serrer dans mes bras !

Elle avait les jambes en coton et n'aurait pas dit non à l'idée de s'asseoir un moment.

Mais pas maintenant.

— Sortez-la de chez nous ! ordonna-t-elle avec un bref regard à Lottie. Faites-la examiner par le médecin. Je veux la voir en salle d'interrogatoire dans moins d'une heure. Il est temps de disséquer son esprit malade, morceau par morceau.

— Bonne année !

Peabody, les yeux encore humides, lui tendait une tasse de café.

— Oui. On peut dire ça.

Eve saisit la tasse, la passa à Connors… et prit sa coéquipière dans ses bras.

Elle s'accorda quelques minutes pour reprendre ses esprits. En toute franchise, la tête lui tournait un peu.

— Tu as mangé quelque chose depuis le petit déjeuner ? l'interrogea Connors en la voyant se laisser tomber sur son siège de bureau.

— Peut-être pas, admit-elle.

Avec un soupir, il sortit son communicateur.

— Qu'est-ce que tu fais ?

— Je commande des pizzas. Pour toute ton équipe et pour les hommes du déminage. Non, épargne-moi tes commentaires… Je suis encore un peu sur les nerfs. Cette foutue porte m'a résisté pendant plus de cinq minutes. Et encore, Feeney avait commencé le travail pour moi. Alors que pendant ce temps-là, ma femme était sur le point d'être réduite en charpie par une folle kamikaze.

Elle connaissait la peur dont il parlait, une terreur à vous déchiqueter l'âme. Elle l'avait ressentie à son sujet en une ou deux occasions. Elle pouvait seulement tenter de l'apaiser.

— Je ne l'aurais pas laissée faire.

— Ah oui ?

— Non. Impossible d'accepter que mes derniers mots à ton intention puissent être « à tout à l'heure, chouchou ».

Rassurée de l'entendre rire, elle se laissa aller contre le dossier de son fauteuil et ferma les yeux l'espace d'un instant béni en l'écoutant commander vingt-cinq (mon Dieu !) grandes pizzas aux garnitures variées.

Elle capta le cliquetis rapide d'une paire de talons et ouvrit les yeux pour guetter l'arrivée de Mira.

— Navrée de vous déranger, s'excusa celle-ci.

— Je suis toujours en service, répondit Eve.

— Voulez-vous du thé ? proposa Connors en se levant.

— Oui, avec grand plaisir. Merci. Mais restez assis, je peux aller me servir.

— Aucun souci, répondit-il. Je vais vous laisser discuter. Il me reste quelques petites choses à régler. J'ai quitté ma réunion en centre-ville de manière un peu… abrupte.

Il tendit à Mira sa tasse de thé puis sourit et se pencha pour embrasser le sommet du crâne d'Eve. Il s'y attarda quelques secondes avant d'annoncer :

— Les pizzas seront là dans trente minutes et tu en mangeras au moins une part avant de t'attaquer à ta prisonnière.

— Manger ne me ferait pas de mal, c'est vrai.

Eve attendit que Mira se soit précautionneusement installée sur le bord du très inconfortable fauteuil destiné aux visiteurs.

— Vous allez m'annoncer qu'elle est folle, ce qui n'est pas un scoop. Mais vous allez aussi ajouter qu'elle a de bonnes chances d'être déclarée juridiquement irresponsable. Que je ne pourrai pas la faire enfermer dans une prison spatiale pour le restant de ses jours de tarée.

— Non, effectivement. Vous la ferez plutôt interner dans une institution pour le restant de ses jours.

— Je veux d'abord l'avoir en face de moi. Elle a menacé mon équipe, tous les flics qui travaillent pour moi. Elle aurait pu tous les tuer. Enfin, peut-être que Reineke aurait survécu à l'explosion… mais il ne s'en serait jamais remis.

Elle s'interrompit et pressa le bout de ses doigts contre ses paupières, toute honteuse. À sa grande surprise, elle avait les larmes aux yeux.

— Mais ils ne représentaient rien pour elle. Bon sang… À ses yeux, ils n'étaient rien. Elle a pourtant travaillé avec eux, peut-être même chacun d'eux, à un moment ou à un autre. Bossé sur la même scène de crime. Et pourtant elle s'en moquait. Tout ça parce qu'elle a un faible délirant envers moi ?

Mira se leva et posa le thé sur le bureau d'Eve.

— Buvez ça.

Avec un geste plein de douceur, elle passa la main sur les cheveux d'Eve.

— Pour moi, ajouta-t-elle.

— Je ne… D'accord.

Histoire d'en finir, Eve avala d'un coup tout le contenu de la tasse. Et se sentit étrangement rassérénée.

— C'est plus que ça, affirma Mira. Plus qu'un faible envers vous. Elle vous idéalisait, vous idolâtrait de façon malsaine. Puis elle a voulu vous diaboliser, mais sans être capable de l'accepter. Quant à savoir ce qui a semé dans sa psyché les graines d'une telle obsession, il faudra des années pour le comprendre.

— Sa sœur et sa mère sont mortes.

— Oui, j'ai eu le temps de me familiariser avec une partie des données la concernant pendant que je… Je voudrais vous dire que vous avez géré la situation – que vous l'avez gérée, elle – avec perspicacité et intelligence, et surtout avec un incroyable courage.

— Je n'ai pas réussi à la contenir.

— Non. Non, elle avait dépassé le point de non-retour. Elle ne serait pas revenue en arrière. Mais vous l'avez fait parler, vous l'avez poussée à prendre le temps, vous avez gagné de précieuses minutes. Si vous n'aviez pas réussi à agripper le détonateur, à le maintenir enclenché…

— Il le fallait. Toute mon équipe était là, Mira. Tout le monde. Ma famille, comme l'a dit Reineke. On fait toujours ce qu'il y a à faire quand la famille est concernée. Il m'a fallu un certain temps pour le comprendre.

— Il vous a fallu du temps pour constituer cette famille, après quoi vous n'avez pas eu à comprendre quoi que ce soit. Je vais observer l'interrogatoire. Il est préférable que je ne sois pas dans la pièce. Et même si je me doute que ça lui fera de la peine, il vaudrait mieux que Peabody n'y soit pas non plus. Rien que vous et Lottie.

— Compris.

— Je ferai moi-même son évaluation demain.

— Le 1er janvier ?

— Il faut le faire sans attendre. Dennis comprend tout ça. Nous avons beaucoup de chance de ce point de vue, vous et moi.

— Pas de pitié pour les cobras.

— Pardon ?

— Rien. Juste une métaphore.

Elle mangea sa part de pizza, reconnaissante de voir Whitney se mêler à son équipe et manger avec eux. Et elle fut surprise quand Peabody accepta sans difficulté de ne pas participer à l'interrogatoire.

— Mira m'a expliqué, dit-elle. Je vous regarderai depuis le moniteur, cela dit.

— Vous n'étiez pas censée vous rendre à la grande fête du réveillon ?

— C'est dans plusieurs heures. Je tiens à aller au bout de l'affaire. Tout le monde veut connaître le fin mot de tout ça.

Eve se rendit d'abord dans la salle d'observation. Elle voulait jauger l'attitude de la prisonnière. Ce fut l'occasion de constater que Peabody n'avait pas exagéré en parlant de « tout le monde ».

— Vous n'êtes pas censés être ailleurs, tous autant que vous êtes ? demanda-t-elle à son équipe réunie.

— On veut vous voir faire mordre la poussière à cette folle, lieutenant, répondit Jenkinson.

— Vous avez de la tomate sur votre cravate, inspecteur.

— Ah merde !

Feeney tendit une serviette en papier à Jenkinson puis, imitant le geste qu'Eve avait eu envers Reineke, décocha un coup de poing dans l'épaule de son ancienne partenaire.

— Finis le travail, ma fille, et on pourra tous rentrer chez nous.

À eux seuls, les explosifs garantissaient une inculpation. Et Lottie avait pratiquement admis les meurtres. Mais le tribunal, les avocats, les psys voudraient que tout soit fait dans les règles.

Eve pénétra dans la salle où Lottie était avachie derrière une table au revêtement usé. Elle portait des chaînes aux poignets et aux chevilles.

— Dallas, lieutenant Eve, débute l'interrogatoire de Roebuck, Lottie, au sujet de... beaucoup de choses. Madame Roebuck, vous êtes inculpée de transport non autorisé d'appareils explosifs, de séquestration, de tentatives de meurtre – multiples – sur officier de police, d'agression à main armée sur un policier. L'agent Hanks du service des Preuves va bien, au passage. Plus divers autres chefs d'accusation liés à cet incident. Vous êtes également retenue comme suspecte pour deux assassinats et deux autres tentatives de meurtre. Les services de police perquisitionnent actuellement votre domicile et le contenu de vos ordinateurs personnels et professionnels. De nouveaux chefs d'accusation pourraient être retenus contre vous en fonction de ce qu'ils découvriront. L'inspecteur Peabody vous a officiellement lu vos droits, mais je suis prête à vous les relire si besoin.

— Je connais mes droits. Et je sais ce qui est juste.

— Très bien.

Eve s'assit.

— Revenons en arrière et reprenons dans l'ordre chronologique. Leanore Bastwick.

— Elle méritait de mourir. Vous avez dit que vous compreniez, que c'était ce que vous vouliez ! Elle gagnait sa vie en libérant des criminels. Ceux-là mêmes que vous arrêtez au péril de votre vie. Elle a dit des choses terribles à votre égard, publiquement. Elle ne vous témoignait aucun respect.

— Vous vous êtes donc rendue à son appartement déguisée en livreuse et l'avez neutralisée à l'aide d'un pistolet paralysant avant de la porter jusqu'à sa chambre et de l'étrangler avec une corde à piano. Puis de lui trancher la langue.

— C'était symbolique.

— Qu'est-ce qui était symbolique ?

— Lui couper la langue. Elle avait fait du mensonge son métier. Elle a menti à votre sujet. J'étais heureuse de la tuer. Ça m'a rendue heureuse. Un bonheur qui m'a fait du bien.

— Donc vous l'avez tuée parce qu'elle mentait.

— Pour vous ! Pour la justice ! répondit Lottie en abattant ses poings sur la table. Vous me décevez tellement, Eve. Je suis tellement déçue !

— Je n'en doute pas. Racontez-moi tout dans le détail. Depuis le début. Il y a peut-être quelque chose que je n'ai pas saisi.

— J'en ai longtemps rêvé. De changer le monde, d'avoir réellement un impact. Comme je *pensais* que vous le faisiez. Je vous ai regardée témoigner au procès de Barrow. J'étais appelée à témoigner pour d'autres affaires et j'ai dû rester là et écouter Bastwick – elle et plein d'autres comme elle – essayer de déformer la réalité. Alors j'ai commencé à prendre des notes, à l'observer.

— Vous l'avez suivie, avança Eve.

— Elle ne m'a jamais remarquée. Personne ne m'a remarquée. Ni au tribunal, ni dans son bureau, ni pendant qu'elle faisait les courses ou qu'elle se reposait chez elle. J'ai fait trois fausses livraisons dans son immeuble avant de me sentir prête. Et personne n'y a fait attention.

— Vous vous êtes soigneusement préparée.

— Je ne voulais pas commettre d'erreur. Et je n'en ai pas commis. Même chose avec Ledo. Avec Hastings. Et les autres.

Elle eut un petit sourire.

— Il y en a tellement. Ils ne me remarquent jamais. Personne ne me remarque. Vous, par contre, les gens vous remarquent. J'ai changé de coiffure, dit-elle en se passant la main dans les cheveux.

— Je vois ça.

— Ces dernières semaines, je portais une perruque pour venir travailler. Mais une fois chez moi, je pouvais me regarder dans la glace et vous y voir. Mes yeux aussi. Je devais porter des lentilles, mais je pouvais voir le monde avec vos yeux. J'ai vu Bastwick avec vos yeux. Pour vous dire à quel point nous sommes proches, Eve. Alors nous l'avons tuée. Nous avons tué Bastwick.

— Nous ?

— Vous et moi. Vous étiez en moi, vous étiez mon courage. Vous m'avez donné du courage, Eve. Je vous étais tellement reconnaissante. Je vous ai écrit un mot sur le mur. Pourquoi ne voyez-vous pas que je suis votre amie ?

— Pourquoi avez-vous déposé Bastwick sur son lit ?

— C'est plus propre. Plus respectueux. Ce n'est pas parce qu'elle vous a manqué de respect que nous devrions nous abaisser à son niveau... Ça fait du bien de pouvoir vous parler comme ça. Rien que nous deux. C'est tout ce que je voulais.

— Racontez-moi, Lottie. Racontez-moi tout ce qui s'est passé avec Bastwick.

Lorsque ce fut fait, Eve la poussa à raconter le meurtre de Ledo puis l'attaque contre Hastings.

— J'ai échoué. J'ai failli appeler Dawson pour lui dire que j'étais malade. Mais je voulais vous voir ce soir-là. Sur place, chez Hastings. Je voulais voir si vous étiez en colère contre moi. Et je vous ai entendue parler à Peabody, lui dire des choses désagréables à mon sujet. Et ensuite pareil devant les caméras. Vous m'avez blessée. Pourquoi les gens ne voient pas que je suis sensible ?

— Votre mère, votre sœur.

Elle détourna les yeux.

— Je n'ai pas envie de parler d'elles.

— D'accord. Je me posais la question, c'est tout. Les jeunes qui ont causé leur mort s'en sont plutôt bien sortis.

— Parce qu'il n'y a pas eu de justice. Mon père a pleuré, pleuré. « Aucune justice ». Il répétait ça en boucle en sanglotant. Mais elles sont mortes ensemble, disait-il. Elles étaient ensemble au moment de mourir et elles seraient ensemble pour toujours. Toutes les deux. Elles ne voulaient pas que je sois avec elles. C'était moi, la plus intelligente des deux. Mais ma sœur était la plus jolie, la plus maligne, la plus mignonne. Alors elle a eu le droit de partir avec notre mère pendant que moi, je devais rester ici.

— Vous avez pu continuer à vivre, lui rappela Eve.

Lottie grimaça.

— J'ai eu les restes, comme toujours. Les responsabilités, comme toujours. Et mon père ne me voyait même pas. Personne ne me voyait. « Sois sage, Lottie. Comporte-toi bien, Lottie. Étudie sérieusement, Lottie. » Tout ça, je l'ai fait. Et personne ne m'a prêté attention. J'aurais pu devenir flic, mais il m'a dit : « Non, non, tu es trop intelligente. Sois une scientifique. Sois obéissante. » Alors j'ai obéi. Et ensuite ? J'ai tout fait comme il fallait, et qu'est-ce qui s'est passé ?

— Que s'est-il passé, Lottie ?

— J'ai fait tout ce qu'il me demandait et il s'est remarié ! Et elle a une fille, qui est la plus jolie et la plus maligne. Moi, ils ne me voyaient même pas.

— Ce n'était pas respectueux de sa part.

— Non ! Ce n'était pas respectueux. Ce n'était pas juste. « Oh, Lottie, je suis resté seul pendant dix ans… », gémit-elle en imitant son père, une expression de dégoût sur le visage. Voilà ce qu'il m'a dit. J'étais pourtant là, avec lui, non ? Comment pouvait-il être seul alors que j'étais là ? Et puis ma grand-mère est tombée malade et ça a été : « Lottie, tu peux t'occuper d'elle ? » Alors je l'ai fait. Pendant cinq ans. Elle est morte malgré tout. Après cinq ans passés à prendre soin d'elle, elle est morte, comme ça. Mais elle m'a laissé beaucoup d'argent, pour que je puisse venir à New York, étudier, m'entraîner. Alors je vous ai vue à la télévision. Vous parliez de catins qui s'étaient fait tuer. Oh, vous étiez respectueuse, mais c'étaient des catins et ça me dégoûte. Et malgré tout, vous avez fait en sorte de leur rendre justice... Je pourrais avoir un tube de Pepsi ? demanda-t-elle soudain.

Elle sourit de nouveau, les yeux brillants.

— Et vous pourriez vous en prendre un aussi. On pourrait boire un verre et discuter, ajouta-t-elle.

— Oui, bien sûr.

Eve se leva.

— Dallas, interruption de l'interrogatoire

Elle sortit de la salle et prit quelques instants pour respirer calmement avant de se diriger vers le distributeur de boissons. Connors l'avait prise de vitesse.

— Je m'en charge, dit-il.

— Merci. La machine me rirait sans doute au nez et je suis d'humeur à démolir un truc à mains nues. Bon sang, Mira avait raison. Cette femme est perturbée dans les grandes largeurs. Une vraie malade, complètement égocentrique. Sa mère et sa sœur mortes, son père en deuil qui a sans doute fait de son mieux. Mais ça n'était pas assez pour elle. Elle a de la matière grise, des compétences, mais elle préfère penser qu'elle n'est pas assez importante aux yeux des autres plutôt que de se rendre importante à ses propres yeux.

— Ce qui me suffit pour dire que, même si elle pense te comprendre, ça n'est pas et n'a jamais été le cas.

Il lui tendit les deux sodas.

— Ça va prendre un moment, prévint Eve. Il faut que je lui fasse tout raconter par le menu, que ce soit intégralement enregistré. Un avocat pourrait essayer de la disculper en sortant les violons. Je veux être sûre qu'elle finisse en prison.

— Nous sommes d'accord. On t'attendra tous ici.

— Si on nous signale un autre meurtre, quelqu'un de mon équipe devra s'en charger.

— Je suis sûr que c'est très clair pour eux.

Elle retourna en salle d'interrogatoire. Lottie lui sourit tandis qu'elle relançait l'enregistrement.

— C'est vraiment chouette, dit-elle. Je suis contente que vous m'ayez arrêtée, sans quoi on n'aurait pas profité de ce moment. Je crois que j'avais un peu pété les plombs. Je n'aime pas quand ça m'arrive. Un jour, j'ai pété les plombs au point d'avaler une tonne de cachets. Mais je les ai vomis ensuite.

— Quand était-ce ?

— Oh, le jour du mariage de mon père. J'avais envisagé de le faire avant. De mélanger les cachets au repas. Le sien et le mien. On aurait pu mourir ensemble, nous aussi. Être ensemble. Mais j'ai pris peur.

Elle but une gorgée de Pepsi.

— Je n'ai pas pleuré quand ma mère et ma sœur sont mortes. Ça a fait beaucoup parler. Mais je ne voulais pas péter les plombs et que tout le monde me regarde en pensant que j'étais mauvaise. C'était moi, la gentille.

— D'accord. Passons à Ledo.

— Mon Dieu ! Son appartement était une vraie porcherie. Je ne comprends pas comment quelqu'un peut vivre de cette façon. Vous et moi voyons souvent ce genre de choses dans notre métier, mais je ne m'y suis jamais habituée. Quand j'arrive sur place, j'aime bien penser qu'on est là pour tout nettoyer. C'est ce que nous faisons, vous et moi. On rend le monde plus propre.

— Racontez-moi comment vous avez « nettoyé » Ledo.

Il fallut trois heures d'écoute avant d'en voir le bout. Eve posait des questions, émettait quelques commentaires et recentrait de temps à autre la conversation. Mais pour l'essentiel, elle se contentait d'écouter.

— D'accord, Lottie. Nous avons ce qu'il nous fallait. Vous allez être inculpée pour les deux assassinats. Vous avez avoué les deux crimes devant moi et choisi de ne pas exercer votre droit à être défendue par un avocat.

— On ne peut pas discuter encore un peu ?

— Nous avons terminé.

— Mais vous reviendrez ?

Eve se leva. Inutile de laisser libre cours au torrent de paroles véhémentes qui bouillonnaient sous son crâne. Cela n'aurait servi à rien.

— Ils vont vous ramener en détention, Lottie. Et demain, le Dr Mira viendra vous parler.

— Vous l'aimez bien. Le Dr Mira.

Eve se figea.

— Oui. Elle était sur votre liste, Lottie ?

— Trop de gens se mettent en travers d'une vraie amitié. Vous ne pouvez pas me voir quand les autres se mettent en travers.

Eve posa les mains à plat sur la table et se pencha vers elle.

— Ce ne sont pas les autres, Lottie. Ni Mira, ni Mavis, ni Nadine, ni Peabody, ni qui que ce soit. Ce n'est pas pour ça que je ne vois pas ce que vous voulez que je voie.

— Je ne comprends pas.

— Je vais faire simple. Je vous vois, Lottie. Je vous vois très bien. Et je ne vous aime pas. Dallas, fin de l'interrogatoire. Fin de l'enregistrement.

Elle sortit sans se retourner, malgré les hurlements et les lamentations de Lottie. Une fois la porte refermée, elle s'appuya un instant contre le panneau et se pinça le nez pour tenter de soulager la pression.

Peabody s'approcha d'un pas rapide en faisant claquer les talons de ses bottes loufoques.

— On prend le relais. Je l'emmène en détention.

McNab se tenait derrière elle, tout aussi ridiculement chaussé.

— On prend le relais, répéta-t-il.

— D'accord, dit Eve. Ensuite, filez. Allez faire les fous sur Times Square.

— Affirmatif.

Quant à elle, elle taperait son rapport et se hâterait de rentrer chez elle.

Elle aperçut Dawson assis sur un banc à l'extérieur de la Criminelle.

— Je n'ai pas tenu jusqu'au bout. Je n'ai pas pu. Mais je ne voulais pas partir avant d'avoir dit... Mon Dieu, Dallas, je suis vraiment désolé !

— Vous n'y êtes pour rien, Dawson.

— Elle faisait partie de mon équipe. J'ai travaillé avec elle. Et je... je n'ai pas su voir.

— Personne n'était en mesure de la voir comme elle l'aurait voulu. Y compris elle-même. Ne vous torturez pas avec ça. Laissons faire Mira et sans doute une armée de psys. Il y a des fous partout, Dawson, à travers tout le pays.

— Quand je pense qu'elle a mis les pieds chez moi, souffla-t-il.

Eve lança un coup d'œil vers la salle commune de la Criminelle.

— Et chez moi aussi. Sa dernière scène de crime.

Il laissa échapper un soupir, une sorte de petit rire, puis hocha la tête.

— C'est ça. Je vais rentrer. Je suis tellement en retard... Ma femme va me tordre le cou.

— Je parie qu'elle sera contente de vous voir.

Eve retourna dans son bureau et entreprit de rédiger son rapport.

— T'es obligée ? demanda Connors depuis le seuil.

— Je tiens à ce que ce soit fait ce soir. Terminé, comme cette année qui s'achève. Je veux me sortir ça de la tête... autant que faire se peut. Ça ne prendra pas longtemps, je ne fais qu'un résumé puisque tout est dans sa déposition.

— Dans ce cas, je serai dans la salle commune pour prendre un verre avec tes flics.

Eve s'immobilisa.

— Un verre ? Qu'est-ce que tu veux dire par « prendre un verre » ?

— Ils ont tous terminé leur service depuis, hum, je dirais que ça fait deux bonnes heures maintenant. Et il se trouve que quelqu'un dont le nom ne sera pas divulgué ici avait une bouteille de whisky sous la main.

— Feeney, siffla-t-elle.

— Ce n'est pas moi qui t'en ai parlé. Faites vite, vous voulez bien, lieutenant ? Moi aussi, j'aimerais chasser tout ça de mes pensées.

Elle fit aussi vite que possible, mais cela lui prit malgré tout plus d'une heure. Entre-temps, Connors était revenu et s'était installé sur l'affreux siège des visiteurs avec son mini-ordinateur.

— Fini. Terminé, annonça-t-elle. On peut y aller.

— Mes fesses meurtries te remercient.

— Tu as beaucoup bu ?

— On a tous pris un verre et c'était suffisant. Un peu de solidarité après la guerre, si l'on peut dire. Ça m'a fait bizarre, même après tout ce temps passé avec toi, de me retrouver dans un commissariat pour trinquer et savourer un whisky irlandais dans une salle pleine de flics. Feeney voudra passer un peu de temps avec toi.

— Quoi ? Pourquoi ?

— Il a été très secoué, Eve. Ça t'étonne ? Donc dès que tu pourras, va déjeuner avec lui, ou prendre une bière, ou ce que vous voulez. Sans traîner.

— D'accord. Pas de problème.

— Et maintenant… Tu ne voulais pas réellement aller sur Times Square, si ?

L'expression d'Eve trahit l'horreur que lui inspirait cette simple idée.

— Non, surtout pas ! dit-elle.

— Ah, que les dieux en soient remerciés.

Il laissa échapper un long soupir en pénétrant dans le parking du Central.

— Je vais te dire ce que j'aimerais faire quand on arrivera à la maison.

— C'est ce que tu veux toujours faire, où que nous soyons.

— Réfrène ton impatience, répliqua-t-il. Pour ça, il faudra attendre minuit passé. Une manière de commencer l'année par quelque chose qui porte chance. Non, ce que j'ai envie de faire en arrivant à la maison, c'est de m'enivrer avec ma femme. Et de regarder les festivités du centre-ville depuis la tranquillité de notre chambre, avec le feu allumé dans la cheminée et le chat allongé près de nous. Et toute la folie de ce monde maintenue à l'écart derrière nos murs, loin de nous.

— Je me verrais bien m'enivrer, répondit-elle avec un hochement de tête.

Elle monta dans la voiture.

— Pas au point d'être complètement ivre, mais un peu soûle. Juste ce qu'il faut.

— Exactement ce qu'il faut, dit-il. Donne-moi une petite minute.

— Pour quoi faire ?

— Ceci.

Simplement la tenir contre lui, sentir battre son cœur, humer le parfum de ses cheveux. Rien de plus. Sa vie tout entière ne tenait à rien de plus.

— Tout va bien maintenant, murmura-t-il. Tout est bien qui finit bien.

— J'étais morte de trouille, avoua-t-elle. D'habitude, on n'a pas le temps d'avoir peur. On y repense après, on se fait des frayeurs, mais pas pendant que ça se produit. Mais là, j'ai largement eu le temps. Toute mon équipe était là, Connors. J'avais tellement peur. Et quand j'ai bondi, quand j'ai vu Reineke sortir et tirer, j'ai pensé à chacun d'entre eux. Mais au moment de refermer les doigts sur le détonateur, je n'ai pensé qu'à toi. Rien qu'à toi.

Elle posa les mains sur son visage pendant quelques secondes.

— Rien qu'à toi, répéta-t-elle. Alors allons nous enivrer.

— L'année est presque terminée. Une autre est sur le point de commencer. Et rien ne me fait plus envie que d'être à la maison avec toi.

Et tandis que la foule faisait la fête sur Times Square, tandis qu'une tueuse versait des larmes amères dans sa cellule, ils rentrèrent chez eux pour s'enivrer juste ce qu'il fallait.

Du même auteur aux Éditions J'ai lu

Les illusionnistes (n° 3608)
Un secret trop précieux (n° 3932)
Ennemies (n° 4080)
L'impossible mensonge (n° 4275)
Meurtres au Montana (n° 4374)
Question de choix (n° 5053)
La rivale (n° 5438)
Ce soir et à jamais (n° 5532)
Comme une ombre dans la nuit (n° 6224)
La villa (n° 6449)
Par une nuit sans mémoire (n° 6640)
La fortune des Sullivan (n° 6664)
Bayou (n° 7394)
Un dangereux secret (n° 7808)
Les diamants du passé (n° 8058)
Coup de cœur (n° 8332)
Douce revanche (n° 8638)
Les feux de la vengeance (n° 8822)
Le refuge de l'ange (n° 9067)
Si tu m'abandonnes (n° 9136)
La maison aux souvenirs (n° 9497)
Les collines de la chance (n° 9595)
Si je te retrouvais (n° 9966)
Un cœur en flammes (n° 10363)
Une femme dans la tourmente (n° 10381)
Maléfice (n° 10399)
L'ultime refuge (n° 10464)
Et vos péchés seront pardonnés (n° 10579)
Une femme sous la menace (n° 10745)
Le cercle brisé (n° 10856)
L'emprise du vice (n° 10978)
Un cœur naufragé (n° 11126)
Le collectionneur (n° 11500)

Lieutenant Eve Dallas
Lieutenant Eve Dallas (n° 4428)
Crimes pour l'exemple (n° 4454)
Au bénéfice du crime (n° 4481)
Crimes en cascade (n° 4711)
Cérémonie du crime (n° 4756)
Au cœur du crime (n° 4918)
Les bijoux du crime (n° 5981)
Conspiration du crime (n° 6027)
Candidat au crime (n° 6855)
Témoin du crime (n° 7323)
La loi du crime (n° 7334)
Au nom du crime (n° 7393)
Fascination du crime (n° 7575)
Réunion du crime (n° 7606)
Pureté du crime (n° 7797)
Portrait du crime (n° 7953)
Imitation du crime (n° 8024)
Division du crime (n° 8128)
Visions du crime (n° 8172)
Sauvée du crime (n° 8259)
Aux sources du crime (n° 8441)
Souvenir du crime (n° 8471)
Naissance du crime (n° 8583)
Candeur du crime (n° 8685)
L'art du crime (n° 8871)
Scandale du crime (n° 9037)
L'autel du crime (n° 9183)
Promesses du crime (n° 9370)
Filiation du crime (n° 9496)
Fantaisie du crime (n° 9703)
Addiction au crime (n° 9853)
Perfidie du crime (n° 10096)
Crimes de New York à Dallas (n° 10271)
Célébrité du crime (n° 10489)
Démence du crime (n° 10687)
Préméditation du crime (n° 10838)
Insolence du crime (n° 11041)
De crime en crime (n° 11217)
Crime en fête (n° 11429)
Crime de minuit (numérique)
Interlude du crime (numérique)
Hanté par le crime (numérique)
L'éternité du crime (numérique)
Crime rituel (numérique)
Mémoire du crime (numérique)

Les trois sœurs
Maggie la rebelle (n° 4102)
Douce Brianna (n° 4147)
Shannon apprivoisée (n° 4371)

Trois rêves
Orgueilleuse Margo (n° 4560)
Kate l'indomptable (n° 4584)
La blessure de Laura (n° 4585)

Les frères Quinn
Dans l'océan de tes yeux (n° 5106)
Sables mouvants (n° 5215)
À l'abri des tempêtes (n° 5306)
Les rivages de l'amour (n° 6444)

Magie irlandaise
Les joyaux du soleil (n° 6144)
Les larmes de la lune (n° 6232)
Le cœur de la mer (n° 6357)

L'île des trois sœurs
Nell (n° 6533)
Ripley (n° 6654)
Mia (n° 8693)

Les trois clés
La quête de Malory (n° 7535)
La quête de Dana (n° 7617)
La quête de Zoé (n° 7855)

Le secret des fleurs
Le dahlia bleu (n° 8388)
La rose noire (n° 8389)
Le lys pourpre (n° 8390)

le cercle blanc
La croix de Morrigan (n° 8905)
La danse des dieux (n° 8980)
La vallée du silence (n° 9014)

Le cycle des sept
Le serment (n° 9211)
Le rituel (n° 9270)
La Pierre Païenne (n° 9317)

Quatre saisons de fiançailles
Rêves en blanc (n° 10095)
Rêves en bleu (n° 10173)
Rêves en rose (n° 10211)
Rêves dorés (n° 10296)

L'hôtel des souvenirs
Un parfum de chèvrefeuille (n° 10958)
Comme par magie (n° 11051)
Sous le charme (n° 11209)

Les héritiers de Sorcha
À l'aube du grand amour (n° 11109)
À l'heure où les cœurs s'éveillent (n° 11406)
Au crépuscule des amants (n° 11562)

En grand format

Les étoiles de la fortune
Sacha

Intégrales
Le cercle blanc
Les frères Quinn
Les trois sœurs
Le cycle des sept
Magie irlandaise
Affaires de cœurs
Quatre saisons de fiançailles
Le secret des fleurs

11546

Composition
FACOMPO

Achevé d'imprimer en Espagne
par CPI (Barcelone)
le 14 août 2016

Dépôt légal : août 2016
EAN 9782290128879
OTP L21EPLN001746N001

ÉDITIONS J'AI LU
87, quai Panhard-et-Levassor, 75013 Paris

Diffusion France et étranger : Flammarion